ANIMALE BOLNAVE

患病的动物

Nicolae Breban

[罗马尼亚] 尼古拉·布列班 / 著

陆象淦 / 译

南方出版传媒
花城出版社
中国·广州

图书在版编目（CIP）数据

患病的动物 /（罗马尼亚）尼古拉·布列班著 ；陆象淦译. -- 广州 ：花城出版社，2022.1
（蓝色东欧 / 高兴主编. 第7辑）
ISBN 978-7-5360-9430-7

Ⅰ. ①患… Ⅱ. ①尼… ②陆… Ⅲ. ①长篇小说－罗马尼亚－现代 Ⅳ. ①I542.45

中国版本图书馆CIP数据核字（2021）第174451号

合同版权登记号：图字19－2017－016号
Nicolae Breban，Animale bolnave
Copyright © 2004 by Nicolae Breban
Published by Editura Polirom
All rights reserved

出 版 人：	肖延兵
丛书策划：	朱燕玲
出版统筹：	李倩倩　夏显夫　欧阳佳子
责任编辑：	凌春梅　许泽红
技术编辑：	凌春梅
封面供图：	子　夏
装帧设计：	棱角视觉 ANGULAR VISION

书　　名	患病的动物　HUANBING DE DONGWU	
出版发行	花城出版社	
	（广州市环市东路水荫路11号）	
经　　销	全国新华书店	
印　　刷	恒美印务（广州）有限公司	
	（广州南沙经济技术开发区环市大道南路334号）	
开　　本	880毫米×1230毫米　32开	
印　　张	17.5　2插页	
字　　数	374,000字	
版　　次	2022年1月第1版　2022年1月第1次印刷	
定　　价	69.80元	

本书中文专有出版权归花城出版社独家所有，非经本社同意不得连载、摘编或复制。
如发现印装质量问题，请直接与印刷厂联系调换。
购书热线：020-37604658　37602954
花城出版社网站：http://www.fcph.com.cn

患病的动物

目　　录
CONTENTS

记忆，阅读，另一种目光（总序）／高兴　／　1

在人性的天平上（中译本前言）／陆象淦　／　1

第一章　／　1

第二章　／　10

第三章　／　27

第四章　／　39

第五章　／　48

第六章　／　79

第七章　／　94

第八章　／　202

第九章　／　223

第十章　／　345

第十一章 / 423

第十二章 / 451

第十三章 / 478

尾　声 / 515

记忆，阅读，另一种目光

（总序）

高兴

昆德拉说过："人的一生注定扎根于前十年中。"我想稍稍修改一下他的说法："人的一生注定扎根于童年和少年中。"童年和少年确定内心的基调，影响一生的基本走向。

不得不承认，二十世纪五六十年代出生的人都有着不同程度的俄罗斯情结和东欧情结。这与我们的成长有关，与我们的童年、少年和青春岁月有关。而那段岁月中，电影，尤其是露天电影又有着怎样重要的影响。那时，少有的几部外国电影便是最最好看的电影，它们大多来自东欧国家，几乎吸引了所有人的目光，看那些电影的日子是我们童年的节日。在某种意义上，甚至可以说，它们还是我们的艺术启蒙和人生启蒙，构成童年最温馨、最美好和最结实的部分。

还有电影中的台词和暗号。你怎能忘记那些台词和暗号。它们已成为我们青春的经典。最最难忘的是《瓦尔特保卫萨拉热窝》。"'空气在颤抖，仿佛天空在燃烧。''是啊，暴风雨来了。'""看，这座城市，它就是瓦尔特。"简直就是诗歌。是我们接触到的最初的诗歌。那么悲壮有力的诗歌。真正有震撼力的诗歌。诗歌，就这样和英雄主义和浪漫主义，紧紧地连接在了一起。

还有那些柔情的诗歌。裴多菲，爱明内斯库，密茨凯维奇。要知道，在二十世纪七八十年代，读到他们的诗句，绝对会有触电般的感觉。而所有这一切，似乎就浓缩成了几粒种子，在内心深处生根，发芽，成长为东欧情结之树。

然而，时过境迁，我们需要重新打量"东欧"以及"东欧文学"这一概念。严格来说，"东欧"是个政治概念，也是个历史概念。过去，它主要指波兰、捷克斯洛伐克、匈牙利、罗马尼亚、保加利亚、南斯拉夫、阿尔巴尼亚七个国家。因此，在当时，"东欧文学"也就是指上述七个国家的文学。这七个国家，加上原先的民主德国，都曾经是以苏联为首的华沙条约组织的成员。

一九八九年底，东欧发生剧变。此后，苏联解体，华沙条约组织解散，捷克和斯洛伐克分离，南斯拉夫各共和国相继独立，所有这些都在不断改变着"东欧"这一概念。而实际情况是，波兰、捷克、匈牙利、罗马尼亚等国家甚至都不再愿意被称为东欧国家，它们更愿意被称为中欧或中南欧国家。同样，不少上述国家的作家也竭力抵制和否定这一概念。在他们看来，东欧是个高度政治化、笼统化的概念，对文学定位和评判，不太有利。这是一种微妙的姿态。在这种姿态中，民族自尊心也发挥着不可估量的作用。

但在中国，"东欧"和"东欧文学"这一概念早已深入人心，有广泛的群众和读者基础，有一定的号召力和亲和力。因此，继续使用"东欧"和"东欧文学"这一概念，我觉得无可厚非，有利于研究、译介和推广这些特定国家的文学作品。事实上，欧美一些大学、研究中心也还在继续使用这一概念。只不过，今日，当我们提到这一概念，涉及的就不仅仅是七个国家，而应该包含更多的国家：摩尔多瓦等独联体国家、立陶宛，还有波黑、克罗地亚、斯洛文尼亚、塞尔维亚、黑山等从南斯拉夫联盟独立出来的国家。我们之所以还能把它们作为一个整体来谈论，是因为它们有着太多的共同点：都是欧洲弱小国家，历史上都曾不断遭受侵略、瓜分、吞并和异族统治，都曾把民族复兴当作最高目标；都是到了十九世纪末二十世纪初才相继获得独立，或得到统一，第二次世界大战后都走过一段相同或相似的社会主义道路，一九八九年后又相继走上了资本主义发展道路；之后，又几乎都把加入北约、进入欧盟当作国家政策的重中之重。这二十多年来，发展得都不太顺当，作家和文学都陷入不同程度的困境。用饱经风雨、饱经磨难来形容这些国家，十分恰当。

换一个角度，侵略，瓜分，异族统治，动荡，迁徙，这一切同时也意味着方方面面的影响和交融。甚至可以说，影响和交融，是东欧文化和文学的两个关键词。看一看布拉格吧。生长在布拉格的捷克著名小说家伊凡·克里玛，在谈到自己的城市时，有一种掩饰不住的骄傲："这是一个神秘的和令人兴奋的城市，有着数十年甚至几个世纪生活在一起的三种文化优异的和富有刺激性的混合，从而创造了一种激发人们创造的空气，即捷克、德国和犹太文化。"①

克里玛又借用被他称作"说德语的布拉格人"乌兹迪尔的笔为我们描绘了一个形象的、感性的、有声有色的布拉格。这是一个具有超民族性的神秘的世界。在这里，你很容易成为一个世界主义者。这里有幽静的小巷、热闹的夜总会、露天舞台、剧院和形形色色的小餐馆、小店铺、小咖啡屋和小酒店。还有无数学生社团和文艺沙龙。自然也有五花八门的妓院和赌场。布拉格是敞开的，是包容的，是休闲的，是艺术的，是世俗的，有时还是颓废的。

布拉格也是一个有着无数伤口的城市。战争、暴力、流

---

① 见伊凡·克里玛：《布拉格精神》，崔卫平译，作家出版社，1998年，第44页。

亡、占领、起义、颠覆、出卖和解放充满了这个城市的历史。饱经磨难和沧桑,却依然存在,且魅力不减,用克里玛的话说,那是因为它非常结实,有罕见的从灾难中重新恢复的能力,有不屈不挠同时又灵活善变的精神。如果要用一个词来形容布拉格的话,克里玛觉得就是:悖谬。悖谬是布拉格的精神。

或许悖谬恰恰是艺术的福音,是艺术的全部深刻所在。要不然从这里怎会走出如此众多的杰出人物:德沃夏克、亚那切克、斯美塔那、哈谢克、卡夫卡、布洛德、里尔克、塞弗尔特,等等。这一大串的名字就足以让我们对这座中欧古城表示敬意。

布拉格如此,萨拉热窝、华沙、布加勒斯特、克拉科夫、布达佩斯等众多东欧城市,均如此。走进这些城市,你都会看到一道道影响和交融的影子。

在影响和交融中,确立并发出自己的声音,十分重要。不少东欧作家为此做出了开拓性和创造性的贡献。我们不妨将哈谢克和贡布罗维奇当作两个案例,稍加分析。

说到捷克作家哈谢克,我们会想起他的代表作《好兵帅克》。以往,谈论这部作品,人们往往仅仅停留于政治性评价。这不够全面,也容易流于庸俗。《好兵帅克》几乎没有什么中心情节,有的只是一堆零碎的琐事,有的只是帅克闹出的一个又一个的乱子,有的只是幽默和讽刺。可以说,幽默和讽刺是哈谢克的基本语调。正是在幽默和讽刺中,战争变成了一个喜剧大舞台,帅克变成了一个喜剧大明星、一个典型的"反英雄"。看得出,哈谢克在写帅克的时候,并没有考虑什么文学的严肃性。很大程度上,他恰恰要打破文学的严肃性和神圣感。他就想让大家哈哈一笑。至于笑过之后的感悟,那就是读者自己的事情了。这种轻松的姿态反而让他彻底放开了。借用帅克这一人物,哈谢克把皇帝、奥匈帝国、密探、将军、走狗等统统给骂了。他骂得很过瘾,很解气,很痛快。读者,尤其是捷克读者,读得也很过瘾,很解气,很痛快。幽默和讽刺于是又变成了一件有力的武器,特别适用于捷克这一个弱小的民族。哈谢克最大的贡献也正在于此:为捷克民族和捷克文学找到了一种声音,确立了一种传统。

而波兰作家贡布罗维奇与哈谢克不同,恰恰是以反传统而引起世人瞩目的。他坚决主张让文学独立自主。在二十世纪三四十年代,贡布罗维奇的作品在波兰文坛显得格外怪异、离谱,他的文字往往夸张扭曲,人物常常是漫画式的,他们随时都受到外界的侵扰和威胁,内心充满了不安和恐惧,像一群长不大的孩子。作家并不依靠完整的故事情节,而是主要通过人物荒诞怪僻的行为,表现社会的混乱、荒谬和丑恶,表现外部世界对人性的影响和摧残,表现人类的无奈和异化以及人际关系的异常和紧张。长篇小说《费尔迪杜凯》就充分体现出了他的艺术个性和创作特色。

捷克的赫拉巴尔、昆德拉、克里玛、霍朗,波兰的米沃什、赫贝特、希姆博尔斯卡,罗马尼亚的埃里亚德、索雷斯库、齐奥朗,匈牙利的凯尔泰斯、艾什特哈兹,塞尔维亚的帕维奇、波帕,阿尔巴尼亚的卡达莱……如此具有独特风格和魅力的当代东欧作家实在是不胜枚举。

一方面,在某种程度上,东欧曾经高度政治化的现实,以及多灾多难的痛苦经历,恰好为文学和文学家提供了特别的土壤。没有捷克经历,昆德拉不可能成为现在的昆德拉,不可能写出《可笑的爱》《玩笑》《不朽》和《难以承受的存在之轻》这样独特的杰作。没有波兰经历,米沃什也不可能成为我们所熟悉的将道德感同诗意紧密融合的诗歌大师。但另一方面,需要注意的是,由于语言的局限以及话语权的控制,东欧文学也极易被涂上浓郁的意识形态色彩。应该承认,恰恰是意识形态色彩成全了不少作家的声名。昆德拉如此,卡达莱如此,马内阿如此,赫尔塔·米勒亦如此。我们在阅读和研究这些作家时,需要格外地警惕:过分地强调政治性,有可能会忽略他们的艺术性和丰富性;而过分地强调艺术性,又有可能会看不到他们的政治性和复杂性。如何客观地、准确地认识和评价他们,同样需要我们的敏感和平衡。

一个美国作家,一个英国作家,或一个法国作家,在写出一部作品时,就已自然而然地拥有了世界各地广大的读者,因而,不管自觉与否,他,或她,很容易获得一种语言和心理上的优越感和骄傲感。这种感觉东欧作家难以体会。有抱负的东欧作家往往会生出一种紧迫感和危机感。他们要用尽全力将弱势转化为优势。昆德拉就反复强调,身处小国,你"要么做一个可怜的、眼光狭窄的人",要么成为一个广闻博识的"世界性的人"。别无选择,有时,恰恰是最好的选择。因此,东欧作家大多会自觉地"同其他诗人、其他世界和其他传统相遇"(萨拉蒙语)。昆德拉、米沃什、齐奥朗、贡布罗维奇、赫贝特、卡达莱、萨拉蒙等东欧作家都最终成为"世界性的人"。

关注东欧文学,我们会发现,不少作家,基本上,都在出走后,都在定居那些发达国家后,才获得一定的国际声誉。贡布罗维奇、昆德拉、齐奥朗、埃里亚德、扎加耶夫斯基、米沃什、马内阿、史克沃莱茨基等都属于这样的情形。各种各样的原因,让他们选择了出走。生活和写作环境、意识形态、文学抱负、机缘等,都有。再说,东欧国家都是小国,读者有限,天地有限。

在走和留之间,这基本上是所有东欧作家都会面临的问题。因此,我们谈论东欧文学,实际上,也就是在谈论两部分东欧文学:海外东欧文学和本土东欧文学。它们缺一不可,已成为一种事实。

在我国,东欧文学译介一直处于某种"非正常状态"。正是由于这种"非正常状态",在很长一段岁月里,东欧文学被染上了太多的艺术之外的色彩。直至今日,东欧文学还依然更多地让人想到那些红色经典。阿尔巴尼亚的反法西斯电影、捷克作家伏契克的《绞刑架下的报告》、保加利亚的革命文学,都是典型的例子。红色经典当然是东欧文学的组成部分,这毫无疑义。我个人阅读某些红色经典作品时,曾深受感动。但需要指出的是,红色经典并不是东欧文学的全部。若认为红色经典就能代表东欧文学,那实在是种误解和误导,是对东欧文学的狭隘理解和片面认识。因此,用艺术目光重新打量、重新梳理东欧文学已成为一种必须。为了更加客观、全面地翻译和介绍东欧文学,突出东欧文学的艺术性,有必要颠覆一下这一概念。蓝色是流经东欧不少国家的多瑙河的颜色,也是大海和天空的颜色,有广阔和博大的意味。"蓝色东欧"正是旨在让读者看到另一种色彩的东欧文学,看到更加广阔和博大的东欧文学。

二〇一三年十月三十一日定稿于北京

主编简介:高兴,诗人、翻译家,一九六三年出生于江苏吴江市。中国作家协会会员。国务院政府特殊津贴专家。现为中国社会科学院外国文学研究所研究员、《世界文学》主编。曾以作家、翻译家、外交官和访问学者身份游历过欧美数十个国家。出版过《米兰·昆德拉传》《东欧文学大花园》《布拉格,那蓝雨中的石子路》等专著和随笔集;主编过《二十世纪外国短篇小说编年·美国卷》(上、下册)、《伊凡·克里玛作品系列》(5卷)、《水怎样开始演奏》、《诗歌中的诗歌》、《小说中的小说》(2卷)等大型图书。主要译著有《文森特·凡高:画家》《黛西·米勒》《雅克和他的主人》《可笑的爱》《安娜·布兰迪亚娜诗选》《我的初恋》《索雷斯库诗选》《梦幻宫殿》《托马斯·温茨洛瓦诗选》等。

在人性的天平上

——

（中译本前言）

陆象淦

在当代罗马尼亚文坛上，尼古拉·布列班（Nicolae Breban）可以说是一位富有传奇色彩的作家。他集小说家，剧作家，诗人，美学家，研究尼采、陀思妥耶夫斯基和托马斯·曼的学者，文艺评论家和电影导演于一身，虽然曾经历如同过山车一般直上直下的政治风波，却始终不随波逐流，刚正不阿，坚守民主和社会公正的理念和底线，反对以所谓"文化大革命"的名义，在罗马尼亚搞政治清洗，破坏及至毁灭社会、经济和文化的发展。他在身受严密监视的情况下，依然埋头文学创作，崇尚真善美的审美价值，写出了一系列具有重大影响力的优秀作品，得到社会的公认和赞誉，先后于一九九七年和二〇〇九年当选为罗马尼亚科学院通讯院士。

早在青少年时期，布列班就显示出独特的个性，以及强烈的求知欲和自学能力。一九三四年，他出生于罗马尼亚西北部特兰西瓦尼亚地区的巴亚－马雷城的一个罗马尼亚希腊仪天主教会（亦称合并派教会）神职人员的世家，父亲瓦西列·布列班是一名教区神甫，与他同名的祖父尼古拉·布列班是巴亚－马雷附近的一个教区的主教，他的叔叔和教父亚列山德鲁·布列班是主教团神甫。第二次世界大战爆发后，他父亲瓦西列·布列班于一九四〇年秋天被当时占领特兰西瓦尼亚地区的匈牙利当局逮捕后，全家不得不于一九四一年逃亡到罗马尼亚希腊仪天主教会主教团所在地、罗马尼亚西部巴纳特地区的卢戈日城。尼古拉·布列班在卢戈日开始了他的小学和中学学业。但在一九五一年，中学毕业前一年，因为社会出身问题被在读的中学开除学籍，被迫到离卢戈日较远的特兰西瓦尼亚西北部的奥拉迪亚城打工，通过函授于一九五二年获得了那里一所中学的毕业文凭。为了进入大学的校门，他不得不先去布加勒斯特的"8·23工厂"当学徒，学习焊工和车工手艺。一九五三年，他得以进入布加勒斯特大学哲学系，但六个月后，因为私下阅读尼采和叔本华的著作，被勒令退学。在他父亲的干预下，虽然被允许重返学校，但由于罹患严重的风湿病，不得不辍学。稍后，他进入一所职业司机学校学习，就业于财政部车库，充当汽车零件保管员。一九五六年，他重又考入特兰西瓦尼亚地区首府的克卢日大学语言系学习德语，但一年后又自动放弃。在他父亲的一再坚持下，他转而攻读法学。

尼古拉·布列班的文学创作始于一九五七年。那一年的《大学生生活》杂志第五期发表了他的短篇习作《梦中夫人》。在此后的几年时间里，他勤奋自学，经常参与当时的《青年作家》杂志组织的社团活动，并同尼基塔·斯特内斯库等二十世纪六十年代罗马尼亚文学界反对照搬苏联的所谓"社会主义现实主义"文艺观的一些核心人物结下了深厚友谊，为他在文学创作道路上的成长和发展奠定了坚实的基础。布列班后来在一部自传性的访谈录中这样说："那是我博览群书的年代，与被网罗进约瑟夫主义的所谓大学的同辈相比，自由得多。"

一九六一年，布列班在《文学报》和《金星》等罗马尼亚主要文学期刊上连续发表了多篇中、短篇小说并得到好评，开始在文学界崭露头角。一九六五年，他的第一部长篇小说《弗兰齐斯卡》问世，荣获罗马尼亚科学院的伊昂·克良格奖。一九六六年，又出版了另一部长篇小说《主人不在》。一九六七年，随着《弗兰齐斯卡》修订再版的问世，布列班被列入罗马尼亚"第二次世界大战后最重要的长篇小说家之一"[①]。

《患病的动物》是布列班的第三部长篇小说，初版于一九六八年，被授予罗马尼亚作家协会大奖。翌年，他出版了该书

---

① 参见内皋伊采斯库：《文学评注》，达契亚出版社，1970年，第235页。

第二版。随后，这部小说被搬上银幕，改编成艺术电影《在绿色山岭间》，由布列班亲自操刀，担任编剧和导演，一九七一年初举行了影片的首映式。但令人匪夷所思的是，等待这位作家和导演的却是一场莫名的政治风波。影片虽然已经入选当年的法国戛纳国际电影节，但遭到当局的批判。不仅如此，当时的罗马尼亚作协理事会还召开会议，指责此前已经应邀去巴黎访问的布列班"逾期迟延国外不归"，建议撤销其作协理事和作协机关刊物《罗马尼亚文学》主编职务，并将他开除出党。这场突如其来的风波的真正的原因，或许在于罗马尼亚当时的当权者心血来潮，希望罗马尼亚搞"文化大革命"，并发表了相关的长篇讲话和纲领，却遭到党内外的某些异议，作为当时文学界头面人物的布列班也未公开表态支持或参与鼓吹，于是被陪绑拉上了祭台。然而，出乎当局的意料，布列班面对巨大的政治压力并未选择自动流亡国外，而是在法国和德国长途旅行后坦然回国。在遭到边缘化和监视，相当长的时间里不允许出国访问的情况下，这位作家以埋头创作来进行抗争，用他自己的话来说，这是"我唯一可能的、天然的回答，虽然在一些人看来未免荒谬"。在此后直至一九八六年旅居巴黎前的这段时间里，布列班又陆续写出了四部长篇小说和两个剧本，并几经周折得以出版和搬上舞台。一九九〇年三月，他回到国内，担任面目一新的《当代》杂志社社长，焕发出愈益强劲的创作活力，除了长篇小说、剧本和诗歌外，还致力于学术论著、政论和随笔的写作。据不完全的统计，至今出版的布列班作品计有长篇小说十四部，学术专著、政论、随笔和回忆录九部，剧作三部，诗歌两部。其中多部长篇小说被译成法、德、俄、意、瑞典、匈牙利、保加利亚、立陶宛、拉脱维亚等文字，在国外出版。

布列班的小说素以题材多样，视野开阔，构思奇妙，格调清新著称。《患病的动物》可以说是一部立意高远的现代寓言，虽然就情节而言是围绕一个小山城几周内连续发生的三起无头凶杀案展开和铺陈，在分类上似应归入侦破小说或者悬疑小说。这位罗马尼亚作家以细腻的笔触，通过倒叙、穿插、转述等手法，营造变幻莫测的复杂结构，以沉湎于幻想或偏执狂的人物来编织富有魔幻色彩的情节，在扑朔迷离的叙事中，展现人物深层的心理起伏和意念，充分调动读者的想象力，触发无尽的联想和回味。

《患病的动物》虽然讲述的并非动物的故事，但作家在通篇的重要情节上都描绘了动物的闪现，从过街的耗子到飞上餐桌的母鸡，从翱翔于蓝天的飞禽到自在地行走于山坡的无主驴群，似真似幻，与他笔下人物的心潮起伏融为一体。人之为人，当然有别于动物，但无可否认依然延续着某些动物性的本能。德国哲学家尼采认为，人既是最优秀的动物、最勇敢的动物，又是最残忍的动物、病态的动物。他们发动战争，相互攻伐，彼此欺骗，困境中号啕，胜利时欢呼，凡此种种无不是动物天性的延续，是一种病症，而这样的病症又成为其价值的载体①。在布列班的笔下，所有人物无不需要在人性抑或动物性的天平上接受检验，无论是默默无闻的平头百姓，抑或自命不凡、手握生杀予夺大权的官僚。究竟是谁有病？其含义若何？读者无疑会做出自己的判断和解读。

老子曰："知不知，尚矣；不知知，病矣。"

---

① 参见卡尔·雅斯贝尔斯：《尼采其人其说》，鲁路译，社会科学文献出版社，2001年，第136~137页。

第一章

他在那个名称以 S 或者 S 开头的火车站下车时，看了看周围，想一览城市的景色，但那里只有火车站的简陋建筑，周围是贫瘠的田野，而在右边的远处，是蓝色的群山。一个正在清扫铁轨的中年妇女看见他这样茫然无措，走过来，似乎有点羞怯地对他说，如果想继续旅行，得等半小时，窄轨小火车才发车。她还告诉他，小火车组列的地点不是在车站这儿，而是——出于规矩——在右边货运仓库前面。那是一幢木板搭建成的房屋，粉刷得杂乱无章，在它前面停着几节老式双轴的空车厢。

他点点头表示感谢，这个谦卑的妇女传递的消息令他惊慌失措。他随即返身离开她，朝前面干涸的喷泉走去，仿佛是为了避开她暗中投来的——或者说职业性的——视线，直至确信自己独自一人时，才停下脚步，坐在一个或许很少被使用的石凳上，旁边那个冒充大理石制作的大花瓶也是久已无人问津。他打开自己的硬纸板手提箱，像农民一样把箱子搁在膝盖上，拿出食品吃起来，从远处望去，仿佛怀抱着一架喇叭压扁的大留声机。随后，他站起来，慢吞吞地向仓库的卸货台走去。窄轨列车也正在慢吞吞地组列，那是一列窄车厢——平板车厢的火车，一个真实的火车头正在相邻的轨道上调轨。他爬上了车厢，发觉并非只有自己一个人：在一节平板车厢上聚集着一些农民，坐在干草堆上；而在紧贴着的另一节车厢上，有一群城里人。他发现一个三十岁左右的十分漂亮的女人，穿着一身黑色衣服坐在他们中间。

他爬上了一节平板车厢，并非是最近处的一群人中间坐着一个漂亮女人的车厢，虽然他真心实意地完全想那么做。他带着有点夸张的小心翼翼把手提箱放在身边，准备开始这短途旅行。等了相当长的时间，但那个适合于窄轨列车的微型火车头，全不顾他久等的不耐烦，依然费力地在各种各样的线路上调轨，看不出有什么明显的效果，来来回回在那些几何形的平行线上调试，耗费了很多时间，而时间又过得那么迅速！最后，窄轨列车终于发车开动。

他心不在焉地旅行着，淡漠地看着列车穿行在一个阴郁的果园之间，然后驶过森林和满地鲜花的牧场重压下的山岭，无人居住的木头房子散落其间的贫穷村庄，堆积着巨石和粉碎的岩石的场地，最后地平线上终于出现了他旅行的目的地。一群城里人中间的穿黑色衣服的女人，一路上很少活动，虽然他觉得自己没有注意她，却始终注视着她，时而心头很恼火，时而假装冷漠，尽管他只是欺骗自己，仅此而已。

最后，小火车头发出凯旋般的一声尖厉长鸣，停了下来。他疲惫地走下车厢，没有环顾周围，而是眼睛盯着就在他近旁一起旅行的黑衣女人，或者更准确地说，盯着她同行的那群旅客。她身材高挑、苗条，黑头发过密，破坏了她额头的构型，居丧的黑裙过长，下摆过于宽大，脚上穿着的鞋子已经磨偏。

但她不是在走,而是在头面皱巴巴的鞋子上飘浮,双脚在车站的粗硬沙子上痛苦地摇晃。突然,她回过头来,深深地望着他,近乎有点唐突;而他,一直极力假装满不在乎和潇洒清高的他,不由得刹那间一怔,呆若木鸡。她随即回过头去,带着似乎生来从未正眼看过他的神情走远了。

火车站还算漂亮,而他,保罗,大家这样称呼他,是唯一在进行观赏的人,乘坐小火车来的其他人无不行色匆匆。他能欣赏用漆成绿色的铸铁细柱作为支撑的车站建筑,或许意味着他没有急事,或者他的旅途没有任何目的——你有时会碰到这种毫无目标的人,保罗即是其中之一。

约有半个多小时,可以看见他手提飘飘荡荡的硬纸板行李箱,在这个山区小工业城的街上游荡。遇见他,或者在窗户或理发店的宽大橱窗后面观察他的人,朝他勉强露出笑脸。因为这样一个似梦游般呆头呆脑的陌生人的出现,足以使这些灰色和呆板的街道,或者说忧郁和灰蒙蒙的街道,没有任何一个人喜欢的街道,变得更加不合时宜和令人不快。然后,他沿着锅炉厂的墙边走去,伤感地看着墙头上的尖锐的玻璃碴,到达了水流比河床狭窄得多的一条小河边,疲惫地走下去,踏进了原来的河床——也就是已经没有水流的地方,光着脚,将袜子挂在令他感到亲切的周围的大圆石上,把自己的年轻、火热、肮脏——由于家里自染的羊毛袜掉色而近乎染黑——的双脚伸进清洁的凉飕飕的水流中,自得地微笑着,注视着河水那么迅速地把他的脚洗得雪白,仿佛从中看到河水同时透过他的骨头和皮肤在上涨,从他身躯近边,涌向心脏王国。

傍晚，他在不断想着那个穿黑衣服的女人，想着她的那么傲慢的目光——几个世纪之前，一个女人或许因此会受到鞭挞的那种目光。同时，他开始为寻找一处能睡觉的场所发愁，因为这儿既没有任何一家旅馆，也没有膳宿公寓或者类似的地方，只得打听哪儿有钢铁厂里干活的临时工们栖身的窝棚。

他相当困难地找到了窝棚，订下一张上铺，价格比较便宜，在预付了三夜的金额后，试图入睡。夜晚尚未降临，他的脚依然保持着河水清凉感的美好遗痕，这几乎是如此平静的一天的唯一记忆，其他种种——或者"另外的"某件事情——都是那么不愉快，或者说只留下不愉快。而脚上的清凉感，在河床中流动的河水的清凉感，依然那么惬意和实在，即使在睡意蒙眬中，保罗也开始笑出声来。

一段时间之后，他睡眼惺忪地醒了，一睁眼，透过脚边狭小的窗户看到夜幕还没有降临，他只打了几分钟或者半小时的盹儿。

"有时候你太累了反而睡不着！"他想道，试图把一切当作玩笑，用一个胳膊肘支起身体，看着同屋的人。房间不很大，摆着许多张很脏的上下铺。就在他对面，一个年龄和头发颜色都确定不了的人，正在用砂纸打磨一个可能是车床制作的木头部件，有几个人躺在床上，依稀可见的只有各种姿态的胳膊和脚，以及遮住了这些胳膊和脚的浓重的香烟雾。有两个小伙子——都不满二十岁——在玩牌。房间里只有两盏灯，似乎永远点燃着，却是半黑的，因为盖满了苍蝇屎。在其中的一盏灯下，有两个大汉面对面坐着，却没有什么明显的动作。保罗更加用劲地支撑着自己的身体，竖起了耳朵听着，经过相当长的一段时间才察觉，一个汉子在给另一个念一本小册子。但是，两个人坐得那么近，仿佛听的那个人是聋子，或者是在读什么禁书，就在他思考诸如此类事情的那一刻，响起了念书者的男中音的饱满声音。那是一个五十岁左右的汉子，留着不很稠密的栗色漂亮胡子。突然，嘈杂声奇怪地停止了，保罗意想不到传到上铺和他耳朵里的是这样的词句："于是，所有的女孩都起来，去装点圣灯。而那些疯女孩们对聪明女孩们说：'给我们一点木油，我们的圣灯要熄灭了。'而聪明女孩们回答说：'是不是我们的和你们的木油都不够了？最好……'"

保罗把背贴在床板上，厌烦地转过头去，希望能睡熟。他感觉不舒服，身体有一点轻微发烧，虽然脚依然感到凉，干净和透明的双足仿佛仍站立在河水里。这样躺了一会儿，依然不能完全睡熟，周围的嘈杂声不断，可以听见两个小伙子的纸牌啪啪地摔在小椅子的木板上，还有那个留着栗色胡子给人以深刻印象的大汉念书的声音，尽管听不清其中的词句。而比这些嘈杂声更烦人的，则是发烧的身体发出的"呼噜噜、呼噜噜"的微弱碾磨声，寒热在他的燃烧的皮肤下潜行，仿佛在考验或者寻找什么——肝脏、肺叶，抑或肠子，亦即他体内最敏感的软器官之一。寒热包围它们，然后慢慢地将它们置于死地，用的却是天鹅绒一般温柔的软绞索，富有魅力，令人迷惑而没有尽头。他又听到念书的声音："……我对你说过，你是一个愚昧之人，在没有播种的地方收割，在挥霍的地方聚财；我出于恐惧，把你的金币埋藏在地下：这是你的。"

几分钟后，念书人的声音停止了，而另一个人，一个留着黑色长须的光头矮子，动作像女人一般柔软而缓慢，十分温和地说："再念下去，你可以再念。"

"今天已经足够了。"栗色胡子的那个汉子说，随后站起身来。看到此人那么高大和强壮，头顶几乎触到天花板，当他在下面走过时，灰泥已经掉落和开裂并被烟熏得乌黑的天花板仿佛就是一片蓝天，保罗不由得惊呆了。

"你可以念到天黑。"另一个人近乎祈求道，但栗色胡子的彪形大汉根本不听他说，而是旁若无人地走来走去。

"把金币藏在地下！"他突然用炸雷一般的声音说道，依然坐在小椅子上的另一个人不由得蜷缩成一团，而其他人，玩牌的小伙子，正在打磨车床制作的部件的那个人，都回过头来，"这是一宗不可宽恕的罪孽。因为这宗罪，那个恶奴……"

"我们不是奴仆，"从一张下铺传来嘲讽的话音，"你胡言乱语地说些什么？把人当作奴仆，是谁的奴仆？神甫的奴仆，大家知道，他们……"

"伊昂，你这么说就错了，"依然坐在小椅子上的那个人说道，声音很弱，近乎胆怯，保罗因此不得不用一个胳膊肘支撑着身子，竖起耳朵去听，"这只是一个例子。你听到的一切只是一个例子、一个故事，因为……"

"你，年轻人，为什么不回家去？等你妈追到这儿来，张口结舌地说你同二流子和流氓混在一块儿？"一个刚走进门的杂工说道。此人只穿着一条长内裤，脏兮兮的，看来已经好几天没刮胡子，长着大骨架的身板、干瘪的肚子。他是在对两个玩牌者中的一个小伙子说话。直到此时，保罗才更加注意地看了看，发觉这个小伙子穿着蓝色的裤子，那是中学生的校服。

"我做自己想做的事！"小伙子说道，随手点了一支香烟，"她应该感谢我不喝酒。而且，我也在听《马太福音》。"另一个小伙子粗鲁地大笑不停，以致那个听经文阅读的人慢慢地回过头来，惊讶的神情中带着某种悲哀。

"别让我再在这儿逮着，"穿内裤的那个家伙靠着一张床说道，"我会在她那骚娘们屁股上画图！"他干笑了一声，而保罗吃惊地发现，同这个家伙一起笑出声来的还有几个在场而没有受到注意的人，其中包括那个穿中学生蓝裤子的青年。

"但那个仆人，"坐在小椅子上听读经的留黑色长须的光头男子怯生生地开口说道——此人确实人如其名，他的名字米罗亚原义正是可怜的羔羊，"那个恶奴出于害怕而埋藏了主人的金币？！"他近乎祈求地抬眼看着那个栗色胡子的彪形大汉，而彪形大汉在犹如低矮的天空一般的裂开的天花板下，怒气冲冲地走来走去，踏着落得满地都是的天花板灰泥。"大叔，害怕主人，这也是一种罪孽吗？由于害怕主人而犯错误的仆人，为什么就是恶奴，啊？"而躺在床上的保罗，听到这些话感到十分震惊，暗自赞叹道：这个人在动作和目光中表露出多么强烈的仁爱之心，他的脸庞和老派的整个外表又散发出多少近乎女性一般摄人魂魄的魅力！

"你将金币匿藏在地下，就是不可宽恕的罪孽！"彪形大汉重又雷鸣道，但这一次语气中似乎并不断然肯定，随后突然坐在另一个人对面，用手掌抓住自己的漂亮而富有男子汉气概的胡子，出人意料地热情地笑着说，"我们不应该墨守成规，而是传播虔诚的信仰！"这个名叫克里尼茨基的彪形大汉手掌抓着自己漂亮的大胡子，依然笑着，但灰色的小眼睛直刺米罗亚，似乎穿透了他的皮肉，以致米罗亚本能地一哆嗦，或许只是保罗这样感觉。由于疲劳过度，保罗依然睡不着，尽管他那一天从远道而来，付了床位费。

"我不能对一个有虔诚信仰的仆人如此苛刻。"米罗亚说道，试图在克里尼茨基面前表现出勇气，而克里尼茨基不经意地微笑着听他絮叨，将目光时而移向散乱的杂物，时而对着面前这个人的脸。他为这个人念的用布包着的书依然摊开在面前的桌子上，这是一本只有他能念的书，因为是用基里尔字母印刷的。"他能够偷金币，"米罗亚继续说道，"能够偷了逃走，但他把金币埋藏在地下，土地把金币保存得最完好，因为那是金的。在我们这个时代，你不再能把钞票埋藏在地下，因为钞票会腐烂……"

"闭嘴！"克里尼茨基命令他道，"你竟敢曲解《圣经》。你没有这样的资格，谁也没有这样的资格。你必须静听，我为此才给你读经，你必须在头脑里牢记听到的圣言，否则你就会像这些懒虫一样怨天尤人，诅咒日子太长，吸食烟草，生活在罪恶之中，比猪更加糟糕——因为猪尚且懂得上帝的儿子已经降临，为了拯救它们，拯救这些不洁的动物，拯救这些肮脏的猪圈。"

"嘴巴干净点！"一个勉强能听得清的声音咕哝道。那是从某一张床上传来的话音，而在这儿，依稀可分辨的只有伸展在粗粝的马槽般的灰色床上的一条条手臂或者腿脚，它们或是裹在破布烂袜当中，或是套在肮脏的球鞋、橡胶雨鞋或军靴里。听到这句话，克里尼茨基戛然停下嘴来，他的硕大的整个身体打了个激灵，仿佛透过他的神经突然喷发出了水流。他仔细地朝周围的床铺和面孔观察了片刻，然后近乎喊叫地说道：

"你们出于敬畏而听我讲道，这正是我最大的罪孽……比你们生活在其中的黑暗更大的罪孽。因为像你们一样，我也是人，除了对于为你们舍命死去的那个人，你们不应该有敬畏……敬畏和爱只应该给予圣洁的圣母之子，给予上帝的圣母玛利亚！"

克里尼茨基的这席话之后，屋内一片宁静，只有两个毛头小伙子围着的那把小椅子的木头时不时地啪啪作响，那是沾满油污的纸牌发出的如一张兽皮摔在另一张上的声音。

"我们可以继续念到天黑，"米罗亚怯生生地提议道，"圣言必须像种田人播撒种子一样传播，因为从来不知道……"说到这儿，他自个儿停住了，克里尼茨基一脸带着不可理解的悲哀的漠然神态使他惶恐不安。

第二章

保罗又睡着了，拂晓前醒了几次，有一段时间仍然听见那两个中学生或者小青年往他们之间的小椅子上怒气冲冲摔纸牌的啪啪声音，有一次仿佛还有吵架的声音传到他迷迷蒙蒙的耳朵里，是强壮的男子的粗重声音和一个尖厉刺耳的声音，不断用尖细和假嗓的音调吼叫着，然后是一片笑声，悠长的，没完没了，接着又是那个尖厉的声音，在不断诉说，像悲愤的哀号，令人十分恼火、不耐烦和厌恶……但这一切混合在一起，相当混乱，因为保罗十分疲倦，不可能完全清醒，所有那些粗重的抑或尖厉刺耳的声音或许一大半出自扰人的噩梦，第二天整整一天他都在竭力回忆那场吵架，想搞清楚究竟是发生在这窝棚里的那些粗劣的双层铺之间的真事，抑或只是他的大脑过度疲劳，不能完全休息，从而臆造出的话音、嘈杂声、光箭、几何图形，好似一些看不见的嘴在大喊大叫。

第二天，刚到清晨五点，大家就开始起床，在夯实的泥土地上噼里啪啦地走来走去，相互摩擦，碰撞，笑骂，洗脸，吐痰，挠痒，带着沉重的鼻音说话，打喷嚏，穿衣服。保罗是最后从上铺下来活动的人之一，轮到他去洗脸时，窝棚里只剩下几个人，他吃惊地发现其中就有昨晚念基里尔字母小册子的那个留着漂亮栗色胡子的彪形大汉。保罗走近过去，装作在近旁找什么东西,几次试图同他攀谈,但克里尼茨基不理睬他,仿佛在自己的心里筑起了一道墙,或者另一个人。保罗,似乎有着比较透明的血肉,或者神经充满着透气的空洞。于是,年轻而茫然不解的保罗看到自己必须后退,让那个人做完盥洗;而那个人仍然那么安静,动作很大,近乎庄重,移动自己的身体仿佛是在移动一件圣物。

保罗很迟才走出窝棚,将近九点钟,太阳在薄薄的灰色云彩间愉快地笑着,小城里,街道近乎荒凉,只有商店里有几个女人在溜达,或许是同一个女人。她懒洋洋地走进一家纺织品商店,里面的布料颜色或是很扎眼,或是已经褪色,总之是清仓物资;或是走进一家门面很窄的店铺,门上的灰色的旧油漆龟裂成漂亮的线条、复杂的图形、近乎一团乱麻的阿拉伯花纹,犹如咖啡杯底上的图案。那是一家杂货铺,出售鞋油、非常诱人的鞋刷、煤油灯的玻璃灯罩、干玉米叶编织的擦脚垫,等等。

保罗这里那里随便逛着,腻烦地看着两个很胖的年轻农民头上顶着两个白色的大柳条筐,走起路来臀部与柳条筐以相反的节奏轻微地摇晃,却十分协调和均衡,看上去煞是撩人。保罗开始笑起来,露出了一副难看的牙齿——白而细小,胡乱地从薄薄的红色牙龈中龇出来,在他那皮肤柔润而永远青春焕发的整洁脸庞上放肆地闪闪发亮。他应该朝工厂的大门走去,却一直拖延着,尽管周围只有那些破旧的商店和女人——大多是卖牛奶的农妇,还有几个厌烦的孩子和单独一个男子。这个男子很胖,秃顶,站在肉铺门口,正在大声地朝一个脚穿乌拉的小青年——那儿很少有人穿乌拉，所以特别显眼，引人注意——发号施令。小青年在挖，更正确地说是在加深屠夫的房子和肉铺门前的沟。小青年十分瘦弱，一头乌黑的长发，耷拉到眼睛上，随着铁锹的每个动作，耷拉着的头发飘舞一下，露出一张三角形的煞白的脸，随后头发又耷拉下来，盖住了眼睛。他挖得很快，似乎急着结束，去某个地方——他来这个小城的真正目的地。他的头顶上，一个写着大大的"肉"字的红色玻璃招牌在闪闪发光。

小城中心有一条窄窄的小河流过，河岸铺设着石块，水流湍急而洁净。小河同时流经几个河谷，周围是不太高的山岭，上面覆盖着绿色的森林。左边的某个地方是小火车站和山谷，作为文明的铁路，穿越山谷蜿蜒前进，曲折上升。保罗慢吞吞地走着，心里很是厌烦，沿着锅炉厂的没有尽头的长围墙前行，到达了工厂的大门前，不由得有点惊诧，暗暗地自问到这个地方来干什么。虽然当工厂大门口站着的两个人当中的一个——高个儿，脑袋黑黑的，很大——问他同样的问题时，他开始耐心地讲述一个与其说是故事，毋宁说是美丽的谎言，因为保罗知道没有任何人对真事感兴趣。他说自己是一个孤儿，是最可能成为孤儿的部队大院的孩子，却因为他的肺部虚弱，不能献身于军人生涯。而"肺部虚弱"这个术语，乃是他从一本书——一部长篇小说中读到的，也是他唯一记住和如此喜欢的用语，从那时开始，只要有人有耐心听他的故事，他就会讲自己"肺部虚弱"之类的闲话。他的骄傲——真正的骄傲——是从来不为自己的命运怨天尤人，这是使他自我感觉是一个男子汉大丈夫的底气之一，也是一种内心的秘密补偿，因为所有人一般都会相信他比真实年龄年轻十岁。究其原因，在于他的脸如女性般白皙，尤其是黑色的大眼睛那样媚俗，令你腻味；他的手很小，关节很细；或许还有他的懒洋洋的步态，出行没有任何目的，可以去任何地方闲逛，仿佛生活就是一个巨大的候车大厅，墙上贴着各种各样的广告海报和乏味的通告，而你必须仔细地阅读，否则漫长又漫长的时间像一条毛毛虫一样，或许开始在你心头爬动，挥之不去。

　　听他讲述的那个人并没有被他的故事打动，可能认为他是充斥各个工厂大门口编造谎言的骗子之一，所以直截了当地对他说，这里只需要熟练工人。而在保罗腻烦地补充说自己有两项专业技能——铣工和司机之后，这个人立即拉住他的手臂，领他进入一个狭长的院子，途经一个手压水泵和一段使用过的很长的废橡胶管，向人事处走去。到达那儿，此人留下他同一个女职员一起，填写完一张表格，拿到几张进行体检健康证明的单子。保罗手里拿着体检单，犹犹豫豫地——像做所有事情一样——向离工厂建筑不远的医院门诊部走去。实际上，这个工厂并非是一栋单独的建筑，而是几个分散的车间，围着一个说不上什么形状的院落；另有一个陈旧的大主体建筑，伸展出几个较新的侧翼，犹如一件旧大衣缝上了几个新布料的补丁，而且使用的是明针脚，就像演戏用的大衣故意做旧一样。院子里只有几个工人，三三两两地从一个部门到另一部门往返行走，当保罗腻烦地东张西望走过一个打铁车间——原始的锻造车间——前面时，看见几个人在车间门口奔跑，一个身穿工作服、围着农家围裙的女人,慢慢走出黑色的车间大门,烟熏火燎的门上的一窄条玻璃窗上部已经破碎。她背靠着墙,然后不自然地弯曲着左脚,举起左手扶着额头,一动不动,仿佛是一个胶合板的布告牌。保罗鼓起勇气走近,但又有点胆怯,因为不能理解女人在墙边干什么,于是伸长了脖子,把自己的脸贴近过去,直至额头几乎触到那个一动不动的女人的脸。此时,他才发觉女人是在哭泣,当保罗要问她"为什么哭"时,发现身旁越来越多的人开始奔跑进车间,特别是有许多女人,大多穿着混杂的服装,火急火燎,匆匆忙忙,呼哧呼哧喘着粗气,眼睛里闪烁着好奇又恐惧的光。于是,保罗手里拿着体检单,也跟随她们走进了车间。

那是一个大车间,宽敞却陈旧,摆着三台没有年代标志的车床,由一条传动带传动,还有几个小锻炉,构成一个世纪前的车间应有模样。大玻璃窗上蒙着一层厚厚的灰尘,四壁充斥传导轮和传动带,废钢轮码在墙角里或者用大铁钉挂在墙上,窗玻璃上烟雾缭绕,煤灰飞舞,地上堆着几十个木箱和花样多得出奇的各种废旧铁器制品,在几个大铁砧和气锤旁,地上躺着一个身材魁梧的人的躯体,头上的血污已经凝结。保罗试着走近,也因为好奇和恐惧开始呼哧呼哧喘着粗气,觉得脸颊迅速红涨起来,尽管很想走出去,站到那个一动不动立在墙边的女人身旁,却发觉自己身不由己地贴近已经相当拥挤的那一群人。他们恐惧地围在躺在地上的那具躯体旁,一面悄声议论此人恐怕已经性命难保,一面踮着脚想看个究竟。

这具躺在地上的躯体穿着一件洗得太多而褪色的破旧工作

服，这儿，在这个山区工厂像在其他地方一样，人们星期日才穿替换的工作服，而旧工作服一直用到布料默默磨灭为止。就像从保罗站着的地方所看到的那样，此人的脚似乎很大，与躯干相比形成畸形的反差。半张脸被粘着血污的杂乱的花白头发掩盖着，下巴也有两道像平行线一样的血痕，似乎有人用手擦过下巴上的几天没有刮的胡子。旁边，在那个生命垂危的人够得着的地方，有一把短粗把的大锤子，上面——保罗听见有人说——可以分辨出血迹。有人想把它拿起来，一个男子用尖细声音喊道："让它保持在原地！"在此同时，两个女人——近乎是小女孩——十分惊恐地抬着一副担架跑了进来，一个红脸的瘦高个儿卫生员——或许是不长胡子的家伙——气急败坏，急促的呼吸声掩盖了周围的嘈杂议论。人们让出地方，让担架停在那具躺在地上的躯体旁，红脸卫生员犹犹豫豫地跪在地上，不知怎样处理这个濒死或者已经死亡的人。

保罗突然感到耳朵和颈项迅速发热，一种压抑的惊恐感从胃里向上涌动。越来越多的人涌入车间，许多人无意义地大喊大叫着，几个女人用令人难以忍受的短促的叫喊痛哭着，他不由得感到混合着煤灰的空气越来越稀薄，试着走近一面墙，靠在上面，不被任何人觉察，随后又觉得墙离自己很远，而且比起初看到的更白、更硬，于是不敢再挪动。突然，不知怎么，保罗发现自己站的地方离上面躺着那个魁伟的锻工的担架很近，两个强壮的工人抬着担架，他们的急促和大声的呼吸几乎震聋他的耳朵。接着，在同一瞬间，突然耷拉在担架外的那个伤者的左手触到了他，几乎挂在他的口袋上。保罗不由得吃了一惊，却又重新产生了暗自偷笑的顽念，就像他刚才走进车间看到那具躯体之前，已经知道发生了命案一瞬间的感觉一样。

保罗跟在人流后面，慢慢地，慢慢地走着，然后突然加快了脚步，几乎奔跑着，突发的好奇心驱使他想知道那个出事的人到达工厂医务室时究竟有没有死，或者生命还能维持多长时间。但是，在担架从后面赶上来之前，他终于克制住了这种好奇心，返身朝医院门诊部走去，因为在这段短短的时间里，他手里依然拿着体检单。在他走出工厂的时刻，大门口迅速形成的人群中已经在议论一个名叫老列卡的人。受害者名叫西蒙卡，同老列卡因为一处房产发生过频繁争吵，其中的若干细节，保罗不很明白，因为他是一个外乡人，而且因为自己的恐惧或者身体虚弱而十分疲劳，压根儿不想深究。但所有人在谈到铁匠西蒙卡时，都好像是在说一个早就去世的人、一个死人，保罗瞬间露出了庆幸的微笑，思忖道：出乎自己的意料和担忧，终于发现了真相，根本无须跟随消失在医务室所在的办公楼里的那群火急火燎的女人和几个糊里糊涂的男人乱跑。

然而，在工厂大门口议论凶杀的人群与在车间看到的那群人完全不同：这儿大多是男人——事实上全是男人，而且讨论热烈，富有想象，洞察幽微，推断机敏，表现出男子汉的庄重和极度自信。但保罗常常忍不住想笑，就像在车间那儿两度感觉到的那样，唯恐不能假装太长时间，只得离开这儿，尽管觉得其他人用某种惊异的眼光看着他，仿佛在这一刻才发现他的存在，或者因为不认识他，而自然要问他在厂里寻找什么。

"也许我就是凶手！"于是，他高傲地想道，毫不隐讳地笑着，迎着工厂大门口的那些人的短暂的惊诧目光，但在同一刻，这句话令他毛骨悚然，虽然只是在头脑里暗想而没有说出口，那具没有了气息的魁伟躯体的存在是如此具体，那个死人仿佛依然如此鲜活。"难道真的死了？"保罗自问道，立刻重又觉得很想回到厂里，同其他所有人一起挤在医务室门口看个究竟，但接着又暗想，或许在第一眼看到那具躯体的时刻，他已经没有了生命。当时那个长着不讨人喜欢的红脸的卫生员跪在他旁边，两眼惊恐，犹疑不决，呼吸沉重，凡此种种已经透露了奥秘。

保罗走了几步，随即停住了脚，看了看身后：工厂大门口停着一辆篷布破破烂烂的吉普车，保罗立即诧异得近乎惊慌地自问道：

"这家伙是从哪儿冒出来的？我怎么没有见过？它只有从我身旁才能经过，而我……"

更为诧异的是，他没有看到汽车在自己身旁经过，因为只有从他身旁才能开过去，在工厂大门的那一边，街道是封闭的。保罗在不知不觉中加快了步伐，沿着医院门诊部楼旁走去。门诊部的底层装着涂成白色的大橱窗，两扇门中，有一扇是玻璃的，也刷成白色，关闭着。他走上了一条房屋稀少的上坡的街道。那是一条不很整齐的石子路，坡道通向山上。保罗早已很疲惫——他很容易疲劳——但没有放弃爬坡，很高兴，呼哧呼哧喘着粗气，似乎在夸张地表现自己的辛劳，而那个不重要的细节——没有看见那辆汽车从自己身旁经过，始终使他感到诡异和惊恐。想着这个不可解释的现象，一种更早就有的不自信重新侵入他的心头，那是一种胆怯，男子成年期的恐惧，早从青春期就产生的特有的恐惧，生怕永远成不了一个十足的男子汉，或者说成不了一个同其他男人一样的男人。

在他前面，只相隔几步，一群小驴同他一起在同一条路上向上爬，六头！他机械地数着，是几头没有吃饱和无人喂养的动物，似乎既没有主人，也没有确定的目标。他从后面追上了它们，所有的小驴停了下来，保罗也停下脚，在一头小驴的耳朵间挠痒，其他几头小驴温和地围着他，显得有点胆怯，保罗也感到胆怯或者近乎害怕，唯恐他的意图被误解，招惹它们尥蹶子踢他。小驴们一动不动地站着，耷拉着嘴巴。保罗为一头小驴拔掉了棕色皮毛中的几根刺，然后放任它们继续在那条石子路上爬坡，感到山上的空气越来越诱人。

这个仰仗锅炉厂的鼻息生活的小城或者说市镇，整个儿聚集于山谷的喇叭口上，仿佛悬挂在山岭和森林里一般。森林将它完美地隐藏了起来，犹如战争中隐蔽目标的伪装网。保罗朝着森林往上爬去，觉得自己依然走在街道上，心里很宁静，像小城的居民一样知道最安全的地方是有人行道和一排排房子的街道，却突然发觉自己已经置身于森林之中，最后的几所房子只是放牧或休闲用的小木屋。而令他感到近乎不可思议乃至震惊的，则是它们的院子深入林中空地，成为白衣女妖惯常出没的场所。她们冰清玉洁，宛若饱满的清新空气的化身。

保罗在依然稀疏的橡树林里走了一段时间，经过一个狭长的林中草地，然后虽然觉得肚子似乎有点饿，还是进入了树种混杂的另一个林子。此时，他才觉察自己为什么找到这么一个默默无闻的地方和它的阴郁灰色的工厂，为什么坐着小火车在一条逶迤曲折、颠簸不平，好似到不了任何地方的短路电线一样的窄轨铁路上旅行；森林和大山的赐予近在咫尺，同他亲密无间，虽然得来有点唐突，但令人如此惬意，直至此时他才感到完全平静，那具僵直的魁梧躯体，那些混乱和恐惧的男人，那些火急火燎的女人，乃至昨天一夜，挤着那么多人的窝棚和陌生的声音的吵闹，全部都远离他而去。每当必须忍受各式各样的人聚集在一起的压力时，保罗都感到很累，他总是自以为已经痊愈的器质性的胆怯每次都会出现，而隐藏这种胆怯的痛苦折磨着他，驱使着他，驱使着藏在他心里的一只动物，仿佛他天生就长着袋鼠一样的育儿袋。然而，这个地方也像是一个大口袋，时时让他感觉到那只动物的存在。每当突然被许多与他相像——令人恶心地相像的人包围，他的原有的陈旧自卫手段不再那么有效时，那只动物存在的强烈感觉抓挠着他的脸颊、手脚、舌头、头发。最近的过去——几个小时或者几分钟前，过去的一整天，或者更远一点，昨夜或者昨天一整天，保罗几乎不再有更远的过去——像一条看不清楚的大油轮，驶出港口，被吞没在大海的浓雾之中，越来越坚定地远去了。保罗感到那么轻松，几乎在森林中奔跑，而那冉冉升起的雾霭如同上帝赐予他的礼物，赐予一个孤独、为自己的性别担心、羸弱、胆怯——令人羞愧的男子的礼物！

他躺在一块草地上睡着了，醒来时已临近傍晚。他站起身来，开始感到肚子饿，慢慢朝着小城走下山去，虽然不太清楚方向是否对，返回走的是一条不认识的路。他信步走在下山途中的某个地方，应该是那条无尽头的长街，或者是另一条路，"市中心"的几栋两层楼老建筑，电影院，饭店，等等，还有工厂的粉刷过的砖墙，墙顶上覆盖着——对，想起来了——碎玻璃碴，工厂大门，某个地方躺着一具躯体，那具庞大的尸体，铁匠的大脚、大胡子、大身板、大喘气，女人们的大呼大叫，他自己的几乎晕厥的大惊失色……保罗重又腻烦地耸耸肩，从最后几棵树的阴影下走出来，发现天色尚早，小城已经近在眼前，近得令人不爽，而就在那一刻，看见一个男子坐在森林边缘的稀稀落落的果树旁，从一只他也有的那种压缩纸板手提箱中拿出食品来吃。他回忆起，前一天早晨，在乘坐小火车的车站上，看到一个人以同样的方式吃东西……噢，不！不！是同样的手提箱，正如他也有的那种压缩纸板箱，很旧，四角磨损得很厉害，锁已经失效，用勒手的金属线加固的手提把，但火车站上的那个人将手提箱放在膝盖上，脑袋被箱子盖挡着，像留声机的喇叭筒。而这儿，也就是说那棵雄伟的老橡树脚下的"那个地方"，是一个男子坐在自己的手提箱旁边吃东西，而且当他发现保罗时，做了一个本能的动作——对，保罗看得清清楚楚，也不由得一怔：那个男子迅速关上手提箱并将它推到背后的灌木丛——在橡树脚下长得很茂盛的灌木丛中。或许可以说是出于橡树的恩典，灌木丛才长得那么茂盛。

　　保罗乐滋滋地思忖道，这个人是饿了，但食品不多，片刻间害怕与森林里突然冒出来的那么无助的青年分食，如果仅仅如此想，那么他的动作太过生硬，太不克制了点儿；或许，这个人是在躲藏，不愿意这样突然被发现……

保罗开始厌烦一旦周围出现更多的人之后可能发生的种种复杂情况，虽然很想接近那个吃货，却假装——毫无用处！——没有看见，继续往下走去。

这样过去了漫长的几秒钟，其间只听见他自己踩在干草上的脚步声，然后听见有点嘶哑的"嗨"的一声喊，片刻后又响起一声"嗨"。保罗站住了，回过身去，露出不整齐的白牙微笑着。

"你稍等一下。"那个人说道，从地上站起身来，朝保罗走来。他双肩瘦骨嶙峋，脖子粗大，有力的肌肉带和很粗的血管使他外貌显得丑陋，保罗不由得有点害怕，于是又笑了一次。

陌生人慢慢走近他，抖落着身上的黑色毛衣和磨破的粗帆布裤上的面包屑。当他走到保罗面前时，保罗惊奇地发现对方并不很老，外表很有男子汉气概，是近乎漂亮的相貌；个儿不太高，脸上皱纹很密，脖子粗而富有活力，筋腱和血管随着每一个动作跳动着，黑眼圈，深眼窝，眼窝底部的两只蓝眼睛洁净得好像总是在眺望大海或者大洋。

"你是纳德拉戈本地人？"那个人用沙哑的声音问道。

"对，"保罗点点头说，随后发觉自己在撒谎，于是红着脸磕磕巴巴地开始纠正，"噢，不，不是本地人，我是来工作的，正在找工作……"

"去工厂？"

"对，我想去工厂……不过为什么……"

保罗想问点什么，但陌生人转过身去，回到他的那棵树旁边。保罗跟着他走过去。

"住在哪儿？"陌生人问道，但没有转过身来看他。

"在城里找到了一间客房……"保罗随口回答道，心里有点吃惊，自己又在撒谎，"住在一个寡妇家，一个有点孤僻的女人！"他想到了那个同自己一起坐小火车旅行的穿黑衣服的高挑女人，在这一瞬间终于找到了撒谎的理由，是心里在想那个女人。

"一个寡妇？"陌生人问道，话音中似乎带着调笑，保罗重又张大嘴笑起来，但对方重新打开了手提箱，满脸专注地寻找着什么，忘记了站在他身旁的人。随后，他开始吃起东西来，神态严肃，慢慢咀嚼着，眼睛看着地面。

"那么，敢问您是谁？"保罗鼓起勇气问道，"是这儿本地人？……"

对方摇摇头，表示"不"，却没有看他。

"找房子吗？"保罗进一步问道，"如果需要，我或许能……"

陌生人静静地咽下一口食品，抬起眼问他："你能做什么？"

保罗想用一大堆话作答，他有时喜欢夸夸其谈，而陌生人像一张旧皮子一样皱巴巴的脸和蓝得奇怪的眼睛让他喜欢，鼓励着他说话，但他突然沉默了。

"怎么了？"对方不经意地问道，"是不是饿了？"

"噢，不！"保罗自发地回答说，重又露出了笑脸，现在他的椭圆的脸颊变得更加温柔，突然觉得自己的牙齿像女人一样，心头不由得感到温暖和柔情，开始喜欢坐在地上的陌生人。但是，对方不再说什么，撕开手提箱纸包里的不知什么食品，是一种馅饼或者扁圆面包，对，是扁圆面包，因为皮比馅饼厚。陌生人还从纸堆中拿出一把小刀，切下一薄片萨拉米香肠，又切了一片更薄的乳酪。"亏他想得出！"保罗满嘴口水暗自想道，"用刀子切乳酪！"在那一刻，保罗确信是扁圆面包，而不是馅饼，那个坐在地上的人相隔一定的间隙机械地撕下一块来。过了一段时间，这个男子沉重地抬起眼睛——所有的动作都仿佛装上了减速器，表明他十分疲惫或者极度烦躁。他问道：

"你还在这儿待着？等什么呢？"

保罗突然觉得有点内疚，开始滔滔不绝说起话来，仿佛他有责任讲述他自己或者其他任何事情，半是谎言，半是真情，或者全是谎话，可能这才是他的责任所在。他讲述着，穿插进他最近的某些往事——他没有更远的往事——关于工厂里的谋杀，小火车上的黑衣女人，等等。他无端地笑了两回，回忆起火车站干涸的石头喷泉、前天穿过却不知道丢失在哪儿的一双尚完好的网球鞋、昨夜的发烧、金币的例子——没有说是昨夜在窝棚里听说的，而声称是自己阅读中知道的，而且甚至还斗胆进行评论，尽管没有人要求他这么做。诉说自己是孤儿——但没有添加说是部队大院的孩子——吹嘘自己有一个姑母在T市有一栋两层楼房，要过继他为子。另一个姑母在他还很小的时候用两匹闪闪发亮的黑马拉着的马车带他去一个讲一种外国语言——好像是塞尔维亚语——的城市，在他姑母买东西的时候，他在街上跟着一个非常有趣的小男孩闲逛。小男孩骑着三轮脚踏车，他在后面一直跟着奔跑，完全忘记了自己姑母，希望那个小男孩最终允许他骑一骑那辆薄橡胶轮胎、车把上装着镀镍车铃的令人羡慕不已的三轮童车……他说个不停，沉醉于编造的故事，意外地忘记了饥饿，因为明显纯属编造。他丝毫记不起前天以前的任何事情，讲述自己遥远的过去或者不太遥远的过去的故事，乃是他的权利，尽管不是真事，但每个人都有权回忆属于自己的过去。而保罗说不清为何更加容易——他自己也不知为什么，或许是因为他那奇怪的记忆障碍——随时随地生活在过去，比回忆带有更多的惊异和迷醉。何况，人的脑袋是不完美的，记忆也是不完美的，不可能记住一切，甚至只能记得很少，正因为如此，与保罗的"过去"相比，其他人讲述的彼此毫无联系的往事的种种片段更像真实故事。保罗讲述的"过去"是如此清纯，如此完整，没有任何遗漏，犹如平原上的清澈的河水，缓缓流淌着，你忍不住急忙脱掉全部衣服，丢在岸边，投身其中，沐浴清洗。

"呆鸟！"那个坐在地上的人平静地说道，收拾了手提箱纸包里的食品，在一张报纸的边上擦了擦小刀，"不是对你说从这儿起开，干吗烦我，让人头痛，嗯？"

但他说得如此温和，如此不经意，早已饿过头或者更准确地说忘记了饥饿的保罗觉得对方是在开玩笑，不由得开始笑起来。那个坐在地上的人惊诧地看了他片刻，站起身来，朝保罗眼睛上打了一巴掌，接着又在他的耳朵上打了一巴掌，保罗随着第二巴掌倒在了地上。

"装什么蒜！"陌生人腻烦而惊异地说，在他的粗帆布裤子上擦了擦手，"白痴一个！哼，滚蛋！"他这一次装得更加温和，但保罗爬起来，开始手捂耳朵，哭着沿林间空地向下跑去，由于此时眼睛看不太清楚，有时失足跌到坑里，不由得抽泣着痛哭流涕。

然而，盖过一切的是，保罗感到极其震惊，而这种震惊阻止他离开带着手提箱的陌生人揍他的地方太远。"也许这家伙打我是为了躲避我，"他想道，"也许他怕我或者在等什么人……也许……也许……"

饥饿开始重新折磨保罗，但他不能离开那地方太远，不能让那个陌生人从他视线中消失。那家伙现在已经包扎好各种东西，将手提箱藏进灌木丛里——确信无疑是这样——然后光着脚，把袜子晾在灌木丛的树杈上，开始用手长时间地搓脚，看来是在养精蓄锐。然后，过了一段很长的时间之后，随着一声传得很远的长叹，仰面躺下，呼呼大睡了。

一直在监视着他的保罗暗自思忖，也许可以走近去，用一块大石头砸扁他的脑袋，但对那个男子的诧异或者害怕阻止了保罗采取行动。他的耳朵和整个右脸依然在发烧，虽然皮肤已经麻木，但整个腭骨特别是耳朵感觉到血液在突突搏动。保罗不由得轻轻地笑起来，因为他第一次听见了自己心脏的跳动，现在他可以静静地跟踪脉搏的每次不规则跳动，它的咚——咚——咚的声音充斥了半个森林。

陌生人睡得那么久，保罗虽然能醒着一动不动待很长时间，却也熬不住，开始打盹，饥饿也重新袭来。他开始越来越相信，那个家伙将整夜睡在森林里，自己将不得不独自下山去。但他没有从原地移动一步，而是像一只动物一样匍匐着，不再思考任何事情，不再回忆任何事情——即使一个或两个小时之前发生的事情，而只是执拗地窥伺着。这种执拗是他的狂怒的唯一表现。

当陌生人突然像一个影子一样，出人意料地默默起身，穿上鞋向下走去时，灯光已经在小城的东半部燃亮。保罗跟随着他，不怕自己被发现，甚至可以接近对方，因为风越刮越大，淹没了一切响动，而且看来陌生人不很熟悉路线，常常注视脚下所踩的地方。陌生人没有拿手提箱，到达山下时，保罗借助在柱子顶上摇摇晃晃的很少几盏路灯的灯光，终于看清那个人在毛衣外面套上了一件皱巴巴的衣服，一件像是丝绒面料的衣服。

然而，那个人很快就从他的视线中消失了。于是，保罗出于恼怒，在黑暗中重新回到了自己挨揍的地方，在那棵孤独的橡树根旁的灌木丛中搜索，找到了陌生人的手提箱，打开后将里面装的一切——东西很少，一包食品和几件可能是刚洗过的潮湿的内衣——扔在一个陡坡上，然后撕破了手提箱，踩在脚下，碾碎在脚下枯干、阴暗的草地上。

第三章

案发后约莫半小时，恰巧在区司法侦查局值勤的民警科副科长康布里亚中尉和军士长米尔恰·马泰亚什，以那些部门天然的慢条斯理的步伐到达现场。他们首先看了尸体，但令他们惊讶的是，这个人——西蒙卡，虽然"头顶的要害部位"受到了严重打击，却还活着，尽管名叫斯穆尔蒂亚的厂医——谋杀发生的那一刻不在医务室——断言他活不了几个小时，而且不会恢复意识。瞳孔的反射和极其微弱——微弱得具有欺骗性——的脉搏是仅存的征兆，表明两位警官面对的还不是一具尸体。斯穆尔蒂亚医生坚持说，这是一种基础性骨折，用他的话来说，其"实际结果"是"百分之一百"死亡。

在毫无生气的铁匠西蒙卡的躯体旁，他的妻子已经在场，那是一个骨瘦如柴的高个儿女人，一双美丽的大手很有表现力，可能是个城里人。她坐在相邻一张床的床沿上，目不转睛地注视着西蒙卡的躯体，而她的妹妹，一个前不久刚结婚的女人，也是高个儿，站在房间的角落里，默默地流着泪，用手绢捂着眼。

军士长马泰亚什要求查看"犯罪现场"，中尉如释重负地跟随着他，因为被害人庞大的躯体、被手上的血染污了的胡子拉碴的下巴、房间角落里女人无声的哭泣，特别是他妻子失神的呆滞目光，使他开始感到压抑，他厌恶和愤怒地强压着的轻微的恶心感，已经从胃里泛起。军士长似乎比较适应这种情况，或许也有同样的感觉，因为他那完全不露声色、近乎开朗的神态丝毫也不为这种悲剧场面所动，始终在受害者躺着的床周围转来转去，不断向厂医提问，希望西蒙卡能够醒过来，哪怕是只有几分钟。对此，厂医斯穆尔蒂亚评论道："即使能醒过来——我不相信有此可能——实际上也不可能说话，不可能有连贯一致的叙述。"随后，军士长要求从随时听候调遣的副厂长的办公室直接同区检察院取得联系，给当时正在城里调查的亚列山德雷斯库检察官（检察长）留言，请对方立即通过工厂的电话，与他取得联系。

一个胖胖的小个儿在副厂长陪同和几十双眼睛远远的注视下，走进了铁工车间。此人对大家都很客气，礼貌周到，似乎想通过彬彬有礼的举止——在那个小山城里显得那样特别——来掩饰自己开始谢顶的过稀头发和过度肥胖，往往做得很成功。铁工车间空无一人，即便是原来在此工作的工人也禁止入内，有人用粉笔画了一个尸体或者说倒下的躯体的轮廓，锤子放在原来的地方，但后来发现锤子上没有留下任何痕迹。

康布里亚一进入车间，就对所有这些少量的形迹粗粗扫了一眼，转过身来背对着"作案现场"，透过车间的木制滑动大门上沾满灰尘的狭窄玻璃窗，望着外面的院子。厂长拘谨得近乎谦卑地站在一旁，而马泰亚什庆幸中尉有点心不在焉，便随心所欲地行动起来，看了看锤子，就在一本小册子——可能是电话本上——画起地形图来，然后满意地说道：

"显然是一桩普通的谋杀案,有人进入车间,利用铁匠不注意的瞬间,用锤子敲击了他的头部……一桩卑鄙而十分简单的罪案……"

"或许现在你关注的是西蒙卡跟谁吵过架,尤其是最近,是吗?"康布里亚问道,并未转过身来,只是耸耸肩。

"当然!"军士长说道,露出了笑容,厂长模仿着他,"只有新手和半瓶子醋的家伙们才把审讯搞得复杂化。这儿,一切都很简单,我们应该简单行事。"

"有个名叫列卡的,"副厂长插话说,"西蒙卡最近同他为了一处房产发生争吵。此人也在工厂工作,人们甚至看见他早上走进过车间。两个人在上星期吵得很凶,甚至放狠话威胁。虽然进行实际威胁的似乎是受害者,列卡压根儿没有这个胆量,论体力,他没法与西蒙卡相比。"

"是吗?"马泰亚什说道,似乎很失望,而中尉始终透过门上的玻璃窗注视着外边,又笑了笑,重新耸耸肩。

"总之,"马泰亚什说,克制着对于一切如此简单地迅速解决的失望感,"我们想见一见这个列卡。您很友好,厂长同志……"

厂长立即走出去,步态是如此得意,仿佛是移步在一个沙龙里,很快就带着列卡返回车间,他称之为"列卡大叔"的那个人似乎就在外面等候传唤。

列卡是一个同高个儿的受害者相比矮得多的人,头发稀疏、花白,年龄在五十岁上下,面相开朗,近乎孩子气,非常活泼,时时准备咧开嘴微笑,尽管常常不合时宜。他行动,说话,笑声如常,仿佛不知道自己在什么地方,为什么受到怀疑。

"我们打扰你只是为了问几个不太重要的问题，"马泰亚什以职业性的口吻开口说道，而康布里亚在列卡被带进来时转过身来看了一分钟，随后又恢复了原来的姿态，无拘无束地微笑着，注视着外边院子里的一群群工人和妇女，他们不论离群与否，都在没完没了地议论这桩谋杀案。

"听说你与西蒙卡……受害人……很熟……"马泰亚什迟疑地开始问话，虽然在他看来这只是一个套路、一种不确定的游戏，"你能给我们说说……"

"不只是熟识，"列卡微笑着打断他的话，"我们还是亲戚、本家……他是我的隔代堂弟，我们的父亲是亲兄弟的孩子……"

"太好了，"马泰亚什说道，厂长下意识地皱了一下眉头，"他最近同什么人吵过架，或许有更加严重的纠纷……"

列卡活跃地环顾周围，看了看矫揉造作地低头望着地面的厂长和背对着他的康布里亚，然后对军士长开朗地一笑道：

"嗯……我们用不着再遮遮掩掩：最近他同我发生过争吵，我们像傻瓜一样大吵，为了……所有人都知道，根本不是什么秘密！"

列卡似乎很满意自己的回答，在原地扭动着身子，带着儿童般的快乐神情，直视着这个金发稀疏的青年军士长的眼睛。

"因为什么？"军士长问道，懒洋洋地点了一支香烟，看到这个小老头那么高兴和好动，觉得自己应该更加严肃，更加言行谨慎。

"为什么！"他轻蔑地重复说，有点好奇中尉一直背对着他，

"犯傻呗，如果现在我想……噢，对，请您原谅，我能不能问一下，他……是活着，是活的，还是……这儿的人在说……"

"别离题太远，列卡同志，"马泰亚什说道，面露某种故作的严厉神色，"我们是在讨论你同受害人的争吵问题。"

"对，对，一刻也不能……"列卡急忙说，无故地微笑着，扣上了工作服上的一个纽扣，"否则压根儿……是为了一处房产，他，西蒙卡占着，不愿让给我，尽管……"列卡在这儿停顿了一下，虽然没有任何人打断他，但看到所有人都在等待他继续说下去，不由得对其他人的越来越严肃神情感到惊奇。"一处房产，他从两年前去世的一个老爷子那儿接受的遗产……但我也有权继承，因为我们把那个科尔道什老爹接到家里，侍候了五年多，给他安葬，因此……"

"这儿的习俗是，"厂长做着手势插话说，"一些孤独老人以赠予自己的钱财、房子或者其他拥有的东西，来换取赡养直至终老，并且……"

"我知道，我知道！"马泰亚什说，"老人——西蒙卡的先祖给你留下了名下的财产，所有财产……包括哪些呢？"

"当然！"列卡带着一种莫名的快乐急忙说，"但那是什么财产？房子是山沟沟里的小黑屋，今年秋天前我们把它推倒了，有一片林地，不足一尤格尔①，上面种着果树和苜蓿，还有这块宅基地……林地，老爷子活着的时候就卖了，而这块宅基地，也就是我们所说的房产，更准确说……是嘛！"看见马

---

① 罗马尼亚特兰西瓦尼亚地区旧时土地面积单位，等于0.577 5公顷，合5 775平方米。

泰亚什皱眉头，他迅速补充说："这地方，可以说是最值钱的，在这里，山谷里，我想要，如果……老人活着的时候，西蒙卡就占着，在那儿造了花园，丝毫也不愿……"

"为了那块地的这种争吵早就有了，"马泰亚什打断他的话，"老人活着的时候就发生了，不是吗？"

"当然，"小老头说，依然是那样不知疲倦地活跃，"但我始终等待着他能明白事理，我们是本家，村里人说哪怕是到天荒地老，我们也要和好，无论是我或者是他，都不想让人笑话……老人在世的时候，我一再拖延，那个老人——他的爷爷总是护着他，而依然活着的父亲是叔伯兄弟，也就是说叔伯哥哥，与……"

"好，好，"马泰亚什说，这个小老头的不合时宜的快乐和微笑比磕磕巴巴和腻烦的整个解释更使人恼火，"可是，你说老人是前年去世的，而你现在，上星期和最近，吵架才加剧了……证人们说，你威胁了受害人，就在前几天，你怎么说，同志？！"军士长突然严厉地补充道，意识到自己是在歪曲事情的原貌，但令他吃惊的是，列卡并没有辩白，虽然所有的人都说是对方威胁了他。列卡沉默着，有点茫然，睁大了眼睛看着军士长。

"说话啊，列卡大叔，"总是贴着铁工车间的墙摇来晃去的厂长插话说，"军士长同志问你为什么恰恰在近几天你同受害人，也就是同西蒙卡，你们争吵得更加激烈了？有什么新情况，能告诉我们吗？"

"没有什么新情况，"列卡略微惊讶地说，"只是他不愿归还我的地皮，我有地契，也有证人，他们知道早在科尔道什老爹活着的时候……"

"对，对，"厂长打断他道，机灵地对着马泰亚什微笑，而马泰亚什看着自己的香烟，脸上流露出一个大孩子第一次在公众场合吸烟时的那种沉思，"但是，前天你们为什么争吵，有证人说，在铁工车间前面，他威胁你说，即使空手也能把你的脑袋打得头破血流，如果……"

然而，列卡突然脸色变得阴沉，眼睛看着地面，好像没有很好地理解问话。马泰亚什想补充说什么，但厂长做了个小小的手势，近乎献媚地补充道：

"你是不是害怕西蒙卡今年春天在那块地上什么也没有种，而是开始运来建筑用石块和石灰，就在上星期、前天？"

列卡抬起眼，依然很惊讶的样子，似乎思考了片刻，然后耸耸肩说道：

"事实上他想为他的女婿造房子，在那块地皮上……"

"显然，他们的争吵加剧了，"厂长对马泰亚什说，不再理会列卡，"从西蒙卡开始……在他只是使用那块土地种花种草的时候，对方有机会重新获得它，获取自己的权利，但一旦建筑开工……"

"西蒙卡为人怎样？"中尉问道，这是他第一次开口说话，列卡不由得一惊，用一种孩子般的好奇望着中尉的脸。

"一个勤劳的工人，有觉悟……二十多岁就进我们工厂了……不过，是个阴郁的人，一旦受到冒犯时，有时有点粗暴……"厂长回答说。

"粗暴？"马泰亚什颇为振奋，近乎高兴地说，而就在那一刻，列卡出人意料地大声喊叫道：

"我没有杀他，军士长先生，我以神圣的上帝和我的孩子们的名义发誓……"

"闭嘴！"马泰亚什低声说，瞬间，他确实很有权威，列卡听从了他，歉疚地一笑，用他那永远开朗、热情的目光祈求原谅他想为自己辩白。

"到外面去等着，"马泰亚什命令他道，"噢，不，留在这儿。在我或者中尉同志回来之前，你不准同任何人说话和联系。"

列卡顺从地低下头，重又笑了笑，满头是汗，却不敢用颤抖的手去擦拭，只是目光始终那么开朗、明澈、不设防。

随后，马泰亚什走了出去，在车间门口用他带来的三个民警当中的一个——另外两个把着工厂的两个大门——设了岗。他回到厂长办公室后几分钟，响起了检察长雷慕斯·亚列山德雷斯库打来的电话，马泰亚什谦让地将听筒递给康布里亚，但对方拒绝了。于是，军士长简短地向检察长报告了自己开始侦讯的情况。他的意见认为情况比预料复杂，要求亚列山德雷斯库亲赴现场。马泰亚什表示——同样是在电话中——列卡不必逮捕，但亚列山德雷斯库下达命令说，在他到达之前，应该将列卡移送至民警局。

"好吧。"马泰亚什不耐烦地说，挂上了电话，"我们将他'押送'走，工人们会感到满意，或许……你有什么意见，中尉同志？"

康布里亚一笑，避而不答。他将近三十岁，出身于一个

"高雅的"家庭，有点爱好时尚，不会久留于像纳德拉戈这样的小山沟里，举止很有教养，方方的下巴透出刚毅的韧性，蓝色的眼睛略显忧郁，白皙的双手经过精心修饰，但左鬓角上有一处约五厘米的刀疤，与他的整个外貌极不相称。

"嗯?!"马泰亚什坚持问道，"您还没有形成自己的意见？如果您下命令，我们就把列卡留在厂里，甚至可以把他打发回家……"

"不，不!"康布里亚依然回避道，"咱们别一开始就惹恼检察官。再说，你是专家，让我对你下命令，你就可以推卸责任……"

"……不比您从一开始就观望好吗？"马泰亚什笑道，而厂长笑着十分殷勤地走过来。他喜欢康布里亚，想听他讲话。

"检察官丝毫没有提到受害人吗？"中尉问道。

"不，派了一辆救护车和一个医疗专家。"

"瞧，即使没有我，你不是也照样可以解脱吗？"中尉又微笑道，"这儿办事很迅速!"

他从州里被派遣到这儿还不到一个月。马泰亚什一直注视着他，而中尉想避开军士长的视线，就像避开整个事件的处理一样，一屁股坐在了一把椅子上，神态极其洒脱，以致在自己办公室里待着的厂长脸色越来越红，走近椅子，徒然咕咕哝哝说道：

"请原谅，请坐。您，军士长同志也……我要了几杯咖啡，希望……"

"我要到那边去写讯问列卡的笔录……"马泰亚什说道，

但没有动,似乎等待着中尉说什么。然后,他看到对方完全漠不关心地抽着烟,时而欣赏着自己白得闪亮的长手,便想开口问他点什么,而康布里亚从军士长一开始说话就带着同样的开心而宽容的微笑抬起了眼,一脸无辜的孩子气,尽管他的微笑恰恰表明他心不在焉,客气地掩饰自己的厌烦:

"我相信,"军士长开始说道,耳朵周围突然涨得通红,觉察到了对方的这种状态,禁不住怒火中烧,"几分钟前,您想问我一件事情……为什么我没有问列卡,在命案发生的早晨去西蒙卡的车间干什么?"

"是吗?"康布里亚惊讶地说,"并非如此,我早就忘记了这个细节……"他淡淡地微笑道,但他的目光表明是在说谎,而他压根儿不想隐藏自己的目光。但使他感到好玩的是,军士长试图讨好他,这表现为对方竭力要把他拖入办案的游戏,尽管他本人,以及马泰亚什,都对这案子的平庸感到腻烦。

"他希望列卡不是罪犯,"康布里亚暗自想道,"所以想尽办法让亚列山德雷斯库入套。这个游戏或许很好玩,如果检察官不怎么聪明,军士长……但是亚列山德雷斯库很聪明,而军士长竭尽全力,将取得进展,但这样的举动也腻烦得令人恐怖。你努力,你取得进展,你再竭尽全力,你再……人的活力通常在缺乏智慧时展现,或者是两者巧合在一起。也存在一种冷静的活力,或许……"

时间这样无意义地流逝着,康布里亚两眼望着自己的香烟和手,继续听着马泰亚什说道:

"我不认为列卡杀了人,尽管或许正是他杀了人。对于一个体力明显不占优势的羸弱的人来说,受害人犹如一头熊,目空一切,他那高傲自大的背影,以及旁边的锤子……说到底,我很佩服检察官,通过逮捕列卡,他在到达现场之前就赢得了民心。这足以在美国树立良好形象,那儿正在竞选大法官!"军士长的这些话显然是恶意的,但恰恰因为说得很幼稚,赢得了康布里亚的同情。军士长朝外走去,拒绝了刚送到厂长办公室里来的咖啡,只喝了托盘里的一杯水,关上了身后的门。

厂长微笑着走近康布里亚的椅子,希望能够同他聊聊案子以外的话题,但中尉站起身来,立着喝完咖啡,点点头,多少有点生硬地表达了纯粹是礼节性的敬意,然后借口有事,转身离去。走出工厂之前,他去了观察室,对西蒙卡的命运颇为关注:这个大汉依然没有醒过来,处于昏迷之中,厂医斯穆尔蒂亚断定,如果得不到高级手段——这是他的简陋的医务室提供不了的——的治疗,此人将在这一天死亡,尽管在事件发生后他立即对他进行了输血。

康布里亚对着已经擦洗干净的这个奄奄一息的受害者的苍白躯体注视了几分钟,死亡的全部表征再次使他感到痛苦莫名,不由得迅速转身离去。那两个女人仍然在那儿。受害者妻子的妹妹,那个年轻的女人,头发扎成一根大辫子,脖子雪白,胖乎乎的,看来很有教养,现在不再哭泣,而是坐在西蒙卡床脚边的一把小椅子上,精疲力竭地靠着床单。另一个女人,受害者的妻子,始终一动不动站在那里,似痴似呆,对周围发生的一切视而不见,仿佛完全是一个木偶。

"痛苦的两种形式,"康布里亚一边走出去,一边进行着哲理的评说，竭尽全力地思索着某种复杂而有价值的东西，进而加以概括，以淡化飘浮在房间里的微酸的血腥味，避开那具据说还存在着生命的尸体，"一种形式更为强烈，因此是完全冷漠的，痛苦使她变得麻木不仁，虽然可能是假装的。另一种形式更加美，更加富有表现力，更加柔弱……完美！"他几乎是在叹息，信步走到厂子外面，爬上汽车——那辆停在工厂大门前的破破烂烂布篷吉普车。但司机不在驾驶座上，康布里亚耐心地等待着，又点上了一支烟，心里越来越安静，似梦似幻地看着一群没有人看管的小驴，正沿着伸展至周围群山中的小城最长的街道慢吞吞向下走。小驴群似乎被阳光照盲了眼，漫无目标地向前走着，吃得很饱，浑身脏兮兮的，好像在寻找主人、水，或者追逐着它们的几个孩子。他们正用土块向着驴群乱扔，打在它们沾满穿越沼泽水塘印痕的皮毛上。然而，没有任何人需要它们，它们朝山谷慢慢走去，当不到半分钟，民警的吉普车追上它们时，其中的两头驴逃进了路边的沟里，而其他四头——中尉机械地数着——在同一条沟的边上乖巧而厌烦地排成一列。当汽车刮起的尘云突然笼罩住它们时，回头张望的康布里亚看到它们抖搂着脖子，轻轻地拱着自己的嘴，仿佛眼睛瞎了，或者突然看不清东西。

"多么古老的动物，"他想道，"实际上，我们或许应该骑着一头毛驴去侦讯，就像撒玛利亚人一样……或者我觉得，那不是大夫吗？对，是他，是大夫，他不提太多问题……"他重又注视着自己白皙漂亮的双手，心不在焉地在汽车座椅上摇晃着身体。

第四章

  当晚,工厂的窝棚里没有任何人睡觉,几乎没有人独自行动,只有保罗和两三个家伙例外。保罗害怕人多,逃避到自己的上铺上,假装很困。所有人都站着,一小群一小群,姿态滑稽放荡,半赤裸着身体,有的只穿长内裤,用鞋带系着,有的穿着家里粗纺的睡衣,有的四仰八叉躺在床上,三三两两抽着用报纸卷的烟卷,有几个人从一个满满的灰色玻璃瓶里一口一口喝着,里面大约有四分之三是用混合的水果制作的酸涩劣质李子酒。这整个沉闷肃穆的乱哄哄景象,被近在咫尺的那具巨大尸体所造成的压抑气氛笼罩着。所有人,或者几乎所有人,都不相信西蒙卡还活着,传说那是警局设下的一个套——只有那两个初出茅庐的青年,学徒和他的朋友(那个穿中学生裤子的小年轻)在各自记着分,将像皮子一样油腻腻的纸牌啪啪摔在厨房用的小椅子上,而克里尼茨基在给米罗亚和一个刚皈依的新信徒读经。这个新信徒是一个瘦弱的农民工,穿着一件沾满泥土的脏工作服,上面有些地方泥土很厚,整块挂在褪色的布上。

  克里尼茨基压低了声音念着,但很清晰,身上穿着他自己的衣服,而不是其他大多数人穿着的工作服。他上身穿着一件灰色的旧衬衫,下身是一条黑色的旧呢子裤。像任何熟练工人一样得到的工作服,他通常定时捐赠给需要的人。

早在傍晚,克里尼茨基就劝导几个愿意听或者真正听他朗读《圣经》的人说,乱议论当天发生的那件可怕的案子是不合适的,也别妄图寻找凶手或者阐释天机,因为这个"天机"、这个秘密,是神圣的秘密、自然界的最不可深入的秘密,而唯一的得救者、唯一真正幸福的人乃是已经死亡或者正在死亡,从而意想不到得救的人。克里尼茨基的声音有力而沉稳,把控得恰到好处,引发深沉和不平静的共鸣,又常常透露出温润与柔情。

"……不公平!"从听讲的人中传来一声快速而嘲弄的插话。

"……肯定是意想不到的,"克里尼茨基继续说道,没有朝打断他说话的人转过身去,只是闭了片刻眼睛,用力将眼睑压住眼球,仿佛是在自控和忍辱,"也是痛苦的,从过去生活的罪孽中摆脱出去……妄图解开秘密的一切人只能加固秘密,妄图发现和接近真谛,即'道'的一切人,只能把'道'赶得更远……一个明智的人今天适合做的唯一的一件事情,"克里尼茨基补充道,紧闭着自己的嘴唇,试图赶走对于自己嘴里说出来的美好词句的满足感,"就是打开《圣经》,虔诚地朗读,因为在这儿,只有在这儿,才能找到一切答案和我们充满痛苦的短暂一生的秘密……"

有几个人大声地笑起来,但笑声比上次略低,因为那个早晨的惨案甚至震动了最冷漠的人。

他朗读时身旁虽然只有两个人,但安静地听他朗读的人其实多得多,这些人之所以没有靠近他那伟岸的身躯和他手里拿着的古文经书,只是因为担心和害怕引起其他人的嘲笑。一群聚在一起的人,尽管试图全方位评论命案,包括列卡的罪孽,马泰亚什军士长和后来的检察官——下午才带着一个摄影师和一个"专家"姗姗来迟——的讯问,还有同样是下午才到达并将处于濒死状态的西蒙卡运送到区中心的救护车,等等,也朝墙边轻轻走去,四散分开,有的到外面去继续议论,有的坐到床上。最后几乎所有的人都在静听和注视这个三人小组,其中最引人注目的自然是克里尼茨基的高大身影,他有机灵的棕褐色小眼睛和漂亮的栗色胡子。克里尼茨基觉察到几乎整个宿舍——甚至还有从外面来的城里人——都在听他讲道,于是稍许提高了声音,更确切地说,是让话音更自由和随意一些。有时,在朗读过程中他听见自己的话音带着温和而深沉的回声在颤动,仿佛撞击在一座有几百年历史大教堂的古老的石头高墙上,而不是这窝棚粗糙而可怜的木板上,他不由得下意识地皱起了眉头。

"上帝宽恕我,"他在朗读的过程中暗自想道,"我不愿用自己的声音来迷惑人们,而如果我同大家一起待在腐烂的木板中间的这个地方,那么自然是'他'——上帝在我的心里建造了石头的高墙,让'他的'声音发出强烈的回响……"

保罗像这儿的其他许多人——特别是年轻人或者初来者——一样,坐在上铺上,专心听着,更多是被克里尼茨基的人格、他的声音、这天早上的可怕事件、朗读的《圣经》,以及对他来说是如此陌生和具有煽动性的寓言吸引住了。

"你们不要相信,"克里尼茨基朗读道,"我降临是为了给世界以和平。我不是要带来和平,而是要带来剑。所以,我降临是为了让男儿反对他的父,女儿反对她的母,儿媳反对她的婆母。人的敌人将成为他的亲人。谁爱父母胜过爱我,那么他就不配享有我的爱;谁爱儿女胜过爱我,那就不配享有我的爱……"

"……谁因为他是一个先知而接待先知,那么将得到一个先知的报答。谁接待一个正直的人,只是因为他正直,那么就将得到一个正直的人的报答。谁只用一杯冷水祝贺一个最微不足道的人,只是因为他是我的学徒,那么我告诉你实情:他将为此付出……"

"……但是,我把这些人与谁相比?他们如同在广场上玩耍的孩子,向他们的同伴们喊道:'我们对你们吹口哨,而你们不愿意玩;我们对你们喝倒彩,你们不愿意哭。'约翰来了,不吃,不喝,他们说:'他充满智慧。'人子来了,又吃又喝,他们这样说:'瞧啊,这个人多么贪婪,是个醉鬼,专门敲诈勒索的邪恶鬼的同伴……'"

克里尼茨基继续朗读着,但保罗不能全神贯注地跟随故事的线索,因为他不能长时间将注意力集中在一件事情、一个想法上,无论它们是多么普通,甚至对他自己也是如此……他也不再注意那两个依然在玩牌的学徒和中学生。中学生每晚都从家里逃到这儿的窝棚里,觉得在这些不认识的粗人中间很自在,在烟雾和固有的无拘无束的乱哄哄气氛中很快活,富有刺激性。他们不断甩着纸牌,放肆大笑,无休无止,尽管克里尼茨基假装漠不关心。"他的声音很温和,但无论如何控制着整个宿舍,听众开始表示不满,有几个人开始喊叫,责令两个小青年停止打牌,滚蛋见鬼去。

"别管他们,"克里尼茨基插话道,低垂下眼,免得露出眼光里闪电般的怒火,"他们还太年轻,不能完全懂事……一点也不会打扰我们。"

"不,谢谢!"一个在铸造车间干活的约莫三十岁的骨骼粗大的壮小伙子喊道,"我受到打扰……学生他妈又会在这儿出现,说什么她的宝贝儿子同小流氓们混在一起,浪费了时间……明天又得补课,老天保佑,或许能让我听听你那甜蜜的妈咪的种种风流故事?!"

周围有几个人轻浮而粗鲁地笑起来。克里尼茨基始终皱着眉头,眼望着地上。于是,有人感觉不能不发出嘘声,壮小伙子也不再作声,脸上带着像欢腾的动物一样的夸张的笑意。

"没有必要离开,"米罗亚说道,那个剃了光头,留着长长的黑胡子的"小学生"——克里尼茨基的最忠实的听众突然脖子和额头变得通红,在一片沉默中他又说,"如果放下纸牌,像大家一样听……"

"瞧,谁在说话?!"那个中学生突然大喊道,他刚才受到责备,但不敢回应那个名叫塞科桑的壮小伙子,"'小学生'开始讲道了!"

中学生从小椅子上站起身来,径直走到米罗亚面前。米罗亚一连几次迅速朝克里尼茨基望去,然后不在意地笑了笑,但脸和脖子变得通红。中学生弯腰对着米罗亚的脸,他的脸颊瞬间进入了灯光下，保罗可以窥见有几千个雀斑像一张面具覆盖着他的脸。中学生用假装的猫叫似的声音说道：

"圣父啊，祝福你那应得到宽恕的夜壶吧！"在周围特别是床铺间爆发出的强烈笑声中，中学生低头对着那个愕然的四十岁男子的脸，许多人突然觉得米罗亚像一头公山羊，那剃光的长长的脑袋，尖尖的长胡子直扎空气。此时，一些人从床铺的阴影下喊叫道：

"公山羊，公山羊！嘿，公山羊！"

克里尼茨基慢慢站立起来，中学生——他名叫丹——一惊，暗想将会挨揍。但他记起这大个儿是一个圣徒，从来没有对谁动过手，在同一瞬间，他挺直了身体，他银鼠一般的脸重又变得很傲慢。他的雀斑，数以千计的雀斑，似乎在无耻地笑，在他那尖尖的脸上像红蚂蚁一样爬动着。他对自己不满的是，曾经在一个瞬间害怕克里尼茨基，于是，他用假装恭顺的口气问道：

"您朗读的是什么书，先生？我或许也能看一下，因为……"他朝放在窗边——听克里尼茨基朗读的一小群人聚集的地方——一个床头柜上的《圣经》弯下腰去，大个儿犹豫了片刻，然后伸手将书给了他。丹接过书，后退几步，靠近灯光，翻开书，严肃地看着用他不能解读的基里尔字母书写的书页，然后带着一种鄙视的困惑神情合上了书说道：

"我一个字也不认识……我压根儿不相信是一本基督教会的书，不相信是经过批准的……"

"不对！"克里尼茨基严肃地说，跨前一步去拿回书。丹从他面前往后退,走近床铺,克里尼茨基以为丹这样做是害怕他高大的个儿,于是停住步,微笑着——他很少这样做——伸出了手。

"拿来给我!"壮小伙子塞科桑突然在他背后说,丹毫不犹豫地扭过身去,把书交给了他。

"让我们也看看什么玩意儿这么难……"塞科桑开始不停地说,带着某种贪婪,喜悦又满足的表情拿着那本厚厚的书,随手翻看。那是一本旧书,包在灰色的布中,布面上用化学铅笔稚拙地画着一个紫色的大十字。

周围有几个人靠近过来,也伸头看着,因为克里尼茨基从来不让任何人碰它或者翻看它——只有他能解读,别人翻看它毫无用处——而现在他们全神贯注和困惑地注视着它,像幼稚的孩子,近乎滑稽。

米罗亚像一根弹簧一样噌地站立起来,冲向塞科桑,用他那女人一样的尖细嗓门喊道:

"放肆!你们怎么敢……"他停住了脚步,周围那些人无动于衷的无耻表情使他感到窒息。此时,克里尼茨基目光低沉地走近,只有他的呼吸透露出自己的极度激动,尽管他出于谦让和不愿吓着大家而竭力掩饰。但恰恰是如此强壮的一个人表现出的这种温和与谦恭镇住了大家,比他借助暴力更有效。塞科桑看见他走近,抢先从一个人手里把《圣经》夺过来,跳下床,伸手托着书说道:

"您干吗这么暴跳如雷……没有人会吃了它……我还见过许多书,并非第一次……"他还说了一串类似的话,神态假装谦恭,像克里尼茨基一样,只是塞科桑的伪装是出于恐惧,而克里尼茨基则是出于他称之为谦恭的深刻意念。但他并非天生谦恭,犹如一些女人并非生来就有轻快的生活一样,所以她们只得一生或者一生的大部分时间做作假装,戏弄男人,买醉作乐,不知羞耻地光着大腿,却欺骗不了任何人,即使是那些最无聊的善人。

克里尼茨基坐到了小桌旁自己的位子上,米罗亚在那里等着他,脸色依然通红,目光惶恐不安,边上坐着另一个干活的人,穿着沾满了泥土的脏工作服,窝棚里谁也不认识他。经过几分钟压抑的沉默之后,克里尼茨基为他的伙伴们从刚才被打断的地方重新开始朗读经文,声音低沉、自如、顺畅、徐缓、稳重,他身旁的那两个人为这沉着的声音和温和的脸色所感染,逐渐平静下来。听他朗读的虽然只有两个人,但他们是精神完全正常的人,年龄在四十岁或者四十五岁左右,特别敏感而性情暴躁,米罗亚甚至有着女人的反应,脸色时而苍白,时而又通红,如同一个少年。在塞科桑和其他人的眼里,甚至像在玩纸牌的丹这样真正的少年的眼里,米罗亚常常变得十分可笑。只要有机会,丹总是嘲弄和取笑他。这两个人性子暴烈,有过种种艰苦的经历,经过无情的生存考验,米罗亚和那个工作服挂着干淤泥的人莫不如此。但一旦坐到克里尼茨基身边,听着他在床头柜旁用男低音般的雄厚嗓音朗读时,他们立即变得温存、羞怯,有着令人可笑的温存和敏感。

克里尼茨基朗读的声音虽然很低,只让身旁的那两个人听见,但忽然察觉全窝棚的人重又在听他读经,不由得感到自己后颈的肌肉有点僵直。他用眼睑在眼球上压了片刻，这是他想控制自己，刹住与自己的"使命"如此不相符的冲动思绪——犹如诅咒或者磨难——时的一个习惯动作。然后，当控制住了自己的愤怒和想要报复妄图嘲讽《圣经》的那些人——他们肯定以后还会那样做，而且或会取得更大的影响——的愿望时，他在不知不觉中逐渐提高了自己的声音。很快，这声音重又回响在窝棚的木板四壁之间，洪亮得异乎寻常，犹如发生了奇迹。

第五章

　　区检察长雷慕斯·亚列山德雷斯库在那天午后带着一辆救护车和区医院的一位医生到达现场，待了不到一小时，就带着西蒙卡返回了。西蒙卡依然处于无限延续的濒死状态，这或许只能用铁匠强壮得非同一般的体格来解释。在同机灵而唠叨个没完、令人疲惫的军士长马泰亚什谈了大约半小时后，检察官又找康布里亚中尉——在这个"山沟沟"里唯一引起他关注的人——一起拜访了格尔达医生。这位医生在纳德拉戈行医三十多年，是令人称奇地记得"美好而古老的黄金岁月"的少数人之一。他不仅记得那些"岁月"，而且记得躯体已经半埋在传说中的那些人。

　　亚列山德雷斯库是一个四十五岁左右的汉子，保养得很好，曾经是职业军官，很像一个捍卫职业荣誉的典范，或者说他就是这样的典范。他身材适中，或许稍矮了一点，手大而白，特别富有男子汉气概和表现力，左手无名指上戴着一枚宝石戒指。这枚戒指乃是他个人荣耀的确证之一，表明他或许可以让任何人丢脸，但自己不会因此而感到太大的悔意。一头卷发，鬓角已经发白，梳理得油光水滑，一如战前的时尚模特。灰色的眼睛冷冰冰的，直视一切，方下巴刚毅有力，近乎冷酷，与他沉稳、严厉和深思熟虑的动作完全协调。他说话很少，即使说得较多的时候，给所有人的印象也是并不多话，这是他自己似乎并未注意到的天赋。他衣着十分讲究，总是喷洒上香水，有规律地修剪指甲，鞋子永远擦得油光锃亮。其他任何一个男子或许感到可怖的这一切细节，他却乐此不疲。女人们议论说，此人气度不凡，而他开始变得更加深沉。亚列山德雷斯库没有同她们浪费太多的时间，没有结过婚，或者很久以前有过婚史，但也并不漠视或者鄙视她们，而她们始终是他的同盟军，不论认识或者不认识他。他像那天下午很晚的时候去拜访的格尔达老医生一样，是一个老派的人，但风格迥异，属于第一次情感挫折之后又遭遇二战突袭的男人之一。

他与康布里亚中尉是不久前在L城相识的，但在去工厂的路上，他十分偶然地发现中尉目前在纳德拉戈工作，于是出动那辆老旧的大救护车几乎完全失去了意义。他的唯一想法——虽然也不很持久——是见到中尉。

他在民警科找到了中尉。康布里亚似乎正在等着他，准备立即领他去关押列卡的办公室。但是，亚列山德雷斯库用一个简短的手势表示拒绝，坐在了一把到处可见的按国家规定标准统一制作的椅子上，佯装出稍许有点疲乏的神色。

"你怎样从这儿脱身？"他问康布里亚，而康布里亚真诚地回答道：

"我想幸亏自己对这种活儿不太感兴趣……"

"哈——哈！"检察官有点虚情假意地笑道，"我觉得你不太被重视……我想说你不是一个很贴近群众的人……"

"我也感觉到了……可能是因为我不讲职业行话……"

"啊哈，想起来了，原谅我问你，同霍拉克很熟吗？他是区里的一位大人物。"

"不熟，"康布里亚回答说，他的蓝眼睛——颜色很浅，随着灯光的最轻微的变动而改变——盯着对方，"根本不认识他。"

"是吗？……"亚列山德雷斯库有点诧异，似乎在思考什么，"但他认识你，而且很熟……对你很夸奖……"

康布里亚耸耸肩，做了一个半吃惊的手势，但脸上很快出现了欣喜的轻微潮红，而检察官好不容易才压住了自己满意的微笑。随后是一阵短短的叹息，亚列山德雷斯库将一张白纸拉到自己面前，写了两个短句，折叠起来，小心翼翼地撕下写了字的部分，再叠起来放进口袋里，而在留下的另一部分上开始灵巧而随意地画着什么，从中尉所在的位置看不太清楚。

"有人告诉我，今天下午是你主持讯问？"

"当然，"中尉迅疾回答道，"我拿的就是这份工资，主持讯问……有什么不妥吗？"

亚列山德雷斯库没有回答，在继续画画，稍等片刻后问道：

"马泰亚什没有麻烦你？……要知道并未正式聘用他管事，任何时候都可能被辞退……"

"我无所谓，"中尉说道，无意中试图模仿检察官的恬淡和冷漠，"我只是怕他把事情搞得太复杂……他的小聪明妨碍他用常识来进行判断。"

"一个聪明的军士长，是吗？"检察官冷笑道，"不太匹配?!"

"为什么?"康布里亚说道,"同什么不匹配?同一部二流小说?同布雷埃斯库的那些老俗套的短篇小说?布雷埃斯库在一封信件中坦认,很久前曾写过一个军官,而且是一个极难有机会晋升的军官,不是吗?!"

"我觉得,你不太喜欢布雷埃斯库?"亚列山德雷斯库一边问,一边继续画画。

"怎么不喜欢,我跟随他写学位论文,也就是说评论他的作品……"

"哦,你是读语言文字学的?"

"对,"中尉回答说,又迅速补充道,"现在您会问我到民警局来干什么吗?"

亚列山德雷斯库慢慢抬起眼,懒洋洋逗趣般地盯着他:

"你是个聪明人。我正想问,你怎么沦落到了民警局里?"

"您不想见见列卡,见见那个被告?"中尉改变了话题,因为他知道检察官有时会问他早就了解得很清楚的事情,他是一个古怪的人,令人失去镇定……

"我不喜欢矫情的人,"亚列山德雷斯库突然冷冷地说道,"白白浪费我的时间。戴上你的大盖帽,随我来。你认识格尔达医生,到他家里去过吗?"随着这句话,他站起身来,拧上钢笔帽走了,将画画的纸留在了桌子上。

康布里亚跟在他身后,瞬间觉得那张纸很有诱惑力,极想伸手去拿,但又怕被检察官发现,不得不放弃这个念头。而在同一时刻,又十分恼恨自己的怯弱,尤其是想到回来时肯定再也找不到这张纸,天知道哪个部下会将它扔到谁也找不到的地方,或者不加怀疑地将它撕碎,他更是恼火不已。康布里亚随着检察官在那个夏夜的不寻常的暑热中走了许久,想着找一个说得过去的借口,回去取桌子上的那张纸。他找到了一大堆借口,却不敢回去,正如刚才亚列山德雷斯库出门背对他时,他不敢采取简单得多的一个动作——取纸——一样。一个具有如此大的自主力的人习惯于别人听从,其强大的克制力不容他突然回过头来,即使怀疑背后……

"多么愚蠢!"康布里亚暗自想道,"他的权力或者职位竟然吓得我……这个局外人……总之,愚蠢,愚蠢!"

然而,或许那张纸侥幸将留在同一个地方,他发誓晚上回去不论多晚,也要找到它,在亚列山德雷斯库方方正正的冷峻外表下究竟隐藏着什么,毕竟是令人很感兴趣的事情:金字塔的不规则菱形和三角形、帆船、年轻女人的面孔、直立的马、美国的高级大型轿车或者押花签名?无论如何,他将相当轻松地在画中发现检察官的兴趣何在,他的淡漠有几分是真的。这至少是有价值的,出于这"小山沟"里的腻烦,但……不,不是职位,而是这个人更使他感兴趣。这种精心打扮而过时的外表,或许只是巧妙的托词,用来谋取这个具有绝对权力的职位。这个民事职位具有更多的军事性质,一般人起码十年才会得到,但这个人只用了短得多的时间就掌控在手。

"归根到底,他是一个哗众取宠的骗子,一个来自第二次世界大战时期的骗子!"

康布里亚喜欢自己最后这句话,重复了几遍,终于露出了微笑。而亚列山德雷斯库在他旁边严肃地走着，脸色紧张、平静、苍白。康布里亚感觉到自己的衬衫已经被汗水湿透。

他们沿着中央大街边上种着沾满灰尘的柳树的人行道慢慢走着，或者更准确地说是往下走向格尔达医生的家。那是一栋长形的老式建筑，临街有八扇大玻璃窗，大门边的墙上安装着一块淡蓝色玻璃板，告知这里也是地区医务所的所在地，其实以前原本是格尔达医生的私人诊所。

格尔达医生是一位年过五十的好好先生，一头白发闪闪发亮，开始是单独接待他们，随后向康布里亚——因为亚列山德雷斯库曾经来过这儿——介绍他的家人：他的小儿子——克卢日大学法律系的新毕业生，他的妻子和大儿媳——克卢日大学医学院毕业后正在服兵役的大儿子的妻子。医生的夫人是一个举止端庄的女人，看来在家里拥有全面掌控的地位，对于客人多少有点冷淡，其原因或许在于亚列山德雷斯库的职务。但格尔达直呼他的名字雷慕斯，中尉对此感到吃惊，尤其是想到检察官只来过这家两次或者三次。而对于这个家庭的其他成员，检察官则很客气，彬彬有礼而保持着距离，十分谨慎，这骗不过中尉的眼睛。

检察官在寒暄中客气地责备格尔达，说他前不久进"城"，却过门而不入，没有去找自己。医生露出了保养得完好的牙齿微笑着，回答道：

"我永远不会去找你，你不要期望我会那样做……再说，你相当理解我，我不会给你说什么新闻。但在这儿，你永远受欢迎……不仅如此,你路过这儿时,永远会找我,我坚信这一点,你或许还会不惜路途辛苦,特地走来看我……而我,亲爱的雷慕斯,每次都会感到十分愉快……"

"哈,哈,哈!"检察官懒散地笑着看着格尔达,但他的嘴唇笑时的形状颇为诡异,表情中的冷淡逃不过中尉的眼睛。

"我的职业使许多人对我敬而远之……"亚列山德雷斯库说道,"从某种意义上说,我因此而获益,我是想说,因此而赢得了许多时间,那是我确实需要的……在许多时候,你一味坚持维护自己同一个老朋友的友谊,往往是一种错误。一些人不容有任何类型的变革,即使这种变革是在身边,而不是在他们自己的生活之中发生的……"

"哎,是啊,"格尔达的妻子毕迪娜夫人说道,"人一旦功成名就,就马上改换自己的朋友……旧朋友变成累赘,他们……"

康布里亚惊异地发觉,格尔达夫人的整个态度表明,他们俩的来访使她感到屈辱,接待他们是迫不得已,仿佛是命运的一种小小惩罚。而面对这种毫不掩饰的敌意,亚列山德雷斯库的神态表现得颇为反常:面部表情十分放松,眼睛眯成一条缝,似乎在笑,不是那种受到冒犯的苦笑,而是真诚谦恭、近乎迷人的微笑,尽管他打断了女主人的话,插嘴说道:

"我不是一个什么成功人士,夫人!"毕迪娜听到这一声如此美好和平静地说出口的"夫人",不由得轻轻地扬了扬眉毛,或许这出乎她的意料,"如果我是一个有所成就的人,那是完全另一回事……"

"康布里亚先生,您来这里几个月了,"毕迪娜不待亚列山德雷斯库说完话,便转身对中尉说道,"您能来看我们,我们很高兴……我们通过斯穆尔蒂亚医生向您发出过邀请……"

康布里亚依然站立在窗前,虽然毕迪娜已经两次请他坐下,而他只是弯了弯腰,一句话也不说,片刻间显得颇为尴尬,但他似乎已经定格于这种挺拔的站姿,那是经过长期训练而习以为常的自然举止,而且自以为同他的颀长身材、女性般的蓝眼睛、白皙修长的双手匹配,构成完美的组合。

"中尉同志是一位具有特殊构造的隐士……"法律系学生,或者说新入行的律师蒂图斯——一个个儿不高,黑眼珠大眼睛,粗眉毛十分灵动活跃的青年说道,"感到自己与世隔绝,我认为,他来这儿是有道理的……在纳德拉戈见不到任何人,意味着生活在最好的社群中!"他随即大笑起来,渐渐地,似乎在佯装说笑,不自然地睁大了他灵动的眼睛。

他们喝着上好的李子酒,两个儿媳当中的一位在毕迪娜夫人的缜密监督下,端来了一个盘子,里面放着几块三明治。两个儿媳并不在场接待两位官员,有时从一扇可能是与院子和厨房相通的侧门里进出。

半小时后,大家都在等待亚列山德雷斯库告辞,但他迟迟不这样做,而这个不平常的聚会的议题和整个调子不自然地转换着,时而枯燥乏味,令人厌倦,时而真挚得异乎寻常,近乎电击。没有人敢口若悬河,长篇大论,唯恐检察官不等人说完,在中途就带着他那种不可一世的冷漠走出门去。

"您审问了老列卡?"蒂图斯突然问道,随后做了一个简短的手势,低头看着对方的脸,迅速补充道,"我同他很熟,早在我念中学时，每年暑假……"

"没有，"亚列山德雷斯库打断他的话，仿佛没有听见一般，"我没有见过他。康布里亚同志讯问了他，并决定必须拘留……"

"他为什么撒谎？"中尉机械地暗自问道，"其实，没有什么关系，我想自己也会这样做。"然后，中尉吃惊地听着青年律师如何表达他的想法，或者在一场奇怪的游戏中他正在酝酿或可能思考的东西。

"很好，"蒂图斯说，用他那坚定、灵动和富有智慧的目光环视着周围，"在这样一桩不愉快的事件中，如果允许，最好是立即指认罪犯，即使……"他发出一声短促的假笑，"即使是一个假罪犯！舆论希望感觉到安全，而一个自由的罪犯，特别是在像我们这样的小地方……"

"如果允许的话，"检察官重又漠然打断了他的话，"请告诉我你现在怎么在这儿？他们告诉我，你在纳德拉戈待了两个多月了，虽然大学课程没有结束！"他刻板地淡淡一笑，毫不掩饰自己冷冷的目光。

"我最后一年在读，"蒂图斯不动声色地说，甚至对检察官的这种挑衅感到高兴、快乐，"现在正处于国家毕业考试期……实际上，我本应该……"在短暂的停顿后，他皱着眉头说，"但我被开除了，因此……"

格尔达医生正站着，刚把酒倒进杯里，不由得下意识地咳嗽起来，脸涨得通红，眼睛局促地看着地面，但检察官立刻插话说：

"被开除了？在考试期间？怎么可能？"但很明显他脑子里

闪过的是完全不同的想法。

"发生了什么事?"中尉问道,他也当过大学生,对此深表同情。直到这时,大家才察觉中尉在此之前始终没有开口说话。

"用那些琐碎的事情来打扰你们,太没意思!"蒂图斯说,强作微笑,他的每个动作和面部表情无不透露出他的智慧,值得赞美的纯洁而活跃的智慧,"无论如何,不是专业或者道德方面的问题。我觉得自己被控告是小资产阶级,或者说是一个小资产阶级的儿子,我记不太清楚。"

"你提出申诉了吗?"中尉问道,不知为什么,他感到局促不安。

"当然!"蒂图斯答辩道,直视着他的眼睛,毫不掩饰对他的好感,"尽管毫无用处。是示威性质的开除,以儆效尤,政治色彩很浓!"

"你现在怎么办?"亚列山德雷斯库问道。

"不知道,"这个前大学生直截了当地说,"等待公正,对我个人的公正……"

"等到什么时候?"

"不知道……我可以奢侈地浪费大把时光,读一读施本格勒①、格罗特②、蒙森③,特别是蒙森,古代史,或许还可以听

---

① 施本格勒(1880—1936),德国哲学家,主要著作有《西方的没落》等。
② 格罗特(1794—1871),英国历史学家,以研究古希腊史闻名,著有十二卷本《希腊史》等。
③ 蒙森(1817—1903),德国作家和历史学家,著有《罗马史》和《罗马国家法》等。

听爵士乐,贝西伯爵①、艾灵顿公爵②、戴维·布鲁贝克③,等等,等等……古典爵士乐!开个玩笑!"他在短暂的停顿后说道,"我想去当职员,或许就在这儿的工厂里……我觉得自己靠别人养活很傻,应该与每天不梳洗的人的感觉很相似。"

然后,蒂图斯不加任何过渡,直接对着亚列山德雷斯库问道:

"您觉得列卡有罪吗?"

检察官抬起头,吃惊地看着他,仿佛已经忘记自己是在什么地方。

"没有,"然后,他相当机敏地说,"我认为没有罪,虽然……你的意见呢,康布里亚同志?"

中尉一笑,瞬间,在场的所有人,包括走了又回来的毕迪娜夫人,都感到被他那少年的柔美无可挽回地征服了。

"我还没有形成一个意见……应该问马泰亚什军士长,事实上是他负责讯问,他很热情,而且内行,是专案组的成员……我想此时他还在工厂里……"

"那么列卡呢?"蒂图斯问道。

"关于列卡,几乎任何事情都可能有很多传说,"康布里亚继续说道,看到大家特别是检察官都在注视着他,不由得感到稍有些拘谨,说话也语无伦次,"总是既慌慌张张,又机敏狡

---

① 贝西伯爵(1904—1984),美国著名的爵士乐钢琴家和爵士乐团的组织者。
② 艾灵顿公爵(1899—1974),美国作曲家和钢琴家,爵士乐前驱。
③ 戴维·布鲁贝克(1920—2012),美国爵士乐钢琴家和作曲家。

猾，有很多犯罪动机，没有任何严肃的不在场的证据，虽然正因为此，也就是说，具有个人动机这一事实，或许会阻止他采取行动……归根结底，可以很清楚的是：罪犯是用十分简单的手段作案的，或许可以说有人偶然走进了车间，铁匠的魁梧身材，他显露出的强有力的背部，昂然挺立，似乎不可战胜……旁边的锤子……"

"锤子上没有痕迹吗？"

"没有，没有痕迹，"康布里亚沉思地说，"擦掉了，或者罪犯是用一块布裹着的……但这并不能证明任何事情……"他继续说，突然活跃了起来，"在工厂里，几乎所有的工人都在工作服口袋里装着擦手的棉团。西蒙卡在车间里独自工作了整整一小时，不可能准确地确定是谁在那段时间进入了车间。但列卡肯定是进入过车间的人之一，他本人也供认不讳，也有人看到过。有时候，在非常简单的案件中，想得简单是好事……列卡有作案的一切动机，而且看来是一个游移不定、心理不平衡、血气方刚的人……"

"您认为这是一个简单的案件吗？"蒂图斯问道。

"是的……"中尉有点含糊地说，"目前看是一桩简单的案件……"

蒂图斯笑道：

"只有解决了的案件才是简单的案件！"

"你有什么想法？"亚列山德雷斯库有点蔑视地问道，而格尔达医生强装着微笑。

"说出来有用吗？"前大学生回答道，淡淡地笑着，扬起了闪烁的大眼睛上的眉毛,"无论如何,我也算是一个懂得理论的人,沉浸在书本里,读过许多侦探小说,像我这样的一个人把一切看得很复杂!我,即使发表了一个常识性的见解,也会受到像您这样的墨守成规的职业专家的怀疑,从来得不到信任……即使事后出于纯粹偶然而证实了我的假设,也没有人会记得我说得有理,因为所有人都忘记了我说过什么。但是,在西方,那些完全是理论型的人物,比如说记者,常常帮助解决一些错综复杂的情况……"

"那完全是另一码事,"亚列山德雷斯库耸耸肩说,"那儿的报刊有不一样的结构……咱们不谈这些,还是告诉我们你的意见吧,看样子你很喜欢纠缠细枝末节,进行思辨。"

"哎,瞧瞧!"蒂图斯说道,在那一瞬间简直就像个孩子,"正因为如此——我不想说!对于作为审讯机关一方的您来说,是一种损失,特别是像我这样的人不说任何想法。没有任何预想的意见的人是最宝贵的,不是吗?但是,我想问您其他问题,"他继续说道,神情很紧张,仿佛害怕检察官恰恰在那一刻起身告辞,"您为什么没有去见列卡而到这儿来,拜访一位挣扎在死亡线上的名医和一个像我这样被开除的大学生?您想在这儿发现什么?"

亚列山德雷斯库注视了他片刻。房间里只有三个人:蒂图斯、康布里亚和他。毕迪娜在厨房里,格尔达被召唤到了诊所,因为在这非常时刻来了一个病人。

"什么也不想,"亚列山德雷斯库说道,似乎早有预见,"坐在汽车里一路走着,我脑子里想着见一见康布里亚,与案了没有任何联系,然后,见一见医生。我十分单纯地做了自己想做的事情。何况,铁匠还活着,在任何时刻我们都有可能通过十分简单的方式发现真相。"

"但是,如果案情变得复杂了呢?"蒂图斯问道,那么畅快地笑着,仿佛很高兴"案情"变得复杂,只是为了使检察官丧失那种漫不经心和腻烦的神态。

"我们将求助于你!"亚列山德雷斯库说道,第一次同情地看着这位前大学生,或者只是给人的感觉如此,"但我觉得你今天早上去过工厂?"

"对!"蒂图斯说道,出于愤怒,感到自己的脖子红涨,声音失去了稳定,"而且还是在西蒙卡被袭击的时候,或者可能是在那个时间前后。"

"在几点前后?"康布里亚微微俯下身问道,带着他那迷人的感性,透露出天真无邪和良好的教养。

"十一点前后……十点半……十一点……"

"有人看见你十点差五分在工厂内案发现场。"康布里亚说,似乎感到很遗憾。

"是吗?"蒂图斯无所谓地问道,"可能吧……那么……有什么联系?我列入被看见进入西蒙卡锻造车间的人员名单之中?请问,是否存在这样的名单?"

亚列山德雷斯库疑惑地望着他,随后与蒂图斯同时望着中尉,中尉十分缓慢地回答道:

"存在……当然存在……但几乎毫无用处,因为后面还有一个入口,在包装库背后。那个入口不能像对着大院,就在行政部门对面的主入口那么严密看管……实际上,几乎没有人去后门溜达,除了去木板搭成的厕所的人,但那里年久失修,几乎废弃不用了,因此……"

"但背后的入口是关闭着的!"蒂图斯打断他的话。

"对,通常是关闭的,"康布里亚回答说,竭力抵抗着眼睛注视前大学生的诱惑,"但近两天那儿开始通行……没有人知道是谁打开的,或许就是西蒙卡……"

"我能否请问,"亚列山德雷斯库和善地插嘴道,"你是从哪里知道第二个入口通常是关闭的?"

蒂图斯仔细地看着他,仿佛是想猜测提问是出于严肃的动机,抑或只是出于显示自己权力的喜好,然后迅速回答说:

"现在,我不想回答这个问题……如果您允许我说话,那么您不觉得去审讯不认罪的列卡比审讯我更合适吗?"

"如果你这么想,我觉得很遗憾。"亚列山德雷斯库从坐着的皮制旧安乐椅中站起身来,柔声说道,"根本谈不上什么审讯,我已经对你说过,我来这儿是完全出于想见到你父亲,我觉得他可亲,不知你是否晓得,令尊认识家父,他们甚至……"

"晓得,晓得,那是他唯一的遗憾!"蒂图斯回答道,桀骜不驯地直视着检察官的眼睛。

"我知道你背负着社会殉道者的重荷,"亚列山德雷斯库说道,直挺挺地站在舒适地坐在一把安乐椅扶手上的蒂图斯面前,"我相信这次开除的处分不会影响你很久,它怪诞地使你几乎感到很幸福!无论如何,以一种戏剧的方式结束了学业,不是吗?以你的智慧,应该接受它……"

"您凭什么相信它不会影响很久？"蒂图斯问道，与此同时，康布里亚有点不安地在临街的那扇窗前来回踱步，"或许会影响一辈子？！"

"不，不！"亚列山德雷斯库说道，"我向你保证不会……何况，你的愿望就是最大限度地利用这种近乎特权的状况，这是一种信号，表明你有直觉自己不久将东山再起……你现在是一位小英雄，或许是一生中拥有的唯一机会……"

"不论影响多久，"康布里亚稍有不安地擦嘴说，"他体验到了被开除出他这一代人的沮丧，而且……"

"而且怎样？"看到康布里亚犹豫，检察官问道。

"即使是一种姿态，有时候也是要付出代价的，有时候需用鲜血来覆盖的……"康布里亚继续说道，始终犹犹豫豫的。

"用鲜血覆盖？！"亚列山德雷斯库轻轻地扬了扬眉毛。

"只是一种说话的方式……"中尉纠正道，"一个比喻。"

"一个不得体的比喻，"亚列山德雷斯库断然打断他的话，"今天早上，离这儿一百五十米处，一个人，一个工人，用鲜血覆盖了一个车间的水泥地，这不是比喻！"

"别那么狂热！"蒂图斯迅速地说，带着近乎寻衅式的满足，"检察长同志，你万事顺心，除了……"

此时，格尔达医生回来了，对自己的迟归表示歉意，而就在他解释为何离场的原因的那一刻，毕迪娜夫人走到了他们身边，用冷冰冰的程式化语句邀请两位客人共进晚餐。格尔达对妻子干巴巴和刻板的邀请感到有点不好意思，接着补充了几句，强调邀请的真诚性，看来他是这一家唯一真心诚意邀请他们共进晚餐的人，尽管几十年来他妻子的威权可能遏制着他的热情。所有人都站起身来，注视着亚列山德雷斯库，等待着他富有礼貌的辞谢。但是，检察官眼盯着蒂图斯，然后说道：

"多谢。如果中尉同志不反对，我个人很高兴……"

康布里亚已经从一张盖着旧花边桌布的小桌子上拿起了自己的大盖军帽，明显地吃了一惊，然后嘴里咕咕哝哝地说了些听不清的词句，自然不得不表示同意。亚列山德雷斯库表示想给西蒙卡被送往的医院——由区医疗所，亦即格尔达医生原来的诊所改造而成——打个电话。

晚餐延续了约莫一个小时，检察官看来觉得十分满意。至于中尉，虽然格尔达一家以并非佯装的关注和热情围绕着他，但他对这个陌生的家庭时时保持警惕，对于亚列山德雷斯库的奇怪行为深感困惑，觉得不能用单纯的喜欢来解释，内心常常不由自主地出现阵阵抽搐，时刻准备起身离去，犹如在执行某项任务一般。

在他对面，背对通往备餐室门坐着医生的两个儿媳莫妮卡和莉娅。她们俩年龄相仿，都在二十三岁左右，但仿佛有一千座无形的高墙耸立在她们各自的纤细身影周围，永远挡住了彼此的心灵视线。莫妮卡，医学院毕业后去服兵役的青年格尔达医生的妻子，是个多愁善感的拧巴体质的美人；莉娅，蒂图斯的妻子，是个冷美人，活像《战争与和平》里瓦西里公爵的女儿、别佐霍夫的放荡妻子的雕像。亚列山德雷斯库坐在桌子的顶头，离两个年轻女人很远，但他的视线始终投向她们，尽管他是以一种隐蔽的、彬彬有礼的和近乎充满幽默的方式，因此康布里亚有时认为检察官之所以迟迟不离开这个如此不欢迎他的家庭，只是为了再看一看格尔达家里的这两朵"花"，她们只有在晚餐时才出现，亚列山德雷斯库才为此冒险一搏，等待人家邀请他共进晚餐。

格尔达的妻子试图监督或者驾驭两个儿媳，对于莫妮卡的控制从第一刻开始就获得了成功，她为大家送酒端菜，而且似乎愿意以此安度余生，显而易见，这使得她骄傲和威严的婆婆对她充满爱意；但是，至于莉娅，无论怎样试图改变自己，有时甚至模仿妯娌——那个仿佛天生就有为人服务的本能或者渴求的女人，结果却总是适得其反，而毕迪娜夫人过去和现在都感觉到这一点，虽然出于家庭必需的表面的爱，防止诸如亚列山德雷斯库这类满心色欲的狡猾不肖之徒，她始终力图隐藏这样的烦恼。

晚餐后，格尔达医生兴致勃发，神态温文尔雅，几乎像孩子一样诙谐，这同他精力充沛的外貌和近乎庄严的一头白发很不相配，但他天真的话语冲淡了这样的感觉；检察官漫不经心地听他讲着，但心怀不加掩饰的真正的善意和好感；而坐在桌子另一头的蒂图斯不时站起来，往酒杯里倒满上好的陈年葡萄酒，看到他父亲对待检察官和随同前来的军官——似乎专门前来征占他们家的夜晚和晚餐——的那种天真和真诚，好似对待某些同辈，轻信亚列山德雷斯库的稍显过时的完美举止，以及中尉的蓝色眼睛和矫揉造作的动作，有时实在隐忍不住自己的激愤，心头泛起阵阵战栗。

他的妻子莉娅坐在格尔达医生旁边，乃是觉得很高兴，而且似乎是唯一越来越高兴的家庭成员，但看来只有毕迪娜夫人觉察了这一点。前大学生——而且，可能是未来的法律系毕业生——以一种惊人的冷漠对待自己的妻子，或许每当面前有人时，诸如此类的神态无非是他处世的一种方式，至少这是康布里亚的判断。中尉很少说话，想观察乃至解读周围的人与事，谁知道现实是否恰恰相反，或者根本不存在眼中的现实。中尉所看到的一切或许只是对自己家庭的记忆，这样的记忆是如此强烈，以致经常利用最细微的时机，出现在他周围，缠绕着他那优雅而沉默的身影。或许，他几个月前孤零零地住进来的这座小城的这个布尔乔亚的家庭，是他重温过去的一个相当好的时机。确实，令他感到吃惊的是，有时候一些近在眼前的事与自己的记忆何其相似！

"……我们住在一个名叫'帕苏伊瓦尔'，也就是匈牙利语中的'豆荚城堡'的一所住读学校里，那是一所由方济各会修道士，权威人士，罗马、哥廷根、斯特拉斯堡的博士，身穿白袍的独身者们领导的寄宿学校。而在食堂的门上贴着一张单子，更确切地说，是一张惩罚方式表，哈，哈，当时给我印象最深的是记录可能犯的最微小的错误的近乎科学的方法，这意味着教士们十分了解儿童心理。你什么也不能做，无论是恶作剧、蠢事，或者出洋相，在那张惩罚目录上都没有忽略，而这首先导致思想的禁闭和幽禁，不是吗？谁在课堂上讲话，罚打两巴掌；谁不知道五点钟有课，罚打四巴掌；谁不知道七点半晚餐前有课，罚打八巴掌；而在早晨五点半重新听讲课文时缺课，加倍罚打……谁在课堂上睡觉，当众罚打屁股两鞭；谁对管教不敬，罚打屁股十鞭和禁止午后休息；谁对辅教不敬，不准吃晚饭，如此等等……开列得如此清楚的这些惩罚都能按章严格执行，因为辅教是高级课程的学生，五年级的学生教训和惩罚一年级的学生，六年级的学生教训和惩罚二年级的学生，而管教，也就是监视者，来自七年级和八年级。首席管教永远是小霸王，住读学校的'上帝'。一个职业教师显而易见会因墨守成规，年事渐高，自己家庭、情感或者身体的变化——譬如说体质的老化或者出现疾病等而变得软弱。但高年级的学生永不知疲倦，因为这种惩罚的活动是新鲜事物，从中可以获得驾驭我们这些幼小学生的力量，充满吸引力，近乎迷人。而我们竞相为他们提供千百种服务，从虔诚地照管他们的衣服——我因此学会了洗和熨衬衫，熨裤子，比女人做得更好，还学会擦鞋——到煮茶，煮咖啡，跑腿，代购，或者单调乏味地抄写几十页经文，为的是求我们的辅教和管教们高抬贵手，别太主观实施'惩罚'清单。我对你承认，我们之中没有一个人是不幸的，除了那些无赖和没有头脑的家伙。谁如果能争取到为管教们，特别是首席管教——他根本不理睬我们这些低等生物——个人服务，那简直就幸福得像太阳一般光辉灿烂！我们为什么说并非不幸？首先因为世事就是如此，我们无法改变，这是一种很大的安慰；其次因为我们之中的每个人都可能在几年之后成为辅教，然后升任管教，甚至成为首席管教……我本人就当过首席管教，虽然后来只成为一个小城的医生。我一生中有幸见过部里的总督察一面，另一次见过一家外国大公司的罗马尼亚顾问西尔维乌·普罗什迪亚努，一个大老板，而前不久，在蒂米什瓦拉①见过卫生部副部长，我见过的所有这些大人物都向我致敬，尊重有加。别人或许会觉得奇怪，我在任何时候找他们，他们都会接待并提供服务，其中原因只在于很久以前我曾经当过他们的首席管教。那时候他们还很小，无助又困惑，就像刚生几个星期，蜷缩在破破烂烂的草窝里的小狗；而我光辉灿烂，高高在上，不可接近，美好得如同上帝！那是永世难忘的事情，除非生命结束，'豆荚城堡'的那个世界是一个构建得很美好的世界，专制而一劳永逸，面对后来在生活中等待着我们的喧嚣混乱，可能会觉得惋惜，悼念，就像我们刚刚发生过的事情那样，半是美化，半是谎言！在那个时候，没有诸如冬假和春假之类的小恩小惠，我是想说学校有另外的假期，但在学校之上，存在着由天主教神甫领导的可怕的权威机构，这些天主教神甫博学、独身，囿于他们的禀赋和严酷的命运，也是我们的中学老师。一旦在秋季进入这里的学校后，家长只能在夏季再见到我们，而且在那个年代家长们似乎更有男子汉气概，更坚强，我不记得有谁痛哭或者哀号那么长时间见不到我们。夏天，当我们回到家里时，必须耐心等待老父亲喝完早咖啡和读完'新闻纸'，也就是报纸或者像他开玩笑所说的'早课'（回忆起来，老一辈还把火柴叫作'取灯'，把明天叫作'明儿个'，把桑葚叫作'黑果'或者'酸果粒'，如此等等），只有在那时，他才会注视我，而且并不像那些乳臭未干的作者所写的小说中习惯描述的那样向我打招呼，说一

---

① 罗马尼亚西部巴纳特地区城市。

句欢迎之类的话，而是伸手问我要成绩册，用一种奇怪的漠不关心的神态瞄一眼，然后一成不变地说'我的小伙子，可以更好一点'，然后马上转过背去，到家里的葡萄园去做晨起散步，那里有他雇的日工。或者去'磨坊'，那是一栋半朽的木板旧建筑，里面有一个小桨叶巨轮，已经停转几十年，上面覆盖着青苔和水藻，他在那里建了一个冰窖，存放着够用一夏天的冰块。有几回，我给老父亲带回全是十分的成绩册，由于不能再对我说每年的那句'可以更好一点'的老话，他只得用一种奇怪的忧郁眼光看着我，一连好几天都如此，因为我竟敢采取那种不守纪律的行动，拒绝给予他说那句话的权利——须知那是他的父权的象征，为了这个权利，他用硬通货特别是当当响的金币每年为我支付住宿和上学的费用。不过，事实上在他的忧郁不满的面孔背后，隐藏着骄傲，当我不在场时，所有人都可以看到那个'不能再好一点'的'杰出'成绩册。我，应该说，从来没有哪怕是用小手指头碰过自己的两个孩子，让他们租房上学，而不是进教会住读学校。有一次因为教师竟敢打了老大利维乌一记耳光，我立即坐火车亲自赶到中学，但我并不以此为骄傲，也不认为这样的事情很好。我之所以这样做，是因为我们，我们这一代生活在战后，或许这使我们心底软弱，一场胜利可能使你变得心软，变得怯懦；而我的父亲毕生生活在匈牙利人的鼻息下，这使他坚强，始终严厉和清醒，即使或者尤其是对我们是这样，因为我们是应该以他为榜样的人……而我的儿子们成长在民族自由的年代，这或许使我们变得软弱，使我们学习女人的习惯，学会不那么敏感，因为敏感是老人的属性。也许我们应该表达这种敏感性，那或许是美好的，甚至是崇高的和堪称典范的，但并非是男子汉的气概。在我给你讲过的那张'惩罚'清单上面，用漂亮的手写书法字体——今天再也见不到了，因为规范书写是一项纪律——写着一句拉丁语格言："Plenus venter non studet libenter.（饱食不利于勤学。）"我们习惯从食堂去教室，这句格言是要为修道院和住读学校的实在是贫乏的伙食开脱。的确，当时我们的肚子从来没有饱过，这应该从隐喻的意义上来理解，虽然在那时它在直接的健康意义上使我们受苦。我比儿子们早八年开始自己的生活——我没有把他们送进住读学校，或者因为我的意志或许变弱了，或者因为我的男子汉的本性变得比我的老爸怯懦多了。他是个真正的男子汉，沉默，忧郁，却永不屈服，当他或许一年或者两年偶尔抚爱我时，我的整个身体颤抖着，犹如触了电，突然被闪电击中一样，我的眼睛充满了水，女人们把它们称作泪水。或者直白一点说，我之所以不把他们送进住读学校，那是因为现在不再有住读学校，今天的所谓住读学校连'豆荚城堡'的漫画都不如，因为你要诋毁和丑化某件事物，必须知道它的模式、板型，但有谁真正了解那个模式？今天的住读学校雇用的是付酬的教员——碌碌无为的毕业生，满身铜臭，而校长生活放荡，宣扬所谓的不能容忍和危险的自由！我记得……"

格尔达医生这样喋喋不休地唠叨着，庆幸自己找到了听众，而亚列山德雷斯库身体靠着毕迪娜夫人梳妆台前安乐椅的笔直高靠背，确实在倾听，但眼睛直勾勾盯着左边的两个漂亮的年轻女人，特别是纹丝不动的莉娅。莫妮卡和毕迪娜夫人有时起身帮助端茶送酒的女佣，而莉娅几乎僵直地坐着，仿佛戴着愕然和无表情的面具，上半身纹丝不动，犹如摄影师们一九〇〇年前后在他们的摄影棚里摄制的椭圆形照片中抠下来的一般。那个年代的摄影棚的屏风和布景上面画着城堡和主塔楼的片段，或者一条林荫道和一张大理石长凳，加上一个硕大的石头花盆，一个这样的淑女装模作样地背靠着，胸前以花为装饰，呆板而拘束，为的是让人觉得死板和不自然——这是那个年代的时尚使然，目光迷失在穿着线条和领子笔挺的衬衣的那个殷勤灵活的摄影师提示的某一点上。摄影师是那样潇洒、和蔼可亲，他的摄影棚的烙画玻璃门上高雅地用法语写着"请进"二字。

　　在故事的某一点上，毕迪娜夫人用简短和干巴巴的语气打断医生的讲述，提醒他说讲得太多了，许多事情是老调重弹，于是格尔达戛然而止，不再添加任何内容，非但不生气，而且相反，他微笑着举起酒杯，而亚列山德雷斯库强忍着哈欠，同他碰杯相庆。蒂图斯早就不在饭桌周围，任他们自斟自饮，回到饭前坐着的那把安乐椅里，翻看着一大卷《法国拉鲁斯百科全书》，摆弄着德国"德律风根"收音机，那是他休息时经常用来收听一个短波电台微弱的爵士乐曲的工具，尽管音效常常摇摆不定。

　　"我在这儿感到十分愉快！"亚列山德雷斯库说道，用一句花哨但完全是老套的话感谢晚餐的丰盛，对此，毕迪娜只是绷着脸冷冷地点点头，但莉娅一反她那一脸严肃的神态，给了他一个出乎意料的热情而近乎迷人的微笑，使检察官受宠若惊。

"也许我很不得体地接受了您如此友好的邀请，"他继续说道，仿佛是在向主妇致意，但两眼始终看着莉娅，"但我没法拒绝，我必须承认……我来这儿是为了一桩可恼的命案。离这儿不远，在一间狭窄和肮脏的民警办公室里，关押着的被告正在等待我，我不想见他，但他正在等待我。在任何时候，我将离开这儿，必须把他从睡梦中唤醒，打扰他，虽然他或许无罪，也可能有罪……如果没有这个列卡等待我，我想自己或许不会接受这顿晚餐；但面对一个执着的愿望或者一种无法摆脱的痛苦或厌烦，也许在我们心中经常存在着一种小小的怯阵的诱惑，不是吗？"他看着莉娅微笑道，而她完全出乎他意料，竟然回答道：

"您说得对，这表明您解读了人们的灵魂或者他们的部分秘密！"

蒂图斯在他的安乐椅里骤然为妻子的这句话感到脸红，但桌子旁的其他人都颇为感动和愉快，正准备告辞的亚列山德雷斯库突然变得很活跃。

"为什么用一桩恶行……或许可以称之为今天发生的事情的记忆，来破坏这个愉快甚至独特的夜晚？"

亚列山德雷斯库表面上是说给大家听，目标却只是莉娅；而她，虽然没有注视他，但脸上洋溢着满足的神情，全然不顾家庭的礼仪小节——另两位女士不断遵循的礼仪——以致检察官始终注视着她，只说给她一个人听，犹如一个单纯的演说游戏，演说者本能地在人群中寻找被他最初的词句吸引住——在任何论证之前——的一个人、一个友善的表情或者一个古典的姿态。一旦找到这样的人，他就始终以他为演说的对象，虽然这种友善的面孔有时只是心不在焉或者不懂装懂心理的骗人伪装。

"我为什么只是为了寻找一个罪犯而破坏自己的这一天呢？"检察官继续说道，而蒂图斯是唯一看透他的诡计的人，"但到哪儿去找到他？在那儿，在大富翁萨洛蒙以前的赌场的那间充斥煤气味的污浊办公室里，也就是现在的民警局里？噢，也许很简单，我到那儿去，抓住他的领子，他或许会招认一切?! 但许多时候，无须文学描写，犯罪是摸不着，看不见的，罪犯也是这样……这是面对任何犯罪所能说的唯一一句理智的话——在我们的案件中也是如此，虽然案犯不是一个谋杀者，而只是具有动机——现在所做的一切只是例行公事，铁匠再也醒不过来，它是一个偶发事件抑或一个系列犯罪的开始？说来也许荒诞，我们，侦查机关常常寄希望于一个职业罪犯或者一个病态罪犯，尽管在系列犯罪中，如果我们存在某种错误的观念，视之为偶发事件或者个案犯罪，那么就会面临永远侦查不清的风险，或者时间会拖得很长，以致……"亚列山德雷斯库腻烦地耸耸肩，似乎不能说出他想说的一切。"在系列性的刑事案件中，即使不一定是犯罪，杀人犯无论怎么专业，都会露出马脚。如果谋杀西蒙卡的凶手隐藏了起来，就有可能最终漏网，我们找不到他，或者审判这个列卡，虽然军士长马泰亚什坚信此人与命案毫无联系……不是吗，中尉同志？"亚列山德雷斯库近乎粗暴地朝康布里亚转过身去，而中尉微笑着面对他,毫不惊诧地说:"军士长,不就是这样吗?"

康布里亚慢慢地垂下眼睑,而蒂图斯在餐室那一头的座椅里对中尉的这种奴才相或者丧失人格的做派嗤之以鼻,做了一个不耐烦和蔑视的手势。

"军士长……"检察官亲热地朝格尔达医生转过身去,医生从他左边的位子上起身站立着,背靠着一个赤陶大壁炉,手里拿着一个酒杯,微笑着听他讲话,似乎根本不在意自己妻子的不耐烦。毕迪娜夫人不能容忍亚列山德雷斯库的这种肆无忌惮、厚颜无耻的态度,尤其是对莉娅。这个冷美人令人惊讶地端坐在自己的椅子里一动不动,在她的公公站起身来之后,她似乎与检察官更靠近了,而检察官甚至俯身在医生的空椅子上,用手臂支撑着,轻轻地摇动着椅子。"军士长有着稍许复杂的'文学化的'思维,但也有着一种农民的常识,能在最后一刻挽救他。哎,我认为,他是区司法局最好的人,如果不干什么蠢事,将很快得到晋升。如果他抓不住今天的凶犯,那么再也抓不住任何人!您不腻烦吗?"亚列山德雷斯库稍稍向莉娅俯下身去,以使她懂得这主要是在向她发问,但她依然一脸僵直,仿佛没有明白。相反,蒂图斯异乎寻常敏捷地关掉了收音机,抢着回答说:

"相反,我们等了两个多小时才听到这个解释!"

亚列山德雷斯库耸耸肩,在椅子里坐直了身子,没有转身面向他,近乎疲惫地说道:

"不是什么解释,而且我很不习惯于给人解释!无非是一个自白……我想说,好的想法有时产生于远离犯罪现场的地方,如人们所说,或者仅产生于你想忘记一切,稍微自在地感觉自己是一个普通的公民,一个只是……"

"您,如果允许我说的话,"蒂图斯用灵动和清澈的眼睛注视着他说道,"只有在平民身份中才感到自在……如同一个犯罪的俗人!您是一个高级趣味的人,一个趣味太高级的人,可惜讲授的是使您变傻的学问!如果我能更熟识您,我甚至会放肆打听您的裁缝的大名!"

检察长慢慢向他转过身去,似乎很开心,注视了他几秒钟,而面对检察官的冷冰冰和锐利的目光,蒂图斯的虹膜闪动了几下,但他的嘴唇依然是卷起的,友好中带着蔑视,整个表情定格于一种充满魅力而略带自我讽刺的自负感中。

"老爸,你应该知道,"蒂图斯眼睛看着依然抱在怀里的《法国拉鲁斯百科全书》,迅速继续说道,"检察官同志真的对你很友善,但同时又没有在这儿浪费时间。这个漫长的夜晚的交谈,无论是小布尔乔亚的整个温情氛围,你关于住读学校的经历,抑或他关于同犯罪现场剥离的理论,等等,所有这一切都只是他进行侦查的一种手段,我觉得……或者说我不允许自己对他有任何指责,每个人都想方设法干好自己的行当。何况,找到罪犯,无论对于这个工厂,对于国家,或者对于一般的道德,乃至对于我们家庭,都是有益的!但为什么要为此费那么多的口舌?检察官同志可能读过很多十九世纪的俄罗斯文学作品,在那些作品里,充斥讲不完的话,以至于我[①]更喜欢

[①] 原文为法语。

法国文学!"

"或许你说得对,"亚列山德雷斯库同意道,依然是那种略带疲惫的神情,"我们的职业是一种奴隶生涯,没有时间表,像一个永远怀疑心理失调的心理分析医生一样。一个检察官,如你所说,'侦查'所有人!那简直是一种强迫症,扭曲,无能……"亚列山德雷斯库重新露出了微笑,活跃了起来,因为莉娅从座椅里近乎庄重地把她的大眼睛转向了他,而他瞬间有点心慌意乱,实在没有想到她的目光竟如此强烈。但她几乎立刻说道:

"我读过许多侦探小说,但从来没有目击过侦讯……"

"但是,亲爱的,"蒂图斯迅速打断她的话,借口说道,满脸当场嘲弄她的玩世不恭神情,"亚列山德雷斯库同志将很高兴为你提供这种微不足道的服务,虽然我不知道程序是否允许……"

"怎么不允许……"检察官驳斥道,"尽管这案件相对比较简单,但如果你们愿意,我可以邀请你们一起出席,明天早上……"

"谢谢,我去不了!"蒂图斯回避道,"我讨厌侦讯,但如果莉娅喜欢……"

毕迪娜夫人条件反射似的皱起了眉头,唯恐莉娅哪怕为了刺激她也会接受亚列山德雷斯库的提议。但她轻松地听见莉娅说:

"谢谢,蒙您厚爱,但……在这整个事件中,有某种暴力的色彩,太残酷了……我是想说,太赤裸裸了。好像是一个十分自以为是或者十分孩子气的、幼稚的人的作为……请原谅我，我想自己没有说蠢话！"

亚列山德雷斯库没有回答，但他看见这个美人说话时受宠若惊的表情颇为意味深长。康布里亚突然说道：

"这桩罪案确实令人困惑，究其原因，恰恰在于它太简单。或者，列卡确实是罪犯，如大家所相信的那样。到目前为止，我们除了无用的推论，什么也没有做……尽管并非完全无用，在我们区里这一年就审结了三个大案！"

检察官骤然朝康布里亚转过身去，诧异地看着他，使他感到浑身冰冷，所有人都明白中尉说得太多了。

"我们不会告诉任何人！"蒂图斯迅速说道，在座椅里满意地晃动着，像一个少年一样，跷起两只脚搁在褪了色的棕色旧皮扶手上，"我们向你们发誓！"

亚列山德雷斯库很快恢复镇静，学着大学生窃喜的讥讽腔调耸耸肩。

"不是什么太大的机密，不过终究是机密！归根结底，审判不可能与错误分离，除非在地狱里由诸如米诺斯①和拉达曼迪斯②那样的半神进行审判！"

"噢嚯！"蒂图斯带着真诚的赞赏说道，"即使我们做了审判的牺牲品，我们也聊以自慰地说法庭是文明的！"

---

① 米诺斯（Minos），古希腊神话中宙斯和欧罗巴的儿子，传说是冥土判官之一。
② 拉达曼迪斯（Rhadamanthys），古希腊神话中宙斯和欧罗巴的儿子，弥诺斯的兄弟，传说是冥土判官之一。

"我们不能谈点其他事情？"毕迪娜问道，声音干巴巴的，在厨娘——一个瘦弱而手臂关节粗大的女人，行动惊人笨拙或者仅是出于害怕——的帮助下，端上了咖啡，"从今天早上开始，大家都只在谈论这件事……"

"但为什么呢？"她的另一个儿媳莫妮卡问道，她的声音像她的行动一样，也是低沉和有气无力的，"挺有意思的。您有狼犬吗？"她问中尉道。

"是的，"中尉回答说，"在我们科里有两条，都受过非常好的训练。但痕迹到工厂大门口就没有了，这相当奇怪……仿佛罪犯突然飞上天了！"

"或者骑上了一辆自行车。"蒂图斯讽刺道。

"对，真是这样！"中尉转过身来，近乎被这个大学生惊着了，"我也想到了这一点。"

"撒谎！"蒂图斯暗自想道，"你压根儿就没有这么想过。"

第六章

　　保罗忧伤地走下小河岸，河水的凉意没能赶走他的思绪。颇为不幸的是，他依然没能重新找到那个黑衣女人。那个偶然发现的苗条倩影，或许同他一样，也居住在附近某处四壁围绕的小天地里。某种浪漫的情趣在不知不觉中活在了他的心里，起起落落，很不稳定，那种害怕人多特别是人群杂乱的心理，更像是一种逆反情绪，旨在反抗天理不公，使他觉得那样与众不同的穿丧服的女人闪现即逝，他们的相遇只是多变的时日乃至季节任意安排的一场巧遇，纯属偶然的侥幸或者不幸。保罗暗自思忖，她必定有一种高傲神态护卫自己，在这样的神态面前，一切不属于她的小家庭的人……不属于纯洁的家族或者清白的家族的人，都会感到窒息，清白的人必须永世清白，不沾染人的肮脏和兽性。他几乎怀着狂热，希望存在这样一种高傲神态作为无形的防护层，因为他想象自己属于这个有限的家族，没有仇恨他人之心，而那个人——加什帕尔——引起他的某种怜悯，再一次证明了这一点，他的这种弱点应该成为一种品质，与这样一个女人相处的一种力量。她应该属于他的，他暗自想着，两眼像患了近视一般，痴愚地注视着泡在急速流动而令人麻醉的河水中的一双白皙大脚。但是，一个男人得到和征服一个女人不能一蹴而就，不能用盲动、自负的暴力和兽性强迫她屈服呻吟,而必须按照她的心意拥有她,接受她的驾驭和统治,一切都应该只是一种默契:她下达命令,他幸福地听命。他永远不能粗暴,因为他没有粗暴的能力,这个缺点是他不可战胜的魔力所在,凭借这一无限的天赋,她将承认他不只是一个男人——或许他根本不是一个男人,而是她的男人,天定的男人。他只是在形式上征服她,却始终是她的奴隶和仆从,而她将因为他生来就有的这一天赋,这种使他们结为连理的性别天赋和短浅目光而爱他。

保罗从河边回来,赤脚踏着道路的尘土行走,手里提着他的旧凉鞋,抬起眼,稍稍拧着脖子,迈着迟钝的大脚,像瞎子一样全然不顾路上的石子、树木和无意中轻轻搅起的尘土,因为眼前的种种景象始终像是在屏幕上那样慢慢地展现着,尽管惊人的真切,却是一个想象中的屏幕或者舞台,始终回复到同一个点,回复到一个仿佛协调一致的原点。无从想象的种种可能形态定格在了一张同样的照片上,虽然这张照片极其令人向往而又那么真实,使他身边具体的、可以触摸而杂乱无章的一切物体相形见绌。

回到窝棚,他惊奇地在那儿发现了加什帕尔和他晾衣服的木杆,已经在他比邻的一张上铺上安营扎寨,同他贴得那么近,夜里或许将常常在睡梦中相碰,触摸或者打架。加什帕尔盘腿坐在一张铺得很平的毯子上,正在熟练地缝补一件衬衣,保罗在他旁边坐下时,他连眼都没有抬一下,尽管很可能已经窥见了保罗。他赤裸着身子,躯体特别强壮,腰那么细,每个动作都透露出他的人类肉体里盘踞着一头年轻而敏捷的野兽。

保罗突然发觉这个人要比自己原来在森林中想象的年轻二十岁，或许同他年龄相当。为什么原来觉得这个人那么老？因为，或许很久之前，甚至在出世之前，他们属于另一个家族，犹如倒映在同一片海洋里的两只动物，却漫游在不同的两岸，仿佛在两座塔楼上行走……只有在水底下……他们才脚踏同一片土壤，而他们在上面行走的塔楼的支柱也像人脚一样，在同一片土壤上相会，用泥土作为天线，盲目地探索着。保罗怀着不可遏制的好奇注视着对方的每一个细节和熟练的动作，难以掩饰自己对他的嫉妒和赞赏之情。他相信，他们各自在呱呱坠地见到光明——仿佛面临不断的核爆炸——而惊慌地发出的第一声呼喊时，已经不同，对方，也就是加什帕尔，虽然可能与他在同一时刻降生，却已经远比他更加适合生活于这个人世，更有把握得多地行使呼吸和利用手指的权利，更老练得多地掌控自己的命运。

一只手提箱放在床脚旁，也是一只旧手提箱，保罗很想问他在哪儿找到的专卖旧手提箱的商店，弄到了这只箱子。它像保罗撒气践踏的那只四角有金属片保护、提手很牢靠的箱子一样，也是纸板制造的便宜货，只是这一只四角有三层皮镶角，用机器缝制得十分平整，完全没有原来那只箱子用金属线加固的痕迹。

"有时候，你之所以购买另一只箱子，"保罗想道，"只是为了有一个没有修补过的好提手！"他几次想开口问身旁将全部注意力集中于正在做的活计上的那个人，但他及时记起对方不太喜欢唠叨。令他惊奇的是，加什帕尔这个闷葫芦首先开口说话，但没有转过身来，仿佛是在对他正在缝几个纽扣的那件衬衣说话：

"你原来不是说住在城里一个寡妇家里吗？满嘴谎话，无赖，不害臊吗？"

保罗张口结舌，惊呆了，与其说是因为听见的那些话，毋宁说是由于对方说话时的冷静态度，而在加什帕尔立即又陷入沉默后，他背对着保罗的那种冷漠的神态，俯视着自己能干的双手的那张男子汉的漂亮脸庞——冷静和漠然的脸，使保罗越来越强烈地怀疑这个人是否真的说过话，很想马上请求他重复刚刚说过的话，来消除自己的怀疑。那些侮辱性的话语非但没有触痛保罗——何况，保罗也不是一个爱生气的人，反而使他十分高兴于加什帕尔终于开口说话了。既然对他说话，他就可以回答。

"嗯，我是在城里住过，"保罗俯身向着那漠然的背影急匆匆地说，"但这儿离干活的地方近，而且……"他突然沉默不语了，觉察了加什帕尔的蔑视，很显然，对方根本不相信他说的每一个字。于是，他又赶忙改换话题，详细叙说窝棚里发生的种种往事：谈到了青年塞科桑那么粗暴和强壮，大家都怕他；还有一个叫作米特罗凡诺维奇的，曾经是一个副官，是一个红脸膛的小个儿，长一口难看的牙齿，大家都避之唯恐不及，因为据说他手脚不干净，爱偷东西。还有一个挖土工，不知他真名叫什么，所有人都叫他"山羊"，大家都拿他取乐，因为他穿着女人的内衣，明知道脱衣服或者换衣服时会被大家发现，他还是整天戴着一个破了个洞的肮脏旧胸罩干活。当他一整天在烈日或者大雨下辛苦劳动，浑身流汗，疲劳不堪地脱下打满补丁的衬衣，被周围的人发现时，大家不禁哈哈大笑，声音之大，震耳欲聋。他还穿一切式样和颜色的女人底裤，这已经成为一个超大新闻。这是保罗的发明："超大新闻"。

谈到克里尼茨基时，保罗说他是一个最强大的人，但也是一个最和善的人，虽然自己不抽烟，却给大家分发烟卷，从来没有打过任何人，甚至没有骂过谁，而且还把自己的工作服送给那些将工作服寄回外地老家和本地家庭的人。克里尼茨基有许多学徒，其中有一个曾经是杂技团的格斗士，名叫奥纳埃。据说此人犯过案，在森林里杀了一个十一岁的女孩，虽然没有被证实过。至于"羔羊"米罗亚，则是一个有着尖顶脑袋的人，似乎故意要把头发剃光到见皮，为的是接受他人的嘲笑。他是克里尼茨基的所有新信徒中最可笑的，因为他的嗓音特别尖细，宛若女人，脸红得特别迅速，不能说任何谎话，即便是最微小的谎言，也立即会被最笨拙的人戳穿。保罗本人就有好几次当场戳穿米罗亚的谎言。米罗亚试图让他相信不久前自己曾经是神甫——罗马天主教的神甫，因为与一个经常来忏悔的女人有瓜葛被革出教门，并给他讲述了那么无耻的种种故事，可以肯定多半是编造的，他哪能真实经历过?!另外，克里尼茨基还有一个门徒，名叫米胡齐。他的左手只有两根手指，曾经坐过牢，保罗用近乎赞赏的口吻说他是一个"真正的犯人"。这个米胡齐与米罗亚一起，成为克里尼茨基的最狂热的门徒。据说半夜里——当然是有几夜——他跟着克里尼茨基走到河边，把自己的大脚泡在河水里洗涤，而克里尼茨基在简短的祈祷后，在他头上洒水做洗礼。如果不是怕加什帕尔出乎意料的粗暴反应，保罗或许会告诉他，自己曾经在那样的一个夜里藏在河岸上的果树后面亲眼见到过，同寝室里的几个流浪汉一起害怕得瑟瑟发抖。

然后，保罗又讲述了一个名叫拉考尔齐亚的人的故事，此人曾经当过飞行员，精神有点不正常，虽然通常看不出来，或者说他的疯病不一般；还有一个茨冈人也就是吉卜赛人迪力科，常到邻居和人家的院子里偷鸡，并与遇到的路人一起分享——一个心胸开阔的人，一个可以结交的无私的朋友！每当被偷的主人来到寝室，或者甚至到厂领导那里告状时，所有人都帮他说话。不过，窝棚里最有风度的工人当数彼得库！他压根儿不自称工人，而说自己是"职员"，据他说自己之所以要吞咽铸造车间的尘土，只是因为神经有病，属于家族遗传，医生建议他从事体力劳动。他确实有许多可能属于一个职员的物品：干净的手帕（通常熨得很平，不知是谁帮他熨的）、一个修指甲的手提包、一个永远随身携带的塑料牙签盒、一支金笔尖的自来水笔、新的带标签的丝绸领带，甚至还有名片，随时出示给不相识的人。保罗还编造说，这个彼得库是他唯一的朋友，一起度过的若干时光不仅不能与随便什么人分享，而且不是随便什么人都能理解的。彼得库属于一个"特殊的"家庭，只是倒霉才沦落到这儿的贫民窟和臭窝棚里。他在布加勒斯特读过两年法律系，曾经同一位大学教授的女儿订过婚，那个姑娘很是出色，懂得六国语言！他却试图越境出国，据说他的父亲战后马上在一家法国银行为他存入了数万金法郎，但他在边境被逮捕，遭到边防军的军犬撕咬，被马鞭抽打了整整一夜，然后被投入牢房，先是在盖尔拉①，然后在卡兰塞贝什②，再之后是被发配到此地劳动，在三年的时间里不准离开本地区。但他有一个辉煌的前程！

如果说彼得库是最有风度的人，那么斯特凡诺维奇是最帅的人，他很少干活，一周只工作三四天，因为总是被女人们供养着！没有任何人怀疑，保罗以不可遏制的兴奋的口气说道，这个迷失在山岭中的小城的女人们有多么狂热！最有说服力的证明即是斯特凡诺维奇同时与许多女人鬼混，其中有一个保罗认识，曾经见过！确实还是有夫之妇。那是一个牙科技师的老婆，经常与黑小子斯特凡诺维奇消失在附近广阔的玉米地的垄沟里。斯特凡诺维奇经常共枕同眠的还有一个离了婚的女人，她长得不那么高雅，门牙全都暴突，但待他真心实意，无可指摘，用柠檬液给他洗脚，洗全身，有时甚至洗头。缺点在于这个名叫艾丽莎的女人有一个上中学的儿子，每星期六和星期日回家来，届时斯特凡诺维奇必须躲开。他同这个女人配合得非常默契，聪明地保持着这种周末被赶出她被窝的惯例，作为未来分手的一个十分合理的借口。斯特凡诺维奇真正令人惊奇之处在于他并不满足于同这些女人睡觉，还时不时勾引不满二十岁的小姑娘，特别是当地中学的女学生上床，却往往被轻描淡写地辩解为出于真爱的激情一时失控，算不上什么罪过。而斯特凡诺维奇只是太贪心不足，一心想逃避牢狱之灾，或者推迟锒铛入狱的时日。他最近的一个"小情人"是副厂长克勒巴什

---

① 罗马尼亚西北部特兰西瓦尼亚地区城市。
② 罗马尼亚西部巴纳特地区城市。

的女儿，一个瘦高个儿女孩，手和脚都很大，实在没有任何"吸引力"。之所以能使斯特凡诺维奇动情，只是因为她是厂长的女儿。他曾经把她领到窝棚里，为的是让大家都相信确有其事，并唆使女孩讲述她父亲如何整天穿着内裤在家里溜达，以及她父亲在吵架时像一个牧羊人一样把痰啐在她母亲脸上的样子。有一次，她母亲出于愤怒和报复，不擦掉脸上的痰，就披头散发地跑到她外祖父母家里——她是纳德拉戈人——哭诉。窝棚里所有人都笑了起来，但随后责令他再也不要把这女孩子带到这儿来，以免给大家招来天知道什么灾祸。几个星期后，斯特凡诺维奇笑着告诉大家，他刚刚成功地摆脱了那个女学生，据说她一定要给他生一个小女孩，否则，他还会继续同她在一起。她很是听话，而且可以知道"大人物"中间的许多秘闻。

还有一个叫作塔维齐安帕维克的奇怪名字的小老头，在比较轻松的服务部门——打包车间工作，但他的更为主要的职业是放债，不仅在各处寝室里，而且在工厂的工人中间。他们需要的不是现金，现金"原则上"是从来不借贷的，而是衣着物品，甚至整套服装，禁书，亦即保罗所说的黄色书籍或侦探小说，甚至还有手表和丝绸衬衫。他将比较贵重的东西放在城里的一个信任的女人那里，据说是一个老太婆，他为了继承她的房子而与之同居。有时候，他遭人偷窃，也就是说借他东西的人离开了本地而没有通知他。但他从来不告发任何人，收取的费用很低，有时不收一文钱，所有人都说塔维齐安帕维克是要赎罪，抵偿很久以前犯下的一桩罪孽：他的一个女儿自杀身亡,因为同自己的父亲,也就是他生活在一起,她是在爱上了一个小伙子的那一刻自杀的,这小伙子发现了一切……

但几天后,加什帕尔发现名叫"山羊"的工人确有其人,但过去和现在从来没有穿过女人的底裤;斯特凡诺维奇是住在这个小城里的一个可怜的工人,早就已经结婚,有三个孩子——三个女儿;米罗亚从来没有当过天主教神甫,而塔维齐安帕维克压根儿不存在,是一个杜撰的名字……

正在保罗喋喋不休讲得起劲的当口,已经穿上衣服准备出去的加什帕尔,突然向他转过身来问道:

"你给谁讲过昨天早晨我们在森林边上遇见过?"

"给谁讲?"被打断了曲折离奇的话头的保罗困惑地问道,"我能给谁讲?没给任何人……"

"如果我抓住你开口乱说,小心我把你揍扁到断气,明白吗?"

保罗委屈地点点头,对方一个动作从床上跳到地上,站着与一个保罗不认识的很脏的老头交谈了几分钟,随即走出门去。此时保罗才发觉,加什帕尔穿得非常讲究,几乎认不出来:扔掉了那件皱巴巴的拉绒上衣和磨光的粗帆布裤子,换上白衬衫,扎上了领带,只有那双很新的鞋子依然穿在脚上。

加什帕尔离开后,保罗立刻从床上跳下来,想盯梢发现他的去向,但在他出门的当口,听见一个尖细的声音在轻轻喊他,他转过身去看见米罗亚在自己身旁。保罗很喜欢米罗亚,尽管米罗亚的脑门尖尖的,剃了个光头,黑色的胡子又尖又长,但那样腼腆,像敏感的女人一般,又那样容易怯弱。在他面前,年轻的保罗感到很有自主力,能够蔑视以往使他觉得痛苦的一切琐事。这个米罗亚，克里尼茨基的恭顺的学生，看来比保罗更无助和羸弱，或许正因为如此，他竭尽全力逃避到强壮的克里尼茨基的羽翼下，皈依克里尼茨基宣扬的学说，因为软弱在那样的学说中是一种品德，甚至是一种力量。

"你要出去吗，保罗？"米罗亚问道，胆怯地触了触他穿着的旧上衣的袖子。

"不！"保罗像突然被问及时习惯地那样撒谎道，"我想到屋外去……"

"好吧！"米罗亚宽容地说，"出去吧，我等你。我想同你谈谈，如果你不生气的话……"

保罗走到屋外，对自己的怯弱特别是令人难以忍受的谎话感到愤怒，绕着木板房走了一圈，回到了屋里。米罗亚在原来的地方等着，保罗确信他没有移动一厘米。米罗亚一看见他，立刻笑逐颜开，仿佛与自己的一个兄弟重逢。保罗虽然对称兄道弟的行为特别反感，但此刻被这个异乡人对待他的那种热诚所感动，特别是在这里，几乎所有人都能直觉到的冷漠的地方受到的这份关注，突然深深地激发了他女性般的温情、他的如此不稳定的情感。他感受到自己缺乏对过去经历记忆的苦楚，不由得悔恨自己形形色色的谎言，它们如同一群庞大而诱人的动物，从他的狂热的大脑中不由自主地冲决而出，连同他的几乎病态的缺乏仇恨的本能，而所有这一切恰恰是因为他没有记忆。

米罗亚将他领到收拾得十分整洁的自己的床前，请他坐下，打开一个廉价的蜜汁糖果口袋，力劝他尝尝。保罗拿了一块，虽然他一点也忍受不了蜂蜜的味道；然后又不得不拿了几块饼干，由于搁得时间太久，从食品店的那个大口袋中取出来时已经半粉碎。米罗亚的过分热情和大方，促使保罗觉得有必要加以提防，于是说道：

"你想用去年的糖果和饼干来收买我的灵魂，米罗亚大叔？"

米罗亚微笑着，整个额头变得通红，瞬间低下了头，然后开口说话，声音十分微弱，保罗不得不俯下身去才能分辨清他在说什么：

"我怎么敢做这种事？你以为能随意呈现在上帝面前吗？与其用伪装和谎言接近他的神圣的'道'，倒不如离他远一点，像盲人一样为好……"

保罗看到米罗亚那么熟练地掌握了自己导师的语言，几乎忍不住爆发出大笑。他低下头，免得被对方发现，接口说道：

"开个玩笑嘛，我也进过教堂……至于信仰……"

"我们为什么谈论信仰呢？"米罗亚问道，想改变话题，感觉到对方对此毫无兴趣，而保罗对于他的温文尔雅的谈吐颇为吃惊，"我希望我们能谈谈，交个朋友，我看到你在这儿有点孤独……"

这一次，轮到保罗脸红了，因为米罗亚是在提议保护他：可能是在两天前早晨，不，或者就在昨天早晨发生了一件事，而米罗亚是见证者。人们在窝棚外面院子里的水井旁安装了一个喷头之类的东西，无论夏天还是冬天，大家早晨都在那里露天梳洗。保罗从那里走回窝棚，一手拿着毛巾，另一只手拿着大块的洗衣皂，米特罗凡诺维奇，塞科桑的朋友，可能是在塞科桑的唆使下，早在门口等着他，用一个琐碎的借口拦住了他，在他不注意的瞬间，抢走了对于保罗的窄肩膀来说过于长大的睡衣——一件家里用粗线织的睡衣。这个腼腆的青年光着身子，满脸通红，试图夺回米特罗凡诺维奇手里的睡衣，而米特罗凡诺维奇拿他的睡衣舞动着，如同斗牛士在一头狂怒的公牛面前舞动红色的短披风一样，只不过眼前是一个皮肤白皙光亮，由于恐惧和不理解而不知所措的永远怯懦的小伙。在场的所有人看到这一幕，不由得笑歪了嘴。最后，保罗放弃了夺回睡衣的念头，跑进屋去，想躲藏在自己"顶楼"的上铺里。过道上，有个他从来没有见过的人用皮带抽了他两下，不太重，但皮带很细，扎进了他的肉里。当他绝望地一头倒在床上，用床单裹住身体，双手捂住脸，以免让人看到他是多么瘦弱和他含泪的眼睛时，另外一个人——或者还是拿着皮带的那个人——在他脸前上上下下晃动着一个沾满油漆的长柄圆刷，烧得他的嘴唇和眼睛生疼，同时又引发了一阵暴风雨般的狂笑，因为此时的他十分滑稽可笑。

或许米罗亚那么含蓄地暗指的就是这个事件："……我看到你在这儿有点孤独……"可能他认为保罗应该仇恨寝室里的所有人。但事实并非如此，他的恼恨只延续了一个上午。随后，他开始逐渐淡忘了一切，原谅那些像孩子一般粗暴地恶作剧的人。确实，到傍晚，所有人似乎忘记了早晨的事件，周围只有那些冷漠的面孔，各自为沉重的生计奔忙，压根儿无暇关注这个渺小人物的命运。

"我没有生任何人的气！"保罗说道，随后很恼火地大声说出了自己的想法，但既然开始了交谈，不得不继续说下去，

"我小时候很想去马戏团干活！在那儿，其他人每天晚上或许会出钱笑我！"

"是啊，"米罗亚高兴地看着他说，"这种生活就像在马戏团！但好在你没有仇恨任何人……人们并不坏，坏人是少数！他们像小孩一样，调皮和喜欢恶作剧！但很快就忘记了……我甚至认为——克里尼茨基大叔对我如此说——人们在对你恶作剧之后，你不进行报复，他们就会觉得有负于你，欠了你债，这样，不言而喻，你就获得了上帝的爱……所以，我认为现在人们亏欠了你！"

米罗亚像惯常那样温和而腼腆地说着，但隐藏不住因能迅速进入讨论，而且如此恰当地复述自己导师的理念而产生的满足感。保罗注视着他，发觉他左手无名指的指甲上有某种特别的东西，而且被隐藏在铁灰色的粗大的大拇指下。保罗十分执着地看着那个地方，想分辨清楚究竟是什么，而米罗亚依然在说着话，直至一个急促的动作露出了无名指，整个指甲暴露在保罗眼前：那不是一个指甲，而近乎是一只动物的爪子，锋利，弯曲成弓形，好似一只鹰爪，覆盖着全部指头肉，将指头挤压得扁而宽。米罗亚察觉了注视他手指头的目光，不由得像一个孩子那样惊慌失措，而保罗感到十分羞愧，觉得不应该如此失礼地注视人家的手，表明自己已经注意到那小小的残疾，使得一个那么热心肠的人难堪。

米罗亚戛然停止了讲述，迅速把手藏起来——近乎是手自动隐藏起来一般，就像被外来的偷窥惊着的一只动物那样，随后或许想起了克里尼茨基，终于战胜了自己，摊开拳头，指着

91

那个手指对保罗说：

"天生如此！"他直截了当地说道，"你觉得恶心？"

"不、不！"保罗使劲向左右两边摇着头说道，"我怎么会呢？我不会……"

但是，米罗亚重又那样温和而高兴地注视着他的眼睛，以致年轻的保罗感到语塞，刹那间不由自主地变成了那个心慌意乱的弱者。

"你知道大叔每夜用一条细铁链捆住前胸后背吗？"米罗亚对他耳语道，仿佛克里尼茨基能够听见他们说话似的。

"是吗？"他无所谓地问道，刹那间觉得自己给加什帕尔讲的关于米胡齐和半夜洗脚的故事并非那么荒谬。

"他是个圣人！"米罗亚强调道，"骂不还口，打不还手……"

"但有谁敢打他？"保罗不屑地说。

"有人将打他！"米罗亚用奇怪的肯定语气说道，"有人害怕他，仇恨他，将会打他！离这样的日子不远了……"

"但有谁会仇恨一个做善事，与任何人无冤无仇的人……"

"人们都爱你，"米罗亚稍微有点激动地说，"他们抢走你的睡衣，戏弄你的眼睛……揍你，像揍孩子们一样，但不仇恨你，因为你是温顺和天真的，像一只小鸟，因为你比他们文弱，所以他们爱你！但是，大叔是一个强大的人，比这儿的所有人加在一起更强大，这是他们不能容忍的……他之所以强大并非因为身强力壮和有厉害的拳头，也并非因为脾气暴戾吓人……不，对此人们有时尚可原谅，因为肉体的强壮是羸弱和暂时的……不，他们之所以仇恨他，要置他于死地，是因为他心地善良胜过他们……上帝赋予了他战胜肉体冲动,驾驭和驯服肉体的伟大力量!他最伟大的斗争不是同他们的斗争,而是同自己肉体的斗争,他不断驯服肉体,害怕肉体如同魔鬼!我们其他人,特别是'他们'!"说到"他们"两个字时,米罗亚顷刻间充满仇恨,两眼冒火,保罗不由得对他如此爱戴克里尼茨基感到惊讶,"经常被毫无价值和很快就会消逝的自己的臭皮囊所征服,那无非是一种惩罚、苦难……不过,我本不想对你说这一切!"米罗亚恢复了镇静。"如果以后出于自愿……你难道不想与大叔谈谈吗?"他突然说道。保罗不由得大吃一惊,红着脸像往常一样说谎道:

"对,怎么不想……我很想……"

米罗亚站立了起来,保罗也跟着他站起来,以为对方立刻将领他去见此时不在寝室里的导师,但米罗亚温和地用手压着他的肩膀,眼里充满兴奋和热情,对他说道:

"现在还不行,大叔正在读经,不能打扰,但如果你继续住在这儿,他将会认识你……他甚至对我说过,我能带你去!"米罗亚随后转身离去,将保罗留下坐在他的床上,保罗独自低着头,踮着脚尖在屋里踱步。

"这些人为什么不去教堂?"保罗忽然想道,但立即感到后悔,觉得自己的这个疑问颇有点不怀好意,无异于壮小伙子塞科桑及其走卒米特罗凡诺维奇——整个寝室都害怕的那两个作恶多端的恶棍的行为。而且,他马上想起这些人读《圣经·新约》的神态不同于任何官方教堂,而这正是他们的骄傲所在:以最纯净之心诵读神圣的经典,不带任何偏见,不求任何功利。

第七章

过了一会儿，大约半个小时之后，保罗站在中学生丹与他的朋友，名叫盖尔加——迪克·盖尔加的修理车间学徒一起甩牌的小椅子旁。这两个小青年太专注于玩牌，压根儿就没有察觉保罗的存在。保罗虽然比他们年长，却以遏制不住的热情参与他们打牌的激战，两只脚轮换跳动着，有时惊异或者激动得大喊大叫，高声发表评论，对种种没有人理解和听说的出人意料的战况指指点点，好似觉得自己依然年少；而那两位在单调的啪啪声中把油腻腻的纸牌甩在漆成绿色的小椅子上，似乎已经被长期的地狱生活磨炼得十分迟钝和麻木。两人当中的一个，丹或者另一个——杀气腾腾的矮个儿、满脸大脓包、一头黑发油亮亮的盖尔加，时而抬起惊异的目光，看一看站在他们身旁，那样大喊大叫地表达着他们隐藏在心头的情绪起伏的这个人；而保罗虽然比他们俩年长，却早已沉迷在其中，红着脸莫名其妙地害怕说错或者做错了什么，惹玩牌的人生气。然而，那两个人对他十分蔑视，完全被牌迷住了，懒得同他哪怕说一句话。于是，纸牌不断在令人难以忍受的啪啪声中飞舞着，保罗重又热血涌动，两只脚轮换跳动着，双手插在腰上，叽叽嘎嘎笑着，脑袋在女人般的纤细的脖子上朝四面八方扭动着。

克里尼茨基在米罗亚陪同下,迈着缓慢的步子走进了寝室,在两个继续玩牌的麻木不仁的人身旁站住了。保罗以为这个魁梧的人是在找他,于是离开两个玩牌的小伙子,走近米罗亚的床铺。但是,无论是克里尼茨基或者米罗亚,都没有看他,两个人都停在了他刚才站着的地方,似乎也想观战。

克里尼茨基默默地观看了一分钟牌战。随后,看到两个小青年连眼睛也没抬一下,完全漠视他的存在,便将一只磨出了厚厚的老茧的大手放在中学生的肩膀上,用低沉得近乎耳语的声音对他说道:

"孩子,如果你不生气,我想找你谈谈!"

"找我?"中学生问道,皱起了满是雀斑的脸,"要找我谈什么?"

"想问你点儿事,"克里尼茨基温和地坚持道,"嗨,跟我到外面去,只需两秒钟。"

丹沉默了一会儿,好似没有听见一般,继续玩着牌,然后粗鲁地说:

"现在我没空,干吗烦我,你没有看见吗?我同你没有什么可说的……"

克里尼茨基什么也没有说,只是呼吸沉重起来,鼻翼开始急剧扇动。

"你不害臊吗?"站在克里尼茨基身旁的米罗亚脸色激愤得通红,接口说道,但声音像克里尼茨基一样很低,近乎耳语,"不愿把魔鬼用来收买你的这罪恶的纸牌从手里放下一会儿吗?"

"你也在这儿?"丹龇牙冷笑着问道,继续玩着牌,"我应

95

该想象教堂司事就在近旁吗?!"他继续说道,手里始终玩着牌,说话声音懒洋洋的,"你们在我们的脑袋里灌输哪门子神圣的礼仪?"

盖尔加一言不发,但很显然不满意这一幕他很不理解的场景。

"对!"克里尼茨基叹了口气说,"我们想问你没有负罪意识吗?你没有做过……"

"不,神甫,"丹不耐烦地打断他的话,"我的意识像一个摇篮中的婴儿、一只初生牛犊。当我发生什么事情时,我会去找你,我向你保证!立刻奔向至尊阁下!"

克里尼茨基站在原地,一动不动,不说一句话,只是呼吸变得粗重、剧烈,神情凝重,竭尽全力保持着平静。

"你胡言乱语什么!"米罗亚突然用他的尖厉声音大喊道,保罗吓了一大跳,而躺在床上的一些工人也开始注意,翻动着身体,或者用手肘撑着坐了起来。

克里尼茨基用一只手轻轻抓住米罗亚,让他平静,而另一只手伸进自己的旧工作服——他任何时候都将扣子一直扣到脖子——的一个大口袋里拿出了他习惯于每天晚上朗读的那本书——他的基里尔字母的《圣经》:

"但这是谁干的?"他指着书,以同样的克制的声音对中学生说道。但中学生根本不理睬,继续玩他的牌,虽然书的布封面几乎触到了他的脸颊。然后,他不屑地回头看了一眼,一面甩着牌一面说:

"我不知道,谁干的?!"

于是，克里尼茨基失去了平静的惯常神态，将书放在小椅子上，压住了纸牌，开始在小青年眼前翻阅，一面喘着粗气，一面翻动着书页说：

"还有这个！这些呢？这些乌七八糟的东西呢？啊？还有这些呢？这些？这些？这个呢？"

克里尼茨基急促地说着，气喘吁吁，近乎在抽泣，不断翻着满布细小的基里尔字母的书页，上面涂抹着淫秽的图画和不堪入目的字句，犹如公共厕所墙上那种红蓝铅笔的涂鸦。

中学生始终镇定如若，看着克里尼茨基指给他看的东西，厚颜无耻和厌烦地卷着下嘴唇，然后，看到对方颤抖着巨大的身体，注视着他等待回答，便开口说道：

"我压根儿不关心谁干的……你知道我没有任何画画和念书的天才……"

"但这是什么人的？"米罗亚爆发出尖声的喊叫，从他穿着的背带工装裤的后面口袋里，拿出一个四分之一露在口袋外面、封底封面印着一个个小立方体的厚笔记本，从夹页里抽出一支一头红一头蓝的铅笔，拿到丹面前。

丹看也不看，就伸手抢了过去，见到米罗亚要夺回去，他冷冷地说道：

"滚开！"他不偏不倚地把一口唾沫吐在了还试图夺回铅笔的米罗亚手上。

米罗亚愣住了，茫然不知所措地看着自己的手，压根儿没有料到竟会发生这样的事情。克里尼茨基似乎并未察觉发生了什么，《圣经》遭到如此亵渎使他震惊莫名，他仍在注视着书，依然不敢相信。丹看到两个男子没有动,没有一个敢对他使用暴力,不由得嘻嘻笑着看了看站在他面前扭过头去不愿参与这出剧的盖尔加。然后,他将小椅子和自己的肩膀扭转过去,面对着那两个人,把一支香烟先掐成两段,然后点上抽着。

"你怎么能这样,孩子?"克里尼茨基呻吟道,"你不知道自己犯下了大人们不敢犯的重大罪孽?你竟敢在《圣经》和上帝的圣言上留下自己的肮脏灵魂的烙印?可怜啊,你的父母!可怜啊,在坟墓里依然没有完全腐烂的你的父亲……"

"大叔!"米罗亚用刺耳的声音喊道,"这个下流胚为什么不遭雷劈?你为什么不用这些木条狠揍和堵住这家伙的嘴?你听他说些什么!"他瞪眼看着丹说,而丹站起身来,扔掉了依然捏在手里的火柴,向着敞开的门走去,在门槛上站立了片刻,漠然看了看天,随后走了出去。

米罗亚想快步跟上去,但克里尼茨基使劲拉住了他的胳膊。于是,米罗亚一脚朝面前的小椅子踢去,把它踢飞到了墙上,椅子上的纸牌在寝室的污浊空气中散落一地。

从一张床上站起来一个花白头发、年纪不很大的男子,跟在中学生后面走了出去;传来一记猛击的声音,接着是一声尖厉的哀号,随后,可能是中学生抱头鼠窜,落荒而去,因为从外面传来一个沙哑低沉的声音在喊道:

"无赖,我为你老爹饶了你,但别再让我在这儿抓到你,否则打烂了你的屁股,小流氓……"

片刻后,传来那个人往回走的脚步声,于是仍然坐在小椅子上的盖尔加迅速站起来,躲得不见人影。幸而他躲得快,因为那个揍了丹的工人回来后，愤怒地用眼睛四处寻找他，随后皱着眉头爬上了自己的床，避免尴尬地看到克里尼茨基像一个大孩子一样站在那儿，手里仍然拿着他那部遭到亵渎的《圣经》，神情沮丧，似乎依然不敢相信眼前发生的一切。米罗亚在克里尼茨基身边站着，失声痛哭，他那被辛劳夯实的宽阔、强壮的身体，在他穿的打着补丁的薄薄的丝绸衬衣下紧绷着的厚实肌肉，强压着内心不可理解的时断时续突发的痛苦战栗。这两个已经处于生命下坡道上的人突然感到很孤独，一个坐在床上，另一个站立着，肩膀倚着窗户，震惊得欲哭无泪。这奇怪的一对，虽然并非恋人，却以几乎孩子般的伟大想象力，共同领会着一本如此古老的书籍的简短故事及其隐喻。这是一本不能在任何教堂里诵读的令人生畏的书，但这种恐惧是自豪之源。这样的现实是伟大的，与他们诵读的故事中的往事一样伟大，唯其如此，他们可以坦然面对其他人的冷漠或者困惑的眼光，在这种自豪感的心灵之盾保护下终老，死亡，复活。

保罗极其专注地观察着整个事件的始末，是唯一在这些场景中凭直觉领悟到某种含意的人，理解两个成熟、强壮、饱经生活磨难的男人，为什么为了在其他人看来如此琐细和无谓的小事，感受到近乎戏剧性的绝望。他几次想接近他们，米罗亚曾对他说过，克里尼茨基想认识他，但每次都放弃了，因为预想自己不会受到欢迎。人人害怕冒失和出乎预料，即使是这些主张宽容的人也概莫能外。在保罗的如此混乱和滑稽的记忆中，确定无疑飘浮着的只有一件事情：永远不可能认识被称为——或者被其他人称为——生活的这只奇怪的动物，对于他来说，对付这头怪兽的唯一武器就是恐惧。

就在他这样站着，不断鼓励自己走过去几步，跨越他与米罗亚倚着的窗户之间的这段距离之时，他瞥见米罗亚转过身来，迈着缓慢、沉重的步子从他身旁走过，旁若无人地走到相邻的铺位上。克里尼茨基依然保持着同样的神态坐在床上，手里捧着书，那样沮丧和悲哀，保罗第一次见到这个充满男子汉气概的庄重的人如此萎靡不振，两眼病了似的毫无光彩，耷拉着，空洞地望着看不见的什么东西，就像患病的动物有时做出的动作那样。

隔了一会儿，保罗重又抬起眼来，发现克里尼茨基身边有一个矮个子的陌生人，金色的头发已经褪色，闪动着敏锐的蓝眼睛，身穿海军蓝套装，裤线笔挺，不知是从哪儿冒出来的。其实，保罗低头看地面才几秒钟，因为他又感到脚痛，所以低下头去，仿佛是想问——就像一个两个月的婴儿或者一只小鸟在发问——自己的两只脚为什么会痛，抑或只是一时的任性给他制造了那么多的麻烦？！

保罗不再惊异于自己缺乏注意力：他自己的各种感觉常常捉弄他，制造出那么奇怪的幻影，以致他开始习以为常，而且想象——多么令人高兴的事情！时间是由空洞的空间构成的，在其中居住着天知道是什么人，有时候，人们的身体能够瞬间穿越巨大的距离，神奇的距离；所以，他能够一秒钟前在只有尘土在飞扬的地方发现汽车，或者在只有窝棚的几乎令人窒息的污浊空气中发现一个神经质的矮人。

保罗惊异地发现的那个身穿深蓝色套装的金色头发的人，

弯腰在克里尼茨基耳边人声说着什么；大个儿吃惊地抬起了眼，然后沉重地站起身，在对方的陪同下走出屋去。

"我们去民警局吗？"克里尼茨基走出窝棚后问道，但马泰亚什——他就是那个头发褪色的人——用一种轻松的口气，不经意地笑着说：

"哪里……你们为什么害怕民警局？嗨，就在这儿吧，去仓库背后……"

他领着克里尼茨基坐到一张长椅上，背靠着存放工厂劳保服装的一个不太大的仓库的墙板。这个仓库跨河而建，所以两个人坐着能听见底下河水湍急的波涛声。他们的正前方，在工厂围墙半遮挡着的相当远处，有一棵粗大的老槐树，没有了树冠，在树干的顶端，树皮长得看起来像一个天然的大鸟巢，而在这个巢穴里确实有一窝鹳。正如儿童画册中经常描绘的那样，一只鹳趴在巢里，可能是在孵卵，而另一只单腿直立着，颜色鲜红，就在仓库的墙壁旁。这只鹳站立在那里，用背上的羽毛按摩着脑袋，长长的喙迎风摆动着。

两个人坐着，早几秒钟先坐在长椅上的克里尼茨基保持着几乎同样的姿态，低着头，粗大的脖子弯成弓形，两只大而长的手掌紧握着，垂在两膝之间。军士长落座之后，似乎后悔自己邀请了对方出来交谈，左右摇摆着身体，很不自在，随后开始说话，看来或许是想尽快脱身：

"是这么回事，我不喜欢兜圈子：我接到命令向你讯问关于西蒙卡的案件……"他显然是在撒谎，是他一个人在主持审案，亚列山德雷斯库早已回到区里，而康布里亚忙于一些不重要的办公室事务，庆幸有马泰亚什在场并被正式任命负责这桩案件。区里再也没有任何人下来办案，因为西蒙卡还没有死，一切被归结为一桩简单的事故或者偶然事件。但是，马泰亚什十分积极，自讯问列卡的那个早晨以来，他就开始睡得很少。

"我讨厌这整桩案件！"马泰亚什说道，弯腰厌恶地朝脚下吐了口唾沫，"我受够了这种肮脏罪案，堵塞着喉咙让人想吐。贝扬——本地民警局的头头，康布里亚的上司——去看他的岳父母了，区里的所有人都去海边度假了，一个助理在医院里，我的直接上司和我……那么，你对列卡怎么看，相信他是罪犯吗？你认识他吗？哎，你坐着，"军士长着急了，"你认识西蒙卡吗？"

克里尼茨基疲倦地转过头来，望着他的眼睛。马泰亚什的脸微微发红，莫名地微笑着，那是少年期的一个遗痕，一种犹疑不决、半孩子气的微笑。他掏出手帕，擦拭着想象中的汗水，来掩饰感觉到正在爬上脸颊的红晕。

"天很热！"军士长补充道，似乎厌烦侦查。

"你们为什么关押一个无辜的人？"克里尼茨基说。

"谁？列卡吗？你从哪里知道他是无辜的？"

"所有人都知道这一点。一个像他那样的人不可能杀人；你们，握有对活人控制权的人，怀疑一切人，但没有一个人是为杀戮而生的，这是一种突然降临的不幸，是上帝的一个大惩罚……"克里尼茨基补充道，仿佛猜到了军士长带着暗笑在想什么，"你别以为我之所以对你这样说，是因为我在读《圣经》。这并非出自书本，而是我们的农民，任何一个有清醒判断的人这样想的事情：杀人是来自上天的惩罚！"

"对谁的惩罚？"马泰亚什为了适应这种半神学讨论的快速，敏捷地问道，"对杀人者还是对受害者？"

克里尼茨基艰难地移动着他的宽大的肩膀，俯身看着始终贴在两膝之间的双手：

"谁能知道？我认为是对于杀人者……受害者——死人得到宽恕……"

"但是，如果死时不忏悔呢？带着负罪的灵魂呢？"马泰亚什打断了他的话，像一个对"克里尼茨基的情况"了若指掌的中学生一样感到很兴奋。

大个儿克里尼茨基没有回答，马泰亚什迅速补充道：

"如果受害者压根儿没有死，而是终身残疾呢？"

克里尼茨基轻轻地摇摇头，没说一句话，而马泰亚什用不熟练的动作点上了一支烟。每一刻，都有东西可能从马泰亚什的手里掉落下来：火柴、烟盒，还有一支铅笔，他无缘无故地把它从口袋里拿了出来，然后惊异而不耐烦地看着。

"我认识列卡很久了，"克里尼茨基说道，算是回答军士长的第一个问题，"还有他的家人，我了解他，关于他，我可以说是一个良心纯洁的人。我是可信的，因为没有任何东西促使我维护他，他总是口出狂言来反对我，许多次引得人们哄笑，而这些人本来很可能听我讲道，走向灵魂的净化……"

随后，克里尼茨基敏捷地将头转向马泰亚什，快速地说着，使得对方大吃一惊：

"但是，凡是对人稍有识别能力的，都能洞若观火，一眼看出……"

"什么?"

"怎么?"克里尼茨基说道,"一个人竟然动手攻击像一座山一样的西蒙卡,不就是这样吗?他用自己的背就能将三个列卡摔倒在地!"

"他出其不意,进行突然攻击!"马泰亚什赶快说,但克里尼茨基没有回答,略带轻蔑地耸耸肩。被这种神态触痛的马泰亚什俯身贴近对方的耳朵,虽然附近没有任何人,低声说:

"我也是这样想,但……检察官下令拘捕!他下了命令,就回到他的敞亮的办公室去了……或许这儿没人会煮像样的咖啡!"他独自对自己的俏皮话笑道,两手抱着左膝盖,轻轻地提起来。

"罪过!"克里尼茨基严肃地说,"将一个无辜的人关起来!"

"但你是一个聪明人,你认为谁是罪犯、凶手?"被对方采取的诱导语气激怒的军士长问道。

"侦查他不是我的事!"

"所以你认为只有一个强壮有力的人,才敢动手?"军士长用眼梢瞄着他问道。

克里尼茨基耸耸肩,低头看着地上,伸直了指甲直剪到肉的食指,耐心地等着一只瓢虫迟疑地沿着一片酸模叶的边沿爬上他的指甲,然后将手抬到眼睛前,静静地注视着瓢虫,好似忘记了马泰亚什。

"我听说,"军士长犹疑地开始说道,"晚上,在寝室里,你给大家朗读一本书里的种种……"

"对，"克里尼茨基加重语气说，"我从十五岁开始就在这家工厂里干活，并且给他们读《圣经》里的《使徒传》!"

"你也尝试过给西蒙卡读?"

克里尼茨基惊异地看着军士长片刻，然后说：

"不……我没有给他读过！我只给那些感到有意义的人读……"

"你知道……"但马泰亚什仿佛噎住了似的中止了，发觉如果引导对方回答其信仰问题，或许是做错了。不言而喻，这是一个许多人早就提出过的问题，对此或许已经有现成的答案。于是，他断然决定改变话题：

"你同西蒙卡最后一次交谈是什么时候？日子和时间、钟点，尽量准确！"

"同西蒙卡经常交谈……"克里尼茨基迟疑地开始说，"最后一次应该是星期六，噢，不对，记错了，是星期日早晨。他来找我，因为他知道星期日早晨……"

"你又在撒谎！"马泰亚什严厉地说，跷着二郎腿，下意识地抖动着他的小得可笑的红色高筒靴。

克里尼茨基奇怪地看着军士长，挺直了肩膀，两眼刹那间射出闪电般的光，但对方平静地补充道：

"你在撒谎，布道先生！你违反了第五条戒律！我要给你讲一件你知道得比我更清楚的事情：你是看到西蒙卡活着的最后一个人！你同他交谈后不到一刻钟，他就倒在地上，头躺在血泊里。"

"闭嘴！"马泰亚什大喊道，"别否认，米奥克看见了你，克里尼茨基先生,你认识米奥克吗?"

"认识。"克里尼茨基说,声音有点沙哑,"确实,他进来时,我正在同西蒙卡谈……"

"谈什么?"军士长看到对方语调变软,不由得兴奋得跳了起来。

克里尼茨基沉默不语,看来不想太快开口。

马泰亚什在长椅前来回踱了几步,就像在他自己科室的办公室里一般,然后,虽然在克里尼茨基面前自得地站着,却好似坐着:他站着也只达到坐着的人高马大的克里尼茨基肩膀的高度,或者他自我感觉如此。于是,他说道:

"克里尼茨基先生,如果我现在就把你抓起来,连一双袜子也不让你拿,你怎么说?"

马泰亚什严厉地——与他的模样颇不相称——看着克里尼茨基,但克里尼茨基无动于衷。军士长又陷入沉思,发觉对方似乎很喜欢被抓起来:那是求之不得的殉道,可以提高他在布道听众眼里的地位,军士长听说,在这些听众当中颇有几个狂热分子。

"做你们认为该做的事!"克里尼茨基突然沮丧地说,但这种沮丧有着完全不同的原因,马泰亚什凭直觉注意到了这一点,虽然他丝毫也不知道中学生——伊琳娜的继子亵渎《圣经》的闹剧。

"但是,你为什么撒谎?"马泰亚什吼道,贴着他身旁坐到了长椅上,"你怎么能撒谎?怎么能撒谎?"军士长几乎绝望地重复道,又用手帕擦拭着皱巴巴的额头。夕阳直射在他的脸庞上,完全暴露出了他的稀疏头发掩盖不住的贫血脑袋的浑圆。他确实有一个像玻璃球一样的圆脑袋,一个不安分的老小孩的脑袋。

"你同西蒙卡谈了些什么?"军士长问道,"全部说出来,别企图隐瞒!别把情况搞复杂了,克里尼茨基!"

瓢虫在那一刻飞走了,克里尼茨基追踪着它,目光是那么欣喜、明澈,顷刻间,远离了两个人之间的这场斗争,以致马泰亚什在长椅的薄薄木板上烦躁扭动着,对自己很不满意,试图把怒火撒向克里尼茨基这个布道者,尽管并不成功。

"西蒙卡,愿你得到宽恕!"克里尼茨基说,神情依然很开朗,因为整个工厂都以为铁匠已死,当局从未辟谣,"西蒙卡严重侮辱过我,伤害我直至心灵深处,很少有人敢这么做,愿上帝怜悯他的灵魂!因此,只因为此事,我不愿意重提那天早晨……星期二早晨我们的谈话,因为我知道你会找我刨根问底,直至挖出最后一句话,而我不愿现在,在他已经死亡之时,重复他的错误、他对我所犯的罪孽。了解我们谈话的内容,对你毫无用处,那是已经埋葬在我们两个人之间的某些东西……"

"你是在自欺欺人,让人尊敬的先生!"马泰亚什咆哮道,神情比他想表露的严厉得多,又是他的冲动在作怪,"这是一次正式的讯问,你必须立即竹筒倒豆子,全部说出你知道的一切,否则……"

"又怎样?"克里尼茨基问道,态度温和,却带着轻微的讽刺,马泰亚什由此明白一个像他这样的人是不会轻易被镇压机器吓倒的，也不会轻易被肉体所经受的痛苦压垮。相反，他乐于接受肉体痛苦的磨难。马泰亚什脑海里不禁像闪电一样闪过一个想法："无论如何，在这肮脏的整个案件中，我们不需要什么烈士！"

"快说！"军士长以一种虚假的自发态度吼道，"你以为我喜欢自己正在做的一切吗？这肮脏、腐臭的职业促使你怀疑所有人，低三下四对待……你听着！"他急忙补充道，"你以为这么卑鄙的一件命案的罪犯必定会束手就擒，不进行抵抗吗？"

克里尼茨基转过头来，毫无表情地看着他，而马泰亚什在座位上不停地扭动着，迅速补充道：

"如果一个人残害他同类的生命，就必须也在这儿，在此生中受到惩罚，你不认为是这样吗？我觉得，在当时，我想是星期二的大约前两天，你向人们讲解的恰恰是这个观点，正如你现在所说的这个信仰……"

"你相信吗？"克里尼茨基突然问道。

"我吗？"马泰亚什有点发蒙，"但为什么……"随后，他回过神来，以儿童般的狡黠神情微笑着说：

"我或许会信，按照我的理解……你也是只按照你的理解，并不赞同教会的观点……"

"教会是一个官员们的机构，像任何其他机构一样……是一个行政机关，"克里尼茨基说，话中第一次带着某种激情，"信仰必须留在民众中间，神甫们歪曲信仰，曲解信仰，或许罪不在他们！但是，当我们在这儿，这俗世人间建立后世的帝国时，就发生了这样的事情。遵循信仰的轨迹，不可能得出任何俗世的功利!"他铿锵有力地总结道。

"但怎样和解……"马泰亚什吼道,突然欲言又止,努一努自己的嘴唇。

"但愿吧!"他最终不满地接受道,"这个问题与我无关!是你和那个组织的事情……"但他没有说完自己的话,因为一个突发的念头刺激着他,他以完全不同的目光闪电般地瞥了克里尼茨基一眼,但对方沉默着,漠然看着地上。

"你别以为你的观点只关系到你自己……"马泰亚什说,仿佛突然受到了刺激,"你对人们所说的一切有某种影响,甚至相当大的影响,你是一个有威望的人,而且……也是一个有智慧的人,一个强有力的典范,因此……"

克里尼茨基相当迅速地站起身来,用干巴巴的且有点疲惫的声音说道,仿佛这样的话已经听过许多遍:

"军士长同志,我不认为这与你的侦查有关……你是否还有同可怜的西蒙卡相关的问题要提出,如果没有……"

"少安毋躁!"马泰亚什颇为吃惊,但看到对方已经准备离开,便也站起身来,却猛地感到对方出奇的身高气势压人。他开始在原地焦躁地晃动着,觉得比刚才坐在长椅上更不自在。于是,他下决心说出早就想说的话,断断续续地说道:

"克里尼茨基同志,我请求你告诉我命案发生前一刻你同受害者谈话的主题!你被证人瓦西里·米奥克见到,而在你之后,没有任何人进入过锻工车间……你是见到他活着的最后一个人!我正式提请你注意,你所说的一切将被记录在案。"

"凶手之外的最后一个人!"克里尼茨基微笑着说,在某种程度上带着说笑的意味。

马泰亚什没有回答,皱着眉头等待着。

"我同西蒙卡的谈话丝毫也帮助不了你!"克里尼茨基平静地说,"这是我的一个秘密,我认为将它提供给你们作为笔录是不恰当的。"

"你是一个具有暴力倾向的危险分子!"马泰亚什开始喊叫,他的矮小的身体不断跺着鞋跟蹦跳,"你,克里尼茨基,请你别考验我的耐心,我强烈地请求你别太过分……"

克里尼茨基轻松地笑笑,神态是那样天真,以致马泰亚什气得脸色发白,感到心底里受到了侮辱。随后,克里尼茨基一言不发,转身走了,把军士长目瞪口呆地留在了原地。

"克里尼茨基!"马泰亚什喊道,"等一下,克里尼茨基!"

大个儿克里尼茨基站住了,军士长在他后面奔跑着,或者只是快速地走着,但他的矮小的个儿,他的小短腿胡乱地移动着,给人感觉步子既急促,又不稳。

"克里尼茨基!"马泰亚什赶上他后,站在他身旁指责道,"你为什么这样?难道我们是你的敌人?我是你的敌人?"

"不知道,"克里尼茨基说,"但你甚至不敢穿你正在从事的职业的服装……你在窥视我……"

"我的服装?制服吗?但是,克里尼茨基,没有必要那么大惊小怪的……要知道,这也是我的服装!我像任何一个公民一样,像你一样,有权穿它!"

"我不能以任何方式帮助你,军士长同志!"克里尼茨基温和、严肃地说。

"不对！"马泰亚什咆哮道，"你知道可能对我们大有帮助的某些事情！但我来告诉你为什么你不愿说出点滴内容：因为这是你和死者的一个秘密，或者，对！"他看见克里尼茨基的眼神变得十分严厉，改口道："当然，是这样，但不是第一位的原因。你不认为事实上我们正在寻找罪犯，你出于……你的信仰，反对惩罚的观念，你简单地希望……请理解我，我并不想侮辱你，现在问题不在这儿，无关乎我的或者你的感受。如果你愿意，我可以任何时候将我的感受踩在脚下，宽容他人的感受……归根结底就是这样！我只想对你说一件事：这儿谈论的不是老生常谈的空话，无论它们是多么真实和崇高，而是一个事实、一桩犯罪、一个事件，它是始终与某种观念对立的，因为一桩犯罪是一个特殊的事实，一个深刻特殊的事实！你不应该将神的审判与世俗的审判混为一谈。你的精神、你的思想可以属于神的审判，只要你愿意；但你的肉体现在是我的，属于我，无论……归根结底就是这样！只要你的精神居于这个肉体之中，那么它必须考虑另一种审判、另一种权力，否则你的精神可能会对肉体作恶！我知道——知道！"马泰亚什看到克里尼茨基脸上出现的桀骜不驯的表情，急忙补充道："你们这些在教会外布道的所有人，都渴求肉体的痛苦，当然，我说的是你们当中最优秀的人！这将会增强你们的威望和力量！请你理解我！"军士长急急忙忙地说着，唯恐克里尼茨基可能重又转身离去，把他冷落在那儿。"我同你的信仰毫无瓜葛，相反，作为共产党员，我或许也会喜欢，因为你们，或者你，根本不满意教会，不满意信仰的官方化，不满意信仰的行政组织，不满意它的世俗化。事实上,你是一个革命家,一个按自己的方式行事的革命家!对,对。你反对信仰被纳入其中的种种反动形式,你反对旧类型的机构,实际上你甚至反对信仰中的组织观!你反对教士,我们也在这样做,我们——共产党员首先反对教士……但是,请注意,现在我们谈论的不是这个问题,所有这些,你或许比我知道得更多,因为你是个智者,经验丰富!我只是想说,你应该帮助我们,帮助司法部门履行其义务!你为什么把自己封闭在你的蛋壳里?你瞧,你想让我告诉你一个秘密吗?你或许会被捕,是我竭力反对!不仅如此,我还反对传唤你到民警局进行正式的讯问!我们在这儿只是进行谈话,如果在某种程度上使你感到屈辱,惹你生气,那么请你原谅我,我丝毫也没有适合于这种职业的天性,脾气急躁,不能克制自己,往往与其说得罪了应该得罪的人,毋宁说是自己感到恼火……我还想对你说一句:要知道,并非所有从事这项工作的人,所有穿这身衣服的人都像我一样。许多人很粗暴、固执、残酷,而具有你这种观点的人首当其冲,成为怀疑对象,这不仅是因为他们按老一套进行思考,也就是说,根本不加思考,不是因为懒于思考,而是出于害怕思考!他们不会考虑恰恰是你比其他任何人更不可能是……更不可能做……"

"我可能杀人!"克里尼茨基帮他把要说的话说出来,看了小个儿军士长片刻,满脸无限的悲哀,以致马泰亚什吓了一大跳,长长的几秒钟开不了口再说下去。

"所以,你必须向我陈述!"马泰亚什过了一段时间之后继续说,声音更加低沉,试图控制刚才讲话的煽情语调,"否则或许会产生严重而可怕的误会,甚至比犯罪更加有害!请理解我,克里尼茨基!"

克里尼茨基沉默不语,低着头,背着两手,仿佛在考虑如何摆脱这个令人讨厌的小个儿军士长。见此情景,马泰亚什迅速补充道:

"当然,未必一定要在今天讲,如果你不愿或者觉得不能……克里尼茨基,理解我,事情必须尽快解决,你的帮助是最宝贵的帮助之一!你说吧,你乐意一个无辜的人为真正的杀人犯抵罪……眼看列卡被判罪,是吗?"

克里尼茨基观察着这个不安分和如此不可预料的小个儿,脸色十分凝重,仿佛是想猜透所有这些话背后究竟隐藏着什么含义,随后说道:

"任何人都无权审判他人,审判他的同类!谁是罪犯,谁是无辜者?"

克里尼茨基说话时断时续,常出现间歇,仿佛懒得啰唆,或者常常有点心不在焉,关注着其他事情。马泰亚什觉察到这一点,早就感到对方始终处于这种走神的状态,不由得满心悔恨,抱怨自己不够老练或者不够强大有力,不能引导对方精神集中于犯罪这个主题。

"你应该履行你的使命、你的义务,"克里尼茨基继续说,似乎出于礼貌,又出于怜悯对方如此劳累才说话,"我履行我的使命和义务……我不能给予你们丝毫帮助……但是,如果为了找到罪犯而必须把我关起来,必须嫁祸与我,我不反对!我不同一个孩子抗争!"克里尼茨基稍微有点愤懑地说,"一个孩子无论多么坏或者无知，可以拉着我的手，领我到他想去的任何地方！我只是一个人，军士长同志，仅此而已！我甚至不要求让自己平安，如果需要有人抵罪的话，与其抓捕列卡，那个有家庭困难的老人，倒不如抓捕我……我知道！"克里尼茨基稍停片刻后补充道，"你认为我不理解你，或者我固执己见，我还是要对你说，"他深沉地看着马泰亚什的眼睛，重复道，"如果需要有人抵罪，那么我准备好了，很早很早就预先准备好了为这桩命案抵罪！那么何必抓一个人，抓列卡或其他人抵罪！我孤身一人，没有任何人需要负担，我的工作任何人都能顶替……"

"包括晚上你朗读《圣经》时的听众吗？没有了牧羊人，羊群怎么办？"

克里尼茨基注视着马泰亚什的脸，观察他讲话的神情是否在挖苦自己。他严厉地看着对方，身体的最微小的神经都在颤动，眉头紧皱，他那黑色的粗眉毛宛若鸟儿的翅膀飞舞在他的额头下，而它们的尖尖的喙刺入了他的脑门：

"没有什么羊群，只有我这么一个孤独的人……我称不上什么牧羊人，也不为任何人读经，尽管有人还在听我朗读……我只为自己朗读，即使有时提高了声音，也只是为了自己听得更清楚，因为我的心是聋的！有谁敢于教导其他人，即使有这样的勇气，又有什么用呢？我们这些大人，是十分无能的，永远会出现个把孩子恶意嘲笑我们，但也谈不上什么恶意，而只是我们与生俱来的无能或者愚蠢！"

"那么说，"马泰亚什诧异地说，"你同意我们惩治你，拘捕你,审判你,来顶替真正的罪犯?虽然……"

"……我们在用什么语言讲话?"克里尼茨基继续着自己的独白,仿佛没有听见军士长的话,而军士长再次被他开始讲话时出现在脸上的强烈悲哀神情所打动,瞬间理解了克里尼茨基之所以如此突然地想从他身旁离开,只是因为不愿意在一个陌生人,特别是一个奉命侦查所有人、怀疑和捕捉一切的人面前敞开心扉。"我们在用什么语言讲话?"大个儿克里尼茨基问道,"谁懂得我们的语言?你看,鸟儿在果树和屋檐上讲话,而我们,聪明的人们,听懂了什么,什么也没有听懂!但有谁理解我们?或许,果树也在彼此交谈,彼此理解,你看,它们彼此何其相像!还有河流、沙漠,以及一切在这个世界上运动着的东西,因为,即使是石头也是在运动,但对于我们的眼睛来说,运动得太慢了;或者当我们累得倒下时,黑夜也在运动,因为这个世界使我们太紧张了!而有谁理解这一切?但对于我们,有谁理解,除非与鸟儿们相比,有谁比我们更和善,更强壮,更不知疲劳,更聪明,俯下身来对我们说:'瞧,我将给你们发一个符咒,你们用这个符咒能够走出你们的牢狱,因为不理解难道不是一个牢狱吗?而小鸟或者雄鹰虽然自由飞翔在空气中,难道不是被关进了没有人能看得见的它们的坟墓之中?!无论它们用自己的铁喙怎么狠啄空气,也不能从中飞出去!我给你们一个符咒、一种话语,给你们话语,这将是我的话语,你们可以用它来复活……'"

克里尼茨基讲话时始终极度疲惫或者极度失神,但没有戛然而止,似乎明白自己身处何地,简短而有礼貌地说着:

"我不知道你想从我这里得到什么！如果是那个我早就认识的人的死亡问题，那么我不能给你任何帮助。我同你毫无瓜葛，但现在我必须离开了……"

他转过身去，慢慢地走了，背稍有些驼，而马泰亚什原地站着，对自己很不满意。但是，克里尼茨基的眼睛依然在敏锐地闪烁，仿佛他的眼睛、他的目光比整个身体——疲惫或者劳苦的身体更具青春活力。

在小城的主要街道，大家称之为"科尔索"的林荫大道——一条笔直的宽敞街道上，有各种商店、电影院、一家旅行社、一个剧社、一家干洗店，等等。在一家面包店的橱窗前，蒂图斯·格尔达身穿一套他所说的无可指责的西服，双手插在口袋里站着，透过玻璃橱窗观望着灯火通明的商店，里面有大约二十个人在排队，急着在打烊前买到一个面包。

晚上九点钟左右，天黑得很慢，温和的黄昏赋予了光线明淡不同的层次感，依然清新的空气甜丝丝的，科尔索大道两旁种植的间距宽阔的大树的树冠，仿佛是一群群正在歌唱的头发披散的女人，她们的袅娜身姿有着令人难以相信的非对称曲线的另一种美，如像在温情的梦幻中出现的那样，甜丝丝的旋律不断变换着强度，那是空中或者酷夏的海洋中的美人鱼在歌唱。蒂图斯站着，漫不经心和随心所欲地看着橱窗，似乎是出于喜欢免费欣赏橱窗里的几个模型——一根法棍、几个牛角包和两个扁圆面包，虽然做得都很粗糙，却包裹在塑料薄膜中，给人以清洁卫生的幻觉。他面朝面包店橱窗，以便在瞬间——

一分钟内转身离开人声喧闹的大街,免得被人说成是一个搅闹不休的人、一个令人讨厌的熟人,那是他绝不愿意得到的评价。

这是一家普通的商店,货架几乎是空的,左边有几十个小面包箱,垒成高高的金字塔。如果有人悄悄走近他背后,从他的肩上向店里望去,可以看到在慢慢移动的顾客队伍中有一个身影。蒂图斯目不转睛地盯着她,贪婪地注视着她的每一步,她的手臂和颈项的细小动作,隐约能察觉到的身体扭动。

那是一个高挑、苗条、几乎称得上是瘦弱的女子,如果不是每个动作,即使是最细微的动作都暴露出拖沓的形态,那么活像是意大利文艺复兴时期大画家波提切利的名画《春》当中的美少女之一:她们头戴花冠,在春寒料峭的空气中,用独特的心灵之耳,惊奇地谛听着微风吹拂遮蔽着她们修长匀称的玉体的披纱皱褶所奏出的旋律。

青年蒂图斯的目光如此执着地注视的那个女人,一袭黑色衣衫,卖弄风骚的唯一标志是头上没有戴黑色头巾,而是用一个黑色的绸蝴蝶结扎住了丝毫没有烫过的浓密卷发。

蒂图斯·格尔达眼睛一直盯着的这个居丧的高挑女人,名叫伊琳娜,当她在较短的时间里走出商店时,他没有从橱窗玻璃前挪动,她也不经意地从他背后走了过去。于是,他用一个急剧的动作转过身来,几步赶上了她,而她感觉到他来到身旁时,跨了一侧步,仿佛发出一声低微的惊呼,但没有停下。

"从你走出教堂的时候,我就跟着你……"他说,"你没有觉察吗?"

"没有，"她低声说道，并没有看他，而是紧缩着自己的身体，宛若一根长矛，不敢停下，害怕引起路人的注意，或许很多路人认识她，而有更多的人认识他，但为了尊重他，她也没有加快脚步，"但您为什么这么跟着我？有必要吗？这儿人多眼杂，会想象出各种各样的闲话……请您回去或者停步！"她恳求道，眼睛直视着前面，仿佛一尊有眼无珠的雕像在前进，机械地避让着人行道上迎面而来的身影。

他的脸上，飞扬着始终如一的表情，睿智阳光、自我欣赏，色泽红润得像涂了口红一般的鼓鼓的嘴唇周围挂着一种玩世不恭的神态，犹如对所有人发出的一个永恒挑战。

"求求您回去吧！"她放慢了脚步，更加恳切地说，而他虽然怕她站住不走，却并未听从她。

"我到你家里找过你……"

"又去了吗？"她呻吟道，声音低得勉强能听见。

"又去了！"他愤愤地说，"而现在，是纯粹偶然遇见你，这是我的权利，并非……"

"好吧，好吧！"她以一种绝望的口气说。大街上行人熙熙攘攘，仿佛在滑板上滑行，而她僵直地往前走着，"在另一个地方等我，随便哪儿，但不能在这儿，以上帝的名义……"

"哪儿？"他问道，故意斗气似的，而她用一个闪电般的动作转过眼来，看了他一秒钟，诧异他为何丝毫也不配合她。

"不知道……"随后她怀着同样的恐惧感迅速补充道，"天主教堂背后……公墓前面的小公园！求求您，快走开，现在，马上！"

"说话算数?"他以同样的挑衅的口气开始说道,但两眼依然注视着她。她脸上的表情是那么痛苦,以致他觉得自己没有必要再坚持,以她从未见过的顺从态度停下脚步,转身往回走去。

令人感到意外的是,蒂图斯到达她指定的小公园时,伊琳娜已经在那儿站着,离大教堂的墙那么近,仿佛依傍着墙壁。青年格尔达直觉到,她急匆匆在他之前赶到这儿,只是冀望尽快摆脱他搅闹不休的纠缠。

他慢慢走近她,一点也不急于加快脚步,虽然从远处就觉察在淡淡的阴影中轮廓凸显的她的躯体内的不耐烦。他越走越慢的步伐仿佛是在对她的耐心进行挑战,终于走到她身边,用一个完全宫廷式的动作,弯下腰,吻她的手时,他感觉到了她勉强忍住的全力抗拒和愤怒。

"有一刻我曾怀疑您是否会来……"他开始说道,似乎懒洋洋的,但她以出人意料的快速立即打断了他的话:

"格尔达先生,我想从这一刻起停止您所有这种玩笑是适当的,您……我不想冒犯您,您是特别受人尊敬的家庭的成员,但……"

"您不愿我们坐下来谈谈吗?"他洒脱和依然彬彬有礼地说,用手指了指近处一条椅背贴着一棵幼椴树干的长椅。

她犹豫再三,显然很想这样站着让一切尽快完结,然后走路离去,但在听到他语气近乎嘲讽的故作大度的礼貌言辞之后,感觉不可能那么迅速地说服他,于是在迟疑了几秒钟后,没说一句话,踏着她的坚定的步子,走过去坐在长椅上。他默默地跟随着她。

"多么美妙的夜晚!"他说道,觉察她似乎还想继续在教堂墙边开始说的那些话,"一个无尽头的白夜,我们仿佛突然接近了极圈……你可曾想象过生活在有白夜的北欧国家的人们的生活状态、生活的节律,你可能睡不着,可以到楼下街上读报……到处是轮船和轮渡,人们在熟悉的海面上不断从此岸航行到彼岸!"

蒂图斯嘲讽地说着这一切,并没有注视她,却感觉到她的脸涨得通红,好似被他的这些闲话打动,它们虽然不着边际,却在不合时宜的抒情中隐含着挑衅。

她刚张嘴,他又迅速接着说:

"我到你家里找过你……你总是这样,不在家,门却全都开着!"

"门开着吗?"她吃惊地问,"丹也不在家吗?"

"黑洞洞的,门开着!"他厉声重复道,"我还到房背后看了看,灯全关着,一团漆黑。"

"您没有问一问?"

他沉默了几秒钟,仿佛在犹豫,然后稍稍压低话音说:

"不……我轻轻推开门,走进狭窄的门厅……我一定要见到你!餐室的门是开着的,那儿有一线弱光,是街上的路灯透过玻璃窗射进来的……或许遮阳帘没有全放下来,或者帘褶被什么东西挂住了,譬如说钉子,或者在窗和窗框之间卡住了,当……"

"太多的烦心事!"她说。

"对,很多烦心事,不是吗!累人的烦心事?!"

她什么也没有回答,而他在装模作样慢吞吞地点上一支名贵的香烟后,继续说着,烟的香味立刻把她包围了起来,带着像他的语句一样的讽刺意味:

"我从门边看了里面的房间,但什么也看不见!朝里开的门是开着的,由于我不能分辨清你是不是睡在床上,喊了你几次,轻轻地……然后又大声喊了一次……"

伊琳娜不由得打了一激灵,站起身来,开始激动不安地说道:

"我必须走了!必须回家,请您……"

蒂图斯抬头看着她,有点好奇,坚定却并不粗野地抓住她的手。她不由自主地重新坐了下来,虽然对自己的这种顺从感到诧异。

"我觉得,"她用同样的顺从的口气说道,"对于您来说,这是一场出于无聊的简单游戏……一场有点残忍的游戏,确实,它无损于您,除非……"

"打住!"他微笑着说。

"但是,我必须回去了,先生,"她说,"能否允许我问您,您的妻子是否……"

她之所以开始这样说,是因为他重又抓住了她的手腕,想确保她不会从自己身边逃跑,而伊琳娜感到不可能摆脱他的强有力的控制——他拳头很小,但惊人地结实,便脱口说出了那句话:"……能否允许我……"

"为什么总是称呼我'您''您'的?"他不放开她的手,

指责道,"对我如此见外?或许是纯粹的虚伪做作……"

她没有回答,试着解脱自己的手,在两个人之间上演了一场默默的短暂搏斗。蒂图斯不愿使用自己的全部暴力,伊琳娜成功地挣脱了他的手,由于他的强有力的紧握,她感到手腕火辣辣的,脉搏痛苦地跳动着。她想站起身,却被他一把抓住手臂,猝不及防地撞到了长椅背上。他的动作如此剧烈,以致她的惊异遏制住了痛苦的喊叫。他吻她和她反抗的样子看上去近乎强暴,或许她的反抗在他像金属吸盘一样环抱着她的臂弯里只是作秀而已,尽管这个女人不停挣扎,满心恐惧,仿佛被一支珊瑚骨环抱着。他的吻像他的拥抱一样,没完没了,那样坚韧,那样顽强,仿佛在做梦,而他的脸色的苍白和表情的坚韧比他拥抱的剧烈更使她害怕。

在他吻她,脸颊贴着她的白皙和冰冷的脸颊同时,她渐渐,渐渐地退让着,他已经感觉到她的泪水,那是默默的绝望的哭泣,开始于那强烈渴望的无尽头的吻。她不再挣扎,只是睁着大眼睛哭泣,这使他重又感到愤怒,而他的拥抱似乎变得愈加强烈,仿佛他正期待这些眼泪,那是女人柔弱性的一种不被认可的形态。他不再寻找她的嘴和苍白的嘴唇,它们已经被他的嘴嘬吸得麻木,没有了生命,而是吻她的肩膀、颈项,用他那细小而尖利的牙齿透过她的衣衫,在她的胸前、她的丧服的薄薄的丝绸衣袖覆盖着的臂膀上留下了明显的印痕,接着又俯下身去——没有把她从怀抱里松开,虽然她已经十分顺从,淹没在她体内像前所未见的野草一样蓬勃生长的惊异感之中,浑身瘫软了——用嘴唇、脸庞撞击和摩擦她的乳房,完全抛开了文雅的假面，动作粗野得肆无忌惮，伊琳娜忍不住发出痛苦的呻吟。随后他开始撕咬她的裙子，吻她的大腿和腹部，仿佛要用巨大的吸力把她一口吞进嘴里，活脱是一头长着几千张嘴的野兽，直至察觉她开始号啕大哭才罢手。

蒂图斯呼哧呼哧喘着气挺直身体，吃惊地看着她，脸色苍白，仿佛忘记了她，或者说忘记了他蹂躏和折磨的那具躯体是属于她的。她不断哭泣，神态出奇地幼稚，手臂软绵绵地耷拉在身体旁，头低在胸前坐在长椅的木板上休息，肩膀起伏的间歇很有规律，好像一切动作都是由时钟的发条在操控，她自己也只是钟楼上的那些巨大的铜部件当中的一个零件，通过奇怪的机制显示时间的痛苦搏动。

他注视了她一会儿，然后生硬、粗暴地说：

"我伤害了你的感情？你愿意我们一起走，我带你走吗？你希望我离开吗？"

她慢慢抬起眼，听着他像马鞭一样撕裂的话音，用湿漉漉的大眼睛注视着他，肩膀一起一伏，像是不堪体内积累已久的疲劳重荷，轻轻地说道：

"随你便！我们最好离开这儿，带我离开这儿，求求你！可能有人经过这儿，你……你或许会被人发现！"

蒂图斯看着她，没有动，好似在头脑里演绎听到的话，隔着一段距离笨拙地伸出手，抚摸着她的非常显眼的眉弓，好几次他的手指从上到下在她身上遍体游动，她感觉到他的手在激动地颤抖，于是迅速闭上了眼，而她的嘴却出卖了她，双唇不由自主地微微张开，弯成一个陶醉和宁静的微笑。

"我们走吧！"他说，抓住了她的手臂，"我们去散散步，在穆雷莎努街上走走！"

那是一条上山的陡坡路，两边的房子一面墙紧贴岩石。他们在这条曲折、陡峭的街上向上爬行，穿过一幢依傍山体的房子背后。他走在前面，伸手拉她往上爬，很快就到达了一片森林，小城突然落在了他们脚下，闪电般地迅速远去，两个人仿佛疲惫地爬行了一连好几个小时。确实，在白天阳光照耀的天空下，必须花好几个小时才能感觉到自己站立在如此高的地方，如此与世隔绝，耸立在他们背后的帕德舒峰如此近，又如此阴沉。

他们坐在干枯的草地上，周围是高大、稀疏的冷杉，背后是墓穴一样阴森和宽敞的树林。他们在那儿停留了好几个小时，虽然伊琳娜屡次试图从他身旁挣脱，她一直担心家里的门开着，唯恐丹因为她非同寻常的失踪而不安。每次，蒂图斯留住她，安抚她保持平静，但所有这一切无非是演戏，两个人的行动和说话就像在海底下赤裸潜泳的人们的活动，保持静默，无须语言，突然忘记了语言，艰难地重新赢得了做出各种姿势、手的动作、简单的肯定和否定的力量，而语言的这种完全缺失，创造了他们像海洋动物一样在其中游动的那种高密度体液。

语言——它们出乎意料的出现难道真的可以稀释水底潜泳者身处的那种高密度环境吗？而在没有语言的环境中，一个人的沉重而又毫无价值的躯体却能如此迅速地重新获得动物的优雅，重新发现那么多已经淡忘和丧失的沟通形式；抑或，有些人只是以某种方式保持沉默或者讲话，他们周围的空气从而重新凝结成越来越有形的、流动的和不透明的波，促使他们自然而然地带着缓慢的长时间的诧异感，发现自己的神经纤维的无限可塑性，拥有了神经纤维塑造的左手、左肩，橡胶一样的身躯，以及如此灵动的眼睛，再也无须用嘴来笑，他们的额头开始喃喃低语……

他们俩沉浸在这样的状态里，尽情嬉戏。

随着夜幕降临，保罗躺在他的硬床板上，越来越不安地翻来覆去。邻床的加什帕尔还没有回来，他思忖着这家伙能在哪儿。他越来越难以忍受窝棚污浊的空气，不知道从哪儿来的那么多人，而且越来越多，挤作一团，就像传染病暴发时病人超多的医院，或者运送依然沉浸在死亡的失眠恐惧深渊中的海难的经历者——心惊胆战的迷茫见证者的小艇和破烂舢板。

克里尼茨基、米胡齐和米罗亚都不在，保罗突然惊恐地发现已经入夜，他害怕在这样的重大的疑惑中入睡，于是从床上爬下来，像白天出去溜达时一样，快速穿上衣服，走出了寝室。

他独自走着，嘴角开始露出微笑，寒风吹得他微微发抖，一种诱人的合谋犯罪感笼罩着他，那是同他自己的本能，或者是同他自己的愿望的合谋，这样的愿望漂浮在他心底深处的某个地方，像一个深色的斑点，一种感觉的阿米巴（变形虫）蠢蠢欲动。

出于谨慎，他走上了对面的人行道，像孩子们那样一棵树一棵树数着往前走,在每棵洋槐树干前放慢了脚步。"多么奇怪的小城!"保罗疑惑地想道,"到处种着洋槐!"

到达伊琳娜家前面时,他看见房子里所有的窗户都亮着灯光,朝向院子的窗户敞开着,从那儿——街对面传来某种吵闹的声音,但分辨不清。保罗犹豫了相当长时间,考虑是否穿过一片漆黑的街道。有几家别墅的玻璃窗上透出灯光,但房子很少,四周有小花园围绕,街上种着树,路灯不亮,或者根本没有。

胆小的保罗极其小心谨慎地穿过那片街区,心里那么害怕,甚至感觉到了街上尘土的炽热,虽然脚上穿着一双破旧的鞋子。到达院门旁边,他很高兴地看到门是开着的,否则他永远不会有勇气自己去打开门。但这种状况又使他心跳加剧,因为现在他真的必须走进屋内,任何人,甚至他的充满激情的想象力现在也不再能帮助他,去寻找最微小和最无谓的借口让自己留在街上。他害怕得两手微微发抖,额头被汗水湿透,没有弯腰,用脚尖蹭掉了——他自己也不知道怎么做到的——宽大的鞋子,直到跨步走在通向院门前台阶的狭窄的水泥林荫道上,感觉到脚底凉飕飕的,才发觉自己光着脚,心里不由得感谢在那样的时刻帮助和保护他的那个人。

话音已经可以听得越来越清楚,一个话音是尖细刺耳的,另一个话音则平静、低沉,像男中音,音调十分悦耳,很吸引人,是……对,肯定是加什帕尔的声音,保罗在周围的黑暗中马上窥见了——当然是用心灵的眼睛——他那略带暗淡和忧伤的漂亮蓝眼睛。保罗害怕停留在狭长的水泥路上,虽然已经站在开着的窗户下,可以最清楚地听见屋内的话音。他朝左走去,转过墙角,走到花畦边上,那里有一些蓝色和银色的花球,即使在此时的一片夜色中依然闪烁着幽幽的光。

"……哈,哈,哈,哈……哈,哈,哈!"那个声音尖厉刺耳的人在笑,现在两个人似乎不再争吵,"老头,真逗。你是从哪儿冒出来的?我好像在这儿没见过你的小鼻子。"

传来一阵低沉的咕咕哝哝的声音,听不太清楚,然后又响起那尖细的声音。

"你跟在小公鸡们屁股后面,哈?你跟在一身丧服的妖精们屁股后面,你还要不要脸?你盯她们梢,盯她们梢……给我们,我们未来的一代人树立好榜样……扇我耳光,教育我们,哈!"

保罗这时才察觉那个声音的嬉笑是刺耳的,在那笑声中,他后来发现,有某种无奈、绝望的愤怒。

"你说话太多了,"传来加什帕尔的平静的声音,"你自作自受……我给了你钱,你更装腔作势了。癞皮狗!"

这一声"癞皮狗"说得既不蔑视,也不欣喜,而是懒洋洋的,近乎腻烦。

"见你妈的鬼!"那个声音重又尖叫道,带着刚才笑声中的同样的绝望腔调,"我强要你给我钱了吗?阁下,你想干什么,让我白给你拉皮条吗?你给了我三次——两次二十五元,一次给了十五元——现在却装模作样要教训我,用狗掌扇我耳光。太好了,你们这光荣的第一代,你们这些从前线开小差的家伙,战争早就结束了!你原来是干什么的,步兵,骑兵,开坦克的……还是在兵营里管打扫垃圾的?!"

分辨不清加什帕尔嘟嘟囔囔地在说什么,重又传来另一个声音:

"辱骂我,哈?你说自己很有雄心?!如果我告诉'夫人'你怎样用钱堵我的嘴,你听好了,你总共给了我不超过一百元……"

"闭嘴,畜生!"另一个人不耐烦地喊道,但声音不太大,"我会给你的,但今天没有!应该马上会给我寄来……我在卢戈日卖掉了一所房子……"

"噢,卢戈日,那么说我们是在那儿认识的!而你有……"

"如果我听见你吐一个字说我为什么给你钱,你可能就此丧命,与世界永别!"

"好厉害!"那个尖细的声音说道,口气极端蔑视,"你这么勇敢?你可能不觉得自己在她,在夫人面前如何发抖吧!或许只有同没有完全发育的小毛孩、同青年学生在一起时,你才勇气百倍,嗯?耍我们这些将浴血扫除群众无知的社会未来知识分子!"

"听着……"那个低沉的声音开始说话,但另一个人突然像发疯似的大叫道:

"我什么也不想听,你听好了!立即滚蛋,我必须睡觉了,如果十二点前不睡,我的红细胞就恢复不了,白痴!"

"还想来一杯吗?"另一个声音平静地问道,又接着说了什么,但听不清楚。

"什么?!"另一个人嚷道,但声音比较轻,突然变得沙哑,

"我歇斯底里！你妈才歇斯底里，当……"随后又开始激烈叫喊，吓得保罗猛然一跳，"别靠近我，畜生，否则我就把这个茶缸从玻璃窗扔出去，让全街区的人都听见！禽兽不如的家伙！"

另一个声音在轻轻地笑，似乎思考着什么。

保罗忽然愣住了：在他的脚边站着一条狗，一条大狗，两眼正盯着他，目光可怕得瘆人。保罗贴近墙，但那条狗嘴里发出呜呜的声音，极其吓人，他再也不敢动一动。他们这样站着，对视了一会儿，出于恐惧，保罗再也听不清任何说话，更确切地说再也理解不了任何事情，因为那两个声音继续在吵闹，尤其是那个尖细的声音，像之前一样，很是嚣张。然而，保罗突然进入了另一个世界，人的声音在那儿不再有任何意义，一种强烈和绝望的悔意立即淹没了他，懊悔自己竟敢冒险进入院门。他即使在街上也不可能是安全的！

狗转过身，嗖的一下跑出了院门，但保罗还来不及喘口气，狗又跑回来，贴近他的腿肚，两眼重又盯着他，呼哧呼哧喘着气，好像是在嘲讽他。

保罗呆若木鸡，他的头脑已经麻木，脑子里空空的，没有任何思想，即使是最幼稚的、最可笑的想法也没有。知道他那么羸弱和幼稚，经常帮助他的那点灵感最终抛弃了他，仿佛通过狗的嘴巴在讪笑。他突然变成了这只动物的奴隶，而狗似乎也感觉到了这一点，只是还没有决定怎么把他撕碎。

狗稍稍走近保罗，然后又往前一步，嘴触碰着他的裤子，不断地嗅，他的腿肚子感觉到了湿漉漉的狗嘴；然后狗又绕到他背后,他恐惧地感到狗嘴正在撞击他,还没有决定怎么撕咬他。然后,背着的手上感觉到了狗舌头的凉气,他不由得十分惊异,简直不敢相信,发觉这个可怖的动物正在舔他。他抬起手,主动伸给它,但狗突然拒绝如此慷慨的奴性礼物,离开他,走到了墙角后面。保罗却没有动,抬着僵化的手,呆立在原地。

在狗重又走过来两次后,保罗才敢于活动,用手去抚摸狗,渐渐地,他的身体开始复苏、放松,此时他才察觉自己是多么累,这次奇遇早就耗尽了他的体力。屋里的争吵声变得越来越清晰,他在屋外越来越聚精会神地支棱起自己的耳朵,然而,玻璃窗突然被一阵风吹打得乒乓作响,屋里有人马上关上窗,放下了窗帘。现在再也听不见任何声音,保罗困惑地站在那所亮着灯光的房子旁,而那条狗时而跑开,时而回来,每次都使他感到心惊胆寒。它终于呼呼喘着气,友好地靠在他身边。

开始,他很高兴自己没有遭受任何不测,现在已经摆脱了来自狗的威胁,接着却又轻蔑地想道,这只动物或许会撕咬除他之外的任何一个勇敢的人,但由于发现了他十足的软弱和女人一样可耻的胆怯,主动放过了他,其神态带着明显的嘲讽,令他至死或者直至耄耋之年也会为此感到屈辱。

一声尖叫撕破了夜的沉默,那是一声来自屋里的清晰的喊叫。保罗和狗站着没有动,做了一个平行的同样的动作——伸长脖子,"迎风侧耳"。但再也没有听到任何响动,令人恐怖的沉默和极轻微的和风拂过洋槐直挺挺的树冠,笼罩着一切。

时间的巨轮开始发出吱吱咯咯的声音，转动得极其沉重，保罗开始逗狗玩，亲吻它的额头，揪它的耳朵。狗跳上他的胸脯，高兴得把他推倒在花圃上。保罗十分惊讶，在花圃上躺了片刻，随后，狗躺在了他身边。他们俩忘记了身处何地，忘记了对于社会应尽的责任，或者更确切地说，忘记了对屋子里面那个小天地的社会责任：他们未曾看清屋里究竟发生了什么，却没有去察看追究，而是忘情地沉浸在一个温馨而不那么高不可攀的世界里。

　　屋门口砰的一声摔门的响动引起他们的注意，然后是水泥台阶和林荫道上传来脚步声，有人在他们躺着的草地很近的地方经过，走出院门，关上了身后的门。

　　保罗又同狗玩耍了几分钟，对这个动物的身材和力量很是欣赏，然后慢慢地站起身，回忆着不知多长时间之前身旁经过的脚步声，尽管他对自己估算时间的能力或者说弱点有经久不息的恐惧感，记起了尖声喊叫、关窗以及吵架的声音。然后，突然想起加什帕尔在屋里，于是躲在房角后面心惊胆战地朝里望去。奇怪！房门开着，从房里透出灯光，虽然保罗和狗曾清晰听见那个走出去的人已经把门使劲撞上。或许那个人把门摔得太使劲——加什帕尔做得出这种事情——门经撞击又立即重新弹开了，也可能是另外什么东西发出的撞击声。

　　保罗没有走出院门消失在街道的黑暗之中，而是在伸长耳朵静听了很长时间之后，走上了门口的台阶，与像他一样同为不速之客的狗一起，把脑袋伸进了开着的门。里面毫无动静，保罗便走进了门厅。

刚进屋时，他慌乱地看着周围，任何一个新的环境都引起他慌乱！然后，他在漆黑的门厅里迅速分辨方向，灯光来自那边一间关着门的房间。保罗踮着脚尖走近门，门的上半截安装着玻璃，上面挂着手工缝制的布帘。他透过半透明的布帘朝里望去，在一段时间看不清任何东西之后，发现了一个人影，睡在桌子旁，脑袋歪卧在桌面上。

保罗以为那个人在睡觉，或许是那个声音尖厉的人，或者甚至是加什帕尔熟睡在那张桌子上。但是，他突然发觉那个人的手臂软绵绵地耷拉在身体旁，随后立刻看见那个睡觉的人脸贴着桌面，样子十分痛苦，后脑勺对着保罗弯腰朝里窥视的门。保罗虽然十分害怕，但很为自己的观察精神感到骄傲，这毕竟是祖传的天赋！狗也很是兴奋，在他周围不断跳来跳去。

有什么奇怪的——并非太恐惧的——东西开始在他周围轻声地歌唱，他推了推门，门十分轻易地打开了，以致他不再记得自己什么时候推过门。狗在他身边又跳了两次，随后首先进了房间，走近那个仿佛沉睡着的人的座椅，嗅他的脚，然后低头去舔地板上的什么东西。始终跟在狗后面的保罗不知道怎么办，极其平静地发觉这只动物在舔淡黄色地板上的一块血迹，于是他又看了看桌子，在刺绣镶边的桌布覆盖的桌面上也有几块红色的斑点，不很多，其中有一大块还渗到了地上，似乎是从某个地方，从丧失了生命坐在椅子上不动的那个人的身体里缓慢而顽强地流出来的。

保罗想走近那个人的身体，但极度的恐惧感开始笼罩他，不由自主地转过身，走出门去。他走得很慢，就像你身处一个黑暗的场所，并未因为害怕自己被看不见的妖魔轻易抓住，或者鬼魂恐怖地出现，而丧失理智快跑。狗依然停留在房间里，在桌子底下不安地爬动，或者绕着那个睡觉或者死去的人的椅子来回走着……

保罗走出了院门，一心想着院子里发生的一切，竟然把刚才脱下的鞋子忘在了那儿，光着脚在街上朝下走去，但不是在人行道上，而是在比较亮的街中央。夜色在他周围滑动，带着不自然的温馨，而他周围的一切，灯光、在他身边走过的稀疏的行人、路上常见的热烘烘的尘土，仿佛都是他的朋友。只是那几块血污时而在温和的空气中闪烁，如同一只只未来的动物的眼睛。

保罗在一个不能确定的时间回到了寝室，不记得自己是直接回来还是绕道到过什么地方。他想忘记一切，尤其是塞满他脑子的令人烦恼的事情，没有脱衣服，没有梳洗，就钻上了自己的上铺，用被单蒙上了头，希望很快熟睡，进入梦乡，犹如躲进一个藏身的洞穴。突然，他想起有一个新来的邻床，想起在森林里遇到的那个人——加什帕尔。于是，掀开被单，想看一看那个人，但吃惊地发现床是空着的。保罗不安地自问，这家伙能在哪儿，记得他是午后很早就出去的，穿得非常讲究，衬衫闪闪发光，出门那一刻还用一个颇有男子汉气概的动作从口袋里抽出熨得笔挺的绿色条纹的整洁手帕，风度翩翩。然后，保罗记起了一切，立刻觉得十分骄傲，为拥有那么高效地为自己服务的记忆力自豪。他试图回忆那个脸贴在桌面上的死人是不是加什帕尔，但奇怪的是记不起那个人穿着的样子。或许不是加什帕尔，加什帕尔走出了院门；或者就是加什帕尔，可能他早已经从桌子旁站起身，擦掉了血；或者是狗欺骗了保罗，哦，那条狗，是所有的狗中最漂亮的！它的能力和力量真是无与伦比！保罗在那一刻为狗感到骄傲！

过了一会儿，或许是过了不太长的时间，保罗一骨碌从床上爬了下来，并不确切知道下一刻将要干什么，但发觉自己径直朝寝室的另一角的米罗亚的床走去，才突然感悟到是想向米罗亚讲述一切，因为那是他信任的少数几个人当中的一个，或者说是唯一的一个。在那个人面前，保罗几乎从来不害怕自己会做出可笑的事情。当有人嘲笑他时，保罗真觉得十分屈辱，甚至比挨打或者肉体受折磨更加屈辱。当遭人嘲笑时，他常常恨不能把自己包裹起来。

米罗亚酣睡着，敞着胸毛十分浓密的胸脯。面对米罗亚——一个那么敏感和没有偏见的人的胸脯和粗鲁的睡姿，保罗感到很难堪，瞬间犹豫是否叫醒他，唯恐米罗亚可能不是自己所需要的那个人。随后，他想起了加什帕尔和脑袋贴着那张陌生的桌子完全丧失了抵抗力的那个人，越来越相信那个人就是加什帕尔。但是，他把加什帕尔遗弃在了那个陌生的房间里，狗围着那具尸体转来转去。出于恐惧，他触了触那么无忧无虑地睡着的米罗亚。

"嗨，你想干什么？干吗弄醒他？"从右边发出一个严厉的声音，保罗惊异地望着睡在近旁的一个工人。那是一个秃顶的小个儿，坐在床沿上，用一把很锋利的小折刀扦着脚指甲。保罗看了看周围：几乎所有人都睡了；在最里边的什么地方，有两个人在掷骰子,骰子滚动着,轻飘,快乐,无限快乐。

在那个秃顶的小个子目光离开保罗的那一刻,保罗伸出手,眼睛望着另一边,引开小个子的注意力,重又摇了摇米罗亚,但这一次用力大得多,因为也许不可能再做第三次。米罗亚醒过来,胳膊肘撑着身体,困惑地问道:

"干吗?"随后迷迷糊糊向另一侧翻过身去,将毯子拉上去盖在头上。

那个秃头的工人恼火地抬起眼,将小折刀放在一边,保罗迅速离开了米罗亚的床头。他总是带着大小不同的各种别针——他十分欣赏别针,尤其是它们的构造样式,它们的机制、光泽,等等,在其他地方确实很少能够见到——把它们别在裤背的腰带下,排列成一行,让它们以某种特定的形式闪闪发光。他借助引以为自豪的熟练手法,取下中间的一个别针——只要用手摸一摸就能辨别所有的别针——单手打开,满不在乎地慢慢走到米罗亚——他脑袋朝墙熟睡着——的大脚前,看到毯子只盖到这个大汉的脚踝,双脚赤裸在外,而光秃秃的脑袋和像两头卷着的香烟一样的黑色长胡子却蒙着,不由得感到尴尬。保罗用别针狠狠刺了一下长着厚厚的淡黄色老茧的米罗亚的脚掌。

米罗亚默默地从床上跳了起来,直起身子坐着,眼睛望着停手不再刺他的保罗,十分惊异,仿佛突然醒来的不是他自己,而是对方。过了一段时间,米罗亚才在房间的烟雾中辨认出保罗,这或许是因为在经过睡梦中的长途旅行之后,保罗在他脑海里显得太生疏和微不足道。随后,保罗听见了他的话音,甚至还有热情、近乎体贴的女性般的微笑,仿佛微笑也能听见似的:"有事吗,保罗?想让我做什么?"

保罗点点头,不敢开口说话,或许是因为那个秃顶的家伙依然不满地盯着他,或许因为其他什么事情,米罗亚明白他的想法,用一个非常轻柔的动作,熟练地从床上跳下来,好似在他的旧被褥间游动一般,与保罗一起走出了窝棚。

在屋外,保罗啰啰唆唆对米罗亚讲述了一切,甚至试图给他解释那一家在什么地方,但米罗亚认识——丹,每天来窝棚同博尔特内尔的学徒盖尔加一起玩牌的那个中学生住在那儿。保罗给他讲了种种遭遇:狗,花坛,撞上却又开着的门,通向门口台阶的水泥林荫道的不很剧烈的寒意,在黑暗的街道上有时传来的叫喊声,走在路中间可以感到更安全的心态,装着半截玻璃的房门,玻璃上用图钉钉着的布帘……不,不,不是用图钉钉着的,是用一种铜环,布帘打着细褶挂在铜环上,铜环闪闪发光,煞是诱人……

米罗亚静静地听他讲述,低着头,只有强烈的呼吸声能传到忙于尽量用简短的语言正确地复述一切的保罗的漫不经心的耳朵里。然后,米罗亚打断了他的话,尽管保罗心里指责对方有点粗暴,因为他还有若干重要的细节要叙述。米罗亚说道:

"我去告诉大叔!你留在这儿,我去找他!不,保罗,你留在这儿,以备……你去躺在床上,别让任何人察觉,可别睡着了!我们会马上回来找你,赶快!"

米罗亚有点心不在焉,匆忙走了。保罗听从他的话,爬上了加什帕尔空铺旁边的床上。对,没有错,加什帕尔是一个怪人！或许是一个十分苦恼、十分不幸的人，即使现在已经有了一个像大家一样的窝，还不得不睡在森林边缘，脸贴着桌子，让狗围绕着他的脚不停地转来转去。对，但他认识那个漂亮的女人，曾经同自己一起旅行的那个不可捉摸的女人，她的黑色裙子在火车摇摇晃晃穿行的孤独的田野和树林间闪闪发光。保罗日思夜想着那么深情地看过他一眼的那个女人，此时他才记起那所房子或者别墅事实上是她的，她住在那儿，他只是为了跟踪她：对，对，就是这样，最纷乱纠结的是人们的这些记忆，记忆是一件非常累人的事情！但是，她此时在哪儿？或许已经回家，那条狗在院子里的窝里，加什帕尔早就起床离开了，很快就会回来睡觉，但那个丹也住在那儿……对，事实就是这样，那个中学生，口袋里装着那副油腻腻的纸牌，红色的雀斑像不伤人的蚂蚁一样爬满他整个脸颊的中学生也住在那儿，不是吗？多么漂亮的女人，黑色的裙子，黑色的头发，黑色的眼睛……能否尽快再遇到她一次?！如果她能微微点头示意，或者用诙谐的笑眯眯的眼光召唤他，那就太好了，他将毫不害怕地跟随她，把她搂在怀里，吻她的嘴，吻她的颈项，吻她的洁白、修长的手，吻她的像富有乐感地游动的鱼儿一样的手臂，或许，谁知道呢，她会同他上床，共眠在她的装饰着红色和蓝色流苏的床上——肯定在什么地方有一张这样的床！她将解开撩人的黑色裙子的一侧，因为他至死永远不敢做这样一个动作，然后不言而喻，她将解开上衣，向他袒露出她的成熟丰满的乳房——他在一本很令人恼火的缺少了最后几页的小册子中的什么地方读到了"她的成熟丰满的乳房"这句话——而他将回应她的大胆举动，并在她忧郁的眼睛表露出的无限宠爱和理解的神情的庇护下，像一条狗一样，轻轻地咬她的乳房……她将会笑，露出她的牙齿，他虽然从来没有见过她的牙齿，却想来应该如此……应该如此……归根结底，如果这些牙齿不能见到，那么她也不应该对他微笑过，或者即使微笑过，他正把脸贴在她的洁白的皮肤上，闻着诱人而令人窒息的特殊的香气……窒息得使人流泪……

米罗亚在这一刻叫醒了他，或者他压根儿没有睡着，但米罗亚回来得何其迅速！仿佛刚出门就赶忙回来了，就像一个忘记了带什么东西的人。米罗亚想带他一起去找克里尼茨基。

米罗亚嘀嘀咕咕说，克里尼茨基没有找到，到盖尔列亚老头那儿和柳树林里都找过——这个大汉应该在河边，而且他确实每晚都下河走一走。保罗，你怎么会从来没有遇到过他？对，对，米罗亚甚至补充说，自己蹚水到河对岸，用手指给保罗看自己挽到脚踝周围的裤子——也不在杜勃列亚那儿，此人的妻子得了一种从未见过的怪病，总是叫克里尼茨基去读《圣经》，克里尼茨基也总是到场安慰她。回来时，他重新去了盖尔列亚家里，盖尔列亚也开始感到不安。"还到哪儿去找，保罗你怎么想？"

保罗突然清醒过来，只是因为自己受到一个这么严肃、这么亲密的生活知音的咨询而感到骄傲，一心想达到答询的高度，不由得张口结舌，面红耳赤，却什么也说不出来，或者用一种高兴过头的完全不同的语言在说着什么，以致米罗亚惊讶地转过头去。其实他根本没有期待对方的回答，似乎只是在深思。他的眼睛闪耀着令人难以忍受的强烈的光,保罗本能地避开米罗亚的目光,因为那样的目光使他感到疲劳。

经过简短的商议,保罗说出了自己的观点并得到采纳,他们一起动身去民警局。保罗十分满意自己能同米罗亚在一起,这个人确实很灵敏,却那么看重他。有谁知道换了另一个人——这样的人或许相当多——在这样的情况下会有什么样的态度,或许会赶开他,讽刺他,甚至揍他,或者更加严重,压根儿就没有将他放在眼里,甚至干脆忘记了他,从而使他感到十分尴尬,惶恐地自问自己是否存在,自己如此卑微的生活是否被撕裂成一长条又一长条光影,或者其他人分辨不太清楚的一棵果树的气味?!

民警局设在过去的一个豪华咖啡馆——一个游乐场里,但外墙保护得不太好,巨大的玻璃窗失去了以往的雅致,或者至少让人感觉曾经雅致,或者甚至富丽堂皇。但是,民警局的工作人员或者泥水匠、管理人员刻意这样管理萨洛蒙·贝拉——这是房产主的姓名,已在多年前失踪——大厦,尽量让人觉得不受保护,这样做或许是为了——至少在纳德拉戈是如此——给人以权威、无私和高效的印象,或者诸如此类的什么官样文章……

在底层,大厦有一堵像大玻璃墙一般的橱窗,以前,好奇的孩子们压扁了鼻子贴在这些大玻璃上,可以看见悠闲的中年绅士们坐在窄靠背的咖啡椅上,喝着配有银把的玻璃杯里的咖啡;他们背后的一张魔幻般的弹子台旁,站立着一个个风度翩翩的身影,优雅地弓腰驼背着玩弹子游戏。而每一次都有一个军官，一个非常帅气的男子在场，围着一条从衬衫里冒出来的丝绸围巾。还可以看见，在到处摆着的赌桌旁，十分可爱和善良的人们在玩多米诺骨牌或者掷骰子……打扑克或者玩其他游戏。当然还有另一个房间，玩这些游戏的赌客是不能被人看见的，可能像保罗在一本书上读到过的那样，是戴着面具的。

橱窗而今被涂上了黑漆，所以不再能看到里面的任何东西——其实，即使在过去，除了那些善良而轻信他人的行尸走肉，还能看见什么？这些秃顶且保养得很精心的人，口袋里鼓鼓囊囊地塞满象牙弹子，整天玩着多米诺骨牌，喝着过滤咖啡。但是，长毛绒靠背椅的命运又如何？如果维护得好，它们还可以继续使用。

原来的咖啡馆的玻璃大门被拆除了，在很远的一侧凿墙打洞，开了一扇绿色的小铁门，门背后永远站着一个警察，至少这个小城的人们是这样想的。这是小城的诸多传说之一。在大厦背后，有一堵高墙，煞是难看，还有一个黄色的大门，同样很难看，频繁地有人进进出出，在这个门背后没有任何人。或者，至少……

米罗亚和保罗始终犹疑不决，看到面前出现那个大厦突然感到害怕，犹豫了一段时间，直至……保罗之所以害怕，是因为米罗亚开始在某种程度上用那些比较阴沉的人的眼光看着他，那些人从来不相信保罗所说的一切，刹那间，在米罗亚的无情的目光下，保罗自己也开始怀疑这个晚上很少遇到的很有刺激性的整个事件。通常，不，是始终，他确信所遇到的一切，所以能重新在头脑里复活一切，有什么誓言能比这一切的存在本身更有力？但是，现在面对这个阴森森的大厦，身旁的米罗亚在轻微发抖，别人也许察觉不到，但保罗轻而易举地就能辨认出来，不由得也十分害怕，很希望撤回一切，或许那是他一生很少有的放弃时刻之一。一个男子汉一生中也应该有懂得放弃的时刻！

然而，米罗亚最后终于下定决心，并且也正式征求了他的意见，而他当然告诉米罗亚自己也做出了最后的决定。他甚至在说话时还夹杂着某种厌烦的神情，但这并非是为了使米罗亚相信他，而是为了让铁门后面的人信服，那个人肯定是多疑的。

他们敲着门，过了相当长时间，一个胡子拉碴的中士才打开门，看见他们丝毫不惊奇，用一种相当老练的口气问他们有什么事，或者他们遇到了什么很不愉快的事。米罗亚讲着事情经过，保罗没有开口，虽然心里马上明白，他的朋友尽管极其敏感，但不具备描述情景的语汇，因此中士用一个金属的牙签剔着牙缝，好几次不待他讲完就打断他的叙述，而故事本身正进入越来越吸引人的阶段：那条狗如何把保罗拱倒在花坛里，马路中间的灰尘的热度越来越高……所有这一切，还有立刻映入眼帘的挂在窗帘上的铜环，等等。所有这一切，中士压根儿无心听讲，只是命令他们在门外等着，随后便关上了门。

保罗认为他们的使命已经结束，想立即离开，但米罗亚依然犹疑不决，虽然心里很明白在窝棚的床上他们要自在得多。有一刻他们相信自己已经被遗忘，保罗提议马上离开——当然不是跑着离开，而是尽量装作无所谓乃至悲切的样子——以免受到牵连。保罗心里感到极度惊异,甚至感激米罗亚一刻也不怀疑那激动人心的全部故事,不由得再一次坚决地对自己说,尽管米罗亚的睡姿很难看,声音由尖厉而变得那么细微有点不可思议,却是一个非常睿智和正直的人,远胜于克里尼茨基的另一个朋友米胡齐。

当他们再想离开之时,为时已晚,小铁门重新打开了,出现了中士和另一个人,一个没有军衔的睡眼惺忪的阴沉警察,牵着一条戴项圈的狼犬,朝他们做了手势,没有多余的话,让他们带路前行。

"玩笑开大了!"保罗想道,很高兴自己不是那个讲述整个故事的人。

他们以这样的方式穿越了全城,也就是说,他们像两个被告一样走在前头,而还没有睡醒的警察牵着戴项圈的警犬跟在后面。警犬显得十分厌烦,这表明它也没有多大兴趣……最后,几个行人奇怪地看着这个队列,于是米罗亚在保罗的完全默认下,不知不觉地加大了步伐,以拉开他们与伴随的那个人之间的距离。任他们怎么快走,警察总能很快就赶了上来。

街上一片漆黑,像铁路的隧道,连路边的洋槐树也看不清,在他们俩背后,警察打开了手电筒,一个很普通的手电筒,保罗也有一个。不久,他们到达了现场。警察命令他们等在院门前,他借着昏黄的手电筒光走了进去,摸索着走上了水泥台阶,随后响起了屋门的吱吱嘎嘎的声音,经过过于漫长的一段时间后,前面的房间亮起了灯光。然后影影绰绰地看见他的影子在房间里笨拙地移动,转圈,老是转圈,像一条犬……

停下来一段时间,然后又开始转着同样的圆圈,逆时针的圆圈……不断转圈,这表明他要么最终清醒了,要么像大家一样没有睡醒,继续在做梦……突然他从房间里消失了,他的影子不再在玻璃窗前晃动,不久,屋里的所有窗户,连厨房和背后的储藏间的窗户都亮起了灯光。街上也同样亮起了灯。门口的两个人不由得惊奇地望着:他们在这个钟点寻找什么?如果一切真的是现实的、真实的,那么他们肩负着巨大的责任!米罗亚像保罗一样感到不安,他的眼睛像超负荷的灯一样闪闪烁烁,两个人忐忑地站着,感到如芒刺在背。整个房子在闪烁,警察和他的狼犬全部隐没在其中,消失在房背后那块满布石子的土地上长得那么高、那么直的玉米地里,把他们俩遗弃在院门前。

保罗浑身抽搐,等待着天知道什么结果,只期望能传来令人欣慰的好消息,为他和米罗亚——犹如两个夜游神一般,深夜在城里奔走的报案者释疑。就在这一刻,警察终于出现了,微微喘着气,眼睛像米罗亚一样强烈地闪烁着,走到他们身边,神经质地说:

"在后面,厨房的桌子上……被人掐死的!你们认识他吗?"

米罗亚默默点点头,保罗本来想说自己知道的什么事情,却不由自主地急忙模仿他,也点点头,但心里想道:

"对,我们认识他,是加什帕尔,在森林里住过一段时间的那个人。"

"他叫什么名字?"警察问道,艰难地牵住了急于回到屋里去的警犬。

"是这儿的一个中学生,死在矿里的达比奇的儿子,年龄还不到……每天到我们的寝室里来玩牌,同……他叫达比奇·丹,他母亲……"

"你们待在这儿!"警察命令他们道,"别动!我去找一个电话。不让任何人以任何借口进入里面,我命令你负责,你叫什么名字?"

米罗亚答道:

"多纳西耶……米库拉,在工厂铸造车间工作!"

保罗第一次知道米罗亚的这个姓名。

米罗亚开始感到一种说不清的压力,很想说自己胸口疼,走了太长的路,想回到寝室去睡觉,这种肮脏的事情不适合他们两个人……

"不准离开这儿,同志!"警察冲他喊道,保罗不禁愣住了,"如果你让什么人进入里面,将面对审讯机关的问话……我跑步去局里,打电话找大夫……如果在路上找到电话……我们说定了!"他补充道,迅速离去,随后响起了皮靴咚咚踏地的声音,这表明他开始跑步前行了。

米罗亚和保罗两个人站在亮着灯的屋前,不久路对面的一个屋子里也打开了灯,过了一会儿,一个只穿着睡裤和长外衣的男人走出房子,来到大门口,想分辨清对面究竟发生了什么,随后声音不很大地喊道:

"是谁在那儿?"

但是,米罗亚躲到了阴影下,不做任何回答,保罗虽然很想向马路对面的人讲述一切,但不得不模仿米罗亚的做法。

对面大门口的那个人又站了会儿，随后回屋关上了门，但不再熄灯。

沉寂和静止的分分秒秒何其漫长，米罗亚没有离开他躲在下面的那棵果树，保罗站在他身旁，想隔着围墙看清那条狗——他的老朋友是否还在里面，但杳无踪迹。马路那一边，从城里来的那条街顶头，走来两个身影，两个年轻的孩子；从米罗亚和保罗站着的地方不能看见那两个小青年，只听得见鞋子的啪啪踏地声，以及在空旷的街道上特别嘹亮地回响着的说笑声，随后其中的一个小青年开始吹口哨。一堵围墙里的一条狗朝他们吠叫了一会儿，米罗亚和保罗这样才能知道他们的踪迹，虽然看不见他们。但是，在到达米罗亚和保罗在门前把守着的那栋房子门口之前，两个小青年是不可见的，这意味着他们是抄通往河边的石子小路过来的，或者走进过某一栋房子。

周围没有任何变动，保罗站在灯火通明、里面却有一个死人的那栋房子前面，不由得开始心惊胆战，而且相信米罗亚也有着同样的感觉。

从马路对面的房子里传来几声沙哑的话音，随后大门又重新打开，还是那个人走了出来，只是不再穿那件长外衣，代之以外套，脚上穿着一双没有鞋带的鞋子，慢慢地走过马路，来到米罗亚和保罗跟前，抽出了一支香烟。

"这儿发生了什么事？"他走到房前问道，试图分辨清躲在暗影下的人形，"你们在这儿干什么？"

"我们不干任何坏事！"米罗亚回答说，没有挪动身体，"你管好自己的事情！"他说话的声音虽然很坚决，但有点发

抖,看到对方非但没有走开,反而越来越走近,怀疑地看着米罗亚,保罗便开口说道:

"中学生被掐死了!我们必须守护着这房子……"

"谁?小丹?谁把他……你们是什么人?"那个人十分激愤,保罗不敢再多说一句,何况那个人不再等待他的回答,扑向院门,嘴里喊着,"上帝啊!上帝啊!"

保罗想快步跟上他,高喊道:

"严禁……任何人都不准……"但那个人已经跑进了屋子。保罗转身朝米罗亚走去,牙齿微微哆嗦着说,似乎再也假装不下去了:

"大叔,咱们快离开这儿,否则会有很多人聚集过来……我想去睡觉,不能再……"

米罗亚诧异地看了保罗片刻,他自己也强烈地哆嗦着,说不出一句话来,两个人朝着刚才警察奔跑的相反方向移动。

他们不敢走得太远,挪了几步就停住了。他们停步向后看去,尽管只是瞬间的一瞥,但这一瞬间漫长得好似永恒,一切依然静止不变:街道黑暗得犹如隧道,光斑中飘浮着那幢该诅咒的别墅,天使们在幽幽的夜空中降临,嘴唇上挂着假装的微笑,翅膀在周围凝固的柔和香气中轻轻扇动。随后,传来一阵轻微的嗡嗡声,一辆汽车摇摇晃晃地出现在街那一头,它的前灯扫着洋槐的树冠和填满路坑的灰土,然后马达的轰鸣突然以可怕的力量逼近,仿佛一座空中堡垒经过这条默默无闻的街道,压扁了周围的一切东西。在汽车停住前,就从车里跳下了一群穿着皮靴和制服的人,还有警犬,街两边的房子窗户周围变得灯火通明。在米罗亚和保罗逃离的那栋房子前面，在短得令人不敢相信的时间里聚集了大群的人：清醒得不寻常的女人，抽着烟、穿得很少、吵吵嚷嚷的男人。大家都聚集在一个警察守卫着的院门前——从米罗亚和保罗站着的地方可以十分清楚地看到他。保罗突然觉得心在紧张抽搐，没有任何原因，感到自己的心脏仿佛被箍上了一个铁环，被戴上了一个严酷的铁紧箍咒。他抬眼望去，看见那个穿着一身黑衣裳的女人，那个美妙的女人就在一旁，她目光深邃，洞若观火，直透他的心灵，离他很近：她站在那儿，有人陪着她，那个陪着她的人正在喋喋不休地热烈地讲着什么，根本不看周围，而她两眼一直盯着那个令人难以忍受的光斑，那么多不相识的人乱哄哄地挤在前面观望的光斑。然后，她像一支箭一样，从那个依然在说话的男子身旁飞奔而去，进入了灯光下，没有错，确实是她，那个不可模仿、不可代替的她，绝无仅有的她，随后瞬间消失在人群中，被那些庸俗的身影吞没了。但很快，她得到允许进入房子——她毕竟居住在这儿，或者至少在同那个男人——保罗依然能感觉到他在自己身旁呼吸——离家之前居住在这儿，并不知道将永远不能再回到这所房子里，无从知晓只需一个小时或者短短的一夜，一个死人就将这所房子——这个家变成正在航行的一艘舰艇，一艘空中货船，一艘可怕的帆船，犹如假想的赤道线上的闪电，或者上面闪烁着空中海盗的标记——诱人的骷髅黑旗。

那个男人是谁？保罗自问道，不敢转身看他，正如那个男人不敢走近那所房子或者从房子面前经过一样。这个令人窒息的不幸夜晚，承载着超乎想象的过多的事情：突然一个青年被杀，一个孩子的脖子被掐断，就像你卷起一张想燃烧的纸，或者折断一个火把或一支蜡烛，在夜里向某个人发信号一样。是的，但那个如此年轻的死者被折断的脖子——也就是说这个死者的死亡时间是如此近，以致似乎可以听见他的气管壁因热量被变冷的躯体偷走而破裂的声音，对，是谁用一个被这样扭断的脖子发出信号？或者更确切地说，发出什么信号？保罗越来越不安地看着四周，然后喘着粗气，开始向那所亮着灯的房子跑去，希望为时还不太晚。米罗亚追上来——跑得那么快，谁能想到？米罗亚笨拙地抓住他的破旧毛衣，随后又揪住他的压缩纸板的裤带，紧紧扭住不放，在他耳边呼哧呼哧喘着粗气。保罗挣扎着，感觉到对方粗鲁的铁手正在把他向后拉，而他永远永远不会再有机会那么近地靠拢……于是他突然尖叫起来，仿佛想撕裂这市侩式的平静气氛。他大叫着，仿佛有人在用刀扎他，永远不会记得自己做过什么，或者想做什么，犹如一些醉鬼记不起在某些时刻说什么或者做什么，但米罗亚把他往后推着，推进越来越黑暗的角落，毫不留情，而且或许除了揍他没有其他办法使他安静，因为，第二天，小伙子保罗惊奇地发现自己上牙床疼，而嘴角上有几小块凝结的血痕。但很值得！很值得！

在他们周围立刻聚集了几个人，保罗耳朵里早就受够了嘈杂的说话声，很想扑倒在路上温和的尘土里，只是为了拖延时间，当然并非出于恶意，他从来不是很任性，但如果他的身体想扑倒，他会立即顺从，但米罗亚紧紧地抓住他，使劲揍他——对，对，他感觉到了，但很奇怪，仿佛突然喝醉了，他的皮肉或者更确切地说他的心所发生的几乎一切都无所谓。何况，众所周知，身体无非是一具臭皮囊，能毫无怨言地忍受那么多事情，而记忆顷刻之间就麻痹了。

但他不得不像一个皮口袋一样被人从那儿拖走，有人命令这样做，同时，保罗觉得遗憾的是，他的朋友米罗亚必须照料他的似乎得了麻痹症的身体。但很奇怪，这个词是从哪儿来的？对，对，是米罗亚对聚集在他们身旁的那些人说他——保罗得了麻痹症——一种儿童疾病。即使在他高声喊叫，在米罗亚的铁手中挣扎着，想躺倒在尘土中的那一刻，保罗从心灵深处也希望米罗亚是出于习惯在随口胡编，这是环境使然，米罗亚本人也不会原谅自己编造这样的谎言。如果出自他那从未见过的父母和和蔼可亲的姑姑们之口，那么这个词或许会使他痛苦一生，但并非如此。所以，你很难保持自己的自由，所有人经常怀疑你想做出格的事情，正当你努力要做一个最普通的人、最默默无闻的人的时候，却祸从天降，一些人总是回头用怀疑的眼光看着你。就像那个他感到奇怪的秃顶的矮子那样……当然，现在米罗亚带他去的地方安静得多，那是他完全不认识的地方，或许会使他害怕……他在一生中将做什么选择？同谁能走到最后……善良、美好的朋友，米罗亚，为他做过多少事情，又有多少不是他觉得异想天开的怪念头？他是从哪儿读到的这个词——"异想天开"？善良、美好的朋友，无价之宝！

整整一夜和第二天一整天，伊琳娜·达比奇被拘押在民警局，然后被移送到检察院，夜里接受来自州首府的形形色色的许多人讯问，骚扰。傍晚，她被暂时假释，但必须日夜时刻接受检察院传唤。在释放后一小时内，必须通报新的住址，因为家是再也回不去了：一个警察和一条警犬日夜把守着别墅，除了侦查机关，不准任何人进入。

她请求有人陪同她到新住址，因为自己的精神和心理状态都很虚弱，于是警局的一名工作人员晚上陪同她来到离市中心相当远的一条街上，那里住着她的一个朋友，嫁给了教授的一个同学。当夜，她被重新叫醒，接受讯问，第二天依然如此，这使得接待她的家庭很是恼火。她不得不另找其他住处，一连敲了好几家的门，但都被拒之门外，尽管借口各有不同。她所到之处，都有一名警局工作人员陪同——应她要求——大家都知道她正接受侦查，她的罪名在城里流传着最离奇的各种版本，人人唯恐躲之不及。因此，第二夜，她不得不要求在民警局留宿——她不准离开当地——令她诧异的是，有人告诉她，这是最后一次还允许她睡在那儿，并列出了几条官样文章的理由。她要求以随便什么方式支持自己获得一处睡觉的地方，但得到的回答是耸耸肩和一声近乎粗野的吆喝。

最后，在被"释放"后的第三天下午，警局指派陪同她的那名警员把她带到一个熟识各种住址的女人那儿，预先要求伊琳娜不得向他的上司们泄露这件事，同时，她同那个女人之间所做的任何交易都不能当着他的面进行。任何时候只要她愿意，一说出口，他就会像得到命令一般回单位去。他并不讳言,必须不惜任何代价在那一天——第三天找到一个住所,否则她不得不自行解决。明天,他另有任务。

伊琳娜理解他,到达那个女人家里之后,他们一起等候着房东回家。那个院子里住着许多房客,有人递给她一把椅子,让她休息。伊琳娜很感激那个警员对她那么人道,在他职权所允许的极有限范围内变通应付领导。她决心不再麻烦警员,愿意接受任何住处,不论条件如何。

那个警员带她去见了一个老妇,并把她留了下来,她油然而生的轻松感好不容易才没有表露出来。这个老妇十分邋遢,同大约一打猫居住在单独一个房间里。一开始,烦透了连续几天的奔波,虚弱得几乎病倒的伊琳娜,害怕遭到又一次的拒绝和屈辱,尽管心里十分勉强,还是向那个老妇提议与她同睡一段时间,分享她的床铺。但是,老妇脸带狡黠的神情拒绝了她,仿佛伊琳娜想以这种方式坑害她。她能做的是晚上稍迟一点时候带伊琳娜去"一个家庭",在那儿可以暂住一段时间,当然,需要一定数目的钞票作为交换。但是,老妇要求先交手续费,而伊琳娜身上只有少量的钱,不得不留下结婚戒指作为抵押。在家里,伊琳娜有一本数额巨大的支票簿,但警局不允许她取现,房间里所有一切均被查封扣押,以备侦查。

老妇劝她先离开,傍晚再回来,以免引起院子里的人们注意,但伊琳娜向她解释,自己没有地方可去。老妇耸耸肩,把她关在了门外,所幸的是借给她椅子的人允许她在他家的厨房里等待。这是一个有五个孩子的家庭,在那个闷热得令人喘不出气来的夏日下午,全家都待在厨房里。主妇不在家,她在一家小纺织企业——生产鞋带、缎带等的工厂上下午班,同孩子们在一起的当然只有父亲,那是一个强壮的男子,剃了个光头,起初,伊琳娜感到害怕。

伊琳娜为孩子们洗了脸,又洗了喂养得很糟糕的最小的孩子的内衣,清扫了那个狭窄的厨房,以此表明自己在那儿的存在,但不敢走进这个家庭的唯一的起居室,虽然那个强壮的男子或许有纯洁的心地。她同孩子们一直待在厨房里,感到很自在。

傍晚,在主妇回来之前,老妇来把她带走,去郊区某个地方的一个两房的套间。那里住着一个瘫痪的老人,愿意出租一间房子,来换取"全面的"护理。老妇进屋同他交谈,将她留在外面等候,回来时却说老人不愿同"政府"有丝毫瓜葛,请她另找其他地方。晚上很晚的时候,她们才回到城里,老妇不愿放弃那个婚戒,又带她到一个令人非常满意的家庭。那一家只有夫妻俩,丈夫是一名兽医,妻子在邮局工作,两人年龄在三十五岁左右。伊琳娜对屋里超乎寻常的整洁和夫妇俩的朝气蓬勃的外表感到惊奇和欣喜,尤其令她吃惊的是他们对她牵连其中的案子并不十分在乎。她随后住进了通过玻璃隔墙与房主帕斯卡利乌夫妇的卧室隔开的一个单间,老妇终于走了,但又搜刮了她一笔钱,因为很明显,婚戒毕竟不能当饭吃。

兽医是一个保养得很好的男子,高个儿,文弱,戴一副眼镜,而女主人与他很相像,宛若兄妹。伊琳娜退回到自己的房间里,穿着一件从一家处理品商店购买的睡衣,立刻进入了梦乡。但不久被兽医同妻子吵架的尖厉喊叫声吵醒。兽医似乎喝醉了，滔滔不绝地说着什么，论证，绝望，叫喊，连续多次，虽然女主人不断求他停止吵闹。伊琳娜恐惧地听着，大睁着眼睛，有几次觉得兽医似乎累了，睡着了。但几分钟之后，一切又从头开始重演。三夜中有两夜发生了这样的闹剧，兽医——其实他并非医生，而是技术员，没有完成学业的大学生——看来是一个酒精过敏的特殊类型的人：在家里同妻子——那个戴眼镜的高挑、纤弱的女人手挽手一起喝，随后便变成醉鬼，寻衅闹事，尽管只动嘴不动手。第二天又变成了另一个人：沉默，和蔼，彬彬有礼，有时甚至优雅和乐于助人。

虽然老妇告诉她，夫妇俩没有孩子，但伊琳娜第二天走进厨房时，发现那儿有一个柳条编的摇篮，里面有一个婴儿在咿呀学语，身上盖着一条防蝇的白色薄纱巾。伊琳娜当着帕斯卡利乌太太的面想走近去看一看孩子——那几天她特别敏感，看到有孩子在场或许能在某种程度上重新恢复平静，但孩子的母亲极力反对，横插在这个陌生女人与不断传来咿呀之声的摇篮中间，于是伊琳娜不得不红着脸向后退去，重又感觉到那几天每当受到任何侮辱或者故意冒犯时出现的四肢冰冷的虚脱感。在那几天，这样的虚脱感对于不得不承受罪案压力的过大重荷的她来说，实在太过频繁。

直到第五天，当局才准许安葬中学生——她的继子，但即使是这个时机也不准她进入自己的房子。青年学生的尸体安放在公墓小教堂，来了大量送别的人。在人群中，她瞥见了蒂图斯，他几次试图接近她，但她始终被熟人们围着，回家时也有人陪同。借葬礼之机，住在同一个小城的她的小叔子、她已故丈夫的弟弟——职业彩绘工，他自称为"包工头"——在葬礼后准备了一桌饭席，即所谓葬礼宴，却把她排除在外，而且没有对她做任何解释。除此之外，这个小叔子实际上是关于伊琳娜的许多流言蜚语的源头。他俩之间存在着一个根深蒂固的芥蒂，其原因是彩绘工觉得哥哥同一个"知识分子"——一个因自己的家族"过分骄傲的"女人结婚，让他很没面子。确实，在短暂的家庭生活中，她找出种种大大小小的理由，将达比奇同他的亲属隔离开，而现在他们在实施报复。这最新的打击，对于伊琳娜来说实在是太微不足道了，她是一个不很合群的人，下定了逆来顺受的决心，无奈地等待着侦查的结束。伊琳娜没有任何亲人，孤身一人，极其孤独。她出生在巴纳特地区的一个小城，像纳德拉戈市一样，是一个钢铁之城……战前冠上了奥匈帝国霍亨索伦王朝的一个统治者的名字，她的父亲是工厂的一个职员。父母离婚后，她跟随父亲生活，母亲回到卢戈日的父母家，不久就再婚，跟随在一次度假中相识的新夫君去匈牙利，获得了外国公民身份，最终离开了祖国。

伊琳娜的父亲在离婚后几年就去世了，她当时还不满四岁，由住在奥尔索瓦①的祖父母抚养。她的祖父曾经当过"银行经理"，不过那时已是穷困潦倒的退休人员，极其艰难地把伊琳娜拉扯大。但是，祖父母相继去世后，她十五岁就成为完全的孤儿。为了完成中学学业，她不得不租住产权不属于她的房子——住在另一个城市的祖父的儿子、直接继承人、她的叔

---

① 罗马尼亚西部巴纳特地区城市。

叔继承了这份遗产，在受到许多限制的这种条件下读完了中学。后来，她的叔叔想卖掉房子，她不得不在祖母死后两年，搬到一个配备家具出租的房间里居住，在城里的一个商业组织当会计。那是一个乏味的工作，她在男人们的四面八方的纠缠下勉强应付着这份差事。她已经开始一个不该生来成为美女的漂亮女人的艰难生涯，赖以生存的工作是那么没有希望，如果不做出妥协就不得不抛开自己的职业，而伊琳娜更喜欢一切听其自然，厌恶妥协苟且。由于这些以及其他种种鸡毛蒜皮的琐事，逐渐地，她变得越来越孤独，从她的身体里似乎生长出一棵野草，使她病态地敏感和容易冲动，在二十岁左右就避开任何社交活动，很少外出，独自去观看这个小城很难得一见的戏剧，整天和整个星期把自己封闭在家里，独自在山上度过贫乏的假期，以及表现出被这个边远小城视为异类的其他种种行为。

许多人追求她，因为她的天生丽质和令人难以容忍的傲慢。或许，少见的美貌生来就是为了减少常常冲击我们观感的丑的数量，奥尔索瓦人之所以不能原谅伊琳娜，是因为她丝毫也不肯贡献出自己的美貌，仿佛那是她独有的私人财产。她也不懂得柔情蜜意的谋略，这当然放大了她傲慢自大的日常行为的侵他性。

她的前夫是一个职业军官，比她大十四岁，结过一次婚，前一次婚姻中留下了一个男孩丹和一个小女孩，小女孩不幸夭折于斑疹伤寒时疫。各种照片显示他是一个个子不高、干瘦的人，目光坚定，下巴四方，很珍视自己，保持一种诱人的姿态，可以说是一个动作和反应很持重的男人。他喜欢玩枪，每个星期天的早晨去周围的森林或者小树丛打猎，穿着带有学究气，可能是这个小城唯一的一个每天换衬衫的居民。所有这一切，他的痛苦的过去——战争、被前妻（那是一个轻浮的女人，后来死于一场车祸）抛弃，以及他的做派，以过于夸张的庄重和谨慎接近女孩的方式，与他那一代率性和不讲究形式的"规范"适成对比，或许蕴含着不显眼的密写的优雅或者性感。但伊琳娜从十五岁开始可能就是一个过时的女孩，喜欢古板的高雅品性，富有形式感，喜欢带有丰富的沉甸甸的拖裾的长裙和挺括的黑色上衣，上面缝有看不见的垫胸和显眼的饰品——双层衬垫的真正的装饰。

　　她天生对于任何激进的表现，对于任何冒险精神有某种不信任，那是从时间、从她不幸的童年经历中学到的。她的非同一般的敏感，犹如某个地方有着裂缝的精致瓷器，永远那么脆弱和珍贵，因此所有人都怀着痛苦的心情小心翼翼触及它们，或者最好还是不去碰，而仅仅是观赏它们。像树叶一样天生具有裂缝的这样一件薄胎瓷器，乃是伊琳娜的心，她害怕触及它，而仅仅看着它，用她那犹如在森林里被追赶的华美、优雅的动物的目光观赏它，虽然森林里到处都是谷地、沟壑、泥沼和干燥的岩石，上面覆盖着一层富有智慧、似乎在劝导人们不要碰的地衣。

　　伊琳娜同达比奇结婚是在认识他一年之后，但这是一桩不幸的婚姻，或者更确切地说，她是一个不幸的女人，因为在相识后的第二年——婚后第一年——他因渎职罪被关了起来。他是当地商业组织的头头,当时,当地发现一个由销售和管理人员组成的八人团伙滥用职权,贪污盗窃。法庭没有证据证明他与这些人有牵连,但以造成国家财产损失的渎职罪判处他一年半监禁。这是他叙述的版本,而在伊琳娜看来,案件相当含糊不清,她与其说感到窘困,毋宁说出于对自己命运如此多舛和悲惨而深感绝望,所以连庭审也没有出席。半年后,在他依然"服刑"期间,她偶然发现了案子的一个众所周知的"细节":一种用市场紧俏物资进行的"交易",某种拉绒织品分配给全城单独一家商店,其他渠道的销售都是虚构的;全部存货由一家缝制小熊的合作社收购,合作社再把小熊卖给商店,如此等等,一种表面完全合法的交易。如伊琳娜所发现的那样,这是一桩"小熊"买卖,也牵连到了达比奇,可能还有她没有发现、没有人说起或者关注等其他的问题。这个案子真是无妄之灾,虽然达比奇通过努力申诉,缩短了一半刑期,大约九个月后就走出了监狱。

从她信任和挚爱的这个男人被这样拖进公众注意的那一刻开始,她的爱情——她爱那个男人的方式——突然熄灭了,却一直与他共患难,无论在他服刑期间还是释放之后,直至他去世,只是因为我们所说的"顽念"。但这样的顽念在她心灵深处是根深蒂固的,正如人类自身的道德观那样,《圣经》的某处不是说"女人应该与丈夫在一起,无论是好还是坏"吗?或许出人意料的是她"严肃"地信守这个信条,有相当多的人严肃信守这样的信条,仿佛像同一个母亲所生的所有孩子身上某处的皮肤的某些斑点,或者欢笑的模样,或者惊奇的瞬间回头的神情，无不是血缘的继承，难道不是这样吗？！

伊琳娜是一个早熟的女孩，养成了顺从和令人困惑的克制自己的习惯，她的丈夫——她尊敬他在很大程度上是因为懂得必须挽救的不是面子，而是礼仪，乃至庄重仪态——身陷心非所愿的丑闻，对于她看待事情的方式，乃至对于她的生命力是一个决定性的打击。她没有过多地责难丈夫，正是因为相信——她天真地告诉他自己的这种想法，使他再一次感到困惑，加大了他的后悔之情——是她将不幸和霉运传染给了他，而且甚至使用了"她传染了他"这一表述，通过他，也就是说借助他，命运惩罚了她。这样，她近乎认为自己天生带着某种原罪，是不同于通过洗礼——她是基督教徒，做过洗礼——洗刷掉的原始人原罪的另一种原罪，一种印记，命运的烙印，犹如在南北美洲打上烙印的牲口，它们属于某个主人，这个主人在它们身上烙下了某种印记，某种粗野的火印：或是一只展开了翅膀的乌鸦，或是一头公牛的卷曲的鬃毛，或是一只猎犬，乃至鬈曲长发披肩的一个美女的侧影。她相信，有一个看不见的主人将这样的一个火印烙在了她身上，那是一只带来不幸的动物——或许是一只苍鹰或者猫头鹰，一只乌鸦或者是沙漠犬令人厌恶的影子的印记。她必须赎什么样的罪孽？这无关紧要，她不知道这种罪孽的名称，她不认识它，如果她短暂生命的种种事件显示出它，那么她的命运注定是——伊琳娜相信——充当牺牲品，就像几乎所有的异教徒民族一样在危急关头把年轻女孩作为牺牲，投入湖里，或者将她们放在石头祭坛的尖利粗糙的石头上放血，或者扔进燃烧着魔火的一个青铜神像的贪得无厌的胃里。她生来就是为了充当牺牲的,而且时刻准备这样做。

达比奇出狱后,被纳入后备干部的行列,然后,在很短的一段时间后,由于他能力很强,先被任命为纳德拉戈城的地方商业组织的副经理,随后又升任经理。纳德拉戈城是一个工业小城,隐身在一个漏斗形的山谷里,伊琳娜在心灵深处希望在如此隐蔽、荒凉的一个地方隐居,那个命运的"主宰",在她的生命中烙上了灾难的火印,促使她不断在最微小的事件中备受挫折的那个"主宰"将消失。然而,不幸的是达比奇就在第二年——又是第二年——身患胃癌,迅速扩散,在他们的住处撒手人寰,留在她身边的只有她的继子丹和那栋小小的别墅。别墅是她前夫——那个军官作为遗产留给她的,这自然引起军官的所有亲属的愤怒,虽然房子并非是特别值钱之物。

接踵而来的是罪案,达比奇的儿子闪电般的死亡。

伊琳娜在仅仅几天的时间里骤然变得苍老,这种无形的全面苍老乃是她的心智的悲哀和无奈使然。她认为自己是一个无可救药的命中注定如此的女人,为此她执意寻求——以有时神奇的想象力——平和的心境、完全的谅解、意外的原因,等等,来原谅那些粗暴地对待她的人,不公正地指责她或者甚至可笑和荒唐地栽赃她做了某些丑事——就像在这不幸事件中那样——的人。

伊琳娜从葬礼回到了帕斯卡利乌家里,陪伴她的只有一个女邻居,一个十六岁的年轻姑娘,长得很丑,高个儿,大骨架。这个姑娘丝毫也不喜欢伊琳娜,而且不隐讳这一点,是

"村长保罗街"上关于这个漂亮和骄傲得不容人的寡妇的流言蜚语的最卖力的传播者之一,但伊琳娜在这几天频繁地见到她,所以在公墓求她同自己一起回来,随后按当地的习惯,请她吃饭——"葬礼宴"。伊琳娜之所以这样做,只是因为必须有人陪同,特别是因为她的继子丹似乎与这个姑娘有过交往。

这两个极不相配的女人,本能地深刻反感彼此,但伊琳娜隐藏着任何反感的痕迹,当发现对方恶意、蔑视、气势汹汹的目光,或者突然表露出女性全部敌意的毫不隐讳的话语时,她,伊琳娜并不疏远对方,不容许自己有最微小的对抗或者冲动。因为她深知,等待着这个姑娘的是来自异性的蔑视和痛苦屈辱的漫长生活,而自己与她不同,生来就是为了对男人发号施令的。忍也是一种接受痛苦的方式,伊琳娜已经准备好,虽然还不习惯漫长的痛苦将伴随她整整一生的想法。

她从城里买了一点吃食,还有一瓶葡萄酒,得到帕斯卡利乌太太的准许,准备了一桌简单的酒席,宴请了帕斯卡利乌夫妇和那个名叫安杰拉的丑姑娘。下午六点钟左右,安杰拉把装在兜里的甜面包、葡萄酒和糖果散发给了街上的孩子们,因为伊琳娜没有力气再从屋里出来走动,帕斯卡利乌夫妇回到了他们的房间里。伊琳娜和衣躺在已经睡了将近一周的那张狭窄的长沙发上,想安静地休息。

从第一天起,帕斯卡利乌太太就禁止伊琳娜在她不在场时单独进入厨房,但伊琳娜受好奇心驱使,常常想看一看那个不断传出咿呀学语的婴儿声,却从来没有打开过的摇篮里究竟是什么情景。一天,恰好她一个人在家,便违背女房东的禁令,没有立刻离开厨房，走近那个柳条编织的小床，揭开了薄纱。摇篮里的怪物刹那间吓得她脚下哆嗦不停，很难在原地调整观感，于是她走到了离摇篮稍远一点的地方。摇篮里睡的不是一个几个月的婴儿，而是一个巨婴怪物，长着一张平行四边形的大嘴，口水横流。那是一个生来没有硬腭的孩子，瞪着凸起的大眼睛；那是一个已进入青春期的十四五岁的大孩子，却在摇篮里不停地咿呀学语。在此之后，伊琳娜极其委婉地告知帕斯卡利乌太太，自己已经"知道"，要求她允许自己照料这个"残疾儿"。女房东在开始的短暂拒绝之后，表示同意，并提议免除伊琳娜相当高昂的每月房租作为酬劳，但伊琳娜拒绝了。从那一天开始，伊琳娜照料着孩子，经过头几天的反胃恶心之后，她开始对这个工作感到一种出奇的满足。但每夜房东夫妻的吵闹依然如故，那个平时沉默得近乎拘谨的男主人，以非同寻常的热情和激奋整整几小时胡说个不停。伊琳娜非其所愿地发现了房东夫妇俩的生活和私密的大量细节，这是比照料厨房里的那个痴愚儿更难以忍受的事情。伊琳娜强制自己忍受一切，没有任何最微弱的反抗，即使是内心也没有倾诉的要求：她设想自己必须为未知的罪孽赎罪，或许她认为自己至今之所以受到打击，是因为以往想逃避痛苦之路。如果她寻找这条痛苦之路，如果她并未从生活提供给每个人的无数机遇之路上退缩，如果她不是那么"固执而愚昧"地捍卫所谓"追求幸福的权利"，认识到那无非是一种偏见，那么命运或者那个"无形的人"或许不会那么无情地打击她。

在照料厨房里那个巨婴——与她和周围其他人的生活那么

疏远陌生的巨婴时,伊琳娜试图适应每次一看见他就引发的恶心感,以及随后难以启齿的种种护理。她试图习惯于将照料他终身的想法。看到他的母亲终于无须亲自照料他的那种轻松感,伊琳娜相信,如果她从这儿搬出去,回到自己家里之后,把他要过来由自己抚养,大有成功的机会。

黑暗中,她躺在长沙发上宽慰地叹了口气,庆幸审案者总算让她平静地过了一天,但她受骗了,因为晚上在她喂完"孩子"——他没有名字——吃饭后正准备躺下时,被告知有一个男子来访。帕斯卡利乌太太来通知她,当伊琳娜请求她说不论是什么人概不接待时,这位房东太太立即接着说,来访者出示证件表明其身份是检察官。随后,她又补充说,很不好意思——为什么?实际上是两个人,有一个站在阴影下,一言不发。伊琳娜要她告诉他们,自己正在穿衣服,马上出去见他们,但那两个人想看一看她的居住情况,坚持要在她的房间里受到接待。他们有搜查令——帕斯卡利乌太太补充说,像伊琳娜一样感到惊奇,因为他们是第一次来到这儿。

几分钟后,伊琳娜不得不接待他们,立即认出走进房间的两个男子中的一个是雷慕斯·亚列山德雷斯库,区检察长,曾经连续审讯过她好几天;另一人是个胖子,相当年轻,黑色的眉毛很浓,一副春风得意的模样,她完全不认识,在民警局或者检察院的办公室及走廊里也没有见过。

"您住在这儿?"亚列山德雷斯库像往常一样礼貌地问道,虚假的礼节有时变得很累人,"我们很遗憾您还不能回家……虽然我必须承认,如果您更加通情达理,那么甚至这个禁令……可以吗？"他指着一把椅子问道，伊琳娜请他坐下。随后他相当含糊地介绍说："州民警局的一个同志。"

"您为什么到这儿来？"伊琳娜向检察官问道，"这些让我留宿的人不应该……"

"让我们抛开这些废话，同志！"那个得意扬扬的小胖子打断了她的话，在他那永远半开半合的厚厚嘴唇上挂着傻乎乎的微笑，"几乎一个星期以来，你把国家机关引入误区……同志们对你太宽容了，否则……"

"否则怎样？"伊琳娜问道，她的眼睛瞬间又闪耀着以往的傲气。

小胖子站起身来，双手插在口袋里走近她，注视着她的眼睛，而她没有动，没有避开他的目光。

"你为什么丝毫也不谈你的情人？你为什么要欺骗我们，牵着几十个人的鼻子……"

伊琳娜始终注视着他的眼睛，然后掉过头去看亚列山德雷斯库，但站在她面前的那个小胖子用手抓住她的下巴，粗暴地扭转她的脸：

"你现在是在同我说话，不是同那位同志……"他说道，并无恶意，始终微笑着，然后突然轻声私密地问道，"加什帕尔在哪儿，小美人？"

"加什帕尔？"伊琳娜诧异地问道，因为至今从来没有人谈到过他，"您同他有什么瓜葛？！"

"同我们大有关系！"小胖子声音里带着隐蔽的狡黠说，"你，小鸽子，告诉我们你把他藏在什么地方……在哪儿见他，

163

能带他来这里吗?"

伊琳娜听到那一声"你"时,不由得一惊,只有在场的喜欢虚礼的亚列山德雷斯库察觉了这种失态,其他人也许根本发觉不了。

"我不知道。"她说,把肩膀转向那个不认识的小胖子,但他抓住她的手臂,将她扭转回原位,尽管不很粗暴,但始终不撒手,仿佛她会逃跑似的。

"这个加什帕尔,神秘的加什帕尔是什么人?他在这儿寻找什么,你为什么没有把他的信息告知……"

"我不知道!"伊琳娜说,僵直地站在他面前,"但我希望你们不在这儿审讯我,而在……"

"闭嘴!"对方轻声说,始终微笑着,伊琳娜看到了他的整个齿冠,惊人地整齐,"只要我们高兴,可以在任何地方审问你!加什帕尔是你什么人?你给我编什么谎话,我对那桩死亡案很好奇!"

伊琳娜沉默了一会儿,然后努力注视着那个小胖子的眼睛说道:

"是一个童年的相识……在奥尔索瓦认识他,我们在同一个学校一起学习。"

"什么学校?"

"小学,后来又一起学习初中的课程。他比我大两岁,是一个法官的儿子……您还想问什么?您知道得比我还清楚……"

"比你还清楚?"对方问道,表情很得意,"他到这儿干什么,什么时候来的?"

"不久之前……想见我……"

"你在家里接待了他?"

"不……我根本不想见他,因为……"

"因为什么?"

"跟您无关!"伊琳娜坚决地说。

"很好!"小胖子说道,又抓住了她的手,十分好奇地注视着她,似乎这个回答在他意料之中,"你又开始打你的小算盘?你以为……这就能最终蒙混过关!你没有什么独创性!无非是撒谎,有人亲眼看见这个家伙进入你家,次数很多!"

"我禁止他来!可能是来找丹,他们认识……"

"是吗?夜里也来?没有钻进伊琳娜太太的被窝里?"

伊琳娜沉默不语。亚列山德雷斯库在欣赏着自己的指甲。

"这个年轻人没有打扰你吗?在奥尔索瓦,你丈夫被捕期间,有人看到你屡次同这个家伙在一起,这个穿得破破烂烂到此地来寻找工作,像个十足的流浪汉的家伙!他在寻找什么?在这整段时间里,他住在哪儿?"

伊琳娜始终沉默着,只是想到隔壁的房东夫妇俩耳朵正贴在玻璃隔断墙上听着,不由得心头一阵抽搐。这一次,听墙脚可以说让他们完全如愿以偿。她丝毫也不比他们俩低贱。

"他要我同他结婚……"伊琳娜说,低眉向心不在焉的亚列山德雷斯库望去。

"发生罪案的那天晚上,九点至十一点三刻之间,你在什么地方?同加什帕尔在一起?"

伊琳娜沉默不语。这个问题她已经听到过好几百次。

165

"不，"她勉强回答说，"我已经说过那么多次是……"

"是什么？"对方问。

伊琳娜重又沉默。

"我会将你交到几个男孩手里！"小胖子说道，始终天真地微笑着，"你知道那些家伙是'专职'醉鬼，夜里在城里闹事，砸橱窗，强暴女人……是些很有个人魅力的小伙子，其中有一个留着克拉克·盖博①一样的小小胡子……你喜欢克拉克·盖博吗？"

"随你便，"伊琳娜冷冷地说，"但我不知道您是否有权在这儿审讯我。请您离开！"

小胖子拿出一张纸，摊在她面前，那是一纸住宅搜查令。

"我们还有几张纸！"他厌烦地补充道，"你以为我们到这儿来是为了逗你乐吗？你认为我不人道，是吗？你认为自己更人道，隐瞒我们一星期后才发现存在他这么一个人，拒绝说出罪案发生那个晚上究竟做了什么，你在隐瞒什么？尊敬的太太，你究竟想隐瞒什么？"

"我什么也没有隐瞒！"伊琳娜说。

"九点至十一点三刻之间你干了什么？"

"我在看电影。"

"有谁见证？"

"没有人……我在放映新闻片期间进去的，我已经说过了。"

---

① 克拉克·盖博（1901—1960），美国好莱坞著名演员。

"女售票员不记得……她认识你……有谁在那儿看见过你?"

"我不知道,我没有看见任何人。我坐在头几排,电影结束前就离开了。您要我也给您讲讲影片的情节?"

"不必!"小胖子说,"在这之后,你干了什么?"

"我已经说过了。"

"没关系,再重复一遍。"

"我坐在天主教教堂背后的小花园的一张长椅上。"

"同谁?"

"独自一人。"

"撒谎!同一个男人。"

"不,我独自一人。"

"同谁在一起?小鸽子,告诉我你同谁在一起?"

伊琳娜这一次很震惊,刹那间感觉到了自己想要阻止对方使用这类昵称或者下流称谓的强烈冲动,但根据对方注视她的那种姿态——湿漉漉的嘴巴永远张开着,两眼快乐地闪烁着,她察觉小胖子已经料到她会做出怎样的反应。于是,她沉默不语,不做任何回答。

"同你一起坐在长椅上的男人叫什么?"

"我独自一人!"她机械地回答说。

"撒谎!你总是撒谎,无耻!你在自讨苦吃,尊敬的太太,你以后会知道在哪个长满虱子的监狱里发霉腐烂,那是吉卜赛人和性发育不良者随时进出的去处!或许,这儿的这些先生们碍于不合时宜的情面,对你隐瞒了情况的严重性。十天之内,在一个工业城市发生了两起罪案。布加勒斯特下了命令……总之,你对此太不关心!你最后一次见到加什帕尔是什么时候?"

"丹出事前一天……"

"在什么地方?"

"布奇亚什街的食品商店。他跟在我身后。"

"他想干什么?"

"说是要走了。只待了几分钟。他不想让我难堪,虽然……"

"虽然什么?"

伊琳娜沉默不语。亚列山德雷斯库站起来,看着墙上的几幅照片,特别是在一幅油画前迟疑了片刻,画面展示的是一艘海船漂浮在阴暗的水面上,从中可以分辨出一个站立的身影,左边有一个白点,可能是云层背后的月亮散发出的光。海平线是剪刀形交叉的两束光上的白色,远处,在海水的模糊的阴影下,依稀可见第二条船。两条船都在等待着曙光,没有帆,在这幅镶着名贵的厚实镀金框架的狭条直角形的油画中,有着某种迷人的东西。随后,检察官一声不响,走到隔壁帕斯卡利乌夫妇的房间里,不久传来了说话声。

小胖子沉默着,坐在一张稍一动弹就嘎嘎作响的狭窄的餐桌上。伊琳娜站在他面前,离他十分近——他不让她有丝毫活动的空间——闻到了他头发上的发蜡的气味;随后,他那长着漂亮的整齐牙齿的大嘴的呼吸气息好几次直喷过来,每次她都浑身抽搐一下,竭力控制着自己不回过头去。

"你很漂亮,太太……"小胖子说道,"我与他们不同,不让你自由走动,我为你做……"

"我也很喜欢这样!"伊琳娜干巴巴地说道,"这样我不会受任何人摆布,不管他……"

"你错了!"小胖子放低了声调,推心置腹地说道,"你必须害怕堕落,司法和这一切过于严厉的形式……哈,哈,哈!"他低声地笑道,仿佛捂着一块手帕在笑。"你应该帮助我们,审讯可能很伤害你,当然,如果你根本没有牵涉……你不喜欢我用你来称呼吗?要知道,对于同我上床的女人,我从不像称呼你那样,叫她们什么'小鸽子''太太''小宝贝',等等,现在,只有我们俩单独在一起,"他把脸贴近她耳语道,抓紧了她胳膊,不让她动,"我可以称呼你或其他更加……更加……"

"放开我!"她喊道,挣脱了他的手,向后退去,撞翻了一把椅子,发出了意想不到的强烈声音,一瞬间,房间里一片沉寂。

"过来!"他温和地招呼她,友好地眨眨眼,伸出了左手,一只肥胖的手,小手指的指甲很长,"回来!"

伊琳娜迟疑片刻,随后走近过来,掩饰不住突然笼罩她的战栗和恐惧。他重新抓住她的手臂,把她拉得十分靠近自己。

"告诉我,"他对她耳语道,"你想坐牢?觉得自己更安全?"

"对!"她说,刹那间被他的温和、热情的语气所欺骗。

"我听说丹不是达比奇的孩子。你知道吗?"

"谁这么缺德?!"她咆哮道,突然试图停止说话,努力克制自己,但这个信息以非同寻常的力量刺痛着她。

"有一天，在达比奇去世前几个月，丹，在一个早晨……"

"不，不！"她反对道，"那是恶意中伤。邻居们的下流卑鄙的谣言！"

"有法医的检验证明……"

"只是走走形式，为了吓唬他！而且，所有人都承诺为我保守全部秘密，不是官方的秘密，而是人的秘密，难道世界上没有人感到……"

"秘密！"小胖子眼盯着她问道，像一个近视眼一样十分靠近她的脸审视着，"因此，你喝了高锰酸盐溶液？"

"噢，连这事你也知道！"伊琳娜一脸痛苦地感叹道，"你想干什么？"她精疲力竭地降低声调问道，"现在你还想干什么？"

"我吗？你知道我想要什么！小傻瓜！"

她看着他的脸，对他突然改变的口气感到诧异。但他舔着嘴唇，重又露出了微笑。

"检察官同志！"她朝玻璃墙喊叫道，那边的说话声突然沉寂，随后再也听不见任何声音，"检察官同志！"

小胖子惊奇地望着她，越发用力地抓住她的手臂，直至她不再吭声。

"你不喜欢我们单独在一起吗？我是一个粗野的人，是吗？要讨价还价，休想！检察官得听我的命令，白痴！在这儿指挥的是我！在你待在这儿的全部时间都是这样，要知道……听着！你想牵着我的鼻子走？要么你牵涉到罪案，要么你隐瞒着什么人……说，在九点至十一点三刻之间，你做了什么？白痴，必须同你上床你才肯说吗？"

"谁给你这样说话的权力?"伊琳娜问道,话音十分沮丧。

他久久注视着她,有点犹疑不决,思考着其他什么事情,然后突然说道:

"听着,没有任何人敢闯进这儿,即使我们两个人……哈哈哈!心痒了,啊?或者你喜欢我把他们赶出屋去,只有我们……"

"检察官同志!"伊琳娜又喊叫了一次,在用力抓住她手臂的那只手里挣扎着,"帕斯卡利乌先生,请您到这儿来……帕斯卡利乌太太!哦!啊!"她突然尖叫道,因为对方那么生硬地紧抓着她,她不由得惊呆了。她的额头突然被汗水湿透,浑身不断颤抖,尽管她竭力想控制住自己。

"你不舒服吗?"他贴近她的脸,温和地问道,"听着,他们在隔壁,"他又补充说,声音很低,似乎不愿被人听见,"他们在隔壁,静静听着。但即使我把你杀了,他们也不会进来。检察官是个没用的家伙,连对你直呼'你'的勇气也没有,不中用的家伙!"一串薄薄的唾沫出现在他的嘴唇上,伊琳娜惊奇地看着这个人能那么迅速地进入最极端的状态。但是,她觉得此人在伪装猜疑,加剧了她的恐惧。

他毫无表情地看着她,然后脸上慢慢地、逐渐可见地出现了蔑视,接着迅速转换为深刻的厌恶,伊琳娜不由得睁大了眼睛注视着他,不明白究竟发生了什么。他突然站起来,轻轻地把她推到一旁,扭转肩膀站立了一分钟,随后开始背着手在房间里踱步。淡黄色的地板随着他的脚步发出咚咚的响声,所有的家具——桌子、柜子等,似乎都随着他的脚步移动。

"或许这么简单?"他停在她面前说,伊琳娜吓了一跳,他的声音是那么出人意料,"他妨碍你们,于是你们把他掐死了?或许这么简单?城里传说,你们还杀了另一个……"

"谁?"伊琳娜问道,脸色变得煞白。

"谁!"小胖子耸耸肩说,"你现在还在装,仿佛……我是不相信官方版本的少数人,知道吗?我今天开车从T城来,只是为了亲眼看到你、亚列山德雷斯库先生,还有他那一套第二次世界大战前的手法……对,对,称你为'您',口口声声'请您原谅我',风度翩翩,能够吻你的手,屁大的事也要请你允许,事情越小,礼数越大,这是规矩,你们这些白痴!"他突然怒不可遏地发作了,"我是唯一依然相信你无罪的人!我们俩单独在此,我,一头老驴,和你,性感婊子,风情万种!"

"闭嘴!"她低声耳语道,近乎在祈求,而他开始带着柔和的粗俗轻浮地笑道:

"怎么?我终于能同洁白无瑕的夫人亲昵了?!"

伊琳娜低下头,咬着嘴唇,直至出血。

"是的,是的!"他说道,似乎有点悲哀,"伪装得真好,但在那儿,在那个孩子的血迹旁……有谁知道,你们居然还有心思在那儿继续床戏,在那个孩子还有一口热气的时候!加什帕尔在什么地方?倒霉蛋,要我用你自己的头发把你绑在桌子上!"

伊琳娜沉默不语。隔壁一片寂静,充满人体气味的不快的寂静。然后,依然在他微笑着的时候——最后一句话是他假装轻声笑着说出的——明显他已经怒不可遏,双手开始微微颤抖，嘴唇上重又出现一串薄薄的唾沫。伊琳娜满心恐惧地盯着那串唾沫，因为它比那些下流的昵称更使她害怕。他在房间里激动地来回踱了几次，然后，她依然不知道姓名的这个人抓着她的手臂，将她拖到他身边。

"不能这样！"她反抗道，因为她穿着拖鞋和家居的薄短裙，但他根本不听，在打开门的同时，把她拖在自己身后，她感觉到左腋下裙子的缝口在崩裂，于是不得不让步，跟着他走。屋前有一个穿制服的人，牵着一条大狼犬，小胖子从他手里接过犬项圈，简短地命令道：

"你可以走了！同志，你自由了！"那个人不声不响地离开了。小胖子在屋前站了片刻，似乎还在思考是否回去，然后，门打开了，亚列山德雷斯库也出现了，沉默不语，紧皱着眉头，没有看她。

那个不认识的小胖子抓着她的手臂，仿佛抓着一件东西，三个人离开了伊琳娜的住所。街道全是空荡荡的，已经将近夜里十一点钟，她很迟才察觉他们并非朝民警局走去，而是向通往山上的城郊穆雷沙努街行进。一轮红色的大月亮看上去不太真实，在森林覆盖着的两座阴森森的——那儿的森林很密，阴森得吓人——并列山峰之间移动，挂在了东正教教堂的钟楼顶上。那是一栋非常古老的建筑，墙体厚实，有一座巨大的钟楼，死气沉沉的。

他们现在正沿着陡峭的上坡道向上爬，虽然依然还在曲曲折折的街上行走，两边的房子都黑着灯。伊琳娜看了一眼身后，小城似乎突然沉到了她的脚下，几处昏黄的灯光像患了贫血似的，在山下依然胆怯地闪烁，而前面，山已经近在眼前，看上去仿佛在水上滑行。伊琳娜控制不住一阵不安的颤抖，双手交叉在胸前，抓住自己的肩膀，浑身似乎突然发冷……

亚列山德雷斯库时而走在前面一两步，时而落在后面，没有正眼看她一次，而始终注视着一栋栋房子，脚下踩着的黑沉沉的石头，心不在焉地用手抚摸着一家家的木栅栏和大门，院子里的狗常常吠叫几声，但感觉到那个不认识的军官牵着的狼犬的存在，不由得呜呜哀鸣着静默了。然后，在到达街尽头之前，他们不知什么原因又回过头去，下坡往回朝小城走去。在到达街尽头之前，他们转弯向左，在一些满布大石头的小胡同里转悠，在路中央大摇大摆走着。不认识的小胖子军官走得相当快，不再抓住她手臂，但她必须跟上他的步伐，那是一件相当困难的事情，她很累，那双旧毡拖鞋常常从脚上掉落。每当她停下时，他黑着脸默默等着她，然后继续急匆匆地走去，伊琳娜几乎是跟在后面奔跑，气喘吁吁，不断试着把头发拢在随身带着的几个发夹里，但逐渐地，发夹一个个不知失落在了什么地方。

最后，他们到达了河边——已经听得见山涧的不断的水声——不认识的小胖子军官停下来，瞧着表，在月光的照射下试图看清时间。月亮已经爬上中天，抛弃了山峰，皎洁，玲珑，在长尾的云彩间追逐。

"我再也走不动了，"伊琳娜对检察官说道，"把我带到一个地方歇歇脚！我再也站不住了！"

亚列山德雷斯库掏出一块手帕，仔细地在嘴周围、额头和太阳穴上擦着,然后叠起来,放回口袋里。小胖子继续向前走,检察官已经走到他前面,但伊琳娜没有动。小胖子停住步,回头望着,似乎犹疑不决,随后轻声喊道:

"丁戈!"

在前面奔跑,用嘴拱着一个栅栏底部的狼犬突然停住步,昂起了头。它的颈项在月光下一闪。

"丁戈!"小胖子军官又低叫了一声,狼犬突然转身向伊琳娜奔去,跳起来把爪子搭在她的肩膀上,呼哧呼哧吐着粗气。伊琳娜摇晃了一下,但看来比她高出一头的狼犬抓住她不放,脖子扭过去看着它的主人。伊琳娜面对它的强烈的呼吸气息和近乎触到她脸的大舌头,不断扭动着自己的头。小胖子军官转身继续快步走路,狼犬在迟疑片刻后从她肩膀上滑下,伊琳娜不得不继续迈开步子,在道路的不规则的石块中磕磕碰碰前行。检察官在河滩头等着,不认识的小胖子军官走近他,迅速交换了几句简短、严厉的话。当她走近过来,停在他们几步远处时,小胖子友好地对她说:

"干吗停在那儿?更走近一点,你怕我们?你以为我们想对你干什么坏事,小宝贝?"

她迟疑地往前走了两步,恐惧地感觉到开始浑身发抖,她的身体丝毫不再听从她,生理反应像近几天来所发生的一切一样出乎意料,完全独立于她的意志和控制,有时令她吃惊的是,自己似乎第一次感觉到这种看来反常的生理反应。她走近到离对方一步远的地方,忽然感到拖鞋的厚底下踏着河滩的粗糙泥沙。

"说吧，伊琳娜，"对方慢慢地俯身看着她说，"你不喜欢这个夜晚吗？美极了！看这月亮！"他感叹道，伸出手臂指着那个不倦地在云彩的或明或暗的粼光片间滑动的天体。"你看见了吗？我小时候，试着这样抬眼望着，不想失去它运动的幻想！你看，"他的话音亲近而热情，仿佛一切无非是已经过去的误会，"如果你只望着它，不固定在周围的某个参照物上，就会觉得它正在天空中运动，速度奇快无比！看见吗？你瞧，嗨，伊琳娜，你瞧！"

他优雅地轻轻托着她的下巴，让她抬眼望去，于是她冷漠地看着在夜间的田野上奔驰的月亮，不由得奇怪地觉得自己双眼充满了泪水。他回过头去逗着警犬玩。

"河水应该是热的，对吗？"他问道，既没有看她，也没有看坐在河边一块巨石上的亚列山德雷斯库。然后，他从一侧盯着她说：

"你觉得怎么样，你曾经在夜里跳进河里洗过澡吗？"

"没有。"她答道。

"我洗过！"他说道，像一个孩子一样在自我吹嘘，刹那间如同一个纯洁的大孩子，很欣赏自己的作为，"嗨，去吧！"他突然说。

她不解地抬起眼。

"嗨，去吧！"他看着她的眼睛轻声重复道，温和地微笑着，然后看见她迟迟不理解，便抓住她的手臂，但不像刚才那样粗暴，而是轻轻地，仿佛有点害怕，拉着她向河床走去，犹如邀请她跳舞。伊琳娜惊异地看着他走了几步，他始终淡淡地笑着，并无恶意，随后停下脚来，因为她站住不动了。他轻轻推她的肩膀，鼓励似的看着她，温和地说：

"去吧，干吗站着？嗨，去吧，不会有任何危险……"

她望着河水，附近的水面不很宽，但在那一边，在河岸的陡峭部分，水缓缓流动着，显然比一个人的身高更深。不同速度流淌着的水波，就像天空中的云彩，黑白粼光变换着，闪闪烁烁。有时候，那个浑圆的月亮完整地闪现在河水的镜子中，附带着像巨大的地衣一般的阴暗的波纹，在隐藏于河底的看不见的石头上移动。伊琳娜往前走了两步，随后又退回来，犹豫着，突然发觉河水很凉。

小胖子军官看着她，鼓励般和善地微笑着：

"下去！"他说，"别怕，不会有任何危险。"

他走了几步，从岸边的一棵柳树上折下一根树枝，看了看，不满意，随手扔掉了。然后弯腰捡起一块石头，喊道："丁戈！"随即把石头扔进河里。

不见踪影的狼犬在他背后的灌木丛中奔跑着，疯也似的跑了回来，在石头下沉的地方扑通一声跳了下去，水花四射。然后，它奋力往回游着，经过伊琳娜的脚边，停在小胖子军官身旁，昂头等待着。那是一只了不起的动物。

他看着她，等待着，但伊琳娜动弹不得，钉在了那个地方，脚浸在没到踝骨上的水里，固定在水流裹挟着缓缓的漩涡静静地、深沉地流动的地方。狼犬两次经过她身旁，牙齿叼着小胖子军官不时抛下的项圈，看来小胖子军官十分满意狼犬在阴暗而急速流动的河水中找到皮项圈的那份机敏，突然向她喊道：

"停止！后退！"

看到她没有动，没有听见他的喊话或者疲惫得僵直了，便用力踩着河床，走近几步，帮她从那儿挣脱出来。

"嘿，快过来！"他说，这一次语气中似乎带着对她固有的软弱的不满和蔑视，"你喜欢警犬吗？"她默默摇摇头。他看了看在河底的泥沙上显得煞是突出的她的白皙的光脚——拖鞋已经失落在河里——然后朝狼犬转过身去，抚爱着它，同它说话，俯身同它毫无顾忌地玩耍，时而张嘴大笑，笑声是那么粗犷、愉悦，而狼犬的强壮的身体用力地撞击着他的肩膀或者胯部，使他失去平衡。月光强劲地闪耀着，这一幕仿佛在什么地方上演过。那是在一个仲夏，在一条宁静的河流的岸畔，田野上有一个少年，一个在附近放牧牲口如马匹及其同类的年轻农民，奔跑着，急急忙忙把衣服脱在河岸上，向白昼袒露出他那白得不可信的身躯，光身一跃，跳进河里，随后同狗戏耍着，很长一段时间忘记了周围的一切。狗很大，很强壮，近乎是一个同伴，年轻农民同它戏耍，打闹，就像两只动物在进行练习，毫不掩饰它们的快活，一场传统的格斗在不断延续，两个躯体翻滚在一起。浓密的皮毛和充满诱惑力的白皙的皮肤下，肌肉在急剧地奔突，呜呜的鸣叫与呼哧呼哧的喘息好似混声合唱，咬牙发力的咯咯响声与粗犷的大笑相互交杂。

"咱们走吧！"小胖子军官突然说，放开了狼犬。狼犬依然在他周围跳跳蹦蹦，阻止他离开，像动物有时笑那样"笑着"，仿佛试图模仿人的笑，一种默默的笑，却特别具有表现力和张力。

"嗨,过来!"小胖子军官朝伊琳娜转过身去,对她做了一个友好的手势。"看见了吧?它太棒了!丁戈!"他蹲着喊道,用项圈敲着沙地,"趴下!趴下!"狼犬肚子着地趴着,机灵和充满活力地哆嗦个不停。他注视着它,然后对它指指女人,耳语道:"丁戈!"接着又说了一次:"丁戈!"狼犬突然一跃而起,朝伊琳娜奔去。她一怔,尖声惊叫起来,但狼犬像一个火车头一样冲向她的肩膀,她不由自主地仰面倒地,狼犬压在了她身上。

"丁戈!"小胖子军官喊道,"回来!"但狼犬没有动,他又喊了一次,用项圈敲击着沙地,"丁戈!走开!"

狼犬听到第二声命令就离开了,他立刻快步走过来扶她,连连道歉,以出乎意料的礼貌请求原谅,但话音里夹杂着笑声,那是对刚才同警犬格斗、对自己的力量和柔韧、对警犬的熟练的动作和理解的迅速感到骄傲的笑声。

伊琳娜站起来时,发觉自己的裙子从乳房直至下摆都被撕破了,左肩还流着血。她的左臂麻木得不能动——不由自主倒在他身上,右眼上方感觉到一种湿漉漉的炽热。她把还能动的那只手举到额头上,但他注视着她的动作说:

"没有关系!你倒下了,因为你体弱!你看到自己有多弱了吗,夫人?你还想对抗司法机关,对抗我们吗?"

"我根本不想!"她浑身颤抖着说,"根本不想!我不知道加什帕尔在哪儿,我发誓,我不知道这个无赖在哪儿……"从她嘴里突然发出一声出人意料的毒骂。小胖子军官玩着项圈,眼睛瞧着地面,仿佛害怕自己的视线可能吓着这个女人。

"星期五晚上你同他在一起?!"

"没有……自从……他跟着我进商店的那个早晨之后,我再也没有见到过他!"

"怎么了,在哭吗?"他带着一种轻蔑的口气问道,而她好似被抽了一鞭子,骄傲地昂起了头,同时眼睛突然感到干涩,但她的眼睑依然在闪光,他轻轻摇摇头,让步道:

"好吧,好吧,我们都是些无赖……只不过你杀了人,这……"

"没有!没有!没有!"她咆哮道,其暴烈和绝望的程度空前未见,听任自己的身体在冷冰冰的小石块上滑下去,"没有!我从来没有打过他,甚至从来没有抚爱过他,因为害怕!"

她坐在地上,双手掩面,失声痛哭,再也忍受不了,他不解地看着她,时时关注着在柳树林里、河岸和河滩上奔跑,在乱石间跳来跳去的狼犬。

他怜悯地盯着她看了几秒钟,她的单薄的身躯弯腰曲背坐在地上,赤裸的手臂十分瘦弱,撕破的裙子下露出了小腿,流血的左肩在月亮的映照下闪亮。月亮已经升得很高,挂在天顶的一个蓝黑色的岛上,四周围绕着一个几乎完全由云彩组成的光圈。

"你几点钟回到家?"

"不知道,我没有手表……"她回答说,试图控制住痛苦地撕裂着她的肩膀的痉挛,"我想大约是……"

"同谁在一起?"对方吃喝道,"你同一个男人在一起,那是谁？有人看见了你，不走运的女人，你想在这儿耗到天亮?!"他咒骂道。

伊琳娜沉默不语，身体逐渐地趋于平静，而他似乎很厌烦地冷冷补充道：

"一个身材不高的人，穿着很讲究，一直送你到大门附近……"

"不是真的！"她悄声说。

"不对，这是真的，白痴，笨蛋！"他怒不可遏地咆哮道，"这是你的运气，否则我们就不会站在这河边的果园里！你应该为此感谢检察官同志，他在汽车上待了一天之后，昨天夜里整整一夜没吃没睡，从一个半白痴嘴里掏出了对'您'，尊贵的太太，有利的这个证明无罪的模范证据！听好了，我口袋里装着你的逮捕令，明白吗？"

她迅速抬起眼来，而他狞笑着补充道：

"你高兴了，啊？你可以摆脱大家，摆脱邻居，摆脱厨房里的那个丑八怪，摆脱没有预料到的审讯的恐惧了？但是，脸面——孤身而没有头脑的女人——脸面，你没有想过吗?!"

"谈不上什么脸面，"她低下眼咕咕哝哝地说，"我还能有什么脸面？最好还是去坐牢，那样就不再会将不幸带给任何人，我就最终成为孤身一人，彻底的孤身！"

"说什么孤独！"小胖子军官粗野地说，"如果你想成为孤身一人，尽可以去用脑袋撞墙，还等什么！自己抹脖子，让我们安静会儿！"

然后，他突然咆哮道：

"站起来,在我面前立正!无赖!在河边给我装圣女,啊?你想让我把你留在这儿,脚浸在水里,同狼犬在一起,让我去睡两三个小时吗?因为你在这儿干的那些肮脏的勾当,我从昨天早上至今没有睡过,你知道吗?!"

伊琳娜站了起来,没有说一句话。她是那样疲惫,那样精疲力竭,超越了通常的肌体的劳累,强烈不安地感觉到一种出乎意料的麻木呆滞支撑着她。身体的战栗几乎完全停止了,于是她做了几次深呼吸。他走近她,注视着她,然后突然举起手,伊琳娜一怔,保护着自己的头。小胖子军官满意地轻轻笑道:

"躲什么,傻瓜?你以为我会堕落到……听着,我只打自己所爱的女人!"

然后,他重又伸出手,小心翼翼地轻轻抚摸她的脸,而她惊异地感到自己的恐惧从脚下强劲地流走了,他的手的触摸使她平静得直至怯弱。她用全身的力气躲避着,唯恐他像刚才伸出手臂指给她看月亮飞跃一个个白色的云彩栅栏时那样粗鲁,泪水不由自主地重又充满自己的眼睛。

"嗨,让咱们结束吧!你没看见自己那德行,很快就将天亮了,你赤着脚站在这儿,裙子撕破了,流着血……你想怎么样,究竟怎么才……"

但是,她摇摇头,大眼睛望着他,仿佛在祈求他原谅,而他做了个恼怒的粗暴手势,看到她脸色遽然变得苍白,于是背过身去,点上了一支烟。这是他在那一夜吸的第一支烟,而检察官一支又一支地不断吸着。

他默默吸着烟，狼犬躺在他脚边等待着。亚列山德雷斯库坐在他那块大石头上没有动，虽然从他们来到河畔已经过去了两个多小时。瞬间，伊琳娜头脑里闪过一个想法，觉得他这样一动不动地坐在石头上，肯定也浑身笼罩着那种麻木僵直感。

一阵轻风突然飘过，冷冷的，吹动了伊琳娜的裙子，她本能地用手抓住裙子，贴在身上。在对岸的很远的地方，可能在一条相邻的街上，有人在吹着口哨走路，歌声极其清晰地传过河来。随后，有什么东西啪的一声爆裂了，一条狗开始恼怒地狂吠。小胖子军官脚边的狼犬竖起的耳朵微微颤动着，但它没有行动。

这几个人一起在那儿待着，似乎不是几个小时，而是几个月、几整年。一切都沉入了周围，此时犹如在一艘帆桨战船上，所有人都绑定在船桨的隐蔽的长柄上，什么都不再重要，生存的法则已经无足轻重、微不足道，所有那些严格和沉重的标准只剩下既悲哀又可笑的价值。生命本身，命运之类无非是华而不实的浮夸之词，有着太多太多的解释，伊琳娜心头不禁涌现出一种羞愧感，为自己至今使用的所有伟大的空话害臊。她的生命是那样无足轻重，即使是最谦卑的词、最短的音节，诸如"和"或者"而且"，或者"似乎""但愿""呀""期望""噢"以及其他数以百计的类似的词，她都突然感觉到有不可承受之重，她的嘴对于使用它们来说实在是太不干净。

然后，她突然觉得很对不起眼前的这两个人，乃至那条折磨她的狼犬。那个小胖子军官轻而易举地将她变成一个完全驯服的工具，揭示了她有多么脆弱，未来她将面对多少屈辱和可能的痛苦,这一切离她是那么近,宛若在她脚边流淌过的水波。她的肉体的痛苦和对于这个人的恨,不由得变成了恐惧和负罪,一种深刻的谦卑感笼罩着她。她感到膝盖在颤抖,或许她会心甘情愿地让自己跪倒在地!

她,一个如此卑微的女人,不得不无休止地挑战种种烦恼、死亡、犯罪、绝望,始终同她捆绑在一起,而她脚边的这两个受命对她进行监视的陌生人正在无可奈何地戏弄她,特别是那个不知姓名的小胖子军官,她顽固的沉默引发的愤怒使他失态,言行下流……归根到底,这就是命!所有这一切开始在她耳朵里嗡嗡叫个不停,好似有人把一个贝壳放在她耳边,而贝壳里的海浪正在汹涌拍击,或者她的记忆正在一幕幕展开。然后,她想到了自己一心维护的蒂图斯,与这两个家伙,以及她被杀的儿子和对她的沉默感到压抑的加什帕尔相比,蒂图斯丝毫也不比他们更加低贱,或许至多是一丘之貉。

她与其开口再把一个人牵连进自己的不幸,倒不如自杀身亡更加痛快。那个年轻人如此不谨慎地闯进了她的生活,意想不到那是一个苦难,最终她将为此给他带来耻辱、家庭的不幸,或许还有更加严重的灾祸。因为,他那么明确地对她说过,在同她相遇之前曾到她家里找过她,看见一片漆黑,门开着……她并不后悔自己至今没有说出这件事情,不言而喻,他不是罪犯,他不可能与发生的一切有任何联系,但她不应该破坏他的幸福,说出真相,因为,即使在那个梦想不到的快乐夜晚,当他把她拥抱在怀里之时,她也一刻不敢有非分之想,不是这样吗?

所有这一切并非是她此时才想到的,它们像熟识的闪电流过她的麻木的身体,她已经精疲力竭,只能借助她整个肉体和神经来努力思考。那是些十分陈旧、已经"过时"的想法,它们一触即发,它们的外壳在"叫唤"。它们是已经想好的东西,只需重新检阅,就像原来已经装得满满的几个金属盒子。

"咱们走吧!"疲惫的小胖子军官顺从地说道,亚列山德雷斯库从他坐着的那块石头上呆滞地站起来,而她奇怪地对这两个人产生了怜悯,开口说道:

"不!我愿意说!"接着说了几句,声音响亮、清晰,没有疲劳或者恐惧感,承认那个晚上同格尔达在一起。

"如果……"她在说话的同时,暗自想道,跟这两个陌生人所说的一切能够成为指控她的具有决定性乃至毁灭性的证据,而不是对于她自己和他的辩解,该有多么好……是的,是的,多么不幸,她真正爱他,但她怎么能爱上他,多么该诅咒,多么无耻!她依然没有意识到自己那残酷无情的命运,最好是去死或者是没有降生,那是天上的"某人",永远不会现身,却始终不依不饶地追踪着她的"某人",那么残酷和仇恨地为她准备的!

在她的简短陈述末尾,伊琳娜再次爆发痛哭,这一次她不再控制自己,哭得那么伤心,有谁能了解她无力反抗的那个可怕的命运在那一刻把她压弯了腰,迫使她不断作恶,不可收拾地深深伤害接近她的人。

"我们知道,"在她讲完时,小胖子军官冷冷地说,"对格尔达,我就在今天讯问过他两次。我们知道陪同你回家的那个男子是谁,我们只是想……归根到底,我们关注的是你的朋友加什帕尔!加什帕尔在哪儿,告诉我们加什帕尔在哪儿,我们就放你回家……听着,回你自己的家,明白吗?"

伊琳娜失神地看着他。

"你们知道?那么为什么刚才折磨我?从哪儿知道的?"

"同你没关系,夫人!在这儿我是……"

"撒谎!"伊琳娜恼恨地看着他说,"你们什么也不知道。我是那个……"

"打住!"他打断她道,用鞋尖漫不经心地抚弄着狼犬,"这儿不是在为你做头的理发店里,能进行什么不同意见的讨论!请回答我问你的事情……"

伊琳娜傲慢地抬起眼,目光坚韧有力,那是从公墓葬礼开始到那冰冷的河岸上结束,不断喘气奔走的地狱般的漫长一天后陡然产生的不可解释的傲慢力量。但是,瞥见小胖子军官——他依然在看着躺在脚边的狼犬——的恶意快感与狂妄自大相混合的表情,她决定不再开口。她转过身去,面对正在慢慢走近他们的检察官,他虽然一直沉默不语,坐在那块大石上头休息,却是三人当中最精疲力竭的。他走路僵直,疲惫得脚步拖沓,非常艰难,仿佛在梦游。他拿着香烟的手抖个不停,这是他独特的表露精神状态的方式。

检察官走近伊琳娜,严肃地看着她的眼睛,神情庄重、悲哀,突然间像苍老了许多岁。他轻声说道:

"说吧,夫人,我请求你!如果你丝毫也没有牵连进整个……案件,最好的事情是……请你别把事情牵扯得太远,我们的神经与你的十分相似,同其他任何人的神经或许不太一样!我们都不是生来干这个职业的!职业!"他又重复说了一遍这个词,神情颇为蔑视,那是一种疲倦得似乎勉强活着的懒洋洋的蔑视,从他的内心艰难地爬上嘴唇。

"我们依然不知道是谁犯下了这个罪行,许多人牵连了进去,而且有重大牵连,其中包括……对,包括您!我们不愿意犯错误,害怕搞错,这可能比一宗罪案、比两宗罪案更严重……这是唯一能拯救您的事情……拯救您和……其他人,拯救其他……其他罪行!看来只有一个罪犯,虽然……"他耸耸肩,刹那间显得很困惑和无奈,"我们坚持这一点,沃什蒂纳鲁同志和我……"在说到沃什蒂纳鲁这个名字时,勉强能察觉到他的脑袋朝小胖子军官轻微地伸了伸,而小胖子军官依然在同狼犬玩耍,有点心不在焉和恼火。直到此时,伊琳娜才知道这个人的名字。"我们有时处于十分尴尬的境地……十分尴尬!我们不愿犯错误!"检察官以出人意料的力度强调道,汗珠突然在他脸上跳动,她瞬间有点可怜他。"但是,不久我们将要解决……如果……是的,这种情况必须迅速解决!十分迅速!"最后几个字,他说得很慢,脸上带着浅浅的痛苦微笑,望着她的眼睛,仿佛冀望从她嘴里得到什么,看到她沉默不语,于是用颤抖的手指点了一支烟,继续说道,她很怕他的窄条的银烟盒脱手掉到沙地上。"大家很不安……不仅是我们的领导们,而且包括这儿的工人们,您知道,这儿有超过一万名工人,加上辅助人员,加上……这种情况必须尽快解决!这个加什帕尔隐藏在这儿,我们在屋里发现了他的种种踪迹,与受害人的痕迹在一起。在第一宗罪案……谋杀西蒙卡那一天，他也被人看到在工厂……"

伊琳娜突然抬起头，想大喊一声："不！"而她的动作太引人注意，小胖子军官沃什蒂纳鲁不由得回过头来，但她在最后一秒钟艰难地克制住了自己，沃什蒂纳鲁迅速重又背过身去，仿佛他怕自己的目光会阻止她讲话。

"真是荒唐！"亚列山德雷斯库继续说道，在那短暂的间歇中似乎得到了休整，因为他的声音更加严厉了，更接近于他"原来的"声调，"这两宗罪案真没有联系吗？正是因为这件事情，列卡依然在押，你或许知道这个细节，虽然他还在那儿，在局里关押着，但我们随时有可能释放他……当然，如果您帮助我们，我请求您！"雷慕斯·亚列山德雷斯库说，而她满心疑惑地望着他，因为他似乎摆脱了疲劳，肩膀重又将空气分割成锐角，他的目光是低垂的，但翘起的嘴唇流露出像沃什蒂纳鲁一样的高傲和无耻的微笑，她迅速地由此及彼望着他们俩，宛若跌入一个玻璃陷阱的一头野兽，撞击着看不见的墙。

"帮助我们！"沃什蒂纳鲁说道，背对着她，正在逗警犬玩，用皮项圈抚爱着它，蔑视或者漠视地耸耸肩，"为什么要帮助我们？为了替死去的儿子，她丈夫的儿子报仇！但唯一的一件事情阻止着她，一件无耻得无以复加的事情，不存在其他……无可救药！无可救药！"他大喊道，出于愤怒，他鞭打狼犬，但狼犬一动不动，好似木头或者泥土做的。狼犬肚子贴着石头，不管什么样的打击都不能驱动它，除非任性的主人发话，或者下达让它自由活动的命令。伊琳娜低垂着目光，将头埋在双肩之中,遏制着肩膀的抖动,保持一种惯常的姿态。

"您冷吗?"检察官问道,准备脱下上衣,但伊琳娜坚定地摇摇头。

他重又开始讲话,但沃什蒂纳鲁出于不耐烦或者不满意乃至疲倦,开始在河岸边的碎石和草地上来回踱步,狼犬用目光跟踪着他,脑袋精确、机械地不倦摆动着。夜是多么荒凉,小城又是多么荒凉!伊琳娜听说整个地区已经封锁,各条道路和毗邻的车站在严密监视之下,甚至颁布了宵禁,晚上九点钟之后禁止通行,在任何情况下,都可以进行现场搜捕,像战时一样。

"您看假设两宗罪案之间存在着联系,"亚列山德雷斯库说道,"假设只有一个罪犯,一个杀人犯,将是多么可怕!如果这样……这样一头聪明和强有力的野兽自由地乱窜,对整个地区来说多么危险!您知道,女人们不再愿意到纺织厂、印染厂、冶金厂上夜班……传说我们晚上禁止上街,但这不是真实情况,人们害怕,他们害怕,您明白吗,与他们自己挨饿,孩子们挨饿,老人们挨饿……以及他们的未来相比,他们更怕这个看不见的影子!夫人,一个优秀的侦查员必须洞察入微,看到人民相信什么、人民的直觉——因为人民也有直觉,人民通过间接途径给予我们的暗示,凡此种种,有时候是意想不到的简单和直接!如果他们害怕,那么……是否意味着罪犯只有单独一人?但这个人,这个妖魔是谁?他隐藏得那么深,害得我们像玩儿童游戏似的,伸着手,蒙着眼,在他周围瞎摸。小猫咪,你在哪里?关于这个人,关于这个案件,您知道些什么……请说!"他耳语道,突然重又变得那么苍老、疲惫,仿佛整个过去又倒转醒来了,"请求您,说吧,我有两个孩子,还有一个八十岁的老母亲,患有可怕的风湿病……"

伊琳娜面对这些"武器"违愿地报以轻蔑的微笑,而他,亚列山德雷斯库在这微笑下无奈地低下了头,她移开了目光,决心不再说半个字,他的谦卑太不自然,太不真实,更谈不上什么真诚。沃什蒂纳鲁也对检察官的口气感到强烈不快,于是重又拿狼犬来出气,用各种矛盾的口令来折腾它。他可能想表示不愿听亚列山德雷斯库的话,或者希望亚列山德雷斯库别掺和他的事。随后,他遏制不住自己的怒火,不等亚列山德雷斯库讲完,就打断他道:

"够了,检察官同志!很快就天亮了,而我们像二流子一样待在小河岸上,陪着一个……披头散发的女人!让咱们回家吧!请,夫人!"他默默地做了一个简短的手势,给她指路。

伊琳娜吃惊地抬起眼,这是他第一次称呼她为"夫人"!难道能把一个荡妇和罪犯称作"夫人"?!她开始行走,突然忘记了一切,因为碎石路上的尖利的石子刺伤了她,她赤裸的脚掌在流血。她右手抓住撕破的裙子贴在身体周围,左手试图拢住头发,但徒劳无功。她这样往河岸上爬,又滑下去,反复了两次。她想走上回家的路,从那儿到家大约需走半小时的路程,但沃什蒂纳鲁一挥手阻止她道:

"从这儿走!"那是一条公路,与主街相接。

她听从他,跟着走上了去民警局的路。他们加快脚步,想尽快结束一切,路上遇见了几个孤零零的人,还有一个家庭——父亲、母亲和一个大约五岁的小女孩，背负着沉重的行李向小城的小火车站走去。伊琳娜急促地迈着步，光着白皙、瘦弱的双脚，低着头，贴着房子的墙根，亚列山德雷斯库落后她一两步，而另一个人——那个小胖子军官贴着人行道边，懒洋洋地听任狼犬拉着他前行。三个人都很累，耗尽了精力，但表现得最明显的是亚列山德雷斯库，他举步僵直又艰难，虽然穿着一身讲究的衣服，却不太合身。

他们到达了市中心，走过一家家商店的门前，又走过了东正教教堂、电影院，在医院门诊部拐角上遇到了值夜班的民警，他们正在一边聊天，一边走过来，从远处就看到了这奇怪的一行三人。但是，他们认出了亚列山德雷斯库，马上立正敬礼，检察官点点头，但在荒凉、阴暗的民警局大楼门前，当伊琳娜想停下时，沃什蒂纳鲁示意她继续往前走。她顺从地听他指挥，没有最微小的疑问或者反对的表示，从那一刻开始，对于她来说，时间已经停止。桥边上，有一只旧电钟，用一个金属架构建而成，像一个小型钻塔，漆成绿色，指针显示此时为深夜一点二十分。再过三个小时或者更少时间，天将大亮。

他们朝建在山上的小城的另一部分走去，那里的街道简陋、不规则、陡峭，消失在森林里。一栋栋简陋的房子高高的，刷成白色，以山坡为支撑，没有灯光，只有灰色的石灰在黑暗中隐约显露出一点暗淡的光。最后一盏路灯落在身后的山下，这一切沉浸在昏暗中。他们的每一步都在向月亮靠近，向沉默、富有敌意的山墙靠近，伊琳娜不断望着高处，将目光投向准确地把天空切割开的帕德舒峰，小心翼翼避免撞上横在坚硬的道路中的石墙和峭壁。亚列山德雷斯库远落在后面，小胖子军官牵着警犬紧跟着她，她不断往上爬，而他把她推上了最漫长、最曲折、最危险的道路。这些人想从她身上得到什么？

伊琳娜不说一句话，虽然常常感觉到狼犬在她脚边呼哧呼哧的喘气声，她的脚掌在沙子、粗硬的尘土和鲜血中哀号。在很高处的森林里，一片光明，天空明净无云，月亮西沉，逐渐缩小成一个弥散的冷冷光圈。在那里，他们又找到了一条山涧，在高高的岸间流动，沃什蒂纳鲁在伊琳娜的陪同下，走下河岸。他们停留在那儿，小胖子军官肚子着地俯身同他那条硕大的狼犬一起饮水，直到这时伊琳娜才看清楚这条狼犬的模样，对它的体形不由得感到毛骨悚然。它背部漆黑，犹如木炭，肚子呈暗黄色，像榛子，毛十分浓密，尾巴粗大，与她的手臂一般大小。

她疲劳和冷得浑身发抖，很想在沃什蒂纳鲁和狼犬身旁也俯身喝口河水，但害怕来自这个"小胖子"的粗野言行。小胖子军官没有站起来，手臂支撑着肚皮，两次喝着湍急的河水。哗哗的流水声响彻山谷，沃什蒂纳鲁乐不可支，欢笑声持续了很久，完全忘乎所以。然后，侧卧在那儿的一块卵石上，不再站立起来，在沉默了一会儿后，当伊琳娜再也站不动，想坐下来将受伤的脚掌浸泡在水波里时，他一怔——这表明在整个这段时间中，他是多么紧张和注意力集中——命令她道：

"不行！不准动！站在那儿！"于是，她依然站着。"丁戈！"他喊道，像他一样在水边懒洋洋躺着的狼犬站直两只前足，等待着第二声命令。但是，小胖子军官仰面躺着发出一声舒展的叹息，失神地望着突然变得非常接近、好似可以随手触摸的天空。整个小城，以及它的种种琐碎无聊的事情，乃至犯罪，似乎很遥远，很渺小，几乎无足轻重。经过一段相当长的时间之后，亚列山德雷斯库一手拿着衣服，敞着领子，没有系领带，也来到了这两个人——躺着的男子和站着的女人身旁。他连抽烟的力气也没有了。他既没有坐下，也没有喝水，似乎想声援那个"女被告"，这或许是出于保持某种男人的脸面，或者是因为根本不渴，何况他一旦坐下来，很可能立刻就会睡着。

"一个美丽的夜晚！"小胖子军官以一个少年似的无忧无虑的神情望着天空说道，"有时候，在生活中你不知道为什么干某些事！譬如说我，两天两夜没有睡，开车走两条路，审讯各种各样的人……为什么？为了司法的廉明，为了恢复正义？扯淡！"他天真轻快地大笑道，"为了累死累活地到达这山上，为了仰面躺着。只有这样，我们才能发现它！"

"发现什么？"有点走神的亚列山德雷斯库问道。

"天空，"小胖子军官冷冷地说，"我太训练有素，不能不继续审讯！嘿，一个模范军官，一个一流的法官！我为自己骄傲！伊琳娜！"他感叹道，用一个手肘困难地支起身来望着她，但她并不朝他看，而是笔直地站着，不自然地直立着，在那个时刻，她已经没有力气把一路的跌跌撞撞和被狼犬撕破的裙子裹紧在身体周围。她的头发完全从发卡中散落，一卷卷沉重地披散在肩膀上，遮住了流血的左肩。

沃什蒂纳鲁本来想说什么，但她展现在他面前的神态或许使他感到震惊，于是一改原来的呵斥口气，说出了完全不同的话：

"你可以坐下……今夜的审讯结束，如果检察官同志……"
亚列山德雷斯库疲惫地摇摇头。

"那么，我可以走了？"伊琳娜说，声音很微弱，却坚定和冷峻。

沃什蒂纳鲁惊异地望着她。

"不，你不能走。你可以坐下，可以喝水，可以做你喜欢的任何事情，但在我们与你为伴的时间里必须依旧留在这儿。无论如何，即使你只是一个知情者和无辜者，我们也不能让你深夜独自穿过森林下山……你不坐吗？随你便！"他重又仰面躺下，随后一怔，想起原本要说的话，于是重又坐起来。狼犬突然跳起来，迅速沿着陡峭的河岸朝山上跑去，消失在冷杉林里。

"我开始后悔将你牵连进这肮脏的事件里……起来，我觉得对不起您。"他居然称她"您"？！"请你相信我，我很抱歉自己必须采取某种姿态。像您这样的女人，伊琳娜，并非到处都有……您怎么见鬼让自己被拖进这整个……或者，谁知道呢，这只是霉运当头，倒了大霉，您知道！"

伊琳娜没有动，刺骨的山风仿佛野性地侵入了她的骨髓，使她的身体间歇地强烈战栗着，而她似乎已经用尽了力气，听凭自己滑向地面赤裸的卵石上，不再愿意往前走一两步，在一块被河水磨得很光滑的宽大石头或者河边的绿色地衣上坐了下来。

"我感到真诚的歉意，归根结底……"小胖子军官心不在焉地说道，眼睛看着天空，用右手拿着的牵警犬的项圈时不时地敲打着地面，"或许我有机会在过去遇到过你，或许……是的，现在一切永远受到了损害，一件一开始就搞糟的事情必然走向糟糕的结尾，或者突然断裂！归根结底，太幼稚！我也很遗憾如此……如此……你有何看法，雷慕斯同志，我们在这儿，在这美丽的山上寻找什么？"

亚列山德雷斯库久久地看着天空，左右摆动着脑袋，没有说一句话。

"嗨！"沃什蒂纳鲁嘲讽地看着检察官，一撑手肘跳起来说，"我上学那会儿，在一本让人腻味的书里读到，大自然使我们更美好！什么叫作更美好！更好的军官？更好的法官？更狡诈的被告？或者单纯地说什么更好、更新、更弱，也就是说大傻瓜军官、大傻瓜法官，如此等等，从而换取某种博爱感！就像贝多芬《第九交响曲》第四乐章结尾的大合唱《欢乐颂》所说：'在任何地方，在任何地方，我们都是兄弟?！'你干吗这么看着我，对我知道《第九交响曲》第四乐章感到吃惊？文化不是某些小圈子的特权！"小胖子军官骄傲地笑着朗诵道，一副惹人讨厌的样子。亚列山德雷斯库想说什么，但沃什蒂纳鲁迅速继续说道：

"拉倒吧，这些夸夸其谈的废话！伊琳娜，你在干什么，在听我们说话吗？要知道，你不再被迫，如果他们……听着，你感到脚冷吗？你听任它们这样流血好吗？随你便，我们所有人都喜欢受苦，特别是在知道别人看见我们受苦并感到震惊之时！我的职业中最丑恶的事情，或者说，最不喜欢的事情，就是不给你受苦的权利！你怎么想？总是让人不得安宁，跟踪人，对世界充满怀疑，抓人，放警犬咬人，等等。当然，我不否认，有些人觉得这一切如鱼得水，特别是……归根结底，就是如此！让咱们抛开这些夸夸其谈的废话，看着这壮丽的天空，稍纵即逝！太美了！"他说道，伊琳娜起身坐在河中的一块石头上，双脚直至膝盖浸在冰冷的水流中。水流是那样清澈，透明得出奇，仿佛真正的河在更深得多的下层，在这河的下面，在这土地和石头上滑动的看得见的水流的底下流动，那是另一条河，像活动的玻璃，温暖、深邃，鱼儿在其中犹如在一块银白色的琥珀中游动。

"真是个勇敢的女人！"沃什蒂纳鲁对依然站着注视伊琳娜的亚列山德雷斯库说，"现在她应该大声喊叫！发烧、麻木、流血的脚浸在这冰冷的水里，休克性的刺激！太棒了，夫人！你依然很棒，比我更棒！你不愿意我们改变一下角色?！我有时……"

他继续说着，但另两个人是那么疲乏，没有力气同他唱和。伊琳娜坐在河中的那块石头上，看着自己的脚在水流中像白色的藤蔓一样盲目活动，有时难以承受的眩晕像一阵海陆风袭击着她，使她摇晃和移动，仿佛睡在一个黑暗的火车卧铺包厢里，行驶在无尽头的路上，单调、单调得痛苦，却又不可预见，真正不可预见，犹如所有单调的事情一样。透过墙一般大的玻璃窗，多彩的风景、河流、喷泉、房子、果树、河滩、牲口、光秃秃的山、满坡森林的山、一间道班房和一个扬着信号旗的头发散乱的女人、树冠、飞鸟、奔驰后退的电话线,一一掠过。玻璃窗的所有这一切,被黑暗的窗帘几乎完全遮挡着,有时只能看见神话中的双头或者更多头的动物、活生生的怪物、不确定的幻影,近地飞行着。雾,浓浓的雾,不动的光,令人恼火的、稀疏的、陌生的、冷淡的光,以及从房屋、河流、喷泉、鸟群中幻化出来的令人厌恶的动物,那么神奇荒诞,变幻莫测。这条路走向何方,许多次乃至无数次似乎走到了尽头,或许尽头根本无关紧要,只是厌烦透顶的形式而已……

"……我小时候,"小胖子军官继续啰唆个没完,"有一个星期天早晨,同家人和一些邻居在一起,在离我们村子大约三公里的一条河的岸边进餐……是某种形式的旅行,因为我们在那些地方也有土地,我的父亲来察看……归根到底,我想说的不是这件事。长话短说,我当时有八九岁,像个流浪汉,穿着很长的裤衩,直拖到膝盖下,为的是能多穿几年。无论怎么说,我在长大,总是拖着鼻涕,连自己的亲生父母也不待见,反正我有好几个哥哥,其中一个已经结婚,我的天,怎么会有这样的事情……我想说什么?在那条河边,我记得是一片广阔的田野,大家称它为'草地',特别开阔和笔直,十分规整,所以后来,二战时期在那儿附近建立了一所无发动机飞行学校,滑翔机就在'草地'上起飞和降落。那片田野之所以那么平整,当地人的解释是那儿曾经是一个城堡,有像一个规则的矩形一样围绕整个'草地'的壕沟的痕迹——确实能看到,壕沟深约一米,据说原来是城墙所在地。谁知道呢,也许……我们那天待在河边的一些柳树旁，记得那个地方叫作'教堂湾'，那儿的河水很深，附近有一匹孤零零的马在吃草，很奇怪，没有人阻拦它，一匹非常漂亮、年轻的马，在其他人评论和赞美它的同时，我一言不发，猛冲过去骑在马背上。我做这件事时，自己也很害怕脑子里的想法，但所有人都已经察觉了我的奢望，而且如果在这牲口还没有摔断我两根肋骨之前放弃，那么我父亲或许会嘲笑我两天。出于害怕他的嘴不饶人，我扑在了那匹马的背上，而他，老爷子，不太把我放在心上，因为我长得像母亲家族的那些亲戚，而他打心眼里看不起母亲的家族……长话短说，我跃上了马，而那畜生，见鬼，是那么狡猾，装作只顾吃草，将脖子伸得长长的，嘴埋在草里，仿佛没有感觉到我一般。这引导我犯了错误。当我放松了两脚的夹力，胜利地回头看我的亲戚们时——他们在相距大约三十米的河岸上，那匹马的后脚干脆地一尥蹶子，无情地将我摔了下来。它压根儿不怕我，不但不离开，而且继续慢悠悠地吃着近旁的草。但是，在我摔下来时，这卑鄙的畜生用蹄子猛踢我的右膝盖，动作是那么迅速和突然，我不由得蒙了，仿佛这一击自天而降。我的亲人们站得相当远，只看见我从马上摔下来，而看不到马令人痛苦的攻击。我站起来，一瘸一拐的，来不及多想，重新扑向马背。这一次，我不再害怕父亲的嘴巴，而想看到另一种结局。马不再假装，不等我跨上背，就又把我摔了下来，那是一匹年轻的骏马，性子非常烈。我摔得几乎像第一次一样，四仰八叉倒在马尾的一侧。它重又想用蹄子踢我，但我避开了。我警惕了，所以避开了！"

小胖子军官满意地笑了，很高兴那个孩子就是他本人，笑声很大，热烈而兴奋，只是他的嘴显示出一种近乎挑战的明显的自傲，很不讨人喜欢。

"我是那么高兴，在坠落的关键时刻避开了马的阴险攻击——只有我能观察到。我的亲人们站得太远，只看到我跌下来，都哈哈大笑，而我的嫂子，我已经结婚的哥哥的妻子大叫着让我放弃那匹来自种马场的公马，一不小心跌倒在草地上，牙齿磕得咯咯响。我不由得笑出声来，觉得自己毕竟比那聪明、强壮的牲口更加狡猾。你们也许不会相信，我追着它跑，因为这一回，它跑远了，我不得不跑了半个草场才追上它，重又跃上它的背。这一次，它再次把我摔了下来，真是一匹烈马，因为我从小就骑过各色各样的马，但我不再关注这些。在它第三次把我摔下坠落在地时，我看得很清楚，它故意用蹄子从背后踢我，但我依然比它更迅速，在坠落时就避开了。随后，我听其自然，一瘸一拐胜利地走远去，觉得自己虽然三次被摔倒在地，但依然比它更强大、更狡黠。那是一匹调皮的马，我记得清清楚楚，一匹极其调皮的马！"沃什蒂纳鲁重又笑道，懒洋洋的、拖长的咯咯笑声在他仰面躺着的身体内，如同黏稠的液体在那个卧在草地上的人体肉缸里摇晃。

过了半个多小时，三个人才开始往回走，在与上山时一样的黑暗中走下山去，但寒风更加强劲了，直刺进伊琳娜的骨髓里。检察官一路打着瞌睡，走路如同一个盲人，前后左右不断摇晃。他是那么疲劳，一会儿走在另两个人前面，一会儿远远落在他们的后面，沃什蒂纳鲁可能有点担心，停下来等着他。

这个小胖子军官本人始终坚持着，但也到了力气耗费的尽头：一路上嘟嘟囔囔发着牢骚，像是一个正在梦呓的人，他的步伐软弱无力，沉重地踏在地上，让他那庞大的身体的整个重量压在脚上，每走一步，在软土地或者草地上发出咚咚的响声，仿佛他穿着的是高筒军靴。

伊琳娜挺直了身体往前走着，但不再能昂起头，她的脑袋不断滑向两个肩膀，她的双脚没有了感觉，撕破的裙子在刺骨的晨风——对于那个季节来说冷得异乎寻常——中肆意地飘舞，她的麻木的双臂耷拉在身体两边。有时，在道路不平整时，她几乎跳着往下走，动作自在、独特，宛若挂钟在有力地敲击，但钟摆是一只白皙、修长的手。

走近小城时，这一行三人明显地在不断摇晃，彼此搀扶着，有时彼此奇怪地对视，然后继续往前走，克服了多次的小跌小绊，忘记了走向何处，忘记了这次夜行或者夜审的目的，或者在时间的漫长碎片中只是偶尔忘记了一切。三个人都感觉到极度厌恶过去的一夜，磕磕绊绊地逃避着它，就像版画中的该隐①，逃避着自己的记忆。三人中没有一个人"后悔"所做的一切，没有一个人对片刻的最微小动作加以否定。如果需要，他们之中的每一个人都会复述这个复杂的整个夜晚，包括它的最微小的细节，直至生命的终极。但奇怪的是，他们不能阻止对所发生的一切的厌恶，这是将他们联结在一起的唯一事情，他们也因此而相像。

---

① 《圣经·旧约》中亚当和夏娃的长子，杀死其弟亚伯，被放逐流浪。

到达城里的中心大街后，那两个男人试图控制自己的失态，借机摆脱那个女人：命令路上遇到的第一个民警伴送她到家，不准另走他路或者在其他地方停留。在山下的小城里，风异乎寻常地比山上、森林里和河岸上刮得更加凶猛，曙光出现之前的一小时是真正的晚秋时光，充满了敌意。但在某个地方，天空已经染上某种肮脏、呆滞的血红闪光，太阳仿佛不愿意升起，虚假的晨曦犹如困惑的诸神陷入的迷阵。

第八章

伊琳娜回到了家里，准备彻底梳洗一下，但在成功地做这件事情之前，她像一个梦游的女人一样走来走去，穿着那件撕破的裙子和衣倒在了床上，不知不觉睡着了。可是只睡了不过几分钟，就像一架自动机一样醒了，急急忙忙起床梳洗，煞是匆忙，好像想起了什么，虽然她的头脑此时沉重和迟钝得像一块生了锈的铁疙瘩。她随即换了衣服，把床铺也整理了一下。与昨晚她千百次踩踏过的河卵石和路途的尖利石块相比，这床铺自然松软舒服得多，但令她自己也感到诧异的是，她并未重新躺下，而是从她原来住的一间小屋的后门走到街上。那是在栅栏上开辟的一扇长方形小门，用铁丝充作开关的铰链，缠得十分紧，平时很少用，所以伊琳娜打开时十分费劲，手都拧破流血了。

出门后，伊琳娜拐进一条小巷，在冒险进入一条新街道前，警惕地观察着建筑物的隐蔽角落，唯恐有警察跟踪。她十分迅速地走过了出入市中心的路段，在不到二十分钟的时间内来到了医务所的建筑面前，摁了几下门铃。隔了一会儿，屋里亮起了灯，格尔达医生俯身打开他卧室的玻璃窗。他觉得十分奇怪，因为在这个小城里夜诊有两个比较年轻的医生值班，其中一个就是工厂的厂医。除了家里人，门铃已经许久没有用过,他试图分辨清楚那个隐没在黑暗中的身影,只见黑影在微微摇摆,犹如门前一块随风飘动的布条,或许这只是依然睡眼惺忪的他的幻想。

"是哪位?"医生轻声问道。伊琳娜摇摇晃晃——或许只是在黑暗中感觉到如此——走近过来,在高大的窗下说道:

"晚上好,医生先生,我是伊琳娜·达比奇,达比奇的妻子……"

"哦,是的,是的,"医生不无惊异地说,犹未睡醒,"夫人,您有什么需要,发生了什么事?"

"我希望您接待我几分钟……现在,我感到很不舒服,勉强能……"

"好的,好的,马上,"格尔达说,"请您等一下,马上就开门!请您到大门口!"

他关上窗,一分钟后,他打开了原来的诊所大门旁窗口的灯。随着灯光在大门下闪亮,伊琳娜听见了医生的脚步声和他吆喝狗的声音,于是走近过去。大门打开后,医生随即说道:

"请进,别怕,我牵着狗了……请进,请进!"

伊琳娜迟疑了片刻,看到医生牵着一条硕大狼狗的项圈,不由得深深刺痛了她那依然很近的残酷记忆的伤口,刹那间仿佛又见到了连续几小时在她周围奔跑的另一条敏捷的黑犬。但她最终控制住了自己,走进门去。

医生的诊室——现在的医务所——保存着医疗器具柜,上面铺着白床单的皮沙发,一把重新油漆过的旧皮安乐椅,甚至还有一个高大的鸟笼,由一条金属腿支撑着,全部漆成白色,里面养着医生的一只老鹦鹉，仪态优雅，无愧于它的名字"优优"。墙上挂着几幅版画，以平庸的想象力展现热带风光，棕榈树下的海滩，正在往一艘跨越大西洋的轮船上装货的热带港口，以及众多在岸上偷懒的土著，一只正在砸开椰子的黑猩猩和其他诸如此类的画面，表明那个画家想象热带的方式是在青春期自以为万能和了不起的年龄，从那些激动人心的热门读物中搬来的。

医生请她坐下，但伊琳娜拒绝了，再三犹豫之后，请求医生叫醒"蒂图斯先生"，说是必须告诉他某些利害攸关的事情。

格尔达医生诧异地看着她，他的客气、热情的态度几乎完全消失，久久低头注视着地面，伊琳娜察觉他的太阳穴和颧骨正在逐渐变得通红。同时，他的呼吸越来越沉重，仿佛在思考的事情太糟糕，憋得他喘不出气来，随后他抬起眼说，蒂图斯不在家，已经两夜未归了。伊琳娜诧异地注视着他，他试图恢复友好的态度，匆忙地套上一个外省医生友善、热情、诱人、上进和随和的精神外衣，就像他的整个诊室的气氛一样，但显得颇为生硬和勉强。他引导着她向门口走去，嘴里说着敷衍的词句，她猜测他是急于看到她离开，走出他家的大门，到大街上去。

在诊室的门边，她停住了，不知为什么，完全是出于她梳洗和离开家时内心所涌现的同样的自发意识，是她的肉体在覆盖着淡黄色的毯子和床单的床栏后呐喊。伊琳娜站住了，虽然医生已经打开门，等着她走出去。他盯着她看了一会儿，明白她不会从那儿挪动。

"夫人，我对您说了……"他很有礼貌地说，声音里带着粗重的战栗，"我对您说了，我的儿子……"

伊琳娜执拗地低头看着地上，老医生一生中见过太多的人，不可能不注意到，她绝不会单凭一句话或者一个粗俗无礼的举动而离开。

"那么，好吧！"他极为恼怒地叹道，从鼻子上取下了架着的宽边眼镜，"您想亲自验证？请吧，我领您到他的卧室去……尽管……请吧，夫人，请吧，我希望您相信！"他拉住她的手臂，她反感和厌恶地一怔，如同刚才在下面大门口看见医生的狼狗时吓得一愣神一样。她的体内有着恐惧记忆的伤痕。

格尔达对她的出人意料的反应感到诧异，不由得后退了一步，随后一转身走了出去。伊琳娜依旧留在原来的地方站着，离诊室开着的门只有一步。医生走出去的是一扇通往他卧室的门，从背后传来压低的说话声。随后，她面前突然出现了医生的妻子、威严的格尔达夫人。医生夫人试图装出微笑，但伊琳娜看到她那像男人一样阳刚的眼睛里的锋利闪光，立刻察觉必须迅速以这样或那样的方式做出决定，否则……就在那一瞬间，在医生妻子开口之前，她背后的门被猛地打开，出现了蒂图斯。他穿着睡衣，外面披着一件没扣扣子的日间长罩衫，光着双脚。这是她察觉的第一个细节，据此她马上认出了他。她不敢看他的脸，只听见他急促、恼怒地说：

"亲爱的妈妈，请你让我独自同伊琳娜太太待一会儿！"

"想也别想！"格尔达夫人冷冷地答道，"在我家里不允许……蒂图斯，去睡你的觉，这个问题只是……"

但是，蒂图斯抓住他母亲的胳膊，拉到门边，把她往后推去，于是格尔达夫人不得不违愿地走了出去，以威武不屈的姿态厌恶地看了这个外来的女人一眼。她的这样的目光使她的儿子十分震惊，深切感受到母亲具有非同寻常的自主力。

"别靠近，求你！"在蒂图斯关上母亲身后的门之后，伊琳娜对他说道，"别、别！"见他置若罔闻，她重复说道，"否则我马上离开！"

她的话音十分坚决，有非同一般的冷峻，于是蒂图斯不情愿地坐了下来，心里颇为惶恐，除了她的语气和威胁口吻之外，她变得如此冷落的神情尤其使他不安，虽然不能准确地说出为什么。

"我没有办法，"伊琳娜说，"不得不……"

"关上诊室的门！"他说。

她听从了他的话，然后继续说道：

"你受到传讯了？你被传唤了，此前在……"

"在哪儿？"看见她说话吞吞吐吐，他于是问道。

"在检察院，因为丹被杀的案子。"

"没有！"他干巴巴地说，近乎冷漠。

伊琳娜注意地看了他片刻，想发现他是否在骗她，然后开口继续说话，但他突然从坐着的安乐椅扶手上跳下来，猛地推开通向卧室的门，拔出钥匙，从里面把门关上。

"您去睡吧！"他对门后的什么人说道，"或者给您煮杯咖啡！"

然后，他重新回来，乖乖地坐在他的位子上。

伊琳娜重又开始讲话，却丝毫也没有提及过去的一夜和近几天的经历。她只是给他叙述了自己对沃什蒂纳鲁说过的话，没有做任何解释，但补充道：

"他们想知道我当时在哪儿，同谁在一起，因为，他们想象，或许至今还相信，我是同另一个男人，而不是同你在一起……他们对这个男人感兴趣！"

蒂图斯慢慢抬起眼来，他的目光在大喊："那是什么人？"但开口问的是其他问题：

"或许是你在自欺欺人！"他说，一脸毫不隐讳的满不在乎神态，"或许他们感兴趣的正是我，也就是对……我想说，他们不会漠不关心这些细节，我进入过门敞开着的房子，我看到的敞开着门的漆黑一片的房子，里面待着已经被掐死的你的儿子，或者可能还没有……而且……而且……"

伊琳娜惊恐地注视着他，使劲睁大了双眼，下意识地靠近他，渐渐远离她背后关着的诊室的门。

"你怎么能这样！"她说，音调里充斥一种艰难地压制着的剧痛，犹如在呐喊，蒂图斯不由得一怔，"你怎么能开这样的玩笑！现在，在我面前……玩世不恭，太过分了！"

"为什么？"他摆弄着衣服的腰带，无动于衷地反驳道，"或许，简单得多，你怕什么？也许，你害怕的是那个人，你在他怀里经过剧烈挣扎的半个小时之后才拥抱的那个人。一年多前，你在当时就是带着深重的绝望这样做的，你以为我没有感觉到，因为，你一刻或者甚至连十分之一秒的时间也不能想

207

象自己配得上我，即使最终倒在我怀里之时……噢，我应该告诉你，我的妻子除了一个随随便便的证书、一张简单的纸之外，与我不再有任何联系，她已经在两天前走了，回娘家去了！"

伊琳娜一直在哭，他不由得怀疑她是否听见了他最后的几句话。他说得很快，也很清楚，字字发音优雅动听，用的是几乎掷地有声的朗读法，就像老派的演员那样。蒂图斯像一个少年一样迟疑了片刻，随后站起来走近她。伊琳娜倚着诊室的白色的门，一手遮着脸，低头在哭。然后，当他已经径直走到面前时，伊琳娜一惊，离开了门。

"怎么啦？"他不解地站住问道。

"狗！"她用再也控制不住的窒息、沙哑的声音说道，"在门后！狗！"她又悄声说了一次，但有某种突如其来的东西在她的耳语中嚎叫，却不能从她的嘴里得到释放，而通过她的大眼睛喷发了出来。她这样看了他片刻，蒂图斯不禁害怕自己将很快失去理智。

他想迅速跑到外面，赶走或者痛打那条狗，可以清晰地听到那个畜生此时正在门后抓挠木门，但看到伊琳娜双脚摇晃，站立不稳，于是赶紧跑去扶她。她也许真的要倒下，而始终惊讶和不解的他，小心翼翼地扶她到皮沙发上躺下。

"你想喝点水吗？"蒂图斯困惑、机械地问道，思忖着是否去请他父亲来诊断。

"幸亏……"她半失神地悄声耳语道，"幸亏你用钥匙锁上了门……否则，天知道会发生什么……我只待几秒钟，几秒钟就足够了，我……"

"绝对不行！"他说道，而她闭着眼露出了微笑，觉得他，如此傲慢和阳光的他，竟然因为她固有的软弱矫情而害怕得像个不知所措的小男孩。

"你听，它在挠门！"她耳语道，蒂图斯注视她片刻，不明白她在说什么，然后集中精神听着，果然也听到了。"你听！"她细声细气说，脸色像纸一样苍白，紧闭着深陷在额头下的双眼，"我还听见它在呼哧呼哧喘气！它在不停运动，想……不，不！"她低声说，抓住了他的手臂，觉得他要走开，却没有力气睁开眼。"别走，别丢下我一个人待着！不是说它，我不是害怕这条狗，不是这条狗……你们家的狗……"

蒂图斯坐在沙发边上，试图保持笑容。一种完全荒谬的愚蠢感，他青春勃发的躯体的某种不耐烦感缠绕着他，太多的条条框框作为铁的纪律束缚和管制着他，直至那些最细微和不真实的细节，压得他不能有片刻憩息。伊琳娜躺在他身旁，一种垂死的疲态像裹尸布一般覆盖着她的美丽的肌肤，外加上他分辨不清的"某种东西"，使他几乎认不出她。他觉察到她的精疲力竭，被前所未见的疲劳摧残得近乎精神崩溃。在她身旁，他竭力不发出笑声。

"要叫我父亲过来吗？"他问道，"你认为他或许……你知道我想干什么吗？"他突然停在沙发前面说。她看着他，支撑着半坐起来说道：

"你想干什么？"

"很简单，去告诉他们你隐瞒的事情！现在，或者过一个小时，或者明天一早就去，告诉他们你'漏掉'的细节……"

"不！"她的目光在呼喊，但只有她的僵直的身体透露出了笼罩着她的恐惧。蒂图斯用一个坚定有力的动作转过身去，继续在她面前踱步。他的步伐坚定，动作那么匀称，原地转身那么相似，所走的距离始终相同，仿佛关注的仅是活动的姿态，他的全部注意力似乎集中于如何以准确、优雅的同样动作，严格地在同样的空间中踱步，除此而外，没有其他的目标。

"我怎么能隐瞒这件事？"这个原来的大学生眼睛看着地面问道，好似只是在问他自己，"如果我做了你的谎言的共谋，你会怎么想？！"

"我的谎言！"伊琳娜使劲扭着自己的手指说道，试图从沙发上站起身来，"你不认识他！不知道我为什么这样做！你不应该落入他们手中，我永远不会原谅自己，如果……"

蒂图斯还想继续自己的话，但她迅速以非同寻常的坚定和决断的口气补充道：

"你牵连进这个不幸的事件有什么意义？只是因为……因为你认识了我！"她语气比较轻缓地补充道，似乎后悔自己说过的每一个字。

他走近伊琳娜躺着的沙发，似乎想重新坐在她身边，却听凭自己的身体滑落下去，坐在了地板上的一块旧地毯上。那是一块绿色的地毯，上面织着无限重复的简单而规整的几何图案。

"没有这么简单！"在一段较长的间歇之后，他说道，"像在一出低级趣味的闹剧中一样，一切突然变得复杂了！虽然像大家所说的，我们是高级趣味的人，阅读保罗·瓦莱里[①]的作品，从来不穿没有熨过的衬衣出门，却突然之间牵连进了一出低级趣味的情节剧中！令人惊愕的低级趣味！夫人，听着！"他说道，粗暴地抓住了她的胳膊，她一怔，心头重又浮现出听到他和其他陌生人用"夫人"这个词来称呼她时的无限恐惧和惊慌，如同她在这儿看到狗时惊恐一样。"你怎么能这样想……你怎么能容许自己用这种方式保护我？应该给你一记耳光！"

"对，"她嘶哑地说，脸色苍白，"该打。打我吧！"

"噢嚯！"蒂图斯带着毫不掩饰的讥讽说，"你以为我受到你的挑衅就不打了？你以为这样就能吓倒我！"

"不，"伊琳娜说，"我不相信能这样吓到你。在我出于爱你而说谎，隐瞒那个在他们眼里可能很重要的细节的那一刻，我知道自己的行为……很无耻，甚至知道在某种程度上损害了你的名誉！无论是现在或者当时，我都不知道为什么要那样做……这丝毫不像我处事和反应的方式。我就是想保护你别落入他们手中，一个无辜的人为什么进入他们的圈子，进入他们中间？！"

"你肯定相信我这样无辜？！"他问道，但并不那么激烈，也不那么高傲，毫无他那种习以为常的卖弄聪明的讥讽。她看着他说出这句话，感到震惊的不是他的用词，而是他的表情的冷静和悲哀。

---

① 保罗·瓦雷里（1871—1945），法国著名诗人、评论家和思想家，著有长诗《年轻的命运女神》和《幻美集》等。

"你看！"蒂图斯接着说，目光一刻也没有抬起来，似乎猜到了她的惊讶，"你也怀疑了？那么你为什么说谎？让我来告诉你为什么说了谎话：因为你知道谁是罪犯，因为我对你说过，在我走进屋里时，他的尸体还是温热的，而你想在审讯员面前隐瞒我对你说过的话，引起他们对我的怀疑。在他们发现真相的那一刻，我在犯罪时间前后进入房间那个细节，以及其他……因为，很显然，他们最终会发现这件事，你太了解我了，所以一定相信我自己会首先去自首，忍受不了在他们眼里可能变得十分重要的那个谎言的重荷！"

伊琳娜沉默着，一动不动，直挺挺地坐在格尔达医生几十年来坐诊的那张陈旧的皮沙发上，目光固定地凝聚在蒂图斯一直不倦地加以分辨的一个光点上。

"你为什么有这么大的勇气到这儿来？不是因为你爱我，根本不是！而是因为想刺激我说出真相，把我尽快送到他们手里！你做得很好，十分聪明！我确实要去向那些人坦白：'先生们，尊敬的军官和检察官同志们，还有件事，还有一个小细节达比奇太太遗漏了，让我来告诉你们，为了维护我自己，还我清白！'"

伊琳娜站起身来，脸上带着沉思的神色整理着头发和她穿着的黑色裙子。裙子已经皱成一团，那是她刚才半昏厥倒在那张狭长的沙发上造成的。然后，她向诊室的门走去，蒂图斯愣了片刻，对她的极其苍白的脸色觉得诧异——他刚才说话时没有注意看她，然后立即跳起来，从后面追上去，一把抓住了她的手臂。

"回来!"他说,拉着她的手臂往回走,没有发觉她被扭痛的轻微苦相,"在这儿坐着,听我想说的一切!"他把她推回了沙发。

"你至少欠我一个答案!"蒂图斯双手插在口袋里,站在她面前说道,"他们正在寻找的那个男子是谁?我想立刻知道这个人是谁,你在什么地方认识他的?"

"与此无关,与你,甚至与我们俩,都没有任何关系,如果真的存在我们俩的话!那是一个不幸的人,一个非常不幸的人,与所有不幸和被诅咒的人几乎一样,譬如……"

"他的姓名?!"他干巴巴地直截了当问道。

"加什帕尔!"她勉强答道,"你想干什么?他们正在找他,我浑身发抖,只是因为想到他可能……噢,不,我说的是蠢话,是大罪过!当然,他可能很暴戾,他受过无数苦难,性格变坏了,但从来不可能做……"

"做什么?"蒂图斯问道,觉察她停顿不语,似乎是害怕可能说出或者揭露的事情。

"他可能做出伤害我,令我反对的事情!因此……"

"噢嚯!"他赞赏地吹了个口哨,"我敢担保,那是条汉子!"

"蒂图斯!"她说,两眼注视着他。她很累,眼睛在强烈燃烧,陷入了体力和神经衰竭的极端境地,她的身体不复有任何光彩,全部力量聚集在目光里,当一切惊恐堆积在眼睛、耳朵乃至手指里时,力图借助整个身躯、全部器官和感觉来表白,如此挣扎的分分秒秒实在是太漫长、太奢侈了。那是一种严重的衰竭，突发的、一时的精疲力竭，却越来越难以熬过去。

"你怎么了？"他担忧地问，"你哪儿不舒服？你过度兴奋和苍白，脸色青得可怕！为什么整夜在路上徘徊？！"

"我来看你！"她微笑着答道。

"是的，是的！"他突然老态龙钟地说，或者像一个孩子不知不觉中突然达到了一个痛苦的极点时那样回答道，"我这几天找了你许久，但首先给你腾出了位子……我的妻子走了，我已经对你说过！"

"为什么？"伊琳娜一怔，反应出乎意料地强烈，"发生了什么事？"

"能发生什么……"他略有点疲惫地说，"走了，完了。你现在就是我的妻子。"

伊琳娜睁大了眼望着他，一时说不出话来，随后说道：

"多么不幸的事情！你的父母因此……上帝啊，现在有谁还能帮助我们？！"

伊琳娜用手掌抓住自己的肩膀，就像一小时前在山上的森林里那样，嘴唇紧闭——仿佛根本没有嘴唇，神色呆滞。

"你父母知道吗？"她问道，站在原地没有动。

"当然！你没有看见他们是怎样接待你的？我不在乎！在这个与……你的儿子相关的可悲事件了结之后，上帝宽恕他！"蒂图斯说完最后这几个字时，像任何一个无神论者一样，显得十分尴尬，话里的敬神语气极不自然，何况，他是一个狂热崇拜狄德罗的极端的无神论者，"我们将立即离开这里！我们将去一个大城市，在那里我们将最终成为独立的人，没有任何过去！我们俩将摆脱我们不幸的家庭。在最初几年，我们也不结婚，以表示对这种传统仪式的无声抗议和藐视，这种仪式对于我们俩来说，意味着一直延续至今的不幸……"

伊琳娜轻轻地摇摇头，克制着想一吐为快的许多话，仿佛在倾听自己心底里的那些不能和不愿说出口的词句的咕咕哝哝的低语。

"太可怕了！"她几乎冷漠地淡然说，"你的父母该多么痛苦！你在国家考试前被开除学籍，然后离婚，最大的不幸……我，一个女人……一个寡妇，牵连进……"

"别说了！"他说道，第一次露出了微笑，"这次我也牵连进去了！"

"不！"伊琳娜喊道，声音是那么激烈，响彻整个房间，"我愿意做任何事情，任何事情，我愿意跟你去你想去的任何地方，只要你想要，我愿意成为你的女人，而且，只要你有最微小的表示，我就会主动离开你，没有一点点不满或者绝望。你应该相信，并非是因为我宽宏大量，而是因为……但你必须立刻抛开你的骄傲和正直，刻不容缓，因为这儿不适用……没有任何人知道你为了像我这样的一个不幸的女人，走进了那间该被诅咒的房子，恰恰是在那个钟点……那么巧！"她焦躁地补充道，"很可能你在之前到达的……房间里没有任何人！丹是个糊涂虫，常常开着门乱糟糟地离开家……我自己除了临街的大门，也永远不关房门！"

"也许吧，"他优雅、悲哀地微笑着赞同道，"这种事情任何时候都是可能的。我在罪案发生的那个夜晚，在你的继子被掐死前后非常相近的时间走进了房间！"他咕咕哝哝说出了最后几个字，声音极其低沉，"如果……"他眼睛望着一侧，继续非常小声地说道，"如果我是……我是那个……"

伊琳娜迅速转过身来，抓住他的两只手臂，投入他的怀抱，动作是那么猛烈，以致两个人的太阳穴撞在了一起。她绝望地默默吻着他，并非是一般的吻，而是把她的嘴唇疯狂地压在他的脸颊、他迟钝的嘴唇、他的眼睛、他的头发、他的手上，像着了魔一般激吻着，以下意识的贪婪和渴望热烈地吻着，令他不禁感到恐惧。

"我们走吧！"她耳语道，火热地看着他，寻找着他的视线，"禁止离开令一解除，我们就走！尽快带我离开这儿，我很累，各种各样阴暗的想法出现在我的脑海里……你知道，多么幸运！"她突然改变了语气，补充道，"我失去了自己的信仰，多么幸运！"

"你相信吗？"蒂图斯漠然问道，用手抚摸着她的头发。

"我不知道自己信不信，但我确实失去了信仰，愿我的祖父母宽恕我，或许我再也承受不住，不能……"

"闭嘴！"他粗暴地说，"我不喜欢虚无和歇斯底里的人！"

她诧异地看了他片刻，然后努力强装出微笑。

"我的信仰，"伊琳娜用一种平淡得几乎令人吃惊的语调说道，"是我的一个身外之物，却不断地强加于我，保存在我的生活中，帮助我承受种种可怕的事情！但是，或许谈不上什么帮助，而只是加剧了我的痛苦，延长了我的痛苦！"她带着某种已经平复的哀怨补充道，"我的亲爱的，有时候，我的头脑里浮现出一些盲目的想法……你最好别去陈述那个细节，它对他们并不重要，而对我们俩、对你的大家庭十分严重，可能导致毁灭……我……再也承受不住！"

"想也别想！"蒂图斯说道，以一种完美和灿烂的青春骄傲的姿态站立在她身旁，"我是一个正义使者，我不能践踏正义，即使在形式上也是如此！形式在这儿就像在道德中一样，往往是一个现象的本质！"

"蒂图斯，我的亲爱的！"她轻声喊道，出于害怕自己趋于衰竭的身体，不敢重新从他近乎将她抛进去的沙发上站起来，"我是一个不幸的女人……一个该被诅咒的女人，我越来越相信这一点……我的一生给周围的人带来了不幸……数不胜数的不幸……一些人所说的我的所谓美貌只是一种诱惑……如果你去陈述那件事情，他们甚至可能怀疑你，他们正在寻找一个替罪羊，侦查每增加一个小时都可能使他们失去……他们为自己的职位发抖，不惜采取任何动作……他们如果把你逮捕，将会发生什么？你的父母、你的母亲、你的哥哥一无所知，他们怎么办？你的父亲是一个十分受人尊敬的人，你将使他的生活蒙受不幸，即使你只被拘捕一天，也无疑是要他的命，我确信这一点！"

"你那么了解他！"蒂图斯吃惊地微笑着说，但始终是满不在意的神情。

"他是一个了不起的人！"她高度赞赏地说，"在城里关于我的流言蜚语满天飞，现在所有的人，即使是那些无赖，对我也避之唯恐不及，而你为了我要毁了你的家庭，在这样的时候,换了其他人,有谁会允许我进入他们的家门?但是,你看,他接待了我,他是一个杰出的人;而你作为回报,竟然把他赶出他自己的诊室!"

"这不是他的诊室,"蒂图斯说道,重又恢复了他那冷冷的玩世不恭的神态,"在我们国家,医生们不再有私人诊室!"

伊琳娜两眼盯着他,仿佛不明白他的话,在相当长的间歇后,她缓慢而坚定地说道:

"我想求你一件事——我要同他谈谈。"

"同谁?"蒂图斯假装不明白,随口问道。

"同你父亲。我十分迫切地请求你,去对他说……请求他这样做。"

蒂图斯不回答,只是耸耸肩。然后,他以同样的漠然的态度吞吞吐吐说道:

"更要紧的是你必须吃点东西,特别是睡一觉!你的脸色很吓人!我会把你关在这儿,然后……"

"不、不!"她跳了起来,"我十分强烈要求这样做。我想……"

"我不这样认为!"他以那种冷冰冰的讽刺神态打断她的话,"你同他没有什么可谈的。至少现在是这样!"

"为什么?"她沮丧地问道,脸色变得煞白,"你不相信我……"

"不是!不是!"蒂图斯打断她的话,心里很恼怒,却试图掩饰自己的恼怒和冷漠,就像之前试图掩饰自己那荒唐的笑声一样,"恰恰相反!我不相信他有资格同你谈!他什么也不懂,而且怕我母亲，特别是怕……怕她的病……"他更小声地补充道，"她，很久以前，在结婚后几年，得了严重的神经衰弱！"

"你别告诉我这样的事情！"她请求他道。

蒂图斯将她拉向自己，把她从坐着的沙发边沿扶起来，抱在怀里，用使她惊异的细致和优雅的姿态亲吻她，或许是因为她的苍白和奇怪的过度兴奋状态令他害怕。

"你现在是我的家庭成员，亲爱的！我的亲爱的，我的美人，这些天你做了些什么，他们这样纠缠你，侮辱你！在这整段时间里，你都受到监视，你知道吗？有一次，我想进入你在帕斯卡利乌家的居所，一个我认识的穿着便衣的警察阻止了我，请求我在侦查期间，不要接近你，当然是为了我的利益。他告诉我整个地区处于警戒状态，我们被岗哨、警犬包围着，任何人也不能走出这地方……他是我父亲以前的一个病人。头头们都快疯了，他对我说，如果我对谁说他为了我的利益才这么做，那就可能把他毁了！我只是在他答应随时向我通报消息的条件下才离开那里，他大体上信守诺言。我见过他两次，最后一次就在前天，然后他没有再来，可能是受到阻挠或者是被发现了。"

"这些与我有什么相干！"伊琳娜说，"与我毫不相干。咱们从这儿逃跑，现在就跑，带我离开这儿，蒂图斯！"

"不可能！"他抚爱着她，微笑道。

"怎么？"她说道，重又显得很害怕，"你真想……"

"不、不，不是因为那件事……但不可能，主要是物质上不可能！"他轻轻笑着结束自己的话，"我们必须在这儿直至结案……不论结果是什么样……"

两个人沉默了一会儿,只有那只沉默和年迈的鹦鹉伴随着他们,它一动不动地待在白色的金属笼子里,说不清究竟睡没睡着。寂静中,从通向医生家庭餐室的那扇白色高门传来几下连续的轻轻敲门声。直到响起第三次敲门声时,蒂图斯才问道:

"有什么事?"

"蒂图斯!"从门那边传来医生压低了的话音,"我想对你说……天亮了,把窗帘拉起来!"

"好,好,"蒂图斯回答说,"我马上就来……请妈妈平静、放心,我马上就来!"

"蒂图斯!"医生低声下气地坚持道,令伊琳娜很不舒服,"有人来过……你有一张传票,传唤你八点钟去检察院!"

蒂图斯没有回答,在又一次轻轻的敲门声之后,格尔达医生或许走开了。

"看见了吧,亲爱的!"蒂图斯对伊琳娜说,他再次把她拉起来紧贴着自己,一种莫名的屈辱或者恐惧阻碍他同她一起坐在沙发上,"锣声敲响了!已经敲响了!到处存在这样一面看不见的大锣,突然在某个时刻敲响,好奇怪,不是吗?"

"不,不!"她反对道,"你去声明是同我在一起!这样,对我也有利!别多说一句话!或许根本没有必要去……你父亲是医生,在最坏的情况下,让他们到这儿来……对,最好就是这样,你应该也同他们闲聊……但在那儿,你那耿直、率真的脾气,无异于进了狼窝,那是些厚颜无耻、肆无忌惮的人,对自己的恶行不以为耻，反以为荣！"

"你太苛刻了！"蒂图斯用开始令她不安的轻松和淡漠的口吻说道，"他们是试图履行自己的责任！或许他们只是无能！案子很难，出乎意料地难，他们如履薄冰……我认识几个人，认识检察官，这儿的民警局的一个军官康布里亚，一个很帅的家伙，有点伤感，很聪明……"

"根本不存在一个名叫康布里亚的！"伊琳娜说。

"是吗？"蒂图斯很吃惊，"那么马泰亚什，那个军士长呢？长着金黄头发的矮个子，头发已经褪色，一个十分活跃的家伙，话痨……是区司法侦查局的……"

"我不知道……没有见过他！你怎么能这样信口开河？"

"我不明白！"蒂图斯漫不经心地答道。

"你刚才是怎么说的……不记得了？你不是认为我是带着某种计划来这儿的吗？甚至……"

"啊哈！"他说道，亲吻着她，阻止她继续说下去。

过了不到一刻钟，伊琳娜睡着了。她是突然倒下的，就像一些醉鬼一连喝几个小时酒，或是慷慨激昂地吹嘘自己，或是死皮赖脸推杯换盏，然后闪电般地睡着了。他们或是站着，身体像个木桩似的挺着；或是坐着，脑袋耷拉在一个肩膀上。他们熟睡着，任何人也唤不醒他们，不认识任何东西，可以任人宰割，可以不需麻醉做开膛手术，可以被运送到任何地方，他们或许感觉到遍地是家。

蒂图斯小心翼翼抱她到沙发上躺下，给她盖上挂在诊室角落的一颗木钉上的他父亲的一件白大褂。然后，他关上灯，把她锁在房间里,走到隔壁的房间,把伊琳娜独自留在完全黑暗的诊室里。隔壁是格尔达家庭餐室所在的另一个房间,也是前不久接待检察官和康布里亚中尉的地方,几乎完全是明亮的。窗帘已经打开,他的父母正等着他。他的母亲坐在一张安乐椅里,但身子挺得那么僵直,仿佛根本没有沾着座椅。她的眼睛大睁着,一动不动,宛若一个死人。

第九章

那个奇怪的夜晚是保罗此前的漫长生活中从未遇到过的，在这之后的整整两天，他躺在临时工们的窝棚里的那个"顶楼"铺上，不能说话，汗流浃背，在最不想睡的时间睡着，又立刻就醒来，全无知觉，仿佛是在做一个无尽的梦，或者处于一种长夜难熬的失眠状态。窝棚里的人担心他，曾请来一个医生诊治，但在床边照料他的主要是克里尼茨基和他的"学生"米胡齐。米罗亚这几天离开工厂，去看望纳德拉戈城附近一个村里的几个近亲。

克里尼茨基为了陪伴保罗，连续两天没有去工作，像一个仆人一般照料他，为他服务。在这两天发病的时间里，几个便衣屡次试图接近保罗的床铺，叫醒他，同他谈话，其中有一个人说他的陈述很重要，要把他从那儿带走，但遭到魁梧的克里尼茨基的坚决反对。工人们，那些临时工们都支持克里尼茨基。没有任何人喜欢那些侦查员，因为他们拘押了列卡，表现得那么无能。在工厂和这个小城里，紧张的气氛每小时都在加剧，尤其是在那么骇人听闻的第二起谋杀案发生后，人们归咎于警局低效无能，玩忽职守，奇怪的是，这种愤怒和恐惧大多表现为拒绝与侦查员们合作。侦查员们面对一个或者两个无形的杀手，周围却是一个沉默、敌对和充满恶意的包围圈。

许多便衣警察到处巡查，车站和公路都设岗把守，出现了州里派来的汽车和警犬，其中有几条警犬不知道被什么人毒死了。工厂的生产进程出现紊乱，女人们处于一种近乎歇斯底里的惊慌状态，学校近乎瘫痪。晚上很少有人上街，少数女人始终要人陪伴。即使男人们，也害怕晚上独自上街，工厂和纺织厂为十一点下夜班的人组织了工人陪护小组。

在宿舍乃至工厂里，克里尼茨基赢得了非同寻常的威望。现在晚上听他朗读《圣经》的——遭到过世的中学生丹裵渎的那本《圣经》早已被更换或者藏匿——并非只有诸如米胡齐或者米罗亚那样的"没有头脑的"家伙，而是宿舍里的所有人，而且渐渐地，住在城里的工厂的其他工人，以及与工厂、窝棚没有关系的男男女女也来参与。当局已经注意到这种状况，但没有发现任何违法之举，克里尼茨基只是朗读书本上的内容，有时稍加评注，也只限于文本的范围内，何况时机也不合适：人们的精神受到了刺激，不满情绪高涨，任何一个穿制服的人出现都被看作凶神恶煞。窝棚的夜晚赢得了日益广泛的群众性，任何扼杀它的行动都极度不得人心。当局在努力解决一起或多起谋杀案，预料一旦抓住一个或多个罪犯，事态将会趋于平静，重回它们的轨道。最不满的是纳德拉戈城和周围的神甫、教会当局，他们忧心忡忡地看到自己正在失去信徒。在纳德拉戈城的五座教堂里，其中包括一个浸礼教祈祷室和位于一家普通民房的一座福音派教堂里，进去的只有孩子、某些老人和丧失活力的人。吸引孩子们的始终是那些宏大建筑的神秘感、天主教堂近乎古罗马的大会堂，以及玻璃上的拼花彩绘、窗户的肃穆庄严；而那些老人是受狂躁肌体的推动；至于那些丧失活力的人则是被几乎习以为常的动作和习惯所左右，教堂训练出来的平庸、琐碎的思维使他们丧失了任何判断力。

所有不怕死的都进了教堂。其他人则来找那个朗读《圣经》，有时语出惊人的大个儿。他们往往只是来听他的动人的音色，看他的古风很浓的胡子，平静、魁伟的身材，与其他人相比，他仿佛生活在另一个时代或者另一个世纪。

克里尼茨基的威望是如此之高，以致在中学生被杀后第三天，当有人要把他带到检察院进行讯问时，宿舍里的工人们起来反对，于是传讯令马上被撤销。第二天——罪案后第三天，大个儿恢复了工作，因为保罗感到身体开始复原，能够起床吃饭了。又有人再次来访，进行讯问，但克里尼茨基要求派"原来讯问过他的同志"前来，那是指马泰亚什军士长，而他已经奉召调回区里，被州里的"最高权力"机关撤换。因此，第二次讯问克里尼茨基的尝试以失败告终。

一连两晚他没有朗读，第三天当他还想避开时，聚集来的人越来越多，几乎强迫他朗读。人们威胁说如果不"朗读"，他们将把保罗驱逐出宿舍，因为他霸占了大个儿的注意力。所以，他不得不让步，但很高兴能有这样的场面，不久，他在那儿朗读的宿舍已经容纳不下听众，于是在屋外的一棵十分古老的核桃树下摆了一张桌子和一把椅子，大个儿在一盏汽灯的灯光下像登台演讲的人一样，坐在桌边朗读。

随着保罗逐渐病愈，他被带走传讯，拘押讯问近两天。当他回到窝棚时，人们已经对他的消失感到不安，而他重又倒在了床上,克里尼茨基像女人般虔诚地照料着他,听他讲种种故事,其中大部分前后毫不连贯,或者缺乏逻辑思维的内涵。但是,难道不存在没有逻辑性也可以生存的判断吗?流行的逻辑难道有时不也是大家的一种偏见吗?从这个意义上说,保罗近乎是一个没有各种偏见的人,而他那微弱得几乎不存在的记忆——或者说非常任性和搞笑的记忆——也有助于消除偏见。确实,即使他发病,那不同寻常的虚弱和发烧也往往有着没来由的快乐形式,就像有些人面对最微不足道的小事没头没脑地发笑一样。不过,保罗不对小事发笑,而是对严重或者完全无所谓的事情。或者对大家所说的没有意义的荒谬事情发笑。为此,照料他是一件不愉快、烦人和令人恼火的事情。宿舍里的许多人认为他根本不是病人,或者说即使是病人,他的病也是不能痊愈的,最好还是把他从那儿赶走,或者关起来,当然是关进一所精神病院,那里就像一座照料虽差却看管不严的快活的监狱,里面住着许多这样可爱的人,他们快活,无忧无虑……

但是,保罗真是病了,这在两天后他从床上下来时得到了明确的实证。他在宿舍里走了几步,然后走到外面,但没有离窝棚太远。保罗重新站起来的样子、他的康复,使大家相信他确实是得了时疫,当然是一般的病,可以"痊愈",因为死亡和发疯是不治之症,或者通过任何人都不能理解和察觉的方式痊愈。

克里尼茨基始终陪同在他身边,在他被讯问回来后第二次躺倒时也是这样。而且,他还说服那些认为保罗受到了虐待折磨的人保持安静。其实,在保罗受到许多人形形色色的讯问的那两天里,检察院没有其他人,因为他是唯一的重要证人,非但没有受到虐待,相反待遇优渥,让他长时间休息,一个医生始终监护着他的健康状况,许多次是躺在床上接受讯问的。当局用尽了千百种循循诱导的委婉手段。当有人建议把他送到州首府时,他拒绝了,押解计划于是落空,而在他失去了乐意听从安排的心情,要求被放回宿舍时,立刻如愿以偿。克里尼茨基理解这件事情,对那些依然愤愤不平的人进行解释,终于成功地安抚了大家的情绪,无论是在保罗的"案情"抑或其他更加严重、复杂的"案情"中,无不如此。他给人们朗读《圣经》,难道不正是为了吸引人们的注意力,安抚他们,遏制日益严重的恐惧,从而使侦查机关可以安心办案吗?为此,当局在某种程度上予以认可,并未过多用讯问来打扰他。在那个短短的阶段中,这儿的一切都颠三倒四,许多反常的事情成为很自然的东西。

多少年来,克里尼茨基极其孤独——当然只是就他的"信仰"而言,只有两三个各色的人听从和注意他,而且有时候那些跟随他的人无非是猥琐的小骗子,利用他的善心,躲在他作为工厂里的一个出色工人的声誉背后得到庇护,因为他长期在那儿工作,手艺高超,认识人多。现在,突然间"新信徒"飞跃暴增,数量之多连他自己也感到惊异甚至害怕。神甫们愤怒指责,听众人数飞跃,其中有越来越多的不相识的人开始传播关于他的种种虚假传言,诸如能预测未来,能治病,或者有驾驭人的力量,等等,使他不寒而栗。恰恰是他多少年来觅求而现在如此突然和强有力地出现在他面前的这种场景，令他心惊胆寒，转而接近刚刚发现的病中的保罗，以求安宁。

克里尼茨基十分害怕自己的性格。战前，在发现"上帝之道"之前很久，他是一个崇尚暴力的人，常常拍案而起，反抗当局，两次被当作"布尔什维克"关押，有一次狠揍了一个工厂经理，把他打成了残疾。那个家伙，恶待所有工人，还有许多玩弄女人——他的雇员的女儿和妻子的丑闻，在他涉案的官司中，所有的证人都站在克里尼茨基一边。由于当时是在战时，工人们被就地动员，工厂在生产重要军备物资，他被判处缓刑，那个挨揍的家伙不得不从当地搬走。自那时及后来记入他传略底案的其他事件起，他开始对自己的力量和火暴性格有某种恐惧，感悟到这样的性格对于他人和他自己的后果都是不可预见的。他朗读和评注《圣经》的初衷乃是在精神上弱化个性，将基督教的虔敬推进到完全忘我，唯有"行善"——用他的话来说——以达到心灵平静、灵魂干净。他像把《圣经》通俗化的其他许多人——教士或者"业余爱好者"一样，强调"魔鬼每时每刻活在我们心里""魔鬼是我们的……最大敌人"。于是，有人问他："那么谁是我们，如果我们中的某人心中有可能成为我们敌人的某物？"

克里尼茨基不想"宣传"信仰或者《圣经》，常常满足于一两个人对他的书表现出兴趣，几乎不自觉地本能避免鱼龙混杂，从而始终生活在矛盾之中。他的执念和信仰，或曰"真一"，要求争取尽量多的人，即所谓"众生"，但他始终回避大众，从而相当孤独。他"讲道"的听众和"践行者"甚寡，这应归咎于信仰的普遍缺失、"今天"的芸芸众生的"肤浅"或者"堕落"、世界末日的临近，以及"现时代的魔性"。国内有数千或者数百这样的"布道者"，他们到处存在，或许始终没有效果和新的信徒，只得归罪于"现时代""人们的荒淫无耻"，等等，但就克里尼茨基个人而言，情况则完全不同。对于他来说，《圣经》是他的灵魂，或者更确切地说是他肉体的一帖良药，虽然这或许并非也适用于其他人。克里尼茨基自己并未察觉，他以一种宏大的个人主义和超然物外的态度，把"上帝之道"严密地保存在自己一个人的心灵里，只为他自己保存在心灵里，而不是去传道宣扬。

究其原因，是克里尼茨基从来不曾有过家庭，对女人、金钱、吃食、漂亮的衣服等毫无兴趣，朗读《圣经》被看作是出于他性格的"好奇"，也是他自己和其他人对其自愿放弃的一切"满足"所给予的一种补偿。特别是，他是一个极其正直的人，有强大的工作能力，是一个工人楷模，历史上没有任何污点，他的"癖好"始终是微不足道的，完全没有侵他性。只有神甫们有时起而反对他，但他们难道不正是靠着异端邪说生活，他们的"信仰"不正是这样强化的吗？谁又能信誓旦旦地说存在着多少真正的信仰，或者多少同一种病的形态，医院里不是充斥着身体健康而违反所谓"法板"即教规的那些"异端"和"迷途者"吗？

但是，"新信徒"像雪崩一般激增，使克里尼茨基感到害怕。他首先认为，这过于突出了他个人的重要性，乃是损害"他的虔敬精神"的一种危险，这难道不正表明他与自己的

"信仰"多么脱节，对自己的重要性又多么看重，从而不能成为上帝的一个最微小的"工具"吗？！

为什么人们蜂拥而来，那么多的人，那么多此前生活中从未见过一面的陌生人？难道他们不会朗读吗？因为，他所做的只是为他自己——有时，一个人想更专注地理解书本时，就大声朗读，为一两个不识字的人，譬如米罗亚、米胡齐、纳扎里耶等很少几个身边听众朗读？！

然而，现在所有人都要"大个儿"为他们朗读，都要听他的声音，看见他，触摸他，尽管他是一个普通的人，却通过不被人注意的行动体现美德，用他那如此勇于冒险的躯体奋斗不息，"弯腰"过着一种灰色、渺小的生活，没有任何自以为高人一等，从而可以"爬在"其他人头上的行为或行动。于是，他试图逃避到那个孤独无助的青年身边。这个年轻人为中学生之死感到震撼，思想是那么脆弱和多愁善感，神经是那么衰弱。但是，他没有成功，显而易见，保罗要维护一个如此强大的人，实在是过于软弱了，克里尼茨基不得不屈从于宿舍里的大多数人，以及来自工厂和城里的工人们。

他在其余的时间里大多陪同保罗一起度过，保罗在那两天的讯问后再度发病，虚弱躺倒，为他提供了这样做的又一个借口。这个如此严肃，如此令人生畏，有时如此阴沉和凶暴——即使只是目光或肩膀凶暴——的人，陪护在保罗身旁，整小时听他絮絮叨叨，神情莫名地严肃，显得极其好奇。他时而强烈诧异，时而惊恐不已，甚至怕得打战，宛若听人讲童话或幻想故事的孩子们：一粒大豆种子长得高达云端；微型的小小提琴奏出富有魔力的美妙声音，能够催眠一个巨妖，或者是有一条多头毒龙（只有一个脖子，却有许多个脑袋，长着一大束尖利的眼睛和舌头，就像血红色的毒箭）；或者是一只神奇的母鸡不断产下一个又一个金蛋。

然而，保罗并没有感到幸福，尽管有人听他絮叨，而且听讲的是一个他梦寐以求的强壮、成熟、持重的人，生活逐渐使他懂得那是一生难求的。因为，在克里尼茨基护理他的那些天，他很少有自我意识，并不知道自己在说些什么。直至很久以后，才有人告诉他他得了一种非同寻常的病，身体全面虚脱，丧失意识，失眠，是一种奇怪地使他临近死亡的神经性痼疾。

"是吗？"保罗自问道，第一次想到死亡，但这是一个令人厌烦的话题，"你真的想到了死亡！"但很快就丢开了。谁有耐心严肃地思考这种事？你必须为此事、为"这件烦恼事"而生，谁知道它是不是一文不值的东西？如果你想到自己的死亡，那么还求什么生来有用？难道人这种奇怪的患病动物，除了具体的眼前的利益，就不能做任何事情?! 难道我们必须借助思维，借助我们自己的死亡和谋杀的折磨去发财致富吗?!

保罗在克里尼茨基耐心照料他的漫长时间里，给他讲述自己如何在崎岖曲折的道路上旅行，终于来到这个山岭之中如此安静的地方，见到这些快乐而近乎陌生的好人的故事。他回忆起换车的车站——从一列大火车换乘一列窄轨小火车，对他说来也算是件大事！烟熏火燎的天桥，很像电影镜头里的画面，干涸的喷泉和那有两块石头的大水池，为了模仿大理石用涂料涂抹出奇丑的弯七扭八的线条。在我们这个世纪,不复存在万世永存的材料,而我们却总是模仿万世永存的材料,即使是石头,我们也要改变它,把它改成大理石的形式,尽管石头比大理石更经久耐用!

那时,伊琳娜出现在那个月台上。有人从放在膝盖上的一个压缩硬纸板手提箱里拿出东西来吃,纸箱盖遮挡住了他的脑袋,仿佛他膝盖上放的是一架留声机——那种招贴画上的留声机,有一个巨大的橙黄色的喇叭,由一条硕大的狗守护着,聪明的尖尖的狗头上迎风飘舞着一句用英语写的格言:"大师之声。"

当然,还有一群纳德拉戈城未来的居民,同他们在一起的有一个瘦瘦的高个儿少年,脸上有许多雀斑,说话声音尖厉刺耳,沉浸在七月夜晚的暑热中的荒凉车站立即安静了下来。人群中有姐妹俩,两个漂亮的德裔姑娘,胖胖的,长得十分相像,只是姐姐丽思勒——可能是名叫伊丽莎白或者丽思洛特——更加漂亮,或者更合保罗口味。当然,与穿着一身黑色衣衫的她、与那个鲜活的女神是根本没法相比的。真是奇怪,在这样的区间窄轨线路上,这些女神混杂在一群丑陋的人中间要到某个地方去,而保护她们的竟是一个饶舌的少年,只听见他在那儿吵吵嚷嚷说个不停!

两姐妹中的妹妹几年后将长得比姐姐丽思勒漂亮得多,但在那一刻姐姐更适合保罗当时的口味,当然,最理想的毫无疑问始终是她……她名叫安妮,对他很亲切,邀请他同她们一起爬上同一节平板车厢。他们在那个不认识的地方乘坐的火车没有旅客车厢，只有平板车，原来是用来运输圆木、工厂机件或者供应在那儿的山区放牧的牲口群食用的一箱箱食盐的，现在空着，只有一堆剩下的刨花。那一群快乐的旅客将刨花堆在一块儿，当作垫子或者安乐椅，缓冲窄轨铁路的颠簸硌人。

窄轨铁路在某种程度上正趋于衰落。过去，在工厂属于某些个人的时代，汽车很少，道路十分糟糕，人们都奔铁路而去，小火车白天夜晚在坡岭和滩地间呼哧呼哧奔驰。现今它已垂垂老矣，小城被一条条柏油公路围绕着，保罗在那天下午进行的旅行确实很浪漫，因为末日遗事永远是浪漫的。

那群旅客中有一个人随身带着一架手风琴，装在一个淡黄色的盒子里，并未引起保罗注意。直至物主——一个笨拙的旅行者取出手风琴，将陈旧的宽皮带挎在肩后，以激发他自身情感的自发性，全身心地投入那个红得耀眼的风箱上的闪亮胶膜盖键盘时，他才察觉。演奏者不是一个很年轻的人，用保罗的一个婶母的话来说，"不再是年轻人当中的一员"，而是一个四十岁左右的中年人，很瘦，脑袋大而"有劲"，头发稀疏，呈金黄色，梳理得油光水滑。他身穿高尔夫球裤、短筒袜和厚底鞋，演奏着徐缓的圆舞曲、玛祖卡、欢快的进行曲，而那两姐妹和伴随她——黑衣女人的雀斑脸少年，不断附和着键盘的音乐，形成五度音、八度音的三重唱，以不急不慢的速度运载着他们行进的那列小火车，有时似乎也不再那么令人难以忍受。

那两姐妹打开了随身携带的保温瓶，邀请保罗喝冷咖啡。保罗十分坚定地加以拒绝，尽管他喜欢喝咖啡，尤其是在那一刻自然更是求之不得，他所怕的是咖啡不够大家喝。但他的担心是多余的,每人都接受了一杯咖啡,结果还有剩余,于是安妮——一直对他很亲切——又邀请他一次,他再次拒绝,心里却希望她会坚持,待到再一次邀请,他再下决心接受不迟。然而,那个满脸红雀斑的少年夺过依然在安妮手里拿着的胶木杯子,开口说道:"让我喝了它,咖啡阻碍你做梦!"少年说完话又莫名其妙地放肆大笑,他的笑声鞭挞着保罗。保罗转过头去,微笑着,免得有人察觉他的难堪。看着雀斑少年喝着咖啡,保罗只得无奈地干咽唾沫,而本来可以极容易地把咖啡直接递到他手上的安妮,似乎忘记了应该得到那杯咖啡的实际上是他!他为什么不在第一次邀请时接受?

她默默地坐在一边,离他很近的一边,仿佛害怕过多地呼吸那午后的稀薄空气。空气迅速变凉,因为火车正在爬山。她时时露出微笑,显得十分独特和羞怯,保罗尝试着抓住她的目光,盯着她的眼睛,但她不看任何人,或者可以说仿佛所有人的眼睛都是视而不见的玻璃球,即使是与她一起的那个满脸雀斑的少年,也并不受到十分关注。她是孤独一人,大家也知道她是孤独一人。她时而说点什么,词语和音节都很简短,其他人都中断了彼此的谈话,回应着她的话,在她周围仿佛有一个巨大的气场在运动。

不久,保罗与安妮成了朋友,但时时受到满脸雀斑的少年干扰。安妮对车站上偶遇的这个陌生人的友情一开始表露,或许就触痛了雀斑少年的神经。他开始攻击保罗,他对大家说,保罗长了一个将把他送上绞刑架的鼻子,而那两只向下耷拉的大耳朵在比较潮湿的季节可以储藏食盐。

保罗脸涨得通红，像女人一样，十分明显，有人不禁爆发出笑声，但安妮立即跳起来保护他说，根本不是那么回事，保罗的耳朵长得很正常，甚至可爱，无论如何，它们比其他人的耳朵好看得多。显而易见，假若雀斑少年并非同她是一家的，安妮或许会说出更加呛人的话。

"说什么呢？"雀斑少年说道，"如果我的脑袋周围长着这样的耳朵，我就去当放牛的牛倌！我们正缺牛倌，如果你睁眼仔细瞧瞧，就可以看见满山坡都是没有主人的牲口！"

安妮严厉地看着他，小心翼翼地改变了话题。雀斑少年得意地放声大笑，很开心于保罗沦落到要受一个女人——一个姑娘保护。在安静中过去了一刻钟，铁路不断在山坡上爬升，有许多弯道，可以看到路旁的整个村庄——有时离得那么近，似乎可以伸手触到——还有孤零零的牲口，以及只顾自己干活的个把农民，他们压根儿不抬头看一下路过的窄轨火车和那一群无忧无虑的快乐旅客。

一段时间之后，大家唱歌唱累了，周围刺骨的冷空气，加之他们彼此脸对脸相视得太近和太久也颇让人感到疲惫，于是开始准备进餐。保罗惊慌和极其尴尬地看着大家的这种准备工作，除了一小玻璃罐果酱和四分之一个面包，他别无所有，而放面包的餐巾沾上了斑斑点点的果酱，所以他无论如何也不能拿出来。很怕安妮、她的姐姐或者其他人又邀请他进餐。为了预防这样的事情，他转身背对着他们，当安妮问他时，他第一次故意装作没有听见，第二次才故作粗暴地回答，或许这样能激怒她，让她对他产生恨意，至少维持到这顿临时会餐结束。

但是，安妮并没有恼怒，或者没有显示出怒气，而是邀请他一起进餐。大家都邀请他吃点什么，保罗突然爱上了他们，强烈地爱上了所有人，觉得自己心头开始战栗，眼睛不由得有点模糊潮润，即使是对那个雀斑少年，也是如此。她，那个身穿黑丝绸衣服的天使正在侍候雀斑少年进餐，而这个家伙丝毫也不在意，好像身边只是一个极其普通平常的女人，尽管她那长发、修长的手臂和彩色的裙子是那么楚楚动人。她是雀斑少年的母亲，十分年轻，似乎只有安妮的年龄，虽然保罗不太相信自己的眼睛。保罗觉得，不管怎样，这个楚楚动人的黑衣天使同样也爱自己，否则就不会与大家一样也递给他食品。其实，他并不很饿，而且总是厌烦吃东西，更何况他自己也有果酱，尽管不敢拿出来……但是，他们不但邀请他这个陌生人，这个如此笨拙和潦倒的人——任何人都能轻易加以戏弄的靶子，而且怀着真诚的热情和快乐，这或许使他感动，试着表现出男子汉的气概。他曾得到过女人们的青睐，却极少得到男人的爱。无论如何，安妮也爱他，问他是否饿，是否爱吃某种东西，或者不喜欢，其实他的确很饿，而且喜欢大家给他的食品，但他试图掩饰自己笨拙的爱，掩饰那颗像泛爱的女人一般的心，尽管他真心地强烈钦佩和赞美这些素不相识的陌生人。他们变得如此伟大，如此正直，如此富有男子汉气概和女人味，在那个慢慢地向着蓝天滑行的午后的旷野里光芒四射。在这漫长的几分钟的时间里，他们甚至遮蔽了她——奇妙、脱俗、不可触摸的女神的光彩。

然后，安妮重又走近他，或者说是保罗走近她，而雀斑少年又因此被触怒,或者更直截了当一点说,他生性如此,横插在他们中间,下流地摇晃着自己的两条腿,扬言保罗是一个私生子,是一个捡来的孩子,口臭难闻。

"你弯腰接近他的嘴,看我说得是否有道理!"他挑逗安妮道。安妮看了他片刻,对他的言语或者胆大妄为感到十分惊诧。

保罗愤怒地感到,自己的脸颊和颈项重又涨得通红,他垂下双眼。随后,正当安妮要开口再次维护他的刹那间,他对雀斑少年微笑着说,说得对,确实如此!自己是一个私生子——他承认道,但在大城市T城始终有一个大婶愿意收养他,而且对所有人宣布她认识他的母亲,告诉大家她的母亲是一个小裁缝,走街串巷,到有缝纫机的人家当日工,缝制便宜的裙子、床单、被面、布罩。

"这些都是不要脸的谎话,只能骗骗摇篮里的孩子!为了这些谎话,该立马就在这儿让你屁股吃一脚!"雀斑少年想也没想就回答说,声音显得把握十足,微笑着看了看安妮。安妮红着脸,低下双眼,假装没有听见。确实,还能怎么为他辩护?

"确实!"保罗回答说,试图避免说话结巴,"或许也是谎话!归根到底,我不认识她,何况这种走街串巷的职业也难免有细看某种东西的愿望……"

"还有偷东摸西的愿望,当她独自留在房里的时候,顺手牵羊,拿走一些小东西,譬如一把比较值钱的刀、工具包里的剪刀,甚至一双袜子或者一块手帕。怎么,顺手拿一块免费的手帕有什么罪过?"

雀斑少年对保罗母亲的言之凿凿的评论,使保罗惶恐不安。保罗试图不偏不倚地为母亲辩白,但他再次忍住了,迅速接过话头,避免让对方看出自己的惶恐。

"什么都有可能!当你贫穷的时候,什么都可能发生!我只做大婶给我说的事情,她是一个令人尊敬的女人,没有人觉得她有什么很大的缺点或者夸大的言辞!"

"如果什么地方存在这个大婶,我会感到惊奇!"雀斑少年反驳道,一脸的不屑,"即使有这么一个人,我也觉得她唠叨的事情没有什么根据!孤独的老太婆们喝多了,越是觉得自己令人尊敬、非同一般、孤独的时候,就越是酗酒生事!在她们家的房间里,摆满了大安乐椅,门上挂着天鹅绒帘子,满身跳蚤的猫咪整天睡在那里,到处藏着一瓶瓶度数最高的烈酒,即使是一般的男人喝了也受不了!在喝酒之前,她们坐在床上,因此睡得很早,如果你敲她们的窗户,她们不是回答或者冲你喊叫说你在'那个时刻'打扰了她们,而是邀请你下周同一时间再来,但实际上她们已经喝得烂醉如泥,像死人一样!不过,这也没什么,反正喝的是她们自己的钞票,但她们——你的大婶就是其中之一——有一个坏习惯,就是假装熨斗或者通向小客厅的门锁坏了,或者天花板上的枝形吊灯机件的各种滑轮咯咯作响晃动,急急忙忙跑着去叫人——叫一个自己有铺子的黑白铁匠老鳏夫修理,但只领着他在各个房间里穿来走去,搞些小修小补,却不让他修理那门锁或者卸下来摆在地毯上的吊灯。可怜的老鳏夫修理工不停地走来走去,看够了乱七八糟的东西,但像你大婶那样的恶老太婆们不让他有片刻安静,直到她们心满意足为止!请看,她们冒充法国式贵妇,只要你有空,就会对你唠唠叨叨叙说年轻时去布达佩斯或者维也纳旅行,只是为了看一出歌剧,她们之中很少有没见过国王恰好从一辆由四匹白马拉着的马车上下来,走进一座教堂的。但愿她们能满足于同一个可怜巴巴的黑白铁匠上床,尽管他满身瓦斯味,指甲肮脏不堪,耳朵几个礼拜不洗!"

安妮不禁笑出声来,保罗也在笑,但心头不能平静,眼睛惊恐地看着周围。

"你从哪儿知道的?"安妮随即问道,丝毫没有怀疑的神情。

"我嘛,"雀斑少年平静地回答说,保罗发现他穿着短裤,像大人一样多毛的白皙长腿上也长着雀斑,"也有一个亲戚,有一个姑姑,我们家不接待她,也不愿到她家里去。我父亲活着时,我不太走动,老爷子不让,但现在伊琳娜让我去走动,她对我很好。有一次,我拿着万能钥匙走进她家里,拿走了她在哈布斯堡王朝时代就拥有的所有书籍,卖给了一个旧书商。那些书散发着霉臭味,裹着皮面,我靠它们得到了许多钱。老太太闻到了什么,但没有勇气责怪我,连说笑话也不敢,否则,哼!她整天抱怨没有得到那个外来的女人很好的照料——喏,就是她!"雀斑少年用脑袋指了指身旁的黑衣女人,在这一瞬间,保罗发觉自己之所以对雀斑少年微笑,无论对方怎么嘲讽和侮辱他,只是因为他那么靠近她,活在她的身旁,或许是等待对方疲于嘲笑他,谁知道呢……"于是,我就随声附和，求她关怀我作为孤儿的凶险命运！"雀斑少年狡黠地笑着接下去说，"但是，那些臭烘烘的猫使我格外恼火，我对它们执行死刑。我抓着它们的脖子，扔进穆列什河——她的家就在穆列什河岸边，没有一只能再回来号丧。有一只回来了，我把它扔进河里好几次，它的厚颜无耻激怒了我，但真他妈见鬼，它学会了跑回来，一段时间之后，还带着一条鱼回来。这个母夜叉明白我在搞臭她的王朝，于是向老太太哭诉，而我很在乎她的话！我是一个可怜的孤儿，大家都同情我，但我很希望看到有人能有勇气沦落为一个不幸的孩子，永远缺少父母的温暖话语，看不到一个父亲的鼓励的目光！如果你想，"雀斑少年向正像安妮一样越来越钦佩地听着他讲话的保罗提议道，"我向她建议收养你！她很需要一个像你这样的娃娃，我打赌过不了多久，你就习惯于给她拍打地毯，打水，擦玻璃！噢，你会擦玻璃吗，或许连这样的活儿也干不了？"

"我会！"保罗骄傲地迅速说道，但马上后悔了，因为雀斑少年和安妮为他的神情笑弯了腰。确实，安妮笑得稍含蓄一点，甚至用手掩着嘴，这真的很使保罗受伤。

"你还会干点活！"雀斑少年说，神秘兮兮地向盘腿坐在刨花上的保罗俯下身去，安妮也好奇地将耳朵贴近过来，"嗨，让我们看看你那个小红疱！愿意吗？只给我们看！"

雀斑少年友好地望着他，口气出乎意料地热情和体贴。

保罗浑身红胀，仿佛得了疱疹，不敢再抬眼看雀斑少年和安妮。他别过头去看着一侧，假装在欣赏风景，等待时间抹去他的话在对方头脑里的记忆，从而能开始谈论另外的话题。但雀斑少年弯腰更贴近他的耳朵坚持道：

"嗨，别害羞，只有我和安妮两个人瞧！别装！"

保罗偷偷地看了看安妮，见她正羞怯地抚平穿着的奥地利提罗尔式的围裙——一条装饰着小皱边的非常柔和的橙黄色短裙。不过，她并不那么生气，比他预料的要平静得多。

"嗨！"雀斑少年坚持道，用他那留着没剪的长指甲的粗壮大手抓住保罗的胳膊，保罗终于开口说道：

"不能，因为……"

"因为什么？"雀斑少年见他欲言又止，就接口说道。随后雀斑少年又坚持说："嗨，我衷心请求你！你不愿意我们成为朋友？要知道，我很喜欢你，尽管我们吵了一会儿嘴。你长相很正派！还是你有自闭症?!"

安妮疑惑地抬起头来，保罗陷入了茫然不知所措的境地："不！不！"他虽然搞不清雀斑少年的侮辱，也就是说根本不理解，但猜测应该不是什么好话，即使不是诽谤。

"那么，好吧！"雀斑少年说道，已经有点不耐烦，而保罗害怕可能重又失去他的友谊。

雀斑少年挺直了身体，在他面前固执地等待着，两手插在口袋里，并不看他。但保罗知道，或许片刻之后对方嘴唇上重又挂着毁灭性的狞笑，露出挑衅和诋毁性的讽刺表情，面对这一切，保罗是那么软弱。

"嗨！"雀斑少年看到保罗一动不动，假装在欣赏风景和把玩从口袋里拿出来的一把螺钿柄的小刀，不耐烦地说道，"嗨，保罗，放聪明点，一分钟也不能拖延！像个男子汉，别这么犹疑不决!"

"但其他人怎么办?"保罗喘了口气说,显出被逼得走投无路的神情。

"跟他们有什么关系?谁会关注他们?"

"但是,如果……他们看到了……"保罗期期艾艾地说,尴尬到了极点。

"胡说八道!"雀斑少年说道,随后变得十分通情达理:

"你转过身去!"他说,把保罗拧过身去,面对着小火车的尾部,"我和安妮围坐在你身边,别人什么也看不见,我们假装在打牌!瞧,牌盒就在这儿!"雀斑少年说道,从裤子口袋里拿出一副油腻腻的扑克牌,交叉着两脚坐在保罗身边的刨花上。安妮移动着扭过身来,于是三人围成一圈,好像是在打牌。雀斑少年开始发给每人四张牌,保罗很欣赏他熟练的动作,因为雀斑少年只用单手发牌,其速度之快是保罗用双手也达不到的。牌一发完,雀斑少年对他耳语道:

"嗨,老兄,现在行动吧!亮出你的能耐!"

安妮不安地看着他,掩饰不住自己的好奇心,而一个苦涩的气团在保罗的喉头上升。他感到极其无助和被迫的无奈,心头万分恐惧,双眼充满泪水。他低着头,经过一段他觉得无限漫长的时间之后,泪水终于越过眼睛的边界,开始顺着脸颊流淌下来,犹如聚集在石头水坝后面的河流一般。

"让他安静会儿,二流子!"安妮突然相当威严地说,厉声斥责雀斑少年,而保罗却没有足够的勇气去擦拭自己的脸颊。

"瞧你!"雀斑少年说道,扔掉了手里的牌,"干吗这么哭哭啼啼的，嘿……笨蛋！窝囊废！脑残的家伙！谁也没有把你怎样！你将被疱疹病毒折磨得糜烂至死！先天梅毒病儿！下流胚！"

雀斑少年很是失望，无限鄙视地说出这一连串脏话。他还在把自己骂人语库里的若干下流称号堆在保罗头上，对保罗的"倒霉"前途做了种种预测，然后平静了下来。虽然离到达目的地还有相当长的路程，但三个人之间的愉快心情一去不复返。安妮试着将话题改变到另一个方向，讲述着不知什么故事，雀斑少年试着讲一两个笑话，实际上谁也不再有兴致说笑。他们俩有时责怪地望着保罗，仿佛他是惹他们厌烦和这次旅行失败的罪魁祸首，本来这次旅行或许会十分成功、愉快，甚至令人难忘。安妮突然站起来，走近她姐姐和其他人，而雀斑少年干脆转身背对着保罗，开始朝飞驰掠过的电线杆吐口水。然后，他也站起来，加入到其他人中间，只剩保罗孤身一人。保罗试图假装满不在乎，但很不成功，他生来不甘孤独，或者说，无论如何，在那一天，当坐着小火车爬山，火车头绝望地呜呜呼叫的时候，他不该甘于孤独。

到达目的地时，已将近天黑，在其他人的喧哗声中，保罗试图溜出那个十分破旧的小车站。那里只有一个月台，由几根漆成绿色的木头柱子支撑着。但正当他提心吊胆地想独自消失的那一刻，他被安妮的姐姐丽思勒叫住了，不得不停下脚步等着她们。她问他是否有准备去拜访的亲友，保罗立即十分活跃地说，有一个当地的老熟人，一个退休人员，名叫霍伊尼克，原来是马丽拉私人医院的主管。霍伊尼克是一个非常仁慈的人,从前很富裕,是拥有高级马车的少数人之一。夏天他全家外出长途旅行,去县里的休养站或者他的打谷机被人租用的村子里,因为他妻子的嫁妆里不但有全套的家具——包括两张床和一个椭圆形梳妆台的板条卧室家具,一个橱柜、一张桌子和六把带雕花图案的红色贴面椅子的餐室家具,而且还有一台脱粒机。夏天,他把这台脱粒机出租给乡里。当然有自己的手下,那是一个残疾人,一个有一只木头手的人,但此人比没有任何残疾的人更加能干。周末,他们没有其他安排时,就去乡间看着脱粒机如何工作。保罗是在十分愿意收养他的T城的大婶那里认识霍伊尼克先生的,她有时出租给外地来的这对夫妇一间房,在城里留宿一两夜,因为他们不信任当地的旅馆和完全因循守旧的单调服务。有很长一段时间,霍伊尼克先生习惯于投宿保罗的大婶家里,虽然保罗不住在那里,但经常应邀一起进餐,所以在认识后不久,他们超越了礼节性客套的最初形式和障碍。在结束了来T城需办理的事情之后,霍伊尼克先生按惯例要去电影院看电影,而且总是邀请保罗的大婶前往,但她都予以婉拒,因为她觉得被人看见自己同一位不相识的先生在一起,并非是谨慎之举,更确切地说,并非是一件体面的事情,所以她要保罗陪伴他,而且还要附带介绍说,她的这个侄子举止文雅,家庭遗传有真正的艺术天赋。但是,她请求霍伊尼克先生在看完电影后千万别邀请保罗喝咖啡,因为保罗或许不能拒绝他的美意,而她力图让保罗避开甜食,因为他有家庭遗传的糖尿病。不言而喻,在这样的劝告之后,这两个男子汉依然故我,一走出电影院,马上进入一家咖啡馆,霍伊尼克先生总是买那么多的甜点,大饱口福。至于保罗,一连吃了许多根冰棍,以致失声,着实令他吃惊。大婶护理了他整整两天的时间,很怕他就此终生变成哑巴。当然,霍伊尼克先生家生活大不如从前,他们的房子、脱粒机以及藏在地窖的鞋油盒里的黄金悉数被没收。他在纳德拉戈城退休已经将近十年,以求销声匿迹,将依然留在家里的两个女儿嫁出去。霍伊尼克先生有四个女儿,其中一个在上中学最后一年级时不幸夭折,据说是一位才华横溢的姑娘,有着辉煌的文学前景,可惜一场闪电般的流行性感冒引发的严重肺炎突然夺走了她的生命。他的二女儿——两个大姑娘之一——是摩尔多瓦的某个地方的一个医生,她也只生了女儿。依然留在家里老人身边的是两个小女儿,但现在年岁也相当大了,或许丽思勒小姐认识她们,其实是她们嫁不出去——可能是因为霍伊尼克家昔日的威望,连同私人医院、高级马车、脱粒机等早已丧失殆尽,尤其悲哀的是两位小姐都没有念过多少书,只在奥拉维查的一所特殊的住读学校上过四年学。那是一所培养有地位的姑娘们的才艺和家政的学校,她们不是去学任何技艺,而是为了做模范妻子获取各方面的点滴知识。霍伊尼克先生在其辉煌时代总是宣称,他的女儿们将获得足够的知识,即使在各种所谓国家公立学校——作为放荡生活、骄奢淫逸和无神论的遮羞布的场所,也能不失优雅风范和良好习惯,这些似乎自命不凡的言论现在成为家庭的激烈指责和争吵的取之不竭的源泉,因为两位小姐把她们的霉运归咎于可怜的老爹没有像他以前的那些家境和人脉资源差得多的朋友那样，以睿智的职业眼光为她们"预先铺路"。我们还能说什么？有些女孩压根儿没有像样地学过填写表格，却是持有毕业文凭的会计、教师或者助产士。

"助产士？我的女儿当助产士？"丝毫也不能理解新时代的霍伊尼克先生怒不可遏地直言道，得到的回答是："对，助产士！一个有好主顾的助产士比一个女教师或者工程师妻子挣钱多得多！"但他不能理解，悲哀地低着头，宣称自己只是为了她们好，谁能预料到未来！霍伊尼克先生在自己家里处境很糟，三个女人——他的妻子和两个女儿——组成反对他的联合阵线，一段时间之后，他只得借酒消愁，当然是偷偷的，以免任何人得知消息。但这种保密的举动，不管做得多么艺术化，终究一切将昭然若揭，特别是恰恰被不应该首先知道的人揭穿。但高潮是在她们发现他还有一个情妇的时候，三个女人的愤怒没有了边界，立即怀疑他还有某些隐匿的"私房财产"，否则，他哪里能胡作非为？没有通常那种值钱的礼物，有哪个女人会"忍受"像他那样的一个糟老头?！"不对！"保罗带着自己没有察觉的愤懑补充道，"不能说霍伊尼克先生是一个糟老头。相反，他修长的身材富有弹性，像二十岁的小伙子，配上一头白发和眼镜，保养得很好的脸上熠熠生辉，看来风情万种！不是戏剧家们或者无可救药的理想主义者们的天性从中得到启发的那种巨大、激荡和历史的激情，而是一种感情和趣味的调整，或者是对于面目狰狞和玩世不恭的现实的某种恐惧。在一切历史时代，永远存在害怕现实的人们，一旦相遇，只有出现奇迹，或许还有这种恐惧才不会彼此接近，但谁知道呢？

这种'心灵的优雅'是否比年龄更强大得多？毫无疑问是这样。"

保罗从火车站到那个陌生的小城的路上絮絮叨叨地讲述着这一切或许更多的故事，从车站一起出来的人群不断在缩减，伊琳娜和雀斑少年在车站附近就同其他人分手了。在丽思勒和她妹妹居住的那条街上，在一扇黄色木头大门前，保罗突然发觉只剩下自己与两个女人在说个不停。门的顶端挂着一块小金属牌，上面写着"制作铁门"，这个广告的下方，在特别诱人的柠檬黄的底板上真的画着一扇当然是漆成黑色的铁门。这块马口铁牌子很小，大约只有一张小学生地图大，而且据保罗说，他不断瞪着眼睛，伸长了脖子看着它，因为它挂在门的顶端高处：

"看，一块非常漂亮的牌子！我发誓！"两个女人因他的幼稚或者称赞露出了微笑，因为那是她们父亲的作坊招牌，丽思勒说道：

"我从来没有听说过这个霍伊尼克先生，可能真的住在此地……但在哪条街？"

保罗严肃地望着她，诚实地宣称不知道准确的地址，但无论如何会找到他家，霍伊尼克先生在城里应该有人认识。

于是，在安妮从一个大提兜里寻找门钥匙的当口，丽思勒接着说道：

"现在天黑了，你独自溜达着寻找一个地址不值当。如果你愿意，我们厨房里有一张空床，很乐意今夜把它提供给你歇脚。你是一个很聪明和可爱的孩子。"

保罗表示感谢，同两个姑娘一起走进门去。

在那扇安装在厚实的高墙里的黄色大门背后，有一个半圆形院子，储存着各种铁器材料，有几个很大的铸铁炉子、一辆木头小车、一辆有四个轮子的平板车，在一侧的某个地方，甚至还有一辆拖拉机，装着许多拆卸下来的零件。在左边，可以看见一个作坊的关着的门，而在院子最里面，有一栋不很大的建筑和一个小花园，花园前面有一个安装着辘轳的水井。

两个姑娘请保罗在外面等几分钟，保罗在那个黑暗的大院子里等了相当长的时间，不由得暗想两姐妹是否忘记了他，最后，安妮终于出来请他进屋。她们的父母没有露面，他在很短的时间里便在一张宽大的床上入睡了。那是一张建在圆木上的大床，有很多被褥和枕头覆盖着，厨房也十分宽敞，充斥各色各样闪亮的器皿，还有一个硕大的面包炉。这敞亮的厨房宛若废墟上的一座教堂，月光在夜里的大部分时间深入屋里，因为整个墙脚被挖出了无数细长的透气窗，在床前的墙上投射出一条条白色的光影。

在丽思勒回自己的房间躺下熄灯安睡，留下他独自一人后，保罗蹑手蹑脚地起床，在他的手提箱里翻寻，拿出随身带来的果酱和剩下的变了味的白面包，在黑暗中吃起来。在那个大厨房的半阴暗的环境里，看不见餐巾的肮脏，随后又喝了从排列在面包炉边的一个长板凳上的几个大提桶里找到的冷水。

"是啊，人们是好客的！"克里尼茨基说。他一直严肃地听着保罗讲述，时不时给保罗递上一杯水，或者给他一小勺为病人购买的玻璃瓶里的糖水蜜饯,"越是穷的人,越是好客!这是一个古朴的真理,你复述它,无须害臊,因为其他人,富人或者达官贵人们,从不做好事,因为他们耻于做好事,并非是因为没有善心。我不认识那夜接待你,给予你容身之所的人,虽然你或许能睡在更有名望的人家里,但你看,恰恰是在这儿,有名望的人或许不会招待一个只带着简单的手提箱的素不相识的人,这样突然地……"

"在我大婶那儿,"保罗打断了他的话,克里尼茨基注意地看着他,"有一次我在一本相册上——她有许多相册,我一定应该跟你说一说——看见一张不很大的照片,是她的两个侄子的留影,一个是科技大学的学生,另一个是医学院的学生,都穿着军装,十分滑稽可笑,依傍着一张小桌子,桌子上摆着一个没有花的花瓶。那是一张他们服兵役时期的纪念照。照片下却写着'两个人与花瓶'!"

保罗刚说完最后一句话,立即爆发出大笑,看着克里尼茨基,等待对方做出相同的反应,确实,大个儿也笑了,在笑够后,克里尼茨基接口说道:

"我看到,你十分理解我。我们这个时代的症结在于人们羞于行善,虽然大家都知道善。但是,任何人都不防止作恶,甚至不迟疑作恶,好像还是一种功德,因为恶在今天是一种骄傲。我不知道是否只有今天是这样?"他急忙补充道,"或许从来就是如此,生活在我们身边的人或许都长生不老,只有我们是将消亡的,只有我和你将很快死去!"

克里尼茨基说这些话时,露出了微笑,以一种奇怪的样子张开了嘴，他的小眼睛充满了快乐，而保罗似乎很理解其中的含义，开始窃笑着说道：

"没有一个风流角色是永生不死的！你知道闵希豪生男爵的故事吗？是一个满不在乎坐在炮弹上飞行的男爵！有一部讲他故事的电影！"

"我们必须摆出一副永生不死的架势，但好像明天就会死的那样不断祈祷！"克里尼茨基严肃地总结道，保罗庄重地点点头，表示赞同。

"我不希望自己永生不死，"保罗说，"我头脑里从来没有想过这件事、我的这条命这样延续着，太久太久了！"

"不是吗？"克里尼茨基说道，和蔼地望着保罗，用手掌握着他那漂亮的栗色胡须，"我可以说，自己观察到了这件事、这个细节。我们大家都抱怨生命的短促，但没有一个人察觉生命是无限的，不仅是世界的生命，或者某些种类的动物或者事物的生命如此，而是即使像我这样渺小和无足轻重的生命，可能极易完结的生命亦是如此。我永生着，我的童年是十分遥远的事情！我不久前读了一本古书，讲的是罗马人与'迦太基人'的战斗，即布匿战争，以及罗马的执政官们，特别是费边·马克西姆斯，那是一个战胜汉尼拔将军——哈米尔卡·巴卡将军的儿子——的智者。我必须对你说，我觉得是有些事情似乎发生得比我童年的遭遇更晚，或许这是作家、历史学家的本领高强，或者我更高兴地认为，这讲的是老人们，像我……还有你一样的智力健全的人们！"克里尼茨基补充道，眼睛盯着保罗，而保罗正在全神贯注地听他讲述，时而点头表示理解，时而爆发出自发的笑声，一种纯洁的笑声，表明他正在痊愈和赶走笼罩着他的恐惧。

"许多人，"克里尼茨基接着说，"结束了自己的时日，因为不能延续生命的长度。上帝是公正的，他赋予每个人永生不死，只是我们，凡人们，不能延续，不能承载。在我抱怨生命过于短暂，只延续一眨眼间的工夫的时刻，就在那瞬间，他——上帝赋予我们永生不死，不论是什么人，不论功绩或者出身，赋予所有人，没有差别。我确信不疑！"克里尼茨基补充道，似乎更加压低了声音，唯恐保罗之外的人听见，虽然近旁没有任何人，旁边的所有床铺都是空的，那是早晨，人们都在上班工作。"我的亲爱的，我相信，因此我厌恶神甫们，他们所说的永生不死只是一种空话，一种要人们理解，他们才真是永生不死者的空话；但是，我们现在时时刻刻生活在其中的这个生命恰恰才是永生不死的，我和你的这具行尸走肉才是永生不死的。天啊，老天啊，我们是多么脆弱，多么可怜，多么迅速地恐惧他散播在我们心田里的伟大！我们急于把这种永生不死推迟到未来的生活的做法，无非是一种自甘怯懦，拒绝永生！否则，有谁敢于享受这个生命，自己固有的生命！

"人们出于恐惧而发现了上帝，而当他们过去或者现在否定他的时候，也是出于恐惧才这样做！我认识一个人，我的一个工长古加大叔。不是这儿的，是在我年轻时工作过的多尼恰矿场。那是一个瘦弱的人，常常生病，但很好斗，总是同人吵架。特别是总爱跳出来同十分强壮、结实有力、养得胖胖的人打架——任何地方都会出现个把周围的人避而远之或者肌肉力量出众的家伙，他却去找这种人的碴儿。有一次，一个星期四下午，在学校门前，他把那里矿工中最胖的一个人叫来，他是一个比我年轻时食量更大和更强壮的人，用皮带将其捆住，然后用牙齿把他咬住。但是，那个人受不了，跳起来用拳头打古加大叔的脸。谁会认为这是一个勇敢的行动？确实，这也是一种勇敢之举，但是出于恐惧所致。对于这个无能之辈来说，恐惧是如此之大，以致不断转化为勇气！他的恐惧比其他人更大，于是控制不住了！因为，毫无疑问，当一个非常强壮的人出现在我们近旁时，我们所有人都会感到害怕！谁能不怕呢？但我们能极力控制住自己，甚至笑着接近这个人，拍拍他肩膀，装作没有察觉他那么强壮，或者觉得他的强壮对于我们来说无关紧要。但他心里明白，我们也心知肚明，而他笑，我们也笑。如果那个无能之辈，比其他所有人都孱弱的人，不跳起来打他的脸，从而将自己的巨大恐惧表露在脸上，那么或许一切都会很圆满。

"我们出于恐惧发现了他——上帝，这是人类的恐惧，而不是羞愧或者无能的恐惧！确实，那是一种恐惧，我们勉强能扛在自己羸弱的肩膀上的无限巨大的恐惧，如果我们找不到他，没有在我们的路上遇见他，谁知道我们还能否活下去？我们不是常常在周围看到据说是丧失理智的人？那些人难道真的丧失了理智吗？不，根本不是这样，他们，那些不幸的人，像从前一样富有智慧！我可以严肃地说，他们甚至更加聪明！

"那么，他们为何'丧失理智'？因为他们找到了他！"

克里尼茨基是用低声耳语说最后这句话的，虽然周围像刚才一样没有任何人，但他的语气是那么强烈，眼睛是那么闪闪发光，目光是那么富有穿透力，保罗不禁感到仿佛被一个大锤猛击了一下，腰背不由自主地蜷曲起来。

"是的，"克里尼茨基接着说道，语气依然是那么强烈，但目光突然变得温柔，仿佛觉察到对于胆小、虚弱的病人保罗来说刚才的目光可能有害健康，"他们再也不能忍受这种恐惧，于是变成儿童，也就是说甩掉他们肩膀上的对生活的忧虑！因为，没有他，就不能忍受我们与生俱来的这种巨大恐惧，而他无处不在，随时准备帮助我们承载恐惧，随时准备同我们一起背负我们永生的巨大包袱！"

"我只害怕人，"保罗说道，"但从来不怕孤独的人，不论他们怎么充满恶意或者粗暴！但当我看见许多人聚在一个地方，特别是彼此很不相像的各种各样的人聚集在一起时，我就害怕！我为什么不承认呢？"

克里尼茨基理解地轻轻点点头。

"我始终害怕人们那么轻易地聚集在一起，"保罗接着说，"虽然他们很不相像，而且有时似乎很奇怪地聚集在一起，高个儿与矮个儿，漂亮的人与奇丑的人，男人与女人，孩子与老人，残疾人与健全人掺杂在一起！那时我会感到头晕目眩，好似在一个巨大的轮子上翻滚，或者在一个悬崖边上往下看！但我应该承认自己感到害怕，往往难以掩饰。最好是我独自一人，或者是同单独一个人相处；如果不可能，那么同两三个人在一起，两三个人彼此更容易理解。"

克里尼茨基神情严肃地轻轻点点头。

"如果你方便的话，"他请求保罗道，"劳驾给我讲讲关于那个坐在炮弹上飞行的男爵的故事！当然，不能因此而使你过分疲劳！"

第二天，保罗从早晨开始继续开讲自己抵达纳德拉戈城后的故事：他很早就被豪林格太太——同他一起坐窄轨火车旅行的两个姑娘的母亲叫醒，在这一家人起床之前，他帮助他们做许多累人的家务活儿，这些看似琐细的活计，尽管对于一个男人来说是小事一桩，但对于一个女人来说很难独自完成。他打扫院子，运送饮用水，特别是盥洗用水。豪林格家正在准备大扫除，保罗用一个马口铁大桶从附近的一口井里打水，井很深，从这口井里泵出的泉水比较软，比另一口井——院子里那口辘轳井里的水更适合于洗涤。那儿还有些挪威槭的粗大树枝，带着树叶和枝枝杈杈，保罗把它们清理干净，劈成小块，这件事情耗费了他相当多的时间，但他很高兴能在这儿展示他天生的学究习气。随后，他又把这些木块耐心地码放在豪林格家的两间柴房的其中一间。

九点左右，豪林格太太来邀请他去厨房同全家共进早餐，但其他人早已经吃过，保罗发现自己孤零零地只同女主人和她的一个女帮工一起进餐。那个女帮工是一个头脑不很灵活的可怜女人，名叫伊洛娜，四十岁左右，由于风湿病而半佝偻着腰背。

在进餐的时候，令他吃惊的是雀斑少年丹走进了厨房，没有向任何人打招呼，径直朝他走来，开口说道：

"老家伙，干什么哪？像往常一样懒？在这个钟点刚吃早餐?"但他的语气显得很友好,保罗激动得一下子忘却了饥饿,完全沉浸在雀斑少年竟然来这儿找他的欣喜中。

"这个早晨有什么节目?"雀斑少年问他道,"愿意跟我一起走,帮我解决一个重要问题吗?"

保罗当然愿意,没等吃完早餐就站起身来,假装没有察觉女主人在雀斑少年进来时投向他的不满的目光。

但是,豪林格太太,一个十分高大肥胖的女人,精力充沛,行动敏捷,不知疲倦的劲头出乎许多人意料,看见他准备离开,对丹喝道:

"你要带他到哪儿去?他来这儿寻找工作,不是……"她又嘟嘟囔囔地说了些什么,但雀斑少年故意转过背去,眼睛望着玻璃窗外的院子。

保罗为雀斑少年的放肆感到脸红,这个人比他年轻——对他的吸引力要大得多,他身不由己地跟随在后走出门去,勉强听见黑白铁匠妻子对他说,如果找不到更好的过夜地方,可以随时回来。但是,豪林格太太,高大和威严的豪林格太太,真是这样说的抑或是他从什么地方读到的?或许是从他手提箱里装着的约一打的小册子里的某个地方读到的,这些小册子既没有开头,也没有结尾;或者既有开头,也有结尾。保罗跟在雀斑少年身后,心里暗自问道,如果书本比肉眼能自由自在地看到的一切更加清晰和完全地展现出来,那么生活还有什么意义?反过来,书本还有什么意义?如果……因为有时候所有这一切缠绕着他的头脑,他从心灵深处与那么多心地善良的人一样,希望一切事物在其应该存在的时间里能够更加简单,组织得更好！但是，即使是"组织得更好"这个词究竟是现实的词，抑或为广告、书本、会议和其他类似的东西臆造出来的?！你还能相信自己的思维方式吗？丹嘴里吹着口哨，不紧不慢地往前走去，保罗跟在他后面胡思乱想着。或许正因为如此，才产生了使他的生活变得如此复杂的一切烦恼，才使他缺乏令他如此羡慕、而像雀斑少年那样的乡下二流子唾手可得的东西：威慑力！为什么他对其他人没有威慑力？难道不是源于他作为人的内在的缺陷和紊乱？譬如说，为什么当有人宣称"明天肯定会下雨"时，周围的人会立刻抬头庄重地看看天，看看自己的手、脚、衣服料子，点头称是，或者补充点儿细节，或者进一步加以肯定，如此等等。然而，一旦他，保罗，敢于说如此简单的话——他常常故意这样做，其他人会哄然大笑，而不是去看天或者认真思索。如果他对人说"我小时候很爱动物"，对方不会为这种陈述所感动，而是开始怀疑他的真诚，甚至会质疑他的记忆。

在他的漫长、无尽漫长的童年时代，保罗全心全意希望"长大成人"，成为一个成熟的人，只是因为让其他人，成熟的人，或者少年，或者老人，或者儿童，能够对他的哪怕是一句半句微不足道和模棱两可的话庄重地点头赞同。但他痛苦地发现，真的长大和"成熟"之后，其他人依然像从前一样对待他，仿佛没有察觉他已经长大，应该严肃地对待他。当他提出某种充满善意的意见，或者说出某种显然很睿智的建议时，人们本应该不仅认真听取，而且有时需听从照做。难道他们不晓得他也是他们中间的一员，是与他们平等的？

尤其让保罗感到屈辱的是，有时候一个孩子的话反而有人注意听取，常常发生这样的情况：那些成熟和庄重的人突然对一个儿童的叙述或者讲话十分重视，但是保罗本人却在这儿童的叙述中找不到天知道什么特别的东西。不过，或许"秘密"不应该在说话本身的意义中寻找，而应该在其他东西，在保罗始终忽视的"天知道什么"中寻找。那是细微的东西，但他们却知道，其他所有人知道的极其重要的东西，只有他不知道——他也害怕去思考，而且至死不会发现。难道他们想孤立他，对他如此深刻地不公，对他隐藏一个足以使之跻身于同其他人平等的成熟之人行列的秘密？他必须始终低人一等，但正是由于如此低下、孤独，可怕的孤独和低下，他会突然变得比其他人更高尚，或许现在已经高踞他人之上，而他的软弱无非是他自己没有很好理解的优越性的一个标志？

"或许我远比雀斑少年高尚？！"保罗在试图调整步伐，跟上雀斑少年的同时，恼火地想道。雀斑少年始终旁若无人和随心所欲地走着，仿佛忘记了他并非独自一人出行。

不久，他们到达了一条惊人的宽而直的街上，街上排列着距离相隔很规则的一栋栋房子，彼此极其相像，保罗吃惊地看着周围，因为不复能辨别豪林格太太家的房子在哪个方向。像通常一样，他走路习惯于像大家所说的那样，"脑袋钻在云雾里"！

他们走进了一个院子，一条凶猛的大狗扑上来迎接，"汪汪！汪汪！"叫了几声。雀斑少年打开了建在院子里面的一间储藏室的门。里面除了几样木头和金属制品之外，摆放着一大件主要物品——一条瘦长的小船,漆成淡蓝色,上部用防水帆布绷在木头的骨架上,用雀斑少年的话来说这是一条"微型二桅货船"。雀斑少年开始向保罗讲解他怎样制作这条船,从哪儿弄到布料,如何捻缝,以及其他细节。保罗突然发现丹说话很严肃,热情奋发,甚至对他很关注和出人意料的尊重。雀斑少年在保罗眼中瞬间变成一个严肃、庄重的青年,他讲解和理解自己作品的激情甚至很能征服人,显示出他高超的技巧和耐性。

保罗因为能与雀斑少年做伴而感到骄傲,信心十足地对自己说:"这是他的第二天性,真正的天性,你看,只对我表现出来,而在其他人面前,都隐藏在那种玩世不恭、嘲讽的神情下,直至给人一种蛮横无理和缺乏教养的印象。"

"他肯定是一个胆小鬼!"保罗在心里确定道,觉得在那间储藏室里很自在,垂直和倾斜的阳光像透过一个不规则的筛子一样深入其间。

然后,丹端来一个装满柏油的生铁锅,放在一个旧煤油炉上加热,当柏油相当稀薄时,他将其倒在木船的所有缝眼里,保罗伸手想帮助他,但雀斑少年不愿让人打扰自己,在保罗再三坚持之后,对方才开始接受。保罗或是抓住船,或是用一个刷子将柏油涂在木船的缝隙上。然后,在雀斑少年事先十分尊敬地问保罗是否会感到屈辱之后,两个人把船扛在肩上,朝着一个不认识的方向,把船运送到某个地方。保罗感到船底的龙骨好似在切割自己的肩膀,不由得又一次迷失在一连串激动人心的胡思乱想之中,直至走过一个大花园时,才发现周围的景色煞是迷人,许多果树环绕四周,有一棵巨大的核桃树生长在离花园背后的篱笆非常近处。他们扛着小船走到篱笆外面,让保罗吃惊的是,他看到一条小河在缓缓流动。他们俩把船放在河岸上,保罗有点困惑地望着雀斑少年,因为那个地方河水很浅,布满大石块,木船不可能"试航"。

然而,丹静静地坐在船旁,不说一句话,保罗也仿效他,以免遭到嘲笑。经过一段可能不到一刻钟的很短的时间,在他们身边出现了一个三十五岁左右的人,穿着特别讲究,衣服、领带、擦得锃亮的皮靴,样样都很显眼,衣服的胸前口袋里甚至还有一方装饰性的手帕。他告诉保罗,自己名叫拉考尔齐亚。

"拉考尔齐亚先生是飞行员!"雀斑少年对保罗介绍说,保罗睁大了眼睛。

"是吗?!"他出于礼貌故作惊讶地说,因为雀斑少年太过殷勤了,而他也有着不伤害他人自豪的优雅风度,显而易见,飞行员是一个非常自豪的人。

"更准确地说,曾经是飞行员。"拉考尔齐亚纠正道,抬起脚,小心地把高筒皮靴蹬在一块石头上,一丝不苟地拉直了裤线。

"您也在前线打过仗?"保罗好奇地问道,据他观察,这个飞行员对他也有着很大的好奇心。

"是的,"拉考尔齐亚回答说,"在前线待过两年,但我们还是不谈这些吧!"

保罗很钦佩飞行员说话时的从容洒脱,但雀斑少年在飞行员背后做了个手势,暗示他说话有点冒失,保罗瞬间不知所措,执拗地望着周围,眼睛盯着流动的河水或者沙沙作响的柳树,试图掩饰自己的尴尬。

"你是不是摩尔多瓦地区巴克乌城周围的人?"拉考尔齐亚友好地问道,雀斑少年立刻代替保罗回答说:

"不,他出生于一个未知的地域!有着未知的身份!"他在这番介绍之外加上了恶意的粗俗笑声,保罗诧异地发觉,雀斑少年恢复了只有他们两人在一起时消失的那种庸俗和出言不逊的腔调。

"他有摩尔多瓦口音!"拉考尔齐亚说,假装没有察觉雀斑少年话中的蔑视口气。

"嗨!"雀斑少年说道,"我们在做交易?您想要微型二桅货船吗?告诉你,它前面进水,依然是因为防水帆布被钉子的铁锈腐蚀了,显然不是骨架的原因,但如果你愿意,我可以把它拆下来……"

"当然,"飞行员说,"我们是讲信誉的人。干吗还要问我?"

"您要我稍许拆开一点龙骨,让您看一看帆布是怎么粘着的?由于进了水,一些地方被锈蚀了!"

"我不感兴趣!"拉考尔齐亚像一个名副其实的阔佬那样回答说,"我不喜欢用这种可鄙的小算盘弄脏一桩交易!你想要多少钱?"

"我能要多少?"雀斑少年反驳道。"好像您能给我所要求的价钱似的?但您认为这样状态的一条船值多少钱!"

"我没有闲工夫算账!"拉考尔齐亚满不在乎地回答说,"请你告诉我价格!"

"四千!"雀斑少年冷冷地说,保罗愣住了,因为这个数目太大,用这些钱可以买四条新船,这一点他心里很清楚,虽然他并非内行。

"行!"飞行员说道,从口袋里掏出钱,递给雀斑少年,后者接过钱,塞进他穿着的绿色粗帆布短裤口袋里。

"应该提醒您注意,"雀斑少年接口说道,用脚踢了踢船的一侧,船向另一边倒去,"这不是一条新船,因为不到五分钟,它就进满了水。我重新油漆了一遍,就在今天早上涂了柏油,即使现在依然不能下水……最好您还是把它留在我这儿一天,我同这个年轻人——显然是指保罗——一起把它扛回家,再修理修理!"

"没有必要!"飞行员说,有点不耐烦。

"您准备在哪里使用它?"雀斑少年带着嘲讽的口气问道,"这儿的河流从去年引水搞水动锯床开始就干涸了,不可能再在河上行驶!"

"我现在先把它保存着,暂时不使用!"

"啊哈!"雀斑少年说道,"您只是想投资某些东西?"

拉考尔齐亚疑惑地审视他片刻,看他是否在嘲弄自己,然后似乎厌烦这些俗套,眼望着河水接口说道:

"什么,这也算得上是钱吗?!还抵不上我的时间的损失!这是我一个晚上打扑克赢来的钱!你会玩扑克吗?"

"不会!"雀斑少年答道,保罗确信这个中学生在撒谎,瞬间很惋惜飞行员把那么大把的钞票花在这条破破烂烂的船上。这些钱或许是他辛苦劳动得来的,而并非像他所说的那样从天上掉下来的,尽管他在那个夏天的下午站在河岸上吹牛的样子与他扎眼而不合时宜的优雅穿着十分相配。

"我们在前线的时候,每夜都玩,"拉考尔齐亚讲述道,用一根不知从什么地方折来的枝条抽打着裤线镶边,"我们钞票多得用它们来点烟!所有的钞票都做上了我们的记号,当然是每个人自己的不同记号,以便追踪它们的周转流向。汇票只能充当内裤,有时我们把它们塞在裤兜里,鼓鼓囊囊的像屁股肥大的婆罗门肉鸡,直至虚脱倒地!"

"你曾经飞行过吗,年轻人?"飞行员问保罗。保罗不禁受宠若惊,很高兴飞行员满心关注地注视他的神情。

"飞过!"保罗说道,立刻兴奋莫名,"不过,不是飞机,而是滑翔机。我在像这儿一样的一个小城里度过童年,但不同于纳德拉戈城,那儿有一个在斯科尔齐亚上尉指挥下的滑翔机学校。"

"斯科尔齐亚?"飞行员问道,更确切地说,是在翻寻着自己的记忆自问,但记忆中毫无印象。在雀斑少年朝河里扔石块的同时,保罗帮助他回忆道:

"在此之前,他曾经当过锡比乌①附近一个飞行学校的副校长!他是一个十分完美的人,有一个年轻的妻子,比他年轻得多,虽然如大家所说,他也是一个保养得很好的丈夫。他们

---

① 罗马尼亚西北部特兰西瓦尼亚地区城市。

有一个大约三岁的男孩拉杜·斯科尔齐亚,我被允许同这个孩子一起玩耍,所有人都惊异于我同孩子们是那么的相亲相爱。"保罗继续讲着故事,"但实际上,我喜欢飞行器,试图以这种方式接近它们。我整天带这个孩子到这儿那儿兜风,有时简直让他喘不过气来,斯科尔齐亚太太不让我这样同孩子疯闹,说这简直是犯罪!"

"我记不起来,"拉考尔齐亚沉思着说,"我听说过一个当过军校文书的斯科尔齐亚……"

"可能是同一个人!"保罗说道。

"是不是有一个兄弟在布加勒斯特当律师?"拉考尔齐亚问道。

"我不知道,"保罗回答道,"或许有,但我从来没有听见有人说过。他的一个亲戚是个大财主,有一个磨坊和一个养猪场,很赚钱,在卡拉法特附近!"

"是吗?"飞行员说道,但显然是在想另外什么事情,"我没有听说过!他也姓斯科尔齐亚吗?"

"不,"保罗说,"是他的一个舅父。我记不清他的姓名了,我觉得可能叫作斯坦诺米尔,或者德拉恭米尔……或者叫布兰科米尔,反正是一个宪兵的姓名!"

"为什么是宪兵的姓名?"拉考尔齐亚嬉笑地说。

"您觉得不像吗?我觉得它们引发一种对军人气质肃然起敬的共鸣。"

"嗯……你说!"飞行员说,"当时你是单独飞行?你驾驶伊卡洛斯一型还是二型?"

"不是我驾驶！"保罗红着脸说，"一天早上，上尉带着我在一架两个座位的滑翔机上飞！"

"啊哈！是一种娱乐飞行！你不害怕吗？"

"不，"保罗稍微有点不安地回答说，"为什么怕？"

"你还记得控制系统吗？飞行时间呢？你们那里还有什么，弹性橡皮绳还是钢缆？"

"两者都有！"保罗骄傲地说。

"起飞……升高……脱离钢缆……左拐……降落……嗯？是伊卡洛斯一型吗？尾端，准备好了吗？准备完毕！前端准备好了吗？准备完毕！走！他们把一架伊卡洛斯一型交到了你手上？"

"对！"保罗撒谎道。

"哎，看见了吧？但你没有经过培训？！这样更好，飞行是虚有其表的猪狗不如的活儿！如果你飞久了，要么在某个地方的泥坑里待着，准备穿戴整齐地被送进公墓教堂；要么满世界乱窜！你以为怎么样，我有什么选择？我是一个幸运者，是一个命运的宠儿！我现在是一个职员，年轻人，我最终成了一个职员！"

"在那个年代，"保罗鼓起勇气开始说道，"当职员是件大事！只有念完中学，因为某种原因毕业会考落榜的人，或者上过文书、财务监督等学校的人，才能成为职员。有时候，可以在某个地方的大学城遇到一些因为不能允许的陋习，或者过分偏爱衣着的优雅而拒绝继续学业的职员和中学毕业生！"

"你对那时的风俗很感兴趣！"拉考尔齐亚严肃地提示道。

"我对过去有某种崇拜!"保罗以近乎轻浮的真诚口气说道,"或许我是一个软弱的人。我总是逃避想回到过去!"

"但不是逃避回到你的过去!"飞行员微笑着说。

"我没有过去!或许,我的过去可能是你……"

"哈哈哈!"拉考尔齐亚笑道。

"那时候当职员是件可敬的事,我很有把握这么说。今天,他们中滥竽充数的太多太多,所以没有人再想当职员。甚至不再那么称呼,而是叫作'应声虫'或者其他什么贬义词。今天,所有人都是博士、工程师,最不济的也是技术员。你不就是技术员吗?"

"正是!"拉考尔齐亚吃惊地说,"我被纳入一个技术员岗位。"

"那是个偶然事件,"保罗安慰他说,"但以前,在一个有八个、十个、十三个孩子的贫困农民的家庭里度过地狱般艰难的童年之后——不论这个农民多么富裕,十三个孩子都会使他突然陷入贫困,不是吗?他即使'精神上富足,他的妻子则是他的美德的活生生的证明',接着面对的便是上中学的难题:进入一个难以承受的中学阶段,沉重的课后作业和数以千计的磨难接踵而至,一双鞋和一件衣服可能变成梦想、长大后的纪念品,最后,在所有这一切的基础上,换来了'职员'的称号。我想成为职员,但因害怕别人以为我故作标新立异而没有这么做!"

"你在开玩笑,是吗?"拉考尔齐亚问道,友善地望着他,"请允许我问你现在做什么工作?"

"也就是我靠什么生活?"

"嗯,不是同一件事吗?"

"对,现在是同一件事,但过去并非同一件事!"保罗带着明显的矫揉造作的口吻说,"今天我们是平等的,我们所有人劳动都是为了能够生存,或者为了一种能够生存的理想,这有时候不那么重要。我有两种手艺,但都不能让我体面地生活:我是铣工和司机。"

"你为什么抱怨?"拉考尔齐亚不很自信地说,"你还十分年轻。看来你读过很多书。"

"确实是这样,我还年轻,甚至太年轻了!"保罗笑道,眼睛里闪烁着智慧,"但我不喜欢在一个地方待得太久。如果您愿意的话,可以说我是一个和善的没有攻击性的浪子。我不对任何人作恶,这可能是过早变傻的一个信号吧!"

"哈哈!"飞行员笑道,"你在刻意模仿什么人,你平常不可能都是这副模样。"

"我就是这副模样,"保罗恼怒地反驳道,"您为什么对此感到不舒服?无论如何,这是一种重视的表示,意味着我对您很看重,因为我喜欢您才这样做,只是因为喜欢您!"

"我不那么认为。"飞行员低声地咕哝道,"我丝毫不那么认为。不过你看,你的朋友已经开始钓鱼了,虽然我可以肯定他没有许可证!"

保罗这时才发觉雀斑少年早已离开了他们,在河岸边手拿一根鱼竿,不断或上或下运动着,熟练地在石头上跳来跳去,直至跳到河的中间。

"这儿有鳟鱼!"拉考尔齐亚不无遗憾地说,"我也好几次想钓鱼,家里有全套必需的工具,但……"

"您结婚了吗?"保罗打断了他的话。

"当然!"飞行员稍微有点吃惊地答道,"你呢?"

"没有!"保罗期期艾艾地说,脸色涨得通红,好似被人诅咒一般。飞行员关切地看着他,略带嘲讽地淡淡一笑,竭力消除脸上的庄重、坚毅表情。然后,拉考尔齐亚突然转过头去,保罗暗想他这样做是出于怜悯,是要安慰自己。他突然感到自己很蠢,想抽身走开,让飞行员独自留在那条船旁,但他太软弱了,下不了决心这样做,或者是他太富于幻想了。

"有人建议我待在山上,在高海拔的地方找一份工作!"拉考尔齐亚说道,把一口蓝色的香烟雾吐在他面前,"你全家都在这儿吗?"

"是的,我有一个哥哥在这儿工作!"保罗说,并且继续讲述着自己的故事:他的哥哥只比他大五岁,实际上是同父异母的哥哥,早就居住在纳德拉戈城,而且成功地有了自己的家业,但他的妻子,一个脾气暴躁的女人抛弃了他。这件事看来使他失去了平衡,或者直截了当地说,是不能忍受孤独,因此他给自己的弟弟,也就是保罗写信,邀其来同住,答应给保罗找一份工作。哥哥是一个充满实干精神的人,每时每刻都想为家里干点什么。他睡得很少,滴酒不沾,像农民一样睡得早,癖好少得惊人。实际上,这个词的真正含义是根本没有任何癖好,但因为毕竟被妻子———一个众所周知的轻浮女人抛弃,谣传说他似乎有一种"暗"毛病,一种同"根儿"相关的毛病。

甚至有人说，他娶亲无非是要掩盖这个毛病。保罗早就从邻居那里听说了所有这一切，传说名叫弗拉维乌斯的他的哥哥相当晚才结婚，在此之前没有人见过他同任何一个女人在一起。保罗本人也不得不承受哥哥的这种坏名声的恶果，因为自他来到纳德拉戈城之后，大家都怀疑他在那个"物件"上同他哥哥一样，也就是说患有那种毛病。保罗对一直潇洒地抽着烟的拉考尔齐亚说，你简直难以想象，一个这样的谣言多么吸引那些有观淫癖的女人，尤其是姑娘们！他有在空闲时间读书的习惯，确实可以夸口说读尽了所有的探险小说文库，从《多克斯海底历险记》到《野牛比尔》和《骑师俱乐部》，以及"十二列伊""十五列伊"、《红色面具》系列侦探小说，或者情感冒险小说，诸如《漂亮的女人》，等等，但他偏爱纯异国情调的探险小说。突然之间，那个可怕的谣传笼罩着他！对于他的哥哥来说很简单，哥哥结过一次婚，人们的嘴被堵住了，就此了结！但他的情况微妙得多，因为他不想组建家庭！他之所以饥渴地阅读一般是具有浓厚幻想色彩的非现实主义书籍，是因为用那些反映悲惨、肮脏的现实生活的小说来增添你生活的苦味，有何益处？难道你还没有尝够生活之苦吗？哎，很好，即使他的这些小小的爱好也表明他不足以成为一家之长。唯一的解决办法或许是一次或者两次过眼烟云般的冒险，或者像以前所说的"风流韵事"，而且保罗也尝试过那样的出路，但不是跟那些假装讽刺他，实际上想更亲近地认识他的年轻姑娘，而是跟……一个真正的女人，甚至是一个有夫之妇，一个名副其实的夫人！一切都可能发生……

"闭嘴!"飞行员依然抽着烟,打断了他的叙述,"不能乱说这样的事情,这不正派。学会做一个男子汉,年轻人!"

保罗十分愤怒地张着嘴,不由得对拉考尔齐亚心生恶感。他甚至想起了自己的同伙——雀斑少年刚才对付飞行员的手段,但他并不满足于此。这个站在他身边的人有着石雕一般的脸庞,动作是那么稳健、坚定,他不能相信这样一个富有自主力的男子可能是疯子。

"快瞧,"就在那一刻,拉考尔齐亚喊道,"我们的朋友身处险境!"他伸出了手指,但保罗按照自己的脾性,并没有顺着他所指的方向看去,而是看着对方裹着整洁得无懈可击的袖扣的手、毛茸茸的瘦弱的手腕、指尖有点压扁的长手指、剪得恰到好处的洁净而"透着男子汉气概"的指甲——保罗喜欢细节,其原因似乎是无从解析的。他是多么希望自己有这样的一只手啊!

随后,他才困惑地看着雀斑少年刚才站着的地方。这时,雀斑少年站在离他们更近的地方,但一个微黑的高个儿男子站在他身旁用低沉的男中音调门说着什么。接着,响起了丹尖厉的音调和笑声——他生来不愿接受这个世界上任何权威的控制。随后,那个微黑的男人转过身去,仿佛是要离开,却弯腰从地上捡起了丹的"鱼竿"——他刚才用来钓鱼,而现在没有拿在手里的一根榛树条,开始用它来抽打雀斑少年的脚。

"你干吗?干吗,基查大叔?"雀斑少年的喊声传到他们俩的耳朵里。保罗很佩服雀斑少年尽管在喊叫,却克制着自己不跳脚和逃跑。微黑男子不断抽打着雀斑少年的赤脚,丹本能地躲避着，却始终克制着只躲开几步的距离，最后"鱼竿"断裂了，那个男子气恼地把它扔在了地上，从雀斑少年身旁离去，或许还对他提出了什么警告。因为保罗瞥见丹不屑地耸耸肩。在微黑的男子消失之后，丹走近他们俩。

"嗨，你有没有改变主意？"他问拉考尔齐亚道，"还要船吗？"但飞行员不回答他，而是不断抽着烟，嘲讽地微笑着注视他。

"想来支烟吗？"他问道。雀斑少年伸出手，阴郁地默默拿了支烟，忘了道谢。随后，他转身离去，没有看另两个人中的任何一个，走上了刚才运送船来的同一条路。保罗经过短暂的犹疑，向飞行员默默地点头告别，跟了上去。

"你不愿意帮我将船从这儿运走吗，年轻人？"飞行员请求道，但没有动，声音干巴而严厉，仿佛是在对他面前流过的波浪说话，在保罗做出决定之前，听见雀斑少年对他说道：

"帮他运走船！我必须去一个地方！"

雀斑少年随后终于走了，保罗站在原地，等着拉考尔齐亚抽完没完没了的香烟。

"你休息会儿，我的亲爱的！"克里尼茨基对保罗说，细心地为他擦着汗，"你一直大汗淋漓。要不要给你换件衣服？你有干净衬衣吗？有睡衣吗？"但是，保罗不安地惊跳起来，声称自己感觉很好，不需要换衣服，汗出得不太多，觉得背上是干的。克里尼茨基站起身来，很快就拿来一件不很合身的干净旧睡衣，显然不是他的，因为只能勉强容纳下保罗的瘦弱身躯。

"这是谁的?"保罗不好意思地问道,依然迷迷糊糊地沉浸在自己的絮絮叨叨的故事中,是大个儿克里尼茨基将他从中唤醒的。他仿佛做了一个噩梦,一个旧的噩梦,但像一首乐曲,折磨着他的发烧的躯体的寒热在其中闪烁着光,犹如一个刺眼的活动幕布、一道奇妙的北极光、一片彩色玻璃和萤火虫组成的天空,或者好像你坐着行驶在蜿蜒曲折路线上的火车时看到的渐渐接近的大城市的夜空。火车依然在黑暗中哼哧哼哧地爬行,而你对车厢里的黑暗感到多少有点乏味和不耐烦,依稀看到一个模糊的旅客身影正在把面包圈摆放在面前的座椅上。

克里尼茨基没有回答他的问题,也许根本没有听到,但耐心地替他擦拭着汗水,十分用力,以致保罗感到几乎喘不过气来,随后又扶保罗躺回原处。保罗问他这么看护和照料自己是否感到累和厌烦,大个儿用一种震撼人的奇特的口气回答道:

"我不厌烦,我的亲爱的,我甚至觉得高兴……即使是微弱的信任,也使我感到高兴,我的毛病……"

"什么毛病?!"保罗暗自想道,但不敢打断他的话。

"我觉得高兴,"克里尼茨基接着说,"你不害怕我!许多人都怕我,但你是一个纯洁的灵魂,现在很少能找得到,一个纯洁和苦难的灵魂。他们要把你送到医院里,但我不允许那么做。在你身体复原后,如果你愿意,可以去医院!"他说道,保罗下意识地微笑着,但克里尼茨基神情严肃地说着,或许没有看见他的微笑。保罗试着感谢他,但克里尼茨基多少有点严厉地打断了他的话:

"不，不要感谢我！我对你说过，我这样做并非为了你！而是为了我自己，为了我的灵魂！我们作为人，根本不可能行善，只不过有些人自私自利的利己主义更严重，有些人较少一点！有些人利己主义严重至极，于是骤然表现得好像很仁慈或者无私。我比其他人更加自私，这就是一切，我的亲爱的，请你行行好，以后不要再试图感谢我，否则使我感到不知如何是好，感到很难受，觉得自己有罪！我不想欺骗像你这样的一个不设防的灵魂！"

"那么，难道你欺骗其他人？"保罗穿着绷紧和清凉的睡衣躺在通风的床上觉得很舒服，脱口而出问道，但立即对自己问话的粗暴感到后悔。克里尼茨基惊诧地看了他片刻，随后悲哀地轻轻点点头。

"我知道，我不愿这样做，因此避开乌合之众……现在，当他们来听我朗读时，十分嘈杂，破坏了秩序……我既不是讲道者，也不是先知，更不是能治病的神仙……只是一个比其他人更孤独的凡人，我想说自己不配有一个家庭，不配有妻子，以及应该生育的孩子……你瞧，我是一个强壮的人，能够比其他人生育更多的孩子！"他痛苦地轻轻一笑，"我始终逃避婚姻，避免骄傲！"他突然无缘无故地开始用更加夸张的另一种口气说道，保罗不由得吃惊地睁大了眼睛。"但是，你瞧，我始终因此而受到惩罚，命中注定如此！你在哪里犯罪，就将在哪里受到惩罚；你在哪里趾高气扬，就将在哪里受到屈辱和驱逐！骄傲自大是大罪，是巨大的诱惑！这种诱惑考验着最强大的人。我一生与之斗争，不知能否有一时一刻像你一样纯洁。

对，像你一样纯洁！"他看到保罗不信任地看着他，于是加重语气强调说。

"你瞧，你对我说害怕人们，但我真的恐惧他们！你知道为什么吗？因为必须爱他们，就是因为这个！你很自然地做着的事情，我却不得不折磨自己，不得不努力去做和咒骂自己，然后，我总是害怕做得不尽如人意，有负于他人对我的期望！我如能离开这儿，去人更少、空气更清新、鸟儿更多——即使鸟儿不歌唱，也有泉水歌唱的某个地方，那样我或许就心满意足了。但我不容许自己这样做，我这一生不是为了微小的满足和休息而存在的。矢志不渝、奋斗不息地爱人们，不是一件轻易能做到的事情。为了这件事情，我也将离开你，因为我给予你的小小的爱和照顾也根本不是我的功劳，不如说是你的功劳，因为你宽容我这样做！"

"但是，我宽容所有人！"保罗忍不住近乎嘲讽地感叹道，克里尼茨基回答说：

"对，对……是的，是的！"显而易见，他的思想瞬间开了小差，游离得很远。

"你是说自己不相信另一个世界的生活吗？"保罗问他道，奇怪于自己很喜欢嘲弄和刺激这个魁伟的大汉，尽管他的呼吸令人恐惧和缄默。

"我没有说过，我的亲爱的，"克里尼茨基和善地回答道，"你别再说话了，试着再睡一个小时！"

"我不困！"

"没关系，闭上眼，想着最微小的琐事。"

"我做不到!"保罗抱怨道,"当我睡着时,我的脑袋开始嗡嗡作响,一切变得像一团乱麻。我记起自己曾经走在一条街上,从一棵树——一棵洋槐走到另一棵洋槐之间,突然前面出现了一个栅栏,不是普通的栅栏,而是上面生长着常春藤的栅栏,开着花的活的常春藤,花大得出奇,像一个紫色的面包,攀缘在像一支木条长矛的尖尖的顶上。它在死死地盯着我,令人诧异和疲惫。然后,连那条路,两棵树之间的那段路也不那么平坦了,不可能像现在所说的那样:'我快步从一棵树迈向另一棵树!'或者更简单地说:'我走过了那两棵树边!'亲爱的大叔,你没有发觉,当我做梦时,也觉得需要对什么人讲故事,用语言讲述我经历的生活,也就是说我梦见的事情,仿佛有人在睡梦中听我讲故事,或者梦中的事情太脆弱,难以只依靠它们自身来支撑!有时,梦境越来越少,或者完全消失了,开始出现语言,你开始讲话,依然是那么有力,那么愤怒,不仅那个在睡梦中听着我们说话的人听得见,而且睡在我们周围的人或者守夜的人都听得见!如果你对自己说:'很好,我走过了那条路,或者我沿着有常春藤的栅栏走过!'你自会平静下来,因为这可能说得比沿着一个竟然长着常春藤的栅栏走过更心平气和一点,其中的道理在于你最初并不愿意这样,而只愿遇到一个尽量平滑和单调的普通栅栏。但你瞧,出现了那只紫色的眼睛,死死地盯着你,再也不能摆脱它,你只得逆来顺受地对自己这么说,尽管依然很坚定:'让我们沿着一个长常春藤的栅栏走!'在你咬着牙走那几步路的整个时间里,你全身抽搐,双脚沉重,仿佛是木头一般,必须做出巨大的努力才不逃跑，就像夜里你在一个公墓里，或者走过一个陌生的长长的院落，突然有一条大狗出现在你背后，噘着嘴全身绷紧跟随着你那样。对，你竭尽全力步伐均匀地走着，虽然最好是能逃跑，只是出于那愚蠢而令人诅咒的恐惧，害怕那儿的栅栏上除了那只紫色的无所不知的眼睛，还会出现其他什么东西，或者在你踩着的地上谁知道是否会冒出一块石头的棱角，或者一块半埋在土里的砖头的红色标记，就像有时你遇到铺在人行道上的砖头那样。因为，一切都必须尽量简单，尽量减少障碍或者事物，尽量近乎无，因为无即是静，或许它就是上帝！但是，达到无是不可能的，"保罗哀叹道，"但是，即便是你身边有这么一点东西——生长着常春藤的栅栏和两棵洋槐，或者是你自己独自一人，那也是一种收获。但实际并非如此，你经常在睡着的时候，变成一个清醒得异乎寻常而心怀恶意的人，一件极其细琐的事情在你睡梦中挑动着你，譬如说注视着你的那朵常春藤花、红色的砖角、身边的野草，等等。那样的野草无处不在，尽管你执意不愿看见它，甚至不愿朝它那个方向望去，但你越是梗着脖子，身体像木头一样一动不动地站立着，它越是鲜花怒放，每个绿梗变得很有特色，它的每种不规则形态越发鲜明，每个叶片越发清晰，宛若一幅中国山水画，你可以从中分辨出最细微的特征、最无足轻重的斑点，最细小的嫩芽或者叶片之间的空白。有许多次，我对自己说，那些准确得难以承受的复杂的中国画或者日本画，只是我在睡梦或者梦魇中见到的图像。随后，你察觉自己是'被惊醒的'，于是你不复能确认自己是走在那段如此灰暗和简单的路上，于是停下脚步来，一种恐惧笼罩着你，奇怪地感觉到全身的关节开始颤抖——是的，我们的这个躯体是怯弱的，最最怯弱的，因为你不知道接着会发生什么！这种不确定性是恐怖的，你站在那条路的半程的地方，可能还没有到达半程，而仅在三分之一的地方，那只死死盯着你看的眼睛出现了，野草长满了最不起眼的缝隙，恰恰是因为你紧张，故作漠视而疯长着，就像有些女人正是因为感到有人漠视她们而狂热地自恋，虽然我觉得这是从读过的几千本书中的某一本的某个地方看到的！"保罗突然疲惫、消沉地呻吟道。克里尼茨基关心地替他掖好被子，一直盖到下巴上，不再说一句话。他做了能做的一切，希望病人能睡着，但保罗用一种相同的语气继续说道：

"……你站着，颤抖着，因为不知道还会出现什么，还会有什么东西、什么事物跳出来，出现在那段越来越混沌，让人不可忍受的混沌的路上。突然，一种巨大的恐惧感笼罩着你，害怕那个栅栏旁边，或者那两棵树，即那两棵洋槐之间将出现一切，将带来最严重后果和最细小的损害的一切……一切会突然出现在你周围，将迅速扩大，就像非同寻常的传染病，比一个地方的所有霍乱和鼠疫更严重得多的一种瘟疫，一切就在你身边，得意地狞笑着，而那个一切就是生活……何其可怖！"保罗呻吟道。克里尼茨基关心地看着他，时时为他擦拭着额头上的汗水，因为他不断地流汗，早已虚弱得十分痛苦。他是在乱发谵语吗？

但是，保罗突然就在那一刻睁着眼，目不转睛地望着克里尼茨基的魁伟、稳重的身影，从而使克里尼茨基逐步镇静下来。

"你不应该逃避生活！"克里尼茨基看到病人不能入睡，便安慰他道，"生活就像一棵野草不断在我们心中成长，甚至在睡梦中也是如此，有时候，这棵野草在人体上干枯了，于是人就死亡了。你不应该对抗生活，因为它保护我们，虽然有时候可能用力过猛，从而杀害了我们。但是，生活既存在于我们心间，我们即是生活，又存在于我们之外，犹如一些人想象的那样，像一只看不见的鸟儿、一只鸽子，描绘着人的灵魂。这个灵魂居住在我们心间，但并非属于我们，它也是我们的生活，却同时又是他物，这个他物就像古代富人的仆人或者奴隶，当主人受到致命伤，而必须保持比肉体更有价值得多的某种东西，要求他们刺杀他时，他们就下手照办。所以，存在着比我们的这个肉体更有价值得多的某种东西。"大个儿突然降低声音说，"那么多人转过头去，避开此物，避开这个太大的礼物，我们不能永远心安理得地接受它！是他来到我们的心间，我们不能接受他，把他赶走，让他远离我们，我们仰天大喊，赶走了一个影子、一个幻觉，就像你有时在冬夜俯身在开着的窗子上看着外面，突然有人抓住了你的手！是的，存在着比这个躯壳更宝贵的某种东西，尽管我们那么珍爱这个躯壳，但往往很久不复有任何人居住在其间，犹如仆人们不断看管着一幢房子，为树木修枝剪叶，清扫石子铺的林荫道，春天打开窗户排除污浊的空气，油漆门窗，但主人早已离开故乡，甚至客死在什么地方，但他的房子依然在闪闪发光，比他的躯壳坚硬得多，泥土的蛆虫已经渐渐爬进了他的躯壳……"

克里尼茨基徐徐说道，声音有时低得只有他自己能听见，有几次想停止，但似乎渐渐平静下来的病人听不见他的声音时，会不安地惊醒，睁开双眼，于是大个儿不得不继续讲话，仿佛在讲一个故事，一个满篇善恶巨人斗争的童话。

"……睡吧，睡吧，亲爱的！"大个儿轻轻地诱导着他，"睡吧，别硬撑着不睡，睡吧，睡眠使你康复，增强你的体质！"他用手抚摸着保罗的脸。他的手大得足以覆盖病人像女人一样鹅蛋形的小脸。但保罗睡不着，在翻来覆去折腾了大约半个小时之后，突然清醒过来，望着周围，随后用胳膊支撑着坐起来，不顾克里尼茨基和颜悦色的反对，继续讲自己的故事。

……当然，他帮助拉考尔齐亚将小船扛回家去。飞行员尽管穿着那么笔挺的服装，栗色大图案的运动服胸前口袋里插着装饰性的白手帕，裤子熨得无可指摘，却住在许多居民共居的一个大杂院——车厢大院里。而他的多口之家占有的房子特别狭窄和脏乱，只有两个小房间，一个厨房和一个门厅。门厅里堆满了家具，因为两个小房间早已容纳不下它们，而前飞行员又对它们有着不离不弃的依恋感。那里有两个院子，屋里无用的东西是那么多，你必须侧身从中穿行才能到达厨房，或者走到后院。保罗偶然瞥见了一个水晶玻璃的餐具柜，一架像柜子一样摆放在墙边的三角钢琴、一个上面挂着各种颜色的绸子流苏的空的大鸟笼、一个网球拍、一张毕德迈风格①的大床的床

---

① 介乎新古典主义和浪漫主义之间过渡时期的一种艺术风格，曾为德国、奥地利、意大利北部和北欧各国的中产阶级所乐道。毕德迈风格的家具虽然笨重和稚拙，但以技术精湛、简易实用著称。

板和堆放在地上用皮子或者布捆扎着的书籍。保罗禁不住诱惑，弯腰拿起了几本，但是是德文的，用哥特字母印刷，有墨画插图，从中可以看到身穿燕尾服的男人，发型呆板、穿着长裙的女人，闪闪发光的高级马车正在走过巴洛克式的屋顶大得不成比例的建筑，它们保存得比那些人和穿着更好得多，因为保罗曾经带着怀旧之情经过这些毫无用处而令人印象深刻的大屋顶。有一个场面保罗记得尤其清楚，虽然他只是十分匆忙地浏览了那些书：可能是一个秋天的黄昏，在一个花园的林荫路上，光秃秃的枝丫交叉的几棵大树的深处，有一张湿漉漉的长椅，前面有两个身影，一个高高的瘦弱青年男子，身穿大礼服，左手拿着曲柄银手杖，右手以对于我们"今天"的人来说已经最终消失的夸张大动作，挥动他的黑色硬边大礼帽向人致意。就在他面前，有一个女人，穿着黑色的衣衫、一条简约的长裙，左手拿着一个丝绒小钱包、一个"小金库"或者一个"网兜"。这位年轻的太太将左臂举到挂着一块小面纱的大毡帽边沿。一种出乎意料的煽惑力从这个普通的场景中，从蘸水笔画的这幅传统的约会画面中升腾而起，保罗在把书扔回有诸如此类的大量场景待阅的书堆里之后，依然久久迷恋地沉浸在其中。确切地说，在那堆书里还可以找到许许多多这样的插图，保罗发热的头脑里已经映现出一幅又一幅另外的画面：在白雪皑皑的原野上，一个少女跪倒在地，一把长柄伞摔在她的膝盖旁，在一些细小的树木的背景中，一个轮廓隐约可见的教堂钟楼，一辆可能是高级马车或者其他什么东西，消失在地平线上；一间装载着沉重而无用物品的内室，一张长丝绒的大沙发上懒散地坐着一个中年女人，身穿一条富丽堂皇的塔夫绸裙子，有气无力地耷拉在裙摆上的手里拿着一封拆开的书信；或者在同样的一个内室，总是有一个上了年纪的女人坐在角落里的一张大沙发上，与一个站在她面前的优雅的青年碰杯，而在墙上挂着一幅男子的大得不成比例的肖像，此人身穿军官服，额头狭小，小眼睛透出一股傲气，长一对尖尖的僵直的八字胡髭；或者一条沙子路上的林荫道，一侧的树木的叶子已经凋零殆尽，灰暗的天幕上映现出枝杈的阿拉伯式的错综复杂的图案，而在近景中，一队策马奔驰的骑手中有一对脱离了队伍的情侣，而他，那个男子下马从地上捡起了分辨不清的什么东西；一个舞会大厅，云集着军官和发髻巨大、手摇折扇、卖弄风情的夫人们；一条细雨蒙蒙的大街，一队高级马车，车夫膝盖上盖着防雨苫布，几个行人从左侧走过，是完全不同的行人：女士们身穿有衬架支撑的长裙，披着花边披肩，手里拿着丝绒大手袋，上面挂着流苏，而男士们则头戴高筒礼帽或者圆顶硬礼帽，手持手杖和黑色大伞，脚穿弹性鞋底的高筒靴和紧身裤，脖子上紧固着丝绒衣领和硬衬领，极不舒适……

拉考尔齐亚的妻子是一个平庸的女人，小个儿，胖胖的，脸颊很红，刚从工作单位回来，模样很像玻璃制品和家用物品商店的售货员。孩子们全待在厨房里，其中一个有病，却不是躺在床上，而是坐在一把椅子上，用一条肮脏的大披肩臃肿地裹着脸和手。通过半开着的门，保罗扫了一眼，可以肯定厨房也很脏，一摞摞没有洗过的盘子、吃剩的食品和没有洗过的蔬菜散乱地放在木头桌子上。

"前飞行员把用来精心打扮的衣服放在什么地方?"保罗暗自问道,而拉考尔齐亚的妻子就在这一刻给他一大茶杯可可,分量之多或许相当于孩子们一个星期的口粮。保罗本想拒绝,但他已经拒绝过一次无论如何不能接受的进餐的邀请——显而易见,餐桌上的食品只勉强够他们自己充饥。

保罗手拿一杯可可坐着,听着厨房里的说话,特别是她的话音,音调虽然柔和,却始终含沙射影地唠叨着:

"我今天早晨对你说过,去打开朝院子的玻璃窗,让那个女人有地方放牛奶,但她来找我说,窗子是关着的……她敲遍了各处门窗,却毫无动静……我知道你,你压根儿没有睡,跷着脚在抽烟……星期六晚上有一个T城的歌剧团来,我想我们也去……"

"那个团吗?"传来飞行员的厌烦的声音,但语气同样是愉悦的,或许许多人就是这样婚配的,因为表面看来很相配,或者是有钱,厨房里的那一对之所以结婚,是因为两个人虽然有很大差异,却有着迷人的语气,"是那个团吗?又来了,那两三个所谓的独唱家,一个破锣嗓子的首席女主角和一个穿着塔夫绸裙子的女演员,刚修护过的指甲闪闪发光,直照射到剧院池座的最后一排,在那个摇摇欲坠的木条舞台上叽里呱啦乱叫一通,很快就汗流如注,弄湿了舞台,就像我们在上比迪亚努的课时,汗水弄湿教室的地板一样……见他妈的鬼去吧,我们还是去看电影为好,只要你愿意,我每天晚上都陪你去,只是请你别打扰我……当我一心想着那个发黄的竖式钢琴的时候……"

"什么竖式钢琴？"她问道，但立即打住了话头。在此之前，盘子和椅子的嘈杂声响个不停，食品柜的门也不断咯咯作响，他可能是站在一张椅子上，梦幻似的望着房后满地污水的院子，但没做任何回答。

"一帮走穴的骗子！"稍后，响起了他的厌烦的声音，"来这儿演唱，布加勒斯特郊区的小饭馆或者湖边生产这些走江湖的乐手……一帮很特别的家伙，留着发黄的长指甲，让你免不了作呕，但求他们中有人把乐器抛在一边，开一场剔牙缝独唱会，特别是用小手指的指甲。如果你愿意，咱们去看，亲爱的……但你别指望我专心……"

"你这个臭气冲天的赶时髦的家伙！"传来她的声音，"你买的是什么西红柿？做不了浓汤，全是稀汤水！"

"怎么会这样？"

"见你的鬼！我觉得你是在装蒜，你去市场只是为了撩拨那些乡下的浪娘们，她们在揭开盖在乳酪筐上的纱巾之前，都忙着到河滩边随地便溺！"

"我的天啊！"传来他的声音。

保罗突然大吃一惊：就在他坐着的左右摇摆着的椅子旁，站着一条浑身脏兮兮的狗，以一种友好的神态呼哧呼哧喘着气。这畜生试图舔他，而他害怕和厌恶地避开，试图蜷缩在椅子上。随后，传来了她的声音：

"瓦罗，你干吗呢？我该叱喝你多少次，坏蛋？"

然后，当保罗抬起眼，避开正在嗅他脚的那条满身污垢的狗时，听见肩膀边响起了热情、柔和的声音。

"你为什么不全喝了？够甜吗？你害怕瓦罗？"

"不……"保罗困窘地说，试图触摸一下狗，但不可能。她弯腰把它抱起来，用骄纵的声音训斥道：

"又在沙地里乱爬了？今天早上才给你换过！你的小匙到哪儿去了？"

"母狗的儿子偷走了！"狗极其优雅地说道。

"哈哈！"女人笑道，把它抱到厨房里，保罗听见她可能是在对拉考尔齐亚说，"你听见瓦罗是怎么称呼茜卡的孩子吗？母狗的儿子！"

"继承了你的笨拙的想象力！"他回答说。

"那孩子害怕瓦罗！"保罗听见她低声耳语道，"就在这儿害怕得爬上了椅子，只是那孩子……"

"或许是出于厌恶！"飞行员回答说，"你没看见它有多脏？"

"伪君子！"她吼道，"你也是这样，如果我不是整天管束你……我可以肯定，你对那个孩子说你现在还在工作，当技术员！"

"闭嘴！"他说道，"你说得太多，太啰唆，太大声了！"

"瓦罗，"她的声音传来，"把刀放在那儿……迪丽在哪儿？她不是同你在一起吗？"

"她在阁楼上同管理员的儿子一起玩！"狗十分清楚地说道。

"你怎么称呼他？"

"他吗？哈哈！"狗笑道，"我叫他'疥疮先生'。"

"哈，哈，哈！"女人笑道，"你听，'疥疮先生'。你从哪儿发现的？"

"因为他每天洗三次澡，迪丽整天同他在一起，不是在地窖里，就是在阁楼上。"

"我能怎么办？"传来她的脱口而出的话音。

"听见了吗？"飞行员怒吼道，保罗觉得他是要引起自己注意，虽然他或许懒得开口。

"你听见过这样的事情吗，年轻人？让一个孩子责怪自己的母亲？嗯？凭我的经验，从来没有听说过！"

"哈哈哈！哈哈哈！"女人好像受到什么刺激似的笑着。

"嘻嘻！"狗很有节制地笑着，"嘻嘻！"

迪丽像一阵风暴似的从保罗身旁经过，跑进厨房。保罗虽然仔细地跟踪观察着她，但没有发现任何特别之处。他仔细地看着她的褪色的紧身薄裙的每一个厘米，却没有看到上面有阁楼里常见的秸秆或者肮脏的旧布片的任何痕迹，也没有发现通常放在阁楼里的那些诱人的瘸腿沙发的填充料"海草"，或者一堆堆从发霉的旧报纸上脱落下来的油墨字母。或许，如果那个女孩靠近他，保罗能够辨别出旧书里出现的轻微的刺鼻的霉味，那是他十分喜欢的气味。他发觉自己希望小女孩回来靠近他。

"什么样的家庭！"拉考尔齐亚说道，从厨房里走了出来，衬衣敞开着，脖子上却系着领带，"什么样的家庭！"

"丹派人来说，他等着这个小伙子同他们一起吃饭！"从厨房里传来她的话音。

"什么时候?"飞行员不耐烦地问道。

"很久了,你们一到就来人通知了,我忘了告诉你们!哈,哈,哈!"

"怎么啦?"拉考尔齐亚神经质地问道。

"没事,傻瓜!瓦罗,瓦罗,趴下!"

"过来!"飞行员轻声对保罗说,"我送你!你不想建立家庭,做得很对……稍等片刻!"他很快就返回来,手里抱着一个很大的物件。

"我送给你的!"飞行员说道。保罗细看了一下礼物:那是一个花式切割的小钱箱,无论怎么看都是一个非常复杂的模型,箱盖上面可以分辨出一头鹿被一群猎狗追赶着在林中空地里奔跑。箱子内里用天蓝色的绸子衬垫,有一处留下了油渍的污斑。

保罗想拒绝,但拉考尔齐亚极力坚持,搂着他肩膀,领他走到街上。

"以后再来我们家……"飞行员陪保罗走到街角上,邀请他道,"特别是来看我。我每天早上都在家。我需要友谊,那是使我走出一个庸俗的家庭氛围的灵丹妙药。要知道,我不悲观,一切都是一个样,从你开始被缠身于孩子们那一刻起。我的孩子们长大后,将看不起我,这将意味着我的作用的完结。何况,我在这儿认识的人不多。我不愿最终沉沦于这浓重的乡土闭塞气氛中,它可能完全有益于你的心肺,甚至头脑,只要你能忍受碌碌无为的平庸生活,否则,我们不得不自杀……你是否曾经想过?"他用手在自己的脖子前做了一个迅速的动作。

他们走到了街角上,面对面站着,但前飞行员的眼睛那么凶狠而奇怪地闪烁了一下,保罗不由自主地想起了雀斑少年的动作。

"当然!"保罗说道,不愿惹恼他。

"一言为定!"拉考尔齐亚以出人意料的谦恭态度,笑着激励他道,"最重要的是,常来看我。或许有一天,我从这个木桶般的世界中消失了。虽然在这儿我依然意味着某种存在,至少在我妻子的眼里是这样。她曾经是一个家庭妇女,现在依然诧异于我为什么娶她,屈尊看上了她。"

然后,俯身在保罗耳边,对他吐露内心的秘密:

"告诉你,我想偷渡……出境去看看!因此,我买了小船。我在T城有熟人,他……好吧,我不再留你了,去赴宴吧……再见,年轻人!"他相当冷淡地向保罗告别,随后就转身往回走去。保罗好几次转身跟在他后面,以为拉考尔齐亚将回头,或者将向他做个手势。保罗想以此表示飞行员赢得了他的喜爱,近乎像一只虾或者一些未满十岁的孩子那样,弓腰曲背在街上走着。当拉考尔齐亚走进家里的大门时,保罗习惯性地踮起脚尖,挥动胳膊,但飞行员没有看见,或者只是假装没有看见,进入了他作为一家之主的老窝。他毕竟有一份职业,而在我们的时代,任何人不会太轻易地抛弃职业。

只走了几步,保罗与中学生几乎碰了个面对面。中学生对他微笑着,仿佛遇到了一个十分亲热的朋友。

"莉拉和我正等着你吃饭……你不愿意来我们家吗?"

"很乐意!"保罗赶紧答应道,失去了自持,因为他想象中的"莉拉"必定是窄轨火车上出现的那个黑衣美女,"我在拉考尔齐亚家里。"接着就开始兴致勃勃地讲述有关的故事,向雀斑少年显示他的全部优遇。

"胡说八道!"对方断喝道,"我不相信你说的每句话!"

但是,看到保罗突然皱起了眉头,他便露出了友好的笑容,亲热地拉着保罗的手说道:

"别生气,我不太会控制自己的语言。但这儿的所有人都认为,你是一个非常聪明的青年。我为你的友谊感到骄傲!"他直视着保罗的眼睛,而保罗对这个没有父亲的孩子能变得如此友善甚至美好,感到不胜惊讶。或许,对方只是不愿意被人怜悯,有时过度自傲的许多孤儿之中的一个。

"那个女人没有告诉你我们在等你吗?"他一面问保罗,一面沿一个无尽头的破烂栅栏懒散地走去,移动着穿旧网球鞋的双脚。

"说了,"保罗急忙回应道,"但她忘记了,不过我无论如何必须找个借口离开!"

丹迈着他那摇摇晃晃的步子,脸带嘲弄的微笑,看着保罗说:

"看来飞行员给你做了个礼物?!"他两眼盯着小钱箱。

"对!"保罗热情高涨地说,托着小钱箱给他看,接着说道,"是在第一次世界大战中去世的他的一个叔叔的作品。那是一个商人,空闲时间在花式切割机床上制作各种各样的梳妆用品。我在他那儿看到两面手持小镜子,用木头制作的复合边框雕刻着花环和鲜花，一面比较大，一面比较小；还有一个多宝架，比这个难看一点，已经破损；一个为洋娃娃打造的完整的卧室，有两张床、一个柜子、桌子、椅子，全是花式切割的，手艺的细致和灵巧程度惊人！他们还给我看了这个艺术家叔叔的几张照片，一个胖胖的矮个儿，头发修剪得很整齐，留着匈牙利式的长胡须，'运动式'的穿着——方格图案的上衣和灯笼裤，或者是宽大的皮上衣和一顶皮猎帽……"

在保罗讲话的同时，中学生从口袋里拿出一根薄薄的皮条玩着，抽打脚边的树枝或者野草，有时甚至轻轻地抽打自己的脚。然后，他不但不注意听保罗怀着某种热情开讲的故事，而且还抽打保罗的脚，虽然不很用力：

"疼吗？"他微笑着问道，保罗急忙做了一个"不"的手势，继续讲述那个用花式切割制作物件的叔叔的故事。

"你走到前面去！"雀斑少年请求保罗说。

保罗问："干吗？"

但对方坚持说："嗨，走到前面去！"口气是那样凝重，保罗不得不听从，但嘴里继续讲述着故事，以免对方觉得自己粗鲁。实际上，那个地方的路相当宽，但也可以这样走。然后，保罗突然感觉到脚上剧烈蜇痛，想转身或者停步，但丹用和蔼、热情的声音对他说：

"别停，往前走！"

保罗只得听从，却不知道往哪儿走，忘记了这个早晨曾经在什么地方走过和扛船的经历。有几分钟的时间好像什么也没有发生，接着感觉到整个背脊以及两手疼痛难忍，如同被烧灼一般。但他不敢停步，仿佛没有任何感觉。然后，突然脚上挨了剧痛的一击，他再也按捺不住，跳到了路边，眼里充满泪水，开始呆呆地傻望着丹。

"我不想打你这么重！"雀斑少年说道，随后看到保罗胆战心惊的沉默不语，便将细皮鞭递给他，请求道：

"嗨，抽我，你如果认为……嗨，抽我吧，我请求你！"

然而，保罗拒绝那样做，做出微笑的样子说，没什么大不了的，与其说感到痛，倒不如说觉得害怕，因为恰恰想起了某些事情。

"窝囊废！"对方蔑视地说，这句话比刚才的一鞭抽打更使保罗痛苦得多，"你是一个胆小鬼和说谎的小人，是一个极其危险的人！竟敢说没有把你打痛，居然如此下作，装腔作势，在我面前扮成有教养家庭的子弟，只因为我没有父亲。你以为我没有看见那个白痴夺走我的鱼竿，打我时，你是怎么笑的……"

保罗试图辩白，解释说一切只是误会，换得的却是脚上、手上和头上的不断抽打，而他很难躲避，因为手里拿着小钱箱，雀斑少年突然恶狠狠地说：

"你别想逃跑，否则，我追上你，把你踩在脚下！把这个小钱箱放在地上！把小钱箱放在地上！放下！"

保罗顺从地放下了小钱箱，而中学生重又开始随手抽打他腰部以下的地方。但保罗没有一刻想过逃跑，即使在对面的一栋房子的一扇窗子打开，出现一个年轻女人对着丹喊叫的时候，也是如此：

"可恶的小流氓！你干吗打他？"

雀斑少年颇为吃惊地站住了，随后把皮条塞进了口袋，一脸惊愕的神情，仿佛突然从睡梦中惊醒，拉着保罗的手臂，友好地对他说道：

"咱们走吧！等一下，我忘记了小钱箱！"

他转身走了几步，拿起了放在栅栏旁边地上的小钱箱。

"下流胚！"窗口上的女人继续喊道，"你以为我不认识你？小心我拔光你脑袋上的头发，二流子！"

"跟我走！"中学生催促保罗道，轻轻地抓住了他的胳膊。他一脸迷惘，下嘴唇周围隐约可见吐沫的轻微痕迹，"我们玩了很久！她正在等我们，你会看到，她是一个美妙的女人！我想你不会生我的气吧？"

"不会，不会！"保罗咕咕哝哝地说，信步走着，开始暗自想着她，想着她那如同鲜活的圣像的脸颊，以及她的深长和忧郁的目光，那么悠远和悲哀的目光。

然而，午餐很平常，甚至有点奇怪。菜肴在这段时间里变凉了，她在等待他们俩时不断把锅在火上端上端下。她请求保罗原谅他们在厨房里进餐，但在保罗看来这是件十分正常的事情，甚至可以说感觉非常好，尤其亲切，将此视为对他信任，而不是当作外人的一个证明。特别是厨房很宽敞，是这栋房子里的最大房间，而且还有一架她工作的针织机。针织机周围，摆放着颜色最诱人的不同种类的毛线、各种线轴和器具，外国的时装书籍，其间伫立着一个硬纸板人体模型，上面似乎粘着半件红色的毛衣。

在味道极其鲜美的浓汤之后，是一道小牛肉焖土豆，配上大蒜沙司，而就在此时，两只老母鸡也爬上了桌子。那是两只肥大的母鸡，与雄壮的大公鸡不相上下，从她手上啄食，但其中的一只还啄她的头发，有时也啄她的脸。虽然鸡喙啄得很是用力，但她似乎并不感觉到疼，或者竭力克制着，以免他们的客人察觉。保罗不禁怜悯得心疼如绞，很想挥泪痛哭，不只是为了那只母鸡啄她的模样，而且也为了她忍痛沉默的英勇壮举。

然而，雀斑少年不断地无端地笑着，对她视而不见，假装不关心，尽管保罗确信他知道正在发生的一切，故意将目光避开他的继母。几乎同样令人不快的是，两只母鸡开始在桌子上沉思地踱步，甚至将桌子弄得脏乱不堪，保罗不得不小心翼翼地进餐，不仅为了避开它们，而且为了合乎礼仪地挽救主人所希望的面子。事实上，他再也不喜欢这顿午餐，虽然他依然很饿，而且总是饥肠辘辘，而她是那么殷勤地招待他，她是否很"喜欢"他？最后，当他用讨人喜欢的委婉而夸张的言辞感谢这顿午餐时，她不是迅速俯下身，抚摸着他的头发吗?!

然而，两只母鸡不久就呆立着，好像要睡觉的样子。它们是那么庞大，占据了整张桌子，保罗不得不站起身来，虽然还没有来得及吃他最喜欢的点心——焦糖布丁。一只母鸡张开翅膀尖盖住了他的碟子，当他用一个悄悄的动作想把碟子拉过来时，她将目光转向了他，虽然或许是一个纯粹的偶然动作，于是他只得放弃这个念头。他就这样饿着肚子站起身来，心里很不满意，对一件他不能十分解释清楚的事情深感不快。他想离开那两只母鸡称王称霸的厨房。现在他才注意到院子里养的鸡会变得多么危险，不由得对此前那么轻视它们感到甚为震惊。确实，它们是可怕的，比他从童年时代就害怕的狗儿们更加可怕。小时候，他曾经同一只狗一起被大人关在一个房间里一个多小时，那是一条浅黄色的毛茸茸的狗，时不时地对他汪汪叫着，那股恶狠狠的劲头使他惊恐不已，虽然所有人都向他保证这条家畜没有攻击性。不过，狗儿们毕竟目光中有时流露出某种人性的东西，至于鸡，保罗现在才注意到，极其冷酷，而且完全缺乏想象力。它们是何等残酷，竟然能啄她，而且她不以任何方式进行防卫！保罗一想到自己那么轻率地从它们身旁跨进院子，对它们的愚蠢和笨拙感到好笑，就不由得浑身发抖！从今往后，他将永远不会如此轻率做事，至少应该小心避开这些家禽，甚至应该对它们表示尊敬，即使表面上不这样做，也无论如何不应该在它们周围开玩笑，或者甚至不应该微笑，因为你瞧，它们是何等敏感！他为何没有察觉家禽是怪物，真正的怪物，而人，特别是他本人，是多么无知！无论如何，他是人类的同伙，它们可以用怀疑的目光看他！

它们的爪子本来就巨大，颜色如钢铁，犹如被金属的手套——粘在骨头上的鳞片状的皮的铠甲护卫着，他却始终小觑它们，而它们的弯曲的喙与我们人的嘴又如此不同！保罗现在才察觉，人最亲近的、最友好的动物毕竟是躯体与我们的身体有着某些相近、相像的东西的动物，尽管只是部分相近。即便是狼，也终归有嘴唇、齿冠、鼻孔、肌肉发达的柔软的舌头，所有这一切无不是某种解除了武装的器官，还有皮毛也是如此！但是，这些冷酷无情的妖怪的喙与我们的身体毫无相像之处，尤其可怕的是，它们长着狭长的指甲，仿佛一个人突然用羽毛覆盖上了一个手指，那个令人恼火的手指尖突然变成了喙或者羽毛，其目的只是为了掩盖那个极其可怕的指甲。他在某个人手上见到过这样的指甲，却轻率到极点地认为，可能不单纯是一个尖利和令人厌恶的不正常的指甲，而是那儿也孕育着羽毛，在指甲的周围有羽毛——硕大的母鸡毛。这些鸡是多么危险，在世界上数量又何其多，人们在不知不觉中被它们包围！现在，他知道了真相，通过一个偶然事件发现了真相，将向所有人提出警告，呼吁他们正视面临的危险，真正的危险！或许还不算太晚，或许还可以有所作为！不应该再豢养、照料它们，更不值得宰杀它们，不惜任何代价，否则在任何时候都可能引发灾难，最好能在每道铁丝网背后架上一挺经过伪装的机关枪或者……这是一种过于冒险的手段，或许也是更为理智得多的手段，比之……不，不，应该寻找其他的手段，表面上比较不具攻击性的手段，比较文雅的其他手段，但如果……对，如果做得很精巧，能够闪电一般加以消灭……然而，思考这样的事情是否合适？你瞧，两只母鸡正低头看着保罗，木头的桌子被它们的重量压弯了，她无奈地退到了墙边，而雀斑少年笑个没完，假装什么也没有看见，其实他是所有人中间最有办法的——尽管两只母鸡，成功地吃了布丁——竟然继续不断地捏造种种借口，笑个没完！

然而，她是最可怜的，只要它们待在厨房，她就不可能接近针织机！但他们是怎么容许它进入厨房的？不过，我们还能说什么？有几家的厨房没有鸡进入，没有任何人加以看管，特别是在这乡土气息浓重的小城里……

她力劝保罗躺下休息，但他拒绝了，说是必须去工厂，去看病。他曾经在白天去过一趟，但从今往后必须严肃对待，有规律的勤奋工作对他很有益，他在这样的工作中找到了平衡。虽然他确实不能长期承受同样的工作，但无论如何不能每年更换职业，所以他选择更换地点。山区特别吸引他，这里非常宁静，空气清新，有益健康。她难道没有发觉比一般人更敏感的人被单调和机械的同一种职业折磨得失去了人性，但很少有人有勇气承认这一点，就像他那样？更少有人能强烈地与之对抗，有所作为，逃出这毁灭之路、兽性之路。他知道，自己被指责为浪荡子，一种比较温和、没有攻击性的盲流，一个勤劳的盲流，如果存在这样的称呼的话。人事部门的人往往把他看作他们窗口外面的嬉皮士，但他不能向所有的人解释，所谓脸面云云，其实一种权益，为了争取这种权益，需要付出沉重的代价，有时是不可承受其重的代价、血的代价，不得不借助诽谤、酗酒、重婚、钻营，乃至这个词所指向的种种阴谋诡计，包括告密在内，才能赢得。

当然，凡此种种说辞或许只是自己能到处浪荡的一个借口，但在没有一个家庭的累赘之时……

保罗苏醒了，害怕地看到自己独自躺在床上。不见克里尼茨基的踪影，他耐心地等待了几分钟，相信大个儿应该会从什么地方出现。但是，没有任何人到来，不可忍受的嘈杂声，用各种植物卷成的低劣香烟的烟雾,使他失聪和窒息。他用臂肘支撑着稍稍抬起身来,瞥见一大群人在周围。所有的人都处于一种狂热发烧的状态,保罗发觉不仅有居住在窝棚里的人,以及工厂里的其他人,还有许多陌生的面孔,穿着很讲究,目光坚定、冷峻、淡漠、傲慢。

这样的氛围实在让人难以忍受,保罗觉得必须立刻从这儿走出去。他艰难地穿上衣服,然后慢慢地爬下床。他的每个动作都做得很谨慎,每个姿势,任何一步都事先用眼睛做好估测。他不愿跌倒,至少在窝棚里可能被人发觉的时间内。他尤其害怕的是,有人可能阻止他,问他到哪里去。然而,没有任何人关注他,经过相当长的时间之后,终于到达了窝棚门口。外面的空气是那么清新,保罗冒失而贪婪地深深吸了一口气,差一点跌倒在地。但随着一阵严重的痉挛,他挂在了生长在门边的一条枯干的大葡萄藤上,就像他小时候有一年冬天,在眼看要掉进冰窟窿里的瞬间,有人伸出了一根树枝,他用结了冰的手套抓住树枝,终于得救一样。现在,他同样也抓住了这根葡萄藤。当他回过神来时,看见一个男子一手拿着脸盆,另一只手拿着毛巾,是他不认识的一个汉子走了过来。

"你怎么了?"这个人问他道,"脸色白得像纸。稍等一分钟,我回来帮你……就一分钟!"他拿着脸盆匆匆走了,而保罗也竭尽全力不再留在原地。他不愿回到窝棚里,虽然压根儿没有其他地方可去,尤其是在他能够抗拒的短暂时间内。

然而,他的力量逐渐地在恢复。他一步步走着,暗自感激自己的躯体,他浑身紧张得发抖,因为用力,特别是对自己精疲力竭的恐惧感而汗流如注。确实，他的躯体本身在思考，在指挥着自己，而他的头脑似乎不能引导躯体前进一厘米。他的躯体拥有自己的智慧，不仅是本能，而且是智慧，犹如他经常听从的自己的智慧，他的大脑和心灵的智慧，而现在，所有人——保罗想道——无不听从突然出现的他的躯体的智慧，这种智慧或许比较微弱，不那么自负，但实实在在存在着，如一个看不见的永恒的朋友。

他路过一个面包店，因为口袋里还有一些零钱，就进去买了四分之一个黑面包。他有足够的钱可以买白面包，但不知为什么，白面包现在使他反胃。他一面走，一面畏怯地啃着面包，在相当长的时间之后，当他已经忘记了窝棚和自己的身体的时候，一个女人同他搭讪，问他是否病了。

"是的！"他答道，并补充说正要去医院。他随口说出了一种疾病——痢疾，不过快痊愈了。他说得那么详细，很欣赏自己的狡黠，那个女人不由得开始厌烦，不再理会他，听凭他自行离去。

"你永远必须遭受某种痛苦，"保罗暗自想道，很受自己的谎话鼓舞，"不能说出名称的无名疾病，可以在别人的眼里引起严重怀疑，尤其是在那些体面的人的眼里。有谁敢罹患一种不知道的病？谁有这样的勇气？"

他到达了市中心，开始在商店的橱窗前踯躅，时不时地咬一口面包。他特别喜欢水晶制品，以及每个盘子上绘着像纹章一样小的同样图案的成套瓷餐具。他自言自语道，在今天的民主时代，每个人都最终能有自己的纹章。然后，他走过书店门前,但令他吃惊的是自己根本没有停步,甚至没有瞧橱窗一眼。不知为什么,他讨厌书籍,暗自想这无非是生病的后遗症,或许很快就会痊愈。但现在主要的是走路,走尽量多的路,走得慢慢的,像老人们那样,在各种各样的借口下时不时地停下脚:或是打个招呼;或是驻足观看柱子上贴着的几个月前的旧广告;或是注视着用蓝色长毛绒装饰的珠宝店的大橱窗,虽然里面没有任何珠宝首饰,甚至连仿制品也不存在;或是看看街头彩票小摊,瞅一眼摊上摆放着的内装"即开型彩票"的大肚玻璃瓶。

然而,保罗不喜欢驻足观看"撞大运"摸彩,排斥这个归根到底为了停下脚步喘口气的"老年人借口",对此甚至感到近乎可笑的愤怒。在这样的一个"街头公务员"身旁经过时,他心头甚至燃烧起一种口诛笔伐的欲望。诸如此类的家伙往往伪装出一脸狡黠的愁容,一顶油腻腻的贝雷帽染脏了一头漂亮的白发,周围围着一群小混混。

"难道我竟然下作到如此地步!"保罗在他那颤抖着的狭小躯壳内咆哮道,"以致求助于运气?这种所谓的运气比有尊严的自杀更加糟糕!那是对赋予了我许多东西的上苍的一种无声反叛,或者甚至是忘恩负义。确实,对待这些东西,我有时以一种相当奇怪的方式加以利用!但这应归咎于我的软弱,而不是我的运气……当然,我说的是真正的运气、唯一的红运!"

保罗怒气冲冲地思索着上面的这些独白,而且确实就像他一个人独处时那样,大声地自说自话,引得一些人逗趣地回头看他。保罗也察觉了这种情形,但他宁肯作为一个独特的人,而不是一个病人出现。对于一个独特的人,任何人都不会用令人厌烦的唠叨来进行所谓的帮助,打扰他这场小小的探险——这一次出人意料而具有挑战性的散步。

"再说,"保罗继续想道,他不能如此轻易地放弃马上要爆发的内心的争论,"街头出卖的这种运气不是为我准备的……如果我把手伸进那个瓶颈上有一个椭圆形的绿色彩票图像的大肚玻璃瓶里,抽取一张彩票,那么就不啻是个小偷。如果是一个彩票的中奖者,一个可怜的彩票中奖人,又是何其羞耻!岂非是我的失败、我的无能的一个无可争辩的表征,我的贫困生活的一个深刻的烙印?但我生来何其富裕,对这个时代来说,我太富裕了!噢,不,这个时代像其他时代一样,也很好,我对它十分满意……我想它也对我很满意,或许甚至是一个独特的满意的孤儿,我没有父母,但从某种意义上说,它也就是我的父母,就像《圣经》所说,父母的父母!"

他到达了一个宏伟的天主教大教堂门前,随即走了进去,坐在前排的一张长椅上,这是最合适的休息借口之一,因为教堂的长椅就是供人静坐的。教堂很壮观,圣坛是那么敞亮,甚至比其他圣坛更加敞亮,耸立着优美的雕像和大幅画像。其中柔美的蓝色圣母们伸出了情意绵绵的肉感的白手,目光聚焦于一个陈年蜂蜜颜色的光点,或者怀抱着赤裸的圣婴耶稣,紧贴在丰满而庄严的胸前,按照佛兰德斯①大师的时尚风格,上面

---

① 北欧文艺复兴的主要画派,其作品以自然主义和雕塑性观念为特征,取代了中世纪后期的装饰风格。

自然覆盖着绣有诸多累赘边饰的披纱。教堂里边,就在圣坛的顶上,可以看到巨大的十字架上的下延部分,镶在一个直角形的小电灯框里,更高处——教堂的墙壁非常高大——是一个巨大的电十字架,不断地吸引人们的视线爬高,延伸至天穹。

教堂里人不多,除了彼此相像得难以区别性别的传统的老妇和老头之外,保罗吃惊地发现还有几个青壮年男子在祈祷,那是些完全正常、事业依然发达的人。是什么引导他们来到这儿?难道他们那么有先见之明,抑或像他一样感觉到需要孤独?还有几个女人,年轻的或者不太年轻的,怀着充满希望的虔诚在祈祷。她们全心全意地寄希望于来世,或许恰恰是因为像克里尼茨基所说,今生似乎太长,长得"没有尽头"。

教堂里非常好,几乎同山上一样好,保罗突然察觉自己走进教堂,正是因为自己现在已经没有力气,不可能沿着那条很富有戏剧性的在一片林中空地中结束的漫长街道往上爬。但是,这是一座木然的山,像某些矿山一样建有内廊的山,耸立着据说深受苦难,而现今可以治疗苦难的人物的雕像。他们是这座空旷和回声如此悦耳的大山的导演。

保罗许久以来就怀有同老人、一个需要休息的人的同样心理,因为一段路程——在他这个年纪!——无论怎么着急,意味着被不期而遇的种种障碍阻断,就像这座教堂一样,但阻断得很有分寸,使得肌肉获得某种程度的放松,于不经意中呈现出某种庄严的氛围。

"我是一个老头!"保罗严肃地对自己说,用他那老头的愉快的眼睛环顾周围。自他来到这儿已经过去了相当长的时间,他突然发现此时教堂里的人多了很多，管风琴正在演奏起始的节拍，其洪亮有力的声音使他震惊，不由得站立起来。弥撒开始了，他轻轻地朝出口走去，因为他不习惯做祈祷。

在教堂里面的左侧，有一个比较小的圣坛，上面是圣徒安东的雕像，四周像马赛克一样围绕着一块块大理石片，上面写着几句话："感谢你！""感谢你，圣安东！"以及重复的："感谢你！"保罗觉得奇怪，对着那些挂在墙上的厚石片看了几分钟：也就是说祈求圣安东帮助？！他焦躁不安地搜索着自己孱弱的头脑，试图发现这个圣徒能给他什么帮助，又用什么来帮助！但他耸耸肩，就像一小时前在街上面对那么大众化的撞大运的彩票摊一样，脸上挂着首先给予他鼓舞的高傲微笑。为什么求这个穿着圣方济各会教士服装的先生帮助，没有见他脸颊那么白净、优雅，尽管怀抱圣婴耶稣，却丝毫也看不出奋力献身的气概吗？或许，他出生于一个高贵家族，姓名中只是带着一个"德"字，或者像我们所说的带着一个"冯"字而已。你瞧，教堂不能够或者是压根儿不想平等对待不同的社会阶层，教堂里也是王公贵族们在助人！保罗想道，依然沉思地站在那个孤零零的圣坛前面，试图掩盖自己的一个恶意的微笑，尽管他长着一张极其容易泄露秘密的脸，即使是一个儿童也能看出他的一切心理活动。不过，这是一个亲民的王子，感谢他的许多人或许很得意于受到了一个贵族的帮助！但有什么意义！保罗忍不住使劲挥挥右手说道，这是绝对错误的——每个人都在其他地方寻找幸福！我不是为教堂而生的！他想道，虽然这儿至少是安静的！很安静，如同与几个陌生人在一起登山！登山很好！保罗想道，他确实很渴望真的去登山，但天色已经入暮，时光流逝得似乎太快了一点，他觉得应该回去睡觉了。如果能够下到河床里，该有多好。难道有什么东西也同一条河相像？有谁不能去寻访一条河，又有什么东西能代替河流？河是宁静的，甚至比大教堂还要宁静，河不断地流动着，河是不停地自我毁灭之物，而每时每刻重现着的灾变则是令人安息之物。而且，河来自远方，各种生物活在其中，在河岸之间生生死死，从不生气或者拒绝这种观念，因为死亡即是一种拒绝！保罗从哲学高度思考道，十分自得，慢慢地朝着窝棚走去。我们难道不会拒绝某种东西，而且态度极其蛮横？！生活在河流中的生物也有权利拒绝我们的举止，将其视之为最讨厌的东西！难道我们也在这样的河里流动？保罗想道，不知道为什么想起了他的朋友克里尼茨基。

无论如何，他很想此时能下河。但天色更加黑了，而保罗多少有点胆怯。夜里，那条河充斥各种嘈杂之声和令人不安的黑影。没人有胆量把脚伸进河里，虽然河水可以按摩已经开始抱怨的他的双脚——尽管在教堂里得到了休息。"我是一个老人！"保罗骄傲地对自己说，"衰老也有其好处！是在什么地方读到这种观点的？"仿佛有一行印刷的词句突然在他的记忆中呐喊……记忆也是陈腐的垃圾箱，即使对于他这个没有记忆的人来说也是如此，他以此为骄傲，因为这是他唯一的高贵品格。

难道衰老真的有其好处吗？你值得变老来验证这个论断吗？或许值得，因为，你瞧，有多少人千方百计想验证……让我们在一条河里流动！保罗重又想道，而克里尼茨基的身影又闪亮出现在他面前，仿佛在他前面宽厚、和善地走着。让我们在一条河里静静地流动，步伐有多么美！你瞧，我们必须抬起一只脚，然后抬起另一只脚，重新再抬起前一只脚，双手胡乱地摆动着，头时而低着，时而仰着，有多少无用而令人生厌的琐事！如果我们同树木、整幢房子，同所有的云彩和星星，同我们的坟墓和一切微不足道的傲慢一起滚向谷地，该多么省事，凡此种种无非是我们的拐杖，对，让我们同我们的这些拐杖、我们的所有拐杖滚下谷地！然而，是什么样的谷地？你瞧，一条河从山上流下，渐趋衰老，然后被一个鲨鱼状的大湖吞没，而这条鲨鱼的胃也同它的一切傲慢和拐杖一起消失了。但是，我们不流动，保罗困惑地想道，嘴唇重又嚅动着，一些词语在周围可以清晰地听见，因为我们站在十分平坦的地面上。多么扫兴，我们站在像托盘一样的土地上，这是何其讨厌和多么不幸的事情！你瞧，如果有人无意中从这个托盘里稍稍倾斜一点，很小的一点点，我们所有人就可以轻松地慢慢流动，虽然十分缓慢，却何其惊异和快乐！再也无须行走，丑陋地行走，无须像钉在木条上过电时挣扎的青蛙腿那样，抬起一只脚，然后再抬另一只脚，仿佛直到那时才想起应该运动的另一只脚，还有双手……你在这时用手做什么？把它们摆放在哪儿？有人把它们贴在身上，有人像士兵一样有节奏地摆动着，也有人随意乱放，但无论如何，还没有人解决这个难题。不过，行走中最大的难题无疑是思维！有谁能控制思维？智者在走路时是如何思考的，抑或根本不存在智者？思维妨碍我们行走，保罗沉思道，当我们向某物或者某地出发的那一刻，思维必须完全停止，无论想去的地方多么近。说真的，有人走路时不进行任何思考，该是多么美好！即使是最好的士兵也想得太多！尤其是，他们的职业是从一地走到另一地，而他们的制服只表明他们已经到达了某地！他们似乎应该膜拜圣徒哥伦布！噢，不，他应该是一个行者圣徒，他保护行走，我们讨厌的行走……

他突然吓了一跳，有人用力抓住了他的胳膊，在最初的几秒钟里，他根本没有认出身旁的那个人是谁，所以竭力想掩饰那突如其来的近身接触引发的惊吓。原来是彼得库·克里尼茨基的几个朋友之一，直至此时保罗才察觉已经快到达工厂了。

"你去哪儿溜达了？我到处找你，到山谷里，到博罗齐亚家里，还到……"

博罗齐亚是保罗有时去他家住宿的一个孤老，老人害怕孤独。

"我很健康！"保罗打断他的话，径自向前走去，傲然甩开两腿，"我到了……"

"嗨！"彼得库说道，此时保罗才察觉对方气喘吁吁，两眼暴突，"他们想杀死克里尼茨基！"

"杀谁？"保罗停步问道，但对方不再听他说话，继续跑着。保罗紧跟在他后面。

跑近窝棚时，保罗看到的是一个严重的骚乱场面：门口一群群人在激烈争论着，有些人匆忙地从门口进进出出，犹如参加同屋人的婚礼或者葬礼，在那些不知从哪儿来的陌生面孔中间，可以看到穿工作服的工人，或许是刚下午后班。一走近门口，还来不及看一眼屋内，就听见了米罗亚的刺耳的尖叫声。这个皮肤像女人一样掩盖不住内心情感的胆怯的人，一旦感到恐惧，就好像怒气冲天，喊叫声如此尖厉和刺耳，所有的人不禁大惊失色，说不出话来。他自己看来也很吃惊能发出这样的尖叫，但或许不可能有另一种样子，恐惧的威力比他这个人更大！

保罗进入窝棚时，发觉里面人满为患。他很难或者几乎不可能走到自己的床边，觉得自己淹没在人堆里，他的脑袋嗡嗡乱响，不禁暗自问道："那么多人在这儿寻找什么？这儿只是一个窝棚，一个整天进行繁重的劳动的人们亟须休息的地方，但现在突然……"

彼得库重又走近他，那是一个红皮肤的人，绿眼睛有点斜，保罗不喜欢他，却是大个儿克里尼茨基最亲近的人之一。彼得库对他说道：

"我们想带他离开这儿……他不愿意……但或许……最好你去劝他，但愿他能看见你！……"

"谁？"保罗重又迷迷糊糊地问道，但随后突然想起外面街上在议论克里尼茨基。慢慢地，慢慢地，随着体力的消耗和思维平静的丧失，他反而开始越来越清楚地分辨出是什么人在窝棚里，也开始理解人们在议论什么。

"当然，我愿意去……咱们走吧！"他对彼得库说道，虽然依然没有看见克里尼茨基在哪儿，但如果这个人说了，那么必定是在那儿。彼得库友好地点点头，拉着他的手，为他开道，但保罗动弹不了,他的双脚拒绝迈步。不仅如此,他很快就感觉到,自己的脚甚至拒绝再支撑他,不管他的身体多么轻。他几乎哭出声来,觉得自己无法跟上彼得库,而走在前面的彼得库却完全相信身后的这个男子将紧跟着他同行。保罗想坐在门口近旁的床上,但所有的床都坐满了人,于是他让自己靠墙慢慢滑倒在地上。

"怎么啦,亲爱的?"彼得库问道,回过身来,弯腰看着他,"你不舒服?要不要扶你到外面去?"

"不,不!"保罗轻声耳语道,觉得自己满头大汗,但随即发现彼得库没有听见他的话,于是摇手做了几次表示"不"的动作,犹如烂醉如泥的喝酒新手,像一件皱巴巴的可笑而沉重的衣服,突然在大庭广众的一片惊讶声中倒下。彼得库在他身旁弯腰站了一会儿,仔细地看着他,随后挺直身体喊道:

"让一让,请让一让……同志们,有个病人,请大家让一让!把他抬到外面去!"他又轻声补充道,看来是对保罗说的,接着抓住保罗的肩膀,想把他扶起来。有几个人试着帮助他,但倒在地上的人无论如何不愿意动,紧贴在墙上,让自己变得很沉重,手打脚踢那些想帮助他的人。

"我没有病!"他咕咕哝哝地说道,却没有足够的力量扬起脸来,"我没有病!"他发觉那些想帮助他的人压根儿听不见他说什么,便用脚踢周围,用手指抓挠一张没有刮胡子的黑色的脸,因为这个人长时间弯腰面对着他,妨碍他的呼吸。

彼得库拨开人群高声喊道:

"大叔,保罗病了,被人踩在脚下……大叔,快过来!"但

305

他的喊声被一些陌生人阻断,他们立即大喊:"这是想让克里尼茨基溜走的诡计!"

随后,所有人都忘记了保罗。

保罗依然坐在地上,既没有力气,也不想站立起来,他支撑不住自己去围观,勉强能忍受各种嘈杂的声音和喊叫,浓重的烟雾,特别是挤在一起的那么多人体的刺鼻的体臭。他抬不起眼来,犹如一个不会喝酒而突然喝得太多的小青年那样,面前只有许许多多的脚和裤子在晃动,渐渐地,渐渐地,他平静了下来,耳朵重又开始听得见人们的说话。

克里尼茨基依然在他通常站着的窗边的地方,但背对着门,而不是像习惯的那样面对着门,只能看见他的宽阔的肩膀,头和脸朝桌面深深地低着,宛若一个噘嘴生气的孩子。周围,靠墙站着几个"信徒"——纳扎里耶、米罗亚和另外两个人。米罗亚额角流着血,目光惊恐,像一只遭到围猎的动物。

四周的床上和从某个地方——或许是礼堂里搬来的椅子上,坐着许多人,有住在窝棚里的苦力,住在城里的工人,一些人穿着工作服,也有陌生人。这个突发事件起因于一件相当简单的小事,以往或者在另一种场合,只需几句热情的话语或者甚至无须说话就可以解决。

不算长的一段时间以来,大家养成了一个习惯,克里尼茨基在单日给寝室里的人朗读他的书,亦即《圣经》中的一个章节,此前他只给几个愿意听他朗读、像他一样的"疯子"读经,但现在不知为什么,对于他和他的书漠不关心和蔑视的人明显减少,在不多的几个"疗程"之后,寝室的场地已经容纳不下太多的听众，于是在室外，窝棚背面墙倚傍的一棵干枯的大核桃树下，安排了一张桌子和供他坐的单独一张椅子。一段时间之后，城里的许多人也开始来听朗读，不仅有男人，而且有女人，数量越来越多。戏剧般的恐怖事件之后城里的压抑气氛，尤其是克里尼茨基并不满足于只是"朗读"，而且结合时下的"风尚"讲解文本，也许可以部分说明为什么会出现这种出人意料的人潮和兴趣。关于他的传说在山城的那个狭窄的圈子内猛增，或许恰恰是那些人的孤独及恐惧，或者天知道怎么理解的其他原因，促使他突然深孚民望。当局袖手旁观，因为在八月中旬的那个日子之前，一切皆十分平静，显而易见，大个儿如此不同寻常的威望绝非幸事，不会持久。

克里尼茨基本人首先对人们不断上升的关注感到不安，对此保持着警觉，所以只是在听众的某些越来越强大的压力下，他才同意继续"朗读"。但是，一旦开始，他便被自己的激情所左右，随口开讲。他喜欢讲话，喜欢倾听，倾听自己特别富有音乐感、音色悦耳的声音，他的魅力之所以不断增长，是因为他经常觉得是在对自己说话，没有演说家的夸张习性或者一般布道者的煽情。随着激情的点燃，他的声音变得越来越低沉，仿佛害怕自己音色的魅力，目光越来越柔和，变得无与伦比地闪亮、温柔、热情，犹如一个突然受到无法理解的具有威胁性的陌生事件惊吓的大孩子的明亮的目光。

那天晚上，克里尼茨基对保罗的失踪略感不安，稍迟了一点开始朗读之后，突然发生了一个事件：在核桃树旁的众多听众中——五十人左右，其中有几个女人，似乎出现了一个类似抵制小组的有组织群体，自他这样面向公众朗读以来第一次开始打断、阻止和质询他，而且这些质询很是粗鲁，看来是经过预先策划的，旨在使朗读者失控。

　　克里尼茨基看到了事态的严重性，想停止那晚的讲读，推说自己有点疲惫，没有以任何方式回答那些挑衅者，但受到与会者们阻止，而那个"喧哗者"小组也不得不暂时沉默。不言而喻，平静不可能持久，越来越粗野无礼地指责他的那几个捣乱分子是工厂的青年工人，其中有两个人是出名的积极分子，颇有来头。在"保卫"克里尼茨基的人与其他人之间很快就爆发了争吵，看来不满的人数比开始时料想的更多，或者像通常发生的那样，"在论争的烈火中"他之所以赢得支持者，并非是因为他"正确"或者"欺骗有方"，而只是因为他受到他人攻击，这些攻击者大多来自城里。但是，事态丝毫也不严重，一些人还找到了说笑的机会，而且很快就发现了一个说笑话的高超段子手，征服了许多人，特别是女人们，她们在那种氛围的挑动下，很容易发笑。然而，突然间，米罗亚一声尖叫，那是一种不自然的刺耳尖叫，这一次更是出人意料的激烈和吓人，在他周围很快形成了一个圈子。他双手抱着头，刚放下被问他发生了什么事的那些人拉扯的一只手，就发现他的右脸颊太阳穴稍下一点的皮肤上有一个裂口和流血的斑点，但不很大。他站在比较靠边、贴着窝棚的墙壁旁，完全在阴影之中，不知是什么人用石块击中了他。

　　伤口并不危险，但事件骤然升级，因为有几个人立即跳起来，冲向一个看来是打断和抵制大个儿读经的那帮人的首领的家伙。那是一个矮个儿、红脸膛的人,长着一张笑嘻嘻的嘴,总是喜欢挖苦嘲弄他人,名叫米特罗凡诺维奇。他看到自己被几个不认识的人虎视眈眈地包围着,脸色不由得变得煞白。几个女人尖叫起来,虽然不明白发生了什么,但一切突然得到了尽可能和平的解决:米罗亚的"复仇者"被一些穿便服的人劝止,看来他们是民警局或者检察院的工作人员,但没有人清楚他们的身份。克里尼茨基也被劝进了窝棚。

大个儿立刻表示服从,他十分不满所发生的一切,不满自己周围所不愿看到的那整个闹剧。但在他撤退后,大家还是不离开。从城里来和不在工厂工作的许多人跟随他走进窝棚,要求他去城里,到了那儿能够在某个大厅里安静地朗读。然而,他拒绝了,请求大家让他平静地度过这个夜晚。但突然谣言哄传,说是他将被逮捕,已经通告他不准离开窝棚,一旦只有他孤身一人时,将被带往警局,并在当晚"押离"这个城市。

不知道怎样传开的这个消息阻止了二三十人离开原地,他们在克里尼茨基宣布这晚不再朗读之后,依然留了下来,但女人们几乎全部离开了。几乎像奇迹一般,窝棚和门前的地方闪电般挤满了人,此时又来了厂里下午后班的人。就像一场骚乱初发时那样,没有人知道究竟谁反对谁,但有一件事情是明确的:克里尼茨基必须受到"守护"。虽然他不断反对这样做,但今晚他不可能单独待着。最后,居住在寝室里的那些人要求让他们安静入睡,他们为自己的床铺付了钱,谁愿意守护克里尼茨基,当他的看家狗,请到其他地方,譬如说门口、窝棚背后的核桃树下、教堂的钟楼上,但不能在窝棚里。其中的一些人请大个儿离开,但他站在窗户旁原来的地方不愿挪动一步,而他的几个亲密伙伴的举动不啻火上浇油,使骚乱进一步扩大。保罗进入寝室的时刻,事态大抵就是这样。

时间已经相当晚了,骚乱和吵嚷非但没有减弱,反而愈演愈烈,这时有一个人,一个干瘦的矮个儿男子——立刻被认出是工厂副厂长——开始说话,为了让大家能够听见,开头的几句话是他不断跺着脚高喊出口的:

"同志们!……同志们!我认为最好……"

"我们不想听演说!"屋外,在开着的窗户前有人高喊道,那里也聚集着许多人。

"关上窗!"躺在床上的一个人说。

"不许关!"屋外的两个人喊道,"无耻的家伙!休想偷奸耍滑?!"

"没有人想关窗!关窗太热了,我在家就是开窗睡的!"卡塔林恰说道,勇敢地俯身在窗口上。没有人回应他,但当他转身面向寝室里的人时,听见背后,也是屋外传来一声话音:

"滚回家去吧,卡塔林恰,这儿没你的事……"

卡塔林恰耸耸肩,把手插进了口袋,然后一跃跳上了一把椅子。一分钟前,克里尼茨基刚刚从那把椅子上站起来,坐到床上去。

"弟兄们,你们想要这个人怎么办,"他平静地说,这一次似乎站在椅子上的高度使他放松了心情,觉得有了保险,"你们想……"

"少扯淡!"寝室里有人冷冷地说道,"让检察院管,或者甚至……"

"是谁在说话?"卡塔林恰问道,试着分辨清说话者的脸。

"是谁杀了西蒙卡?是谁?"突然一张床上有一个特别沙哑的粗重声音喊道。那是一个高个儿的男子,身穿半农民模样的衣着,极其浓密的胡子遮蔽着他的脸,虽然刚刮不久。

"是谁杀了他?穆拉里乌,你知道吗?"副厂长转身向喊叫的那个人问道。

被询问的那个人没有马上回答。他整个晚上沉默不语,现在或许后悔自己开口喊叫。他半躺在一张床上,副厂长对他说话时,他轻轻地挪动了一下身体,仿佛想站起来,但只是坐直了。他是全厂最棒的制模工之一,虽然大约一年前才来这儿工作。

"你们也知道!"他等了一会儿说道,"你们也知道,但……"

"我们现在不谈罪案问题,而且……"卡塔林恰说道,从椅子上跳了下来,但所有的人都在注意他说什么,"这是警局、检察院解决的事情,不属于我们的职权范围……"

"那么,你的职权是什么?"一个声音粗暴地打断他的话,"是把肉打包带回家吗?!你什么时候最后一次吃肉,厂长同志,啊?"

"今天午餐的时候!"卡塔林恰说,眼睛一眨也不眨,"如果我们事先知道,也会邀请你共进午餐。"

"不,多谢了,你还是邀请米列娃婆婆吧。"

所有人都爆发出笑声。米列娃婆婆是这个小城的"官方巫婆",大约十五年前就已经去世,似乎死得有点不明不白,据说，这个变成幽灵的巫婆在最不寻常的时间里出现在不同地方，并不使任何人产生恐惧，在街头的孩子们和城里的幽默家们中间，她的传说流传甚广。

"行了，"当笑声逐渐平静下来，而有些人试图继续用调皮话逗笑时，卡塔林恰说道，"我们是不是头脑健全的人？同志们刚换班，现在从铸造车间过来，满脑袋……"

"少废话！"屋外有人说道，声音十分近，副厂长不由得回过头去，以为说话的人就在他身旁，"抛开这些问题！别改变话题！你们为什么恐吓这个人？为什么不让他朗读？一切都是合法的！"

"那好，就请朗读吧！"卡塔林恰说道，似乎准备离开窝棚，却没有动，"但是，有人非常严肃地警告过克里尼茨基同志注意自己的言行，这件事不应该引起争吵，也不应该……"

卡塔林恰开始讲话时非常平静，近乎愉快，似乎依然保持着反击"把肉打包带回家"的责难时的那种得意和满足，但几句话之后，他的脸色变得很严峻，提高了嗓门：

"同志们，我们有一个重要的计划，休息时间必须得到尊重……谁想听讲《圣经》，可以去教堂和神甫那儿！有人警告克里尼茨基同志和……"

"是谁提出的警告？"有人打断他的话问道，声音淡淡的，近乎冷漠，但周围的沉默变得像铁块一样沉重。卡塔林恰一时语塞，随后神经质地看着周围，仿佛想在某个人的脸上碰巧读到答案。

"你害怕什么？请回答！"还是那个声音坚持道，语调令人难以忍受的冷静和淡漠,"是谁,厂长同志?!"

"谁?"卡塔林恰重复道,沉重地吸了口气,用手帕使劲擦拭着额头、鬓角和耳朵,"我告诉你是谁:西蒙卡!对,西蒙卡!"他喊道,声音压过了他最后这个词引发的嗡嗡的议论声,"是西蒙卡同志,锻铁车间主任,厂里最优秀的锻铁工!"

"西蒙卡同志还活着,同志们,过一段时间可能将回来工作!说他已经死了的谣言是虚假的,煽动人的!许多人见过他,他的状况依然很严重……还不能说话和不认识任何人……"然后,他朝克里尼茨基转过身去,仿佛很疲惫地说道,"是真的吗,克里尼茨基?虽然你不愿意向有关机关说明……"

"闭嘴!"屋外有人高喊道,"少废话!"

"保持安静,我请求你们!"克里尼茨基俯身向着窗外说道,"在这儿大家都想休息!我也渴望休息和独自待一会儿,不喜欢这种吵吵嚷嚷的样子……"

然后,他直起身,对身旁的人补充道:

"确实,可怜的西蒙卡同志谈过这件事……至于还谈过什么,只要他还活着,我就不能说,我没有得到他的允许,而且根本与案件无关……"

"瞧,在我们的这个贫困教区有多么优雅的神甫!"有人喊道,声音特别尖厉,大家都认出那是米特罗凡诺维奇的声音,这个家伙不知道从什么地方突然冒了出来。

克里尼茨基抬起头,肩膀的动作刹那间使他面前的人觉得有点可怕,但随后又无奈地耸耸肩,张开他的大手掌挥了挥:

"我觉得抱歉!"他懊恼地喃喃道,"我觉得十分抱歉!罪过!请你们理智一点,我请求你们……"

他不再继续说任何话,仿佛明白言语是多么无力,而被他的话语打动的几个人试图回击米特罗凡诺维奇。

"随他说吧!"克里尼茨基重又干预道,唯恐重演刚才的激烈争吵,"他是个优秀的工人!从我手里学会了手艺,心眼不坏,不像他想表现……"

"闭上你的臭嘴!"米特罗凡诺维奇气势汹汹而又轻蔑地打断他的话,"俗话说,猫哭老鼠假慈悲,狼摇尾巴藏祸心,收起你那臭不可闻的狼外婆大花尾巴!我还不至于沦落到要受你保护,你这么一个……"他突然开始喊叫,因为有几个人要打断他的话,有一个人甚至抓住了他的胳膊。

"他为什么不愿告诉我们他同西蒙卡究竟说了些什么?在我们发现这个人满头流血之前一刻钟究竟同他说了些什么?他为什么不说?是出于任何人不需要的基督怜悯之心,还是因为希望西蒙卡最终会上西天?他怎么敢蔑视民警局和检察院……"

"嗨,嗨!"还是那个窗底下的声音喊道,"跑题了,是想给我们留下一个好印象?!你最好去当演员,听说你长得挺漂亮!"

"对!"米特罗凡诺维奇立即回答说,红脸膛上绽开了他那习惯的微笑,很令人讨厌,似乎故意在挑衅,"如果你想要,我可以送你一张照片!"他朝院子里的那个人补充说。

"好啊,给我一张!"对方喊道,"不过,只要经过修图的!我家里有两只前天刚出生的小狗崽,我想让它们患上狂犬病!"

所有人开始活跃起来,米特罗凡诺维奇在说着什么,但他的话淹没在喧哗声和笑声中,当喧闹声稍微平静一点时,他又重拾话题。

"让咱们把笑话留给饭桌上吧!"现在他口气显得比较松弛、平缓,眼睛望着一侧,一只手按摩着自己的胸脯,"我很好奇,想知道为什么……"

"同志们,咱们走吧!"卡塔林恰打断了他的话,有几个人自发地附和他的话,开始向门口移动,"让克里尼茨基和这儿的同志们休息!"

"不,不!"睡铺那边有人说道,"米特罗凡诺维奇可能有缺点,但他说到了一个问题:克里尼茨基为什么不愿意说,只在这儿才有喋喋不休的连篇好话,却同西蒙卡吵架,这是为什么?!"

"还有一个问题!"米特罗凡诺维奇重又声色俱厉地说道,"难道谁也没有发现一个非常奇怪的巧合?恰恰是在达比奇的儿子被掐死的那一天,我们虔敬的神甫打了他,仅仅是因为这个孩子触动了他的神圣的识字课本!难道这儿没有几个人可以……"

"可以什么?!可以什么?!"米罗亚突然跳起来,用他按捺不住的激烈声调说道,所有人都重又看见了他脸上的伤口,"你当着大家的面撒谎不害臊,红毛僵尸,受雇的流氓,你算什么东西!你杀死了……"

"米罗亚!"克里尼茨基喊道,所有人听到他的强有力的声音时都不由得一惊,"闭嘴,米罗亚!"

米罗亚诧异地看了克里尼茨基片刻,脸色剧烈地变化着,低下了眼。然后,突然喊道:

"我不能沉默!不能……"看到克里尼茨基张口,他又惊恐地喊了一声,仿佛害怕大个儿会打他。

"不,大叔,至死也不能沉默!这不只是关系到你,而且关系到……谁敢嘲讽《圣经》?!谁?!"

"闭嘴!"克里尼茨基疲惫地说,"你比……比亵渎者更糟糕!你什么也不明白,没有人召唤你去捍卫……最好还是去护理好自己的伤口,别在大家面前假装伪善!"

"我,伪善?"米罗亚说道,语调引得近旁的几个人忍不住发笑,"我,大叔,伪善?!我,为了你,可以两肋插刀,毫不……"

但是,大个儿用右手做了一个厌烦的手势,而米罗亚,这个留着黑色的长胡子,永远身穿破旧的工作服的汉子,沮丧和委屈地沉默了。大个儿的不信任使他深受打击,整个晚上他不再说一句话。他低着头,很久很久,无精打采地呆滞着,对于米特罗凡诺维奇甩过来的一两句嘲弄挖苦的话,他似乎没有听见,然后,用手畏怯地抚摸着流血的地方,轻轻地走出窝棚。这期间,屋里的人少了很多,卡塔林恰也同为数更多的一群人离开了。屋里的窗都关上了,虽然夏天惯常是开着门和窗睡觉的。灯也熄灭了。然而,屋外一些人依然迟迟不散,似乎对事件的转折颇感失望。他们是刺探轰动事件的猎狗,重大新闻的大大小小的民间狗仔队,不发表任何评论,却不辞劳苦地从一个地方奔向另一个地方,只要有希望看到附近的某处发生了细小的不幸事件。有时候,这些人也形成民间的舆情,往往很明智,洞若观火。

窝棚里熄灯后,所有人在黑暗中假装沉睡,虽然还有几个外来的人在开着的门附近滞留。硕大的月亮从山顶猛然升起,细微的月光透过开着的门渗进屋内,照亮了大半个窝棚,阻碍着人们熟睡。月球或者其他什么东西,显现了它的冷冷的光和缺乏人性的火焰的形态,颇显凄凉,却一扫黑暗,还天空一片明净。

深夜,知道今夜再也不可能熟睡,所以和衣躺在床上的克里尼茨基想起了保罗,便起身寻找,终于在门边发现了他。被大家忘记的保罗躺在地上,蜷缩在墙根旁。克里尼茨基想抓住他手臂,扶他到床上去,这时才发觉保罗没有睡着。

"大叔!"保罗轻声耳语道,"小心点!别独自出门……"

"好的,好的,孩子!"大个儿试着让他平静,"来,躺到你的床上……来吧,我扶你去,这地上寒气刺骨……"

"不,不!"保罗反对道,浑身抽搐,仿佛肚子在剧烈疼痛,"我不想爬到那上面去……"

"好吧,睡到我的床上去!"克里尼茨基坚持道,无助地站在他身边,感到他重又在颤抖,只是轻微地感觉到,而他脸上的皮肤烧得通红,令人不忍去看。

"不,我不离开这儿!"保罗说,显得很绝望和愤怒,重又像那些被酒精的力量击倒的青年,躺在地上,或者更确切地说,躺在石头上,浑身滚烫地待着,在体内作怪的那个强大的精灵的重压下颤抖不止,不愿离开土地舒适的凉气。

"你不能留在这儿!"克里尼茨基说道,无可奈何地摇摆着身躯,因为他开始热爱这个青年,不敢勉强他,虽然觉察到疾病重又在这个青年的羸弱而善良的躯体内加重,"你至少得站起来,我给你搬张椅子……"

"搬哪门子椅子?!"黑暗中有个声音从附近的一张床上传来,"你没见他冷得浑身发抖?你也像他一样没有脑子!你们俩倒是蛮般配,一个呆傻配一个精神错乱!上帝啊,你的花园多么大!"

那个声音既温和又亲切,近乎耳语,语气没有丝毫恶意或者嘲讽,略带沙哑的嗓音中甚至含有某种悲悯,随后,也是从左边传来一阵床板的吱吱嘎嘎的强烈响声,同时有人不满地咳嗽了几声。

"咱们到外面去吧!"保罗惊恐地耳语道,"我现在不想睡……我害怕睡觉!"他承认道。克里尼茨基看见他挪动身体,试图站起来,便扶他一同走到外边,站在窝棚的墙边。

左边,安静的工厂建筑侧影在幽远的夜色中依稀可见:中心主体、行政楼、装配大厅、锌电解槽、轧钢车间和铸造车间。工厂后部是铸造车间,虽然看不见,但从某处传来气锤有规律的沉闷锤击声。工厂门前有一道高高的木栅栏,背后是食堂和礼堂。右边,在一个个窝棚背后,是一片广阔的玉米地,有一道破旧的铁丝网拦着。不远处的某个地方,在玉米地的边缘,有一条河,有时候,短暂的静默作为工人们的一种守则或者协议,笼罩一切之时,可以听见波浪在大石块周围追逐的潺潺流动声。但或许这也只是一种感觉，不知道玉米地那边有一条河在流动的人，压根儿听不见任何响声。

他们俩背靠着窝棚的墙，保罗说道：

"你受累了，大叔！或许你想睡了，而我……你可以把我单独留在这儿，过一会儿我也爬上自己的铺去！我不知道自己怎么了，现在厌恶睡觉！"

克里尼茨基没有说话，保罗发现他在黑暗中独自默默地笑着，刹那间似乎丝毫认不出他，不由得心生恐惧。

"大叔，你知道我的脚在喊我做什么吗？"他试着说笑话，在很大程度上是为了听见自己的声音而说话，并且想以此改变他觉得那么陌生的对方的站立姿态，"它们喊我带它们到河边去……它们想去河边，它们从来不满足。它们比我们俩更清晰地听到了玉米地后面的流水声！"保罗强作微笑，试图分散对方的注意力，或者掩饰自己重又发作的轻微的颤抖。

"你害怕夜里独自走到河边吗？"大个儿问他，牙齿在黑暗中闪亮着，保罗茫然不知所措，竭力克制自己不触及他的身体。

"不！"保罗撒谎道，"我怕什么！我去过好几次……"随后，他头脑中很想问克里尼茨基是否真的在半夜里曾经同米胡齐一起到河边，为了……但他不敢，问这样一个无厘头的问题，克里尼茨基可能会悲哀，尽管可能真有其事。

"我也曾经几次去过河边！"克里尼茨基坦率地承认道，既然他们俩都依傍窝棚的木板墙站着，看来是平等的，他们之间一切都拉平了，"你站着不累吗？"他随后问保罗道。

319

"怎么会累！咱们去河边，好吗？"保罗鼓起勇气说。

"路很长。"

"不用走大路！"保罗争辩道，"在这儿我很熟，穿过玉米地就……"

克里尼茨基点点头。

"我也熟！"他又默默地笑着，像一头巨大的野兽，在黑暗中感到很自在，"河水使你平静，孩子，是吗？你又在发抖，让我测一测，好吗？"

保罗看到大个儿像前几天在床边看护他时多次所做的那样，伸出手，用手背贴在他颈项的皮肤上，不由得浑身一震，但又对自己的错乱的反应感到恼火，便咬紧嘴唇，居然成功地掩盖了那慢慢折磨着他的寒热整整一分钟。

两个人沉默了相当长的一段时间，突然，此前一直照亮着门框的忧郁的月亮光束改变了方向，投射到他们的脚上，形成一个斜切面，因此使他们具有了某种令人痛苦和难堪的透明性。保罗时不时看一眼身旁的那个人，只见他纹丝不动地站着，仿佛双脚在沉睡。克里尼茨基忽然说道：

"站着等我回来！"他走进了窝棚，依然那样默默地走着，似乎黑暗突然使他心情比较轻松。

骤然刮来一阵轻风，扬起地面上的沙土，保罗突然愣住了：月光下，一只猫从他面前跳过，随后心惊肉跳地发觉，那是一只老鼠。月光也照亮了老鼠，违背人意的清晰，可以看到它体大如一个口袋，脑袋缩在肥硕的脖子里，平静自如地左右转动着。它从门前爬过，停住步，继后一跳，拐向了右边。

半小时后,他们俩站在河湾边的岸上,岸边的河水是平静的,但很深。那一段河的其他部分,很开阔,河床的一大滩沙子闪闪烁烁发着亮光,形成一个沙粒十分细软的河滨浴场,可惜这儿那儿有几块凄凉的巨石横隔在其间。远处,在河对岸,田野开始展开,那是人们的小小的田园,其中的许多人是工厂的工人,他们下班后在那儿开垦劳作,在那儿种植蔬菜和喂牲口的饲料,乐此不疲。河岸近旁是一片三叶草田,三叶草现在长得很高,到了第二次收割的季节,在明亮的月光下可以一望无垠,尽情欣赏它们如何柔软地不断舞动。

"就像我的皮肤!"保罗想道,他的双脚浸泡在河水里,薄薄的旧裤子挽到了膝盖上。一条乡间土路从他们俩站着的柳树林近旁经过,连接着小城纳德拉戈与附近的一个名叫里亚的村庄。虽然已近半夜,但路上依然不断有人经过,有孤独的独行者,步行或者骑着自行车;也有成群结队的,在深夜里吹着口哨和大声喊叫;有时还有汽车扬长而去。他们俩静静地站在柳树荫下,在潺潺河水的喧哗下休息,庆幸终于远离人群,得到了宁静。克里尼茨基花了一点时间给他讲述住在城里的自己的一个亲戚——一个制作马车的工匠想接纳他当"房客",在院子尽头有一间堆放木料和工具的小房间,里面可以放一张床。这间房如同一个分为两层的空间,一部分是木料间,上面有一个阁楼,里面养着"咕咕",也就是鸽子。克里尼茨基说,马车工匠是一个爱好鸽子的狂热者,有许许多多的品种,在那儿住宿的房客的唯一回报就是照料鸽子,给它们喂水和食料。克里尼茨基还给他讲了不少细节,保罗只是点了几次头,没做任何回应。然后，大个儿重又开始沉默，像以往一样驼着背站立在那儿，凝视着河水。他说自己想搬出窝棚，或许离开纳德拉戈城，而保罗觉得很高兴，暗自想着克里尼茨基将带着他一起离开。然而，克里尼茨基并不相信自己所说的话，那只是为了使自己心境平静下来才说的，就像在戏剧中惊讶地听自己独白一样。那个炎热的夏夜在某种程度上改变着他们俩，但并不很强烈，大个儿显得更加谨慎和不安，即使是最细小的动作似乎也不那么自信，而保罗觉得内心充满着一种不寻常的自信。他以一种连自己也觉得诧异的淡定活动和交谈着，往常太多的犹疑和畏首畏尾的恐惧，像令人讨厌和常见的啮齿动物一样，沉浸在他心灵深处的某个地方，深入他大半熟知的器官，仿佛淹没在一条细小、润滑的怪河中。

  保罗沉浸在这种状态带来的快感之中，这种新的个性仿佛是从自己的一根肋骨中生长出来的，他相信不会持续很久，而他的记忆——一个或者两个小时前的过去的整个记忆奇怪地突然惊醒，仿佛一个女人见到意中的男人摆脱了犹豫不决的思虑，魔幻般地瞬间出现在她面前一样。难道克里尼茨基察觉到了什么？保罗开始怀疑，因为大个儿似乎疲惫不堪，被他巨大的躯体内的某种纠缠不休的东西压得喘不过气来，从保罗认识大个儿以来第一次见到他如此心事重重，只顾闷头独自思考。否则，保罗暗自想道，自己的心事怎么可能被察觉，因为他自己也才"感觉到"某种情绪，他的那个两重躯壳的游戏只是有时才出现，无非是一种驱赶心头阴影的方式，就像眼前面对河水或者那边广阔的河滨浴场所产生的情思那样。

河对岸的那块三叶草田里出现了一只奇怪的动物，长着两只脚和两个好似脑积水的硕大的脑袋。它是活的、真实的，那两个硕大的圆脑袋在月光下摇来晃去，保罗好奇地注视着，一点也不觉得惊恐。他不相信妖魔鬼怪，尤其是在黑暗之中，他的怀疑主义越发增强，或许这个动物离河水太近，显得全无能力。

然后，那个奇怪的动物消失了，或许是隐藏在了河岸的凸缘后面。保罗看了看身边的朋友。克里尼茨基突然变得那么沉默，仿佛睡着了一般，间隔很长的时间才醒来，一惊一乍的，或者连声叹气，好似他的记忆被如同长矛一样磨砺的月亮光束刺穿了。明月的强光在低沉的夜空中是那么鲜亮，没有任何一颗星体敢降生在它浩瀚的光环之内，只有在边缘，在地平线那边才有几颗眼熟的星星闪闪烁烁。时而，昏昏欲睡的鱼儿碰在保罗麻木的脚上，他不由得心头一震，或许如同那些小生物感到震惊一样。他很羡慕那些小生物的水中漫游，以及它们的城市和思想。它们时时欢快地跃出水面，犹如一个个透明的钟摆。银光闪烁的河水在这肃穆的夜空下静静地流淌，抚爱着鱼儿们富有旋律地起伏摆动的背鳍，诱导它们跳跃欢腾。随后，它们重又跌落水中，其形态宛若一把把明亮的手术刀，或者如冰冷的寒光中冻裂的一个厚玻璃瓶的碎片。

在离他们俩不很远处，有人蹚水过河，手里提着一辆自行车，慢慢移动着，时不时在河中暗藏的石头上打滑，保罗毫不惊奇地认出那就是出现在对岸田野地里的怪物。但在那儿，那个人是把自行车轮子举在头顶上，他厌烦地冷冷想道。但随着那个身影依然谨慎地在阴暗、低洼、颤动的水流中前行,他终于忘记了这意外的情景。

经过了不知多长时间之后,谁还那么小心眼地计算那刻板而不合时宜的时间流逝?！保罗听见背后的路上有模糊不清的说话声,那是一条穿越他们所在的河流的大路。只有他听见了,大个儿什么也没有听见,站在原地心无旁骛地沉思着。说话声是从保罗左肩那棵柳树的枝条间传过来的,离他们很远。

过了片刻,保罗能够分辨出那是一男一女,两人都个儿不高,说不好多大年纪。他们在尘土飞扬的道路上随意走着,不久他就听见了他们的说话,而此前传到他耳朵里的只是隐隐约约的话音和女人的一两声尖叫。

"见你的鬼去！"女人突然尖叫道,虽然保罗回头看着他们,还是吓了一跳,极其惊奇此前两个影子的隐约话音,随着他们走近,如此突然地变成了话语,"整整三年我听够了你的胡言乱语,耳朵都磨出了茧子！我受够了,你见鬼去吧！"

男子轻轻一笑,声音低沉含糊,但当她又尖叫着,快速继续说着什么立刻随风飘走的话语时,他停住脚步,边挥动粗短的手臂狠揍她,边厉声骂道:

"母狗！"

两个人面对面站了一会儿,浑身抽搐着,那个女人更是蜷缩成一团,保罗突然害怕她会在某一刻扑上去抓他的头发,或者因为恼恨自己无能为力而躺倒在地。男子很快伸出手,仿佛要抚爱她,而她并没有躲开,直挺挺地站着,他又在她耳朵上打了一巴掌,打得很重,以致面前的人影摇晃着。于是,女人向前走去，当到达他的对面时，保罗听见她结结巴巴地说道：

"畜生！我给你洗了整整三年内衣、内裤和袜子，你那臭袜子，从你脚上扒下来的时候，就像黏胶一样粘住我的手！现在因为不让你喝酒，让你清清肠子，你竟然动手打我！好吧，从今往后我知道该怎么做了！知道该怎么办！"女人怒不可遏地呼呼喘着气，结结巴巴地说道。两个人到达了河岸上，他们的身影在月光下变得很清晰，两人都非常年轻。但女人不停嘴地唠叨着，带着仇恨和控制不住的各种动作，痛苦地扭动着身体，突然，男子火冒三丈地大喊，虽然他的愤怒是假装的：

"闭嘴，闭上你的臭嘴……瞧你那德行！闭嘴！马上闭嘴！"

她扬起脸，梗着脖子，可以看到她的鼻子很挺直，略有点尖，像老鹰那样，还在断断续续地说着什么，分辨不清究竟是什么词，可能是"算了""似乎"，或者甚至是"让我……"之类，而男子显然想再打她，但她显得那么恐惧，从而感染了他，使他也感到恐惧。两人彼此戒备着，宛若带电一样，于是他重又慢慢地伸出了手，而她像被催眠了似的一动不动地站着。他边轻声叫骂着，边把她穿着的衬衣撕成一条条破布，扒光她的上身。衣袖比较难扯下来，但他急不可待地贴着她的肉强扯。他是那么冲动，以致捡起掉在地上的几块大布条，重新撕成小块。

女人身上已经不再有任何遮盖之物，不由得感到惶恐不安，不知道如何掩盖她的肥硕的胸脯。有时，当她转过身来时，两个大乳房在月光下显得出人意料地扎眼。

"你胆敢不闭嘴，还用你那臭嘴唠叨个没完！"他威胁道，把手插进了口袋里，"我就撕碎你身上的所有东西！让你光着屁股回家，也可以教训教训别人……"

"下流胚！"她说道，声音很轻，显然是害怕，"你能够……我相信你能够……"

"能够什么？！"他说，向她走近过来。

"别靠近我！"她歇斯底里地尖叫道，被这整出好戏迷住的保罗忽然恐惧地朝克里尼茨基望去，但大个儿依然站着不动，只咕咕哝哝低语了一次，在站着的河岸上极其轻微地摇晃身体，深沉地看着下面，仿佛是想测量那阴暗的河水，随即迅速地移开了目光。

"死不要脸的！死不要脸的！"

当保罗重新把目光投向那两个人时，男子试图抓住女人的双手，但她愤怒地保护着自己，头上挽着的发髻散开了，长发拍打着她肩膀。她猛击他的手，迅速遮挡住自己的乳房，好似感觉到有一个陌生人在柳树林背后瞪大了眼睛，喘着粗气在窥视。于是，男子单手抓住她的头发，将她摔倒在地，但她设法挣脱了，反过来抓住他的衬衣，手关节咯咯地响着。女人不规则和短促地频频喘着粗气，而男子呼吸沉重，觉得氧气那么少，不由得想起有时必须进行深呼吸，于是愤怒地做起深呼吸来。两个人都沉默不语，仿佛正在做着一件很困难的事情，必须合作才能有完美的结果。

女人挣脱了他的手，短促地尖叫一声，停止了此前只是咬牙切齿地低声抽噎，试图奔上大路，但他挡在她面前，于是她迅速决定从河岸往下奔跑到河里，随即用手撩起裙子，呼哧呼哧喘着气，仿佛此时才感到疲劳，挺拔的大乳房在赤裸的胸前上下跳动，毫不害羞地展现在夏夜灼热的空气之中。

男子看着周围，迟疑了片刻，然后跟着女人跑去，当她感觉到他跟在自己身后时，喘着粗气长长地尖叫了一声，弯腰加大了步伐，但被什么东西绊倒，向前摔在一边，就在这一刻他追上了她。然而，她令人难以相信地迅速站了起来，继续奔跑着，跑得越来越快，因为河水正在朝对岸退缩，她的丰乳像两个铜钟一样晃荡着，双脚甩开大步，犹如一匹母马，绝望地试图逃避开他。接近对岸边的那个广阔的大浴场，当河水降到她的脚踝，她能够随意奔跑之时，男子追上了她，用手抓住她的背，牙齿深插进颈项末尾和背部软肌肉开始的地方，那种得意扬扬和极度满足的神情，使保罗觉得好似耳际听到了他志得意满的叹息。女人开始尖叫，绝望地挣扎着，于是，男子为了堵塞住她的嘴，将她摁倒在水里。随后，他顺势扑上去，紧抱住她，不停地翻滚，活像是一头手脚并用紧紧钳制住猎物的野兽。他试图爬上那闪闪发亮的沙滩，但退却的河水不断冲击着他后退，他重又跌入用浪涛、水流和噪声阻挡他的黑色水波之中，不禁浑身燥热，宛若一条被潮水困住的大鱼，没完没了地做着剧烈的垂死挣扎。他们断断续续的喘息声、女人快意的短促叫声、哼哼唧唧的呼唤、一半或者四分之一清晰的话音，乃至轻微的耳语，时时从对岸传到保罗的耳中。手脚、臂膀和躯体完全赤裸的那一对男女，好似长着乱蓬蓬的胡髭和短剑似的鳍足的海豹，在闪亮的沙滩里上演的这场肉搏游戏，被保罗尽收眼底。

这一切将延续到几时？保罗最终收拢了视线，看到和听到的这一切，迫不得已需用眼睛来消化的这一切，令他感到疲劳，而那两个人不见了。他们不知不觉地消失了，他们所在的地方传来那么强烈的喧闹声之后，只剩下一片空白，河里是那么静谧，好似他们含笑九泉的平安坟墓。

深沉的静默笼罩着一切，河水尤其宁静，仿佛风儿消失在某个地方，柳树反常地木然耸立着，再也没有任何人从保罗和克里尼茨基背后的路上经过，只有月亮还在躁动，它爬到了天顶，又很快滑落到一座看不见的山上，借助冷冰冰和深沉的光束震荡着那把快刀，将周围的一切切割成椭圆。

保罗开始觉得很不自在。克里尼茨基以一成不变的姿势站在他身边，一言不发，呆若木鸡，使他很不安心，也很不满意。他想说话，心头有一些事情要说，已经习惯于克里尼茨基对他的谦和与专注，这对于保罗来说是一种罕见的幸运，因为他很难赢得听众，尤其是成熟和稳重的人。他收起了浸在河水里的脚，蜷缩在河岸上，忽然觉得饿了，那是一种直接而痛苦的感觉，难以忍受。他轻轻地挪动一下身体，仿佛怕惊动正在打瞌睡的另一个人，就像你想逃避身边一起睡着的某个人时，小心翼翼起身那样，但没有远离克里尼茨基。不言而喻，在那样一个深夜时分，即使砍他的脑袋也不会去黑暗和飒飒作响的柳树林里，或者只在近岸边才不滑动的乱石间溜达。

他开始爬上像桥一样倒挂在河上的一棵柳树，每一刻都怯生生的，唯恐踩着缠绕在树干上的令人讨厌的动物——蛇，大青蛙，或者挂在树叶上的蝾螈和蜥蜴蛄，甚至树洞里的大褐鼠，脑袋扁扁的，脖子又粗又短，鳞片状的长尾巴，在柳树的嫩树皮上摩擦时发出咔嚓咔嚓的响声。在爬到近乎树顶，也就是说到达河的上空时，保罗平心静气后，开始随着整棵柳树轻轻地摇晃。柳树驯服地听从着他，就像强壮的大狗对待主人还没长大的幼小儿女一样，睡意浓浓而和蔼可亲，在一个略有点笨拙的草窝里伸着懒腰。

保罗厌烦了柳树，而且在它上面看着下面奔腾咆哮的河水有点心惊胆战，便走下河岸，鼓起勇气走进河里，朝那个地方，也就是那一对男女翻滚的地方走去。河水是那么汹涌和闪亮，急速推动着他，仿佛推着一个银色的车轮从河心向岸奔驰，接着又倒退回去。当他的脚掌触及那些曾经使他感到生机勃勃的波浪时，不由得一激灵，体内瞬间激起短暂的寒战，水波伪装的淡漠现在再也欺骗不了他。保罗执着地踏上那个地方，实地寻访，犹如一只在寻找爬虫的鹳，试图用肉眼穿透那狡猾的液体，它们或许是导致那对男女出人意料放纵的无形同谋。但他很快就厌烦了，任何地方都没有丝毫痕迹。刚才看到那么一场热闹何其走运！

然而，他并未离开那个地方，不断拖延，无休止地厌烦，时而发现了某种细小的痕迹，引起他短暂的注意，但只是昙花一现而已，继而又在水中兜着痴傻的圈子，开始他习以为常的自言自语。他说话，歌唱，然后疲劳时——一个人自言自语累得很快——就开始演讲，装作一个将军面对周围看不见的数百万影子，接着又装作一个温和的共和国总统，随后再装作一个开明的帝王，很快就觉得精疲力竭之后，又开始回到自我的原本状态，这在他身上看来是比习惯更严重的一种行为，是一种病。

"现时代必须归还人类千年的红利！"他雄辩道，两眼发光，手笔直地伸向前面，"现时代必须做教育、教会、宗教、国家和公共道德做过的一切。先生们，现时代及其整个复杂的机器是我们的神……请你们，允许我，允许我走过去，必定是什么地方有所误解，在我无用的——亦即旧时所说的悲惨的一生中，从来没有想到过可能发生这样的事情！无论是在最大胆的梦想中，或者在最栩栩如生的绘画中，我都没有遇到过比这更加无耻的行为，更加肆无忌惮的放荡堕落……"

保罗感到万分无聊，对任何事情都不感兴趣。他开始冷得发抖，重又觉得饥肠辘辘。出于厌烦，他爬上对岸，进入像河水一样使他镇静的三叶草田，那儿的土地是柔软的，带有黏性，这里那里长着麝香飞廉，使他不得不单脚跳过去。在他头顶上，两架丁香花围绕在他周围，空气中浓香扑鼻。

"……我的尊敬的先生们，有人说，爱情是一件过时的事情，也就是说没有任何人还以爱情为骄傲。或者相反，爱情是一件非常时髦的事情，恰恰是因为我们以它为骄傲，我们常常过分看重它！"保罗在那块三叶草田里得意地喊道，"那是一种狂想病！是一种可耻的病、一种世间病，但我们所有人，甚至包括明知它是病的那些人，无不以它为骄傲！我，嗯，我的基督兄弟们，我是一个可怜的老人，这是一个重大秘密！谁能消除我的老态，我的与生俱来、同母亲的奶水一起吸入的老态？

谁，我问你们，谁?!"他的青年的牙齿咬得咯咯作响，手臂在空气中闪电般挥动，"瞧，一个比同龄的许多青年老的青年，如同我们相信有些纸会发黄一样！把老态总是看作与衰弱以及嘲讽一切事物、一切话语的气质联结在一起，岂非是愚蠢的迷信？我告诉你们，事实是，老人将成为真正的老人，他们再也不能用老土的那些戏剧道具，譬如谈到那些美好的事情时就哆嗦个不停的假牙，或者在皮肤下可以摸到的像打包的麻绳一样青紫的静脉来欺骗任何人，这样的时代将会来临！我的兄弟们，狼只出于能一劳永逸地弱肉强食的愿望而与羔羊做伴，而神甫将与一切性别和一切政治信仰的信徒为伍，这样的时代也将会来临！"

保罗沮丧地躺在茂盛和温暖的三叶草中，很快就感觉到地上的蚂蚁在他的双脚和手臂上旅行，这促使他安静，软化他对自己那么笨拙和糊涂的嘴巴的强迫感。

"……让我们勇敢面对自己的过去，"他梦幻般地喃喃自语道，"勇敢地忘记过去，如果做不到，就把它吞进肚子里！它是我们毕生可能牢记的一切，是唯一可能保存的事情！尊敬的神甫和修女们，先生、女士们，你们都曾经自问，为什么我们实际上正在走向死亡，难道不是因为我们有太多的过去，因为头脑里过多的储存毒害了我们！请看，教堂的墙壁上永远有天使在飞翔，他们的形象或开朗或阴沉，但他们是轻松的，因为他们没有叙述自己的历史，或者即使有那么一段故事，哎，也是完全属于他们自身的……无须与任何人分享！尊敬的听众，你们之中有哪位能够炫耀独自经历的某件事情？或许只有你们的指甲，你们的肋骨，你们已经失落的幻想，不是吗？！是的，毫无疑问，过去是非常美好的，请你们允许我说，它就像以往年代的一个驿站，上个世纪的一个矿泉和气候疗养站，当女人们喝一杯'富有疗效的水'时，无不优雅地翘着小手指，为的是炫耀那闪闪发亮的玫瑰——请你们记住，是天然的玫瑰、真正的玫瑰——色的薄薄的指甲，而吸引我们众人眼球的蕾丝花饰在她的整个身体上颤动。对，过去，过去！请大家齐声重复，对，一，二，三！过去，我们美好的过去！不，不行，你们没有同时开始，再来一遍，注意纪律、不是自律，而是过去的经典纪律、真正的纪律！好，再来一遍，注意我的食指和中指给你们发出的信号！一，二，三！过去，我们美好的过去！请你们大吼，声音再大一点，请你们原谅，大吼，归根结底，请你们不必害怕兽性，归根结底，"保罗阴险地侧脸微笑道，"难道我们或多或少不都是亲属吗？！所以，一，二，三，过去，我们的过去，而不是其他任何人的过去，我们特别美好的过去！嗯，很好，就像代理主教对某人所说的那样，开始令人满意，还需要稍加练习，先生们，必须坦率地说，尽管很残酷，我们似乎忘记了像动物一样吼叫，我们似乎丧失了我可以称之为吼叫的才能的品质！难道没有出过这个标题的书籍，我们所有人都应该在插着'最新报道'标签的地方看一看书籍橱窗。你们一旦路过那儿，你们知道是什么地方，对，对，是那儿，没有必要没完没了地假装，这个世界上还有什么羞耻可言，真见鬼！正如前几天一个屠夫针对一个过于吝啬的女顾客所说的那样，她竟然坚持买肉不付给每个正直的工薪人员应得的小费!"

保罗开始唱歌,在歌唱的同时,重又觉得寒热侵袭他全身——或许他一直在发烧,只是此时觉察到了。不过,歌是退烧的良药,虽然热度烧得他满头发烫,一种发出轻微的咯咯声的痛感在他的皮肤下传送着荨麻疹的刺痒,一种电刺激和嗡嗡响的刺痒。或许应该站起来离开,或许克里尼茨基正在寻找他,将独自离开,但他感觉那么舒服——在觉得那么不舒服的体内,如果活动,也许会搅乱他的身体容器内的液体,即使是最轻微的摇晃也将蒸发,产生有毒的蒸气,通过体内的管道和微管道钻入大脑。

"……嗒姆、嗒、啦、嗒、嗒,嗒姆、嗒、啦、嗒、嗒,一个小小兵走在路上,嗒姆、嗒、啦、嗒、嗒,嗒姆、嗒、啦、嗒、嗒,走在草地上,走在灰烬上,一个小小兵走在大路上,一路抱怨着腰疼,嗒姆、嗒、啦、嗒、嗒,嗒姆、嗒、啦、嗒、嗒!……呜呜呜!呜呜呜!"保罗抱着头哭道,试图装出笑脸来减轻寒热和疼痛,"我再也没有任何用处!是一个穷途潦倒的可怜虫,一个毫无用处的窝囊废,我……我……我已经出局!是的,是的,我的尊敬的先生们,我的尊敬的善良的人们,"他单足立起来,悲哀地接着说,"我的心爱的卑微的人们,你们试着站在我的位置上,就会看到一事无成!我更年轻的时候,时而羡慕这个,时而羡慕那个,一心想着达到他们的地位,觉得自己不多不少正适合取而代之。看到有人有一件皮毛领子的漂亮衣服,或者有一辆自行车在大街上无声地滑行,或者有一个开明的妈妈,有一个拥有许多闪闪发光的鱼竿以及种种像小蛆虫和昆虫一样的金属鱼饵的渔夫老爸，我就想取而代之。我是多么愚蠢，为了种种小玩意儿就想同随便什么人换位，但上帝比我明智，他将我包裹在我的皮肤里，所以，我现在能够唱歌，单足跳跃，能够做心血来潮的事情！是的，尊敬的伙伴们，这是最大的自由，可能有的最高形态的自由，做你想做的事情，不是你能做的，而是你想做的事情，你头脑里想到的，或者你希望在头脑里想到的事情……因此，你千万不能默默地进入这个像羊群一样的人类世界，不能把你那干净和光亮的皮肤换成羊皮！如果实在没有办法，那么至少应该成为一只好斗的公羊，在单晶镜片一样的眼睛后面长着锋利的弯角，上面满是一圈圈如石头一般坚硬的棱儿……

"……你变得过分聪明也不好，往往短寿，死得早，无论如何，必须始终保留一点儿傻气！对，傻气和邋遢，让人尊敬的先生们，乃是比一般认为的更必需得多的东西，在任何情况下，傻乃是一种查有实据的行为！我不怕傻，在这一点上，我与自己的许多伙伴不同，就像老话所说，道不同，不相为谋，不是说聪明的穷人将进入天堂吗？不对，最好是我们同他们一起溜进天堂的那扇大门！没有任何地方许诺给予聪明人任何东西，实干才能创造财富！哪儿来的那么大邪火，冲着书籍、学校、夜读、文凭、大学的勋章和诸如此类的其他一切发泄！我们往往前脚从学校的后门出来，后脚就走进了疯人院的前门，随后还安慰自己说'纯属遗传'。且慢，且慢，嚯，且慢，为什么我们用词汇和语句，用印刷的纸张和没完没了的语句来取代一切，我们的大脑填满了太多的语句，宛若装满一团团废纸的一个纸篓！我要告诉你们一个真理，傻使我们保持活力，它是位居第二的保健剂，而邋遢也使我们保持活力，它甚至是比傻更加美好和纯粹的东西，因为它发掘出我们身体之美。亲爱的姐妹们，在我们中间，这种美压根儿没有被发掘出来，我们花那么多的钱梳妆打扮，其实是埋没了它。我们一天梳洗好几次，刷牙，抹油，等等，却忘记了体内，在这个可见的躯壳下面还有一个同这一样的躯体，我们常常将它抱在怀里，这是一个有时候显现的躯体，犹如圣母玛利亚生活中的天使们，对我们悲哀地微笑，充满智慧和忧伤！我们之中有几个人没有忘记这个躯体，它既非思维，亦非心灵，而是纯之又纯的一个躯体，不断地流动着，是一种比水轻，而比空气重的液体，一个深爱着我们的躯体，所以常常以我们的形态出现，主动地潜入我们的面貌之中，虽然有可能出现奇迹！它有什么辉煌的面貌不可能呈现！但是，它没有这样做，而是不断忍辱负重，尽管我们是那么卑下和可憎，它同我们一起下降，有些人试图看到它究竟能下降到多么卑下！但事实是，它不可能下降到任何地方，我们突然发现自己成了一个空壳，也就是说内心完全空虚了。尽管我们依然有着说谎或者逗乐的一切功能，但一旦缺少了它，我们照料和溺爱的这个完整的躯体变得很窄，成了羊肠小道，逐渐地染上一种看不见的病，虽然并不致命！但是，足以因此而产生一种忧郁的恐惧，归根结底，不能确定所有这一切是否存在！或许纯属谎言，但……我想对你们说……啊哈，对，难道我们真的能制造什么谣言吗？难道允许我们这样做吗？当我们试图做不应该做的事情的时候，难道没有人用小棍子漫不经心地打我们的手指和指甲……更明确一点说是做必须做的事情，但归根结底，一切都是必须的！必须的！必须的！必须的！直至你咬牙切齿地恼恨，害怕得起鸡皮疙瘩，或者甚至开始喜欢，亲爱的夫人们，因为恐惧和强迫感的顶点即是喜欢的开始，确实，那是一种脆弱的开始，依然是贫血的和弱不禁风的。然而，在真正的教育家，熟知人性的人和暴君们扩大恐惧和十倍地加重强迫感之时，对于我们来说其实是做了一件好事，因为只有这样才出现生活的真正的喜悦和乐趣！

"……嗒姆、嗒、啦、嗒、嗒、嗒、嗒、嗒、嗒，一个小小兵走在大路上，一路抱怨着腰疼，一路抱怨腰疼，嗒姆、嗒、啦、嗒、嗒、嗒、嗒……"

谁也不知道保罗站在那儿，唠唠叨叨，自言自语，又过去了多少时间。他忘情徜徉在其间的江湖传奇来路驳杂，他读过的无头无尾的小册子中的种种事情与当时发烧的头脑里涌现的多次叙说过的其他故事掺杂在一起，他自己也怀疑有一只动物居住在自己心里，却通过他的嘴唇说话，他们唯一共同的器官就是他的嘴巴，那只不安稳的、不守规矩和秩序的动物毫不在意地使用他的嘴，有时甚至恬不知耻地强迫他这么做。虽然他有时像对待陌生人一样防备自己的身体特别是语言，但一种敌对的力量纵容他说不属于他自己的话，而这样的话语很有可能置他于死地，更何况他是那样衰弱，罕有不能把他逼上绝路的事情。尽管如此，他往往以自己的嘴的劳动为荣，以仿佛在一个沸腾的热锅里争抢着从他心间冒出来的花冠般的词句自豪，而且极渴望有人听后欣赏和赞美。然而，实在可惜啊，人们无不忙于每天的生计,几乎没有人有时间关注他,即使有个把人偶然拨冗听他唠叨,也大多一笑了之,或者鄙夷地转过背去。这样的反应使保罗极其惶恐,以致不复知道对自己任何评价,有时不由得同时、同一秒间相信对于自己不同乃至对立的两种看法。天啊,如人们所说,对他自己、对他孱弱的身体,有点可笑、有点不知羞耻,或许还有点神经质的外形做出评价,描绘出一个形象,是何等困难,尤其是对于像他这样一个没有家庭和挚友的孤独青年来说更是如此。总之,保罗十分厌倦和恼恨:自己是一个永远不幸的人!这无休止的寒热像一只巨大的苍蝇在他体内嗡嗡纠缠不休,犹如夏天一群苍蝇在一扇玻璃窗前挣扎,或许他的十分孱弱的身体就像玻璃,所以体内的那只苍蝇嗡嗡叫,嗡嗡叫,嗡嗡叫个不停……噢,多么可憎的苍蝇!多么愚蠢的苍蝇!保罗反复几次在三叶草田里转来转去,在这儿那儿翻滚,那只使他如此烦恼的苍蝇或者蚊子搅得他头脑发胀。他并不感到诧异,小时候有一次觉得有一只老鼠钻进了自己的胃,老鼠在胃里窜来窜去,那么顽固地噬咬着他,引起他剧烈的胃痛、恶心的痉挛。那只老鼠什么时候找到了适合的时机钻进了他的胃,而为什么恰恰是他那么倒霉?所以,现在他不再相信是一只嗡嗡叫的大苍蝇在他身体里没完没了地折腾,而是一只老鼠,而且就是他在窝棚门前十分恐惧地看见其经过,在月光下慌乱地跳跃的那只老鼠。对,就是那只老鼠钻进了他的身体里,正如在他童年时代钻进他胃里的老鼠一样,是它在他的皮肤的瘴毒中折腾,产生了令人烦恼和痛苦的寒热,逼得他同时怒吼和大笑,表达对自己的怜悯之情,因为怜悯也可以用笑来表达。在确信是那只老鼠钻进了他体内的那一刻，保罗停止了翻滚，但并非戛然而止，而是逐渐停止，然后站起来，做了几个还能做的动作，就像那只令人作呕的动物尽其所能地跳动那样——保罗清楚地看到，它极其迟钝，保罗不做剧烈的动作，意味着不帮助它跳跃，不帮助它那个藏在又肥又短的脖子里的小脑袋来回乱动。因为，那只动物的最微弱的动作，促使瘴毒的蒸气和波浪上升到他的大脑，引起他发烧，很可能引他纵身跳入深渊，就像克里尼茨基朗读的《圣经》中所说的那样，这样的动物早就进入了猪群……对，不言而喻，当然指的是魔鬼，不过，或许那只是一种说辞而已！保罗不相信魔鬼和天使，但现在相信有一只老鼠在他的孱弱和被追逐的身体内滚动和轻轻地跳跃，为了消灭这只极端可恶的老鼠，保罗此时恨不得纵身一跃，投入深渊，与之同归于尽，玉石俱焚！

保罗小心翼翼地走下河岸，那么谨小慎微，步子慢得那么不自然。月亮开始西沉，他仿佛在跟随幽幽夜光阴影中的这个影子，或者是在跟随他面前浮动的什么东西，一只绿蜥蜴或者一只长着咖啡色斑点的大青蛙。当遇到什么障碍或者做比较急促的动作的时候，他觉得自己的大脑正受到毒害，他的眼睛看不见前面的任何东西，唯独受惊的身体内的一只独眼还睁开着，看着体内的情景，看见那令人恶心和反感的丑陋家伙如投射在墙壁上的巨大阴影，在慢慢地、慢慢地跳跃，有毒的蒸气从他体内，从划破的湿漉漉的毛皮里升腾，向着大脑飘去。

保罗蹚水走过河去，依然那么小心翼翼，动作尽量缓慢，尽量少受痛苦，这越发使他相信自己的想象是正确的，确实有什么东西偷偷溜进了他体内。他无限谨慎地迈着步，缓慢，极其缓慢地提起一只脚，然后朝面前伸去，用赤裸的脚掌试探着触及水波的不很平静的冰冷表面，然后脚掌谨慎地踩着水，踏着在他的缓慢动作下似乎变得更有黏性的微波，最终找到了令人恐惧的河底，依然心有余悸地唯恐踩着一块可恶的石头——他身体内那个敌人，那个该诅咒的丑陋动物的同伙。

保罗满头满脸大汗，终于艰难地到达了河对岸克里尼茨基独自站着的地方。然而，他被自己内心经历的这一切深深地迷住了，直至他的手触及克里尼茨基原来靠着的那棵柳树的树皮，在克里尼茨基的稍有点驼背的魁伟身体应该在的那个空间笨拙地摸索时，才发觉大个儿已经不再在那儿。克里尼茨基离开了。

保罗像一个老头儿一样关节僵硬地转过身去，当他想踏上面对房子的路，已经走了一两步，准备经受等待着他的长时间磨难，与体内的那只凶恶和庞大的动物无休止地拼搏之时，看见不太远处有两个身影，但不经心的第一眼并未分辨清任何东西。随后，他注意地看着，停下了脚步：高大的身影是克里尼茨基，确定无疑，很快也分辨出了他的声音。保罗很惊讶，他第一次听到克里尼茨基在喊叫，虽然没有听清是在说什么，他自己的巨大痛苦使他无法耳清目明。不久，他也辨认出了引发大个儿怒吼的那个人，噢，上帝啊，因为什么惹得这个如此善良和富有自制力的人失去理智？另一个人是中等个儿，被克里尼茨基的身体半遮挡着，依傍着一辆自行车。随后，那个人说了几句话，保罗虽然不明白在说什么，但马上认出了此人。是他，毫无疑问，是……保罗的第一个冲动驱使他想朝那两个男子跑去，但随即想起自己无力奔跑，甚至不能做一个鲁莽的动作，于是停留在柳树的阴影下，耐心地等着自己的朋友。

然而，那两个人交谈的时间并不很长，特别是克里尼茨基，几乎变成不相识的另外一个人，那么大声地嚷嚷着，遏制不住的愤懑和怒火震撼着他的魁梧身躯。他怒气冲冲地挥动着手臂，保罗不由得惊奇地注视着他。然后，依然依傍着自行车的另一个人开始咒骂自己，接着突然令人讨厌地号啕大哭起来，大个儿克里尼茨基又开始扯开大嗓门喊叫，声音之大足以撼动周边的田野，但保罗身体里似碾磨般的呼噜噜的噪声压过了所有这一切喧闹和喊叫，只有眼睛依然是锐利和自由的。无意中他的右手抓住了长在柳树干一侧的一根干树枝，不断挪动着，慢慢地松开，依傍在上面，虽然那根树枝本身压根儿经受不住。

稍后，那个痛哭流涕的人又突然停住了，他走到路上，逐渐接近保罗站着的地方，大个儿克里尼茨基跟在他后面，重又开始同他争吵。克里尼茨基说话和比画手势的姿态是那么怒不可遏，保罗不仅从来没有见到过，而且也不能想象一个一再强调自我克制的人竟然会如此失控……两个人走到了靠近河岸处，稍许超越了保罗。保罗极其惊奇，因为他本以为他们是来找自己的。就在这时发生了一件怪事：矮个儿撒手松开自行车，听任它倒在路上的尘埃里，他自己则纵身一跃，扑倒在大个儿身上，动作迅猛而富有弹性，宛若猴子跳上大树。但是，克里尼茨基想挣脱对方，身体一晃动，果真获得了成功，把对方甩到了地上，矮个儿摔得那么重，呼哧呼哧喘着粗气，保罗不由得怜悯他应该感觉到的疼痛。确实，地上的那个人躺着不动了，也许是伤着，甚至折断了骨头，大个儿真是力大无穷。

保罗看见克里尼茨基半转过身去，然后小心翼翼地用手托着脖子，慢慢弯下腰去。在他这样弯腰站着，仿佛突然双目失明，在路上的尘埃中寻找着对方的当口，躺在地上的那个人突然开始行动，以异乎寻常的敏捷动作重新跳起来，经过非常短的搏斗，再次被摔倒在地，看来这一次摔得更重，像一个布娃娃一样在地上翻滚。大个儿重新站直身体，显得无限高大，在依然明亮的月光下，保罗如同在白昼一样清楚地看见这个男子汉是那么自豪和帅气，保罗以出人意料的热情喜欢他，认为他是自己最好的朋友，强烈的暖意浸润和温暖着他的心，寒热和痛苦瞬间完全消失了，仿佛那个如此强烈地体验着爱的躯体并非是他自己的。就在这刹那间，克里尼茨基像一头恐惧死亡的动物一样，发出了第一声吼叫，令人心惊胆战的吼叫，开始朝河滩走下去。他以一种十分奇怪的方式走着，走两步，随后好似改变了主意，停下脚步，好像要转过身来，提起一只脚，举棋不定地悬空着，然后又跨出两三步，又重复单脚悬空的徒劳动作。他仿佛突然喝醉了，无力挪动那沉重的躯体。但他要往哪里去？

在克里尼茨基走进河里的那一刻，另一个人也艰难地慢慢爬起来，似乎还没有想好用脚站立还是用四肢爬行更适合他。此时，大个儿发出了第二声吼叫。保罗感到自己的身体因恐惧而开始强烈地哆嗦,而尾随在大个儿后面的那个人抬起头,嗅着空气,保罗不由得想喊他赶快去帮助遭遇到什么意外的克里尼茨基,他自己如果不是摇摇欲坠,立刻就会……

克里尼茨基顽强地在齐腰深的河水中慢慢前进,后面路上的那个人突然决定朝他跑去。克里尼茨基感觉到他跑到了自己身后,立即转过身来,但那个人并未躲开,而是抱住了大个儿,令保罗吃惊的是,那个人把大个儿摔倒在水里,就像面对一个无力的孩子一般。两个身体翻滚了一会儿,但不像刚才令保罗胆战心惊的那般迅猛和怒气冲冲,而是极其缓慢,保罗看到两个人好似在闹着玩,不由得缓缓地面露微笑,因为克里尼茨基那么轻松地倒下,意味着他也想玩这样的游戏。随后,突然间,那个矮个儿跳到一边,看着大个儿脸朝下在水中试图用四肢支撑着爬起来。接着,矮个儿犹豫地朝周围望了片刻,正当保罗诧异甚至恐惧地想喊他的时候,只见他转身跑到路上,骑上自行车,消失了,但走的不是大路,而是一条看不见的山间羊肠小道,或许是他早就熟悉的,隐入了长得很高的玉米地里。保罗望着他的背影,以为他将独自或者同其他人一起返回,但周围一片死寂。

克里尼茨基像一个十分疲劳的人一样侧身躺在岸边的水塘里,保罗急奔几步,朝他跑去,但突然停住了,第一次因为恐惧而止步。那是一个什么样的游戏,为什么大个儿伤得那么重,似乎再也无力爬上连保罗也能轻松上下的那段很矮的河岸?又为什么另一个人那样默不作声地逃跑了?

保罗害怕走过去,但还是向前走着。他走得很慢,期待克里尼茨基,善良而杰出的克里尼茨基立刻就能一跃而起,对他愉快地挥手。

他心惊胆战地走进河水里,靠近那具躺着的躯体,当他更接近时,听见了某种鼾声,仿佛大个儿躺在水里睡着了。克里尼茨基是想戏弄他吗?保罗困惑地自问道,却不得不强装出微笑,为的是像应该做的那样也参与那个游戏。他又朝前走了一步后,鼾声越发加剧了,而且出人意料和期待地喘着粗气。保罗突然察觉大个儿呼吸十分困难,好似被许多男子抓住耳朵和四脚的猪在拼命挣扎,嚎叫声震荡着所有抓着它的人,不得不随着它的脚摇晃。保罗害怕得开始浑身发抖,突然觉得泪水在面颊上奔流直下,嘴唇在燃烧和哆嗦个不停。他听见自己在抽噎,在对他自己和整个未知的地狱般的世界充满恐惧,越来越胆怯和不自信地向前移步的同时,开始透过不断滚进他张开的嘴里的泪水,轻轻地呼唤:

"亲爱的大叔!……亲爱的大叔!……亲爱的大叔!"

对方,那具魁梧的躯体依然困难地呼噜噜喘着粗气,对于似乎已经失语失聪、惊慌失措的保罗的恐惧没有任何怜悯,两条长腿不断抽搐,溅起点点水花。突然间,总是注视着水下的保罗瞥见一个扁平、阴暗的奇怪动物在他的两脚之间钻来钻去。他像一个白痴似的弯下腰,把五指散开的手伸进水里,捞出了黑色的血水,不由得像中了邪似的大叫起来,声音响得连他自己都感到害怕,浑身像中了邪似的颤抖,尖声喊叫着,像一个歇斯底里的女人,再也控制不住自己,恐惧压倒了他。那具躺着的躯体忽然变得极其陌生和恶心,他禁不住转过身去,向后逃去，头也不回地奔跑着，但眼前不断出现那两条以惊人的力量抽搐着的长腿，仿佛要挣脱它们赖以生长的身体，离开可怕的波动着的河水，平息没完没了的喘息声。保罗两眼茫然，在路上拼命奔跑，一个劲地哭着和咕咕哝哝说着什么，声音很轻，勉强能听到，心头的巨大惊恐使他没有勇气去驱散恐怖感，没有勇气去同它进行斗争。随后，他放慢了脚步，跑得较慢了些，不久就像一般人那样走着，而且那不由自主的痛哭也停止了。他像任何一个理智的旅行者一样信步走着，只是关注那只被黑色血水染脏了的手同他自己的身体保持距离，最好是能把它剁掉，相信那样做自己不会有被针扎一下那样的一点点疼痛。

　　保罗走进窝棚，爬上自己的床铺，蒙头钻进被窝，不想睡着，也不需要睡眠，而是竭力克制着可能吵醒其他人的咯咯发响的牙齿颤抖。他这样蜷缩在被窝下，牙齿不停地咯咯颤抖着，活像田野里的一只小动物，没有惊奇，没有痛苦，没有任何恐惧和感觉，静静地谛听着。但是，牙齿在他的嘴里和头脑里玩着游戏，有时候彼此打架，保罗静静地听着，这是他在那一刻能做的全部事情。

第十章

蒂图斯·格尔达在接受传讯那天上午八点过后几分钟,出现在民警局七号办公室。他是一个将故作高深冷漠和对人冷嘲热讽当作自己日常心态的人,但此时首先感觉到的是恼怒,这令他自己也很吃惊;尤其严重的是,他竟然无力克制这种恼怒,丧失了应该具有并对之充满信心的腔调。

民警局的建筑十分庞大,就其日常工作的需要而言,实在是太过宽敞,蒂图斯穿过了几条宽大的走廊,而在正进行修缮的侧楼里,空荡荡的见不到一个人。最后,他好不容易摸索到应该进入的办公室门,受到的接待却出乎意料的友善。

办公室里坐着一位十分面熟的军士长,虎背熊腰,养得胖胖的,已经谢顶。蒂图斯在城里见过他几次,印象中的他总是背负着装满蔬菜的口袋,或者手提暗藏香肠和剔骨精肉的鼓鼓囊囊的公文包,行色匆匆,乃是家庭烹饪的冠军,毋庸置疑的厨艺之王,厨房里各种独创的沙司和奇妙的汤料一应俱全。蒂图斯得到非常隆重的接待,被请到一把安乐椅上落座,还被问及是否想要一杯咖啡,但他拒绝了,因为离家前刚喝过一杯。"军士长兼美食家"请求他稍等几分钟,声称传唤他只是出于简单的程序需要。"是否与罪案相关?"前大学生蒂图斯问道。军士长犹疑了片刻,随后回答说:"是的,可能是与罪案相关。"

蒂图斯坐在窗边，军士长则埋头做着自己的事情。几个手里拿着纸的军士进进出出两次，随后一个穿便服的人同"美食家"小声耳语着什么，眼睛却一直越过军士长的肩膀注视着故作满不在乎的大学生。蒂图斯的呼吸开始变得舒畅，他终于重新找回了自己的"腔调"。

经过很短的时间，大约不到十分钟之后，军士长离开自己的办公桌，打开一扇与这间办公室连通的门，同那边的某个人交谈了几句，随后回身来邀请格尔达"陪同他"。蒂图斯故作潇洒地站起身来，对"请您陪同我"的邀请强装出含蓄的微笑，直到这时他才察觉自己是多么容易激动，或者说这种易感性无非是对自己的勇气、对自己的决定感到后怕的一种形式。身旁的军士长始终微笑着，表现得非常殷勤，蒂图斯无论怎么玩世不恭，也不得不承认自己很是忐忑。军士长的蓝色大眼睛虽然与他那秃顶的脑袋很不相配，却博得这个大学生的好感。

他们下楼走到底层，几次绕过一堆堆油漆桶和石灰，在粉刷工们干活的梯子下钻过，"美食家"用一种完全是友好的口气告诉他，此次建筑修缮翻新之际，在地窖里被埋的物品中还发现了一个大铁柜，至今也打不开，因为大家不愿意把它切割成两半，那或许是原来的房主的东西，但谁知道呢？他问蒂图斯是不是认识萨洛蒙·贝拉，"过去拥有赌场"，亦即原来的布里斯托尔饭店和咖啡馆的老板。

"是的！"格尔达坦陈道，他早就认识此人，因为他父亲养成了定时去那个赌场的习惯，也几次带他去，允许他观看自己同当地名流们打纸牌玩乐,供他喝一大杯"覆盆子汽酒",也就是掺了苏打水的果汁。"是吗?""美食家"和蔼地说,他也认识萨洛蒙,不过是在1948年之后,那位大佬失去了自己的财产,到蒂米什瓦拉的一个纺织厂当会计的时候。

"他不久就当上了总会计师!"军士长说道,友好地眨着他那蓝色的眼睛,"真他妈见鬼!我是想说他非常能干!"他微笑着道歉说,蒂图斯也报以微笑。"我很好奇,这个铁柜是不是里面有什么东西,是不是属于他的,或者他知道其中奥秘……我们也有我们的秘密!"在走下已经磨损的宽大的木楼梯的同时,"美食家"开玩笑地说,东拉西扯地给蒂图斯断断续续讲故事,蒂图斯对军士长的亲切态度觉得颇有点诧异。"不久前,城北'豪华'小区一栋别墅的看门女人拿着一个装满金币的大酸菜罐来到这儿,说是从别墅背后院子里挖出来的。这个'大玻璃罐'是什么人的?被收归国有的房产的前业主早已搬迁到乡下的其他地方,他们显而易见竭力否认私藏黄金。谁知道呢,或许真是这样!"

所有这些故事,蒂图斯是在经过两条走廊,走下楼梯的短短时间里得知的。随后,他被带进一间门口挂着块写有"局长"二字的小牌子的办公室,里面有一个女秘书和另一扇包裹着隔音材料的门。女秘书,一个上了年纪的女人,头发已经全白,脸很漂亮,保养得极好,请他们稍等,于是他们俩走到了窗户旁。透过玻璃窗,可以看到下面是一条很窄的街道,几个车夫正在那儿的两辆胶轮大车上往下卸卵石,而那边,在一道矮石墙后面,有一个长方形的院子,一半被葡萄架遮阳棚覆盖着。院里近乎荒芜，是一个乡村的宁静、安谧的小院。左边，在一张条纹布的躺椅上躺着一个约莫九岁，或者十岁的孩子，胖乎乎的，两只脚却瘦骨嶙峋，左脚掌向外翻着，或许是小儿麻痹后遗症，蒂图斯想道。小孩正在看一本书，时时同开着门的一个夏季厨房——到处摆着许多鲜花的玻璃阳台里的一个看不见的人交谈着。

格尔达终于得到女秘书通知后，很快被单独邀请进入里间的局长办公室，见到一个身穿翻领白衬衫、大高个儿的便衣警员，以及民警局长贝扬少校——一个头发稀少的矮个儿，颇为活跃。

"你好，格尔达同志。"少校招呼他道，迅速从办公桌后面走出来，但没有伸出手，请他坐在办公桌对面的一张椅子上，随即赶快坐回到自己的位子上，并未给他介绍那个便衣是什么人。蒂图斯坐到椅子上，然后，在少校正要开口说话之际，他又重新站立起来，在那个便衣面前僵硬地弯腰施礼道："我名叫蒂图斯·格尔达！"

站在窗口旁假装看着窗外的那个便衣，对大学生的这一自我介绍，嘲讽地微微一笑，不发一言，始终略带讥刺地张着嘴，露出一口完美的雪白牙齿。贝扬下意识地涨红了脸，什么也没有说，而蒂图斯在等待了片刻之后，坐在了自己应坐的椅子上。

"我们请你到这儿来是与侦查达比奇的案子相关！"少校说道，试图打出一副冷冰冰的官腔，但不太成功，"你愿意提供有关此案的证词吗？"

"是的!"蒂图斯生硬地说。

"请稍等片刻!"少校说道,随即打电话给女秘书。女秘书走进来,坐在靠窗的一张深红色安乐椅上,随身带着一大沓白纸,准备速记。

"您所说的一切将被记录在案!"少校说道,"请说吧!"

"我没有什么重大的事情要说!"蒂图斯开始说道,用简短的几句话讲述了在罪案发生当晚,自己如何同伊琳娜·达比奇完全偶然的巧遇后一起"散步"。

"您同伊琳娜·达比奇的约会大约是在几点钟?"少校点了一支烟问道,蒂图斯发觉他的又小又短的手指恼怒地颤抖着。

"我要再次特别重申,"蒂图斯回答说,"那不是事先安排的约会,我们是在旅行社旁边的面包房完全偶然相遇的,一切发生在晚上八点左右,八点零五分。"

"整点?!"少校说道。

"完全偶然!"蒂图斯冷冷地反驳道。

"你们几点分手的?"

"十一点二十,或者十一点二十五。我在十一点一刻时看了表,至多不会超过五分钟或者七分钟。"

少校沉默了几秒钟,似乎是在思考听到的话或者等待着什么,随后请求蒂图斯如果可以的话再重述一遍同达比奇散步的路线,蒂图斯同意了,使那两个人吃惊的是,他不仅逐一准确地复述了已经说过一次的路线,而且甚至使用了同样的语句,说话吐字的调息停顿也几乎雷同。

背对着他们的那个穿便衣的人从窗前转过身来,突然嘲讽地冷笑道：

"你的证词准备得很好！"

蒂图斯立即恼怒地回答说：

"该说您的证词准备得很好！"

"你瞧！"便衣打趣地说，解开了自己的上衣，"年轻人，你生气了?!"

蒂图斯下颌变得有点潮红，但生硬而又不失高雅地答道：

"您生气了！尊敬的同志，您应该这么说。我不觉得有任何理由您允许自己对我用'你，你'的口气说话。否则……"他犹疑地停住了，但脸色依然严厉、僵硬。

"否则怎么样？"便衣笑嘻嘻地说。这个便衣不是别人，而是沃什蒂纳鲁，他一步走近了蒂图斯坐着的椅子，"你觉得自己很了不起?! 要知道，你愚蠢到了极点，我们被你在此地所干的肮脏勾当烦透了，没有胃口……"

沃什蒂纳鲁厌烦、蔑视地说着，虽然是一种懒洋洋的、温和的轻蔑，但从中可以看出，对于同这个前大学生发生的小小龃龉，他根本不在意。他有点心不在焉，正在玩着一串钥匙，有时把它们抛向空中，然后迅速用套在一个手指头上的一条细银链把它们拉回手里。

蒂图斯沉默了一会儿，一句话也不回答，眼睛俯视着桌子，下嘴唇噘着，视线中闪烁着某种光。然后，当沃什蒂纳鲁正要开口接着说什么的时候，他躬身对少校说：

"请问，您还需要我吗？"

贝扬咳嗽一声，用手轻轻地抚摸着他那如霜的白发，借机低下视线。显而易见，他是在等待重又走到窗前，从容地点着烟的便衣做出决定。

"我能认为自己是自由的吗?!"蒂图斯生硬地说，从椅子上半站起身来。

"同志，请您坐下！"少校严厉地说，"您正在这儿接受讯问，因此请您服从！这儿不能……"

"少校同志，让他走吧！"沃什蒂纳鲁从窗口转过身来，打断了他的话，语气突然变得很温和、谦让，但他的嘴始终带着讽刺的笑意，似乎粘在大学生鞋子或者衣服翻领上的什么东西使他觉得很有趣。"你听着！"他对格尔达说，"碰巧是我在主持侦查，所以……你应该也习惯于相关的其他讯问！你可以离开了！"

"当然，"少校很快补充道，"没有我们允许，您不准离开住地！"

蒂图斯一言不发，躬一躬身，几步走向出口。但是，在包裹着隔音材料的门前站住了，转身对已经俯身在办公桌上的那个便衣说道：

"我有个请求！"蒂图斯说道，口气是那么冰冷，下嘴唇蔑视地动了一下，将"请求"两个字好似抹掉了一般，"如果可能的话，我想同检察官雷慕斯·亚列山德雷斯库同志谈谈！"

"谈什么问题?!"那个便衣低声说，将目光转向他，但没有改变自己的姿态。

"如果可能，我想对区检察长同志说几句话！"蒂图斯重申道，态度冷冷的，显得很顽固，"与罪案相关。"

"检察官同志现在不在这儿!"少校迅速说道,"但是,您可以对我们说,任何事情……"

"我觉得很遗憾!"蒂图斯说道,重又躬一躬身,第二次准备离开。

"稍等片刻!"那个便衣说道,从办公桌上直起腰来,"我觉得这是误会!如果有什么重要的事情,我们不惜做出任何努力,将马上去寻找检察官!我们不能强制任何人的感情!"随即从格尔达身旁走出门去,但不到半分钟又重新走了回来。"请坐!"他走过蒂图斯身旁时说道,但并没有看蒂图斯,只是指了指窗边的一张安乐椅。他重又走近办公桌,开始同正拿着电话答话的少校耳语。贝扬出于对上级的尊敬,马上想站起来,但他用手把少校摁回到座椅上,满意地微微一笑,看来做出这种轻微的高傲笑脸已成为他的习惯,但蒂图斯不禁感到毛骨悚然,在安乐椅里转过背去,免得对方发觉,虽然对方的那种笑脸并非是做给他看的。

过了大约一刻钟,雷慕斯·亚列山德雷斯库走进了办公室,当只剩下他们俩单独在一起时,蒂图斯告诉他,自己刚才所做的证词并不完全,并补充了一个细节:偶然在面包房遇见伊琳娜之前,他曾去她家里找她,看到一片黑暗和宁静,但看到所有的门是开着的,没有上锁,敞开着。在检察官提出为什么不愿对贝扬少校坦述这件事情时,蒂图斯拒绝做出任何回答。而且,他是用近乎挑衅的口气高傲地申述这个细节的,使亚列山德雷斯库颇有点吃惊。但是,格尔达必须一整天多次在多人面前重复陈述这个完整的证词,在警局一直被拘留到翌日早上九时。

蒂图斯对警局不再让自己回家,丝毫也不觉得惊奇,他对审讯员们提出的唯一要求是正式宣布逮捕自己,却没有得到满足。所有人都向他保证,他们只是履行严格必要的程序,至少目前谈不上逮捕。这个被开除的前大学生丝毫也不在乎可能被捕的想法,可以说他希望被捕,甚至对没有正式向他宣布这件事感到明显的不满。因此,当第二天宣布他可以重新回家的时候,他不禁感到十分惊诧,一路上慢慢溜达着不断看着身后,仿佛等待着被重新传唤回警局。

走到一天前说得很多的面包房前,蒂图斯进去买了一个牛角面包。这是阴沉的一天,"雨云挂在空中",小城的街道上行人稀少,只有几个人影,大多是女人和学童。当他走出面包房时,在门口几乎被一个矮个子撞倒。那是一个三十岁左右的男子,金黄色的头发,脸色苍白,身穿白条纹蓝上装,脚蹬显然品位很差的赤褐色长筒靴,火急火燎地跑进门来,仿佛后面有人在追赶他,差一点把格尔达撞倒在地。

"请您原谅,请您原谅!"陌生人说道,快活地微笑着,并未感觉到很难堪。当蒂图斯耸耸肩,咬一口手里拿着的牛角面包,想继续往前走时,对方贴上来,亲密地抓住了他的手臂:

"请您别生气!我很冒失,但……事实上,我就是来追赶您的!"

"你来追赶我?!"蒂图斯问道,忍不住露出微笑,"你是民警局的?!"

但对方好像没有听见他的疑问,同大学生贴得更紧了,亲密地在他耳边嘀嘀咕咕地说着什么，带着令人讨厌的狡黠，神秘地微笑着：

"这儿是……面包房，对吗？"

"我不明白你想说什么！"蒂图斯说道，对这个陌生人的微笑和在耳边故作亲密地嘀嘀咕咕的样子很恼怒，"你想干吗？"前大学生稍稍提高了嗓音，"我不认识你！"

"咱们走出去吧！"陌生人提议道，依然带着使格尔达十分恼怒的神秘的狡黠，"这儿不是适合的地方，谈……"

"谈什么？"蒂图斯愤愤地说，但对方亲密地抓着他的手臂，几乎是硬把他拖到了街上。

"咱们再走几步！"他提议道，眼里始终闪烁着笑意。

蒂图斯注视他片刻，思考着应该采取什么态度。随后，一天一夜的拘留和讯问后经受的身心疲惫和麻木状态，软化了他惯常的强硬性情，同陌生人一起往前走去，嘴里心不在焉地咬着并非因为饥饿才买的牛角面包，厌烦地接口说道：

"随你便，但你应该知道，我没有太多时间，家里人等着我。你想要什么？！你不像是本地人，我没有见过你！"

"确实是这样！"对方承认道，做了一个很夸张的动作，蒂图斯此时才察觉陌生人胳膊上挽着一件浅黄色的旧雨衣，神态僵硬得可笑，犹如刚刚满师的裁缝拿着熨平的裤子送到顾客家里时的模样。

"我不是本地人！"陌生人说道，"但即使我是本地人，像我这副衰样，也不会有人注意，我向您保证！"

"不能这么说！"蒂图斯打趣地说道。

"哈哈，哈哈！嚯嚯，嚯嚯！"对方笑道，声音很尖厉和稚气，格尔达不由得皱起了眉头，"您很惊奇，格尔达同志！非常，非常惊奇！如果我再对您说点儿什么，我相信……"

"我听着！"蒂图斯打断了对方快乐的聒噪，但继续懒洋洋地往前走着，心里非同寻常地厌烦，虽然对方的话语最初很使他开心，"赶快说出你葫芦里要卖什么药，我没有胃口在这么个大清早说废话！尤其是同……"

"神秘的人？！不是吗？"对方看到蒂图斯不想把话说完，接口说道。随后，脸色突然悲哀地迅速补充道，"这儿没有任何神秘可言！何况，神秘与我不相配，也就是说与我的人格不相配！"

接着，他站住了，以十分滑稽的方式"啪"一碰脚跟说道：

"军士长马泰亚什·亚列山德鲁！"

蒂图斯好不容易才没有脸露微笑，那显然会使这个矮个子感到受辱，而只限于以有点夸张的庄重神态欠了欠身。

"这么说，我竟然猜到了，你是民警局的！"蒂图斯说道。

"既对也不对！"马泰亚什说道，看来他很喜欢打哑谜，"我不久前，也就是说直至两天前还在区民警局工作！"

"但发生了什么事情？"格尔达故作关心地问道。

"什么也没有发生！"马泰亚什耸耸肩说，"我辞职不干了！"

"是吗？！"格尔达以一种懒散的惊愕口气回应道，"那么……"

"我想从您那里得到什么?!"军士长显得很高兴,"无论如何,不想……"

然而,在那一刻蒂图斯被一个熟人拦住了,马泰亚什在一根广告柱旁不引人注目地等着他,假装对上面的公告颇感兴趣,不过即使在这样的细微事情上,他的笨拙也暴露无遗。每隔五秒钟,他就回头朝蒂图斯站着的方向看去,那个同前大学生交谈的人不由得关心格尔达"同什么怪人在一起"。于是,蒂图斯决心赶快摆脱他。

"我的亲爱的!"他重新回到军士长身边后说道,"你是一个非常可爱的人,但我累得要倒下了,所以……"

"当然!"马泰亚什关心地靠近过来,虽然可以明显地看出他并不认真地对待蒂图斯的借口,或者压根儿就不感兴趣,"请允许我陪同你回家。只是些小细节,它们……"

"不,不!"格尔达坚决反对,"你现在就告诉我究竟是什么事!否则,你为什么插手这个问题?因为,你对达比奇案感兴趣,如果……"

"不!"马泰亚什说道,毫不掩饰自己的狡黠,无缘无故地显得很高兴,不断微笑着,那种多变的神情令格尔达心惊肉跳,"我感兴趣的是,你九点钟左右走进那所房子的瞬间情景的尽量准确的描述!"

"是吗?!"蒂图斯感到颇为惊奇的是对方知道这个细节,"我觉得你对我很不真诚!你从哪儿知道……听说的?"他有点粗暴地决断道,"要么亮出你的合法身份,如果不,那么请你别再打扰我!我现在厌烦任何事情,只想躺下睡觉!"

"干吗这么生气?"马泰亚什说道,一副完全是友好地责备的神情。然而,军士长放肆地使用的越发亲热的口气,令蒂图斯极度恼恨这个从前没有见过的人。

"干吗生气?!"马泰亚什重复道,"因为……归根到底,我真的提交了辞呈,但只是因为有人要阻止我在这儿……当然是同……有关,你吃惊我从哪儿知道这些细节?!"他敏捷地转变着话题,"很简单。我有几个朋友,或者,噢,不对,请原谅,是几个同志,多少相信我微薄的能力。噢,我知道应该怎么说,是相信我有某种天赋!"一脸衰相的军士长因为找到了这个词语,满意地看着蒂图斯。

"这么说,你是'恪尽职守的英雄'喽!"格尔达讥刺地说,"一个警官或者警察模范!为了抗议一些官僚或者自以为是的上级的敌意或者愚钝,你放弃了一切,放弃了职业、薪水、前途,返回这里来当业余侦探?"

"不尽然!"马泰亚什"快乐"而谦虚地反驳道,假装没有察觉对方的粗野讽刺,"毋宁说是一个策略!我真的是辞职了,但可能是我自动地批准的,我离岗了,是无薪休假,或者甚至是带薪休假!根本谈不上什么英雄主义,而且我也配不上!"这个矮个子脸带某种满足说道,"我不是为英雄主义而生的,没有那种分量!你瞧,你,格尔达先生,如果允许我说的话,你外表很帅。可惜,你似乎不够……聪明,没有太大的智慧……"

"原来如此!"蒂图斯有点恼火地说,但只是表面文章,其实已经开始对这个穿便衣的军士长颇感兴趣,"我还没有沦落到……"

"您似乎有点急躁!"马泰亚什说道,看到对方脸色变得严峻,急忙补充说,"显而易见,您有一切理由,要睡觉,家人不安……正因为这样,我提议送您回家,而且……我不胜冒昧地希望受到您的邀请,到贵府造访半个小时!"

接着又迅速补充道:

"不是很合乎逻辑吗?!您的父母一直坐立不安,有话要说,您不能集中注意力,而且……我直截了当跟您说,在大街上不可能谈论这样的事情!形形色色的人熙来攘往,而且……因此我没有……正是考虑到您的利益,可以免除民警局的屡次传唤、各种各样的讯问……您认为如何?!"他眼睛盯着蒂图斯,神情还是那样狡黠,脸上依然挂着那天真而令人难以捉摸的微笑,刺激着格尔达丧失理智,尤其是不能判断这次扑朔迷离的奇怪相遇的真实含义。

"这就是检察机关侦查的方法?!"他疲惫而烦躁地问道,"在我表面上被释放之后,又被骚扰,遣送回家,受到监视……"

"不,不!"矮个儿激烈和愤愤地反对道,"不能这么说!请您相信我!我的这趟行程是自作主张,无须向任何人报告任何经过!再说,您并不了解这桩罪案的侦查进程的一些细节……您发现我不是本地人,发生西蒙卡的案子时,我审讯过列卡,由于我的报告,他被释放了,虽然很晚才获释,而且……"

于是,蒂图斯非常模糊地记起,自己听说过这个军士长的名字,检察长或者康布里亚在意外造访他家的那个晚上曾经提到过,但不能十分准确地记得是在什么样的环境下听说过这个名字的。

"咱们走吧!"便衣军士长看到对方像女性一样的细细的眉毛微微皱着在暗自思考,近乎恳求地提议道,"为了您家庭的安宁,我将耐心地、真心实意地等待您……再说,我觉得,您起码也应当感激我,如果……"

"我吗?!"蒂图斯微笑道。

"哎,我开个玩笑!"马泰亚什说道,"我不是为了这才工作的,虽然应该承认,我采取行动并非出于人道主义!您知道,一切都夹杂着利益,即使当你想做一件完全没有利益考虑的、人道的事情,也就是人道主义的事情时,随后会不快而惊讶地发现……人道主义的事情并非那么……"马泰亚什不再说完整句,而爆发出笑声,踩了一下对方的鞋。这个动作使格尔达分外惊诧。

"我理解不了!"蒂图斯半打趣地说。

"一点感慨而已!"马泰亚什颇为自得地说,"就像大家所说的那样,任何人处于我的位子上都会这样做的!但事实上我做了,因此……最终,格尔达先生,你觉得厌烦,但我想对你说,你可以心安理得地待着,你的父母知道你现在正在回去,情况良好,可以这样说……"

"是吗?!"蒂图斯说道,"他们是从哪儿得知这个消息的?"

"是我个人告知他们的!就在今天早上,当公布……而且,昨天晚上我也拜访过贵府,我应该真诚地对您说,您有堪称模范的父母!一见便知,他们是非常优秀的人,具备杰出的教养!"

"而且具备高贵感,不是吗?!"蒂图斯讪笑道,不再知道怎样评价面前的这个人,在此之前他几十次想赶走此人,但愿他见鬼去,却最终没有能摆脱掉。某种预感的心神不宁乃至想象,使他即刻眼前映现出这样的场景:在他自己的房间里,同军士长一起信口开河地闲聊着,军士长疯疯癫癫,霸气十足,显然将悠闲地半躺在房间某处的一把安乐椅里,或者将开始翻阅书柜,或者天知道将做什么,或许甚至将要求他在钢琴上弹奏点什么,这使格尔达兴奋,感受到一种苦涩和激奋的快乐,应该特别感谢这个脸色苍白的家伙。这时,军士长恰好正在结束如何受到蒂图斯母亲接待的啰啰唆唆的冗长叙述,其中提到的天知道是什么人,反正是一位杰出的夫人……

"感谢你劳神安慰他们,虽然我还不清楚你这样做的目的是什么!"蒂图斯冷冷地说,显然很不高兴,随后继续说道,"如果你说认识他们,马泰耶稣同志……"

"马泰亚什!!"军士长无所谓地笑着纠正他。

"请原谅我!"格尔达说,"如果必要,那么咱们走吧!现在将近十点,我离开家已经超过二十四小时!"

"我不会占用你很多时间!"军士长向他保证,以一种滑稽可笑的显耀神态在他身旁迈开大步走着,毫无意义地伸直手挽着淡黄色雨衣,"我整装待发……"

"啊,千万别这样!"蒂图斯漠然反驳道,"不必讲究礼数。现在咱们都是掉进这锅汤里的老鼠……你心里很明白!"他突然受到一个念头的鼓舞,"你喜欢音乐吗?古典音乐,交响乐?"

马泰亚什困惑地看了他片刻,第一次觉得想从他的对话者脸上看出自己是否变成讽刺的对象。但他立即放弃了任何猜疑，好似想起自己并非是"天生"应得到尊敬的人，不可能怀着同样的愉悦心情享有得到公认的杰出威望。

"高雅的音乐?!当然喜欢，很欣赏，只是职业的义务阻碍我……"

"啊哈!"格尔达神情严肃地说，"但是，假使你有时间，就不会……"

"您喜欢音乐，在研究?!"军士长问道。

"是的!"蒂图斯高深莫测地说，下决心从此要十分认真地对付这个小个儿军士长，"我为你在钢琴上弹点什么，这将使我们俩心境宁静，当然，如果你欣赏我的提议的话！我这样就不太可能睡着，这样……"

"很有趣!"马泰亚什说道，"看来，您是想以某种方式来进行报复，因为我这样突然闯入您的生活，无缘无故……"

蒂图斯注视着他，却看到对方依然兴致勃勃，并未失去那种始终流露出的没来由的快乐，于是接着说道：

"那是你的错觉！我确实很有兴致在这个早晨打开钢琴弹一曲，恰巧你大驾光临，不管你愿意还是不愿意，敬请欣赏。请放宽心，我演奏不会很糟，声音也不会太响。在这段时间里，你尽可以仔细思考你想做的事情，你们的侦查或者其他任何事情！但是，我请求你唯一要做的事情是，时不时半闭着眼睛，理解和庄重地点点头，那么一切就会走入正轨：我的父母将安心，觉得我重又回到了'他们身边'，看到我平静地弹着钢琴。而你，或许就能一如领受的任务那样，不让我逃脱你的视线，你有什么高见?!"

马泰亚什没做任何回答，只是微笑着，脑袋来回摇摆了几次，犹如一个孩子在一群顽皮疯闹的孩子面前模仿一个聪明的老人一般。

半小时后，他们俩果真安坐在蒂图斯的房间里。前大学生的父母十分热情地接待军士长，证实他曾经两次来此安慰格尔达夫人。老夫人看到儿子去民警局迟迟不归，特别是格尔达医生在那天下午去民警局询问，被告知蒂图斯·格尔达"不在那儿"之后，恐惧万分。

因此，蒂图斯心甘情愿地招待和补偿军士长，而令他高兴和吃惊的是，军士长一到这儿，不再像在街上那样故作令人不快的亲热动作。这个矮个儿提醒蒂图斯曾许诺演奏钢琴，当蒂图斯试图推辞时，对方认真地坚持要求兑现承诺，然后坐在一张安乐椅边上，手臂上小心翼翼地挽着他那不离身的淡黄色雨衣，沉思地聆听。蒂图斯为他弹奏了斯卡拉蒂①和德彪西②的作品，然后，在格尔达夫人为他们端来咖啡时，站起身来，放了一张爵士乐唱片《迪兹·吉莱斯皮③五重奏》。随后，为了报答军士长，又放了《奥斯卡·彼得森④三重奏》。对所有这

---

① 斯卡拉蒂（1660—1725），意大利著名作曲家，擅长歌剧，被誉为古典音乐和声学发展史上最重要人物，一生写过115部歌剧。

② 德彪西（1862—1918），法国作曲家，受印象主义和象征主义影响，创造了一种十分独特的音乐结构体系，被认为推动了20世纪音乐的发展。

③ 迪兹·吉莱斯皮（1917—1993），又译"眩晕"·吉莱斯皮，美国爵士乐家，擅长小号，有"眩晕的小号手"之称，推动了美国的波普爵士乐发展，70多岁时曾担任联合国乐队指挥，红极一时。

④ 奥斯卡·彼得森（1925—2007），加拿大著名爵士乐钢琴家和歌唱家。

些乐曲,矮个儿军士长都静静地谛听着,没有任何面部的动作,神情深沉、庄重和悲痛,仿佛自残了一般。格尔达几次怀疑地审视着他,没能猜出马泰亚什哑谜般的庄重神色的准确含义。像在街上的那种没来由的快乐一样,此时他的庄重也是拙劣而做作的,过于夸张,宛若漫画。他的脸较小,呈椭圆形,尽管皱纹很多,头发稀少,却始终保持着稚气的表情,这种似乎无可改变的稚气表情将任何心态、情感变成某种费神猜测的、不确定的东西。

然后,蒂图斯提醒他此次来访的目的,马泰亚什似乎完全忘记了一般。军士长一怔,似乎有点不高兴,扮了个令人很难相信的鬼脸,好像是要说"哎,又是讨厌的侦讯",随后请求蒂图斯费心重复一遍对检察长申述的场景。他知道这个细节,于是蒂图斯不再怀疑他来自当局。

蒂图斯再一次讲述如何在晚上八点钟——不对,是九点钟左右,如马泰亚什知道,或者假装知道的那样,去寻找伊琳娜,推开关闭着却没有上锁的房前庭院栅栏门,随后不抱任何希望地走近沉浸在黑暗中的房子。但令他吃惊的是,门厅的门是开着的,门贴着墙。他敲了敲餐室的窗,又敲了一次,然后跨步走近门厅,喊了几声伊琳娜,没有任何回应。

狗是怎么进来的?马泰亚什问道。蒂图斯声明没有遇到任何一条狗,马泰亚什瞬间有点心不在焉,然后格尔达声明这就是全部情况,他喊了房子女主人几次,但没有进入房间,也就是说餐室。他只是走到门口——也是开着的,那是一扇将狭小的前厅与餐室分隔开的门,所以……

马泰亚什打断了他的话,此时的神情显得特别严肃和深沉,手里拿着空咖啡杯,在他面前来回踱步,时而用脚翻弄着地毯的一角,时而用臀部撞击着安乐椅扶手,时而做着一只鞋碰击另一只鞋的完美动作,一再问道:"你对于餐室里的黑暗有何看法,有没有可能有人在里面?是什么人脑袋趴在桌子上打盹?"

蒂图斯思考了片刻,这个问题"领导"没有向他提出过。但是,几秒钟后,他承认可能发生这种情况,特别是临街那面的窗帘拉上了,房间里一片漆黑,到处没有光亮,何况他也没有朝餐室里张望,因为觉得那样做不礼貌。

"用手摸过什么没有,某件物品或者门,等等?"

回答是否定和干脆的:前厅的门敞开得足够宽大,无须再去触摸。他避免触摸任何东西,当然,只有院门除外。

他进去后关上了院门?是的,当然是这样,虽然他不记得当时自己的动作,但养成了随手关门的习惯,这可能有点"学究气"。

那么前厅的门呢?马泰亚什跳起来说道,你也身后随手关上了吗?蒂图斯迟疑了片刻,不解地看着军士长。没有,没有关这扇门,因为门原本是开着的。是的,他确认并未关门,让一切保持原样,或许设想有人在屋里睡着了,或者去邻居家几分钟。所以,他甚至等了一会儿……

啊哈!马泰亚什突然跳起来,面对这样一惊一乍的冲动,蒂图斯忍不住不满地皱起了眉头。"这么说,并非马上离开的?在哪儿等着?在门厅里吗?"

"不，不，在门厅里不到一分钟，只是喊了几次伊琳娜的名字，这段时间已经足以确信屋里没有任何人。是在外面房角旁的花坛边上等着。

没有任何一条狗出现吗？马泰亚什不满地坚持道。

没有，无论是在院子里或者屋里，都没有看见狗！蒂图斯断然声明，话音有点生硬。

蒂图斯开始不耐烦。一方面，整整一天一夜对"其他人"反复叙述这个微不足道的行动的每个细节，罪案发生前或发生后如何进入——尽管时间很短——达比奇家的，以及与伊琳娜的联系的历史，等等，已经使他不胜其烦。另一方面，军士长遏制了他获释之后回家前的第一个冲动：去找"她"——他前往民警局接受传讯的时候，依然熟睡在诊室的沙发上的那个女人。现在，他表面淡漠地等待结束马泰亚什的意外来访，但很难隐藏想尽快摆脱这个扮演着依然令人完全摸不透的角色的可笑矮子，冲向"她的"家。在马泰亚什已经严肃地坐在一张安乐椅里等待他的短短一段时间里，蒂图斯同家人交谈了几句，问及伊琳娜的情况，他们告诉他，在他出发去民警局后不到半小时，她就睡醒了，虽然看上去依然身体非常疲劳和衰弱，却固执地要走，尽管大家劝她再待一会儿，吃点东西，但她坚决地拒绝了，而且突然异常焦躁不安，急急忙忙地离去，仿佛在什么地方延误了。"仿佛在什么地方延误了"，这句话使蒂图斯特别不安，同便衣军士长的这场无奈的会见令他如坐针毡，必须全力克制自己，使对方放松警惕，假装镇定和困倦。

"她如此匆忙地逃到何处?！""她会在什么地方延误?！"

他不由自主地在心头不断驱赶着那个不认识的"加什帕尔"的影子,犹如夏日驱之不散的令人心烦的嗡嗡乱叫的一只苍蝇。这个"加什帕尔"在她生活中扮演的角色半明半暗。她究竟对自己有几分真诚,尤其是在与此人相关的事情上?她为什么与这样一个人保持着联系,是否……两夜前同深夜来警告他的伊琳娜交谈时在心间萌发的疑团,她如此残忍地抛在他面前的疑团,瞬间重又掠过他的脑际……她莫非在他面前故弄玄虚,为的是掩护另一个人,或许天知道……刹那间,蒂图斯恐惧莫名,犹如从一间房子的窗帘的缝隙间亲眼见到了正在发生的惊悚事件。强烈的厌恶与对自己,对他可能陷入而且已经半缠身期间的"冒险"的巨大恐惧交织在一起。尽管他对于布尔乔亚的种种陈规陋俗不吝讽刺和抨击,但显而易见,他本人骨子里就是一个彻头彻尾的小资,或许可以从这个词的积极意义上理解,也就是说,对于约定俗成的规则的突然改变,对于从道德的观点上冒险的、可疑的任何行为,感到恐惧和厌恶。在他自己的家庭中,即使在他的兄长,一个性格乏味、"善良"的冷漠的人面前,他也被看作是一个反对因循守旧的激烈斗士,有时甚至被看作一个信仰坚定的布尔什维克,确实,在关于这个或那个主题、他们的小世界里发生的这样那样事件的许多争论中,蒂图斯常常站在一个布尔什维克的立场上,捍卫国家的官方观点,他们的乡土世界虽小,却对于新秩序十分敏感。其实世界越小,越闭塞,一切,即使是最微小的谣言越是能在其内部发酵折射。蒂图斯常常与人发生激烈争吵,尤其是同他哥哥和母亲,有时离决裂仅一步之遥,但那一步就像将玩彩票赌徒同运气分割开的"数码"一样,五个数全合是大赢家,却只出四个数,第五个数,那个关键的数是确定的。他认为,玩彩票的赌徒离大赢家永远有一步之遥,因为他们把算术概率论的特定的简单规律运用于纯偶然性规律。

虽然发生过他挑起或者不平静的时代引发的许多争吵,尤其是在他去那个遥远的城市上大学之后,蒂图斯却从未有过片刻觉得自己是这个家庭里的异端,有时达到决裂的那种"情景"也从来没有使他和他的家人害怕过。他的父亲甚至对他比对于大儿子利维乌更加满意,因为蒂图斯敢于对抗母亲的权威,那是老格尔达医生永远第一时间就俯首听命的"权力",但他的这个儿子敢于表现出自己的个性和表达自己的意见。或许,蒂图斯真是一个布尔什维克,这正是他的深刻的因循主义的一个特色,只是用表面的狂放掩盖了起来,其实包含着天生的睿智、教养和天赋。有些人忠实于任何政治制度,或者说忠实于几乎所有制度,条件是他们信仰那种制度并提出效忠的保证。确实,这些人往往桀骜不驯,脾气古怪,他们的社会否定的态度——始终是一种表象,而非实质——有时甚至针对现实的既存阴暗面,从而蒙蔽了习惯于匆忙对他人的品格下结论,或者不懂得慧眼识人的伟大艺术的许多人的眼睛。唯其如此,十分奇怪的是,在他的父母面前,在他生活和成长的狭小却十分独特、优越的世界里,蒂图斯被看作是一个革命者和"赤色分子",布尔什维克用某种神秘的东西,可能是对于一个旧世界的简单而诱人的否定,征服的"优养"阶层的一个青年,却在大学里,被看作一个追求时髦的异端、一个"恶习难改"的资产阶级孝子贤孙、一个"新社会的敌人",尤其是在某些人的眼里更是十恶不赦,终于在国家会考之前落得个被开除学籍的下场。

为他辩护,促使他自尊的东西,激起那么多人愤怒的他的桀骜不驯的"轴心",乃是他虽然因政治原因被开除学籍,却对于家人和他自己依然保持着原来的看法,我行我素,一字不改。更有甚者,对于至今冷静地坚持的"布尔什维克主义"的观念似乎陷入了一种微狂热状态,那种通过精心维护的傲慢和情感淡薄的表象而惹人恼火的睿智也有增无减。正如雷慕斯·亚列山德雷斯库检察官在那次意外的冗长来访中敏锐地发觉的那样,他几乎很愉快地接受对他的"不公正"处罚,是一个当之无愧的"殉道者",或许"甚至是故意为之"。对他的指控是不公正和恶意的,而蒂图斯正是由于厌恶冒险,拒绝任何极端的举动,但在某种意义上确实是当之无愧的"社会殉道者"。他并不为自己的前途担心,对于自己出众的智力和道德品格具有充分的信心,同时,这场社会"风波"至今第一次赋予了他在生活中直面自己,直面自身思想影响力的勇气。对于自己的道德的抗压性的信心,对于一个知识分子尤为重要,因为知识分子往往怀疑——在作为一个正直的人的情况下——自己道德的脆弱性。按照古代诡辩家们的著名推演,怀疑他们在一旦需要的情况下,是否有能力捍卫某种思想或其对立面。

蒂图斯的社会否定型性格初见端倪于一种常见的形态,亦即激进的无神论。在他生长的那种将信仰并非视为内在的信念,而是传统精神和"良智"的一种形式的家庭里,他不但公开宣称自己是无神论者，而且故意表现出一种无益的暴力倾向。但是，蒂图斯像在所做的一切事情中一样，追求深刻和成效，深入钻研信仰的公理和教会历史，寻求他的"理想主义"的反抗的大量论据，使他的父母以及家庭的几个故交，其中包括一个家里的常客，一位罗马天主教神甫陷入难堪和尴尬，尽管没有任何人需要他的博学的分析。他周围的那些人对问题的本质压根儿不感兴趣，在他们看来，他的宗教危机感比他应用于信仰和教会的分析更加容易忍受，甚至连那个罗马天主教神甫也在此列。他是一个五十岁左右的匈牙利人，身材魁梧，独身，是一位杰出的园艺家和美食家，也是他们家二十年的熟客，尤其是格尔达夫人，对他优待有加。神甫以不同的形式完整地保持着他父亲——阿拉德原野上一个富裕农民的意识形态——将观念简约为它的细微的具体特性，将信仰强化为外在的物质数据，亦即有利于威权和社会稳定的事情。除此而外，他也是一个十分注重外表的人，生活很有规律，一切活动完全公开，有据可查，即使是一些出格的事情也做得天衣无缝，能挽回面子，能同其他人拼酒，喝一天一夜而面不改色，保持文雅和冷静的判断力。他每日花几个小时打理花园，这件事情比整夜做无用的祷告，或者夸张地发誓自己如何虔诚更能赢得他的教区信众的尊敬，信誓旦旦的空话只能引起怀疑。在那个阶段，最使他头痛的是蒂图斯，神甫不得不调动他全部农民的灵敏感觉和堪称一流的幽默，与之周旋，不断把这个"启蒙派"学生提出的荒谬议论化为纯粹的辩论，或者作为自我修炼的对话。

在那个阶段，蒂图斯患上了严重的肺炎，十分凶险，出现了对于一个进入青春期的非常敏感的孩子来说难以忍受的咯血症状，在病人沮丧和惊恐的时刻，他母亲坐在床沿上提醒他道：

"我的亲爱的，你看，现在是你皈依上帝的时机，只有他能使你痊愈！"母亲还诉说，从他一开始患病，她就去教堂勤勉地祷告，甚至打算来回步行大约四十五公里的路程去斯科尤什朝圣。那是一个镇子，有一座乡村罗马天主教堂，供奉着做过封圣仪式的圣母玛利亚圣像，每年举行一次朝圣。圣像是一个乡村画家绘制的，很普通，用缎带以及挂在圣母和圣婴头上的花冠作为装饰，据说，在一段时间之后，发现圣母的脸上有泪痕，这件事是经过教会封圣确认的。

然而，格尔达夫人是独自进行劳累的朝圣的。在那个时刻，当她为儿子一时神秘地发作的严重病症担忧，要他——终究还是一个半大的孩子——皈依冲动间加以否定的天主教义时，蒂图斯做出了对于他的性格和未来生活具有典型意义的反应：他的体力刹那间恢复了，脸上消失了病态衰弱和恐惧的迹象，两眼闪闪发光，对惊诧的母亲宣告，自己永远不会卑劣到"跌倒在地时"接受某种思想或者事态，叩头求饶。

"怎么？！"青年蒂图斯对着母亲的温和劝告大喊道，"现在当我衰弱和恐惧地'跌倒在地'时，回过头去皈依他，我的信仰能有什么价值？！"他的母亲被自己引发的这种超乎寻常的"夸张的"愤怒吓得知难而退，只能继续独自去做祈求上帝宽恕的祷告。

当时，蒂图斯的这种反应很快就被忘记了，大家觉得即使不是这个小青年罹患的疾病和高烧的表现，也是偶然情况。然而，过了几年之后，当他在国家会考前，因为若干完全可以解释清楚的"罪名"而被大学粗暴地开除学籍，而有人在他面前表示，相信他此时将最终放弃自己的"革命的""布尔什维克"观念之时，他做出了同样的反应。诚然，这一次的情况更是无限复杂和深不可测，不是信仰和教义问题，也就是说不是归根结底与社会生活无直接关系的那些事情。对于信仰之类的事情，一般说来只有青少年过度重视，究其原因则在于他们强烈地感受到的只是他们自身的现实存在。对于他们来说，真正的现实存在——社会的现实性和个体的现实性尚不存在，或者说只是模糊地存在，乃是遥远的东西，被养育他们的父母以及亲友和童年的保护者们的整个保护伞遮蔽着。这一次，从表面上看，"非凡的"蒂图斯甚至被自己原来信服的观念所摒弃，尤其是在小城生活的狭隘和专权的小圈子内，这种摒弃是绝对的。然而，蒂图斯依然坚持自己的想法，确实，所有人都期待着他退让，而他那本质上是否定型的活跃个性反对自己亲口宣布失败。同时，必须补充说明的是，在内心深处，他找不到自己所怀抱的观念有任何基本的错误，所以他继续像过往一样确切和庄严地公开加以宣扬，只是加上了一点隐约可见的狂热色彩，虽然这不适合他的冷静和务实的个性。有谁能够说出自己的信念经得住多长的时间考验？但是目前，尤其是在他自己的眼里，他是忠诚的，依然是观念的信徒，虽然为那样的观念服务的一个机关对他很不公正。对于他来说，这就足够了，何况生活只偶尔需要殉道者和完美的烈士。生活本身就像这个或那个观念。一种观念如果为了得到追随，不断要求绝对忠诚和无代价的牺牲，那么它就是不人道的，因此也是虚伪的。

无论如何，他眼下处于一种进退维谷的境地。唯其如此，有时才会在语气或者目光、动作中表现出那种轻微的焦躁。或许他与妻子莉娅的暂时分离——像他父母所希望的那样——以及现在闪电般地热恋上美丽和遭诅咒的伊琳娜·达比奇的根源也在于此。同样的焦躁和挑衅的愿望，对他进行讯问的那些人也早就感觉到了，尤其是亚列山德雷斯库，由于此人的斡旋，在他坦白那么重要的事实之后，仅拘押一天一夜就被释放。应该感激这个检察长，以及没有露面参与侦讯的某个人。

因此，随着时间的推移，蒂图斯越来越心猿意马和神经质，而马泰亚什好像什么也没有察觉，在前大学生的房间里感到十分自在，又要了一杯咖啡，继续用各种问题纠缠着他。由于马泰亚什对他的父母很有礼貌，尽管没有任何原因迫使他这么做——至少给人的感觉是这样！蒂图斯不得不对他表示最起码的尊重。此外，还有一件事情，这个军士长似乎随口顺便提及，却使格尔达稍有不安：他很可能再次被传讯，接受新的讯问，进行对质，如此等等。或许，这个带着神秘和可笑的任务的矮小军士长无论如何能使他避免部分"烦恼"。或许是这样。

在此期间，马泰亚什从与"本来意义上的侦查"相关的讯问转向连带的枝节话题，对他的身世以及当地某些人的细节颇感兴趣，不厌其烦地询问他们家的那个朋友——罗马天主教神甫、一个律师和一个副厂长的情况，以及蒂图斯只知道一鳞半爪的伊琳娜原来丈夫的背景，等等。然后，马泰亚什突然诡秘和狡黠地问道，伊琳娜是否知道他到家里找过她，蒂图斯不由得收起了微笑。

这个问题"上级"早已提出过，蒂图斯有所准备：回答是否定的。马泰亚什陷入沉思，似乎很不满意，板起面孔注视着自己的赤褐色的鞋尖，心不在焉地用鞋尖逐一触动盖在沙发床上的一个过时的旧床罩的流苏。然后，又问蒂图斯是否还向其他人透露过这个变得如此重要的细节，蒂图斯又做了否定的回答：没有向任何人透露过隐情，包括自己的亲人。特别是没有对亲人说过，因为他不愿意让他们无意义地担忧自己牵涉进这样一桩案子。

"是的，是的！"马泰亚什说道，他那狭窄脑门上眉头紧皱着，宛若一个小学生在竭力准确地复述写在书法练习本页眉上显示每个字母大小的多条平行线之间的那些词句："最好的饮料是泉水""一只手洗干净另一只手"，或者"告诉我，你同谁做伴，我就会告诉你是谁"，如此等等。然而，有那么多的人是不同任何人做伴的孤独者，或者有那么多的人是残疾人，他们有一只手是木制的义肢或者一只手也没有，那么练习本上的词句对他们又有何用？再说，有谁为了饮用泉水，去爬山进行费钱费力的旅行？

"沃什蒂纳鲁同志还不知道！"马泰亚什说道，始终沉思地玩弄着沙发床罩上的流苏，"昨天早上你，更确切地说是你父亲接待了一次来访。不是吗？"他用那种可笑的窥视眼光看着蒂图斯，宛如一个玩密探游戏的孩子，但这一次蒂图斯不复觉得军士长动作可笑。他等待着这个问题，但不是现在，而是昨天早晨在民警局的时候。然而，"那些人"没有向他提出这个问题，蒂图斯断定他们不知道伊琳娜的来访。何况，伊琳娜告诉他来时走的不是大家熟悉的路，而是穿过一个院子，只有住在附近的人知道这一条路。

不过，蒂图斯不动声色，完全控制住了自己，再一次觉得这个矮个儿军士长的使命和角色十分可疑和危险，对方却装作并未察觉自己的提问的分量，虽然可以再次明显看出他是多么忐忑，不管他怎样伪装。蒂图斯开始更加认真地观察他，更加不信任他的表面姿态。此人给人的感觉是那么笨拙，或许只是一种伪装，难道有些人真那么狡猾，甚至能把自己的缺陷变成防卫和进攻的武器？！

"当然，我并不惊奇！"马泰亚什说道，试着露出笑脸，仿佛犯了什么不礼貌的过失，"一个大夫有时因为或大或小的病例从睡梦中惊醒……"

"你想干什么？"蒂图斯粗暴地打断了他的话，虽然竭力试图继续装作满不在乎的样子，"你从我的亲人嘴里掏出了多少秘密？！"

"有些人是那么高贵，不是吗？"马泰亚什突然嘲讽地说道，而蒂图斯在这个军士长的出人意料的新姿态面前不由得惊呆了。

"请原谅我，"马泰亚什突然迅速地站起身来感叹道，"我非常疲劳和紧张！我没有像你那样的自主力，请相信我！"随即似乎为了安抚蒂图斯，开始给他讲述自己在这桩案件中的一系列"功劳"。这个小个儿军士长自诩为建议警局不传讯克里尼茨基的那些人之一，尽管有声音要求"以种种不同的理由"发出传票命令克里尼茨基到警局接受讯问。马泰亚什觉得"以种种不同的理由"这个术语说得十分恰当，承载着多种含义，高兴地眨着眼重复了好几次，随后又补充说，他是唯一支持工厂领导顶住某些"重要势力"，反对以进行秘密鼓动的理由逮捕克里尼茨基的人。

"你想这有多么幼稚？！"马泰亚什说道，而面前的蒂图斯已经很不耐烦，被这个滑头军士长呈现出的那么多变的面貌所激怒，"这是我们现在的燃眉之急：秘密鼓动！农村告急……谁在解围？！哎，你知道谁在解围吗？！你认识克里尼茨基，听说过他吗？！"

格尔达屡次听说过这个人，但从未谋面，也没有偶然遇到过。

"我同他交谈过两次！"马泰亚什以近乎儿童般的欢欣口气说道，脸上和目光显得那么兴奋，真诚地排除了任何怀疑的阴影，蒂图斯不由自主地半被征服了，"那是一个极端有趣的人！在群众中传播文化的现象突然那么迅猛勃兴，我想说，"马泰亚什解释道，"那些很有特色的半学究就是这样被创造出来的！虽然克里尼茨基不是一个半学究，我比这样的人更……"军士长注视着他，脸露微笑，等待着或许对方会反驳自己，但立即又继续说道，仿佛害怕恰恰出现自己预料的情况。

"我希望你认识他，那是一个像以往俄罗斯小说中出现的那种布道者！不过，也并非如此！"马泰亚什脸露孩童般的诚挚遗憾否定道,"怎么跟你说呢,他是一个非常坚强的人,对,就是这样,一个坚强的人,大家都害怕他的力量!对,就是这样,我可以发誓!你一定要认识他!无论如何,他不是罪犯,更不会危害国家!但是,我们的办法极少,手段又那么粗暴、原始!为什么要赶走一个朗读《圣经》的人?!《圣经》是一本很有趣的书,何况,在我们这儿,像克里尼茨基这样的老工人,依然保持着农民意识的残余,始终阻碍着他转变为一个……狂徒,一个布道者,如俄国人那样!我们的农民永远不会走向极端,他们本能地害怕极端,视之为肮脏的勾当,即使周围的其他人都劝说他们相信……但是,请原谅我,说得太多,扯得太远……请相信我,只是想激发你关注这个人!我相信那是一个正直的人,而且……也是一个弱者,对,一个弱者,你觉得我自相矛盾,是吗?对吧,你以为我是在信口开河,胡说八道,为的是分散你的注意力,放松警惕,然后搞突然袭击?!嗯?!"

"不,不!"蒂图斯有点尴尬地辩解道,开始感到疲惫,不断想着伊琳娜和他何时才能真正获得自由,虽然天知道他们能否还他安静。"不!"他躺在床上说,但立刻觉得不妥,爬起来故作严肃地坐在一把椅子上,"但我不明白你为什么那么看重我?你以为能从我嘴里掏出更多的……你刚才想暗示……唉,好吧,她昨天早晨来过这儿……"

"为什么?"马泰亚什跳起来说,"为什么在那个钟点,在那样精疲力竭的状态下来到这儿?"

"你从哪里知道她的状态?!"蒂图斯皱紧眉头问道。

"这不重要！"马泰亚什咕咕哝哝说道，"反正我知道！她究竟为什么来了？"

蒂图斯半吃惊地注视着他，然后张开嘴要说什么，但马泰亚什迅速抓住他的手臂，带着格尔达极度讨厌的莫名其妙的神秘和严肃神色，故作亲热地耳语道：

"不，不需要告诉我任何事情！假如你在对我撒谎，我会很遗憾的，那会有损你的尊严！要知道，我赞赏你，虽然我第一次这样耗尽精力与人交谈……耗尽精力，现在我要走了，耽搁得太久了！"他毫无必要地问蒂图斯现在几点了，虽然一直望着放在一个矮柜上的座钟，那是一件黑胶木的古董，其外形是一只雄狮卧在铸成凸纹花饰的托座上。

蒂图斯小心翼翼地跟踪着军士长的告别仪式，觉得他对自己的那件旧雨衣似乎过分关注，而对格尔达夫人点头哈腰的模样实在是故作谦卑。

前大学生送他到大门口，一路上马泰亚什喋喋不休地说了一大车话，赞美院子里的花坛，诉说他喜欢什么样的花，关注有没有狗，觉察到大门和大门过道是房屋建成后改造的，最后，在离开前，他的小眼睛严肃得可笑地盯着蒂图斯，声音沉重得有点戏剧化地"劝告"这个前大学生千万别离开家。

"我十分慎重地请求你！"军士长强调说，"有人太不喜欢你，而且……无论如何，你千万别无故走出家门，至少是今天！不惜任何代价！而且，如果你们允许，我今晚还将再次造访，至多占用你们五分钟的时间，到时我将告诉你更多的事情……或许是某些新闻！"随后请蒂图斯原谅他说话的态度，转身扬长而去。

"瞧！"蒂图斯关上身后的大门，暗自想道，"一旦我们践踏了文雅的举止之后，得费多大的力气来加以模仿！当一个军士长也很不容易……"不过，他觉得马泰亚什如果真是军士长，是否属于另类？但有谁知道真正的军士长是什么模样，是否存在那样的军士长？蒂图斯想道，希望能回过头去重新实现他始终魂牵梦萦的心愿：与伊琳娜重聚。

马泰亚什离开格尔达医生的家之后，急匆匆地朝工厂走去，左顾右盼地好像在寻找什么人。一到工厂，就走进了人事处，在那儿停留得相当久，仿佛突然忘记了自己的全部急事。走出人事处后，他直奔临时工的窝棚方向而去，但没有进去，而是绕着窝棚走了两遍，仔细地在地上寻找着什么，然后退后许多步，似乎试图看清通常是用油毡覆盖却很高的屋顶上的某个物件。结束实地勘查后，他返回与窝棚隔着一道未经油漆的很高的新栅栏的工厂，走进一间办公室，要求准许他给城里打电话，但他只同某个人在电话里交谈了几句，而周围的所有人都神秘兮兮地退到了一边，好像大家都认识他，他可以在厂里无拘无束地自由进出。然后，他脸露近乎腼腆的莫名其妙的微笑，摆出一副夸张的心满意足的神情，匆匆离去，忘记了拿走自己的雨衣，亏得有人一直追到将近工厂大门口，才得以物归原主。

经过不到十分钟，也就是说近乎奔跑着，便衣军士长进入了当地检察院的办公室，那是法院——一栋不起眼的单层旧建筑内部的两个房间。在一间办公室里，他找到了几个人围着的雷慕斯·亚列山德雷斯库，检察官示意他在一旁暂被征用的国家公证处的一间侧厅里等候。

马泰亚什走进去，不耐烦地等候了一会儿，借机好奇又无聊地观看着摆放在靠墙一排排旧木头架上的满是灰尘的大档案袋，其中包括一部分土地登记册案卷。最后，检察官终于走进来，请他坐在不久前刚安装了电话的一张临时办公桌前。然而，亚列山德雷斯库并没有坐下，在拿出一支烟请军士长吸之后，走到窗前去削一支铅笔。在那个略显狭长的房间里，下垂的天花板和沿墙一排排阴沉的木架，使得整个屋子笼罩着一种似乎挥之不去的、不健康的半阴影，即使在白昼阳光最充足的时间里也是如此。马泰亚什心不在焉地看着桌子上一堆削得很尖的铅笔，可能是检察官使用的：铅笔尖削得很长，裹在石墨上的木头被削掉了很大一块，如果其他任何人想用它们来书写，那么刚落笔写最初几个字母，铅笔就会断裂。

随后，检察官似乎很勉强地回到桌旁，继续沉默不语，看来不是有什么心事，而是不满、恼怒，宛若一个只关注家庭琐事的小男人。

"嗯，你同那个养路工谈话了？"马泰亚什问道，对看着他脸的检察官似乎十分谨慎的神态颇为吃惊。

"对！"检察官鄙视地说，"没有任何有价值的东西。他不断撒谎，摆出一副可怜兮兮的模样！以为因隐藏那个人而会受到惩罚，等着挨揍，甚至可能上刑！但只要一开口，就满嘴谎话，他恼火恰恰是因为发觉自己是多么笨拙！沃什蒂纳鲁十分老练,巧妙地与他周旋,但什么也没有挖出来!"

"我不能待很长时间,必须重新回到工厂!"马泰亚什贪婪地吸着烟说道,"我来只是……"

"你老在那儿找什么!"亚列山德雷斯库恼怒地说,"我要求你盯住大学生!你是唯一……"

"我没有能见到他!"军士长脸不改色地撒谎道,"我不想进入他家里,怕越权!"

"扯什么权?!"亚列山德雷斯库愤怒地呵斥道,从裤子口袋里掏出一方十分精致的手帕,擦着汗津津的双手。虽然他的额头和两鬓被一层细细的汗珠覆盖着,但显然没有勇气当着马泰亚什的面擦拭,因为这家伙可能马上就会嘲讽他"赶时髦"和"滑稽可笑"。

"你没有任何种类的职权!"检察官说道,"一切由我负责!那是个狡猾的人,非常嚣张。目前所供述的比知道的少得多!有人看见他同加什帕尔交谈过,随后两个人朝着一个不明的方向走去!"

"不可能!"马泰亚什说道,从座椅上跳了起来,"是谁看见他们的?"

"费采亚努!"

"哪个费采亚努?"马泰亚什说。

"你不知道他?"检察官厌烦地说,"这里的民警局的。他在两天前下午五点半左右看见他们在一起,当时……"

"我要同这个费采亚努谈话!"马泰亚什非常坚定地说,检察官奇怪地注视了他片刻,但这个军士长假装没有觉察,"他在值勤吗?"

"我想在!"亚列山德雷斯库随口答道,但看到对方准备离开,马上接着说:"等等,我还需要你!你还同苏库图尔迪安谈过话吗?"

那是克里尼茨基的朋友保罗的姓氏。

"对!"马泰亚什因为对方不让他走而很不耐烦地说道,身体靠在套着艳丽刺眼的印花罩的椅背上,"我两次试着……那是个精神变态者,有瘾症!谁能依据一个谎话癖的陈述来起诉……归根结底就是如此!有时,我也可怜他!目前病魔缠身,身边离不开克里尼茨基的照料,克里尼茨基变成了护士!人与人之间彼此相依,像狗一样相互嗅着,是何等不可思议!"

"废话少说!"亚列山德雷斯库说道,顺便欣赏着自己的指甲,"从他嘴里掏出了什么?"

"多得不可想象!"军士长满意地说道,"在他罗列种种细节的同时,我得以稍事休息,集中精力思考其他的问题!我相信他察觉了什么,或者天知道谁对他提出了什么警告,第二次谈话时,他比较多疑,比较沉默……无论如何,他病得很重,贫血,还发烧!"

亚列山德雷斯库眼睛盯着他,嘴唇挂着恶意的微笑。

"你相当机灵!"他缓缓地说道,"事实上,总是绕开该说的事情!除非我是白痴,才会相信你,特别是……就此打住!"他懒洋洋地耸耸肩,打断了军士长的话,"或许我终究不会搞错!但是,请允许我说,令人吃惊的是,难道你不是一个农民的儿子吗?你确定自己的父亲不是一个富裕的农民,永远同人打官司，但不是起诉邻居或者村里的其他人，而是告发远近的亲属，长得矮小，秃顶，永远不满足，不是吗，嗯?!"

马泰亚什笑道：

"确实个儿比较矮，而且秃顶，但不是农民！与您不同，他从来没有上过法庭。"

"那么是干什么的?!"亚列山德雷斯库故作天真地说。

"您很清楚！"军士长回敬道，"刮宫！他是一个医生，但缺乏或许也应该是您孜孜以求的东西——德行！"

"哈哈！"亚列山德雷斯库笑道，开始削另一支铅笔，"如果今晚不出手抓他，他就会逃脱！你还有两天阐释你的理论，马泰亚什同志！要知道，头儿发现你在这儿瞎转悠！"

"是吗?!"马泰亚什说道，试图装出无所谓的样子，"发现真相是很难的，让头儿满意也是很难的，不是吗?！而且，有时候，就像在眼下这种情况下，我觉得头儿比真相更难应付……"

"说什么呢？"亚列山德雷斯库说道，"你刹那间变成了一个'老百姓'，开始迅速适应现在穿着的这身衣服！"

"什么意思，平民服饰?!"马泰亚什说道，嬉笑地看着自己的衣袖。他不能出言不逊或者恶作剧太长的时间。

"不，不！"检察官满意地说，"尽管你的这身衣服是最蹩脚的！"

"噢，请原谅！"马泰亚什说道，脸涨得通红，而亚列山德雷斯库不清楚对方为什么难堪，"我只是想说真相，或许……"

"我不喜欢这个词！"检察官颇有风度地断然截住了他的

话,"被用得过滥!很少有适当的场合!你只有唯一的一个机会,来证明你的理论真的是……"

"我的理论?"马泰亚什惊诧地说,"那是所有人的理论!任何一个有常识的人,在许多人惊奇的目光注视下频繁出出进进这儿的任何一个人,都能对您说……"

"我对天知道什么人能说的话不感兴趣!我关注的是你说什么,但是你,同志,试图愚弄我,仿佛我是一个大傻子,不懂得你的诡辩……"

"请继续说下去!"马泰亚什说道,克制不住自己露出恬然一笑,尽管那是一种中学生一样的不恰当的微笑,带着令人不快的狡黠。

"打住!"亚列山德雷斯库说道,"我信任你,不管其他人怎么说……我接受你的协助!但是,你开始摆出一副明星的气派,因为,确实有几次你表现得很精干!应该耐心等待,还有几个月,你最终将晋升为军官,或许缺点在于你还不太讲究实际,但是,还有时间,你要把控好自己!"

"您确信我想当上军官?!"马泰亚什问道。

亚列山德雷斯库没有回答,只是用眼睛盯着他片刻。他重又走近窗边,但眼望着墙壁,而不是玻璃窗,仿佛是一个盲人。

"咱们不谈这些!我想……"

此时,沃什蒂纳鲁进入了房间,径直向检察官走去,好似根本没有看见马泰亚什。

"咱们现在就出发!"沃什蒂纳鲁说道,依然是一副不可动摇的意气风发的神色,"两个小时到达那儿!"

"现在吗?"亚列山德雷斯库说道,由于军士长在场而明显地觉得尴尬,随后看了看表,"但你看,刚刚……"

"别看了!"少壮派军官笑着说,抓住了他的胳膊,"嗨,缺了你,我不出发……今天晚上我们就能回来!吉普车在这儿等着!"

"我马上就来……"亚列山德雷斯库说道,但对方拉着他的胳膊不放。

"一秒钟也不行,现在就同我一起走……立即出发,整个问题让我如鲠在喉!我同波尔科内斯库和那个讨厌的扎奈在电话中谈过了!那个家伙比感觉中卑鄙得多,他前天就知道我们没有按照他那可悲的馊主意去做……"

在这两个人走到门边的一段时间里,军士长蜷缩着肩膀,显得越发矮小,默默坐在他的椅子上,但他变幻不定的脸似乎再一次透露着内心的想法,一丝微妙的憨笑挂在他的右嘴角上。虽然那两个人都不可能注视他,他依然把头低得很深,下巴隐藏在右肩窝里,等待着最后独自留下。沃什蒂纳鲁走近门口时,停住脚步说道:

"军士长同志,你在这儿干什么?"

马泰亚什一跃而起,双脚立正,嘴角上僵硬地挂着微笑。

"哎,在这儿有什么公干?"沃什蒂纳鲁友好地说道,但眼睛冷冷地注视着身穿海蓝色便服的这个矮个儿,"你不想跟我们一起走吗?"

"不!"马泰亚什说道,"谢谢你们,我不想打扰你们!"

"丝毫也不会打扰我们!"沃什蒂纳鲁依然用同样的表面的

友善口吻说道,"车里有你一个座位!"

"不,我不去!"马泰亚什推托道,"我两小时后回蒂米什瓦拉!"

"是吗?"沃什蒂纳鲁说,"军士长同志,你就这样同一位上级讨论问题?"

马泰亚什抬起眼来,但沃什蒂纳鲁马上接着说:

"我不想命令你去,军士长同志!但我想让你跟我们走,明白吗?你触犯了我的神经,我要你跟随在我身旁!听清楚了?!"

"是,长官!"马泰亚什机械地说,跟在那两个人后面走出门去。

半小时后,州民警局的吉普车已经驶出纳德拉戈城很远,奔驰在乡间的尘土飞扬的道路上。坐在车上的三个人——沃什蒂纳鲁、检察官和马泰亚什沉默着,随着车的颠簸摇摇晃晃,时不时用力抓住周围的金属把手或者塑料座椅。司机是一个金发的中士,有着一口像广告画中那样漂亮的牙齿,而坐在他身旁的沃什蒂纳鲁不断催促他加快速度。

"加速!"军官轻声、温和地催促道,"加速!"

司机不断地加快速度。

吉普车驰过了两个村子,其中一个很长,沿着乡村公路排列着,似乎没有尽头。在学校正对面的派出所门前,吉普车停住了,中士下车跑了进去。很快,他同派出所所长——一个军士长一起返回车前,所长在车门口同沃什蒂纳鲁交谈了几句。然后,车又继续上路,而沃什蒂纳鲁突然暴跳如雷:

"一帮蠢猪！"他说道，朝检察官转过头去，但检察官在他正背后，所以只得对着马泰亚什嚷嚷，"又让他跑了！就在半个小时前！在河边那段穿过森林的地方，没有布置任何岗哨，那个森林叫什么'少妇'来着？！"

"'伯爵夫人磨坊'！"检察官帮助他说。

"如果我们现在不出发，可能一直要等到天晓得何年何月！你听见了吗，军士长？天晓得何年何月！你满可以在蒂米什瓦拉的林荫路上散步，玩去吧！"沃什蒂纳鲁奇怪地笑道，显得有点轻浮。

"算了，我现在就去那里，让你们看看我将怎么把他们揍得满口假牙发抖！那个家伙嘲弄了他们，也嘲弄了我们，就像对付……算了！"他克制住了自己，"让咱们说点高兴的事情吧！"

他开始讲二战后入伍当新兵时的趣闻逸事，中士司机忍俊不禁，时不时地趴在方向盘上笑出声来。

他们狂奔了两小时，酷热仍未消退，亚列山德雷斯库汗流浃背，但不敢打开脖领上的风纪扣。马泰亚什不停地用他唯一的一方手帕擦着汗水，其实手帕已经比他汗流如注的脸颊更湿。至于沃什蒂纳鲁，虽然阳光透过摇上的车门挡风玻璃不断照在他脸上，他的皮肤却完全是干燥的，似乎毫无感觉。他有几次回头看看背后的那两个人，随后挺直了身板坐在自己的椅子上，继续讲着故事，毒舌始终毫不收敛，嘲讽着周围的一切，尤其是那两个因为灰土、过度快速赶路和难以忍受的酷热而痛苦不堪的"平民"。那是非同寻常多变和诡异的一天：早晨乌云密布，甚至有点冷，阴沉沉的，然后，十一点钟前后，突然烈日当空，不到半个小时，一个晚秋的日子戏剧般地变成令人难以忍受的酷热的夏日。

吉普车开始爬坡，路况变得越来越糟，村子越来越少，只有高处山间的几间房舍，稀稀拉拉的。下午五点钟左右，车停在一个小村庄里，虽然只有几间房子，却也有自己的名称——齐多维查。那里还有一个狭长的仓库，是一个原始的石灰厂，旁边码放着一摞摞晾晒的泥砖。

"瞧他们！"沃什蒂纳鲁早在远处就指着一辆破破烂烂的旧嘎斯①车说道，车旁有五六个士兵和两个农民，一个农民年岁较大，另一个看不出年龄，坐在一旁，在几棵孤零零的大山毛榉下吃东西。吉普车一出现，他们立即跳起来，走近嘎斯车。指挥他们的是区民警局的一个胖胖的小个儿中尉，名叫包列斯库。

吉普车拐了一个小弯，扬起一团尘土，停靠在另一辆车旁边。沃什蒂纳鲁在车轮碾着路边的大卵石嘎嘎作响，尚未停稳之前，就跳出了车外。包列斯库急忙走近也穿着便服的这个军官，手不断向下拉扯紧紧裹着他的大屁股和短肥小腿的制服，在几步远处就立正敬礼，但沃什蒂纳鲁没容他开口，就举起右手说道：

"免开尊口！如果你不想听见我大声呵斥，就赶快给我们弄点较有营养的吃食！无论是我，或者同我一起来的同志们，都没吃……没有吃饭！你们这儿有什么？"他走过一动不动站

---

① 嘎斯（Gaz）系苏联高尔基汽车厂制造的汽车牌子的总称。

立着的中尉和仿效他们长官的士兵身旁，靠近士兵们当作饭桌铺在地上的厚实的白纸。

"有没有其他什么？"在检察官和马泰亚什艰难地走下吉普车同时，沃什蒂纳鲁转头问包列斯库，"你们还有什么其他东西吗？几个鸡蛋，有没有？你们有没有在这儿的居民家里寻找过，没有人住在这儿吗？"

"并非如此！"人称"笑话大王"的包列斯库反驳道，但此时他的脸涨得通红，眉头紧皱，"但我们只想在这儿停留几分钟，而且……"

"算了，算了！"沃什蒂纳鲁厌烦地说，双手插在口袋里，看着周围，朝路边开始生长的森林望去，"派几个小伙子……"

包列斯库命令两个士兵朝比较远却最显眼的一栋房子奔去，那儿有一个院子和一口竖着辘轳的水井。马泰亚什与两个农民搭上了话——他们是附近一个乡里的，认识路和森林。老的那个十分活跃，爱说话；年轻的那个光下巴，软绵绵的，像个姑娘，眼睛不断闪躲着。

"你走过来一点儿，马泰亚什同志！"沃什蒂纳鲁说道，"你喜欢大自然，是吗？我觉得，你是城里人吧？！"

军士长坐在军官身旁，而亚列山德雷斯库依然站在吉普车边上，假装在点烟，实际上是掩饰经过那段路的狂奔之后感觉到的可怕的麻木。士兵们很快就返回来，同包列斯库耳语着什么，而后者一言不发地走近沃什蒂纳鲁，一屁股坐在地上，好似早晨刚刚下床一般，想得到最完美的休息。

"那些房子里没有什么人，人们干活去了。只有一个老人和几个孩子在那个屋顶下……"

"我的天啊!"沃什蒂纳鲁说道,"好啊,居然用里面塞满铅之类的有害物质的罐头和腊肠招待我们,你们是在这儿流浪吗?毫不奇怪,你们的脑子被灌肠、橡实塞糊涂了,不是吗?"

"我们必须出发了,即使只有一部分人,因为……"包列斯库开始说道,但沃什蒂纳鲁用他那像熊掌一样有力的大手做了一个不耐烦的手势,打断了对方的话:

"同志,少说这种甜言蜜语!我们不再去任何地方!我肚子饿,大家都知道!同我一起的同志们是知识分子,不是在任何条件下都可以工作的……哪个是司机?"

"我是,长官。"一个士兵跑过来,后腰上挎着的手枪在屁股上摇来晃去。

"且慢,且慢!"包列斯库说道,"第一个镇子离这儿多远?"

"不到两公里,齐多维查,那儿……"

"闭嘴!"沃什蒂纳鲁说道,"回来后向我报告其余一切!听明白了吗,下士?!"

"是,长官!我可以带一个人一起走吗?"

"滚!"沃什蒂纳鲁说道。在吉普车发动的同时,他开始教训包列斯库:

"你想过吗?我们的兵怎么样?"

"都是草包!"包列斯库肯定地说。

"看到了吧,同志,如果你们压根儿不关心怎么做人,那就不能驱使他们夹紧尾巴做事!一帮饭桶,兄弟,一帮饭桶,妈妈的小宝贝!告诉他们继续吃饭,不必等我们一起进餐!

嗨,同志们,来吧,继续吃你们的,不急!"

在沃什蒂纳鲁近乎下命令一样,再次催促他们后,留下的士兵们重新坐下,继续进餐。然后,在他们吃完之后,他命令一个士兵在一个大木槽中打来附近的井水,提来满满的几小桶,然后将上衣脱至腰部,毫无顾忌地洗起来,并强迫假斯文的检察官仿效他那样做。马泰亚什很高兴地洗着,将一桶水洒得周围满处都是,并且像习惯的那样打着响鼻,滑稽地吸引大家注目。

吉普车以令人赞叹的速度迅速返回,带来了白面包、两只烤鸡、黄瓜、西红柿、煮熟的鸡蛋,饥肠辘辘的旅行者们终于走下来开始进餐。在此期间,包列斯库向沃什蒂纳鲁讲解着这个地区的情况,有关的几个村子、最近的火车站、路况,等等。沃什蒂纳鲁对这些也了如指掌,狼吞虎咽地吃着东西,含糊不清地表示赞同。

"其他人在哪里?"他问道。

"一公里外,有十八个人,在一个名叫'小伙牧羊场'边上守着。他们封锁了通往北坡、去小城堡的道路和部分森林……"

"啊哈!"沃什蒂纳鲁说道,突然打断了情况通报,好似很厌烦,转身问士兵们有没有人会用树叶吹乐曲。没有任何人站出来,于是他颇为自得地站起来,径自走到一棵独生独长的核桃树旁摘树叶。核桃树生长在屋顶坍塌、可能已经废弃的一所旧宅子的花园里,但花园养护得很好,而且有一道树枝篱笆围着。核桃树就长在篱笆边,比较矮,有一个车轮形的树冠,沃什蒂纳鲁折下一根树枝，精心地挑选了一片合适的叶子，并向检察官和马泰亚什解释说，叶子不能太大或者是扁平的。然后，他就吹起歌曲来，异常熟练地吹着各种各样的民歌和朵依娜舞①曲，令听众尤其是士兵们不胜惊奇。

"嘿！"沃什蒂纳鲁说道，"公乌鸫②们，你们期望长官比连队粗鲁，是吧？！"他热情更加高涨地继续吹着，这时他的额头已蒙上了一层豆大的汗珠，在地狱般的路途上，尽管坐在封闭的汽车里，他脸颊的皮肤却始终保持着清洁、干燥和凉爽。士兵们眼睛闪着亮光注视着他，显而易见，他们是被"长官"完全征服了，其中一个肩宽高大的山民士兵情不自禁地主动提出，自己会用樱桃树皮吹乐曲。

"看见了吧？！"沃什蒂纳鲁转身对包列斯库和同自己一起来的人说，"坏小子们，会吹乐曲，但不让我知道，以免……你叫什么名字？！"他问那个士兵。

"布勒尼亚楚·巴维尔，长官。"那个被问到的士兵立正说道，两眼温柔地笑着。然后，回答了老家在什么地方、哪个村和区等一系列问题。他来自巴纳特地区，多瑙河边的某个地方。

"现在怎么办！"沃什蒂纳鲁说道，"你想让我准许你自由地在这荒野里寻找一棵樱桃树？！我看不见这地方有任何一种乐器！"他转身故作姿态地看看周围，补充道，而队伍里有几个人不禁笑出声来。

---

① 罗马尼亚最流行的民间舞蹈。
② 鸫科鸟类，俗称百舌、反舌，黄嘴，羽毛为乌黑色，叫声婉转动听。

"我随身带着'乐器',长官!"布勒尼亚楚说,在胸前掏出一个胀鼓鼓的小本子,从里面抽出一长片折叠的樱桃树皮,然后开始吹奏起来。所有人都静听着。这个士兵是个真正的演奏高手。

天色依然很明亮,离夜晚尚远,沃什蒂纳鲁命令士兵们随便找地方躺下休息,因为今夜将是"可怕的不眠之夜"。然而,天色比预料的早得多暗了下来,空中雾气蒙蒙,乌云密布,山谷里,在道路向上爬坡方向的某个地方,开始出现闪电。寒气突然从森林里袭来,所有人都穿上了制服和外衣,从汽车里拿出来几条毯子,很少有人还能睡着。随后,下起雨来,虽然还是白天,所有人都到石灰厂里去躲雨,士兵们轻而易举地打开了门,因为根本就没有锁,而只有一根宽门闩在里面用麻绳扣着。

"或许,"包列斯库说,正在按要求将长凳排列起来,看样子也终于累了,"那个结绳子的人是从墙壁的某个地方的一个隐蔽的破洞,或者甚至是从房顶上钻出去的?!"

"真的吗?!"马泰亚什说道,突然对此十分感兴趣,而所有人正在工厂的宽大廊檐下,或者走进里面躲雨。厂房里面堆放着一小堆一小堆石灰石、沙子,以及一架混凝土搅拌机,马泰亚什察看着墙壁,甚至想攀缘上像栈桥一类的一个悬空的架子——几根孤零零的木条胡乱搁在两根原木侧梁上,但只伸展到厂房的半腰。在厂房的其余部分,可以看见尖形的木瓦屋顶,维护得很好。

雨非但没有停止,反而愈下愈稠密,闪电和惊雷在厂房顶上奔突，有时是那么强烈，刹那间从黑暗中闪现出森林和并排停着的那两辆汽车，房顶也随之轻微震动。天色暗得再也看不见附近的农舍，虽然在雨势加剧之前不久，有一户人家点亮了微弱的灯光。

沃什蒂纳鲁抽着最后一根香烟，一边下着整装待发的命令，一边做着计划。山脊从环绕两坡的广阔冷杉树林结束的地方起始，上面有两个牧羊场，彼此相距四小时的路程。其中的一个牧羊场——小伙牧羊场上，昨晚就有阿尔金特军士长率领的一队士兵蹲守。这个名叫哈拉拉姆比耶·阿尔金特的军士长是纳德拉戈城本地人，熟识整个山岭。新组成的两个分队，其中一个分队由沃什蒂纳鲁指挥，成员有马泰亚什、检察官、那个年长的农民和一个脸上长着细小雀斑、眼光敏捷、始终沉默不语的士兵。两个分队必须尽快赶到南坡的牧羊场，那是个尚未经过侦察的牧羊场，原因在于它处于通往山下铁路的道路背面，而且位于一条隐没的林中小路末端，从那儿开始是一个陡峭而无处可立脚的禁入地区。另一个由包列斯库指挥的分队必须途经小伙牧羊场，与阿尔金特小组会合。当然，如果那个小组没能抓住那个家伙，包列斯库对于能否在沃什蒂纳鲁确定为会合地的那个牧羊场找到那个家伙表示怀疑，因为他们始终监控着通往公路和铁路的出入口。

他确信，那个家伙早已销声匿迹，对他的一切寻找注定没有成功的可能。加什帕尔——他们锁定的目标——是一个十分机智的人，具有很强的反侦察能力。有一段时间，曾经躲在纳德拉戈城附近的一个乡镇上，随后借宿在一个铁道养路工那儿，再之后住在山下的一个牧羊场里，每次都及时地消失，而人们尽管听说他是一个"危险的"犯罪分子，却往往迟疑不决是否说出有关信息，仿佛他是他们的亲人一般。可能他身上带着钱，以此来诱惑他们！当局这样解释他至今未落网的事实，被持续了五天多的这场闹剧搅得厌烦透顶。

最后，两个分队终于出发了。还不到傍晚七点，但外面一片漆黑，如同深夜。天空低垂，什么也看不清楚，雨下得很猛，是一场阴郁的连绵雨，极不受欢迎。警员们也为两个农民找来了军用雨衣，沃什蒂纳鲁和他的分队首先出发，沿着山路往上爬，其他人跟着他们走过森林。沃什蒂纳鲁走在最前面，检察官跟随其后，他脚蹬长筒皮靴，裹在一件过长的雨衣里，宛如一只瘦长的老鼠。马泰亚什消失在一件对于他来说过于宽大的雨衣里，心里不由得诅咒鬼使神差把他带进检察官办公室的那个时刻，在队伍的末尾艰难地拖着两条腿走着，虽然沃什蒂纳鲁不断招呼他到自己身边来。沃什蒂纳鲁特别高兴，心情极好，好似出发去做一次假日的郊游。他建议亚列山德雷斯库坐车返回基地，但检察官拒绝了，装作很关心这次追踪，虽然包列斯库认为很难有成功的把握。或许，他真正感兴趣的恰恰是这一点。马泰亚什倒是很可能接受这样的建议，可惜沃什蒂纳鲁对他丝毫没有诸如此类的暗示。军士长注意到，只要这个"长官"能扛得住这艰难的行程，坚信要寻找的人并未早已从周围消失，那么，自己就不得不在大雨和高高低低的水坑里爬遍这儿的山山岭岭。

他们艰难地行进着，路越来越窄，有时完全觅不见踪影，几百米后才又出现。一个农民解释道,这是一条早就很少有人通行的道路,当年只有农民购买或者偷盗森林的木材时才偶尔被使用。但是,现在森林早已归国家所有。

"你是想说现在他们不再偷盗,嗯?"沃什蒂纳鲁说道,迈着大步迅速走在这支小队伍的前面,很有讲话的兴致,不断朝周围和前面扫动着手电筒的强光,"可尊敬的大叔,你有什么看法?"

"现在……"老农刚张嘴说话,沃什蒂纳鲁就打断了他的话,叫马泰亚什到他身边来,马泰亚什不得不磕磕绊绊踩着长大雨衣下摆跑着,因为"长官"一刻也不停步地等他。

"喘得很厉害,老兄,嗯?"沃什蒂纳鲁说道,以某种半是友好半是挖苦的酸溜溜的神色看着早就疲惫不堪的小个儿军士长,"现在我才想到……你看!"他说道,看见马泰亚什冷得缩成一团和脚上穿着的长筒靴,忍不住笑出声来,"你留在车里不是更好?或者,再费点时间,直接去中心翻阅文件?你将好几双袜子塞在靴子里,是要防止生老茧吗?"

"对!"马泰亚什说道,声音勉强从大雨帽里传出来,"我塞进了两双袜子!"

"太少!""长官"说道,"应该再塞些干草!石灰厂的栈桥上有些干草,我以为你因此想攀缘上去,侦探先生?不是吗?闭嘴,同志,你像一只浑身湿透的老鼠在雨中溜达,而且沉默得可怕!要知道,如果你走不动了,我允许你提出报告,我们为你用树枝做一个担架,好吗?!"沃什蒂纳鲁重又笑起来,笑得那么开心和响亮,在阴郁的大雨中奇怪地回响着,在这支小小的队伍的其他人面前充分显示出"长官"的非同寻常的男子汉气概,极大地鼓舞了他们。只有马泰亚什更深地蜷缩在雨衣里,如沃什蒂纳鲁所说,宛若一个"思念情郎的修女"。随后,军官重又开始同走在他左边的农民谈论他们所要经过的道路和地区的详细情况,而矮个儿军士长趁此机会又后退到队伍的末尾。检察官威武地迈开步子走着,表示他喜欢运动。那个士兵也走在队伍的末尾,不时地中断与那位老农的谈话,老农名叫高磊,高磊大叔。沃什蒂纳鲁大声问他是否知道"军士长同志"的状况。

"他在这儿!在这儿!"脸上长着雀斑的士兵从背后回答道,"步子很坚定!"

"不能犹豫,战士!"沃什蒂纳鲁在队伍前面喊道,所有人笑着继续交谈,"准备与敌人战斗,准备好了吗?"

"准备好了,长官!"士兵快乐地喊道,"不交谈,不犹豫地挺进!"

"到这儿来,军士长!"过了一会儿,沃什蒂纳鲁重又喊他道,马泰亚什不得不重新跑步前进,"你知道这地方有熊出没吗?你带着武器吗?!别走在末尾,你不适合当后卫,气味太重!"

然后,他开始同马泰亚什"严肃地"谈话,询问他关于自己制订的计划,并且补充说,虽然马泰亚什提出了辞呈并在"当前的侦查"中对审讯"消极怠工",但在未来晋升军衔时,他将建议为马泰亚什授勋。当然,如果他们能抓住加什帕尔的话。

马泰亚什已经疲惫不堪，过大的士兵用军靴磨破了他的脚踝，但路还很长。他终于忍无可忍，冲着这个"长官"说，他们是在"追一个幻影"！

"是吗?!"沃什蒂纳鲁说道，很高兴军士长终于开口说话了，给予了他以固有的出人意料的冷酷风格进行"戏弄"的机会，"你同包列斯库商量过，对吗？你们偷偷地相互勾结，马泰亚什队长，你们聊得很深？"

"噢，并非如此！"马泰亚什在雨帽下支支吾吾地说道，雨帽像军靴一样尺码过大，一串串的雨水从上面淌下来，"不是指现在的行动！相反，不排除您是正确的，那个家伙还在这儿的某个地方……"

"说得好！""长官"备受鼓舞地说道，"也就是说'不排除'获得成功。很有意思！我很庆幸听到你这样说！那么为什么说我们正在追一个幻影，老兄?! 啊？瞧你气喘吁吁的，确实累了，追幻影不轻松吧?! 哈哈！"沃什蒂纳鲁笑道，保持与半精疲力竭踩着他脚印前行的其他人同样的速度。他们依然走在刚才突然变成羊肠小道的路上，雨还在不停地下，风急雨骤，寒意逼人，对于一个夏天的月份来说实在出人意料。好在，不久他们将离开森林边缘的那条小路，穿越树林，所有人都在期待这件事，希望沃什蒂纳鲁将进一步放慢速度，在冷杉树林间，雨水将较难侵袭他们。然而，"长官"是依据自己的情感原则行事的：随着道路坡度上升，他加急了步伐，现在是出发时步速的两倍，全然不顾打在他脸上的暴雨，仿佛调动了他的男子汉精力的全部储备，确实惊人。他藐视黑夜，藐视满是泥泞水坑的艰难道路、风雨等全部恶劣环境的力量，对于诸如检察官、马泰亚什等比较熟识他的人来说是出乎意料的，而对于其他人来说，他的榜样令人赞叹地激励着他们，给予他们奇迹般的团结力，一种突然出现的坚强的团结力。这种力量一旦出现在一个人类集体里，意味着"长官"具有了权威，而所谓权威可以说是一种天生的东西。沃什蒂纳鲁意识到自己这种只同少数人分享的力量，或许因此有一种自豪感，帮助他在这个夜晚忍受了种种如此令人不愉快的事情。但是，马泰亚什与他的"来自州里"的上级、他的独断的上司有着不同的气质，本能地与这个人保持距离，因为在此人的心里阳刚气概是一种表演，但像在这场雨中追捕一样，在其他的时间、其他的机会中，他也不可能避开此人，保持两人之间的最微小的距离，虽然他们在不同的机关里工作。一遇到罪案的侦查或者更加严重的情况，沃什蒂纳鲁立刻把他调遣到州里，虽然通常按照自己的灵感或者州民警局的其他领导的意志行动，但很想更仔细地了解这个小个儿军士长，因为此人的一切举动眼看将成为一种奇特的迷信或者尚不知名的其他东西。奇怪的是，沃什蒂纳鲁给予了他极大的奖励、让步，甚至两次提名他同一个高级军官团一起出国访问，却拖延他晋升为军官，或许就像沃什蒂纳鲁一开始就对他说过的那样，喜欢了解这个"小军士长"。实际上，马泰亚什之所以进入民警局，只是因为没有考上大学，不得不参军，再有几年就将服役期满，而在其同时服役的"同辈"中不乏早就当上军官的战士。不过，他确实是州里的"杰出人物"，而且在这一年里甚至还有更重大的事迹，连沃什蒂纳鲁也不能反对他被保送到军官学校深造。

他们在那条小路上又走了半个小时,不时可以看见山坡下的一小段刚走过的旧路,这表明老农高磊很熟悉这些地方。随后,他们进入了森林,向着山上的牧羊场爬去。这支小小的队伍里的人能知道此事,完全是靠作为向导的老农的悉心指点,否则没有任何明显的标志可以辨识他们究竟在什么地方,在此之前他们已经穿越了几段森林,一段时间之后,重又走到了森林的边缘。

森林里宁静得令人难以相信,尤其是深入其间几百米之后,挺拔的冷杉十分高大,却近乎是干燥的。在一个适当的地方,沃什蒂纳鲁停住脚步,拿出一瓶阿尔迪亚尔①的高达六十多度的烈酒,递给全队人手接手传饮,禁止任何人坐到地上。大家抽了一支烟,但沃什蒂纳鲁没有抽,虽然他是个狂热的烟鬼,但当他突然"戒烟"时,往往能熬住几个小时乃至一整天。在山下的石灰厂里,他似乎抽了最后一支烟,检察官出人意料地很好地经受住了至此的路程的考验,禁不住问他"抓住那个家伙"后是否准备再度开戒抽烟。

沃什蒂纳鲁微微一笑,点头表示肯定,却没有说一句话。在所有人背靠着树干休息时,他不断绕着周围,这儿那儿不安地走来走去,仿佛在寻找着什么,或者对在这儿暂息感到不安,因为这使他比走路更累得多。随后,重新开始出发,确实,"长官"放慢了速度,这似乎表明他感到不快:他不再恼

---

① 罗马尼亚西北部特兰西瓦尼亚地区的别称。

火地对这个那个叫喊,也好似忘记了马泰亚什,只是时时同高磊老人简短地低声交谈,了解种种细节。他们进入了森林深处,好像开始下坡。没有人知道究竟身在何地,或许只有高磊老人和沃什蒂纳鲁知道。沃什蒂纳鲁在短暂的休息时拿出了一张地图,但只是匆匆地扫了一眼。所有人现在都默默地走着,已过深夜十一点。他们此时正在一个陡峭的漫长坡道向上爬着,旁边是纳德拉戈河的一条支流。这支小小的队伍稀稀拉拉地散落在树林间,始终走在最前面的沃什蒂纳鲁不得不时时停下来等候落伍的人,其中的常客当然少不了军士长。亚列山德雷斯库也开始出现疲劳的迹象,而道路变得越来越崎岖。雨近乎停止了,他们开始沿着西山脊的坡道向上爬,一段时间之后,河道也消失了。深夜十二点十分或一刻左右,他们到达了山上,又开始重新往下走。沃什蒂纳鲁建议第二次休息,但大家一致同意继续赶路。雨完全停止了,在骤雨期间始终笼罩着天际、强烈地回响着的雷声也悄然息止,天空逐渐开始变得清净。但是,月亮只是很短暂地露了露脸,所有人都依靠口袋里的手电筒微光摸索前进,在隔年的腐烂树叶上,在他们两次穿越的河床壁的厚厚的青苔上滑行,在看不见的树枝和被风刮断的干枝杈间跌跌撞撞走着,冒险克服黑夜森林中环生的千百种细小和不显眼的险象。烧酒瓶又传递了几次后,瓶底已所剩无几,尽管浓度那么高,但没有人发怵怕喝。虽然所有人都令人满意地忍受了路途的艰辛,但最终在每个人的心里对于将他们在黑夜里赶上这些陌生道路的那个人,滋生了某种愤怒和仇恨,而沃什蒂纳鲁越来越频繁地咕咕哝哝抱怨,他的狼犬同阿尔金特分队在一起而不在自己身边。他不再同任何人交谈，包括向导在内，但开始默默恼恨"骗走"了他的狼犬的军士长阿尔金特，在咕咕哝哝的抱怨声中时时人们可以听到狼犬丁戈的名字，他咬牙发誓回去后即使在办公室里也不再同爱犬分离。他大声地许诺——不针对任何人——将为狼犬买一条地毯，放在自己的办公桌边，还补充说了数十个细节，颇有令人惊异的幻想色彩。检察官试着对他说什么，但沃什蒂纳鲁无动于衷，甚至没有转过身去。他继续赶路，嘴里嘟囔个不停。马泰亚什落在最后，不再用脚行走，而是有时听任自己滑动，跌倒在地。伴随他的战士屡次扶着他，劝他停下来休息。但军士长拒绝了，说是"怕就此酣睡如泥，再也起不来"，而战士虽然嘴上说他讲得有理，但暗自猜测他是害怕"长官"。沃什蒂纳鲁确实下令任何人不得掉队独行，否则严惩不贷。

不到深夜一点，队伍到达了高磊老人不知其名字的牧羊场，但看不见任何人，依然是在森林里，沃什蒂纳鲁早就命令向导在他们到达牧羊场附近时报告他。所有的人听到五个多小时前开始的远征告终的消息时，不由得精神大振。沃什蒂纳鲁同向导交谈了几句，随后两个人轻松地向北走去，重新开始爬坡，仿佛要绕过牧羊场，其他人不解地跟随在他们后面。亚列山德雷斯库已经精疲力竭，但出于单纯的自尊而没有表露出来。马泰亚什早就疲惫不堪，此时只凭借原始的机械动作挪动着身体，像一个梦游者，全靠同样达到体力极限的那个士兵搀扶着。那是一个特别沉默寡言的人，在整个路途的时间里没说超过十句话，但很敏捷和富有耐心。现在他主动担负起搀扶军士长的任务。马泰亚什像一个孩子一样倒在他怀里，没有任何重新唤起自尊的迹象，沉默地喘息着，大汗淋漓，汗珠不断地在他赤褐色的脸上流淌着。只有高磊老人看来不觉得累，在任何情况下都试图靠近开始沿着山坡向上奔跑的沃什蒂纳鲁。每当道路上升或者出现某种障碍时，这个军官禁不住勃然大怒，咒骂大地或者他自己，有时还怒骂夺走了他的狼犬的阿尔金特军士长。其实，他们尚不需要警犬，需要的是找到罪犯的痕迹可能留下的某个地点。因为，民警局并不拥有被追踪者的任何物品，诸如他近期使用过的床单、毯子之类的东西。

开始越来越明显地表明，沃什蒂纳鲁想远远地绕过牧羊场，这个出乎预料地扩大路线的新举措，使跟随其后的三个人大失所望。检察官越来越频繁地"单独"歇息，越来越长久地靠在某棵树干上；而马泰亚什整个身体躺倒在地，大声咒骂"头头们""罪犯们"和"各种机关""见他妈鬼去"。一直给予这个矮小的马泰亚什必要照顾，帮助他站立起来的战士也已经精疲力竭，当他使劲抓住军士长，防止他躺倒在潮湿的空地上时，马泰亚什开始抽泣。然后，战士开始不得不在背后推着他或者在前面拖着他前行，甚至辱骂他，诅咒他"全家老死在民警局"，一辈子只能待在"侦讯处，去不了其他部门"。这时，他禁不住号啕痛哭起来。一段时间之后，战士再也没有力气照料他，听凭他摔倒在一大簇崖柏丛旁，随即跑到队伍前面去报告指挥官。沃什蒂纳鲁和高磊老人一起走在队伍最前面，检察官落后他们很远，只是根据他们嘈杂的话音和手电筒的光亮来辨别方向，而他雨衣上新的泥水的印痕清楚地表明，他滑倒或者独自在地上坐过好几次。所有的人都返回来帮助军士长，但令沃什蒂纳鲁吃惊和愤怒的是，马泰亚什不再在崖柏丛旁。不可能是错觉，军靴和脸朝下摔在地上的身体的印痕清晰可见，于是大家开始在周围寻找他。或许，他虽然累得精疲力竭，但依然诡计多端，预料到战士将同其他人一起返回，于是自己站立起来，找另外的地方躺下了。沃什蒂纳鲁禁止任何人发出任何噪声，或者呼喊这个失踪者。但这一切都毫无用处，马泰亚什即使听见了喊声，也不会回应，因为他对那无尽头的道路心怀野兽般的恐惧和厌恶，随着尾声的接近，他越来越感到身心衰竭。

"我的狼犬！"沃什蒂纳鲁怒不可遏地呻吟道，像一头野兽一样在树丛间转悠，不断嘟嘟嚷嚷地咒骂自己愚蠢地把狼犬交到了一群如他所说的"无能之辈"手里。对于军士长，他并不恼火，或者暂时没有表现出来，但在第一刻钟的寻找之后，始终没有发现马泰亚什的去向，于是沃什蒂纳鲁声明将独自前进，不能再等待。经过简短的商议，决定亚列山德雷斯库与那个脸上长雀斑的士兵一起留下继续寻找军士长，因为检察官懂得操纵罗盘，而沃什蒂纳鲁和高磊老人继续赶路。他们必须赶到牧羊场的另一边——牧羊场下面的一个草场，那儿有一个气象站，是与包列斯库约定会合的地点。包列斯库将把阿尔金特带来，把守卫在森林南脊牧羊场下面的人留在通往铁路和公路的出口处。往北无法通行，因为那儿是一个宽阔的陡口，面向森林的石壁极其陡峭，而在下面"山谷"中，各个点都布置了岗哨。整个地区进入警备状态，数十名士兵和军士严阵以待，相距几十公里的各个派出所予以协助,如果那个家伙还在这一带——不可能不在,除非"能飞",那么必然落入沃什蒂纳鲁设置的口袋中。罪犯消失得无影无踪的两天多以来唯一可能隐藏的地方,只有那个即使在夏天也废弃的小牧羊场,牧羊人有时会在那里住上几个星期。现在还不能确切知道那儿是否还有牧羊人,在放牧季节开始时,曾有几个羊群在那儿放过牧,但那里草场贫瘠,周围也不很广阔,牧羊人或许早已通过隘口——距此一天的路程有个地方可以下山——到达山下,进入谷地。

  沃什蒂纳鲁又耗费了几分钟,带着双倍的怒气去寻找马泰亚什。唯恐检察官也迷了路,他给了亚列山德雷斯库一支枪和画在一页记事本纸上的地图,那是他依据放大的山区军用地图和高磊老人的叙述亲手绘制的,特别标出了倒下的大冷杉树、岩石等识别物。然后转身出发,一路小跑,高磊艰难地跟在他后面。沃什蒂纳鲁答应一路上隔一段距离在一堆石头间插一根冷杉树枝做成路标,直至气象站。

  指挥官离开之后,留下的人又在周围搜索了一阵,然后在无声的默契下,席地坐在雨衣上,亚列山德雷斯库竟然睡着了,尽管冷得瑟瑟发抖,膝盖顶着嘴。那个士兵也睡着了,但没有敢躺在雨衣上,或者还有力气,只是挺直身子坐着打盹。森林里一片黑暗和宁静,偶尔传来嘈杂声和鸟儿的尖叫,却显得那么悠远,然后只有树枝断裂和风在树干间来回滚动的呼啸响声,但在他们待着的山上,一切都是静静的、凝固的。脸上有雀斑的战士时不时惊醒过来,恐惧地望着全身蜷曲地睡在雨衣上的检察官，以这样的姿态做着痛苦和疲劳的梦。然后，他抬头仰望，看看天空是否已经放晴。但在观察到蛛丝马迹之前，他又睡着了，直至指挥官离开大约半小时之后，天空真正大部分放晴，月光远离周围的事物，用长条的光束照亮森林的时候，战士才完全清醒，头昏脑涨地擦干净顺着一边嘴角流下的口水，发觉自己冷得一个劲儿哆嗦。他艰难地站起身来，搓着自己的胸口、脚和其他所有部位，然后试图叫醒检察官。

然而，亚列山德雷斯库没有动，甚至在战士用沃什蒂纳鲁留下的烧酒瓶触碰他的屁股，示意他喝酒时，也毫无动静。与军士长小孩子般吵闹和绝望的反抗不同，亚列山德雷斯库的反应是沉默、固执，近乎敌对。于是，战士用力把瓶颈塞进他的上下牙齿之间，像对待发烧的病人一样，把酒几乎全部灌进了检察官的嘴里，他自己一口饮尽了剩余的。但亚列山德雷斯库继续睡着，一动不动，只是嘴里偶尔传出咯咯的磨牙声。

"起来吧，检察官同志！"战士请求道，对方意识模糊的状态使他越来越害怕，"起来吧，天亮了……赶快！……"他摇着对方的肩膀，但心怀某种恐惧，时而看一看周围，或许能在什么地方发现马泰亚什。他开始担忧那两个在森林里熟睡的人，其中的一个天知道藏在什么地方，但他尤其担心的是亚列山德雷斯库在眼下所处的精疲力竭的境遇下，仅靠罗盘和沃什蒂纳鲁留下的小小地图能否摆脱困境，到达那个气象站。他疲于不断摇晃那个像一个装满石头的口袋一样躺在地上的人，虽然怀疑对方并没有完全睡着，有似乎很漫长的几分钟时间，他的脑袋垂在了胸前，感觉下颚重又在向下滑动，仿佛睡意又爬上心间。他知道现在出于恐惧不可能再睡着，但渐渐地又失去了对自己身体的控制，模模糊糊觉得对此时所在的地方，对还有九个月必须熬完的服役期，对自己"陷入"其中服役的地点有某种不满，不过归根到底，则是有点恼恨指挥官沃什蒂纳鲁没有多拿一些在汽车里发现的烧酒。他觉得烧酒提神，应该再喝一点儿，这或许能使他的脚伸直，活动自如，独自去寻找马泰亚什，那个躺在天知道什么地方，很可能因此而罹患怪病的矮个儿军士长。这些想法在他麻木的大脑里艰难地陆续闪现，彼此相隔很远，经过一段不再思索任何事情的模模糊糊的时间之后，他突然笑着大声地说："对，旁观者清！"

他从半麻木中苏醒，耳朵里回响着自己的那句依然温热的话，它的一个个音节依然像游丝一般悬挂在空气中，他重复了一遍，情不自禁地笑起来，不知道为什么，然后重新回忆着整个剧情，因为那句话是一个农民接待一个客人在自己床上过夜，睡在他和他老婆身边的故事结尾，而且……而且……战士重又笑出声来，而且竭尽全力地开怀大笑，因为他很快觉察笑能够驱走寒意，改变他半陷入其中的这种痴傻状态。他笑着，同时听见自己在笑，很高兴没有人听见他夜半三更在森林里这样站着独自傻笑。他不断笑着，自言自语地讲述着小时候就听说的这个老掉牙的故事，不断重复着结尾，然后，为了增大效果，不仅借助种种细节逐步走向真正的"高潮"，也就是那句话——"旁观者清！"，而且爆发出故意延长的越来越强烈的大笑，在周围一片沉默中，回荡着一种断断续续的怪异的奇特的咯咯的笑声。农民在半夜里听见窗前有一个声音在喊他："嗨，快起来,巴维尔,那个家伙在干你……老婆!"农民瞧瞧身边,根本没有这回事:客人和他老婆安静地睡着。于是,他重新睡下,隔了一段时间,又有人使劲敲打窗棂,喊着同样的话,于是,十分厌烦的农民从门后摸起一把斧头,回头一看客人和他老婆依然睡得很深沉,便走到院子里,绕到房子背后。窗前没有任何人,院门紧锁着,狗奇怪地看着他,他不由得厌烦地吐了口唾沫,转过身去,再次经过玻璃窗口时往里瞥了一眼,吃惊地发现自己老婆正在与客人恣意作乐,不禁傻了眼,挠着后脑勺说道:"嗯,对,旁观者清!"

忽然,检察官一个动作跳起来,挺直了身体坐着,战士慢慢地回过头去,惊奇地望着他,以为对方将再次躺下去,但寒冷的清醒感觉阻止亚列山德雷斯库熟睡,头垂在胸前,以同样的姿势木然坐了一会儿,犹如旅客夜里坐在火车的包厢里。然后,他逐渐用缓慢、沉思的动作从地上站立起来。亚列山德雷斯库与冻僵的战士似乎有点勉强地彼此照护着。检察官点了一支烟,两个人彼此用背摩擦了一会儿,然后开始想尽办法去寻找马泰亚什。他们很快就找到了他,看见他背靠着距离战士刚才离开他的那个树丛相当远的一棵冷杉树干,膝盖顶着嘴蜷缩成一团,浑身泥泞,甚至脸和头发上也沾满了,丢失了从山下齐多维查村出发以来一直戴着的贝雷帽,那是沃什蒂纳鲁一时兴起,提出"军士长同志"的"顶盖"问题时,从背后口袋里拿出来的。显而易见,是寒冷促使他从隐藏的地方爬起来,绝望地"贴住"那棵普通无异常的树干"取暖"。

马泰亚什能够支撑着站立起来,甚至可以行走,但他的牙齿不断打战,哆嗦得十分剧烈,直钻脑门,"深入脑髓",如他低声咕哝着抱怨的那样,脸在发烧。他仿佛突然变得苍老,惊恐地望着那两个迅速恢复了体力与他相遇的人。他们俩彼此搀扶着,瞧,马泰亚什是最强大的,是他支撑着他们俩,尽管他的身体顷刻间衰弱和苍老得如此吓人。

矮个儿军士长被照顾坐在两件雨衣叠成的坐垫上,检察官和战士捡来干柴、树枝和树叶,匆匆收拾出一块地方,然后点上火,战士时时去远处捡来干柴,然后盘腿坐下,惊奇地看着那舞动的小火苗那么迅速地燃烧,如同飘浮在潮湿的木头上的一星火花。

身体稍微暖和一点后,马泰亚什问几点钟了:午夜两点半,离天亮至少还有两小时。他们慢慢地起身出发,作为自然反应,感到稍许有点累,却不无惊喜地发现,沃什蒂纳鲁等候他们的那个地点似乎不太远。包列斯库和一个战士,以及阿尔金特军士长和指挥官的警犬已经到达了那儿。交谈了几句后,不久前来到的三个人知晓,阿尔金特与包列斯库一起在牧羊场——阿尔金特一天前已经来过一次——进行了侦查,没有发现那个要寻找的家伙。在牧羊场过夜的只有一个羊群、一个老头和一个大约四十五岁的中年人——老头的女婿。现在,老头的外孙也在那儿,那个年轻人不到二十岁,独自从村里来给他们送醋、盐和其他食物。他们第二次到达牧羊场时,只有那个小青年和一条狗在那里。小青年独自睡着,什么也不知道,没有看见过任何人。他看来很诚实和易动感情,因为看到那么多全副武装的军人带着警犬,吓得放声大哭。

于是，指挥官决定一待那三个迟到的人抵达，全体返回原来的出发地，步伐可以放缓一点，在小伙牧羊场中途休息。那儿是一个常年放牧的大牧场，为他们准备好了午餐。出发前几分钟，马泰亚什惊诧地发现，沃什蒂纳鲁给包列斯库下达了与行军路线相关的命令，随后命令一个战士给他准备一个军用背包，里面装上他个人的替换用品、一个帐篷、一壶咖啡和其他细琐用品，看见他很自由自在地等待着，而其他人正在准备出发，想在拂晓时赶到牧羊场，能睡几个小时。矮个儿军士长走到他面前，问他是否不同大家一起出发。

"不！"沃什蒂纳鲁一面帮战士收拾帐篷，一面漫不经心地回答道，"我同高磊留下，我喜欢这个地区，很难到达，我喜欢……"他又交代了几句有关警犬吃食的事情。

"你们把警犬留下？！"马泰亚什问道。

"当然！"指挥官说道，似乎不太愿意理睬他，"我满脑子只想着铺在办公桌旁边的小地毯款式……卷起来，同志！"他重又对战士喊道，"用力卷紧，我不想随身搬运大捆的东西！"

马泰亚什很关心指挥官是否还留下其他人做伴，沃什蒂纳鲁有点神经质地宣布，自己想独处，有高磊就足够了，那是一个"睿智的老人"。随后，仿佛此时才真正注意到军士长说的那些话，朝他转过头去，一丝惯常的狞笑在此前始终紧闭着的嘴唇上绽开。

"你是不是想同我们一起留在这森林里？！"

马泰亚什看着对方，不停地眨着眼，好似有人将一束剧烈的强光投射在他的脸上——或许是显露出一种完全不知所措和

低能的表情,因为沃什蒂纳鲁的狞笑变得更加露骨。于是,他严肃地说:

"为什么不?我想同您和高磊一起留下,我喜欢'睿智的老人'!"

"你胡说什么?!"沃什蒂纳鲁重又心不在焉地说道,转过身去,不做任何回答,走到阿尔金特——一个呼吸粗重的大个儿身边,把他晾在了一旁。马泰亚什不断用眼睛跟踪着他,看到他独自站在小草场边上一棵根边埋葬着什么东西的树旁时,便走近过去,重申了自己的意愿。这一次,沃什蒂纳鲁像对待一个普通的军士那样,简短生硬地说:

"不可能!任务大体上已经结束。我留下来只是因为不想睡在那个牧羊场里,而且也丝毫没有睡意……再说,你可能成为一个包袱、一个负担,我必须迅速行动!"

马泰亚什用他习以为常的十分夸张的口气,一再强烈地保证自己不会拖累他们,而正是这种过分富有雄辩色彩的话语令人感到十分可疑,沃什蒂纳鲁厌烦地打断了他的话,将注意力更多地集中在不断同他玩耍的狼犬身上:

"我觉得很奇怪!"沃什蒂纳鲁说道,"你根本不相信……记得你对我说过,我们是在追赶一个幻影,据说你有不同的高见、不同的理论!或许你是对的!请注意,几分钟之后该出发了!"他重又转过身去,背对着马泰亚什。

然而,马泰亚什并不气馁,没有离开沃什蒂纳鲁近旁,继续喋喋不休地不断辩解,尽管对方背对着他,正在用一把短柄铁锹掩盖着什么,而狼犬丁戈呼哧呼哧地围绕一棵果树奔跑着。挂在沃什蒂纳鲁脖子上的手电筒摇来晃去，无序地照亮着周围的树木碎片、拦腰砍断的幼林、一堆堆腐烂的树叶之类的废物。

沃什蒂纳鲁结束了自己的活计，用一根冷杉幼树的枝叶擦擦手，然后想退回到一片林中空地上，其他人正在那里等着他，准备接受他下达出发的命令，但马泰亚什拦住了他的路，以出奇的顽固态度站在他面前。

"你想干什么，军士长同志?!"沃什蒂纳鲁诧异地说，已经被对方的反应所激怒，但又觉得十分奇怪，"你在发烧，你赶快回去治病！我可能还要在这儿滞留八至十个小时，或许更长时间！"

马泰亚什请求也把他留下，这是他第一次求人。他外表十分怪异：在泥泞地里滚得浑身肮脏不堪，光着脑袋，寒冷特别是发烧使他哆嗦个不停，两鬓深陷，眼睛闪着野兽般的奇怪的光。沃什蒂纳鲁自我欣赏地思索了片刻，认为马泰亚什最终放弃了自己的理论，同意了他的结论——加什帕尔是罪犯。军士长继续参与行动的这种执着要求，无非是承认失败而又死要面子，但随即迅速赶走了这种自得的想法，断定军士长害怕往回走的路，相信同他一起在这儿能休息到……不由得重又觉得怒火上升，命令马泰亚什与其他人一起列队出发。但是，马泰亚什不仅不服从，而且在他想离开时，竟大胆地抓住他的胳膊。

"我不能听从您，指挥官同志！"马泰亚什用非同寻常的尖锐声音说道，脸上的表情甚为怪异，"即使我同他们一起离开，也将在路上流浪！我压根儿也不愿跟随他们去牧羊场睡觉，然后坐车下山！何况，我没有穿制服，而且已经提交了辞呈……"

"又来劲了?!"被这些无用的废话激怒的沃什蒂纳鲁说道，"你到底想干什么?!"

马泰亚什看着他的脸，沉默不语。现在，军士长的脸在阴影的遮蔽下，只有眼睛在黑影中闪亮。沃什蒂纳鲁注视了他一会儿，随后将他晾在一边，命令队伍出发。当包列斯库关注留在森林的阴影下的马泰亚什的命运时，沃什蒂纳鲁顷刻间半回过头去，仿佛听到了背后的什么地方传来某种嘈杂声，然后耸耸肩，补充说军士长体力已经耗尽，留下来同自己在一起。包列斯库诧异地看着他，但没有发表任何评论。亚列山德雷斯库显得状态良好，但可以看出除了赶快到什么地方睡在一张有遮盖的床上，对其他的一切毫不关心，仿佛没有听见中尉的问话。他走近脸上长雀斑的那个战士，好像完全忘记了矮个儿军士长，也完全忘记了半夜在雨中爬坡，在一座座森林里游荡的苦难经历。

那支小队伍出发后仅几分钟，沃什蒂纳鲁和高磊也准备离开。指挥官又问了马泰亚什一次，是否不想睡在牧羊场里，在对方表示肯定后，就不再坚持己见，也根本不再理会他。

他们出发了，但没有走很远：牧羊场就在几十米外，坐落在一条不太深的沟壑边沿，在西斜的月光下可以清楚地看见两间大小几乎相等的草棚和周围的柳条篱笆。从他们三个人站着的地方还可以看见一个草垛，风刮掉了几乎整个底部，现在只剩下一个垛顶，由一根在月光下闪闪发亮的高大木柱奇怪地支撑着。沃什蒂纳鲁命令他们在那儿等着他，然后带警犬在森林里忽上忽下地奔跑了将近半个小时,常常从站在原地的两个人的视线中消失,然后回来让他们跟他走。他们小心翼翼地走下沟壑,在离牧羊场不太远处找到了隐蔽在崖壁下的一个场地,在那儿支起了帐篷。帐篷前面,沃什蒂纳鲁和高磊用连根拔起的灌木丛设置伪装,清除一切痕迹。然后,高磊和马泰亚什奉命躺在帐篷里,而沃什蒂纳鲁在放任狼犬自由活动之后,守候在附近森林里。马泰亚什不时听见他将头伸进帐篷,低声叨念着他们的命运。有一次,还听见他对高磊说,注意别让马泰亚什开始打鼾。

当指挥官没有带警犬,独自回到帐篷里躺下,稍事休息时,天色已经大亮。马泰亚什没有睡着,那位老人也没有躺下,所有时间都盘腿坐着,像哨兵一样竖起耳朵打盹。沃什蒂纳鲁仰面躺了一会儿,重又开始抽烟,而且一支接着一支不断地抽着,然后敏捷地站起身来,想吃东西。老人早已走出帐篷,去顶替他的位置。沃什蒂纳鲁邀请军士长也吃一点,马泰亚什接受了,尽管他并不觉得饿。出乎意料,他吃得很多,胃口像沃什蒂纳鲁一样好。他想开口说什么,但沃什蒂纳鲁示意他保持沉默。然后,军士长又睡着了,但充满痛苦的噩梦,让他在浑身大汗和疲惫中醒来。最初一刻,懵懵懂懂不知自己身在何处:晴空明媚,一束阳光透进冷杉树林,从缝隙间深入帆布帐篷。他站起身来,一种急切的愿望推动他从令人窒息的帆布帐篷下走出去,却没有勇气那样做。沃什蒂纳鲁和高磊都不在,他等了很长时间,长得不可忍受的时间——他没有表,不知是几点钟——之后,终于小心翼翼地走到了帐篷外。

帐篷支在黏土崖壁的一个大裂口里，周围除了退化的草本植物、发育不良的地柏丛之外，没有任何东西生长。下面，沟壑很深，比在夜里感觉到的深得多，空气十分清新，能见度大得足以看见很远处的"断崖"山峰和整个山脉，而在群山背后则是广阔的哈采格①地区。马泰亚什由于害怕沃什蒂纳鲁，重又回到了帐篷里，但耐不住长时间的孤独。就在他准备出去而犹疑不决的那一刻，听见了犬吠，但只叫了一声，仿佛有人塞住了它的嘴，这促使他立定在原地。吠叫声是从很近处传来的，马泰亚什察觉那是一个信号，警犬经过良好的专门训练。他紧张地等待着听见指挥官声音，但沉重的寂静在那一声短短的犬吠之后笼罩着周围，一段时间之后，军士长觉得那个声音或许是自己的一种幻觉。然后，当那一声犬吠仿佛过去几个小时之后，他想重新坐下时，又传来同样短促和窒息的一声犬吠，这一次离得那么近，好似就在帐篷的门口。马泰亚什犹疑了片刻，恐惧促使他荒谬地后退到狭窄的帐篷最里边，以免在那两声犬吠后降临的难以忍受的寂静中一时冲动走出帐篷。他在周围寻找武器，但没有见到任何东西，只得心惊胆战地徒手走了出去。

他战战兢兢地走了一步，又一步，然后把用来隐蔽帐篷的柔韧的冷杉嫩枝扒拉到一边，看一看周围，向右面的森林望去，没有看见任何东西。他继续看着，没有移动，勇气已经在那两步路中消耗殆尽。随后，看见警犬出现在比他依据最后一

---

① 系罗马尼亚特兰西瓦尼亚地区的南喀尔巴阡山西段一处盆地，古称"哈采格国"。

次吠声估计的更远地方。它站立在冷杉树间，因为在森林的那一部分树干十分密集，与狼犬身高不相上下的地方几乎是空旷的，树枝只从上面的一定高度开始生长。指挥官硕大的狼犬一身黑毛，下腹呈黄色，朝他这边的方向看着，两眼甚至盯着他，煞是紧张，看上去状态良好，刹那间，马泰亚什觉得它将向他扑来。然而，他害怕移动，在冷杉树的阴影下，狼犬显得那么高大威猛，他的即使是最微弱的动作，也可能刺激它猛扑过来。然而，马泰亚什的不安随后愈益沉重：可能有人在他和狼犬之间的一棵树干背后窥视，有人像他一样不敢移动。很可能就是他……对，当然是他，指挥官不知在什么地方，同样带着武器的高磊也不知在何处。沃什蒂纳鲁为什么将战士们都打发走?!否则这个家伙或许不会来到近处……所有这一切以不可思议的速度在马泰亚什的头脑里闪过，汗水同时迅速地覆盖了他的脑门，聚集在眉间。随后，他极其准确地感觉到汗流汇集在嘴角边，不得不竭力控制住自己，克制侵蚀着他身体的战栗，对整夜和整个早晨折磨着他的寒热的突发记忆一般的战栗。对于那个看不见的人，狼犬正在虎视眈眈注视着，而警犬对那个人的监视防卫，引发了他巨大的恐惧。他的恐惧感在不断扩展增强，因为他看不见对方，那个人的实际存在只是通过凶猛和聪明的狼犬传递的紧张氛围感觉到的，从而唤醒了他的疾病——折磨了他一夜的寒热。在发现狼犬紧张地盯着某个依然看不见的人之后的那几十秒时间里，他忘记了关于那两桩罪案的种种疑问。一切疑问都消失了，那个可怕和极其残忍的未知的家伙现在就站在离他几步远的地方，只是狼犬阻止他向自己扑来或者最终销匿。

此时,在森林深处,从上面左边传来指挥官正在叫喊着什么的话音,当第二次叫喊时,声音比较清晰了,尽管还显得很悠远:"丁戈!"而在树背后的那个人可能开始有所动作,虽然马泰亚什依然什么也没有看见,但狼犬在移动着脚步,仿佛有人在背后推它,而它前腿支棱着,然后,头轻轻向左稍稍低下,突然像狼一样默默地一跃。

军士长此时才看见了他:一个青年男子,个儿不高,十分健壮,脖子粗大,肌肉发达匀称,宛若一根肉柱,身穿近似栗色的衣服。狼犬在同一秒钟把他扑倒在地,顷刻间,人与犬犹疑地抱在一起。这一刻尽管瞬息即逝,却令人觉得很是漫长。马泰亚什清楚地觉察到,警犬尽量不把被扑倒的那个人咬伤得很严重,虽然几秒钟之内鲜血浸透了那个人的胸口。青年男子很强壮,两度挣脱了警犬,站立起来,第一次是半站立着,第二次是单膝跪倒,但警犬两次都一跃而起,每次都有新的血迹出现在男子的背和肩上。第二次没有能把他扑倒,青年男子做了一个显然无用的简单动作,传来沉闷的撞击声。他试图站立起来,虽然警犬依然趴在他身上,但他竭尽全力抵抗,仿佛挺立在每一刻都有把他冲垮危险的洪流之中,终于成功地站住了。他站立着,警犬嘴紧紧咬住他右臂的背肌附着处,再一次同他展开角力。然后,警犬似乎被自己硕大的身躯重量拖累,逐渐下垂,慢慢滑落在地,嘴巴松开了青年男子,发出几声呻吟,仿佛被什么东西堵塞住了一般。随着第二声呻吟,鲜血从它嘴里喷涌而出,好似从水泵里冲出的红色激流。马泰亚什不由自主地奔跑过去。

陌生男子开始逃跑，军士长改变了自己的前进方向，绕过正在不断挣扎的警犬，朝那个人喊道："站住！"对方奇怪地看了他片刻，但没有太大的惊异，左手拿着一把鲜血淋漓的长匕首，很薄，好似一把特殊的长把剃刀。马泰亚什看到那把像一根血红的长钉子一样的匕首，尤其是对方的诧异和坚定的目光，以及宛若透明灿烂的蓝宝石一般的纯净、温和的蓝眼睛，不由得迟疑了片刻。陌生男子利用军士长的迟疑，横跨两步，像一头野兽一样沉默着，在树叶上滑落进一个坑的底部，军士长回过神来后，立刻跟在他后面奔跑，不断用力高喊："站住！否则我就开枪了！站住！"不知不觉中他跑到了对方消失在其中的那个坑的边缘，但那不是一个坑，而是一条流经森林的干涸河道，下大雨时形成一股洪流，马泰亚什奔跑的速度很快，匆忙中脑袋朝下，笨拙地一头栽进了那个相当陡的河谷。但万幸的是，倒在了那儿沉积的旧树叶和苔藓构成的一个软层上，像一个掉落在地的布娃娃一样翻滚着。

"站住，恶棍！"马泰亚什在翻滚中继续喊道，根本没有觉察磕磕碰碰的撞击，勇气百倍，令他自己感到惊诧和强大鼓舞。那个人进入了同一个河谷，毫不迟疑，头也不回狂奔着，仿佛根本没有听见军士长的叫喊，或者十分藐视军士长，根本不在意。他已经把长匕首塞在了什么地方，现在轻松地奔跑着，有时用两手保持自己的平衡，信心十足，神态非同寻常地平静。

马泰亚什跟在他后面加紧跑了几步，但那个人甩开大步跑着，速度比军士长快得多。军士长呼呼喘着大气，时时碰撞在隐蔽于激流滚滚的干涸谷底青苔下的石头上，与对方的距离越来越远。于是，他停下步来，绝望地看着周围，寻求帮助。

"站住！"他又近乎绝望地喊了一声，卡在喉头的声音可笑地在森林的可怕的寂静中回荡，但对方在他前面安然无恙地跑远去，姿态那么驾轻就熟，那么平静，仿佛独步于此间。于是，马泰亚什弯腰从地上捡起两块石头，几乎盲目地接连出手投去。第二块石头打中了陌生人的背部中间，军士长听见了低沉的撞击，这似乎进一步给予了他勇气，他又急走几步，重又弯腰寻找石块。石块长而尖，像小刀，相当重，当他想再次投掷的刹那间，看见对方站住了，正在注视他。然后，开始行动，向他走来，马泰亚什在闪电般的一秒钟后，向他扑了过去，嘴里出于恐惧无用地喊着：

"站住！"

对方重又抽出了已经擦净和闪光的匕首，但马泰亚什出人意料地用尽全力向前扑去，对方急速后退一步，军士长只抓住了他的脚，使劲拉住了他的裤腿。

"站住！"马泰亚什继续喊道，因为恐惧和某种疑惑感到喉头发紧，"不许动，恶棍！我杀了你，如果……"这个小个儿军士长时刻防备着凶器的攻击，但对方并没有挣扎，仿佛双手被捆住了一般，行动不自然地迟缓，仅仅试图摆脱他，好像他是一只爬行动物，一只令人厌恶和气味难闻的动物，甚至不用手掌或者拳头揍他，而只是试图挣脱像到处飘荡的带刺树枝或者长着尖利钩刺的杂草一样的军士长的手臂，犹如有时深夜在公墓里，觉得一切都像恶意和贪婪的饿鬼一般扑向你时所做的那样。马泰亚什感觉到肚子上受到高筒皮靴的一击，但他没有退缩，没有任何东西能迫使他放走这个人，除非丢掉性命。他不想看这个人，或许也不可能看，他的脑袋深陷在像一个女人的裙摆一样的对方的胃部，避开对方的冷冰冰的宽皮带，在紧紧揪住对方的同时不敢抬头，荒谬地害怕对方感觉到他的目光或者看到他的脸，会狠狠揍他。两个人好几次一起跌倒，一起呼哧呼哧喘着大气。陌生男子同他一起在地上翻滚，尖利的石块划破了军士长身躯的皮肉，但没有触及像孩子一样藏在对方肚皮上的头和脸。马泰亚什渐渐地感到疲乏，开始噬咬对方的胃部，试图用牙齿深入对方外衣下穿着的毛衣。此时，背后传来一声枪响，接着又是一声，随后响起了指挥官的喊叫声：

"站住，我要开枪了！站住！"

陌生男子又犹疑地挣扎了几下，然后停止了反抗，马泰亚什听见他无奈和绝望地叹着气，但仍不松开手，直至听到沃什蒂纳鲁非常靠近他背后的脚步声。随后，听见面前的高磊吆喝道：

"站住！站住！"

马泰亚什终于放开对方，听凭双手从对方的裤子和衣服的呢料上滑落下来，但并未抬眼看他，而是依然躺倒在地上，一如对方拖着他翻滚了十多米的那段时间里那样。他似乎觉得胆怯或者羞愧，因为自己居然像女人一样那么无耻和歇斯底里般顽固地贴在一个陌生人身上。

马泰亚什听到沃什蒂纳鲁啪的一声将陌生男子铐上了手铐，声音虽然很轻，却富有乐感，好像十分悠长，当他终于抬起眼时，看见在这一瞬间刚刚赶到被抓住的那个人背后的高磊喘着粗气,用拳头狠揍对方的肩膀,接着又是一拳,力量十分大,被捕者突然捂住了脸,那正是拳头落下的地方。

"别打他!"马泰亚什抬起完全麻木和皮开肉绽的身躯,站立起来轻声说道,"别打他,不是他!他不是杀手!"

"你杀死了我的警犬,蠢猪!"沃什蒂纳鲁尖声喊叫道,似乎颇为得意,用他的大手臂狠扇加什帕尔耳光,军士长又喊了一声,但声音因为愤怒和多次叫喊变得嘶哑:

"不是他!不是他杀的!"他愤怒地注视着沃什蒂纳鲁,片刻间忘记了自己是什么人,身在何处。

沃什蒂纳鲁吃惊地朝他转过头去,仿佛早已忘记了对方的存在,但对于马泰亚什吼叫着说出的那个结论,不是感到诧异,而是困惑不解:对于军士长用毫无意义的想法来阻止他报复杀害自己爱犬的人,似乎感到很是气愤。此时他根本不管站在面前的人是不是罪犯,他投向下级的严厉目光,明显地表明自己对于对方的愚昧的蔑视和不耐烦,这个蠢材不明白现在应该面对的不再是前一段时间发生的一桩或者两桩命案,而是躺在不远处的那条壮美的爱犬的依然温热的躯体。因此,他要不眨眼地杀死站在他面前的这个人,但马泰亚什站在他和被捕者之间,虚弱地战栗着,傻乎乎的,眼睛里却闪烁着智慧和理性。如果他独自一人,或许会克制自己,满意地处理这件事情,但马泰亚什这个白发萌生、缺乏强有力信心——否则怎么会改变主意,跟随他留下——的瘦弱军士长在阻止他,这个事实促使他怒火中烧,越来越愤懑。高磊老人似乎也感觉到了这一点,又揍了加什帕尔一拳,而这个家伙忍不住转过身来,用双手和手铐的铁圈撞了一下老人。沃什蒂纳鲁做了一个后退半步的快动作，啪的一声打开了手里依然拿着的手枪的保险盖。

马泰亚什一听到这微弱而十分清晰的响声，立刻像机器一般转过身去，迅速移动，耸耸肩远离那三个人身旁，宛若一个性急的忙人，为了履行一个细小而烦人的义务，要急匆匆赶到什么地方去。

但是，沃什蒂纳鲁跟在他后面喊道：

"站住！你为什么到这儿来，是为了维护这个恶棍吗？！"

马泰亚什仿佛转瞬间令人不敢相信地突然神态大变，慢慢地转过身来，有点疲惫地目不转睛地盯着指挥官。然后，匆忙说着什么，语速快得没有人能听得清。

"走！"沃什蒂纳鲁朝被捕者喊道，高磊在同一刻把他推到了前面，但态度不像刚才那么粗暴。

周围一片寂静，高磊老人时时推一下沉默不语、规规矩矩走着的被捕者，三个人都跟在独自在前面走着的马泰亚什背后，而军士长虽然步伐坚定，却说不出究竟要走向何方。现在，正在走向帐篷，虽然他感觉到那三个人在他背后相当靠近，但没有回头去看。当经过狼犬丁戈的尸体时，他竭力不朝那个方向看，因为觉察背后有人盯着他，不愿陷入某种轻率的姿态或者情绪。

"嗨，同志！"指挥官冲他喊道，声音颇为恼怒，几乎冒火，"你快速跑步去拿两把铁锹回到这儿，让我们来埋葬爱犬！我不知道你我是什么人，但它是英雄！一个英雄，真正的英雄，不折不扣！"

沃什蒂纳鲁低声补充道，喃喃地似乎在说给自己听。

"头上没有盖上神圣的旗帜！……但是，你是纯粹的英雄，最纯粹的英雄！"沃什蒂纳鲁的话音越来越低沉，喃喃地说着一些不可理解的话，因为他开始害怕说出心头隐藏的东西。在那一刻，他的心像铁锤一样敲打着，为了这条"奋不顾身"听从他的命令与杀人的刀搏斗的义犬。它是一个罕见的崇高典范！有哪个人能够为了一个简单的"命令"，为了自己不理解的事业，为了完全"未知的"甚至毫不相干的事业，如此奋不顾身地迅猛献身！只是为了执行某个人发出的命令，你献出了自己的生命，而发令者现在必须沉重地背负上这硕大、壮美的躯体的死亡，极度忠诚和富有智慧的朋友的死亡的罪责！有谁将能替代它？！

马泰亚什拿来了野外作业的短把铁锹，他们俩要为警犬挖一个墓穴。他们挖得很快，不觉得紧张和疲劳，当一切完成之时，不由得发觉这样的劳动对他们很有益，促使他们接近了具有真正男子汉气概的清晰、平静的判断，恢复了一时失控的情绪的平衡。两个人都满意地呼哧呼哧喘着粗气，而沃什蒂纳鲁现在不再害怕忧伤，他无论如何必须孤独地体味那种忧伤的重负，因为那条义犬曾是他唯一的朋友。

"他竟然没有强迫加什帕尔挖坟？！"马泰亚什暗自思忖道，偷偷地注视着站在矮坟前的沃什蒂纳鲁，只见他的头颅紧缩在肩窝里，执着坚定的脸上若有所思，似乎隐藏着某种看不见的东西，不但喘着粗气，对自己的活动表示满意，而且故意延长这种喘息的氛围，争取再多几秒钟为自己的新行动进行辩解。

第十一章

在民警带着"战利品"回城后两天，克里尼茨基遭人杀害。三天后，在小城附近的一个名叫克利维纳的村子——克里尼茨基的老家，举办他的葬礼。

"十恶不赦"的罪犯被捕并在警局的看押下，这个消息一度大快人心，但一桩新的无法无天的命案——一个以心地善良和纯洁闻名的汉子遭人如此卑鄙地杀害的消息，闪电般地产生了空前的惊慌和普遍的恐惧，把纳德拉戈城的所有居民，在工厂工作的工人，在那儿居住的少数农民、小手工业者和老人，以及途经的过客和被监管接受侦讯的人，都带入了近乎惶惶不可终日的恐慌和不安境地。发现第三桩不幸事件后，此前默默无闻的马泰亚什，军士长马泰亚什的名字，一时间变得家喻户晓，此前严格地由几个人——侦查的领导层掌控的许多细节，如在这样的情况下通常发生的那样，变成小城街头巷尾广为传播的热门新闻。不言而喻，传闻的内容比当事人所知道的更丰富得多，组成了传奇的雏形。天知道人们从什么地方发掘出了与马泰亚什明辨那些"前所未闻"的案件相关的种种细节，绘声绘色地谈论在民警局工作不很久的马泰亚什如何顶着"愚昧无知和官僚主义"的上司们显而易见的巨大压力，破解种种难题，等等。据传，沃什蒂纳鲁——人们并不确切知道他的身份，常与根本没有参与案件侦查的州民警局副局长克里山少校混为一谈——想杀了加什帕尔，但也在追捕中受伤的马泰亚什极力反对。这位军士长虽然早就知道真正的凶犯的名字，却被禁止泄露或者继续追踪，"其中的原因只有天知道"，或许是因为了解群众在这样一桩非同寻常的案件中的心理和反应对当局颇为重要。不过，案件极其严重，不言而喻，立即调动了州和布加勒斯特的最精锐的力量，首先一个措施就是马泰亚什得到官方任命，正式参与侦查，但要求他尽可能穿制服露面，以结束部分无谓的谣言。在纳德拉戈城出现了几辆来自首都的汽车，忙忙碌碌的陌生面孔，在城周围布设了一道连狗也窜不出去的活城墙，自通告第三桩命案那一刻起，所有人被原地动员，全部禁止出入，除非得到最高当局批准。工厂的生产几乎完全陷入紊乱，人们懒懒散散，很少干活，没有人再听从命令，而且也没有任何人再想发号施令，去解决那些"小问题"，尽管这样的问题在以往被看作重要和严重的大事。

克里尼茨基是拂晓时分被两个女人发现的，她们从附近的一个小镇送牛奶进城，经过一旁躺着他的魁梧躯体的渡口。他躺在岸边的浅滩上，已经死亡，颈项和肩膀有多处匕首刺入的刀伤，伤口很深，其惨状令人毛骨悚然。谣言像闪电一般迅速传开，据说在当天晚上，惊悚和恐怖达到了顶峰。晚上十一点钟左右，在有一座超过一个世纪的老钟楼的"福音"教堂响起通告十一点差一刻的三下钟声之前不久，许多人都听说了这样一件事，其中有人还在同一夜立即报告了侦查机关：在山坡高处称为"魔女角"的这个小城北部，无论是街上的行人——当然是结伴而行,因为没有人再敢无人陪伴走出大门,或者还没有睡下的人——这样的人很多,因为一刻钟前,也就是在十点半,换班的工人刚刚走出工厂,都听到了来自山上浓密的山毛榉和橡树森林的"呼唤"。环绕全城的"呼唤"十分诡异,令人极度不安,类似从牛倌的原始号角中发出的声音,清早召唤家家户户的牲口集合起来,赶去放牧。声音深沉、粗犷、沙哑,传布到每家每户。然后,那个"呼唤"声变得越来越清晰,很快引发所有人惊慌,女人们开始尖叫,有的甚至晕厥昏倒。在一片恐惧中,传来一个越来越清楚的人的"话音",勒令入侵小城的所有外来者"滚出去",还"人们安静和不受打扰",因为在这之前层出不穷的犯罪不会停止,只要纳德拉戈城不解除围困,"指挥官"——好像说的是"指挥官们",他们扰乱了安宁等——的脚还在街上走动,他就不会停手。"话音"在很短的间隔内说了两遍。"呼唤"轻而易举地在地处群山环绕的漏斗状山谷里的小城传播和流动,而深夜的氛围,新的命案和周围的黑暗森林,像在那个"洞穴"般的谷地里的人们完全隔绝的状态一样,促使许多人听说的那些谣言产生了压倒一切的效果。侦查机关日夜工作,没有休息,州民警局的几乎整个领导班子、几个检察官、一个犯罪学专家和一个上校——国家侦查局长常驻小城,但直至"大个儿"安葬的那一天,凶犯依然逍遥法外。其实,他们早已接到"最高层"的命令,限定案件必须至多在"三日内"结案,任务极其严峻,进度严格对外保密。但是,克里尼茨基的安葬日正是结案到期的第三天,而一切停滞不前,似乎依然没有任何确切的眉目。

克里尼茨基死于星期二至星期三交替的深夜，葬礼在星期五下午举行。虽然克利维纳村离纳德拉戈城有好几公里的距离，但公墓挤满了来自城里表达悼念的人。由于来的人太多，那个小小的旧公墓已经容纳不下。公墓坐落在一个山脊上，通往那儿的只有一条也是深藏在两个高坡之间的乡村土路。墓地四周没有围栏或者围墙，但生长着像一道活的篱笆似的茂密的丁香树丛。这座丁香小树林有很大一部分被人群践踏，树枝也被折断。小村被葬礼搅得鸡犬不宁，数量过多的人群聚集在各处，丝毫也不像安静和默思的追悼集会。既有数以百计的激动到极点的不安静的人，也有惊恐的妇女，但奇怪的是，孩子们几乎丝毫也不哭闹，这个人类群体中的所有人宛若随风飘摇的网条，缓慢地前后摆动着，又像是一群羔羊，被一条可怖、凶残而又看不见的狼恐吓和愚弄到极点。

　　葬礼由于两个重要的原因推迟了：一个原因是在克里尼茨基被谋杀后的头两天，找不到任何一个神甫愿意为这个不安静的灵魂"救赎"，症结恰恰在于他在教堂之外朗读《圣经》并依据"他的想法"加以评注的习惯。最初有人坚持说他是自杀，这种谣传虽然很快就不攻自破，但无论如何必须等待主教同意，安魂仪式才能举行。第二个原因则是当局的禁令，唯恐公众乘葬礼之机闹事，但经过某些特殊的审批程序之后，一切正常进行，克里尼茨基的遗体最终得以安息。

　　那是酷热肆虐的一天，太阳虽然开始西斜，但天体依然以强大的力量燃烧着，暑热正盛。然而，没有人离开那个地方，仿佛在等待着发生什么不寻常的事件，许多人没有能挤到送葬仪仗和巨大的棺木附近。工厂的许多工人、死者的许多劳动伙伴在那儿；工厂还派来了军乐队，工会、基层组织、行政部门送了显眼的大花圈。克里尼茨基没有任何亲属，是克利维纳村的一个老农从一家孤儿院领养长大的，但这个老农早已去世，克里尼茨基也很早就搬出村子，从十一二岁就开始在工厂当学徒，当时工厂还只是一家生产乡下用的原始炉灶的小作坊。

  克里尼茨基的墓穴挖在公墓的边缘，在山坡下的旧墓地部分，已经很少有人在那里筑墓，而那些掩埋着已经部分风化和粉碎的尸骨的沙土上的小坟，受到高大的野草和色彩鲜艳的小花侵蚀，现在人群满不在乎地躺在上面。墓前的木头十字架很高，上面烫印的铭文已经模糊难辨，只剩下字母的深纹，不复有任何意义。木头十字架的桩子已经腐烂，歪歪斜斜地勉强耸立着。有的墓碑是用从河底捞上来的扁平的普通石头制作的，一只笨拙的手在上面刻画了几个简单的日期数字，对于村子里的人或者甚至外地来的任何人来说，没有任何意义，除了对这些地方非常陌生的个把生性散漫的游客，或许一时兴起，瞥一眼这些扁平的河石或者木柱的大裂口里长满青苔的刻板的十字架，犹如一张纸或者一小沓纸在放大镜的焦点下会燃烧一样。

  两个非常相像——虽然外貌毫不相同——的神甫念着安魂仪式的经文，在他们肮脏破旧的法衣下露出了磨光的裤子和结着宽大的断鞋带的大皮靴，上面沾满了山坡上的一层厚厚烂泥。两个唱诗人协同唱诗，那是两个穿着像半个城里人的农民，其中一个肮脏——深入种地人的皮肤和指甲的那种"肮脏"——的大手捧着一本小册子，时不时悲哀地朝一旁吐口唾沫，毫不避讳，然后重又"赶上"另一个帮唱。另一个是个安分的小老头，一脸病态，脸色苍白得如同刚摆脱无情的重病不久，挣扎着从床上爬起来，勉为其难地表演他的哀歌技艺。

工厂的军乐队演奏了几次，但不适合在这样场合的氛围，或者不习惯克利维纳村的两个神甫拿捏的腔调，怎么也配合不好唱诗人和神甫的声调，整个安魂仪式就这样不协调和混乱地进行着，各说各的，往往在一个神甫摇动手提香炉，大声念悼词的时候，铜管乐器还在喊叫般地高奏，压根儿听不见神甫在说什么，只看见他的嘴在无意义地张合运动。有时，被人们和军乐队闹糊涂的唱诗人急急忙忙地在不适合的节点上唱起来，不但自己觉得尴尬，而且激怒了周围的人。

因酷热而肿胀的克里尼茨基的魁梧尸体，安放在新挖的墓穴边空地上的灵柩里，渐渐地，他宽阔的脸、鹰钩鼻和已经出现皱纹的高高的额头开始逐一埋入土里，他的眼睛在淡褐色的稀疏眉毛下显得鼓胀，而嘴唇也有点浮肿，变成像泡泡糖一样的淡蓝色。由于体重超常，由八个人——八个年轻力壮的工人，其中有的是他的徒弟——抬着从教堂送至墓地。但是，抬灵柩的人都是生手，晃动过大，克里尼茨基的身体和头颅滑向了一侧，墓穴周围的人见此情景，不由得产生了一种奇怪的印象，觉得他的魁梧的身躯局促不安地蜷在那些木板之间，极其痛苦地试图寻找一个比较适宜的姿态。他是那样魁梧，或者说肿胀得那么厉害，以致灵柩的前部钉不上钉子，只能半敞着下到墓穴里，随同他一起下葬的还有那包着布面的《圣经》和胸前用化学铅笔画的十字架。

在身份如此不同和混杂的人群中，本乡的农民最少。格尔达医生的夫人和她的儿子蒂图斯也来到了葬礼现场。格尔达夫人身穿黑色丧服，她的高挑的个儿、严厉的神情在女人中间十分显眼，而她宣称自己对死者相当熟悉。蒂图斯穿着随便，显得情绪十分低落：一脸失落的愁容，往常充满骄傲和明显的优越自得感的容光现在已荡然无存，眼睛周围满布乌黑的眼圈，目光变得游移不定，闪闪烁烁，似有难言之隐。在人群中，他很快就认出了穿着便服的检察院和民警局的高级官员，而在从教堂到墓地的路上，两次看见了穿便服的小个儿军士长。他迅速避开，以免引起对方注意，随后察觉自己的这种做法犹如儿戏，或许他出现在这个场合本身就十分引人注目。马泰亚什甚至有一次迎着他的目光，尽管只是一滑而过，但显得煞是尴尬，蒂图斯不由得突然脸色通红，有好几分钟感到十分不自在。他随即忘记了一切，因为他忽然看见了伊琳娜，自将她独自留在他父亲诊室安睡的那天早晨至今再也没有与之交谈过的伊琳娜。虽然他找过她几次，甚至让母亲传信，但都没能接近她。她的家受到长期的严密监视，格尔达夫人告诉儿子，自己曾同伊琳娜交谈过几句，但劝导儿子不要再去找她，并且警告说，如果"不想给伊琳娜招来麻烦"，至少在受侦查和怀疑状态没有解除之前不要这样做。

蒂图斯尽管经历了这些挫折，还有军士长马泰亚什的最后警告，但依然到她家里找过几次，敲她的窗户，大声喊着她的名字，却没有任何人回应。门关着，窗户帘子垂着，邻居们根本不予理会，不想知道与二十一号一家相关的任何事情。

在此期间，在接受蒂图斯父母的"哄骗"之后，莉娅重又回到了家里，虽然蒂图斯好几天根本不愿见到她，虽然在他父母的监护下依然留在家里。他的父母试图竭尽全力保全最近陷入令人不愉快的种种事件中的这个小儿子的脸面。但祸不单行，莉娅突然说已经怀有两个月的身孕，引得这个前大学生惊慌莫名。他眼里容不下自己的妻子，即使答应与全家一起进餐之后，也拒绝与她交谈。但格尔达医生和夫人十分严肃地表示必须"保住孩子"。一切像一个包围圈一样收缩得越来越紧，就在克里尼茨基葬礼的前一天，在一片惊慌和恐惧中，人们犹如独自留在一个黑暗的房间或者没有光亮的地窖里的孩子们感到害怕一样，无不防备着任何时刻都有可能在他们中间或者肩膀背后的某个地方出现一个令人难以容忍的贪得无厌的巨大恐怖阴影。而他，蒂图斯以及他的父母庆幸得到一个好消息：克卢日大学法律系主任寄来一纸通知，说是教育部不同意在国家考试前夕开除大学生蒂图斯·格尔达学籍，系主任因此限令他紧急到校，参加秋季考试。蒂图斯刚一念这个消息，他父母和莉娅的脸上就喜笑颜开，尤其是他父亲，与此前判若两人：当蒂图斯不久前那么突如其来地提前从克卢日带着令人丧气的消息回到家里时，父亲似乎被击垮了，骤然老态龙钟，全身无力，过度敏感，达到了一种变幻莫测的病态激动状态；然而，他现在神采奕奕，确实充满了幸福感，那是青年大学生自遥远的童年时代以来没有再见到过的。确实，有谁能阻止亲人们的幸福，尤其是当他们如此热烈和开怀的快乐成为我们自己幸福的象征时？蒂图斯如同他所设想的那样，越来越感觉到自己

"被逼到了墙根下",虽然他假装系主任的消息并不使他很感动。至于同莉娅的关系,依然近乎没有进展。她依然同婆婆睡同一个房间,而蒂图斯,她的丈夫,或许除了一些一般的事情之外,没有什么可指责之处,但对夫妻生活十分冷淡,只是一早一晚,紧闭着嘴对她打个招呼而已。

蒂图斯看见伊琳娜在一群离他相当近的女人中间,心头不由得燃起巨大的不安。那天早晨,他还在街上从远处看见过她一次,当时还有一个女人同她在一起,但当他想走近时,她进入了一间房子,他不敢进去找她。他在街上等了很久,但她没有再出现,后来他觉察,她可能是从房背后的小花园离开了,那是纳德拉戈城几乎家家都有的。现在,他站在原地激动不安地思索着,不知道该怎么办,虽然自己早就希望在葬礼上遇到她,而且这也是促使他接受母亲的请求,陪同她来到这儿的动机之一。现在看见了她,而且离得那么近,却不复知道怎么办。一种奇怪的怯懦笼罩着他,他的躁动是那么明显,格尔达夫人禁不住不断低声问他"是不是觉得不舒服"。后来,当葬仪宣告即将结束时,她消失了,他立即决定离开母亲身旁,没说一句话,快走几步,来到了她身边。

伊琳娜穿着一身黑色丧服,如达比奇去世以来所有人通常看见的那样,脸儿几乎完全隐藏在一条厚厚的黑色头巾中。她似乎已经感觉到了他就在自己身边,虽然头一刻也没有动过,眼睛牢牢盯着地面。

蒂图斯一言不发站立了几分钟,如此突然地立定在那儿的模样引得几个人诧异地回头看他。然后,他伸出手,用颤抖的手指抓住她的胳膊：

"伊琳娜！"他低声喊道。在那一刻，他不无惊恐地感觉到，自己的父母或许还有比较远的其他人匆忙在他周围筑起的薄薄围墙轰然倒塌了，仿佛不知什么人喊出的她的名字夷平了那包围着他的逼人走向毁灭的无形同心圆。

她不易察觉地微微低下头，下垂的头巾完全盖住了她的整张脸。

"伊琳娜！"他俯身再次轻声喊道，虽然感觉到周围观看葬礼的女人们的咄咄逼人的眼光，"伊琳娜，我一定要告诉你！"

"不，不！"她低语道，更深地侧过头去，仿佛并不想让他听见自己的声音，"求你立即离去……求你立即走开……"

然而，他更用力地抓紧她的手臂，使她觉得很痛。他重又几乎轻快地感到，自己的反抗精神和原来的骄傲在胸中泛起，那种对抗一切人的品性很适合于"崇高品德"乃至真理的称谓。

"我们一起离开这儿！"他说道，声调中重又显示出原来的那种桀骜不驯的色彩，"我再也不让你消失！"接着又说了几句诸如此类的话，虽然觉察她的整个身体开始轻微颤抖，呼吸慢慢加重，仿佛周围的空气变得稀薄。刹那间，他害怕她会发病，她曾多次对他说过情绪过分激动会使她精神错乱，因此教堂里人太多时，她避免进去。但他没有将手从她的纤细的手臂上缩回，尽管可以轻而易举地从她的黑绸衣袖上顺势滑落松开。

看见她沉默不语，蒂图斯重新开始说话，声音越来越急促,越来越不克制,以致从背后开始传来模模糊糊的嘘声,但他全然不顾。于是,伊琳娜做出了决定,而他提前大约十秒钟感觉到了这一点,她的身体突然抽搐了一下,好似在睡梦中受到电击,浑身的肌肉一激灵,然后说道:

"我们在小树林里见……大十字架小桥边的树林。在这之前别靠近我……走吧,求求你!"

"但为什么……"他开始问道,但她打断了他的话,第一次把脸转向他,蒂图斯瞬间看见了她的眼睛深陷在额头下,痛苦而忧郁。

"立刻离开!立刻!"她缓缓地细声说道,见他不相信她的话,便转过头去补充道,"我发誓!以遭受不测的可怜的丹的名义……现在就走开!"

蒂图斯转过身去,火急火燎地大步走去,近乎小跑。他走近母亲身旁,三言两语解说道,自己必须马上离开,劝她找一个纳德拉戈的熟人一起回家,随后就一言不发地把她留在了那里,在她开口说话之前就消失得无影无踪。

克里尼茨基的躯体被小心翼翼地安放进墓穴,越来越多的人聚集到墓穴边上,虽然沉重的灵柩摇摇晃晃的,还没有触到底部混浊、肮脏的泥水。那两个神甫在唱诗人和教堂司事的陪同下回身向教堂走去,时而用手提起法衣的下摆,一脸庄重而疲惫的神情,胸前漫不经心地抱着祈祷书,以及法事乐器和信徒们作为礼物赠予的小束罗勒花。

村里的教堂很小,是一座石头建筑,新的圣像屏上,微微发黑的嵌银的长脸圣像和一个红色大圣灯闪闪烁烁,若暗若明。这个小教堂通常人迹罕至,但现在有几个女人和几个男子,女人大多数非常年轻,大约在二十五至三十岁上下,多半是外乡人。克利维纳堂区神甫克里斯图良努是一个超过六十岁的老头,头发稀少,小眼睛黯淡无光,鼻息浓重,不很通气,说话时常常不自觉地呼哧呼哧喘息。在他从祭台里走出来,对着"大门口"画一个深沉的十字之际,一个女人走近他,贴着他的耳朵低声说了些什么,而他的回答却声音很大,周围的人都听得清清楚楚:

"必须,当然必须……只是别吓着病人!"他两次轻喘着气说,然后补充道,"我将借用为房屋祝圣的名义到那儿,这样……"

那个女人退到一旁,恭顺地走了。堂区神甫朝周围看了几次,等待着邻村的另一个神甫。那个神甫还在脱法衣,或者在圣器室祈祷。右侧的长条椅上坐着几个老人,正在轻声地交谈,有一个在一旁跪着等待的男子站了起来,克里斯图良努直至这个人走近过来时才注意到他。男子低着头,胆怯地挪动着步子,嘴唇上挂着女人一般的腼腆微笑。这时,堂区神甫才想起,他见过这个人始终守在死者躯体周围,送来了应该是在纳德拉戈定做的灵柩,勤快地跑前跑后,料理丧葬应办的杂事。

"是你!"神甫说道,因为对方走近过来恭敬地等待着,不敢先开口说话,"你是死者的亲戚,愿主宽恕他!我觉得……"他喘了口气,和蔼地望着对方。

"是的!"那个人说,"他是我的比亲戚更亲得多的人……更亲得多。我从他那儿学到了许多东西,愿上帝让他安息……上帝将他列为最虔敬的信徒!"

堂区神甫听到最后一句话，不禁皱了一下眉头，那表明到教堂聆听讲道的某种频率，但由于他是一个开明的人，重又微笑着审视面前的这个人，对方的内敛和良好教养令他喜欢：

"你怎么称呼啊？"他稍稍低下头，忍住不喘息。

"多纳西耶·米库拉，神甫……您是从哪儿知道我的？"在那一刻，他的眼睛突然热泪盈眶。堂区神甫面对对方的痛苦，不知所措地皱起了眉头，忘乎所以地用力擤了两下鼻子，然后用指甲乌黑的柔软的小手抓住了对方的胳膊，热情地说道：

"我相信他是一个纯洁的人，上帝将容忍他的灵魂……上帝是伟大和宽容的，他像我们所有的人一样，不沉沦于那些鸡毛蒜皮的琐事！我听说他每天读《圣经》……"

对方点点头，目光始终低着，说话痛苦得近乎呜咽，耳朵红得像火焰：

"是的，他读《圣经》！也为我们这些人朗读，尽管我们不能理解最起码的……"

"但现在不一样了！"堂区神甫稍有些神经质地打断他的话，看着自己的同事走出圣坛的小门，朝大门左侧的圣母像画十字礼拜，"现在，我的亲爱的朋友们，应该回归真正的教会怀抱！"

"好吧，但是……"男子说道，抬起了泪光闪闪的眼睛。

"不，不！"克里斯图良努马上补充道，试图将声调降得比较温和，"在任何地方曲解《圣经》是不可宽恕的！你们来这儿，来神圣的教堂，让我们一起祈祷！包括你和听过他讲话的其他人！你们不能再误入迷途，不应该扰乱人们的头脑！应该

435

这样做，上帝与你同在！"克里斯图良努想离开，但对方手掩着嘴轻轻咳嗽了一声，暗示自己还有话要说，于是堂区神甫停下步来，目光转向他。

"如果不是罪过，我有一个问题……如果……"

"好，亲爱的，说吧！"堂区神甫说道，竭力克制住自己的匆忙，因为他看见陪伴他的同事已经慢慢向教堂门口走去，从那群年轻女人面前经过时，她们都恭顺地向神甫弯腰致敬，"如果你有一颗皈依神圣信仰的纯洁之心，那不是罪过！说吧！"

"那么……"多纳西耶说道，"我想问您将圣像放在这儿是否正确，放在……"他朝圣坛转过身去，堂区神甫跟随着他的视线望去。

"噢！"克里斯图良努说道，"你是指读经台上的圣像！那是圣母长眠圣像，那是不久前迎来的我们教堂的守护神！"

"很好，"多纳西耶说道，"但一个圣像这样放在椅子上……在人们可能碰到和撞倒它的路上，是否合适？我知道，圣像应安放在圣坛上，否则是罪过！"他突然满脸涨得通红，"圣像是一件经过封圣的圣物！"

"但没有放在椅子上！"克里斯图良努说道，忘记了自己的急事，煞是困惑不解，"它安放在也是经过封圣的读经台上，正是为了人们能够礼拜和吻它！"

"不对！"米库拉说道，似乎对自己所说的话也有点怀疑，"并非如此，圣明的神甫，请原谅我这样说，但……不是明文规定不准造偶像膜拜吗？那不是上帝律令的第二戒吗?！"

"亲爱的，圣像不是人造偶像！"克里斯图良努说道，用力擤了一下鼻子，"圣像是一种象征！我们礼拜的不是它的木头或者颜料，而是……"

"不可宽恕！"多纳西耶近乎耳语似的轻声说道，但他的眼睛在半暗的教堂中瞬间闪烁着奇异的光，"我们涂染木头、铁或者石头，然后用它们造上帝的像，是不可宽恕的！这些是魔鬼的像，不是……"他补充道，话音始终很低，犹疑不定，好似期待神甫给他阐明。

"是的，是的！"克里斯图良努沉思地说，看着交叉贴在胸前的祈祷书上的双手，"这些事是死者教你们的，对吗？"他问多纳西耶道，口气始终很温和，因为，不知为什么，这个陌生人近乎女人般的腼腆和胆怯引发他的同情。

"不，不，"多纳西耶摇摇头说，依然那么犹疑，"他根本没有说过这些事情……大叔他，上帝宽恕他，丝毫也没有提及教会和神甫们！他只为他自己读经，也不太喜欢有人听，只容许很少的人接近……但给许多人帮助，给所有苦难和贫穷的人帮助！"

"是的，是的！"克里斯图良努说道，神经质地抱紧了手里的书和随身带着的罗勒花束，"你们来神圣的教堂，不必害怕！你在工厂工作？"

"对！"多纳西耶热情地说，"我们在工厂工作！但这不能阻止我们……没有任何人阻止我们……"

"好，好！"堂区神甫说道，不耐烦地在原地晃动着，"可敬的约内斯库神甫在纳德拉戈，他是一个心地善良和学问渊博的人,如果你愿意,他将欢迎你……如果你不嫌太远,或者再来墓地时,顺便到我这儿来……我任何时候都欢迎你!"堂区神甫再次向这个陌生人俯下身去,仿佛要记住这个正壮年的男子敏感得有点令人吃惊的面貌。

多纳西耶还想说点什么,但随即突然改变了主意,使劲将眼睑压住自己富有表现力的火热的眼睛。看见神甫动身离开,他喃喃地说着什么,声音很低,以致克里斯图良努已经向前跨出一步后才明白他的话:

"请您为我们……为我们的灵魂祈祷!"

"好,好!"堂区神甫漫不经心地说道,在他低下的头顶上大大咧咧地施了一个祝福,"还来这儿,别怕!"

"上帝保佑你……"句子的其余部分不复听得见,被周围长着一圈漂亮的卷曲胡子的堂区神甫的小嘴巴卡了回去。与此同时,神甫快步走向教堂出口,进入外面的院子,他的同事在那儿等着他。他满意和友善地一路为在他面前慢慢低下脑袋的女人们和几个老人摸顶祝福。清新的热风从外面侵入那石墙围绕,表面微黑和呆板的大厅的阴冷空气中,吹动道袍的下摆随风轻轻飘舞。

多纳西耶慢慢走到圣像屏的巨大的耶稣像前,缓缓跪下,双手紧握在一起,猛力地抽搐着,仿佛要将手指连根拔起,在他弓腰弯曲着的强壮背脊后面走过的人,听见他无限痛苦和绝望地不断喃喃低语道:"大叔!……大叔!……大叔……"

蒂图斯·格尔达快步走着,近乎奔跑,不到一个小时就到达了伊琳娜相约的地点,虽然明知将等待许久,伊琳娜是在他之后出发的。那是一片幼林,生长在纳德拉戈城附近的一条公路不远处,竖立着一个十分陈旧的木瓦盖顶的大型十字架。

一到那儿,蒂图斯就朝左右观望,仿佛她可能在他之前到达似的,然后急忙坐在十字架背后稀疏的高高野草中,像一个小男孩一样双膝并拢,眉头紧皱,与他惯常的自得、生气勃勃和嘲讽的脸部表情大相径庭。过了一会儿,路上已经开始出现葬礼结束后从克利维纳回来的人们,而他神经质地时时跳起来,不能自控,然后重又以同样的抽搐——朝他体内的某处强力凝缩的姿势坐下。

她终于来到了,但不是从公路那边,而是从幼林生长的那个小山坡的一条狭窄的林间小道上走来。那条小路与克利维纳并不相通,而是通往侧边的另一个村子,或许是因为绕道,所以她姗姗来迟。她的平底黑色便鞋满是尘土,额头上汗珠满满。直到此时,在心惊胆战地急忙走近他的时刻,她才察觉很久不见后蒂图斯消瘦了那么多,他的两鬓深陷,漂亮挺直的鼻子变得尖尖的,好似一个长期卧床后的病人。他的眼睛深陷在额头下,但闪烁着强烈的光,隐藏着某种始终是默然的执着狂热,仿佛无力或者过分强劲地试图冲破嘴唇的脆弱的关口。

蒂图斯等得很不耐烦,在最后半小时里甚至觉得像是置身于一阵不安和痛苦的强风中,伊琳娜将爽约和逃跑的想法使他感到恐惧,一种万念俱灰的空虚感从心头升起。虽然如此,他一见到她沿着山坡的比较平缓的三角地带,在叶子稀少的树木间走下来,却故意把视线转向另一侧,直至身旁感觉到她的急促的呼吸时，才回过头来。

"我不能待很长时间！……"她开始说道，而他重又俯下凸起而不很高的固执的额头，立即回答道："你先坐下，即使只待几分钟，也得坐下！"

蒂图斯感觉到她还在犹豫，随后听见她一边因路途的疲劳而依然不规则地喘息着，一边以某种不确定的口气说道："好吧……我可以坐下，咱们还是离开这儿……路那边有人或许会看见我们！"

"那又怎么样！"蒂图斯想这样说，而且带着他固有的傲慢神情晃动自己的肩膀。但他终于忍住了，重又皱起了他那十分灵动、漂亮闪光的浓眉，有气无力地说："咱们走吧……但去哪儿?!"

"我不知道！"她咕哝道，"随你便，但这地方从路那边看得见，或许……"

"好吧，好吧！"他站起身来，粗鲁地打断了她的话，但突然怜悯此刻与一头被追赶的野兽惊人相似的这个女人的整个神态，同时又担心在这个不可预见和心思不定的女人面前，自己的自发情感可能暴露无遗。

他们俩朝一个叫作"小石槽"的地方走去，那是在大十字架右边的一个岩石谷地，上面覆盖着茂盛的植被，一丛丛的荆棘、荒草、犬蔷薇，几乎完全掩盖了发源于此流向谷地别处的一眼泉水的涓涓清流。人们用大石板将泉眼围了起来，还建了一间小小的木屋，有一扇可以打开的小门，上面刻画满了形形色色的名字和留言。离泉眼屋不远，有一张木头桌子和一条板凳，桌子和板凳的腿都是用柳条木砍制而成，直接插在地里，已经在石缝的土壤里生根发芽，不仅颜色青绿，而且还长出了新叶嫩枝。

伊琳娜想坐在板凳上，但蒂图斯拉着她的手，推她坐在尖顶的小木屋背后，一大丛野覆盆子旁边的地上，而他虽然同她并排坐着，却保持一定的距离，仿佛怕接触到她的身体。

"你为什么变得这般模样，蒂图斯？"她终于问道，用手推开了迎面的一根带刺的细枝条。

"终于开口了！"他轻轻地咬着牙说道，"咱们还是不谈这些吧，抛开'你为什么这样''为什么不可亲'，或者所有其他诸如此类的问题！我想问你一些非常严肃的事情……再说，你想要我怎么样？"他突然怒气冲冲道，"如果你这样顽固地躲避着我，如果你不允许我母亲进你家，虽然我是按照你希望的我不在你家露面，以免伤害你的恳求，才请求她去的，但……你甚至不给我任何生存的信息，仿佛在逃避我，归根到底就是这样！而现在，一到这儿就从远处对我喊道，只待几分钟？！你是怎么了，想要什么把戏？你究竟是像传说的那么神圣的一个贞女，抑或只不过是一个难以捉摸的臭婊子……"

"蒂图斯！"伊琳娜低声喊道，"你竟敢这样放肆？！怎么能这样不自爱？！"

她的声调尖厉，包含着温情和痛苦，透过她的话语表露出一种前所未见的恐惧感，而他再一次挣扎着，遏制住转过脸去温润和怜悯地注视她的冲动。

"算了，算了！"他说道，眼睛始终盯着他视而不见的地上，咬紧牙关,摆出了以前很少有的一种姿态,"让咱们一劳永逸地结束这种虚伪!我感到恶心!"他随后接着说。

她带着同样的惊慌注视着他,见到他坚持不回头把视线转向她,便语气急促地说道:

"那么,好吧,我不是对你说过,我们不应该再见面,情况很不好……我不断受到跟踪,忍辱负重。被审讯,特别是那些卑鄙的家伙等待着这种不幸,自达比奇死后,他们一直窥伺着我……其中有几个女人……一起散步,串通一气,造谣生事,编造出种种谎言,我伤心和厌恶得恨不能死去或者发疯……"

"我听说你要把房子卖掉!"蒂图斯冷不丁生硬地问道。

"是的……"伊琳娜答道,忽然有点犹豫,"我委托了人……"

"好,好!"他又粗鲁地打断了她的话,"你只关心这些事!"

伊琳娜诧异地注视他片刻,见他执拗的额头和噘起的嘴唇挂着那挑衅性的傲慢,不由得感到十分委屈,重又说道:

"但是,我见了你母亲,是谁告诉你……"

"是她告诉我的!"蒂图斯看见伊琳娜沉默不语,便接口说道,"你闪闪躲躲地隔着窗同她说话,连窗都不敢敞开!"

"但是……事实不是这样!"她柔声说道,唯恐伤害他,"这是第二次……"

"但愿如此,第二次!"他耸耸肩说道。

"是的,当时……"

"当时你不是单独一个人,是吗?"他回过头来,盯着她的眼睛。

"对!"她怀着同样的恐惧低声耳语道,"我不是单独一个人,但不是你想的那样……是他们……"

"咱们应该坦诚相见,伊琳娜!"片刻沉默后,他深深地吸了口气说道,声音比较平静了些,"应该承认你是在回避我,即使这样做没有必要,即使你没有被监视,即使没有发生这场灾难,不知道是什么人的咒落到了我们头上!"

伊琳娜左右摇晃着脑袋,宛若一个农妇,紧闭着嘴,不开口说话,他不胜惊诧地看了她一秒钟。

"我的咒!"这个想法像一个钟摆在她的头脑里摆动,"只能是我的咒、我的不幸,只能是……"

"承认吧!"他坚持道,"那是你亏欠我的,至少为了你那天夜里对我说的那件壮丽灿烂的事情,为了你隐藏在心里的爱,在你成为一个自由的孤身女人之前很久很久就隐藏在心的对我的爱,为了我也感觉到而必须隐藏的爱,因为当时不存在任何希望!听着,美人,当时不存在任何希望?!但现在呢?!现在发生了什么?我们现在怎么办?!"

他那样严峻地看着她,伊琳娜不由得一怔,好似他突然抓住她臂膀一般,稍稍向后退了一点,那一根带着树叶和刺的枝条又贴在她的脸上。

过了一会儿,看见他平静了下来,她吐了口气说道:

"好吧,但……我听说她回来了……而且……"

"你担心什么!"他那么出人意料地大声喊道,她不由得害怕地看看周围是否有人听见,"别管这些!"他说道,抓住她的手臂猛拽,"现在听着,我来告诉你!"

"我不知道……"在他继续粗暴地盯着她看了一会儿之后,

她喃喃耳语道,"我不知道!不知道!"一阵战栗像微风一样迅速流过她全身,她双手抓住了自己的肩膀。

他又厌烦地转过头去,她的软弱和深刻的敏感使他愤怒,觉得那是对他的一种欺骗、一种下意识的愚弄、一种不诚实的恶意的逃避。他两膝略微分开地坐着,茫然看着满是灰尘的鞋尖,从背靠着的石板上轻轻地挪动了一下,然后突然察觉,她在哭,一动不动,默默地哭着。

"伊琳娜!"蒂图斯轻轻喊道,怒气重又浸透他的心,但在他喊着她的名字时,她发出了一声深深的叹息,于是他朝她俯下身去,害怕地轻轻抓住她的胳膊。

"伊琳娜!"他用突然变得柔软的声音说,"伊琳娜,我的小傻瓜,为什么……伊琳娜,我的伊琳娜,别这样……听着……伊琳娜,我求你,你想……我的伊琳娜,别哭,没有必要,你不应该哭,一切将近结束,我们将获得自由,我们将从这儿逃出去,我向你发誓!……"

"不,不!"她摇着头说,泪水更加急促地从她那像细瓷一般消瘦的脸上流淌下来,而他在好几秒钟间静静地待着,被她的非凡美貌,不复有任何戒备、充满恐惧的神态镇住了。

他轻轻地把她搂在怀里,开始小心翼翼,甚至带着某种虔敬吻她,脸紧紧地贴近她的纤细、滚烫、轻轻搏动的颈项,她的像在发烧一样炽燃的双鬓,片刻间他疑惑她是否正在生病。他轻轻地吻着她的肩膀,覆盖着她的肩膀和手臂的上衣绸子,但他的吻非但没有能抚慰她,反而更加剧了她的不安,泪水越发猛力地浸湿她的脸颊。

他一时间以为她感到冷,或者在发寒热,便脱下自己的衣服,披在她的肩膀上,但她摇摇头,用手将他的衣服扒拉在地。于是,不知为什么,这个动作又激起了他的怒火,他想说什么,紧紧咬着自己的嘴唇,但终究没说一句话,重又把她搂在怀里,这一次搂得十分用力和充满野性,仿佛她那愚蠢和没完没了的哭泣比言辞更激怒了他。

伊琳娜一怔,感觉到了他的野性和恼怒,但蒂图斯越发怒不可遏,气势汹汹,当她看见他弯成弓形的漂亮小嘴上一闪而过的微笑时,不禁心惊胆寒,那是她不能忍受的一种恶意和玩世不恭的微笑,即使她独自想起它时,也感到可怕。那不是他的微笑,他身上没有任何东西与那种表情匹配,正因为如此,这样的微笑的出现更令人不安,更可怕。

伊琳娜半推半就,轻轻地挣扎着,心头犹豫不决,特别是对他脸上的生硬、不友好的表情感到诧异,感觉到他突然把她安放在从她肩膀上滑落在地的那件衣服上,一种神秘的、潜在的不安笼罩着她,她出于一种本能的冲动试图掩饰,不让他看出自己脸上的恐惧,免得刺激他。

"伊琳娜!"他低声耳语道,他的声音突然又变了样。她很害怕那一天他的情感是那么不稳定,很不像他自己原来的本性,或者她认为的他的本性。"伊琳娜,我的美人……有时候,我确信自己配不上你,请相信我,我没有对你撒谎!……"

他向她俯下身去,她躺在从自己肩头滑落时铺在石头地上的他的衣服上,感到一只卷着的衣袖在她右肩胛骨下硌得很不舒服,但不想挪动,恰恰是因为他的目光突然变得很温柔,她不愿打扰他。虽然她很久前就爱他,最初让他察觉她,用目光偷偷地跟踪她,然后羞怯地进入交谈,在一段相当长的时间内,两个人心情矛盾而复杂地偷偷交换一两句话,但她,前不久才真正了解他,从此心头笼罩着某种恐惧,害怕他的不可预见的性格,从来不那么深沉、严肃。

"咱们再也不分开!"他祈求她道,伊琳娜察觉一句奴颜婢膝恳求的话从他嘴里说出来是多么乏味,"对她,乃至对我的父母,我都不关心,从我一生下来,父母就出于他们的某种自私的想法来爱我,他们或许可以无动于衷地置我于死地,因为他们确信自己所做的一切都是为我好!父母从来不明白,或者很少明白,自己的孩子从超越能够独立自理的年龄那一刻开始,什么才对他们有益!从某个年龄段往上,从大约不晚于二十岁或者十八岁起,父母认为的'好处'已最终与儿孙辈的'好处'相断裂!他们把莉娅请了回来,认为莉娅是无辜的,但她最可怕的罪孽就在于,我认识了你,而她……对,她……"

"闭嘴!"伊琳娜深情地说,那手掌压住他的嘴唇,"你不应该说她任何坏话!"

"我不说!"他许诺道,神情宛若一个撒娇的任性孩子,随后朝她俯下身去,在她耳边喃喃地说了什么。

"不!"她喊道,把他推到一边,试图站起来,突然显得惊慌失措,"不,蒂图斯,求你立刻忘记自己所说的话……求你放我走,我想站起来,或许有人路过这儿!"

蒂图斯皱起了眉头,他的脸色显得有点严酷,以他固有的野性开始狂吻她,用左手解开她的黑绸上衣,上衣的扣子很小，外面包裹着呢料，仿佛在歌唱似的自动散开了，他的手直接滑到她那在蕾丝内衣网眼底下突突自由跳动的温热的乳房上。伊琳娜用力挣扎着，同他展开角力，试图从他的紧紧怀抱中，从他那贪得无厌地追逐着她，有时令她窒息的冷酷和贪婪的嘴下解脱出来，从他身体的重压下钻出去，但没有成功，反而促使他更深地陷入好似报复性的强烈的执拗中。而她自己，她的身体似乎也不愿采取果断行动，因为她的挣扎蜕变成断断续续、下意识地对他的拥抱和热吻，然后似乎很害怕自己的冲动，试图用出其不意的爆发力把他推倒，而他则用全身的力量把她压在身下。

突然，看来他厌烦了这种低级的搏斗，猛撩起她的柔软的黑裙，露出了她的腿肚，在那稀稀落落的草丛中闪耀着晃眼的光。他阴沉地注视着草下的红土，伊琳娜失魂落魄地喊叫道：

"蒂图斯！"随后迷茫地耳语道，"你要干什么？你……疯了……求求你……蒂图斯，我恳求你！"她咬着牙呻吟道，试着将裙子拉下来，盖住膝盖，"立刻站起来……"

他一动不动地注视她片刻，寒气逼人，支撑着右手小臂趴在她身上，而她想利用他保持静止的这个平静时刻，开始低声地说话，又是恳求，又是用威胁和叫喊替代恳求，但他似乎根本没有听见，在她说出两个词之间，骤然一把将裙子从她身上往下扯，动作是那么简捷迅猛，惊恐万分的伊琳娜有一秒钟时间身不由己地悬空着，随即，他粗野和迅速地解脱了剩留在她身上的一切障碍，然后注视着她，用力将她安放在原地，带着怪异的好奇冷冷地盯着她，虽然她依然在他那如钢铁弹簧一般坚韧的双臂中有气无力地挣扎着。

接着,她突然惊慌地感觉到他压在了自己身上,于是开始更加激烈地挣扎,仿佛沉浸在一场噩梦之中,内心激浪起伏,不可忍受,已经觉得体内的某个部位开始出现精疲力竭的征兆。然而,每当她的脑海里再次重现他的欲望,以及他们在毫无遮挡的这原始大地上合抱成一团的场面,回味他的躯体的炽烈火爆和不可遏制的野性时,她不由自主地紧绷着自己的苗条身体,宛若锋利的刀片。

他们俩在到处是宽大石板的谷地旁的泉眼小屋背后,挣扎翻滚,她自己嘴里的沉重喘息声使她难以忍受,于是再次紧绷身体,试图把压在上面的他推开,但他只是稍微朝两边滑动了一点,丝毫也没有松动。她突然察觉自己过于羸弱,无法战胜他,或许正是对他的爱使她变得如此羸弱,这种想法再次激怒着她,但这个男人是不可撼动的,像一块无情的沉重巨石压在她身上,于是她,或者钻入她脑海的其他什么人在说:

"既然如此……为什么不……尝试一次……为什么在这些石头上折磨自己……"

她一边不断挣扎着,一边看着他,但眼前的他,神情是那么扭曲,并非是欲望使然,而是愤怒和惊异所致,或者说是一种极度高速地淹没了他的强烈傲慢的羞辱感与引发幻觉的情绪不稳定性的怪异混合所致。一切在几微秒间飞翔,他此时不可能是个莽汉,某种闪电般的东西抑制着他,她不知为什么突然极其清楚地感觉到了他的惊异和愤怒,这种感觉忽然使她心软,仿佛突然疲惫不堪,虽然依旧假装——这使她感到羞愧,对，确实如此，依旧假装与他搏斗。

然而，她觉得现在必须同她自己搏斗，一股热浪从头到脚浸透她全身，如此出人意料又善解人意，同时，也感觉到他忽然平静了下来，朝左边歪着头，执拗和凸起的前额几乎触到地面，虽然他没有移动，胸脯依然压着她的乳房。

伊琳娜的心激烈地挣扎了两次，明白他发生了什么，感觉到他的整个身躯充满善解人意的温暖，出人意料的甜蜜和令人迷醉，尽管这种洪水般的热潮随时都可能中断。她突然觉得自己的眼睛和睫毛热泪盈眶。

"亲爱的！"她喃喃耳语道，"我的骄傲和亲爱的宝贝！我的爱！"她用左手抚爱着他的头发、颈项、耳朵、脸颊，抚爱着她感到滚烫和凝滞的他的左脸。

她的手窄小，关节很长，十分白皙，纤细得不自然，不断地移动，轻轻地触摸着这个依旧将她紧抱在自己身下的男人，她的手像飞鸟的细细颈项一样，从绸子的黑色袖口一步步伸展出来，然后怀着无限的柔情，开始亲吻他，贴近他，紧搂着这头焦躁不安和不可预见的野兽，这头依然在挣扎，将她关进他那惊人地抽搐着的结实的肌肉笼子里的野兽。同时，她无比轻快地感觉到，泪水重又冲破眼帘的高门槛的长期阻挡，掉落下来，缓慢地，无比缓慢地流向下巴，仿佛是刚刚诞生的一群小生物，在她闪亮肉色的强烈光照下盲目游动着。

……他完全占有了她……她一刻也控制不住自己的奇怪哭泣，而他如傻如痴地听着。然而，她感受到的只有满足，尽管那不是从她心头产生的满足，而是未知的其他什么东西或者其他什么人突然强力传输给她的一种兴奋状态,她不想要并且依然竭力抗拒着。那是一种祈求,她的肉体的祈求,肉体的无休止的喃喃细语,但没有任何屈辱和羞愧:一种热情、骄傲的祈求,累人而热烈的祈求。

第十二章

　　同一天晚上，山城小小的火车站的狭窄月台上和候车室里，旅客相当多，许多农民准备坐小火车回到窄轨铁路沿线附近村庄的家里，还有些陌生面孔的男男女女，则准备旅行，去更远的地方。

　　小卖部入口处，一个铁警军士长正在同一个约莫三十岁的男子交谈，此人很瘦，近乎弱不禁风，头发失去了光彩，乃是在这儿名气与日俱增的马泰亚什军士长。这次他依然是便衣出行，穿着他那恒久不变的海蓝色上衣，双手插在口袋里，心不在焉地听着他同事说话。对方是一个矮个儿，语速急促，常常连珠炮似的两三句话一并吐出来，下巴外凸，对于类似的怪癖，马泰亚什竭力装作视而不见。

　　几句寒暄之后，马泰亚什与铁警军士长握手告别，对方十分恭敬地弯腰致敬，虽然他们的军阶相同。他向前走了几步，想去月台，却马上又改变了主意，犹疑不决地看了看表，然后转身向售票厅旁边的一个报亭走去。虽然已经很晚，大约已近晚上十点钟，但现在刚能买到最近日期的《火花报》①——由于书报抵达这儿很困难，只有一天前的报纸，以及一本彩色杂

---

① 当时的罗马尼亚中央机关报。

志。他把杂志毫不经意地塞进了衣服口袋，迅速浏览了一眼报纸的各版，随后走进了车站的小卖部。那是一个不大的房间，有几张高脚桌子，供旅客站着进餐，人很多，随身携带的旅行袋和手提箱散放在墙边各处。粉刷成绿色的墙壁配有复杂的边饰，颇有些自命不凡的气派，可惜大块的污斑覆盖着墙面，一直延伸至贴墙的狭长高脚售货柜台。人们排队站在柜台边，手里拿着长颈酒杯，里面装的却是最蹩脚的朗姆酒和白兰地。

马泰亚什看着周围，由于烟雾不得不眯着眼睛，站在一张桌子周围的一群男子中有人在向他打招呼，嘴里喊着什么，他只是点点头作答，因为在这种场合喊叫毫无用处，什么也听不清楚，他丝毫也不明白对方究竟在说什么，又有什么价值？一句啰里啰唆的话加上一个友好的招呼，他以相同的方式和致敬礼作答，脸带夸张的亲切表情，无所谓地笑着。然后，他多少有点不自在地转过身去，不知接着往哪儿去，便信步走近那里的食品柜。突然，玻璃柜里面大大小小不同色彩的巧克力棒吸引了他的注意，淡紫色或者栗色的窄长条，包在绘着夜来香的闪闪发亮的糖纸里，煞是诱人。一些老式的栗色巧克力甜点，则浇了过多的焦糖浆，卖相极差。那儿还有些玫瑰，花瓣犹如糖果，十分扎眼。马泰亚什是个甜食的超级爱好者，现在直观地细看了小卖部相当贫乏的整个冷食柜之后，不无惊喜地发现里面竟然有用玻璃纸盖着的核桃糕，不由得整整看了一分钟，着了迷似的，忘记了其他甜点，却怕女售货员笑话，没有敢开口买一块。核桃糕只是小朋友吃的儿童食品，但最后还是下决心装出一副尴尬的笑脸，扭扭捏捏说了些无用的废话，终于使女售货员明白,为他切了一片,包在一张餐巾纸里递给了他。

马泰亚什军士长接过核桃糕,开始吃起来,用报纸遮着脸,免得被人注意。他慢慢走出小卖部,停在前面向左拐通往月台的长走廊上。然后,又走了几步,不想遇见任何人,手里依然拿着那片很大的核桃糕,有时偷偷地咬一口,拐弯朝右走去,进入了第二候车室的门。那是一个很脏的房间,有几排长椅,由于里面热得令人喘不过气来,或者因为销售廉价烈性的朗姆酒和白兰地的小卖部的吸引,这儿人不很多。有几个胖女人,带着在长椅和房间中央的一张圆桌周围静静地玩耍的孩子,还有几个男子脖子靠着墙壁在墙边的长椅上呼呼大睡。马泰亚什立即坐在门边一张空着的长椅上,开始毫无拘束地大嚼黏糊糊的白色核桃糕。吃了大约半块糕,他抬起头来,看见就在他对面,一个穿着淡蓝色粗帆布旧上衣的男子面朝人来人往的门口坐着,正用闪亮的大眼睛注视他。马泰亚什认识他,在侦讯期间几次遇见过他,看到对方身旁长椅上放着一个农民随身携带的那种粗毛线小口袋,鼓鼓囊囊的,还有用绳子捆着的一个报纸包,却始终坚持不懈地目不转睛盯着他,便笑着点点头。对方也十分友善回礼作答,可能很高兴看见了他,小个儿军士长不由得感到必须站起来,坐到对方身边的长椅上,虽然据他记忆,同对方曾经交谈过至多不超过百十个词。

"你不介意我坐在你旁边吧?"马泰亚什问道,对方脸涨得通红,一边开口说话,一边急忙让座位,尽管光滑的长椅完全空着,没有必要那样做:

"太好了,很高兴,请!"

刚落座，军士长想起手里还拿着那块核桃糕，颇有些为难，按理似乎应该分一点给对方，但核桃糕压根儿不可能掰开。在两手将核桃糕摆弄了几次之后，他说道：

"你喜欢吃核桃糕，想……"他将整块糕递过去，但对方出于礼貌，淡淡一笑，说道："谢谢，我很少吃甜食！"

"您坐火车外出？"对方过度客气地问道，马泰亚什回答说，不，他只是同一个人，"一个必须离开这儿的朋友"会面。

"请原谅！"马泰亚什尴尬地笑着补充道，"我不记得你大名叫什么来着？只记得我们见过面，谈过有关……"

"多纳西耶！"那个人轻轻靠着身旁的小口袋，接口说道，"有关克里尼茨基的事，愿上帝宽恕他，当……"

"啊哈，对！"马泰亚什说道，颇为友好地看着身旁的这个人，"你怎么样，要远行去什么地方吗？"

"不，"多纳西耶说道，"就在当地，去附近的夯沃什迪亚村几个亲戚家。明天我轮休，明天傍晚就回来……"

"你是克里尼茨基的好朋友？愿上帝宽恕他！"马泰亚什问道，"我觉得今天在克利维纳的葬礼上也见过你？！"

多纳西耶轻轻地点点头，瞬间低垂下目光，然后加重语气说道：

"对，他走了，上帝宽恕他……他走了，留下我们在这个世界上，很突然……他是一个伟大的人！我们的大叔……"

马泰亚什也迅速地点点头，表示同情，再也不敢去碰他那滑稽可笑的核桃糕，但不知怎么处理，放在哪儿。多纳西耶突然向左转过头去，用手指抹了一下眼睛，军士长赶紧强作欢笑

接口,以便一起度过这伤感的时刻:

"我们谁也逃不过这结局!无论是我或者是你,我们或许都不会有幸在身后像你的朋友克里尼茨基那样,留下如此伟大、如此丰富的事迹……唉,多纳西耶,你说是吗?!"

"对,对,您说得好,他是一个不平凡的人,属于少数……但是,有什么用,现在谁还记得他?现在一切灰飞烟灭……"

两人都沉默不语,军士长偷偷地咬了一口核桃糕。

"我觉得,"多纳西耶稍后说道,"我觉得您是检察院的……您负责侦查我们这儿发生的案件?"

"对!"马泰亚什有点厌烦地回答说,"我也参与,但我是一个最小的办事人员……大领导、大人物、专家来到了这儿,所以……"

"对,对!"多纳西耶表示理解地说,用他那浑圆、温和、胆怯的眼睛看着军士长,"发现了什么蛛丝马迹吗?"

"对,发现了一些……"马泰亚什含糊其词地说道,"但依然在摸索,领导太多了,事情就难办……"

"就是嘛!"多纳西耶天真地轻轻笑道,恭敬地朝军士长半弯弯腰,"人人都想发号施令,没有一个人愿意俯首听命!有谁甘当奴才?"

"奴才难当,好奴才更难当!"马泰亚什沉思地说,"好奴才少见,有时候比太聪明的主人更宝贵!"

"一个好奴才,"多纳西耶接口道,"不会将自己的天才埋葬在土里,也不会浪费天才,而是双倍乃至三倍地回报主人!"

"'忠诚的好奴仆',"马泰亚什引经据典地说,两眼愉快地闪闪发亮,"'我以往信任你太少,以后将依靠你过多'!"

多纳西耶兴奋地点点头,更加欣赏地看着小个儿军士长,随后说道:

"看来你并非……看来你还读过一两本旧书?……"

"不是旧书,"马泰亚什竖起手指反驳道,"而是远古的书!要么是最新的,要么是远古的!不过,我猜你知道得比我多,你是不断朗读《圣经》的逝者的朋友……"

"是的,我有此幸运!"多纳西耶重又沮丧地说,但很快克服了自己的悲情,活跃地接着说道,"读《圣经》的人无论如何都不会受到损害,即使不相信……我,罪孽深重的我,直至很晚才明白……亲近上帝之道!但你,同志……"

"我叫马泰亚什!"军士长帮他解围道。

"马泰亚什同志,你毫无疑问是党员,没有理由……也就是说你同我不一样,不相信,我是想说,你有你相信的另外的信仰!……"多纳西耶为了避讳,尽量表达得婉转,以免伤害对方的感情,看来,他头脑中正在展开激烈的思想斗争,脸不由得涨得通红。

"对,"马泰亚什回答说,"不言而喻,我有另一种信仰,但你应该知道,至于《圣经》,即使你不信仰,也可以读……你可以是党员,如像我那样,但喜欢《圣经》,甚至从中学到许许多多道理……"

"对,对!"多纳西耶点头说道,有几分钟的时间不再说一句话,低眉顺眼地坐着,被工作磨出了老茧和染黑的双手并排放在膝盖上。

马泰亚什重又打开报纸，开始翻阅。突然，他吓了一跳。他本以为在打盹的多纳西耶忽然十分兴奋地开始说话：

"那些神甫是我们时代最大的祸害！他们害人不浅，也破坏了虔诚的信仰！"

马泰亚什抬起眼，机械地点点头，对多纳西耶的出乎意料的爆发感到震惊。

"人们为什么不上教堂，沉迷于胡说八道，喝酒买醉，找女人和干那些丑恶的勾当？只因为……"

多纳西耶突然张着嘴停住了，用左手指头轻轻抹一抹嘴角，像小孩儿一样眯着眼，悔悟地微笑着说：

"我觉得不该用这些事情来惹您生气……这些破事毕竟不……"

"不，正相反！"马泰亚什说，"我非常感兴趣。虽然，确实，我不相信你……"

"但那是很久以前的事，童年时代的陈年往事，还能谈吗？"

"什么事？"马泰亚什有点故意逗乐地说，因为猜到对方想要说什么。

"你小时候上教堂吗？我是想说，父母星期日带你去……"

"是的，当然！"军士长说道，"不只如此，我的舅舅是一位神甫，我喜欢去他那儿，因为他住在乡下，有一辆双轮轻便马车和一匹马！"

多纳西耶点点头，没说一句话，但理解乃至高兴地看着身旁的这个人，然后似乎字斟句酌、小心翼翼地说道：

"那么现在呢？我是想说，现在，你成长为一个智力完全的人之后，有时是否感觉到……哦，在比较艰难的时刻，是否感觉到有某种欲望，好似无论经历了多久，总是有某种不满足感，有某种欠缺的东西?!"

马泰亚什先是惊诧地看着他，随后皱起了他那狭窄和不平整的额头：

"我不太明白……我有什么欲望？"

"可能我不太会说话！"多纳西耶抱歉道，脸带歉意的热情微笑，重又用他那长手指摸摸嘴角，"但我不理解像你这样敏感的人怎么可能孤独生活，不关注上帝……你在这儿孤零零的，他在那儿同样也是孤零零的！怎么可能这样?!"

马泰亚什微微一笑，克制自己不惹恼过度敏感、情绪高涨而不知疲倦的多纳西耶。

"你不该笑话我！"多纳西耶略带责备地说，"我对你说这些，是因为看出你是一个与众不同、充满善心的人，虽然我们一起相处还不到半个小时！你是不爱嘲笑和挖苦的人！"

马泰亚什缓缓地点点头，想象着有几个人不会像这个人，这个用电推子刚理过的头上已经长出许多白发短茬的男子那样，成为一匹好斗的战马，一个对每天潜伏的大量凶险安之若素的家伙。

"是的！"多纳西耶重又说道，"像你这样一个人不可能不明白我说的话？不是吗?!"

"请原谅我！"军士长反驳道，"你想说服我在现在这个年纪改变信仰？归化我信仰上帝或者其他什么?!"

"为什么不?"多纳西耶说道,"在我们这个时代,正需如此,小辈们,那些孩子和青年,可以说不再有信仰,不知教堂为何物,那么,还剩下哪些人?只有具有理智的那些人,像你那样……虽然在这个世界上,只有理智还不够!理智对于一个人十分重要,但一个人只有理智,无论多么聪明,还达不到幸福!达不到真正的幸福!"

"只要有理智,我就心满意足了!"马泰亚什笑着回答道,但始终注意别惹恼对方。

多纳西耶半玩笑似的点点头,半困惑地察觉一个人头脑里始终执着地只想着唯一的一件事情时,多么不可理喻。然后说道:

"但是你,信仰什么?什么是信仰,难道它不也是一种理智吗?!只不过它是一种只有少数人拥有的理智,好似你从不知道的某个人,可以说是另一个国家,或者另一个遥远的城市的某个人那儿收到的大礼包!对,正是这样,亲爱的马泰亚什同志!"

马泰亚什看着身旁的这个人突然那么激情奋发地说个不停,仿佛忘记了身在何处,过一会儿将要干什么,也忘记了路途和火车,有一次手触到长椅上右边的小口袋时,奇怪地看了片刻,好似忘记了这个东西怎么会放在他的手肘边。看到马泰亚什宽容乃至注意地在听他说话,多纳西耶不禁热血沸腾:

"你看,"他继续说道,"你没有感觉到我可笑,没有使用这样那样的伎俩嘲笑我的话,虽然其他人也许会那样做!你虽然是一个上过学读过书的人、一个强大的有教养的人,却听着我说话，屈尊听我说话，给予我关注，不是吗？你看，这难道不是一个信仰的开始吗？你怎么看？"

马泰亚什尴尬地微微一笑，继续颇有兴趣和友善地看着对方。

"你曾经同克里尼茨基大叔谈过话吗？我觉得谈过?!"

马泰亚什确认曾经同那个被害者交谈过两次。

"对了！"多纳西耶大吃一惊，"对了！对了！"他在长椅上焦躁不安地挪动着，"你认为他是一个什么样的人？一个如此明智，心地如此纯洁、伟大的人，怎么能相信……蠢事?!啊？你是否觉得不正常？"

马泰亚什始终观察着他，一言不发，越来越关注他的言行，多纳西耶觉察了这一点，说话开始带有明显的挑衅性：

"我是什么人？啊，千百个人当中的一分子，甚至连这也够不上！有我没我都无所谓，如果我现在死了，我们头上的美丽的蓝天一刻也不会变暗！但是，无论我多么渺小，多么无足轻重，如同夏日路中间的一粒微尘，在某个地方有知道我的人，在日夜关注着我的挣扎，在他面前，我也像一个国王那么伟大！……是的，是的，或许甚至更伟大！没有错，有人即使最高的山岭在他面前也要膜拜，世界上最大的海洋也无非是擎天柱下的尘土，而在他面前，我是完美的和独一无二的，任何人不论多么明智和强大，都不可能取代我！"

马泰亚什听他讲着，脸露十分微弱的淡淡微笑，但两眼闪烁着儿童般好奇和关注的亮光，然后乘对方较长时间休止之机说道：

"你要坐的火车到站了,多纳西耶!你要去尕沃什迪亚,是吗?"

"对,对!"对方说道,"我觉得耽误了你的工作……"

"没有,没有,丝毫也没有!"马泰亚什辩解道,"你所说的一切,我都很感兴趣,但我不愿意你误了车,因为……"

"再说,我也没什么急事!"多纳西耶说道,没有挪动自己的身体,"还有一趟十一点多的车,直接到达那儿!我待在车站这儿,是因为无处可去……如果你没有什么急事,不嫌麻烦,是否……"

"不麻烦,不麻烦,一点儿也不!"马泰亚什说道,愉快地眨着眼睛表示赞同,"我很高兴!但我们还是离开这儿吧,这地方太嘈杂,而且这些孩子……"

确实,在近半个小时里,越来越多的旅客进入了这个候车室,而且在大圆桌周围和长椅底下玩闹的几个孩子变得格外调皮和喧闹。

"你喜欢稍微喝一点吗?"马泰亚什站起身来问道,但多纳西耶回答说,他不喝酒,而且曾经发誓不进任何酒馆或者饮食店,尤其是在那天……

"好,好,可以理解!"马泰亚什急忙侧身让出地方,让对方先走出门,但不言而喻,对方最终还是在军士长后面才走出门去,"我也不喜欢喝,但我认为……那么,我们到街上走几步,我住得很近,如果……"

他们一起走上了有点灰暗的街上。那是一条车站通往小城的街道,很长,很直,左右两边房子稀少,木条做的长栅栏隐蔽着大片的菜园、果园、玉米和苜蓿之类的饲草园,以及葡萄园。

他们慢慢走着,彼此挨得很近,多纳西耶手里提着他的毛线小口袋和包在报纸里的一个纸包。两人的讨论在继续,但说话最多的是多纳西耶,马泰亚什注意地听着,频频点头,这使多纳西耶无所顾忌,觉得对方确实集中注意力,带着情感乃至尊敬的态度在聆听,从而使克里尼茨基的这个曾经的学生越来越滔滔不绝和自信。

在到达市中心之前,他们拐向一条侧街,随后又走上另一条小街,到达了一座铁皮屋顶和黄墙的小房子门前。房子的窗框很低,近乎靠近人行道的地面,任何人都可以随心所欲地抬脚跨进房里。两人停在大门前,那是一扇同样是黄色的木门,上部呈圆弧形,埋在墙里,对于这样一座逐渐向地面倾斜的小房子来说,可谓是扇坚固得非同寻常的大门。多纳西耶立即问道:

"你住在这儿?"

"对!"马泰亚什回答道,也突然有点惊慌失措,"借住在这儿,自从接受侦查那烂事以来……但我十分满意,遇到了一个能干的女人。但必须帮助她的孩子,她是一个寡妇,虽然大约有五十四五岁,却有一个十四岁的儿子。不过,我很高兴帮助他,当老师或者甚至是学生!你不想进去吗?"

"我……"多纳西耶说道,觉得不那么自在,"我不想……"

"不,不!"马泰亚什立刻接口说,这回轮到他像一个中学生那样说话结巴了,"你不会打扰任何人……虽然不想经过他们的餐室,如果你认为……"

"我还有大约半小时的时间,所以我们可以在这儿另找个地方,"多纳西耶惶恐地看着周围说道,"或许什么地方有……一条长椅,附近某个地方……"

"咱们最好还是进去吧!"马泰亚什说道,语气不是那么坚定,脸色涨得通红,始终踌躇不决的样子,仿佛他是一个跟着他人进屋的外人,而多纳西耶困惑地看着周围,好似想辨认自己究竟身处何地。马泰亚什走过去,用一个看来携带很不方便的大钥匙打开了大门。多纳西耶停留在原地,观察着另一边,没有察觉大门已经为他敞开,马泰亚什等待了片刻之后,来到站在屋子最后一扇窗户前的他身边。

"这儿很安静,是吗?"多纳西耶问道,"只是道路淤泥没有清除,夏天如果有卡车经过,肯定是尘土飞扬,让你睁不开眼!"

"冬天能把你的靴子粘掉!"马泰亚什补充道,又简短交换了几句诸如此类的几乎毫无意义的闲话。马泰亚什明显地感到困惑,不再重复自己的邀请,虽然大门依然敞开着,而多纳西耶故作洒脱的样子,尽管可以看出心头十分恼怒,因为在火车站开始的他的思路和宏论已经中断,失去了出乎意料找到的马泰亚什这样一个既感兴趣又敏锐的听众。至于小个儿军士长本人,虽然带着宽容的微笑和半隐蔽的逗乐态度听对方滔滔不绝的高谈阔论,但可以看出对这个工人的颇为奇特的思维方式,尤其是他说话时的激情,以及像那些对自己语言的单纯力量不太有信心的人那样,用来作为辅助的许多迅速、有力的动作,深感兴趣。抑或,由于多纳西耶是生活在克里尼茨基周围的几个人之一,马泰亚什试图更深入地了解那个如此突然、以如此可怕的形式去世的人的生活秘密!

两个人在相当长的时间迟疑不决之后,终于走进了大门。走过一个很微弱的电灯照明的过道,在院子后部有几间套间,油漆得十分粗劣的房门在这个钟点都关着,最后踩着铺设院子的小卵石,到达了一扇敞开着的半截玻璃门,门上挂着一个布帘。他们进入了一个敞亮的夏季小厨房,里面没有人,正当马泰亚什准备走近他所说的那间"公共小餐厅"时,他们背后的一扇内室门打开了,出现了长着一头金发和萨斯人①蓝眼睛的少年,但立即又转身退了回去。

他们穿过小餐厅,进入了马泰亚什的狭窄的房间,里面放着一张栗色的大床,天花板很高,墙上像纳德拉戈的这类人家一样挂着早已逝去的祖先的照片,其实他们与这个家庭没有任何关系,由于相框很华丽、很沉重,或者天知道其他什么原因,没有人舍得把它们扔掉。还有一个镶框的壁镜,几乎贴满了业余爱好者拍摄的照片,色泽偏暗,表现手法拙劣,形象扭曲,照片中的人物大多是台地的烈日烧灼下的农民,他们有的坐在高脚椅上,有的面对着残破的墙壁。

多纳西耶坐在覆盖着一条毯子的高床沿上,房间的门几乎立刻被人拉开了一条缝,马泰亚什转过身去,同一个人低声交谈了一会儿,然后关上了门。

"是我的房东巴维尔太太。"他道歉道,随后坐在了一把椅

---

① 12—13世纪定居于罗马尼亚西北部特兰西瓦尼亚地区的日耳曼人。

子上，像刚才在大门前一样，显得那么惶恐和胆怯。两个男子都一句话也不说，多纳西耶很困惑，似乎对什么事情深为不满，而马泰亚什总是坐立不安，站起来又重新坐回椅子上，不断在房间里寻找着可做的无谓的事情。一会儿走去打开一扇小玻璃窗，一会儿把窗前的几盆花搬到一块搁板上，动作十分熟练，没有一盆花脱手掉落在地，然后又把一双旧鞋藏在一个帘子下。落座后他又起身搬动点什么，一会儿为客人送上烟灰缸，虽然多纳西耶压根儿不抽烟，一会儿取走不小心挂在床沿上的领带，虽然那条领带他早就注视了好几次，却熟视无睹，很晚才发现。

"你或许心里在暗问，我为什么突然邀请你到我这儿……"马泰亚什开始说道，但房门又被人打开，出现了房东本人，那是一个胖胖的矮小女人，臀部肥大，像塞了几个靠垫，金黄的头发很柔软，眼睛灵活，依然很漂亮。她送来了两小碟甜点和两杯咖啡。

马泰亚什看见女房东时突然很恼火，但发觉多纳西耶明显地喜欢打断他们交谈的这个插曲，其原因或许在于，尽管他的信念是那么独特，但对小布尔乔亚的这些微妙习惯颇为向往，那个世界对于他这样一个作为没有专业技能的体力劳动者的普通工人来说，很少有机会接触。马泰亚什一跃而起，帮助女房东安放托盘。他们交谈了几句，最后，巴维尔太太终于走了，出门前，她还不忘用简短的几句话赞扬克里尼茨基，说他是"一个圣人"，可能是一场"阴谋"的受害者，警局的侦查不如说在掩盖这场阴谋。女房东似乎完全无视马泰亚什是侦查机关的一员，或者说她对这个事实根本不在乎。

多纳西耶坐在床沿上，吃着她的李子甜点，但没有碰咖啡。然后，当马泰亚什似乎为了不断掩饰他作为主人待客的窘迫，再次站起身来，毫无目的地想干点什么无聊琐事时，多纳西耶单刀直入地重又捡起路上开始说的那句话：

"……我永远不能满足于……"

"不，不！"马泰亚什打断他的话，迅速咽下了正在品味的咖啡，似乎对自己动作的笨拙感到好笑，"首先，我要对你说，你的朋友克里尼茨基，愿上帝宽恕，给我的印象也十分深刻，或许不同于……但是，我想说，现在我真心后悔，因为侦讯和其他琐事麻烦他，让他很不高兴，我想说只是顺便认识了他……他同你谈到过我吗？"

"谁？"多纳西耶问道，马泰亚什迷茫地看了他片刻，觉察对方根本没有听见他说什么。

"请原谅！"马泰亚什克制着自己的情绪说道，"你有话要说，我打断了你……"

多纳西耶低着头，手支撑着他坐在上面的毯子，有点神经质地立刻回答道：

"我永远不能满足于为自己祈祷！"多纳西耶说道，马泰亚什奇怪地看着他，没有料到对方居然这样开始，"我们应该为其他人祈祷，为那些……"

"哪些人？！"马泰亚什疑惑地问道。

"其他人，所有的其他人！"多纳西耶大声说道，"你不久就将成为其中的一员！……"

"哈……哈……哈!"马泰亚什强作快乐,轻轻笑道,"你现在有了另一种说法,我很好奇你的真实想法究竟是什么,是车站的想法还是现在的想法,当……"

多纳西耶抬起眼来,等待对方把话说完,但马泰亚什突然脸涨得通红,似乎害怕他要说的话。

"你以为我不知道你为什么把我带到这儿来?"多纳西耶提高了声音说,马泰亚什用手指放在嘴唇上,示意他说话声音太大,可能被房东听见,"你以为我不知道你想……"

"想什么?"马泰亚什迅速打断了他的话,对方不由得迟疑是否继续说下去,"你以为我想嘲笑你的想法?噢,你以为我为此打扰你,阻止你出行!你瞧,十分钟后,你要坐的火车将出发……你还赶得上,如果……"

多纳西耶露出微微的苦笑。

"盲目无知的人啊!"在短暂的休止后,他说道,"你们至多是一些顽童,像狗一样出生在破烂阴暗的狗窝里的婴儿:两眼一抹黑,不知自己是盲人吗?你们为什么这么害怕死亡……我,我为什么害怕死亡,当他们带走大叔时,我仿佛看见了一个陌生人,一个我从来没有同他交谈过的人?!只是一个死人对我喊道:'不要害怕,多纳西耶,死意味着耳聪目明,我也给你带来死亡,我也给你带来死亡,那是我给你的礼物!'"

"哈……哈!"马泰亚什重又笑道,坐在他的高脚椅上,像孩子一样用两个手掌抓住跷起来的一只脚,"我不相信你,别想戏弄我!我们最好还是留在那个臭烘烘的火车站里……给我说点儿其他事情,告诉我,多纳西耶,谈谈我,对其他事情我不感兴趣……对于任何人，除了高尚和崇高的事情，其他的我一概不感兴趣……给我说这种事情，否则……"

多纳西耶注视着似乎在嘲讽的马泰亚什，的确，在他那与小脸不成比例的大嘴周围保持着一种恬淡的讥讽笑意，但眼睛并没有笑，而是咄咄逼人地凝视着多纳西耶。多纳西耶几次焦急地站起来在窗前徘徊，看着窗外，而马泰亚什头垂在胸前，如果不是呼吸很深沉，还以为他在打盹。他在等待对方平静下来，重新找到路上丢失的思路，这狭窄的房间，或者低矮的黄色房子和那个装着甜点的托盘仿佛使这个人心神不定，疑团重重，重又产生了对人们的惯常的不信任。

"给我讲讲信仰！……"马泰亚什低声耳语道，但没有抬头，好似害怕损害了自己说话的效果，"给我讲讲《圣经》，别怕……那儿……"

"是的，"多纳西耶承认道，拘谨地坐到床沿上，"我害怕……因此我今晚离开纳德拉戈，你瞧，我告诉你，只是出于恐惧……我在尕沃什迪亚没有任何亲属，但我不能再待在这儿，不能再待在这个地方……"

"所以你想彻底离开？"马泰亚什说道，依然像此前那样轻缓，仿佛早有预见。

"不，"多纳西耶回答道，"我能去哪儿？无处可去。即使逃到天涯海角，也不能逃脱……"

"不，不！"这一次马泰亚什不再控制自己，大声喊道，多纳西耶不由得一惊，"你不要再闪闪躲躲的，别再引经据典，你自己也不太懂这些词句！"

然后，他俯身向前，低声耳语，但双手明显地颤抖个不停，虽然支撑着上面盖着一个尼龙罩子的家织粗劣桌布：

"我再次求你，像此前一样给我讲讲信仰……试着讲讲关于……"

"不，不！"多纳西耶摇着头说道，突然他的怯弱的微笑重又绽放在嘴唇上，"不能这么说！我能给你这样一个有学问的人讲什么……"

马泰亚什厌烦地摇摇手，以疲惫的语气说道：

"怎么回事，你现在开始闪闪躲躲的？如果刚才如此，或者说如果现在如此，你为什么没有离开这儿，赶快赶路？我不会阻拦你！……"

多纳西耶又摇了几次头，像一个布娃娃一样，深深叹了口气，有什么事情使他越来越不满。渐渐地，他开始偷偷地看着周围，仿佛突然忧心忡忡，害怕他进入的这所房子，尽管为时已晚，然后有气无力地说道：

"我害怕，但并非为此想离开……也就是说，我不是想长期离开，一走了之！我，亲爱的同志，是……如你所说，一个不能在家园之外生活的人！我的家园比其他人的更小，就是他，依然温暖，依然用他宽大的胸膛温暖着大地的他的安息之处，就是公墓周围的这个地方！亲爱的大叔！……亲爱的大叔！……亲爱的大叔！……"他低声说了几次，语调依然像当天下午跪倒在教堂的圣像屏脚下呼唤同一个名字时那样紧张和压抑。

马泰亚什看着这个人的低下的头和强有力的厚实颈项，瞬间感觉到深深的怜悯,怜悯这个人陷入反复折磨着其心灵的一个无形怪圈的焦躁。他很想用不得不假装——并非性格使然——的粗暴口气对这个人说,拿起鼓鼓囊囊的小口袋赶紧滚蛋。马泰亚什自己也突然觉得很累,已经精疲力竭,繁杂而耗费精力的整整一天的经历,在那短短的注意力分散的一秒间、大脑无限短的麻木的瞬间,在他心头涌动。随后,他察觉多纳西耶还在说着什么,便打起精神,集中自己的注意力。

"……至于我,"多纳西耶说道,"只是一个蠢人。你不能接近上帝。因为你,同志,即使相信,真的相信,你不要这样看着我……但你是用一种将真正的信仰驱逐的方式相信,你是用头脑,而不是用心灵相信!但我是用心灵相信,我,多纳西耶,压根儿就没有头脑,就像他一样……你知道,另一个人只有心灵,他的手是他的心灵,他的眼睛是他的心灵,然后,你是否带着问题来的?!马泰亚什同志,你可以这样做,因为你是正直的,是一个正直的人,也就是说……"多纳西耶突然失去了车站的激情,机械地说道,"你可以一个小时就把你学到的东西扔到一边,因为……不,你只是抛弃了这种假装的习惯……"

"我假装?"马泰亚什逗趣和略微好奇地说道,不知道对方指的是什么。

"对,对,你,请不要生气,原谅我,但问题不在这儿……你试图时而用这个人的眼睛,时而用那个人的眼睛进行观察,你试图像我一样思考,用我的思想思考,而这些思想……但我有自己的思想,我自己的思想!"多纳西耶突然奇怪地挺起胸腔说道，第二次提高了声音，马泰亚什再次用手势示意他小声一点说话。"你不能……收买我！我为什么谈论你？为什么将你要做的事情强加于我?！你是一个正直的聪明人，是的，是的，一个正直的人！我能说你什么，同志……马泰亚什同志？这又是一个什么样的圈套？"多纳西耶略带悲伤地接着说，"你为什么给人，给你的兄弟们设置圈套？你最好到森林里去设置，那样更光明正大，因为你要抓一头野兽，按我这个蠢人的想法，为了想吃它或者杀它，因为它像一个贼一样偷了你的吃食。但对于我，你为什么设置圈套，为什么?！"

多纳西耶以非同寻常的挑衅口吻说了几分钟，好似偷偷地喝了一种劣质的度数非常高的烈酒，里面掺杂进了有毒的非自然的人造物质。

"……对你谈我的信仰吗？我什么也不知道，只有他，现在安静地躺在坟墓里的那个人，能够说点什么。他给我讲解，我像你此时看着我一样，偷偷地看着他，好似你突然很害怕，但并非始终如此，害怕单独同我在一起！是的，是的，有些人开始说话时，如果还有人在身旁，即使是一个女人或者一个睡着的弱小的孩子，你会感觉到很自在！我是一个蠢人，哦，哦，多么愚蠢的老头！"多纳西耶用他那厚实的大手掌气恼地搓了几下自己的脑袋，"我怎么能认为还有人想听讲，竖起耳朵听讲，却不相信……你应该明白，同志！"他降低了声音说道，像一只动物一样闪闪烁烁的眼睛盯着马泰亚什，"我想对你说，说到信仰……我也不相信！不，我不相信，不相信！"他是那么用力地强调这个词，以至于一层薄薄的唾沫气泡出现在他下嘴唇周围,"我也不相信,因为我不配!我是一个不值一提的小人物,一只始终在衣袖上爬行的可怜的跳蚤,但你瞧,这只衣袖是空的,是一只空衣袖,这就是一切!但这是我的事!"他怀着奇怪的骄傲接着说,"是我的事,你不必为此内疚!"

马泰亚什不作任何回答,盯住对方看着,眼睛微眯,可能是因为疲劳,或者是因为头顶上利用灯线直接挂在房间高高天花板上的裸灯过于强烈的光照所致。

马泰亚什以一个筋疲力尽的机械的动作重又低下了头,仿佛突然睡着了,当他抬起视线时,看见多纳西耶站在他面前,离得非常近,手臂挽着他的鼓鼓囊囊的粗劣的小口袋。他没有看对方的脸,仿佛体力已经透支,抬不起头来,而是眼盯着那个如此惹眼的口袋和拿着口袋的手。多纳西耶感觉到了对方扰人的视线,便把手藏到背后,但马泰亚什始终不放松跟踪,仿佛在玩一个笨拙的儿童游戏。

"你要走?"他问道,多纳西耶出人意料地黯然点点头。

"我该走了,我觉得这个晚上……待得太久了,半夜三更的,房东太太会怎么说这样的不速之客……"

"还没有到半夜,"马泰亚什说,始终坐在他的小椅子上不动,"十点刚过!"

马泰亚什随后看了看钟,突然惊叹道:

"噢,你看,十一点了!怎么一晃就这么晚了?!"

多纳西耶肯定地点点头,整个脸颊洋溢着微笑,他左手拿着那个小口袋站起身之后突然出现的满脸忧郁和焦躁一扫而光。

"我想说，"他微微躬一躬身，以近乎官腔的口吻，一个依然没有消除强烈的"农民"痕迹的工人，试图找到一句正式的告别词时可能打的官腔口吻，接口说道，"有一个字，存在一个字，马泰亚什同志，你尽管熟知一切，却不知道或者已经忘记的一个词，那就是'爱'这个字！'爱'把我们所有人，把我和所有人一起，把你和所有人一起……同所有其他人一起……与死亡分隔开……'爱'字，唯有'爱'字，永远唯有'爱'字！这是克里尼茨基的教导，他这样教导我，始终充斥于耳，虽然他在灵魂深处认为我配不上这个词！但我，亲爱的马泰亚什同志，配得上'爱'字，甚至比他更配得上。愿上帝宽恕他，在他同所有虔诚的信徒安息的长青之处为他祈福。或许，是的，或许我比他更配得上！我是一个罪人，是的，正如信徒在接受圣礼之前至美的祷告所说：'我坚信，上帝啊，确认你是神圣的上帝之子，来尘世拯救罪人，首先是我！'确实，我是首恶的罪人，而你，同志，或许也是首恶的罪人……我们每个人都相信'爱'字，如我们所知的那样，而这种'知'只能来自他，'爱'字始终出自他，时时刻刻，犹如山泉，细水长流，只有阳光能发现它跳跃在岩石间，闪闪发光，但从创世以来就川流不息，而且将在我们不复存在之后依然川流不息！一切发源于他，永远永远，'爱'字也永远不会停息和疲惫，正因为如此，他的名字必定光芒万丈，越来越强烈，用越来越大的热量温暖……"

"但是，不相信的人又如何？"马泰亚什打断了他的话，多纳西耶瞬间惊诧地一怔，好似有人突然在一个急速奔跑的人脚前拦了一条不得不骤然止步的绳子，"但那些不相信他的人将会发生什么?!"

"永恒的地狱之火将吞没他们！"多纳西耶皱起眉头喃喃说道，声音很微弱，低眉看着身旁，"他们将永世消失，永世死亡，而那些虔诚的信徒将永世复活，不知疲倦……"

在多纳西耶背后，门轻轻打开，出现了一个瘦瘦的男子，约莫四十岁，头发花白，只穿着衬衣，多纳西耶没有看他，出于礼貌让到一旁。这个陌生男子奔跑着，匆匆朝谦恭地退到一旁、臂下挽着小口袋、手里拿着油污斑斑的鸭舌帽的多纳西耶看了一眼，随后俯身在马泰亚什耳边颇为焦躁地悄声说着什么。马泰亚什屡次点头，显得很是疲倦，两眼由于头顶上强烈的灯光刺激而半闭着。陌生男子刚想离开房间，但又回身低声说了点什么，随后重又打开门，用头朝多纳西耶指了指，漫不经心地问道：

"但这是哪位？"

马泰亚什抬起头，用一种苦中作乐的神情看着陌生人，近乎耳语似的说道：

"是他！就是他，还有谁……把他从这儿带走，我再也受不了，说不定哪一刻我会厌恶和疲劳得倒在椅子里！"

陌生人点点头，急匆匆走出了房间，忘记了关上开着的门。外面传来几声摔门的响声和嘈杂的话音。

多纳西耶转过头来，看着马泰亚什，脸色那么僵硬和苍白，骤然间像中了魔一样失去了他原本的整个神态，只剩下张死白的脸对着马泰亚什；而马泰亚什稍稍抬起下巴，似乎想在这张脸上分辨出某种东西，犹如你试图看清突然掉进闪烁发亮的水里，只剩下那么迷惑人的物件。

"现在想对我说点什么吗，多纳西耶？"马泰亚什问道，努力想挺直背，说话声音很低沉、热情，出乎意料地亲切。

但是，多纳西耶只轻轻地点点头，或许根本就没有听见马泰亚什的话，随后把鸭舌帽戴在刚理过发的头上，但立即又脱掉，而将那个鼓鼓囊囊的口袋紧贴在胸前，慢慢跪倒在床边，两眼直勾勾盯着贴着粗劣壁纸的墙面。

"你要干什么？！"马泰亚什吃惊地喊道，从椅子上跳起身来，"立刻从原地站起来！"他一步跨到多纳西耶身旁，试图强行把他拉起来。然而，这个跪着的人压根儿没有听见军士长的喊叫，微微低下头，瞪大了眼睛注视前方，仿佛看见了什么隐蔽的东西或者超自然的物件，粗大的脖子片刻间弯成弓形，宛若一条大蟒的身躯，在密林里或者在树叶的覆盖下看不见它的头尾，只见得到满是长条肌肉的部分躯体，令人毛骨悚然地缓慢而冷静地扭动着。马泰亚什两眼盯着像怪影一样缓慢扭动的那个颈项，不由得浑身战栗着停下步来，觉得疲惫不堪。他察觉这种强烈的疲劳感正在折磨和压扁自己的躯体，使他感到无比沉重，直不起腰来，乃是一种恐惧的疲劳，数以千计的肌腱的衰竭，而在我们做某些不可思议的或者幼稚和荒谬的事情时，恰恰是这些肌腱支撑着我们，尽管肉眼看不见它们。

随后，房间里几乎挤满了人，而多纳西耶依然背对他们做着祷告。当地的民警局长贝扬少校、穿便衣的康布里亚中尉、

475

检察官亚列山德雷斯库,还有两个平民,都已到场。门边还挤着几个身穿制服、全副武装的民警,但马泰亚什用隐蔽、含蓄的手势和目光示意他们出去,好似赶走医院病房里的闲杂人等。

过了不到十分钟,外面传来一辆汽车停在房子前面的声音,几秒钟内,沃什蒂纳鲁走进了房间。他身穿制服,这是破天荒第一次,一进屋,就直奔多纳西耶而去。多纳西耶不再跪着,已经站立起来,但始终背对着其他人,面对着墙,或者说面对着墙角。

沃什蒂纳鲁靠近他,像几分钟前马泰亚什一样试图接触他,但迟疑不定,不知为什么随即转身,来到依然坐在椅子上,低头似乎在寻找地板上的稀稀拉拉的节疤的军士长身旁。

"我做了你说的一切!"他说道,仿佛在向一个上级报告,"虽然我没有一刻同意!但是,嗯,那是你的权利,我们现在处于职业生涯中完全平等的时刻,尽管我们的军阶不同!事实上,见他妈的鬼去!"他说道,突然笑出声来,似乎通过他的讽刺的嘲笑重新找到了快乐,朝马泰亚什伸出自己的手去。马泰亚什从椅子上艰难地站起来,紧紧地握住了沃什蒂纳鲁的手。在周围的男子们依然嘲笑着他无比轻松,像孩子一样情意绵绵说出的最后那几个无谓的词语同时,这个军官微微低下头,看着军士长依然眯着的眼睛。

然而,沃什蒂纳鲁或许厌烦了自己丝毫不适合的这种姿态,转而用双手抓住马泰亚什的肩膀,使劲摇了几下,军士长疲倦地微笑着,仿佛困得马上要倒下。于是,似乎觉得诧异的沃什蒂纳鲁用力抓住他的胳膊，给了他一个吻。

"我很高兴！"他说道，"你不知道我有多么高兴，衷心祝贺你的勇气……感谢你们所有的人，同志们！"然后，他朝检察官和其他人转过身去接着说，"祝贺你们，感谢你们！命令已经执行，上帝保佑，三天来我们始终协调一致！我们可以保障这儿的公民和工人们的安宁！我们走吧，请，勒图卡努同志，请！"他对同检察官一起进入房间的两个平民中的一个说道，而在他们走出去的同时，又响起了他那喜不胜收的洪亮的话音：

"我很高兴，你们知道，我们所有人，我要说我们，州里的全体同志，合力制伏了他！这是令人震惊的事情，嗨，你怎么说，同志……"

沃什蒂纳鲁甫走出门，四个全副武装的战士进来押走了多纳西耶。他束手就擒，没说一句话，没有最微弱的反抗，近乎傲慢地挺直了身子径自走去，不看任何人。街上停着两辆嘎斯——沃什蒂纳鲁的"伏尔加"，还有一辆是挂着布加勒斯特牌照的高级轿车，早已在泥泞中发动。当多纳西耶被押到外面，爬上待发的一辆车时，马泰亚什试图抓住他的视线，但多纳西耶没有看任何人，完全融入了自己的角色，仿佛早就等待着这个时刻的降临。

在车上，他只是在快到民警局大楼时，转身询问一个看押他的战士，是否知道些许西蒙卡的命运，但对方没有回答。下车后，面对从相关部门出来接收被捕者的警员们，他向其中的一个军官——也是依据头衔识别出的——再次提出了同样的问题。

第十三章

"……您想让我说什么?"上述事件几天后,在检察官办公室的会议上,马泰亚什军士长针对围绕着他的相当有限的与会者中某个人的意见反驳道,"您像我一样清楚地了解一切,何必假谦虚!在我心里,一切依然相当混乱,以往的所有时间皆是如此,这种心境的一个证明就是我想同指挥官一起留在山上的岩石旁。"马泰亚什朝沃什蒂纳鲁的方向微微弯弯腰,但这位指挥官坐在窗边,似乎不很高兴,正抽着烟向外张望。"虽然事情要比结局复杂得多!对于我的虚弱和纷乱的大脑来说,实在是勉为其难,因为发生在那儿的事情毕竟是现实的事件,您应该理解,是一种行动方式,至今我依然在思考哪一种方式更好?可是,我们获得了什么呢?西蒙卡死于前天,也就是死于在我们抓到凶手一天一夜之后,但他在自己身上发掘出了如此巨大的能量,为了说出凶犯的名字……我们无论如何只用了一天就抓到了真凶,或许这是一个不幸的人,一个深刻不幸的人,但是,若放任他自由行动,可能比最疯狂的野兽更危险,或许他也可能不会变得如此卑劣……"

"你确定吗?"亚列山德雷斯库打断了他的话。这个检察官那天颇有点衣冠不整,没有刮脸,而且令大家诧异的是他穿了一件没有熨过的旧西服,没打领带。

马泰亚什困惑地看了他片刻，然后露出他那永恒不变的歉意和犹疑的微笑，耸耸肩说道：

"当然不确定！或许这正是我们职业的本质所在，我们的回报的本质所在：这一天我们赢了，当然赢了，确实如此！事实上，我们并非想报复案犯，不是为了惩罚他、往他脸上啐口水，不是为了拘押他和审判他，等等。至少我是这么理解的，尽管其他人并非持有同样的意见……仇恨案犯只是在侦查——任何侦查开始前和结束后有助于侦查员，否则就会蒙蔽侦查员的思路，有时甚至可能使他误入歧途，犯更大的错误。总之，我觉得自己开始在讲课了，虽然我是在几天后将进入学校学习的那个人，不是吗？"

"伪君子！"亚列山德雷斯库说道，在场的几乎所有人都笑了，马泰亚什也露出了微笑。虽然没有人觉得检察官的话有什么可笑之处，究其原因，是因为眼下这样安宁和平静的日子实在来之不易，不但经历了重重困难，而且似乎是以完全出乎意料的方式突然降临，所以大家都在寻求彻底放松的笑声，不论什么由头，即使是没有来由。

"但那是个经典的问题，"马泰亚什在点燃了有人递给他的一支香烟后，继续说道，"如果能够知道什么时候，更具体一点说，哪一天、哪一刻某个人的脑子里，譬如说我的脑子里吧，出现了那个线索，引导你走向他，走向那个近在身边，令人可怕地接近的人，不是吗？在此期间，"马泰亚什微笑着强调这个词，周围有几个人再次哈哈一乐，"我体验到的最可怕的感觉乃是多布雷斯库——当地警局的一个上士——带来一个令人惊愕的消息，说是被一些人依然看作疑犯的那条汉子克里尼茨基躺在渡口，像一头猪一样脖子被匕首割断。那一刻，我惊恐不已，浑身颤抖，现在我希望，先生们，或许可以这样说，这种恐惧至少给了我们所有人勇气！因为，无论如何，我们手里已经有一个经过千辛万苦，好不容易才抓住的凶犯，他的潜逃首先是一个犯罪的证据，除了无论如何不能作为严肃的控告依据凭证的保罗·苏库图尔迪安的陈述之外，还有房里的原始痕迹，看见他屡次进入那里的邻居们的证词，特别是采样痕迹比对的完全吻合，就像是一个无形的魔鬼的嘲弄，在制造难题，故意为难我们的人民警察，不是吗？当然，那处小小的抓伤的伤口是例外。但是，采样痕迹比对的证据是如此确凿无疑，谁还会去注意受害者脖子上无足轻重的一处抓伤？必须有克里尼茨基的死亡，才能使我们不能解释的这个细节，我们所有人都轻易地将其抛在一边，即使我本人最终也把它看作一只令人讨厌的苍蝇一样的那处小小的抓伤，具有了其自身的重要价值，或者我想说，获得了生存权！对，加什帕尔的手与采样痕迹比对惊人地吻合，受害者可能在被扼杀前已经有的皮肤的小划伤，以及小餐厅里的血斑、受害者的血，等等，诸如此类的完全可以解释的细枝末节值得我立即返工吗？！我们所有人都需要一个作案凶手，不仅是我们，而且还有这儿的群众，他们的生活被彻底打乱了，不是只有一两个钟头，而是许多天和几个星期。整个社区笼罩着恐惧，那是一种非理性的深刻的恐惧，我们也开始感受到的恐惧，尽管我们表面镇静，有自己的办公室，有枪械、警犬和军衔。对，恐惧，纯粹的恐惧！经过那么长的时间和摸索，总算抓住了一个，很好，很理想，我想说，比我们现在掌控的那个真正的凶犯更理想得多！我几乎为他感到遗憾，你们怎么看？多纳西耶是自投罗网，如果我们按照日常的逻辑判断，其行事方式颇为奇怪。在火车站，我的印象是，他觉察到了自己周围的一切，像我一样清楚知道自己被包围了……或者只是像以往一样，十分狡黠，甚至像演哑剧一样，用动作来表达他自己的真正的顽念，其目的只是想把我引入错误！您明白我的话吗？是至今我依然不很清楚的某种把戏，但总之在这个前所未闻的整个事件中，所有人，即使是经验丰富的高手，都可能感觉自己像初出茅庐的学生……也许我与譬如说勒图卡努同志相比，我的运气恰恰在于此！"马泰亚什笑着尊敬地朝一个穿便服的胖子转过头去，此人身穿一件衬衣，敞着脖领，是来自布加勒斯特的犯罪学专家，"自他来到此地这很短的时间内，我个人从他那儿学到了许多东西！但是我，即使在上学时，譬如说代数问题，也像老太婆一样用掰手指头来解决，完全违背逻辑，那毫无疑问是愚蠢至极，因为像眼下这样的凶犯及其令人毛骨悚然的整个闹剧，很少见到，乃是典型的案例，恰恰是因为它们的稀有性，心理分析医生比犯罪学家对它们更感兴趣。

"但事实上，我更感害怕的是突然发现自己在家里同他单独相处之时，而不是在森林里抓住在我眼皮子底下刺伤一条大狼犬的加什帕尔的脚的时候。加什帕尔是像我和您一样的一个人，即使他是一个被追捕的杀手，但另一个是……"

马泰亚什一脸焦虑地讲着，沃什蒂纳鲁禁不住爆发出大笑，有几个人也随后笑出声来，军士长注视了他们片刻，对无意中引发他们的快乐笑声感到诧异。

"把你这副模样在光天化日下亮一亮！"沃什蒂纳鲁嘲讽地说道，"应该请一个记者、一个擅长镜头合成的摄影师来，写一篇摄影报道！"随后向露出无谓的微笑诧异地望着他的军士长挥挥手，让对方继续讲下去。

"看来我太啰唆了！"马泰亚什看着周围说道，突然有点迟疑。

"相反！"亚列山德雷斯库说，他虽然前所未见地衣冠不整，却非常自得，"尽量放开讲，尤其是细节，我只对此感兴趣，越细越好，衷心请求你！即使是我也知道的那些细节，或者尤其是应该重点讲它们！"

"……说到我们大家对克里尼茨基遇害的消息所体验到的恐惧……"马泰亚什继续说道，"当时我们正在准备案卷，审问，通知司法机关，等等。试问，如果他没有进行那个绝望的行动，加害一个作为他朋友的如此强壮的人，如果西蒙卡没有说一句话就死了，那么会发生什么？啊，同志们，试问会发生什么？有些问题是你压根儿不愿意向自己提出的，不是吗？当然，或许我们无论如何发现了真相，因为这是我们的职业，即使真相具有一个偷鸡摸狗的家伙钻过毁坏的篱笆去偷一只千疮百孔的旧轮胎或者一个液化气罐的形态……当然，我们无论如何发现了真相，发现了真正的凶手，把他交付审判，面对劳动人民的正义的愤怒，我们一定应该这么想，尽量频繁地重复这句话！无论如何，我们发现了他，但幸亏确确实实发现了他，知道他就是那个人,幸亏西蒙卡是那么强壮,用最后一点力气说出了他的名字,更重要的是克里尼茨基的遇害给予了我们必须与之打交道的罪犯类型的最初形迹:他身背两桩如此卑鄙的罪案,几乎没有受到怀疑,处于完全自由的状态,却不利用我们所有人陷入的错误方向,听凭事情继续按原有的轨道行进,让加什帕尔作为替罪羊被判刑。还能有其他什么人这样做?如果他不是一个非常特别的人,不同于我们所理解的杀手,又是什么人?如果他确实如此存在,那么就是一个另类,深刻不同于怀着某种目的,更确切地说怀着某种急功近利的人类目的的杀人者!虽然那是一个误判,但这桩罪行再一次把他隐蔽了起来,甚至使他隐蔽得更深,因为很少有人,即使是在先前怀疑过他的人中间也很少能相信恰恰是他会有这样的举动,相反,他是最后被锁定的!但是,我的骄傲在于,如果沃什蒂纳鲁同志允许我的话,"马泰亚什对面前的指挥官谦恭地弯弯腰,对方皱一皱浓重的黑眉毛,但并非是因为军士长的讽刺,这甚至是他喜欢的,尤其是军士长的笨手笨脚和困惑的习惯神情,而是因为对方没有如应该的那样称呼他的军衔,"我引以为自豪的是当时把注意力坚定地集中在他身上,其原因在于侦查现场时立刻产生的一个疑问:谁竟敢攻击像克里尼茨基这样一个出名的力大无敌的壮汉,尤其是根据警犬发现的踪迹,看来克里尼茨基不是遭到突然袭击,而是在同杀手交谈,甚至曾并肩行走?!但是,后来……

"我们应该坦诚地承认一件事情:如果杀手在第一次作案后收手,那么很少有机会能发现他的踪迹!当然,除非有什么幸运的偶然发现，然而这样的幸运的偶然发现不仅微乎其微和往往太迟，而且常常根本不是什么幸运，虽然有助于发现正确的侦查方向，但本身包含着巨大的不幸，就像克里尼茨基遇害那样，往往将我们大家的注意力不是吸引到真正的罪犯身上，而是引向与加什帕尔的犯罪想法不符的某些'细枝末节'上，那是我们忽视，更准确地说忘记的东西。人们相信自己喜欢相信的事情的意愿是那么强烈。当然，'如果罪犯在第一次作案后收手'的想法是一种错误的思维方式！如果能收手，那么他根本就不会开始一连串前所未见的犯罪，这正是我们依然应该解决的问题的关键所在，这个问题现在看来很简单，却使我们如在迷雾中摸索，我现在说的不是归根到底作为一个始作俑者的我自己，而是那么多富有经验和清楚的判断力的人，其中甚至包括在这儿友善地听我开讲的同志……确实，如果说罗马法的古老格言'对谁有利'，解决或者阐明了大部分不同等级的不法行为的本质形态，侦查员的职责无非是精准和机智地运用这个定律，而在我们的案子中，恰恰是它使得案情变得极其纠结。确实，第一桩罪案对谁有利？但第二桩罪案呢？让我们简单化地进行假设，就像我们大家在折磨人的、无谓的思辨和讨论时无数次假设的那样，假设在第一桩罪案中列卡是西蒙卡死后的得益者，那么在第二桩罪案中……对，在第二桩罪案中，得益者是克里尼茨基。但是，列卡丝毫也不像一个能下手杀人的人，虽然他很内向，但没有人认真相信他会犯罪。并非是因为老列卡在体力和道义上都无力做这种事，没有任何人能够确有把握地知道这一点。我认为，犯罪的本能出现在最'不宜的'性格中,具有'不真实的迟缓性',就这个观点而言,无论是列卡,或者我和检察官同志,都有可能成为罪犯。但作案动机,即为了争夺西蒙卡常年耕种不属于他的那块地皮,但对于像列卡这样一个在工厂里赢得美好声誉并具有良好的经历和家庭等背景的人来说,不足以令人信服。何况,没有任何人相信列卡是案犯,那是空穴来风的臆想,从我们侦查机关直至街头的普通百姓无不这样认为,最终证明事实确实如此。即使后来没有发生任何特殊事件,我凭自己的经验认为,列卡也不会受审。由于缺乏确凿有据的明显证据,或会撤销起诉,案卷或会转存,等待某个检察官厌烦地重新调阅或者时间的考验,或者像我刚才所说的那样,等待那种幸运或不幸的事件发生。何况,当时西蒙卡还没有死,可能幸免于难而继续活下来。最终,无须我赘言,证明那是一件荒唐无稽的事情,由此你还可以得出结论认为,案犯的整个行动堪称干净利落、了无痕迹,这意味着犯罪并非是蓄意预谋,而是案犯——一个行动具有很大自发性的普通人,利用了一个有利的时机。在带着胡思乱想侦讯列卡的那些日子里,我每每自问——随后很快就忘记了——谁知道呢,或许杀手根本不想杀死西蒙卡,而只是因为没有办法才采取行动,因此'行动干净利落',了无痕迹?!确实,现在我们大家都知道这一点,虽然只有一半是真的!

"我最初的一个错误——也是雷慕斯·亚列山德雷斯库检察官同志的良好直觉之一,乃是认为列卡应该立即被释放,甚至认为本来就不应该被逮捕。所幸的是我的这个意见没有被采纳,那个无罪的人被拘押,尤其要感谢亚列山德雷斯库同志的是，他非但没有听从我的意见，而且把列卡拘押了'超长'时间，而我们这些侦讯人员开始大失民望，因为归根结底，在其他人看来老列卡显然完全是无辜的。当然，拘押无辜者——通常要征得本人同意——以使真正的案犯产生错觉认为自己很安全，乃是寻常的或者可以说不寻常的方法之一。在眼前的案例中，毋庸置疑，情况复杂得多，因为随后的事件说明我们要破获的不是当时还没有成功解决的一起罪案，而是按照一个可怕的罪犯头脑里设计的计划实施的令人毛骨悚然的系列犯罪。那是什么计划！既是政治的又是神秘的，竟然发生在这样一个消失在群山之中、被充满敌意的森林包围的小城里，可以说除了微不足道的几个小村之外，它同世界几乎毫无联系！不过，关于这一点，请允许我稍后再讲……"

"无论如何，在西蒙卡一案中，我们'不公正'对待的第一人即是列卡本人，因为在中学生达比奇遇害之后，他被释放并完全昭雪平反。无论如何，这是我们的骄傲、侦查员们的骄傲，我要再次感谢沃什蒂纳鲁同志、亚列山德雷斯库，特别是迪……同志，"马泰亚什在这儿说出了来自布加勒斯特的一位高官的名字，"容许我以他们的名义讲话，或者至少容许我此时在这简短的侦查分析中表达自己的观点……"

"行了，抛开你这一套！"沃什蒂纳鲁打断了他的话，嘲讽地强笑道，"同志，翻篇吧！你永远对诸如此类的事情不在行，如果你死抱着不放，就别干这一行！"

"好吧，但我也不想再干这一行了，我……应该怎么说……"马泰亚什结结巴巴地还想说什么，但脸涨得通红，那么绝望和可笑地看着周围。他被如此粗暴地当众训斥，以致最后一句话的结尾不得不消失在含含糊糊的低语和让步的干笑中。无论如何，马泰亚什的可爱之处恰恰在于，有时候能引发迁就的感情，他竭诚让人觉得开放和坚定，让人觉得"成熟"，这种令人动容的巨大努力激起同情。一个女人端来了——已经是第二次——咖啡和大家动手取食的普通饼干，还有一碟葡萄干。

"……我们的骄傲，"马泰亚什继续说道，"所有侦查人员的骄傲，乃是我们错误极少，也就是用我的表达来说，没有受某些假想诱惑，这也许是一个侦探理所当然的骄傲之一。因为我们是侦探，是这样吧，侦查员有时可能觉得侦查是没有结尾的游戏，不是怀疑少数人，而是侦查尽量少的人。所以，如果不能另辟蹊径，那么侦查应该加以伪装。我个人试图另辟蹊径，检察官同志对我讲述过同样的事情，我不喜欢把人们传唤到民警局或者检察院办公室的公务员，他们左侧还坐着一个女速记员或者打字员，把这个那个问题速记下来，这再糟糕不过了。各位试想，如果不断听见一台破旧的打字机噼噼啪啪乱响，再加上办公室、走廊、擦脚毯、坚硬死板的制服，还有什么人能说出真话，即使他真诚地想这样做。凡此种种，你们也是知道的，不是吗?！嗯，是的，对待这样一种纠结和危险的事情，我不仅采取极少审讯，而且将正式列入怀疑的对象数降到最低。我在此要感谢亚列山德雷斯库检察官支持我与蒂图斯·格尔达的联系，尽管有些人对此人甚至提出严重怀疑。在克里尼茨基的问题上，我还要感谢今天没有到会的工厂党委书记约凡同志。这确实曾经是一个问题！是的，克里尼茨基，一个十分暴戾的人，《圣经》及其语句，各种习惯，等等，无非是一种隐蔽手段、一个黑洞，隐藏着首先使他自己感到恐惧的天生的严重暴戾！我们可以说，这正是理解他的神秘的狂热的一个方式，虽然可能还有同样可以接受的其他解释。至于我，感兴趣的是问题的这个侧面……

"我们，同志们，常常谈论物证，我认为当一个检察官或者司法机关的一个警官患病，发烧，神志不清满嘴胡话——在更有教养的家庭里也常发生——之时，'物证'这个词十分频繁地反复出现！物证超过一切，但你们也知道，真实情况，宝贵的真实情况往往隐藏在这些物证背后窃笑！虽然我们可以仅凭这些物证——多么可憎的词！——怀疑某个人或者进行公诉！但是，何谓物证？只是一件物品、一件衣服、一个脚印、一个指纹、一段证词，等等？一个人的性格或者他的过去——更准确地说是一种性格的过去，难道不是物证吗？但在这方面必须由表及里深入研究，譬如说克里尼茨基过去曾经很暴戾，狠揍过一个人，虽然现在逃避进《圣经》——不是逃避进宗教，而是逃避进《圣经》，或许这种逃避不很牢靠，不足以防卫新的暴行，或者甚至一系列暴行、暴力，按照一种长期性格的内敛和压抑的简单规律，它随后将暴发，撕破外壳！我们耗费了那么多时日进行关于凶犯究竟是单独一个还是多个的讨论，在克里尼茨基身上找到了理想的答案：因为，这是我们这桩特殊乃至典型的案件的重大问题，这些案件究竟有什么联系？我特别要说一说头两个案件，它们在一个星期的间隔内迅速地连续发生，之所以使我们大家困惑，正是因为似乎没有任何联系。然而，克里尼茨基既有杀害西蒙卡又有杀害中学生的动机。克里尼茨基在两个案件中都没有确凿的不在现场的证据，而且仿佛故意或者恶意地避而不谈可能是掩盖他的细节和情况，虽然他了解某些细节和情况，而且我确信，他知道我们在怀疑他。因此，重又提出了两者有何联系的问题。如果彼此是联系在一起的，那么作案的是单独一个凶手，而且只可能是一个凶手，承认在一个如此微小的社区内有两人染上了犯罪的病态，那是违反常识的。我们说的是常识，或者是过去的常识，确定只有单独一个凶手。于是，在中学生死后，特别是在第三桩罪案后，对于任何人来说显然只有单独一个凶手，我们现在可以说，我们有这个常识，其他人，工厂和城里的普通人也有这个常识，我们所有人在事态的这一层面上会合了。听取别人想什么，这十分重要，不是吗，尤其是我们的案子中，很容易随波逐流，被舆论牵着鼻子走，在纳德拉戈这样的地方，舆论天然是闭塞和孤立的。

"所以，让我们回顾一下：一个工人，一个锻工，一个很强壮、厉害的人遇害，他同这个工厂的另一个工人发生公开的冲突，在发现他被杀前不久，有人看见他们在一起。这个受害人是车间主任，是党员，虽然由于性格内向，爱较真，而且脾气暴躁，群众关系不很好。应该指出的是，那是一种外在的暴躁，一种血气方刚的脾性的暴发，短时的暴风雨般的发泄，使许多人或者一些人敬而远之。罪责落在了列卡头上，根据亚列山德雷斯库同志的命令，他被'拘押'，但仅一天之后，我们有了同受害者在同一个车间一起干活的一个名叫米奥克的工人的证词,说是见到受害者与克里尼茨基吵过架。因此,克里尼茨基是看见活着的西蒙卡——也就是受到锤击之前——的最后一个人,虽然奇怪的是,克里尼茨基没有从车间的正门出入,而是从背后通向厕所的一个出口进来。由于厕所不使用,而且甚至有杀手出入,已经停用,前两天才重又打开。克里尼茨基不愿向我们透露他与西蒙卡最后谈话的内容,但我们从米奥克那里知道了其中的一部分,他是从某处回来,听见车间里激动的说话声,于是停下脚,竖起耳朵静听。我们所知道的全部情况是,西蒙卡似乎十分焦躁不安,克里尼茨基也是如此,争论围绕着他引发的话题展开。看来,西蒙卡不赞同克里尼茨基近年来的习惯或者观点,甚至威胁要开除他出工厂。据米奥克说,克里尼茨基也很激动,提高了说话的声音,这是很少发生的情况,由此我们得出结论认为,西蒙卡的威胁使他不冷静。这是我所能知道的一切,虽然我试图从他那里了解更多的事情,但没有足够的手段。由于特殊的原因,他不能按常规被传唤来进行讯问,而且,他一般对于传讯机关态度并不友善。我先是与曾陪同厂长见过他的亚列山德雷斯库同志一起,随后又独自去车间走访过他,但他拒绝交谈。我们没有坚持,与一些同志不同,我认为我们做得很对,虽然某些线索指向他,但克里尼茨基作为一个悟性很高的人——确实有很高的悟性,尽管有很多顽念和杂乱的阅读习惯,其中有些不被人理解——明白我们关注什么,甚至了解我们的怀疑,试图面对它们,但做得有点笨拙,他对我毫不隐讳这一点。我想说,在我的眼里他是完全无辜的。在我看来，他不是凶手，甚至比列卡更无辜。在那个时刻，我被调动了工作，更确切地说是被打发回'基层'，我缺席了大约两天，然后被重新召回，是的，被检察官同志重新召回。我试着重新融入这些似乎愚蠢的事件的氛围之中，但没有成功。针对西蒙卡的罪案仿佛发生在许多年前，任何痕迹都已消失殆尽。从一开始，我就对罪犯行动的'干净利落'感到震惊：要么他是一个富有经验和非同寻常的熟练技巧的职业杀手，要么这就是'临时起意'、迅速决定的突发事件，用作杀人凶器的铁锤也只是在行凶前几分钟选定的，而且如你们所知，只留下受害人的模糊痕迹。就是这样，有人从后门进来，同西蒙卡只说了几句话，迅速做出了决定，选择了铁锤，或许甚至是铁锤启发他改变了主意——不做他原本想做的惊天动地的大案，而是直接攻击西蒙卡，用工人们工作服口袋里经常带着的一块破布或者棉絮裹着铁锤把，实施锤击。掩盖痕迹的这种谨慎做法表明，凶手行动极其冷静，瞬间做出了决定，就像他胆大妄为使用既不能隐藏也不能从那儿搬走的那么大的凶器一样。列卡或会从外面带来武器，克里尼茨基不可能用破布包裹铁锤的木把。或许是这样。无论如何，犯罪的类型、犯罪的凶器说明一种'特殊的'心理，不同于通常的犯罪类型，如果存在这种类型的话。无论如何，排除了预谋作案的可能，因此，凶手既不是列卡，也不是克里尼茨基，虽然他同西蒙卡也有过这类争吵。一个有意思的细节是，他，大个儿，在很久以前曾说服西蒙卡入党。或许这件事情也使克里尼茨基很恼火，或者天知道为什么，我们永远也不可能发现大个儿隐瞒着什么，而西蒙卡讳言的究竟是什么。克里尼茨基，一个如此善良和温和的人，更确切地说有那么强大的自制力的人，为什么像米奥克所陈述的那样，大喊大叫，怒气冲冲？虽然我当时还指出过，米奥克的陈述也并非完全客观，他是西蒙卡的遇害促使其敌视和怀疑克里尼茨基的那些工人之一，所以案情突然变得十分复杂。

"警犬嗅到的车间里的痕迹一直延伸至那个废弃的厕所背后，在那儿魔法般地消失了。这个细节后来也在中学生的案子中重复出现，久久苦恼着我们，虽然答案再简单不过，也颇滑稽：罪犯将自己骑的自行车放在了那儿，但谁能设想居然有人能骑自行车到轧钢机大厂房背后的那个地方去。你们瞧，这种作案之所以堪称天衣无缝，恰恰是因为简单，尤其是缺乏预谋性。一千多工人在换早班，几乎任何一个人都可能是凶手，因为不存在动机。有人走进了车间，受到能够轻易地杀死那个强壮的锻工的想法引诱，手握铁锤，略一掂量，便向他的脑袋砸去。随后走出车间，不慌不忙，扬长而去。此人很少去那个车间，现在我们确切知道，此人与锻造生产并无关系，特别是此人被认为是一个'各色'人物，受到许多人嘲笑，而他生性不设防，没有能力做出抵抗和反击的反应，踽踽独行，像一个天生孤僻、沉默和懦弱的人，许多人忘记了绰号叫作米罗亚——也就是羔羊的多纳西耶·米库拉怎么变成一个孤僻的人。确实如此，他是一个懦弱、没有防卫力的人——一个唾手可得的玩物，他的宗教信仰打动了克里尼茨基，或者说使克里尼茨基困惑不解，其原因正在于他的性格非同寻常地不稳定，过于敏感，因而变得可笑。如果你从另一个地方来到一个陌生的城市，偶然杀了人，然后侥幸从这个城市消失，很可能一生自由自在。民警局和检察院的工作人员，甚至还有我，不得不承认，这种使人精疲力竭的工作从来不让人喜欢，但询问了西蒙卡工作期间接触过的所有人，不言而喻，这类人相当多，但一切都毫无进展，看不到任何希望。是什么人没有非常急切、性命攸关的原因，竟敢攻击一个强壮得令人生畏的人？尽管如此，却没有任何预谋或者犯罪动机的蛛丝马迹，仿佛受害人自行用铁锤砸了自己的脑袋。

"我不想占用你们太多时间，何况你们大多数人当时在场或者知道了细节，所以不多啰唆了。后来，六天后发生了意想不到的中学生达比奇遇害事件。列卡立即被释放，'案件'突然变得惊人地具体。谜团仿佛烟消云散，罪犯及其痕迹、证词，等等，全盘出现在你面前，但与'西蒙卡案'毫无瓜葛。嫌疑人虽然在工厂待了几天，而且甚至住在临时工的窝棚里。无论我们怎么努力，都不能确切地认定，二十三号那一天加什帕尔是否进过工厂，只知道二十四号和后来的数天他曾经到过工厂。他不认识西蒙卡，无论如何，没有任何人看见过他们俩之前曾在一起。

"我们大家都知道加什帕尔是何许人：奥尔索瓦的一个会计，出身于一个体面的家庭，以前认识伊琳娜·达比奇，当时她还是一个小姑娘，名叫斯科尔齐娅。近两年他还到这儿来过几次，但似乎现在心血来潮，在这儿做苦力活，尽管屡次遭到她拒绝而很绝望，但欲罢不能，不愿回去。加什帕尔是一个浪漫的人，关于他，我们得知他在五岁时就居住的奥尔索瓦的许多事情，虽然都是些完全没有价值的鸡毛蒜皮的小事。"

"确实，"马泰亚什眨眨眼，微笑着补充道，"必须指控一个人犯罪，但我们发觉他的履历一片空白，几乎不存在！不断回到同一个女人身边，尽管她拒绝他。在一个陌生的城市里跟随着她，而在这个城市里大家几乎都彼此相识，除了那些来来往往，在工厂、铸造车间、户外或者砖窑当临时工的人，那些离开了土地的农民，流浪汉，居无定所、沾染有某些小小恶习、没有家庭或者逃离家庭的人。这难道不意味着浪漫吗？除了毋庸置辩的痕迹，我们很走运，此人在奥尔索瓦存有一桩案底，在中学时期犯过欺诈——一宗轻罪，所以除了直接证据，他也有某些动机试图消灭中学生，其中嫉妒看来并非是最近才产生的。确实，在伊琳娜·达比奇这个女人身上背的那么多流言蜚语当中，也包括谣传她同自己的继子——一个十七岁的少年上床，这确实是一个极其可怕的卑鄙下流的谣言，但在这个地方，我们难道不是生活在荒谬绝伦的氛围里吗？！即使我们当真看待这样的谣传——实际上也很少有人相信，依然还存在着加什帕尔犯罪行动的许多可能的其他动机。此人十分强悍，曾经获得格斗冠军，性格偏执，缺乏自制力，可能经常受到中学生讥刺，被他狂热地——也就是大家所说的盲目地——爱着的女人始终拒绝。

"尽管如此，答案显而易见并非令人满意，因为在这样一个答案中，西蒙卡案变得比只同他本人相关更加麻烦得多，甚至比由于缺乏证据而撤销案卷更糟糕。我想说，这样一宗犯罪即使没有解决，如果单独立案，也比与时间和地点上近乎接连发生的另一宗犯罪并案更简单——更清楚得多。究竟是独立的事件抑或巧合？难道存在两个特别可怕的罪犯，彼此并不相识，却在同一个星期，在如此狭小的同一个地方相继作案？如此等等。

"我们甚至有一个目击这两宗罪案的证人，他第一个向我们指证了加什帕尔，但看来也是警告加什帕尔，告诉他警察正在追踪他，从而促使他决定潜逃的那个人，此人就是保罗·苏库图尔迪安。但我们觉得倒霉的是，一方面这是一个自相矛盾的目击证人，思维不连贯，语言天花乱坠，缺乏通常所说的逻辑性，是一个有谎言癖的人。苏库图尔迪安在案犯作案后不到一小时就报告了警局，我们讯问了他很长时间，因为他几乎一开始就申述，认识嫌疑人并知道此人的名字，有好几天此人同他睡在同一个窝棚里，除了这件事情之外，他不能补充任何值得注意或者具有启发性的东西，用他每次杜撰的故事烦扰和惹恼所有人。另一方面，因为加什帕尔肯定有罪的想法越来越牢固地盘踞于侦讯员们的头脑里，他的潜逃增强了他犯罪的确定性。苏库图尔迪安被释放了，由于罪案发生时刻所受到的刺激和身体明显虚弱，身心严重衰竭。随后，我们开始了对于加什帕尔的追踪，现在看来是相当可笑的一段插曲，但在当时是我们大家的一个心结，因为在一个星期的时间内，在一个具有强烈的工人色彩的小山城里，发生了两起堪称举世无双的滥杀无辜的暴力事件，我们无论如何必须捉拿一个凶手归案，没有时间进行过分细致的侦查，群众已经惊慌不安，处于一种非同寻常的骚动状态之中。预期加什帕尔将在一天或者至多一天半的时间里被迅速抓获，但由于他隐藏得很好，于是加强了力量搜索他的行踪和显露的细节，认为他就是罪犯的意识在追踪者的头脑中增长。此时没有人再怀疑是他杀害了中学生，或许甚至是在寡妇伊琳娜的协助下。伊琳娜虽然未经拘押，但在近距离监视之中。这个被追踪的家伙屡屡逃脱包围圈，引起我们极大的愤怒，消除了关于他犯罪的最后保留意见。尽管如此，有几个细节，确实是十分细微的细节，与这个人犯罪的结论不相匹配，或者无论如何使得问题变得稍微有点复杂。

"于是，我利用了自己的特殊地位——没有担负审讯的任务，仰仗检察官亚列山德雷斯库同志给予的帮助，在可以理解的大家的焦躁中，成功地重新梳理了七月二十九日那个阴沉夜晚的种种因素。我唯一的出路和唯一的'助手'是一个二十三岁的青年，但就其行为而言，他往往被看作是发育迟缓的人，有时候思考问题还不如一个大孩子，读书很多、很杂，确实惊人地杂，但可能患有某种天生的记忆障碍，阻碍他记住并组织完整的素材。我虽然没有任何心理学家或者临床医生的修养和天分，却常常觉得这个人压根儿没有那种器官及其所具有的不可见的感觉，没有最原始的人性，来识别现实与非现实、幻想、梦境或者随便你们称之为什么的虚空的东西的不同。总之，我重新开始去看望他，必须竭尽全力去接近他，而在那个阶段他严重依赖克里尼茨基，我经常提醒自己绝不能放弃他和他那个同样奇怪和令人猜不透的朋友，他们之间似乎通过经常令我觉得莫名其妙的某种渠道保持着默契。

"当时，我坚信——这是除了我关注的直接真相之外得到的补偿，一个人无论多么'无条理''缺乏逻辑'或者'天生谎言癖'，最终也能被耐心的精神感化，我记得，当自己发现我们衡量和计算的方式无非是一种'偶然'采用十进制体系的习惯的方式，其实还有其他可能的方式，譬如说以六、十二等数字为基础的方式时，感到很是惊奇。这个在其他人眼里似乎'迷糊'——也许真是这样——的青年有着他自己的体系，用来分割一切的'除数'——如同也在数学中发生的那样，从而改变了从'乘法'到代数方程式的最简单的运算。我不想在这儿强调这件事，而且也应该承认自己对一些事情也不甚了了，但是——促使罪犯的真正的动机在我头脑里第一次惊觉的那个细节，亦即作为我的这通典型的冗长废话开场白的检察官同志提出的那个话题：必须有巨大的耐心，不断尝试像这个奇怪的青年一样思考，而不是像我们在审讯时所做的那样，强迫他像我们一样思考，那最终可能摧毁他。这无论在过去还是在现在对于我们的侦查都是不可或缺的。一些资料，并不太多，但足以动摇我认为加什帕尔犯罪的信念，同时加强了我认为只有单独一个凶手的较早的观点。这表明真相有时有其自己的轨迹，判断或者推理必须具备暂时'忘记'基本规律或者原理的力量，以能重新找到真相。也可以用这种方式来理解数学悖论，即两个点之间的最短距离并非永远是直的，而可能是一条曲线，或者甚至可能是一条条断线！

"这就是我的成绩，如果说在这儿有什么成绩的话，我没有疏远某个心怀恶意的人所说的那两个'神经病'，而是耐心地倾听保罗的陈述,尤其是始终保持清醒的注意力,在他的故事或者神话的往往极其纷乱的幻想丛中发现我所关注的内容。确实,一个人的幻想或者思维可能犹如一片热带丛林,有着各种色彩和参天大树,但又有多少呼喊、恐惧的吼声、令人厌恶的野兽、大大小小的爬虫、形状最怪异和最令人讨厌的软体动物?

"好吧,现在我重新回到达比奇家小餐厅里的那几块血斑,亦即留在加什帕尔犯罪道路上的那些痕迹上。说实在的,中学生被人掐死的尸体是在房背后的厨房里发现的,那么小餐厅桌子周围的三块鲜血污斑又能证明什么呢?有人发表意见认为,凶手先是锤击中学生——经验证地上的血属于受害人,随后把他掐死。这个解释虽然不太有力,但也许能站得住脚,若没有我从保罗的不连贯——表面不连贯——的陈述中发现的一个具有无可辩驳的重要意义的细节的话:当大学生格尔达进入房里时——我们没有理由怀疑他的话,到处一片漆黑,房门是开着的,但后来——相隔相当长的时间之后,当侦查机关到达现场时,依然是一片漆黑。但是,保罗在他怀疑——我们根据那么多'物证'同样也怀疑——是凶手的那个人离去后立即进入了房子,发现中学生的躯体是在小餐厅里,坐在一把椅子上。而我们是在厨房里找到受害人的,我认为保罗发生了错觉,或者是他想——以他仅仅真假参半的方式——欺骗我们,断言发现中学生的躯体在小餐厅里。确实,他所讲的许多事情表明经不起事实的验证,即使在他以一种十分奇怪的方式作为目击证人的这个案件中,他的证词很多次与事实丝毫不符。由此,产生了对他说的话的普遍不信任，这是完全情有可原的，但如果加以绝对化，那就是一个重大错误。保罗是在用他的方式讲述真相，就像我们所有人都以各自的方式叙述同一个静止的、坚实的物体或者一个简单的活动时一样，只是在程度上较轻而已，也就是说，尽管以同样的语句进行表述，但经常具有增加或者减少词语的特点。两个完全正常的人讲述一个事件，也就是说讲述活动中的人和事的内容差别则要大得多。然而，保罗的矛盾证词中少数固定不变的因素之一，乃是屋子里亮着灯，他进入屋子时灯亮着，走出屋子，去窝棚诉说骇人听闻的消息时依然亮着。很难假设，这个如此敏感和控制不住自己的神经的青年面对他认为已经没有生命的那个躯体，会在离开时做出关上灯开关的奇怪动作。然而，大约不到半小时之后，当格尔达进入屋子时，灯已经熄灭，他不能分辨是否有人在小餐厅里。如果保罗是在罪犯之后走进屋子，但离开时没有关灯，那么只有另一个人可能这样做，此人只能是真正的凶手。于是，必然可以推断出，保罗看见脸朝下倒在桌子上的那个躯体依然是活的，血斑来源自那一击之后鼻腔的表皮出血，加什帕尔承认只打了受害者一下，随后就急忙地离开了。有谁——我们说的是一个青年——会被这样打一下就死亡？很难相信，即使打人者是前格斗冠军。然而，听说中学生被杀，加什帕尔产生了因为害怕司法机关而潜逃的不幸反应，虽然相信自己是无辜的。是的，同志们，出于害怕司法机关，害怕司法机关可能发生的错误，我们必须承认，不利于他的证据，包括各种物证是异常有分量的。确实，他的潜逃对于我们大家，对于所有人都是沮丧和不幸的，因为这推迟了对真凶的抓捕，使他能够自由自在地实施像前两次一样骇人听闻的第三次凶杀。

"所以说，保罗是从亮着灯的小餐厅走出去，前往窝棚去报告罪案的，向谁报告？向多纳西耶·米库拉报告，因为他在那儿没有找到克里尼茨基，而多纳西耶是他信任的大个儿亲近的人之一，而且似乎早就设法接近保罗。随后，他们俩鼓起'勇气'，来民警局报警。但有一个细节是我们所有人在侦讯第一阶段都忽视的，那就是在保罗告诉了多纳西耶消息后，他们是否立刻就去报警了？是的，就像我们大家所相信的那样，尤其是我们被多纳西耶给我们提供的信息误导，亦即保罗带着那可怕的消息到达窝棚的时间。保罗到达的实际时间应该是晚上九点三刻，而多纳西耶告诉我们说是十点半，我们相信了他，因为他没有任何被怀疑的理由。相反，我们怀疑格尔达没有提供实际的时间，怀疑伊琳娜·达比奇似乎是加什帕尔的同伙，是这个纠结和杂乱的罪案的核心人物。我们所有人都被多纳西耶所说的这个时间牵着鼻子走，尤其奇怪并使发现真相更加困难的是，保罗没有从案发现场直接回家，也就是说回到窝棚。据他说，他亲自到所知道的克里尼茨基常去的几处寻找过大个儿，但我有理由对此表示怀疑。他是跑到河边的什么地方，或者在上山的路上，或者其他什么地方游荡，怕人多，逃避他们。虽然他在达比奇家里看到的只是一个晕厥的青年，几分钟后就会醒来，只无足轻重地流了些血，健康完全无碍，而他告诉多纳西耶的消息是假的。然而，多纳西耶并未像他告诉保罗的那样跑去寻找'大叔'，而是一时心血来潮，直接跑到了出事地点那儿，为的是有机会'高兴地'第一个看到，或者只是能够看到——他可能猜度一旦警察到达，就会封锁现场，不准闲人出入——那个屡次嘲讽他，而且竟敢对抗克里尼茨基，亵渎那本《圣经》的家伙的死相。然而，他到达那儿后，吃惊地发现中学生是活着的，于是……其余的一切，你们从他昨天的供词中都知道了。应该记住的是，像在西蒙卡案中一样，凶手作案没有任何预谋，而是凭一时的闪电般的直觉行事，只是极其狡黠，犹如精神错乱者那样冷酷和异常冷血。但是，他很走运，我们所有人无意间把作案时刻推后了，在有人看见加什帕尔走出那个院子的时候，多纳西耶还在窝棚里，有一打以上的人可以为他作证。

"最后，多纳西耶回到了窝棚里，叫起了十分害怕地半瘫在上铺等待着他的保罗，虽然他并未目睹中学生死亡，甚至不知道是否会致死，却怀着极大的勇气到民警局大门口报案并陪同一个中士一起来到案发现场。昏头昏脑的中士在此犯了一系列错误，让他们俩守在院门口，而多纳西耶看见走过来的士兵们时，终于忍不住拖着保罗赶紧逃跑，虽然保罗看来早已进入了癔症严重发作状态。

"除了灯光的细节之外，我从青年保罗那儿还发现了一个证据，与凶手长相有关的某种东西，虽然我本人费了很大的劲很晚才把它们联系起来。那就是，他不断讲述关于巨大的鸟类、人、家禽和其他东西的种种细节，我记得不太清楚。他常常将种种不同的情景混淆起来，其中有那么一个人不断出现，保罗本人对此人也记不太清楚，却引起他某种不可解释的奇怪恐惧，我想说甚至是孩子般的恐惧。据他说，仅仅是因为这个不相识的人'是一只隐蔽的鸟'，或者是'变成鸟的某种东西'，谁也不能确切知道，如你们也从他嘴里听到的那样，诸如此类的呓语数以千计。有意思的是，这个'不相识的人'的一只鸡爪形的手或者手指，这个细节以不同的方式一再出现在他的半幻觉描述中，在很长一段时间里，我没有予以重视。后来，我明白这应该是整个幻觉结构中的一个现实因素，如像这个青年头脑发烧时更频繁地发生的那样，很可能是保罗观察到某个人长着指甲畸形的一根手指，那是一种天生的缺陷，一个以出奇的力量铭刻在他的反复无常的记忆中的细节。过了一段时间，不是在我当面听他讲述的时候，而是在完全不同的另一个场合，当我正在做着一件无关紧要的事情的时候，突然脑洞大开，明白那个鸡爪形的指甲就是一个伤痕，痕迹取样比对的那个伤口——被掐死的中学生脖子上的伤口，是像那些血斑一样不可解释的微小细节之一，我们十分轻易地把它们抛在一边，或许这样做很自然，我们不仅在司法侦查中，而且在我们日常的细微生活中，经常将一些'小玩意儿'抛在一边，经过一段时间之后，它们日积月累，越来越多，变成庞大得吓人的怪物。所以，在诸如此类的侦查时，我们以一种近视的目光忽视某些虽然微小却很重要的基本因素，或许是很自然的。就此意义而言，我认为可以说不存在没有痕迹的'完美'犯罪。我认为，侦查员的错误并非在于忽视某些场景，而在于没有反复回溯它们，或者接受某种案情的解答，将令他厌烦的那些事实或者因素抛在一边，剔除出证据案卷。只有凶犯的完整供词和证据才能解决一个案卷或者一宗罪案中没有解决和'令人厌烦的'问题。

"因此，当对加什帕尔进行取样比对时，我的第一个想法就是检查他的手和指甲，这个动作成为指挥官同志非常成功的嘲讽的对象。然而，令我吃惊的是，加什帕尔的指甲完全正常，甚至保养得很好，于是我投入在整个工厂寻找有畸形指甲的人的工作之中。多么可笑，不是吗？但是，是什么东西帮助我知晓线索应该是左手无名指的指甲畸形，尽管可能有相当多的人或者仅两个人在事故中留下相同的伤痕，众所周知，在一个工厂里，有许多工人发生过生产的小事故。我并未投入诸如此类的滑稽可笑的侦查，尽管命运再一次嘲弄加什帕尔，取样比对与他的手吻合。报告中说，'完全'吻合，我立即对这种'完全性'表示怀疑，但没有用。如在指甲问题上一样，可能至少有几个人与取样比对吻合，特别是凶犯的手没有呈现任何形态的特点。还有若干这样的'细枝末节'，现在你们大家都已经知道，我不想过多地占用你们的时间，何况我本人也常常试图把它们束之高阁，因为，如果它们确实引导我注意我们可能犯的错误，那么它们同时也可能把我对于问题的视野淹没在大海之中。

"那么，我们究竟有何收获呢？在这两起案件中，犯罪均非预谋，两者的痕迹都消失在离作案现场很近的地方——奇怪的是，凶犯骑自行车逃逸的想法看来那么简单，却晚至克里尼茨基被杀之后才出现；而犯罪动机，如果在这样一个案件中存在的话，与其他案例不符。当然，不存在没有动机的犯罪，但有时候这种想法可能将你引入误区。你们看,如果在西蒙卡的案件中,凶手作案具有某个目的,那么在中学生的案件中,具有另外的目的,两者之间'毫无联系',那么,确实,如果凶犯是同一人,那么此人是一个疯子,他的如此隐蔽的动机究竟是什么?或者真是一个疯子,疯子做违反逻辑的事情,那么我们设想某种解答或者两个案件之间的逻辑联系岂非白费工夫?!

"然而,如果我不设想我们在同一个疯子交手,那么或许至今也找不到凶手,因为凶犯是一个非理性的人这样的想法,至少使你的判断力乃至追踪他的能力降低一半。他必须始终被看作是一个非理性的人,我始终这样认为,只有这样才有机会发现他。尤其是已经很迟,不能再迟了。

"随后是克里尼茨基被杀。这个消息如同一声惊雷,此事让我在震惊的同时也产生了头脑清醒后的恐惧:我们知道得太少了,少得吓人。这首先是由于作案方法异常简单,其次是几起案件彼此之间完全缺乏联系。现在,受害者除一个锻造工人和一个没有父亲的中学生之外,加上了克里尼茨基,我想说,这是一个不平凡的人,本身也被相当严肃和确实有据地看作嫌疑人之一。至少对于我来说,大个儿之死是一个启示,是罪犯犯的第一个重大错误,第一次有预谋的犯罪,虽然在前两起案件中犯罪的时间和地点是'特地'选定的,在此之后,狡黠和暴戾的突发行凶念头乃是多纳西耶的精神错乱类型的组成因素。此外,它有一个目击证人,对,对!"马泰亚什面对其他人有点困惑不解的目光强调道,"有一个目击证人在很贴近的距离内目睹了这次如此突然和令人毛骨悚然的行动,虽然至今我不能确切知道这个人是谁。从现场的细致检查，从借助警犬和我们以极大的耐心取得的痕迹来看，至少我推断在犯罪现场存在一个第三者，虽然这个推断似乎不可证实，而且我必须承认，在这个问题上我同亚列山德雷斯库同志有过长时间的争论，第一次在这个案子中彼此意见相左。随着我们越来越多地了解凶犯的极端狡黠，我的推断似乎尤其不可信，更不可信的是，凶手的本能是那么敏锐，堪与一头凶恶和聪明的野兽相比，我却推断这个'第三者''目击证人'竟然没有被罪犯发现。无论如何，在案发的早晨，我观察到河岸上的明显痕迹，在一处有两棵柳树的地方，被践踏过的草丛依然倒伏着，虽然痕迹相当弱，还有些折断的树枝，甚至疏松的河岸也有一处被稍微踩塌的痕迹，凡此种种均是有人在那儿待过一段时间的证据。可能是，克里尼茨基经历那个混乱吵闹的夜晚之后，来到了河边，过了一段时间，凶手路过那里，喊他……其余的一切我们从证词和过程复原中已经了解。但是，这个第三者在哪儿，凶手为何没有看见他，我近乎相信，如果能看见他，那么凶手或会停止任何类型的攻击！尤其是，这个'第三者'为何不来告诉我们他是'知情者'？

"首先，克里尼茨基可能同谁一起在那个地方？同他的一个追随者，显然……"

"打住，"有人打断了军士长的话，"你是从还没有证明的一个假设出发的：为什么河岸上的受害者应该还同某个人在一起？"

"为什么？"马泰亚什无意义地重复道，似乎颇为困惑，

"我不知道为什么……我单纯地假设……总之，在这第三起罪案后，嫌疑圈开始缩小在最后一个受害者周围，也就是说缩小在克里尼茨基的亲近者周围。有几个人，包括彼得库、多纳西耶、保罗，以及……大约就这么几个人。在午夜一点钟左右，或者在一点钟之前，凶手骑自行车经过那条偏僻的小路，当听见在柳树林边休息的一个人，也就是受害者喊他时，可能并不急于听从停下来，于是克里尼茨基站起来，走几步去迎他。对方停了下来，两人交谈着，更确切地说是已经知道一切的受害者在斥责凶手，不明白自己是在同一个毫无责任感的人谈话。当时，经过一段时间之后，对方试图狡辩推卸罪责——也许犯罪观念至今依然没有在他的头脑中生根发芽，但看来受害者态度很决绝，两人最终谈崩了，或者克里尼茨基甚至用十分激烈的语言劝导凶手马上自首，刻不容缓。对方为自己辩护，试图说服大个儿，随后，出于他的闪电般的狡黠和直觉，突然明白大个儿说一不二，不会动摇。奇怪的是——一些人至今觉得不可信的是，争执的最后部分，也可能是最激烈的部分，乃是神学性质的。但这一次角色出现了转换，'他'——学生试图说服导师相信自己不断犯有某种错误，这应该类似于我们觉得始终模糊不清的争论的某种说辞，就像克里尼茨基先前与西蒙卡的谈话一样，只是这一次完全颠倒了。是的，现在是'他'在教导，但令人恼怒和屈辱的是，'他'所选的第一个学生冥顽不灵，极端执拗，不仅不明白'他'指责的'错误'，也就是所谓《圣经》真本的发现，而且也不理解促使'他'采取骇人听闻的行动，造成前两起犯罪的动机。相反，原来的导师继续把'他'看作一个普通的兄弟，甚至更糟糕地视之为一个被愤怒蒙住了眼、缺乏自制力的人。这是克里尼茨基的错误，他不懂得自己面对的是一个工具，一个我们所说的被自卑情结控制的人，一个自发行动，突然丧失分寸感，而且像克里尼茨基本人一样性格暴躁的人，而只是怀疑'他'缺少《圣经》教化的那种伟大品格。受害者的重大错误在于把'他'视为一个能够自省的人，具有正常人在伤害一个生灵的极端自发行为——乃至产生犯罪动机——之后所经历的那种复杂的内省过程。虽然所有人都认为，克里尼茨基迷信，而且用一个一知半解却在我们这儿十分流行的词来说，宣传神秘主义，其实克里尼茨基一点儿也不神秘，而是一个普通的孤独的人，一个或许对生活——并非他周围的生活，而是隐藏在他内心的急风暴雨般的生活感到恐惧的人。而在这种不完美的严重孤独的阴影下，我们再一次用一个错误的词，称之为"真正的神秘主义"，多纳西耶的神秘主义迅速生长，虽然这里所说的是一种偏执狂，性格中隐藏着一个隐蔽而活跃的大毒菌，宛若在一个普通人皮肤下爬动的一只抽象的大蜘蛛，而宗教神秘主义正是这种扭曲性格的宣泄渠道。因为，在我马上会讲到的严重缺陷的控制下，多纳西耶的盲动'意识'里开始萌生一种观念，认为克里尼茨基虽然强调了那个可能达到的物质富裕的'天国'，但他本人身为导师对他所讲的事情只是'一知半解'，他的志向的缺陷之一恰恰在于害怕大众，缺乏对于'欺骗大众'的神甫等人的憎恨。但'他'多纳西耶是受选者，掌握着解读圣言即道真谛的钥匙，尤其是具备传布'信仰'的必要的'精神'

力量。所以，在那致命的时刻，克里尼茨基对他的严厉指责只强化了罪犯头脑里的自己导师的'无能'感，而受害者规劝或者命令他自首的言论并不使他那么害怕，而是感到'侮辱了'他，因为眼里可能将他看作信仰的活'使徒'的少数人之一不理解他。他常以用刀削掉该亚法①的用人耳朵的圣徒彼得为榜样，而且常常提及不久将出现'拯救世界'的'真正斗士－使徒们'的'预言'等等并非偶然。然而，在他消灭或者像他所说的'惩罚'信仰的两个敌人之后，在眼里或能将他视为'斗士－使徒'之一的那个人却直截了当地否定了他，而且把他当作违法分子，要将他扭送到民警局。于是，他骤然下定决心，进行攻击。一旦克里尼茨基不能容忍他，就成了最危险的头号敌人，因为只要克里尼茨基活着，其他所有人都只把克里尼茨基看作'真正的布道者'，如此等等。或许，在那一刻，多纳西耶杀人是为了能够自由自在地按照自己的方式看待事物，保持孤独，独自享有受害者在他心里唤醒的顽强信念，至于曾经作为导师的受害者，现在已经不仅不复那么崇高，而且甚至开始显露原形，用他的话来说，开始'沾污'信仰。

"当时发生了令人惊愕的事情：克里尼茨基在受到攻击后，不仅没有自卫，而且朝着与最终靠近小城、窝棚和人们完全相反的方向的对岸跑去。罪犯依然紧跟其后，不断追打他，但大个儿走进了河里，涉水走向对岸，跌倒在靠近岸边的水塘里。岸上有一片开阔的原野，其间有一条农妇们清晨用来运送牛奶

---

① 犹太人祭司。

进城的羊肠小道、一片窄小的三叶草田。有人试图用受害者在受到第一下打击后内心产生的某种恐惧，从而丧失了方向感，来解释这个不可理解的举动。但我一刻也不相信受害者被打后产生了恐惧，以致慌不择路，特别是大个儿用尽最后的力气一定要过河，试图——几乎不顾屡次狠揍他背部的凶手——爬上对岸。这说明有什么人在岸上，肯定是这样，受害者想保护或者警示那个人，而那个人就是在场的第三者，至今没有来告诉我们当时看到和经历的情况的目击证人。一切发生在河里，河水冲刷了所有痕迹，所以我们只有很少可靠的侦查渠道。但是，受害者脸朝对岸倒在河里，很能说明问题，具有深刻的说服力。那么，克里尼茨基想加以保护，认为对方身体很弱，特别是反应迟钝和矛盾的那个人可能是谁呢？只有一个人——最近他一直照料的那个青年保罗。他这就是整个场景的目击证人，我敢说他是整个犯罪过程的懦弱的目击证人，因此有一个人可能被牵扯进去，虽然……这种状况也说明这个如此敏感和控制不住自己感情的青年为什么病得很严重，必须在医生的严密看护下治疗一些日子。不过，阻碍他来到我们这儿的并非是这件事！他的病在第二天傍晚才发作。相反，在中学生被害时——他认为自己在现场，他有勇气来，或者更确切地说有勇气在另一个人的陪同下来报警，但现在，另一个人竟然就是'他'，所以必须独自来报警，这确实是不可能的。这表明，保罗认识此人，认出了此人，他恐惧得无以复加，这不仅阻碍他跑来报告公安机关，而且促使他对窝棚里的人、生活在他周围的人也噤若寒蝉，不敢吐露一个字。这个'某人'与他、与受害者如此亲近，所以越发使他寒心。罪犯真面目的暴露对于虚弱的苏库图尔迪安来说是一个近乎致命的深重打击，我想说，由此产生了他的木然和失语。然而，无论如何，现在这个铁链依然紧紧捆绑着他，在受害者颈项流着血，背部遭到灵活得像猿猴一样的杀手不断打击，却用尽最后一点力气朝他奔来的那一刻，保罗躲开了自己的朋友，逃到聚集在臭气冲天的寝室里的人群中，但甫抵达那儿，尚未喘过气来就重又遇见了'他'，突然变成魔鬼的'他'，而那张易变的女性的脸同保罗自己的脸何其相像，相像得可笑！"

马泰亚什继续讲了大约一刻钟，突然感到很疲劳，虽然一一列出了在场的人大体上早已知道的数据、细节，以及各种技术的、逻辑的因素，但从他嘴里听来确实像是在为自己开脱辩白。随后，他重又活跃起来，好似被自己的语句或者尚不能很好表达的某种记忆激活了一般，总结性地补充道：

"昨天的法医鉴定确认凶手是免除法律责任的精神病患者、一个偏执狂，正如我们猜测的那样，他的暴力行为只是一种矛盾，更正确地说是凶手不能承受的冲突的后果。我们所有人，"马泰亚什补充道，"当主张或者捍卫某种即使是很抽象的观念，而有人表示异议时，都会变得内心不安，但性格强悍或者暴戾的人不满足于只是驳斥敌手的理论论据，而是开始甚至怀有随之而来的隐蔽的报复、憎恶的感情，各种不同形式的仇恨，如此等等。在一般人心里，在严格的理论否定之后出现的这些'仇恨'，可以说不会脱离情感的范围，也就是说，一切多会随着一种溢于言表的厌恶态度而烟消云散，单纯口头上对敌手的价值加以否定，或是斥之为恶意中伤，或是绕过其论点。一切无非如此而已。在我们的案件中，这个因过度相信自我而丧失平衡的原始人，有一种那么虚无缥缈的自傲，变成了一种病态的心理失重，或者相反，如果你们愿意的话，可以说是一种特定的形态失常，导致这种心理畸形。这种无限膨胀的'自我'，不能容忍最微小的否定，谁胆敢说出最犹疑或者无心的'不'字，即使是中学生达比奇那样还没有完全发育的人，都被视为他的终生敌人。他的宗教狂热的最微小的元素每时每刻都与他的整个性格融为一体，这确是件可怕的事情，试问有谁能如此'纯粹'地为某种可以说是可笑的观念活着，除非是精神病患者或者偏执狂?! 根据他完全清醒和有条理的陈述，这个多纳西耶心里想系统地杀死他的车间或者工厂里的所有敌对者，而且奇怪的是他预料到将被捕。他的狡黠只是尽量推迟这样的结局，因为他本人不承认自己有任何责任。

"'你们不能抓我！'在我最近一次见他的那天早晨，他这样对我说，'应该抓他，是他命令我做这一切，试问你们怎么能抓到他？也用警犬和卫兵？'如此等等。这些都是他的惯用语，我们大家已经开始耳熟能详……很奇怪，不是吗？我们抓住了他，又好像没有抓住他；我们控制住了他，但又让他逃脱了，宛如我们把手伸进水底下的一个隐藏着鱼的洞穴，鱼儿从你手里滑过一般。这个怪物滑到了什么地方？谁能在布满他脑海的可怕幽灵的夜晚追踪他？我们提出进行更高水平的第二次法医鉴定，但结果是早就预料到的。他的完全松弛的神情，他的近乎傲慢的开朗，尤其是他始终遵循自己的'逻辑'，怀着对自己的立场惊人的信心，以富有雄辩力的论证'说服我'皈依他的信仰的倾向，清晰地描绘出他是一个精神病人，一个偏执狂，在'信仰'中找到了合适的渠道，来释放他那缺乏平衡的正常判断能力的暴戾犯罪本能。一个可怖的黑色头脑，再加上魔鬼般的活力和狡黠……似乎经常忘记自己身在何处、在此期间发生了什么、笼罩着他的极度仇恨和厌恶。近几天我相当频繁地去见他，他好几次看到我时，试图继续在火车站开始的讨论！不是在我家里，他已经不安，而我自己也同样不安之时的交谈，那时我们俩彼此害怕得近乎瘫痪了。不，是在火车站开始的讨论，当时他认为我开始皈依他的信仰了，因为我在听他讲话，或者仅仅是因为我没有讥笑他，而工厂和窝棚里，或许包括更久远的童年时代的所有人无不以他的话作为笑柄，他不得不惊慌失措地——敏感和怯弱得可笑——退回和消失在自己心灵和肉体里，犹如一只躲进甲壳的蜗牛。他在隐藏得很深的甲壳里喷发出了毒液……他对我没有任何仇恨，甚至有点容忍，仿佛对待仅半理解他所作所为的一个人，近乎怜悯我！他非常时髦，对我吹嘘说，长官同志答应他不下命令给他剃光头，以前始终以光头出现在人们眼前的他，现在要让头发长起来，仅仅是因为听说犯人都必须剃掉头发！他经常换衬衣，而且要求给他一把剪刀，当然遭到拒绝，这使他很是悲伤。他昨天轻轻笑着对我说，我们是废物，他过不了多久就将回家。他要求给他一本《圣经》，整天拿在手里发呆，很是悲哀，因为他不认识字，但他常常朗诵或许是在克里尼茨基读经时记住的段落。也是在昨天，他对我宣称'他个人同西蒙卡没有任何冤仇',相反,他断言始终尊敬西蒙卡的职业技能。一说到克里尼茨基,他始终恭敬有加,有一次我问他怎么下得了手杀害对他那么信任的一个人,那是热情地亲近他并宽容他古怪性格的少数人之一,他惊诧地抬起了眼,似乎没有听懂,没有给我答案,但神情是那么肃穆和困惑,我不由得片刻间感到煞是尴尬,仿佛自己做了件蠢事。对于中学生达比奇,他至今依然仇恨满腔,仿佛对方依然活着,谈到此人时每每火气很大,充满非同寻常的挑战意味,两眼闪烁着怒火,而在嘴唇周围不自觉地冒出一圈淡淡的唾沫。当我问到青年苏库图尔迪安时,他假装不认识,随后承认不知道这个年轻人的姓,这使他很快乐,试图开玩笑,露出狡猾的表情对我说,那并非是他证件上的姓名,而是经过精心挑选的假名,为的是在其他人眼里更有吸引力。然后,直截了当地补充说,据他看,保罗是一个不应该在任何地方被雇用的疯子,却是一个安静而富有梦想的疯子。他试图表现得洒脱,甚至漠不关心,但看得出来,他对于保罗心怀某种暗藏的仇恨,也许不是很强烈,究其原因,或许是因为克里尼茨基在近几个星期对保罗表现出的关爱。"

大约一年半多的时间之后,历经在首都布加勒斯特的各个不同的医院及监狱的周游,托国家最权威的法医鉴定委员多不胜数的报告之福,多纳西耶重又回到了区里的小医院,仅由一个完全不知道所押送的这个人以往病史的民警陪同,移交给精神病院。他在那里,"生活"在不同年龄的歇斯底里的女人中间,与藏在家具底下和阴暗的角落里、逃避阳光的精神分裂病人,以及和蔼的忧郁症患者为伴,待在城边一个荒废的公园深处一栋孤零零的建筑里,身后是装着简陋的软护栏的窗户和一扇门。门是用一把很普通的锁紧闭着的,由几个护士和两个服役多年的和气看守"把守",他们已经完全不关注这个世界的种种操劳,受不断与他们打交道的平民幽禁者们传染,也变得呆头呆脑,麻木不仁。在那儿,半年多后,他纯属偶然地发现了原来的区检察长,现在已经退休当律师的雷慕斯·亚列山德雷斯库。亚列山德雷斯库不断拉响警报,但警报如同在一个四周墙壁贴着天鹅绒的房间里的号叫。人们,或者至少是那么熟识他的这个小城的人们,已经厌烦他依然活着的想法,几天之后急不可耐地把他打发走了,而多纳西耶重又退缩到自己的那个活动坟墓里,由一个不胜厌烦的看守经常陪伴。那是一个年轻小伙子,圆脸白白净净的,刚刚开始萌生软绵绵的胡髭茬,两眼闪闪发亮,一心梦想着风骚的成熟娘们,以及她们的丰乳肥臀。

尾 声

在那个戏剧性的夜晚后两天，两个身影在朦胧的清晨时分急匆匆地朝那个小火车站走去。一男一女默默地急步走着，男人在两只大旅行箱的重压下弯着腰，女人身穿像农妇的服装，拖着一个鼓鼓囊囊的大包袱，煞是费力。在三条窄轨铁道线上，看不见一列火车，一切依然静静地沉睡在黑暗的天空下，只有星星闪烁着惨淡的光，而在大块的煤渣间闪亮的铁轨，显得那么刺眼和充满恶意。在货栈前面的那一侧，停靠着一组列车，没有车头。那是一小列客车的车厢，仿佛一个依旧沉睡的活人，驼着背，如同一些腹中空空的旅客，或是不安心地到处闯荡，或是停留在某处，等待着不确定的某个时机，或许还无可奈何地聆听着腹中响起的阵阵咕噜噜的叫声，忍受着辘辘饥肠在他们羸弱和沮丧的躯体内不断挣扎的痛苦呼喊。

那一男一女两人沿着铁道急奔，终于到达了正在打盹等待他们——或者说只是在单纯打盹——的列车前。他们片刻也不停留，立即把携带的沉重行李举到车上，随后使劲喘着粗气相继爬了上去。男人身后拖着旅行箱向前走去，穿越了两节车厢，停留在第三节车厢里，没有什么特别的原因，因为车厢全是空的，尚未载客。他们终于安排停当，急匆匆地，仿佛列车不容晚点出发似的。然后，在女人躺在一条长椅上，用戴着的黑色头巾盖在脸上时,男子重又下车去找一个井亭梳洗,为了让女人能睡着,过了相当长的时间他才回来。但令他吃惊的是,他发现她坐在窗边,脸紧贴在肮脏冰冷的玻璃上,几乎压扁了,看着外面,虽然能见到的只有货栈的白灰墙壁。

"你不能睡一会儿吗?"他问道。

女人默默地摇摇头,然后两眼始终盯着窗外说:

"有人在近旁……我听见有人在近旁活动,或许我们应该从这儿搬走,或者……你去看看是什么……"

"你是不是害怕?"男子淡淡地笑着说,"过不了半小时这儿也会挤满人!"

他站着不动看了她片刻,见她不回答,随后便向近旁车厢走去。那边是一个普通的包厢,空无一人的黄色长椅已经磨损,涂上了一层粗劣的栗色漆膜的生铁细柱支撑着行李架的木板。在车厢的右角落里,有一个肩膀很窄的人靠在一只蹩脚的手提箱上。正当男子要关上门返回时,那个似乎在打盹的旅客抬起了头,明亮、微黑的眼睛笑眯眯的,认出了他:

"加什帕尔!"他喊道,依然站在车厢隔断门口的男人不由得皱了皱眉头,"很高兴见到你……我真诚地为你感到高兴,请相信我!"

"你到哪儿去?"加什帕尔问道。

"我有两个目的地!"青年开心地说。他并非别人,而是保罗,一个消瘦到极点的保罗,单薄的粗帆布旧上衣在他身体上晃荡,"一个目的地很近,另一个……首先,我要去克利维纳的他的墓地!"看见对方脸上露出的不耐烦的神情,他随即迅速补充道。

"我到你那个车厢去,咱们在一起,允许我吗,加什帕尔?!"保罗接着说,拿起手提箱,走近正准备转身离开的加什帕尔。

"不行!"加什帕尔阴沉地回答说,"一路平安!"他随手关上了身后的门。

在他回到自己的座位上时,始终保持着同一个姿态的女人问道:

"谁在那儿?"

"没有人。"

"我听见你在说话,同什么人交谈?"

"一个在工厂干活的青年……也睡在窝棚里!如果可能,在人们来到之前你试着睡一会儿!还有一个多小时……"

"那个人叫什么?"女人坚持道。

"我不知道!好像叫保罗或者巴维尔……"

女人沉默了一会儿,男子又点上了一支香烟,虽然刚刚掐灭了另一支。这是暴露出他神经紧张的唯一迹象,尽管他行动天生平衡,有力的动作自然沉稳。

"我希望你把他叫到这儿来,为什么让他独自留在那儿?他睡了吗?"

"没有,"加什帕尔答道,"没睡。或许我打开门的时候,他在睡,但马上醒了。我听说他病了,或者现在还病着……我不知道他在这儿干什么,以为他正在医院里!"

"把他叫到这儿来,我请求你!"女人说,"他孤零零在那儿多没意思,除非他睡着了。"

加什帕尔很不高兴地站起身来，不一会儿就同保罗一起走了回来。保罗拖着把手用粗铁丝拧成的手提箱，并不很沉重，他看上去有点害怕，向鬓角倚在车窗上的女人伸出手去，瞬间认出了那是伊琳娜，与他大约一个月前一起爬山的伊琳娜相比好像换了个人似的。三个人随即坐下来，等待旅客们来填满车厢，然后出发。火车一启动，就意味着一部分旅途行将结束。

逐渐地，车厢真的坐满了人，但外出旅行的人并不太多。火车最终驶出这个小城之前，必须再停两次，一次是在工厂站，然后是在叫作"贝贝洛瓦亚"的郊区。小火车头依然在旁边的轨道上进行种种复杂乃至无谓的调轨，还需相当长的时间才能像弹钢琴似的咔嚓一声挂上列车。

"你行程的第一个目的地是哪儿？"伊琳娜问保罗，因为他也已经告诉她自己的行程有两个目的，或者说是具有双重目标。

"克利维纳村！"保罗说，情绪极其兴奋，几乎使伊琳娜感到担心，因为他是如此瘦弱，脸上的皮肤不自然地紧贴在圆而小的颧骨上，"去为我的朋友克里尼茨基上坟是我的责任！"

随即，没有任何过渡，他就开始讲来火车站路上遇见的一群六头小驴的故事。他并非第一次看见它们，但每次见它们无人陪同，在最出人意料的地方游荡，神情惊慌失措，很是悲哀，满是污泥的肮脏的驴皮上到处粘着带刺的麝香飞廉。有一次，他竟敢——生平第一次——靠近它们，抚摸其中的一头小驴的颈项和耳朵之间的头顶。但不得不急忙离开，因为不习惯与人相处的这群动物把他围了起来，用嘴颇有威胁性地拱他。或许，它们还很幼稚，分不清敌友，但这无关紧要！他照样可以爱这些动物,只是距离稍远一点而已!

"离开克利维纳之后,你将继续干什么?"伊琳娜问道,"你怎么摆脱困境?!"

"我没想摆脱!我竭尽真诚地这样说……为什么没完没了地不断做非能力所及的事情,更准确地说,做别人认为你干不了的事情?大家都认为我没有能力'摆脱困境'!那么,我为什么违背他们,使他们感到受辱,因为,须知人们都非常在乎对某人的评价,如果这个'某人'竟敢……"

"哈哈!"伊琳娜笑道,显得很吃力,也很悲哀,但毕竟笑了,"你是一个多么独特的人!我很高兴我们能一起旅行,虽然我们似乎彼此早已相知?不是吗?"

"对!"保罗自发地答道,似乎忘记了自己是多么衰弱和精疲力竭,忘记了"必须爱护自己"的医嘱,"一段时间以来,我们所有人都开始很是浪漫地说话,您没有发现吗?我们似乎早已相知?!"

伊琳娜重又笑起来,但更轻、更短,好像只是刚才笑的回声,而加什帕尔自从保罗出现在车厢里,特别是伊琳娜下令把保罗叫来,而且看到她对保罗的到来很高兴以来,一直皱着眉头,似乎很不满,但不得不咽下了想对这个青年单独说两句更"露骨"粗话的欲念。伊琳娜也觉察了保罗引起的加什帕尔的本能反感,于是假装很高兴,不断夸大对那个窘困和爱唠叨的青年说话的反应或者好感,不由自主地试图保护他,鼓励他。保罗的命运始终是得到女人的保护,而非爱情!

接着,令伊琳娜惊愕的是,保罗突然问她为什么离开纳德拉戈城,是否不再"爱"或者"喜欢"那个"爱"或者"喜欢"她的青年,那个身材不很高,穿着高跟鞋走路的很傲慢的优雅大学生。伊琳娜重又感觉到加什帕尔内心的恼怒,于是试图掩饰自己的惊愕,迅速地问保罗是"从哪儿知道的",而保罗以其令人恼火的直率供认,他曾经用整整一个下午侦查过她的家,而且还说出了一些出人意料的细节,引得伊琳娜和加什帕尔两人惊讶万分。但保罗,那个可笑并常常需要他人保护的保罗,在几秒钟间变成了一个冷静和富有控制力的真正的雄辩家。为了安定他们的情绪,他补充道:

"你们为什么这么吃惊?我们生活在一个窝里,一个用烂泥、柴草、唾液和粪便黏合成的真正的窝里……我们是如此紧密地生活在一起,所以毫不奇怪……"

伊琳娜伸出手,梦幻般地抚爱着加什帕尔的额头,仿佛保罗的话勾起了她奇怪的怀念,随后又抚弄着他浓密、坚硬的栗色头发。加什帕尔瞬间想避开她的手,在这个闯入的第三者面前觉得颇为尴尬,但她的手的魅力似乎更其强大。保罗吃惊地发现,那个如此严肃、忧郁、粗鲁乃至可怕的汉子顺从地低着头,他的肌肉似乎咯咯有声地涌动着的颈项温顺地低下,变成了一头乖乖的小公牛,一头突然失去了自傲的动物,像在出人意料的春天,借助从吓人的岩石背后升起的太阳的热量感受到暖意的女人或者老头一样,浑身颤抖着。

"他,"伊琳娜说道,半下意识地不断抚爱着加什帕尔,"他是我的人,他,无论如何,不再有任何遗憾。而我,我的亲爱的——不知所指是谁?我只是一个女人……甚至不是一个理想的女人!"她突然笑起来,声音却是那么生硬、压抑,"因此……但你为什么对这一切那么感兴趣?!"

"我爱你们!"保罗十分严肃地说,"我爱你们俩,我很高兴遇到了你们,我们能在一起!谁想成为幸福的人?妄想幸福,何其愚蠢,我很高兴你们明白这件事……"

"为什么你认为我们不想成为幸福的人?"伊琳娜打断了他的话,语气像此前一样只是半认真,而保罗察觉她的上嘴唇上凝聚着几滴汗珠,但试图假装没有看见,"我们是真正幸福的!"她补充道。

"你打算停留在什么地方?"加什帕尔问他。

"多么傻!"保罗感叹道,并没有听见他的话,"一个幸福的人,或者想成为幸福的人,似乎没有为此而逃到另一个世界,成为完全不同的另一个世界的人,这并非是同样的两件事情……但这不重要,我十分高兴遇见你们,而且肯定我们还将相遇,或许就在这儿,在这风景如画的地方,有节奏欢快、清澈的河水在岩石和荆棘间流向山谷,非同寻常的优雅和动人地抚爱着水底的卵石……"

"你瞧!"伊琳娜说道,挪动了一下身体,她的纤细得反常的腰肢刹那间完全慑服了身边的两个男子,"维奥雷尔,你看到了吗,他显然有很深厚的人生阅历,虽然还那么年轻……"

"对,对!"加什帕尔咕咕哝哝说道,试图装出很有礼貌的样子,"他知道各种各样的故事……很会幻想……"

"哈哈!哈哈!"伊琳娜撒娇似的重又笑道,"傻瓜!你在谈幻想?你知道什么是幻想吗?"

"我?"加什帕尔诧异地说,"我不懂吗?!"

"为什么?"保罗迅速说道,出手帮助他,"他有很多幻想!你就是一个证明,如果能这么说的话,你就是一个人说出的最美丽的神话!但对于他,你毫不怜惜,怎么能置他于这样的境地?!"

"你想说什么?"伊琳娜说,不由得皱起了眉头。

"对他!"保罗坚持道,"对他……他,那个不再……在你身边的人,对他……"

伊琳娜立刻脸上乌云密布,而保罗为了弥补自己一时失言,开始迅速地讲了很多,直至在一段时间之后,他才察觉——这样的事发生得并不很少——自己重又感到很孤独,或者可以说,虽然周围有他人环绕,譬如现在左边有那个袅娜的女人,对面有那个宽肩膀的男子,但你依然可能是孤独的。女人袅娜、瘦弱,身穿一袭黑色衣衫,嘴唇周围沁出细密的汗珠,而与他面对面的宽肩膀男子,正在抚平弄皱的名贵料子的衣服,他的双手和脖子十分强壮,不断地说着某些分辨不清却又十分重要的事情,鼓起的嘴巴凸显出一副僵硬的嘴脸,煞是丑陋和失败。

保罗开始讲自己的童年,断言那是"在感觉上幸福和丰富的"年代。然后,列举了与他父亲的亲属有关的某些很有刺激性的细节,特别强调据说有一个叔叔屡次从家里逃跑,只是为了同一个女仆在木板房里鬼混才回来。这个叔叔——早已经去世,只有这样才成为一个值得尊敬的人——第一次"潜逃"是在他刚满十岁的童年时代,用保罗的话来说是在"滑向十岁的幼年期"。那是一个寒冷的秋天，比冷雨绵绵的深秋更寒冷，他只穿着一件睡衣就从家里逃跑到布达佩斯，去寻找父亲的一个朋友，此人夏天有时到索梅什附近的那个村子来玩，在匈牙利首都当时两家大烟草厂当中的一家工作。这个只有十岁的叔叔怎么弄到合身的衣服，跑那么远的路，甚至越过边境，始终是个说不清楚的谜。或许，这过早地证明了他存在某种技能，有时这种技能甚至比我们称之为智慧的东西更有用得多，因为技能可以使你幸福。当然，这个孩子被送了回来，保罗的祖父把他狠揍了一顿，用绳子把他绑在一张椅子上，用另一根蘸湿的绳子抽得他遍体鳞伤……但他硬顶着，或者甚至因为搅得这么多人不安而觉得很满意！后来他又屡次从家里逃跑就是证明，但这丝毫也不意味着周围的人对他不好，而是因为……我的老天！保罗补充道，谁知道为什么？这是我们人性的秘密，支撑着我们生活的有益的秘密！

　　然后，他又毫不经意地从一个故事迅速跳到另一个故事，开始讲述他在"童年初期"爱上的一个女孩。这个女孩身材较高，略胖，肉乎乎的，一头黑发编成一根近乎挑逗性的粗辫子，这是她带着难以掩饰的满足感不断完成的杰作。他的祖母禁止他同这个名叫米诺多拉的女孩交往，据说她很不吉利。但保罗丝毫也不相信，尤其是她出现的时候。而且，他中意的事情遭到禁止，这反而更大地激发了他的热情。有一次，米诺多拉邀他一起去采母菊①。另一次，他们一起去放牧鹅群，两人

---

① 母菊又称洋甘菊，一年生草本植物，其头状花序可入药，全草含有大量维生素 A 和维生素 C，既是芳香植物，又有观赏价值。

各自在一个狭窄的山谷里看管一小群四五只鹅，那里有一条浑浊的小河流过，而他为了装作勇敢胆大，爬上开花的洋槐树，摘下大束香气扑鼻的白色槐花，而且不怕有时藏在花瓣里的小虫子，塞进嘴里吃下，还诱使她吃。槐花确实很甜，有时他们俩的头凑得很近很近，去咬那一串串白色花蕊，额角几乎碰在一起，保罗觉得有什么刺人剧痛的看不见的东西像利箭一样击中了他，而米诺多拉却忍俊不禁笑出声来，暴露出了她此前一直装作天真无邪的假象。保罗吃惊和羞涩地看着她，他那仿佛被脑海中看不见的驴蹄猛踢的柔软白色脸颊上，热血在毛细管里涌动奔突，于是为了不被看作是一个乳臭未干的"奶油娃娃"，他要求米诺多拉解开上衣。

"瞧你！"她假装吃惊地说道，"这是谁教你的？你的大婶？我听说，你晚上不告诉任何人很晚离开家时，她罚你在墙角边跪在玉米粒上……"

他不承认所有这些童年往事，开始傻傻地坚持自己的要求，只是为了阻止她以为他像孩子们过家家一样，无意地随口一说，虽然这种把戏不仅惹她厌烦，而且他自己也开始腻味。米诺多拉假装没有听见，然后又装作很开心，或者冷漠和厌烦，最后心不在焉地答应给他一个补偿。她要保罗看看周围是否有"不知趣的贼眼"偷窥，在他站起来，带着不合时宜的严肃神情巡视四周之后，她给他亮出了自己的右腿，一整条赤裸的右腿。但目不转睛盯着它的，不仅是保罗，而且还有她自己，带着傻里傻气的奇怪神情，强作欢笑地露出下肢的米诺多拉，他们俩都仿佛在一个树丛里偷窥两条正在做爱的狗。保罗觉得她的腿像洋槐树的白色树干一样,煞是光亮,出于礼貌,他试图掩饰自己的失望……

保罗不断地自言自语,很晚才觉察自己此时真的成了孤家寡人,两位听众已经不在火车上,回身一看,发现了背后满布灰尘的车站——一间简陋的农舍——那正是克利维纳火车站。他继续赶路,朝公墓走去,心头颇为困惑不解的是幻想和梦魇如何与其他生活——"真正的"生活掺和在一起,虽然许多人将所有这一切只是看作刨得很光滑的秋千板,孩子们脚蹬着沙地在上面荡来荡去。虽然保罗现在独自一人兴奋地沿着穿越一丛丛丁香花的道路向上爬去,但他嘴里依然说个不停,庆幸没有任何人在聆听,或者相反,感到不幸,十分不幸没有任何听众。

后来,在一个严厉的大婶下午休息的时刻,他把米诺多拉叫到大婶的院子里,两个人独自躲进了存放着一辆漂亮的高级马车的仓房里。马车已经很久没用,恰逢战争,很怕被征用,纯属偶然保存了下来。马车是新的,或者也许应该说保存得很好,保罗拉起黑皮车篷,俩人坐在车里,背靠冰冷、光亮的黑皮靠垫,仿佛奔跑的马拉着他们,来到了某个地方,那儿有许多比实际年龄更苍老得多的老人。随后,保罗首先厌烦了,重又要求米诺多拉把腿露出来给他看。然而,比他大三岁的这个女孩蔑视地撇撇嘴,保罗感到受了侮辱,便爬上车辕,装作驭马,甚至还临时找了一根马鞭。他假想中,那是一对与这样的豪华马车不相配的幼小病马,而且左边的那匹马还有一只眼是瞎的,得了白内障。但保罗尽其一切所能不让马车停下来,虽然路高低不平，受到大雨的冲刷，满布无数深坑。他汗流浃背，狂喊和诅咒那些"劣种驽马""行尸走肉"，学着他听见农民们怒骂牲口那样不断咒骂，听任疯狂的牛虻——叮咬它们的头、脚、"鼓胀的"肚子、"长满脓疮的耳朵"、流血的背。

接着，保罗又想起了米诺多拉，在车辕上半回过头去，看见她不知羞耻地摊手摊脚半躺在靠垫上，不由得刹那间感到浑身僵直，说不出话来。但她示意他不要动，否则她就将离开那儿；保罗听从了她，心脏怦怦狂跳着，惊恐地呆呆看着她。然后，他沉重地回过头去，面对那两匹"劣种驽马"，"只配给臭烘烘的牛虻吸血的行尸走肉"，竭力心无旁骛地挺直了身板，梗着脖子一动不动，直至酸疼得难以忍受。

他害怕再回头看她一次，虽然她可能忘记了他，或者甚至睡着了。于是，他把全部怒火倾倒在不幸的、退化的马身上，那两个畜生不断绊倒在道路的滚烫的尘土中，散发出想象不到的恶臭，不断抖落一群群贪婪的牛虻……

保罗诧异地停止了自己说话的声音，放眼看着周围，一切是多么美！密密的洋槐树丛，墓地的温情的十字架，挺拔肥美的清新绿草，蔚蓝的天空，许多鸟雀在空中穿梭翱翔，准备远行。保罗像一个傻子一样痴呆站立着，眼盯着天空，直至头晕目眩。随后，突然感到内心无比充实，沉醉在周围闪闪发光和甜蜜歌唱的幻境里，他不由自主地松手放下轻飘飘的手提箱，像一个流浪艺人一样开始手舞足蹈，蹦蹦跳跳，在狂热的冲动和欢乐中，双脚用力敲击着顺服的湿软土地。他这样蹦跳了相当长的时间，每一刻都觉得应该停下来，觉得这样的蹦跳全都是不合时宜的，但恰恰因为如此，他根本停不下来，而且越蹦越高，感觉到了虚弱的身体所拥有的魅力，直至额头上流淌的大量汗水刺痒得他难以忍受。

"真他妈见鬼！"他半真半假地嬉笑着骂道，随后提起手提箱，继续向上走去，出于某种不可理解的卑微的怯懦，没有停留在公墓里，而是继续向山上爬去，不很远处，一片稀疏的小森林覆盖着的山峰在吸引他。他快步走着，试图掩饰自己身体的疲劳，欣喜地看着周围，看着白色的巨大岩石，像丝绸一样沙沙作响的绿叶，一秒，两秒，三秒，所有的瞬间，无不感觉自己惊人地充实。周围的一切，周围的所有生灵、绿草、天空、石头是那么无能，远比他更弱，所以他可以一劳永逸地充当主宰，成为一个国王或者万能的主宰，没有怜悯和良心，或者只有铁石心肠，四面八方，万众归顺，阿谀奉承之声环绕周围，大地在表示忠心，空气在赤裸裸和撩人地巴结献媚。现在他好似在一条河流中行走，只是出于单纯的习惯挪动着手脚，却在玩耍中享受饱满的氧气，欢快地笑着，喘着气暗暗地不断笑着，仿佛做了什么犯禁的事情、惊天动地的亊情，创造了蓝天、深海、巨石、硕大潮湿的树叶，或者做了一个清梦，富有耐心的天使们保佑的清梦，永葆童心、永葆童心、永葆童心的天使们保佑的清梦！……

"蓝色东欧"译丛(部分书目)

第 一 辑

- 《石头城纪事》(小说)
  【阿尔巴尼亚】伊斯梅尔·卡达莱 著　李玉民 译

- 《错宴》(小说)
  【阿尔巴尼亚】伊斯梅尔·卡达莱 著　余中先 译

- 《谁带回了杜伦迪娜》(小说)
  【阿尔巴尼亚】伊斯梅尔·卡达莱 著　邹琰 译

- 《石头世界》(小说)
  【波兰】塔杜施·博罗夫斯基 著　杨德友 译

- 《权力之图的绘制者》(小说)
  【罗马尼亚】加布里埃尔·基富 著　林亭、周关超 译

- 《罗马尼亚当代抒情诗选》(诗歌)
  【罗马尼亚】卢齐安·布拉加等 著　高兴 译

第二辑

- 《**我的疯狂世纪（第一部）**》（传记）
  【捷克】伊凡·克里玛 著　刘宏 译

- 《**我的疯狂世纪（第二部）**》（传记）
  【捷克】伊凡·克里玛 著　袁观 译

- 《**我的金饭碗**》（小说）
  【捷克】伊凡·克里玛 著　刘星灿 译

- 《**一日情人**》（小说）
  【捷克】伊凡·克里玛 著　高兴、杜常婧 译

- 《**终极亲密**》（小说）
  【捷克】伊凡·克里玛 著　徐伟珠 译

- 《**等待黑暗，等待光明**》（小说）
  【捷克】伊凡·克里玛 著　杜常婧 译

- 《**没有圣人，没有天使**》（小说）
  【捷克】伊凡·克里玛 著　朱力安 译

- 《**花园里的野蛮人**》（散文）
  【波兰】兹比格涅夫·赫贝特 著　张振辉 译

- 《**带马嚼子的静物画**》（散文）
  【波兰】兹比格涅夫·赫贝特 著　易丽君 译

- 《**海上迷宫**》（散文）
  【波兰】兹比格涅夫·赫贝特 著　赵刚 译

- 《**父辈书**》（小说）
  【匈牙利】瓦莫什·米克罗什 著　许健 译

第 三 辑

- **《乌尔罗地》**（散文）
  【波兰】切斯瓦夫·米沃什 著　　韩新忠、闫文驰 译

- **《路边狗》**（散文）
  【波兰】切斯瓦夫·米沃什 著　　赵玮婷 译

- **《第二空间——米沃什诗选》**（诗歌）
  【波兰】切斯瓦夫·米沃什 著　　周伟驰 译

- **《无止境——扎加耶夫斯基诗选》**（诗歌）
  【波兰】亚当·扎加耶夫斯基 著　　李以亮 译

- **《捍卫热情》**（散文）
  【波兰】亚当·扎加耶夫斯基 著　　李以亮 译

- **《索拉里斯星》**（小说）
  【波兰】斯塔尼斯瓦夫·莱姆 著　　赵刚 译

- **《遗忘的梦境——查特·盖佐短篇小说精选》**（小说）
  【匈牙利】查特·盖佐 著　　舒荪乐 译

- **《流星——卡雷尔·恰佩克哲理小说三部曲》**（小说）
  【捷克】卡雷尔·恰佩克 著　　舒荪乐、蒋文惠、程淑娟 译

- **《神殿的基石——布拉加箴言录》**（箴言）
  【罗马尼亚】卢齐安·布拉加 著　　陆象淦 译

- **《十亿个流浪汉，或者虚无——托马斯·萨拉蒙诗选》**（诗歌）
  【斯洛文尼亚】托马斯·萨拉蒙 著　　高兴 译

第 四 辑

- 《耻辱龛》（小说）
  【阿尔巴尼亚】伊斯梅尔·卡达莱 著　吴天楚 译

- 《三孔桥》（小说）
  【阿尔巴尼亚】伊斯梅尔·卡达莱 著　施雪莹 译

- 《接班人》（小说）
  【阿尔巴尼亚】伊斯梅尔·卡达莱 著　李玉民 译

- 《绝对恐惧：致杜卞卡》（小说）
  【捷克】博胡米尔·赫拉巴尔 著　李晖 译

- 《严密监视的列车》（小说）
  【捷克】博胡米尔·赫拉巴尔 著　徐伟珠 译

- 《雪绒花的庆典》（小说）
  【捷克】博胡米尔·赫拉巴尔 著　徐伟珠 译

- 《温柔的野蛮人》（小说）
  【捷克】博胡米尔·赫拉巴尔 著　彭小航 译

- 《无常的夏天》（小说）
  【捷克】弗拉迪斯拉夫·万楚拉 著　张陟 译

- 《赫贝特诗集（上、下）》（诗歌）
  【波兰】兹比格涅夫·赫贝特 著　赵刚 译

- 《垃圾日》（小说）
  【匈牙利】马利亚什·贝拉 著　余泽民 译

第 五 辑

- 《壁画》（小说）
  【匈牙利】萨博·玛格达 著　舒荪乐 译

- 《鹿》（小说）
  【匈牙利】萨博·玛格达 著　余泽民 译

- 《两座城市：论流亡、历史和想象力》（散文）
  【波兰】亚当·扎加耶夫斯基 著　李以亮 译

- 《另一种美》（散文）
  【波兰】亚当·扎加耶夫斯基 著　李以亮 译

- 《思想的黄昏》（随笔）
  【罗马尼亚】埃米尔·齐奥朗 著　陆象淦 译

- 《着魔的指南》（随笔）
  【罗马尼亚】埃米尔·齐奥朗 著　陆象淦 译

- 《乌村幻影》（小说）
  【罗马尼亚】欧金·乌力卡罗 著　陆象淦 译

- 《裸浴场上的交响音乐会——罗马尼亚20世纪小说精选》（小说）
  【罗马尼亚】诺曼·马内阿等 著　高兴等 译

- 《我行走在你身体的荒漠——立陶宛新生代诗选》（诗歌）
  【立陶宛】阿纳斯·艾利索思卡斯等 著　叶丽贤 译

- 《魔鬼作坊》（小说）
  【捷克】雅辛·托波尔 著　李晖 译

第六辑

- 《简短，但完整的故事》（小说）
  【波兰】斯瓦沃米尔·姆罗热克 著　茅银辉、方晨 译

- 《三个较长的故事》（小说）
  【波兰】斯瓦沃米尔·姆罗热克 著　茅银辉、林歆、张慧玲 译

- 《挑衅》（小说）
  【阿尔巴尼亚】伊斯梅尔·卡达莱 著　李焰明 译

- 《娃娃》（小说）
  【阿尔巴尼亚】伊斯梅尔·卡达莱 著　张雯琴、宋学智 译

- 《天堂超市》（小说）
  【匈牙利】马利亚什·贝拉 著　余泽民 译

- 《秘密生活》（小说）
  【匈牙利】马利亚什·贝拉 著　余泽民 译

- 《蓝色阁楼寻梦》（小说）
  【罗马尼亚】阿德里亚娜·毕特尔 著　陆象淦 译

- 《两天的世界（上、下）》（小说）
  【罗马尼亚】乔治·伯勒伊泽 著　董希骁、【罗马尼亚】梅兰（Mara Arion）译

- 《生命边缘的女孩》（小说）
  【罗马尼亚】米尔恰·格尔特雷斯库 著
  张志鹏、林惠芬、陈进、李昕 译

- 《希特勒金钱》（小说）
  【捷克】拉德卡·德内玛尔科娃 著　姜蔚茜 译

第七辑

- **《致爱丽丝》**（小说）
  【匈牙利】萨博·玛格达 著　　舒荪乐 译

- **《对欢乐史的贡献》**（小说）
  【捷克】拉德卡·德内玛尔科娃 著　　覃方杏 译

- **《患病的动物》**（小说）
  【罗马尼亚】尼古拉·布列班 著　　陆象淦 译

- **《送给头儿的巧克力》**（小说）
  【波兰】斯瓦沃米尔·姆罗热克 著　　茅银辉、方晨 译

- **《去往巴巴达格》**（游记）
  【波兰】安杰伊·斯塔修克 著　　龚泠兮 译

- **《伊莎贝拉的中国情人》**（小说）
  【斯洛伐克】爱莲娜·西德维格优娃 著　　荣铁牛 译

- **《木屋旅馆》**（小说）
  【阿尔巴尼亚】迪安娜·楚里 著　　陈逢华 译

- **《迟来的莫扎特》**（小说）
  【阿尔巴尼亚】巴什金·谢胡 著　　李玉民 译

- **《弗拉迪米尔·霍朗诗歌精选集》**（诗歌）
  【捷克】弗拉迪米尔·霍朗 著　　徐伟珠 译

- **《瓦斯科·波帕诗选》**（诗歌）
  【塞尔维亚】瓦斯科·波帕 著　　彭裕超 译

· 部分书名为暂定，以出版时为准 ·